Ein Liebe in d

Die Autorin

Katie Fforde lebt mit ihrem Ehemann und ihren Kindern in Gloucestershire, England. Ihre warmherzigen romantischen Beziehungskomödien erobern stets auf Anhieb die englischen Bestsellerlisten.

Katie Fforde

Eine Liebe in den Highlands

Roman

Aus dem Englischen von
Michaela Link

Weltbild

Die englische Originalausgabe erschien unter dem Titel *Highland Fling*.

Besuchen Sie uns im Internet:
www.weltbild.de

Genehmigte Lizenzausgabe für Weltbild GmbH & Co. KG,
Werner-von-Siemens-Straße 1, 86159 Augsburg

Übersetzung: Michaela Link
Umschlaggestaltung: *zeichenpool, München
Umschlagmotiv: www.shutterstock.com
Satz: Datagroup int. SRL, Timisoara
Druck und Bindung: GGP Media GmbH, Pößneck
Printed in the EU
ISBN 978-3-95973-565-0

2020 2019 2018 2017
Die letzte Jahreszahl gibt die aktuelle Lizenzausgabe an.

Kapitel 1

»Meine Güte, ich habe dir ein Zuhause gegeben!«, sagte Henry.

Jenny stellte ihren Koffer in den Kofferraum und knallte den Deckel zu. »Denk mal scharf nach, Henry. Du hast mich bekniet, zu dir zu ziehen, und zwar mehrere Monate lang, bevor ich mich schließlich habe breitschlagen lassen. Und dann hat sich herausgestellt, dass du eigentlich eine Haushälterin gesucht hast!«

»Trotzdem hattest du damals kein Dach überm Kopf.«

»Ich musste meine Wohnung verkaufen. Das ist etwas ganz anderes, als auf der Straße zu stehen.« Sie runzelte die Stirn. Sie wollte sich nicht gerade dann mit Henry streiten, wenn sie wegfuhr. »Lass uns eine Tasse Kaffee trinken. Ich muss noch nicht sofort los.«

Henry folgte ihr ins Haus und sah zu, wie sie die Bohnen mahlte und das Pulver in die Kaffeemaschine füllte. Jenny wäre eine schnelle Tasse Instantkaffee lieber gewesen, aber Henry bestand auf richtigem Kaffee, und dies war nicht der Zeitpunkt, um ihn zu der anderen Variante zu bekehren.

»Ich finde nur«, erklärte er, während sie die schwere, dunkelgrüne und mit Goldrand verzierte Tasse und den Unterteller vor ihn hinstellte und ein selbst gebackenes Plätzchen auf den Unterteller legte, »ich finde, du solltest familiäre Verpflichtungen an die erste Stelle setzen, vor deine … deine …«

Jennys Vorsatz, es nicht auf einen Streit ankommen zu lassen, wurde arg auf die Probe gestellt. Sie nippte an ihrem Kaffee und fand, dass er bitter schmeckte. »Es ist ein Geschäft, Henry. Kein sehr großes, aber es ist mir wichtig. Und es ist deine Familie, die Verwandtenbesuch aus Amerika erwartet, nicht meine.«

»Das ist doch praktisch das Gleiche«, murmelte er in seinen Keks.

Jenny fühlte sich stark versucht, den Ringfinger an ihrer linken Hand zu heben, um festzustellen, dass sie weder verheiratet noch verlobt waren, aber sie tat es nicht, weil sie vermutete, dass er viel mehr darauf aus war als sie, ihrer Beziehung einen festen Rahmen zu verleihen. Seine Verwandtschaft betrachtete sie in der Tat als Teil ihrer Familie, aber sie sah das etwas anders. Es hatte viele Gründe gegeben, warum sie zu Henry gezogen war, einschließlich ihrer damaligen Gefühle für ihn, aber seither fragte sie sich immer häufiger, ob die tiefe Zuneigung, die sie für ihn empfand, und seine häusliche Abhängigkeit von ihr wirklich Grund genug waren, ihre Beziehung aufrechtzuerhalten.

»Warum musst du ausgerechnet dieses Wochenende fahren? Wäre nächste Woche nicht immer noch früh genug?«

»Ich habe es dir doch erklärt. Mein Kunde möchte, dass ich jetzt fahre. Ich habe die Fahrt schon wegen des Hochzeitstages deiner Eltern letztes Wochenende aufgeschoben. Ich kann es mir nicht leisten, diesen Kunden zu verlieren, Henry; so viele Kunden habe ich nämlich nicht.«

»Du könntest dir irgendwo einen Job suchen, wie normale Frauen es tun.«

Jenny hätte ihn gern gefragt, warum er ausgerechnet mit ihr zusammenlebte, wenn er eigentlich die Art von Frau wollte, die er für normal hielt. Aber stattdessen entgegnete sie:

»Das könnte ich tun, ja, aber ich will es nicht. Ich möchte auf eigene Rechnung arbeiten und mein Schicksal nicht in anderer Leute Hände legen. Ich werde nie wieder nach der Pfeife irgendeines verdammten Managementberaters tanzen, vielen Dank. Außerdem ist es doch sehr praktisch, dass ich von zu Hause aus arbeite. Auf diese Weise kann ich das Mittagessen kochen und deine Anzüge aus der Reinigung holen.«

Der Sarkasmus war an Henry vollkommen verschwendet. »Ich finde, das ist nur fair – wenn du doch sowieso den ganzen Tag zu Hause bist ...«

»Entscheide dich, Henry. Entweder findest du es gut, dass ich von zu Hause aus arbeite, oder du möchtest, dass ich mir einen richtigen Job besorge. Wie ›normale Frauen‹ es tun.« Für Henry hatte eine »normale Frau« gesträhntes, blondes Haar, trug Kleidergröße achtunddreißig und kleidete sich, wie die Modezeitschriften es vorschrieben. Was er je an ihr gefunden hatte mit ihrer Körpergröße, die eine Spur unter dem Durchschnitt lag, ihrem dunklen Haar und dem eher unterentwickelten Modebewusstsein, war ihr schleierhaft. In einem Anfall von Zynismus befand sie, dass es wohl mit ihren Brüsten zu tun haben musste, die zu üppig waren, um sich in einer Bluse von Größe achtunddreißig unterbringen zu lassen.

»Es gefällt mir einfach nicht, dass du nach Schottland saust, nur weil ein Mann, den du nicht einmal kennst, mit den Fingern schnippt! Das ist doch einfach lächerlich! Warum kann er seine Schmutzarbeit nicht selbst erledigen? Herrgott, wir haben fast Winter!«

»Weil er sich im Ausland aufhält! Was auch der Grund ist, warum er meine Dienste in Anspruch nimmt. Er hat keinen

Stützpunkt hier und braucht eine Assistentin. Außerdem ist erst Oktober.«

»Ende Oktober, und in Schottland wird dir das wie tiefster Winter vorkommen, glaub mir. Und ›Assistentin‹ ist nur ein beschönigender Ausdruck für ›Sekretärin‹, wie du genau weißt. Du magst dich ja eine ›virtuelle Assistentin‹ nennen, aber außer dir hat noch nie jemand von so etwas gehört. Ich sage dir, du wirst das nicht durchhalten. Du bist in einer Woche wieder hier. Du bist viel zu weich, um einem Betrieb auf die Sprünge zu helfen, der in Schwierigkeiten steckt. Du wirst sämtliche Arbeiter als Schoßtiere behalten wollen.«

Jenny ignorierte diese letzte Bemerkung, um nicht doch noch die Beherrschung zu verlieren. »Glücklicherweise haben die Leute, die einen virtuellen Assistenten brauchen, sehr wohl schon von so etwas gehört. Und wenn viel von dem, was ich tue, Sekretariatsarbeit ist, ist es doch wenigstens eine ehrliche Arbeit, die andere Menschen nicht um ihren Job bringt. Außerdem wird es diesmal keineswegs nur Sekretariatsarbeit sein, nicht wahr? Mein Kunde hat mich beauftragt, einen Blick auf einen kränkelnden Betrieb zu werfen und ihm Bericht zu erstatten. Du könntest es als eine Art Beförderung ansehen.«

»Er nutzt dich aus, Jenny.«

»Ja, ein Privileg, für das er mich großzügig bezahlt! Du solltest dich für mich freuen, Henry, statt an allem herumzunörgeln. Ich bekomme einen Haufen Geld dafür und kann sogar etwas auf die hohe Kante legen.« Dies war nicht der geeignete Augenblick, um zu erwähnen, dass sie das Geld ganz gut als Kaution für eine eigene Wohnung gebrauchen konnte.

»Du wirst über den Tisch gezogen, Jen. Der Mann hat in dir eine preiswerte Managementberaterin.«

Jenny warf ihm einen finsteren Blick zu. Er wusste, dass sie bei dem Ausdruck »Managementberatung« die Wände hochging. »Ich werde nicht über den Tisch gezogen. Ich bin mein eigener Chef. Ich kann von einer Sekunde auf die andere aufhören, für ihn zu arbeiten.«

»Du bist gutherzig und impulsiv. Man braucht bloß an den Bettler zu denken, dem du heute Morgen auf dem Rückweg vom Schreibwarengeschäft dein ganzes Kleingeld gegeben hast. Genauso gut hättest du es zum Fenster hinauswerfen können; der Kerl wird sich nur Drogen davon kaufen.«

»Ich würde das nicht impulsiv nennen; ich nenne es barmherzig. Nur weil du lieber sterben würdest, als ein Pfund für die Wohlfahrt zu spenden, heißt das nicht, dass wir alle genauso sein müssen! Und jetzt mache ich mich besser auf den Weg. Ich möchte heute zumindest die Hälfte der Strecke hinter mich bringen. Es ist eine lange Fahrt.«

»Eine Fahrt, die du nicht unternehmen müsstest. Mach dir keine Gedanken wegen der schmutzigen Tassen; ich werde sie abwaschen.«

Jenny starrte Henry an und fragte sich, wie oder warum sie sich nur je mit ihm eingelassen hatte. Dann lächelte er, sein Haar fiel ihm in die Stirn, und da wusste sie es wieder: Er erinnerte sie unwiderstehlich an Hugh Grant.

Sie trat neben ihn an die Spüle, wo er das Kaffeemehl in den Ausguss kippte. »Lass uns nicht streiten, bevor ich wegfahre.« Sie küsste ihn auf die Wange.

Er zog sich zurück. »Auf Wiedersehen, Jenny. Aber ich wünschte wirklich, du würdest es dir noch einmal überlegen.«

Jenny seufzte. Hugh Grant wäre jetzt sicher etwas Witziges und Liebevolles eingefallen, irgendeine Bemerkung, die in ihr den Wunsch geweckt hätte zu bleiben. »Ich bin mir ganz sicher, dass deine Mutter deine amerikanische Verwandtschaft auch ohne mich blendend bewirten wird. Ich habe ihr mein Apfelkuchenrezept gegeben.«

Er antwortete ihr nicht. Nun, dann eben nicht. Sie unternahm einen letzten Ausflug zur Toilette, zog ihren Mantel an und versicherte sich dann noch einmal, dass sie alles eingepackt hatte.

Als sie auf die Autobahn kam, hatten sich ihr schlechtes Gewissen und ihr Kummer, dass sie Henry allein ließ, so weit gelegt, dass ihre Abenteuerlust wieder durchbrach. Sie war im Begriff, ihrem einsamen Leben für ein Weilchen zu entkommen, und sie würde endlich ein wenig praktische Arbeit leisten können. Es war eine Herausforderung, und sie war dankbar dafür.

Am nächsten Nachmittag und siebenhundert Meilen später hielt Jenny kurz vor ihrem Ziel an einem in Schottenmuster gestrichenen Imbisswagen an. Er hieß »The Homely Haggis«. Jenny bestellte sich eine Tasse heiße Schokolade. Immer noch wütend auf Henry hatte sie sich geschworen, nie wieder Kaffee zu trinken.

Die hübsche, überwältigend schwangere junge Frau schob ihr eine Plastiktasse über die Theke. »Bitte schön. Und hier ist Ihr Wechselgeld. Autsch«, fügte sie hinzu, als Jenny die Tasse in Empfang nahm, und drückte sich eine Hand ins Kreuz.

Jenny stellte die heiße Schokolade hastig wieder auf die

Theke und sah die Frau ängstlich an. »Sie werden doch nicht etwa genau jetzt Ihr Baby bekommen, oder?«

Die Frau lachte. »Oh, nein. Ich glaube nicht. Ich bin erst in vierzehn Tagen fällig. Das war nur ein kleiner Piekser.«

Ihr schottischer Akzent passte gut zu dem fröhlichen Optimismus, den sie verbreitete. Ihr ungebärdiger Haarschopf war kastanienbraun, ihr Mund breit und offenbar stets zu einem Lächeln bereit. Sie nahm einen Lappen und wischte die Theke ab. »Es heißt ja, das erste Kind ließe sich immer Zeit.«

»Tatsächlich? Ich weiß nichts über Geburten, abgesehen von dem, was man aus dem Fernsehen kennt.« Jenny biss sich auf die Lippen. »Und das läuft darauf hinaus, dass die Babys immer dann kommen, wenn im Umkreis von hundert Meilen weder ein Krankenhaus noch ein Arzt zu finden sind, und deshalb jemand bei der Geburt helfen muss, der keine Ahnung hat, was zu tun ist. Genauso, wie es jetzt wäre.«

Die Frau lachte wieder; es schien sie nicht weiter zu beunruhigen, dass sie sich auf einer Parkbucht in einer, wie es Jenny schien, sehr entlegenen Ecke Schottlands befanden. »Und ist Ihnen auch aufgefallen, dass Sie niemals ihren Slip ausziehen? Jetzt mal im Ernst, ich weiß, dass es hier ziemlich einsam ist. Aber im nächsten Dorf gibt es einen praktischen Arzt.«

»Und das ist nur fünfzehn Meilen entfernt. Ich bin durch den Ort gekommen. Das ist ja nun wirklich keine Entfernung«, gab Jenny lächelnd zurück und nippte an ihrem heißen Kakao.

»Hier in der Gegend sind fünfzehn Meilen praktisch gleichbedeutend mit ›nebenan‹. Es besteht also kein Anlass zur Sorge.« Die Frau sah Jenny mit strahlenden Augen an. »Und was führt Sie in unsere Breiten? Abgesehen natürlich von der Lust auf eine heiße Schokolade? Ich weiß zwar, dass die Heide immer noch blüht und die Mücken inzwischen größtenteils verschwunden sind, aber außer für Wanderer und Bergsteiger liegen wir doch etwas abseits der üblichen Touristenroute. Hier gibt es meilenweit keinen Laden, in dem Sie ein Andenken an Nessie kaufen könnten.«

Jenny zögerte. In dieser so weit vom Rest jeglicher Zivilisation entlegenen Gegend, in der schon ein neues Gesicht ein guter Gesprächsstoff war, würde sie nicht viel verheimlichen können. Sie würde irgendetwas preisgeben müssen. Also versuchte sie möglichst offen zu wirken. »Ich bin für eine Weile im Haus Dalmain zu Besuch.«

Das schien das Interesse der jungen Frau noch weiter anzufachen. »Ah? Eine Freundin der Familie?«

Jetzt wurde es brenzlig. Jenny hatte nicht die Absicht zuzugeben, dass sie von einem Kunden hergeschickt worden war, um sich eine eigene Vorstellung vom Zustand des Strickwarenherstellers Dalmain zu machen. Andererseits wollte sie auch keine Freundschaft mit Leuten vortäuschen, die sie überhaupt nicht kannte, vor allem, da diese Leute wahrscheinlich gezwungen waren, sie zu hassen. Philip Dalmain hatte sie in seinem Brief mehr oder weniger angewiesen, seiner Mutter gegenüber vorzugeben, sie käme, um ein neues Computersystem zu installieren. Zwischen den Zeilen hatte sie herausgelesen, dass seine Mutter entweder hysterische Anfälle bekommen, einen Schlaganfall erleiden oder Jenny hinauswerfen würde, falls sie damit herausrückte, dass mit der Firma Dalmain Mills irgendetwas nicht stimmte. »Eigentlich nicht.«

Die junge Frau seufzte. »Ich sollte mich wohl besser vorstellen. Ich bin Meggie Dalmain. Ich bin mit dem jüngeren Sohn verheiratet.«

Das war eine kleine Überraschung. Jenny hatte inzwischen vermutet, die Dalmains seien eine ziemlich alte, aristokratische und wahrscheinlich snobistische Familie. Sie hatte nicht damit gerechnet, ein Mitglied dieser Familie als Bedienung einer Imbissbude kennen zu lernen. Aber es war eine ermutigende Entdeckung. Sie hielt Meggie die Hand hin. »Genevieve Porter, genannt Jenny.«

»Sie haben völlig Recht«, fuhr Meggie fort, nachdem sie ihr die Hand geschüttelt und ihre Gedanken gelesen hatte. »Sie halten wirklich nichts von mir. Iain und ich gehen fast nie mehr hin – es sei denn, die Matriarchin lädt uns vor, und dann auch nur, weil ich nicht einsehe, warum Iain nur wegen dieser alten Kuh seine Familie nicht mehr sehen sollte.«

Das ließ nicht gerade auf Wochen voller Harmonie und Kooperation hoffen. Aber Jenny konnte auch nicht einfach kehrtmachen, denn das wäre genau das gewesen, was Henry so selbstsicher vorhergesagt hatte. »Die Matriarchin?«

»Die alte Dame. Sieht sich als die Herrin des Schlosses – oder würde das tun, wenn es denn ein Schloss wäre und nicht nur ein düsteres, altes Haus. Vergisst bequemerweise, dass ihr eigener Vater auch nicht gerade aus der obersten Schublade kam.«

Jenny hatte gelernt, diskret zu sein. Meggie Dalmain dagegen hatte offensichtlich viel auf dem Herzen, und jede kleine Information, die für Jenny dabei abfiel, konnte sich als sehr nützlich erweisen. Also warf Jenny ein fragendes »Ach?« ein. Es war keine direkte Aufforderung, aber es gab der jungen Frau die Gelegenheit, etwas abzuladen, wenn sie nur wollte.

Meggie wollte. »Hören Sie, warum kommen Sie nicht zu mir hinter die Theke? Hier sind ein paar Hocker. Dann können wir uns in Ruhe unterhalten. Es wäre nicht fair, Sie in das große Haus zu schicken, ohne Sie vorher ein wenig ins Bild zu setzen. Haben Sie etwas Zeit?«

Jenny nickte. »Ich bin eigentlich ziemlich früh dran; deshalb habe ich auch Halt gemacht, um noch etwas zu trinken. Ich möchte nicht eintreffen, bevor ich erwartet werde.«

Meggie nickte. »Sehr klug. Es würde denen gar nicht gefallen, wenn Sie kämen, bevor sie fertig wären. In ihren besten Zeiten sind sie schwierig, und ich bin sicher, Sie wissen, dass dies nicht die besten Zeiten sind.«

Jenny zwängte sich durch eine Tür an der Seite in den Imbisswagen. Als sie sich bereit erklärt hatte, für ihren wichtigsten Kunden Nachforschungen vor Ort zu betreiben, hatte sie zunächst ein wenig gehofft, ein paar Wochen im schottischen Hochland würden so etwas wie ein netter Arbeitsurlaub sein. Und wenn dem nicht so war, könnte sie Henry damit immer noch beweisen, dass sie doch mehr war als eine bessere Sekretärin. Nachdem sie allerdings einige Erkundigungen eingezogen hatte, hatte der Mythos vom Arbeitsurlaub sich in Luft aufgelöst – dennoch würde ihr Stolz sie davon abhalten, auch nur eine Sekunde eher wieder heimzufahren, bis sie ihre Arbeit erledigt hatte.

Leider hatte Henry Recht gehabt, was die Kälte in Schottland betraf. Der Hosenanzug, den sie trug und der ihr in der Gegend von London ziemlich praktisch erschienen war, erwies sich umso weniger passend, je weiter sie nach Norden kam, und ihr naturkrauses Haar kringelte sich in der feuchten Luft ganz ungebärdig. Sie fühlte sich wie zerknittert, und ihr war kalt; beides entsprach nicht dem Bild einer effizienten Geschäftsfrau, der sie zu entsprechen versuchte. Gestern war sie in England im Frühherbst losgefahren – aber jetzt herrschte ein früher Winter. Sie würde sich bei nächster Gelegenheit ein paar Pullover kaufen müssen.

»Setzen Sie sich«, bat Meggie und quetschte sich auf einen Klappstuhl. »Wenn ich noch weiter zunehme, werde ich den ganzen Tag lang stehen müssen.«

»Ich weiß gar nicht, wie Sie das schaffen. Diese Arbeit ist doch furchtbar anstrengend. Das weiß ich noch aus meinem Studium.«

»Na ja, viel länger halte ich es auch nicht mehr durch – oh, verdammt, jetzt muss ich erst mal für kleine Mädchen. Würden Sie wohl die Sache hier im Auge behalten, solange ich weg bin? Der nächste Baum ist da drüben – also meilenweit entfernt, wenn man hochschwanger ist. Das Baby liegt schlecht und drückt mir auf die Blase, sobald ich mich hinsetze. Wären Sie wohl so lieb, mich einen Moment zu vertreten?«

»Natürlich. Es sind ja doch keine Kunden da.«

»Oh, hm – vielleicht kommt ja mit dem Landrover, der gerade vorfährt, ein Kunde. Das hieße dann, dass ich noch weiter gehen muss, bis zu den beiden Bäumen dort hinten. Verdammt.« Meggie zwängte sich durch die Tür und verschwand Richtung Heide.

Jenny hatte kaum Zeit, um ein »Oh, mein Gott!« in ihren Bart zu murmeln, als auch schon ein Mann zielstrebig an die Theke trat.

»Ein Schinkenbrot und eine Tasse Tee bitte.«

Jenny versuchte sich an einem einnehmenden Lächeln. Sie hoffte zumindest, dass es einnehmend wirkte. Da sie keine Möglichkeit hatte, es zu überprüfen, konnte sie sich auch nicht sicher sein, dass es sie nicht einfach etwas einfältig erscheinen ließ. »Sie könnten nicht vielleicht eine Minute warten? Ich bin hier eigentlich nicht zuständig und ...«

»Ich möchte nur ein Schinkenbrötchen und eine Tasse Tee. Aber ich habe es etwas eilig.« Er sprach mit der Autorität eines Mannes, der eher gewohnt ist, nach einer Weinkarte zu fragen und seine Kreditkarte auf einen Teller zu werfen, als in der nächsten Imbissbude etwas Frittiertes zu bestellen. Trotz der Sonnenbräune und der Wanderkleidung, die deutliche Benutzungsspuren aufwies, klang er für Jennys Ohren mehr wie ein befehlsgewohnter Geschäftsmann, eine Spezies, mit der sie nur allzu vertraut war.

Sie beschloss, es einfach zu probieren. Was konnte schon so schwer daran sein, eine Scheibe Schinken zu braten und ein Brötchen zu schmieren? Selbst Henry gab zu, dass sie kochen konnte. Und es würde für Meggie leichter sein, wenn der Kessel mit Wasser schon aufgestellt war und der Schinken bereits in der Pfanne lag, wenn sie wieder hinter den Bäumen hervorkam.

Jenny brauchte eine Weile, bis sie den Schinken gefunden hatte, und noch länger, um den Herd in Gang zu setzen. Wo blieb Meggie nur? Bitte, bitte, mach, dass sie nicht jetzt ihr Baby bekommt, auf dem Torfmoos hockend wie eine Indianerin! Der Kunde beäugte Jenny mit deutlichem Zweifel und Argwohn – vielleicht, weil ein marineblauer Hosenanzug mit Seidenbluse für die Bräterin in einer Imbissbude nicht unbedingt die optimale Arbeitskleidung war. Nun, er hatte ja selbst Schuld. Er hatte darauf bestanden, seine Bestellung aufzugeben, und er hatte ihr keine Gelegenheit gegeben, zu erklären, dass sie selbst nur eine Kundin war.

»Wo zum Teufel ist der Kessel?«, murmelte Jenny lauter, als sie es vorgehabt hatte.

»Was zum Teufel ist denn los?« Ihr Kunde beugte sich über die Theke und warf Jenny einen missbilligenden Blick zu. »Der Job ist ja vielleicht neu für Sie, aber Sie sind doch sicher in der Lage, eine Tasse Tee aufzubrühen?«

»Ich bin mir sicher, dass ich das kann, doch da ich nur ein Laufkunde bin, genauso wie Sie, braucht es seine Zeit.«

»Wie meinen Sie das? Wenn Sie nicht hier arbeiten, was tun Sie dann hinter der Theke?«

Jenny, die inzwischen den Kessel gefunden hatte und zu ihrer Erleichterung entdeckte, dass das Wasser darin für eine Tasse Tee reichen würde, zuckte die Schultern und hielt Ausschau nach den Zündhölzern.

»Ich habe mich mit der Besitzerin unterhalten. Sie ist mal eben kurz zur Toilette. Ich versprach, solange ein Auge auf alles zu haben. Sie ist jetzt schon furchtbar lange weg. Ich hoffe, dass es ihr gut geht.«

»Was könnte ihr denn zugestoßen sein?«

»Nichts, hoffe ich, aber sie ist hochschwanger. Sie sind nicht zufällig Arzt, oder?«

»Nein.«

»Oder, besser noch, eine Hebamme? Selbst eine Krankenschwester in der Ausbildung wäre besser als nichts.« Sie wollte ihm seinen Spott über ihre Versuche, Tee zu kochen, heimzahlen. Sie hatte sich in letzter Zeit entschieden zu oft verspotten lassen.

»Ich bin Geschäftsmann, und ich mache Urlaub. Und wenn Sie nichts von alldem verstehen und auch nicht in der Lage sind, ohne Hilfe eine Tasse Tee zu kochen, was wollen Sie dann hier?«

Jenny hätte ihm leicht sagen können, er solle seine Nase nicht in Angelegenheiten stecken, die ihn nichts angingen, aber es wäre wenig professionell gewesen, Meggies Kunden zu beleidigen. Irgendetwas an ihm ließ sie sehnsüchtig an Henrys kultivierte Eleganz denken. Henry würde nie etwas Unerwartetes oder Ungehöriges tun. Dieser Mann schien eine Energie zu verströmen, etwas Ungezähmtes, das beunruhigend war, und seine Stimme hatte ein Timbre, das von Henrys mildem Ton Lichtjahre entfernt war.

»Wie ich bereits erwähnte«, erklärte sie fest, »trank ich gerade einen heißen Kakao ...«

»Aber warum haben Sie ihn hier getrunken? *Sie* sehen nämlich nicht aus, als wären Sie im Urlaub.« Er musterte sie kurz von oben bis unten, als wollte er seine Behauptung überprüfen. »Ein Designer-Hosenanzug ist nicht gerade die passende Freizeitkleidung für die Highlands.«

Jenny widerstand dem zwanghaften Wunsch, zu überprüfen, ob sie auch nicht zu viele Knöpfe geöffnet hatte. »Genau gesagt, Marks and Spencer, aber danke für das Kompliment. Möchten Sie übrigens Zwiebeln zum Speck?« Sie hatte gerade einige entdeckt und wollte ihn davon abhalten, zu viele direkte Fragen zu stellen. Ihre Wimperntusche war inzwischen wahrscheinlich bereits unter den Augen angelangt, und ihr Lippenstift hatte bestimmt auch nicht länger als eine Stunde gehalten.

»Ja, bitte. Und Sie haben meine Frage noch nicht beantwortet.«

Sie hätte sich weiter weigern können, darauf einzugehen, kam aber zu dem Schluss, dass Geheimnistuerei seine Neugier nur steigern würde.

»Ich habe hier in der Gegend zu tun. Nur vorübergehend. Vielleicht sollte ich mir einen Tweedrock oder einen Kilt kaufen, wenn blaues Kammgarn mich hier so deplatziert erscheinen lässt?«

»Wo arbeiten Sie denn?«

Jetzt war sie wirklich versucht zu erwidern, er solle sich um seine eigenen Angelegenheiten kümmern. Es war den Dalmains gegenüber nicht fair, wenn sie einem vollkommen Fremden erzählte, dass sie von weither hierhin geschickt worden war, um deren Firma unter die Lupe zu nehmen. »Das ist vertraulich. Wie stehts mit einer Tomate?«

»Ich verstehe. Nun, Sie brauchen es mir nicht zu erzählen, wenn Sie es nicht wollen.«

»Ich weiß. Was ist nun mit der Tomate?«

»Ja, bitte. Wenn Sie das schaffen, natürlich.«

Seine Neugier und seine Bemerkungen über ihre Kleidung waren verständlich, wenn auch nicht hinnehmbar, aber dies war definitiv ein Tiefschlag. »Ich bin mir sicher, dass ich es schaffe. Wie lange möchten Sie sie denn gekocht haben?«

Er runzelte die Stirn, atmete tief ein, hörbar wieder aus und schüttelte den Kopf. »Wir scheinen beide einen schlechten Start miteinander gehabt zu haben ...«

»Nun, Sie haben einen schlechten Start gehabt. Ich behandele Sie mit dem Takt und der Geduld, für die ich bekannt bin.«

Widerstrebend lachte er. »Ich sehe ein, dass ich Ihnen dankbar sein sollte, dass Sie wenigstens versuchen, mich zu bedienen ...«

»Aber Sie sind es nicht«, half sie ihm aus. »Sie sind zu sehr daran gewöhnt, Befehle zu erteilen und zu bekommen, was Sie wollen, ohne sich dafür bei jemandem bedanken zu müssen.«

Er zog eine Augenbraue hoch. »Nun, vielen Dank für die Charakteranalyse.«

»War mir ein Vergnügen. Und sie ist im Gegensatz zu dem Schinkenbrötchen umsonst.«

»In den Genuss der Charakteranalyse bin ich ja nun wenigstens gekommen. Mit dem Schinkenbrötchen hatte ich noch nicht das Vergnügen.«

Jenny atmete tief durch. Es war ärgerlich, dass sie nicht in der Lage war, etwas so Einfaches zu servieren, aber weiterer Widerspruch würde sie jetzt nur noch unfähiger erscheinen lassen. Sie war drauf und dran, dem Mann nahe zu legen, einfach zu gehen und es in einer halben Stunde noch einmal zu versuchen, als Meggie wieder auftauchte.

»Ah, hier ist die Besitzerin«, erklärte Jenny erleichtert. Zwar war die Versuchung groß, einfach in ihren Wagen zu springen und mit quietschenden Reifen davonzufahren, aber sie fühlte sich verpflichtet, sich zu vergewissern, dass es Meggie gut ging. »Alles okay?«

»Absolut. Und wie kommen Sie zurecht?«

»Also ich hoffe, Sie haben nicht vor, sie hier auf Dauer einzustellen«, mischte sich Jennys Kunde ein. »Sie scheint für die Arbeit vollkommen ungeeignet zu sein.«

Jenny warf ihm einen bösen Blick zu. Er war außerordentlich unfair, und jetzt konnte sie auch nicht mehr gehen, ohne dass es wie eine Flucht gewirkt hätte.

»Tatsächlich?«, fragte Meggie fröhlich, aber abschätzig.

»Warum gehen Sie nicht und setzen sich an einen der Tische, und wir bringen Ihnen dann, was Sie bestellt haben?«

»Warum bin ich darauf bloß nicht gekommen?«, murmelte Jenny, sobald er außer Hörweite war. »Er hing hier rum, hat mir zugesehen und mir dumme Fragen gestellt, und ich hatte keine Ahnung, wo ich hier irgendetwas finde.«

Meggie hatte den Schinken aus dem Bräter geholt und die Zwiebeln zugegeben. »Ach, was solls? Sie scheinen ja alles großartig hingekriegt zu haben.«

»Ich habe so etwas nicht mehr gemacht, seit ich studiert habe. Das liegt schon mehrere Leben zurück.«

»So lange kann das doch sicher noch nicht zurückliegen. Wie alt sind Sie denn?«

»Siebenundzwanzig. Und Sie?«

Meggie lachte. »Fünfundzwanzig, und es tut mir Leid, dass ich so neugierig bin. Ich bringe mich immer in Schwierigkeiten, weil ich so freimütig bin. Unhöflich nennt mein Mann das.«

Jenny erwiderte ihr Lachen. »Unhöflich würde ich es nun wirklich nicht nennen.«

Meggie seufzte. »Iain sagt, ich kann so unhöflich sein wie ich will, sobald ich den Laden dichtgemacht habe. Dann hätte ja nur noch er darunter zu leiden.«

»Sie machen den Laden dicht? Das ist aber ein Jammer!« Der fröhliche kleine karierte Imbissstand erschien ihr plötzlich wie ein sicherer Hafen in der trostlosen Kälte des Nachmittags.

»Also theoretisch nur für diese Saison. Das Problem ist nur, wenn ich zu früh aufhöre, und das muss ich vielleicht wegen dieses kleinen Bündels«, sie klopfte sich auf den Bauch,

»dann kann ich mir diesen Platz für nächstes Jahr vielleicht nicht sichern. Es ist noch jemand scharf darauf, und ›The Homely Haggis‹ würde sich für mich nicht mehr lohnen, wenn die Anfahrt zu lang wäre.«

Meggie seufzte wieder. »Wie lange geht die Saison denn noch?« Es schien für ein Geschäft, das auf Touristen ausgerichtet war, schon ziemlich spät im Jahr zu sein.

»Nur noch ein paar Wochen. Im Dezember ist endgültig Schluss.«

»Könnte Sie denn niemand vertreten? Es wäre doch schade, wenn Sie das Geschäft nur deswegen verlören, weil Sie schwanger sind.«

»Ja, das wäre es, nicht wahr?« Meggie war froh, dass irgendjemand ihre Gefühle verstand. »Aber ich habe alle hier in der Gegend gefragt, und keiner kann.«

»Ich wäre beinahe versucht einzuspringen, wenn ich nicht gerade so jämmerlich daran gescheitert wäre, ein Schinkenbrötchen und eine Tasse Tee zuzubereiten. Ich würde Ihnen nur die Kunden verjagen.«

»Sie würden nicht vielleicht wirklich ...?« Jenny biss sich auf die Lippen. Meggie sah sie an, als hätte sie im Kaffeesatz ihren Erlöser gesehen. Aber Jenny hatte ihr Angebot nicht ernst gemeint, sondern nur ihr Mitgefühl zum Ausdruck bringen wollen.

»Also ...«

»Das wäre echt toll, wenn Sie das könnten. Würde es denn überhaupt gehen? Es wären nur die Wochenenden und gelegentlich mal abends, wenn gutes Wetter ist. Aber Sie haben ja Ihre andere Arbeit.«

Jetzt war der Augenblick gekommen, um zu sagen, nein,

sie könne das nicht anbieten. Aber sie sagte nicht Nein. Henrys Sticheleien über ihre Impulsivität und ihre eigene Beteuerung, dass es sich eher um Mitleid handelte, gingen ihr durch den Kopf. Warum sollte sie nicht impulsiv und Anteil nehmend sein, wenn sie wollte? Es war ihr Leben, und eine kleine Abwechslung konnte sie gut vertragen.

»Es reizt mich irgendwie, teils, weil ich Ihnen helfen möchte, und teils, weil es vielleicht ... einfach Spaß macht.«

»Oh, es *macht* Spaß! Es ist toll! Und es ist ja nur für ein kleines Weilchen. Ich denke, dass ich im nächsten Sommer schon zurechtkomme, selbst mit einem Säugling, und Iain und ich sind auf die Zusatzeinnahmen angewiesen.«

Meggie legte all ihre Überredungskunst in einen einzigen flehenden Blick.

»Und Sie können wirklich niemand anderen finden, der den Job solange für Sie übernehmen kann?«

»Das ist mir bisher nicht gelungen. Bis Sie des Weges kamen.«

»Meggie!«

»Vielleicht erzählen Sie mir besser, was Sie im Haus Dalmain wollen. Und wie lange Sie wahrscheinlich dort bleiben werden. Aber vorher bringen Sie Ihrem Lieblingskunden das hier. Richten Sie ihm aus, es ginge aufs Haus, weil er so lange hat warten müssen.«

»So lange nun auch wieder nicht! Ich habe mein Bestes getan.«

»Bringen Sie es ihm einfach. Dann kommen Sie zurück und holen den Tee. Bitte!«

Mehr als nur ein wenig widerstrebend überquerte Jenny die mit Kieseln bestreute Parkbucht. Die Absätze ihrer Stiefel waren in Surrey schön und gut, aber für die schottischen Highlands viel zu hoch.

»Bitte sehr«, sagte sie abweisend und stellte dem Mann den Teller hin. »Meggie meint, es ginge aufs Haus.«

Er kniff die Augen zusammen. Das wirkte gleichzeitig finster und attraktiv. »Heißt das, auf das Haus Dalmain?«

Jenny spürte, wie ihr Mund plötzlich trocken wurde. »Was meinen Sie damit?«

Er zögerte einen Augenblick, als hätte er auf die Frage antworten wollen, sich dann aber eines Besseren besonnen. »Nichts. Ich habe nur überlegt, dass Sie vielleicht dort arbeiten, im Haus Dalmain.«

»Was um Himmels willen hat Sie auf die Idee gebracht?«

»Nun, ist es nicht so?«

»Es geht Sie nichts an, wo ich arbeite!«

Wütend und etwas wackelig auf ihren hohen Absätzen stolzierte sie zurück zu dem Imbisswagen. »Blöder Kerl! Versucht doch wirklich, mich dazu zu bringen, ihm auf die Nase zu binden, dass ich im Haus Dalmain arbeite, und dabei soll es doch ein Geheimnis bleiben!«

»Ach, warum das denn? Nimmt er Zucker?«

»Jedenfalls gehört er bestimmt nicht zu der Sorte ›Ich bin schon süß genug‹.«

Meggie drückte Jenny ein paar Tütchen Zucker und einen Rührer in die Hand. »Ich würde es ihm selbst bringen, aber dann muss ich wieder für kleine Mädchen. Und wir müssen uns unbedingt unterhalten.«

Mit grimmigem Gesicht brachte Jenny den Tee hinüber. »Bitte sehr!« Sie stellte den Tee auf den Tisch und war sehr zufrieden, dass der Zucker inzwischen in einer kleinen Pfütze schwamm.

»Danke schön. Ach, Fräulein?«

»Was denn?«

»Fräulein« schien ihr der Gipfel der Unverschämtheit zu sein.

»Sie haben einen Fettfleck auf der Bluse. Das wird in dem großen Haus keinen guten Eindruck machen.«

Jenny verstauchte sich beinahe den Fuß, während sie quer über den Parkplatz zurückeilte. »Ach, verpiss dich doch!«, murmelte sie vor sich hin. »Sie bitten mich besser nicht, den Imbiss für Sie zu übernehmen!«, erklärte sie Meggie. »Ich werde Ihre Kunden beschimpfen.«

Meggie schüttelte den Kopf. »Nein, das werden Sie nicht. Die meisten sind wirklich nett. Und sie sind so dankbar! Ich arbeite hier wirklich gern. Es ist so leicht, die Menschen glücklich zu machen!«

Jenny seufzte. Das konnte sie über ihren Job bestimmt nicht sagen – wenigstens nicht über den Aspekt, mit dem sie hier zu tun haben würde.

»Ich serviere Ihnen noch eine heiße Schokolade, und dann erkläre ich Ihnen, wer im Hause Usher wer ist. Falls Sie mir verraten, was Sie dort vorhaben. Hat Philip die Bücher frisiert?«

»Das möchte ich nicht annehmen, aber deswegen bin ich auch nicht hier.«

Meggie zog zweifelnd eine Augenbraue hoch, und Jenny spürte, dass sie am besten so offen war, wie es eben ging. »Ich bin von einem meiner Kunden hergeschickt worden, um mir einen Eindruck zu verschaffen, wie das Geschäft läuft. Ich werde keine Entscheidungen treffen, sondern nur berichten. Aber man hat mir nicht angedeutet, dass es irgendwelche Unregelmäßigkeiten gibt.«

Meggie seufzte. »Schade. Philip ist der Sonnyboy seiner Mama. Wäre schön gewesen, wenn er bloß ein einziges Mal etwas wirklich Schlimmes getan hätte. Aber vermutlich ist er sich selbst treu geblieben, immer einnehmend, immer charmant.«

»Mögen Sie ihn nicht?« Wenn Meggie schon bereit war, ihr Informationen zukommen zu lassen, dann sollte sie auch das Beste daraus machen.

»Es ist praktisch unmöglich, ihn nicht zu mögen. Er ist ›furchtbar nett‹.« Sie wechselte in eine übertrieben vornehme Aussprache. »Aber er ist so unselbstständig. Er wäre als der jüngere Sohn die perfekte Besetzung gewesen. Und mein Iain, der hätte liebend gern das Familiengeschäft in die Hand genommen.« Meggie seufzte. »Arbeiten Sie denn für den Mann, dem Dalmain Mills all das Geld schuldet?«

Jenny fuhr sich mit der Zunge über die Lippen, leicht entsetzt angesichts der Tatsache, dass so viele Firmeninterna der Dalmains allgemein bekannt zu sein schienen. »Es ist etwas komplizierter. Es handelt sich um ein Syndikat, das in die Firma investiert hat. Und ich arbeite für eines der Mitglieder dieses Syndikats. Genauer gesagt, eines der Syndikatsmitglieder ist einer meiner Kunden.«

Meggie ging über diese feineren Einzelheiten hinweg. »Aber wenn das Syndikat Geld investiert hat, dann will es das irgendwann zurückhaben, oder?«

Zu einem horrenden Zinssatz, fügte Jenny im Stillen hinzu. »Im Endeffekt ja. Aber nicht notwendigerweise alles auf einen Schlag.«

Meggie zuckte die Schultern. »Sie erzählen Iain und mir sowieso nie etwas. Wir zählen einfach zwei und zwei zusammen und schnappen so hier und da was auf. Also, was ist denn genau Ihre Aufgabe?«

»Ich bin das, was man eine virtuelle Assistentin nennt. Es ist so, als wäre ich Sekretärin, nur dass ich meinen Chef nie zu sehen bekomme und dass ich verschiedene habe. Leute, für die ich arbeite, heißt das.«

»Klingt kompliziert.«

»Das ist es eigentlich nicht. Mit dem Internet geht alles ganz einfach. Gewöhnlich arbeite ich von zu Hause aus, aber als mein Kunde« – es war nicht nötig, seinen Namen zu nennen – »mich bat, hier heraufzukommen und selbst nach dem Rechten zu sehen, hat mich die Aussicht gereizt, mich einmal ein wenig ins echte Leben hinauszuwagen. Es hat ja keine Auswirkungen auf meine Arbeit für meine übrigen Kunden, und immer nur zu Hause zu arbeiten ist manchmal etwas einsam.« Und man erwartet ständig von einem, dass man nebenbei den Haushalt erledigt, fügte sie für sich hinzu.

»Ich bin mir nicht sicher, dass Haus Dalmain sehr viel an anregender Gesellschaft zu bieten hat, aber schließlich bin ich ja auch noch da.« Meggie lachte. »Solange ich hier bin. Wie sagten Sie noch, war Ihr Name?«

»Genevieve Porter. Genannt Jenny.«

»Vermutlich wird die Matriarchin darauf bestehen, Sie Genevieve zu nennen, wenn Sie nicht gleich bei Miss Porter bleibt.«

»Mir gefällt Genevieve ganz gut. Es ist nur ein bisschen lang.«

»Also dann, Jenny oder Genevieve, wie wärs, wenn du für mich die Stellung hältst, solange ich ausfalle? Nur für die Zeit, die du ohnehin hier bist?« Meggie war wie selbstverständlich zum Du übergegangen und sah sie mit ihren braunen Augen flehentlich an.

»Theoretisch würde es mir wirklich gut gefallen, aber ich wäre völlig nutzlos! Sieh dir doch an, wie es mir gerade mit diesem Mann ergangen ist.«

»Er war ungewöhnlich schwierig. Und du wärst bestimmt nicht nutzlos, wenn du kurz eingewiesen würdest. Außerdem wirst du irgendeine Zuflucht brauchen. Haus Dalmain ist eine Art Kreuzung zwischen einem Museum und einem Bestattungsinstitut – nur nicht so fröhlich.«

Großer Gott, sag nicht, dass Henry auch darin Recht behalten sollte – wie in allem anderen. »Tatsächlich? Vielleicht sollte ich die Sache einfach abschreiben und wieder heimfahren ...«

»Nein, auf keinen Fall!« Meggie trat schleunigst den Rückzug an. »Es wird ganz nett werden, da bin ich mir sicher. Und ich werde deine Gesellschaft genießen. Eine Frau in meinem Alter, das wird wunderbar sein. Du hast doch auch erwähnt, du seiest etwas einsam.«

Jenny lachte. »Habe ich das? Aber hier tanzt im Augenblick auch nicht gerade der Bär, oder?«

Meggie zuckte mit den Schultern. »Ja, ich weiß. Und es ist reichlich unverschämt von mir, dir überhaupt diesen Vorschlag zu unterbreiten. Doch du hast es gewissermaßen selbst angeboten, und du hast erzählt, du hättest mal in einem Café gearbeitet.«

»Ja, das stimmt.«

»Das Schönste an dieser Arbeit ist«, fuhr Meggie fort, die spürte, dass Jenny versucht war zuzusagen, »dass die Leute sich immer so freuen, einen zu sehen. Sie kommen ja oft direkt von den Bergen.« Sie deutete auf den mit Heide bedeckten Hügel, der hinter ihnen anstieg. »Und sie sind im strömenden Regen stundenlang unterwegs gewesen. Sie sterben für irgendetwas Heißes, und du bist die Frau, die es ihnen vorsetzen kann.«

»Ich verstehe, dass das befriedigend sein muss.«

»Und man braucht sich keine Gedanken mehr darum zu machen, wenn man heimfährt. Entweder hat man viele heiße Getränke und Schinkenbrötchen verkauft oder nicht. Man schließt einfach ab und vergisst es.«

Jenny seufzte. Sie ertappte sich oft dabei, bis spät in die Nacht zu arbeiten und Probleme nicht immer hinter sich lassen zu können. »Ich muss zugeben, das klingt verlockend.«

»Und die Berge sind berühmt. In dieser Gegend sind immer Wanderer und Bergsteiger unterwegs. Die meisten davon sind sehr nett.«

»Meiner heute war es nicht.«

»Die Ausnahme, das verspreche ich. Außerdem war er trotzdem ziemlich attraktiv. Die Männer von hier sind alle in festen Händen, und du brauchst auch mal jemanden, mit dem du ein bisschen schäkern kannst.«

Jenny lachte. »Du meinst also, ich sollte ›The Homely Haggis‹ übernehmen, um Männer aufzugabeln, wie?« Was würde Henry davon halten?

»Es gibt Schlimmeres. Es sei denn, du bist selbst bereits vergeben?«

»Das bin ich, um es so zu sagen, aber selbst wenn ich es nicht wäre, würde ich nicht gern Geschäft mit Vergnügen verbinden. Es würde ja keinen Sinn machen, hier einen fröhlichen Schotten kennen zu lernen, den ich dann nicht mit nach Hause nehmen kann.«

Meggie zuckte die Schultern. »Kannst du deinen Job nicht von jedem beliebigen Ort aus machen?«

»Ja, doch der Job ist ja nicht mein ganzes Leben! Ich meine, nichts für ungut, aber ich komme aus dem Dunstkreis von London, und von hier bis zur Bondstreet ist es ein ziemlich weiter Weg, oder?«

Meggie kicherte. »Hier, ich schreib dir meine Adresse und meine Telefonnummer auf. Wenn du lange genug bleibst und mir helfen möchtest, ruf mich einfach an. Wenn nicht, dann komm ruhig trotzdem auf ein Schwätzchen und ein Schlückchen vorbei. Ich werde dich nicht weiter bedrängen.«

Das bezweifelte Jenny. Meggie war offensichtlich sehr entschlossen. Und der gemütliche Imbisswagen führte Jenny tatsächlich in Versuchung. »Ich werde mich so oder so schnellstmöglich melden.« Sie hielt inne. »Ich würde dich in gewisser Weise gern vertreten. Nur um zu beweisen, dass ich dazu fähig bin.« Und zwar nicht nur sich selbst. Irgendetwas in ihr, tief in ihrem Innern und für sie selbst kaum wahrnehmbar, wollte diesem Mann beweisen, dass sie mit einem Schinkenbrötchen und einer Tasse Tee nicht überfordert war – aber Gott allein mochte wissen, warum sie eigentlich kümmerte, was er von ihr dachte.

»Schön. Mehr kann ich wirklich nicht verlangen.«

Jenny sah auf ihre Uhr. »Ich mache mich jetzt wohl besser auf den Weg. Was meinst du, sollte ich anrufen und genau ankündigen, wann ich eintreffe?«

»Wie willst du das bewerkstelligen? Mit einem Handy kannst du hier nichts ausrichten.«

Jenny zog eine Grimmasse. »Großer Gott! Wie hinterwälderisch!«

»Fort mit dir! Brauchst du eine Wegbeschreibung?«

Jenny fischte ein zusammengeknülltes Stück Papier aus ihrer Jackentasche. »Etwa eine Meile von hier entfernt zweigt eine kleine Straße ab, und danach geht es weiter einen langen Weg links hinauf?«

Meggie nickte. »Und dann bist du auch schon da. Viel Glück.«

Kapitel 2

Die Türglocke war von der Sorte, die man draußen nicht hört, wenn man sie bedient. Jenny stand vor der Tür, zitterte und fragte sich, ob die Klingel, deren Zug sie nur mit Mühe hatte bewegen können, überhaupt angeschlossen oder vielleicht nur zur Zierde da war. Vielleicht läutete sie ja auch in einem weit entlegenen Dienstbotenquartier, und das Läuten verhallte dort ungehört.

Sie hatte die Zeit bereits genutzt, um ihr Gepäck aus dem Auto zu laden. Inzwischen hatte sie es um sich herum aufgestapelt und mochte es nun auch nicht mehr im Stich lassen. Jenny wollte nicht noch einmal klingeln und dadurch womöglich jemanden bedrängen, der bereits auf dem Weg zur Tür war – falls es denn diesen Jemand gab. Und wenn nicht? Sie konnte auch nicht ewig vor der Tür stehen bleiben.

Sie sah sich um und versuchte, optimistisch zu bleiben, musste aber feststellen, dass die Umgebung noch weniger verheißungsvoll erschien, als Meggie angedeutet hatte. Das Haus war aus großen, grauen Granitblöcken erbaut, deren Farbe ganz hübsch gewesen wäre, hätte man nicht das reichlich – um nicht zu sagen: im Übermaß – vorhandene Fachwerk dunkelrot gestrichen. Eine Vielzahl rustikaler Pfosten trug offensichtlich das zweite Geschoss. Aus den Pfosten ragten noch die Enden abgeschnittener Äste hervor wie blutige Dornen. Die überhängenden Fenster waren an ihrer Unterkante mit Windfedern versehen, und Windfedern umrandeten auch die kleinen Türme und Fensterleibungen. Tatsächlich, dachte Jenny grimmig, sah das Ganze aus wie ein übergroßes Knusperhäuschen, dessen Bewohner sich entschlossen hatten, ihre Grausamkeit durch einen blutfarbenen Anstrich noch herauszustellen, statt ihre bösen Absichten durch die Dekoration ihres Hauses mit Süßigkeiten zu verschleiern.

In sehnsüchtige Gedanken an ihr warmes, kleines Auto und den malerischen, wenn auch langen Rückweg in die Zivilisation versunken, wollte sie gerade die Klingel noch einmal betätigen, als sie endlich jemanden kommen hörte.

Zuerst waren es Schritte, die sie wahrnahm, dann jemand, der mit einem Hund schimpfte. Es dauerte lange, bis die Tür schließlich aufgeschlossen war.

»Guten Tag – Sie müssen ...« Die Frau war eine Mittvierzigerin und wäre hübsch gewesen, hätte sie nicht so erregt gewirkt. Sie trug ihr dichtes, dunkelblondes Haar hoch aufgetürmt; an ihren Ohren baumelten sehr schöne Goldohrringe.

»Genevieve Porter, genannt Jenny.«

»Ich bin Felicity Dalmain.« Die Frau reichte Jenny die Hand. Sie war kalt.

»Sie haben mich erwartet?«, fragte Jenny, nachdem sie einander die Hand geschüttelt hatten.

»Oh ja, meine Mutter erwartet Sie. Wir alle erwarten Sie. Kommen Sie doch herein.« Die Frau nahm einige von Jennys Aktenmappen auf. »Stören Sie sich nicht an den Hunden. Sobald sie Sie erst mal beschnüffelt haben, sind sie zufrieden. Vorher sollten Sie sie jedoch nicht streicheln.«

Mit einer Tasche, die sie unter den Arm geklemmt hatte, und Gepäckstücken in beiden Händen war das keine große Versuchung, aber selbst wenn sie gekonnt hätte, wäre sie vermutlich nicht auf die Idee gekommen. Rein theoretisch mochte Jenny Hunde, doch die Vorstellung einer ganzen Meute, die sie beschnüffelte, ließ ihr den Schweiß ausbrechen. Und Hunde rochen, wenn jemand Angst hatte. Sie hätte davonlaufen sollen, solange sie noch die Gelegenheit dazu gehabt hatte, bevor die Tür geöffnet worden war, jedenfalls, bevor sie sich selbst mit dem Gepäck beladen hatte. Es schienen ungefähr fünf Hunde zu sein. Ganz gleich, ob sie nun groß und grau oder klein und braun waren, sie alle strichen mit ihren Nasen interessiert über ihre Kleider. Vermutlich hatten sie noch nie zuvor marineblaues Kammgarn von Marks & Spencer beschnuppert, überlegte Jenny. Und es war vielleicht nur ihre Art, ihre Meinung dazu kundzutun, wenn sie Jenny komplett einhaarten. Das schafften sie erstaunlicherweise, ohne dass sie sich irgendwie an ihr gerieben hätten.

»Lassen Sie ihre Taschen hier«, schlug Felicity Dalmain vor und setzte die ab, die sie selbst trug. »Sie scheinen ziemlich viel Gepäck dabeizuhaben. Wir bringen es später hinauf. Kommen Sie in die Küche. Möchten Sie etwas trinken?«

Jenny lechzte nach einer Tasse Tee, aber noch vordringlicher war ein anderes Bedürfnis. Anders als Meggie hatte sie keinen Gebrauch von dem einsamen Baum und der Heide gemacht.

»Könnten Sie mir bitte zuerst die Toilette zeigen?«

»Oh ja. Eine befindet sich gleich hinter dieser Tür – nein, hinter der nächsten. Ich bin dann in der Küche.«

Jenny fand die Toilette – eine Kloschüssel und ein Waschbecken in der Ecke eines großen Raumes voller alter Radmäntel, Regenjacken, Angelzubehör und wahrscheinlich Spinnen, aber ohne ein Schloss an der Tür. Nicht besonders gemütlich, doch vermutlich, so überlegte sie, immer noch besser als der scharfe Wind auf der Heide. Sie wusch sich die Hände; das Wasser blieb eiskalt, auch nachdem sie es einige Minuten lang hatte laufen lassen. Vielleicht ist es in der Küche richtig warm, dachte sie, im Mittelpunkt des Hauses, wo es sicherlich eine heiße Suppe, frisch gebackenes Brot und andere Verlockungen gab.

Natürlich immer vorausgesetzt, sie würde die Küche jemals finden. Das Haus war kein Palast, aber die Vielzahl von Türen, die sie zur Auswahl hatte, beeindruckte sie dennoch. Hinter den beiden ersten verbargen sich Speisekammern mit Stellplatten aus Granit, grausam wirkenden Haken und zerfledderten Fliegengittern vor den Fenstern; hinter der dritten fand Jenny eine Kammer voller Flaschen und Krüge, das vierte Zimmer beherbergte Hundekörbe, Knochen und zerrissene Decken, und hinter der fünften Tür erwartete sie schließlich die Küche.

Dort war es zwar etwas wärmer als im Rest des Hauses, aber es war lange nicht die warme Zuflucht, nach der sie sich gesehnt hatte. Jenny blickte sich in der Hoffnung um, eine Art Herd zu entdecken, irgendetwas, was auf heißes Wasser hoffen ließ oder zumindest etwas Warmes, an das man sich anlehnen konnte. Doch nach der Anzahl der Katzen zu urteilen, die darauf saßen, war die einzige Wärmequelle ein betagter Boiler – und nicht einmal den Katzen schien darauf besonders behaglich zu Mute zu sein.

Die Frau, die ihr geöffnet hatte – Felicity, rief Jenny sich in Erinnerung –, kam ihr entgegen. Sie hielt ein Glas in der Hand. Eine Haarsträhne hatte sich aus ihrem Dutt gelöst. »Möchten Sie einen Whisky? Ich weiß, es ist noch früh, aber ich bin etwas rappelig. Ich erwarte einen Freund – eigentlich einen Freund von früher – zum Essen.«

Da Felicity den Whisky bereits eingoss, konnte Jenny wohl kaum noch um eine Tasse Tee bitten, denn damit hätte sie sowohl die schlechten Angewohnheiten ihrer Gastgeberin bloßgestellt als auch deren Erregung noch gesteigert. »Wie schrecklich. Kein Wunder, dass Sie etwas zu trinken brauchen, aber für mich bitte nur einen kleinen. Ich bin schließlich noch bei der Arbeit.« Sie lachte leicht nervös. War Felicitys Ängstlichkeit ansteckend, oder stieg in Jenny langsam das Gefühl auf, dass sie einen schweren Fehler begangen hatte, mehr als siebenhundert Meilen zu fahren und sich darauf festzulegen, vielleicht bis zu einigen Monaten in diesem eiskalten Mausoleum zuzubringen, und zwar hauptsächlich, um Recht zu behalten? »Ist er eine alte Flamme von Ihnen?«

»Eigentlich nicht, eher ein Funke, dem nie die Möglichkeit gegeben wurde, zu mehr zu werden.« Felicity hielt kurz inne. »Ich habe meiner Mutter noch nicht erzählt, dass er kommt.«

»Oh. Und wird sie die Lammkoteletts strecken müssen, um einen zusätzlichen Esser satt zu bekommen? Wird sie sich vielleicht darüber ärgern?«

»Sie wird sich auf jeden Fall ärgern, aber nicht, weil sie für das Essen zuständig ist. Es ist schlicht so, dass er vor über zwanzig Jahren nicht ihre Billigung gefunden hat, und daran wird sich auch jetzt nichts ändern.«

»Oh.«

Felicity strich sich die Haarsträhne aus dem Gesicht. »Tut mir Leid. Ich sollte Ihnen all das gar nicht erzählen. Wir haben uns ja gerade erst kennen gelernt.«

»Es ist manchmal leichter, Fremden etwas zu erzählen als

Menschen, die einem nahe stehen.« Die Leute vertrauten sich Jenny relativ schnell an – entweder wirkte sie wie jemand, der gut zuhören konnte oder nicht leicht zu schockieren war.

»Ja«, sagte Felicity zaghaft – noch nicht dazu bereit, sich ihrer Last vollständig zu entledigen. Vielleicht brauchte sie nur noch ein wenig Zeit.

Jenny nippte an ihrem Whisky. »Soll ich mich zuerst Lady Dalmain vorstellen? Oder erst meine Sachen nach oben bringen?« Jenny wusste, dass sie im Haus nur geduldet war, und hatte das Gefühl, dass es Lady Dalmain nicht gefallen würde, wenn der Flur voller Koffer stand.

»Ich denke, ich sollte Ihnen jetzt Ihr Zimmer zeigen. Meine Mutter ist in ihrem Arbeitszimmer. Sie schreibt ein Buch.«

»Ach? Einen Roman?«

Felicity schüttelte den Kopf. »Sie verachtet Romane, das heißt, zumindest alle Romane, die nach neunzehnhundert erschienen sind. Nein, sie schreibt etwas Historisches. Und sie mag es nicht, wenn man sie stört. Ihre Arbeit ist ihr heilig.«

»Werden Sie ihr erzählen, dass Ihr Freund kommt?«

»Oh ja. Das werde ich müssen. Ich schiebe es nur auf. Prost.« Felicity nahm einen Schluck Whisky, der ein Pferd umgeworfen hätte.

Jenny versuchte, es ihr gleichzutun, und erstickte beinahe daran. »Aber Ihre Mutter weiß doch, dass ich komme?« Jennys Ängstlichkeit wurde von Felicitys angefacht, und langsam überlegte sie, ob diese Arbeit vor Ort nicht sehr überbewertet wurde. Es ging doch nichts über einen schönen, anspruchslosen Computer, mit dem man alles in seinen eigenen vier Wänden erledigen konnte. Kommunikation nur über E-Mail. Menschen machten die Dinge so kompliziert.

»Oh ja. Wir wissen es alle seit Wochen.«

Jenny nahm noch einen Schluck. »Miss Dalmain, Sie können mich nicht vielleicht über Ihre Familie ins Bild setzen, bevor ich sie alle persönlich kennen lerne? Dann bleiben mir vielleicht einige furchtbare Schnitzer und Verwechslungen erspart.«

Damit entlockte sie Felicity ein Lächeln. Jenny sah jetzt auch, wie hübsch Felicity einst gewesen sein musste und auch wieder sein könnte, wäre sie nicht so ein Nervenbündel. »Also, da bin einmal ich. Nennen Sie mich Felicity. Ich bin die Älteste; hätte eigentlich ein Junge werden sollen. Den Namen hat mein Vater ausgesucht; meine Mutter war über meine Ankunft überhaupt nicht froh. Ich habe Vater angebetet.« Sie seufzte. »Der Nächste ist Philip, er ist der älteste Sohn. Für meine Mutter geht die Sonne auf, wenn sie ihn sieht. Er ist auch wirklich nett, aber ich habe langsam die Nase voll davon, dass er praktisch nichts falsch und ich nichts richtig machen kann. Dann ist da noch Iain. Er ist der Jüngste und wohnt nicht mehr hier. Er hat den Absprung geschafft. Er ist mit Meggie verheiratet, die ...« Felicity musterte Jenny, um herauszufinden, ob ein Hinweis auf die Klassenzugehörigkeit akzeptabel sein würde. Sie kam zu dem Schluss, dass dem nicht so war, und sagte: »Nun, sie ist nicht wie wir. Sie kann ziemlich direkt sein. Meine Mutter ist mit ihr nicht einverstanden, weil sie mit schottischem Akzent spricht. Scotch nennt meine Mutter das.«

»Ach, und ich dachte, es gelte als furchtbar diskriminierend, etwas oder jemanden als ›Scotch‹ zu bezeichnen, es sei denn, es handelt sich um einen Whisky.«

Felicity lachte ausgelassener, als Jenny es auf Grund ihrer Bemerkung erwartet hätte. »Tut mir Leid, es ist nur die Vorstellung, dass Mama sich jemals bemüht haben sollte, niemanden zu diskriminieren. Sie werden schon verstehen, was ich meine, wenn Sie sie kennen lernen.«

»Oh.« In Felicitys Darstellung wirkte die Matriarchin noch düsterer als in der Meggies. »Meggie habe ich schon kennen gelernt. Ich habe auf dem Weg hierher Halt gemacht, um etwas zu trinken, an ihrem Café, dem ›Homely Haggis‹.«

Felicity versteifte sich leicht. »Ach?«

»Sie fragte mich, wohin ich unterwegs sei, und als ich es ihr erzählte, hat sie sich mir vorgestellt.«

»Nun ja, Meggie war schon immer nur allzu bereit, sich anderen aufzudrängen.«

Jenny spürte, dass Snobismus vielleicht eine Familienkrankheit war und nicht nur eine Schwäche Lady Dalmains allein. »Oh, sie hat sich mir nicht aufgedrängt«, versicherte sie. »Sie fragte mich nur, wo ich hinwolle, und erzählte mir dann, dass sie zur Familie gehöre.«

Felicitys Blick war mehr als nur leicht ungläubig. »Und sie hat Ihnen nicht erzählt, dass wir ein seltsamer Haufen seien?«

Jenny blickte in ihr Glas, das immer noch genügend Alkohol enthielt, um die schmerzfreie Amputation eines Armes oder Beines zu ermöglichen. »So in etwa. Jetzt erzählen Sie mir schnell von Ihrer alten Flamme, bevor der Herr persönlich hier erscheint.« So eine vertrauliche Frage war zwar ein Risiko, aber Jenny wollte gern das Thema wechseln, und die meisten Frauen sprechen gern von ihren Männern.

»Wie ich schon erwähnte, bekam er nie die Gelegenheit, zu einer Flamme zu werden. Mama erklärte mir damals, er sei gewöhnlich und ich dürfe mich nicht auf ihn einlassen. Mit Anfang zwanzig hatte ich keine andere Wahl. Ich fürchte, sie ist ein wahnsinniger Snob.«

Über diese Feststellung des Offensichtlichen ging Jenny hinweg und erkundigte sich: »Und wie haben Sie den Kontakt wieder neu geknüpft?«

»Eine Freundin von mir hält auf der anderen Seite des Tales Alpakas. Lachlan ist eine Art fahrender Alpakascherer. Sie hat seinen Namen einmal erwähnt, und da kam mir die Idee, es könne der gleiche Lachlan sein, den ich damals gekannt habe. Schließlich brachte ich den Mut auf, mich bei ihm zu melden, und habe ihm gesagt, er müsse unbedingt einmal herkommen, wenn er wieder in der Gegend sei.« Felicity leerte ihr Glas. »Ich habe keine Ahnung, warum er zugestimmt hat. Ich bin sicher, er ist verheiratet oder hat eine Freundin oder so was. Entweder das oder er muss denken, dass ich eine totale Schlampe bin, ihn einzuladen.«

»Ich bin sicher, dass er das nicht denkt.«

»Denn eigentlich bin ich, was immer meine Mutter auch behaupten mag, keine totale Schlampe. Ich bin nur sehr allein. Und wenn ich nicht bald etwas unternehme, um mein Leben zu ändern, dann werde ich für den Rest meines Lebens hier festsitzen und mich um Mama kümmern können. Für den Rest ihres Lebens und meines – denn sie ist gesund wie ein Ochse.«

»Ich verstehe«, murmelte Jenny, der etwas unbehaglich zu Mute war. »Nun, gut, dass Sie etwas unternommen haben.«

Felicity seufzte. »Kommen Sie. Ich werde Ihnen Ihr Zimmer zeigen. Sie können dort Ihre Sachen auspacken und so weiter und dann so gegen sieben hinunter in den Salon kommen, um vor dem Essen noch einen Schluck zu trinken. Lachlan kommt ungefähr um halb acht. Es wird besser sein, wenn Sie bei seiner Ankunft anwesend sind. Dann wird Mama nicht in der Lage sein, allzu viel Theater zu machen.«

Jennys Zimmer war groß und befand sich in einem der kleinen Türme. Das bedeutete eine Vielzahl von Fenstern mit Panoramablick. Und es hieß, dass es zog wie Hechtsuppe, wie ihre Mutter es formuliert hätte. Wie gewünscht stand ein als Schreibtisch benutzbarer Tisch im Zimmer, dazu ein hohes, altmodisches Bett, eine Kommode und ein Kleiderschrank.

»Ich habe eine der Schubladen leer geräumt, und im Kleiderschrank ist auch etwas Platz«, erklärte Felicity. »Wir haben eine separate Telefonleitung legen lassen, wie gewünscht.« Das fügte sie mit einem sichtbaren Schaudern hinzu. »Mama war außer sich! Wir sind immer angehalten, sparsam ...«

»Aber die Firma hat doch gezahlt?«, unterbrach Jenny sie.

»Oh, ja, doch Mama hasst es, Geld zu verschwenden, selbst wenn es nicht ihr eigenes ist, es sei denn, für irgendetwas, das ihre Billigung findet, zum Beispiel Bücher oder Antiquitäten. Nichts, was mit Elektronik auch nur entfernt zu tun hat, gehört dazu. Trotzdem hoffe ich, dass alles recht ist. Zum Badezimmer geht es über den Flur. Meine Mutter hat ihr eigenes Bad, und wir anderen teilen uns das auf dem Flur.«

»Zeigen Sie mir einfach, wo es ist. Das Haus ist so groß, ich werde mich sicher verlaufen.«

»Oh, kein Problem.« Felicity ging ihr durch den Flur voraus. »Hier ist es. Benutzen Sie die Dusche erst gar nicht; sie funktioniert nicht. Und in der Wanne ist es immer kalt, weil nie genug heißes Wasser da ist, um sie ganz zu füllen. Ich lasse normalerweise einen Eimer mit heißem Wasser voll laufen, mit dem ich mich, in der Badewanne stehend, wasche, und dann spüle ich mich mit einem Plastikkrug ab. Meine Mutter hat einen eigenen Heißwasserbereiter in ihrem Bad.«

»Oh. Ja, gut«, sagte Jenny und schwor sich, ihre Arbeit so schnell wie möglich zu erledigen. Es hatten sie zwar alle, vor allem Henry, gewarnt, dass es in Schottland viel kälter als in England sei, aber niemand hatte erwähnt, dass sich das auch auf das Wasser bezog.

»Also, wir sehen uns dann um sieben Uhr unten im Salon?«

»Wenn ich es schaffe, ihn zu finden, ja.«

Jenny lief wieder hinunter, um ihre restlichen Taschen und ihren Laptop zu holen. Sie hätte nicht unbedingt erwartet, dass jemand anders sie für sie trug, aber es wäre doch freundlich von Felicity gewesen, ihr etwas abzunehmen, und wenn es nur die Tragetasche mit den Pralinen und der Pflanze gewesen wäre, den Geschenken für ihre Gastgeber.

Endlich auf ihrem Zimmer, schloss sie als Erstes ihren Laptop an. Zum Auspacken hatte sie noch keine rechte Lust. Es war fast so, als glaubte sie, die Kleider in ihrem Koffer nähmen in dem Augenblick die Kälte des Raumes an, in dem sie sie auspackte. Außerdem konnte sie sich nicht erinnern, irgendetwas Wärmeres eingepackt zu haben als ihren Hosenanzug. Allerdings war Lady Dalmain, wenn Felicity auch nichts davon gesagt hatte, sicherlich eine Frau, die erwartete, dass man sich zum Abendessen umzog, und da Jenny nun schon ziemlich lange in ihren Sachen steckte, hätte sie ganz gern etwas anderes angezogen.

Jedenfalls würde sie sich nicht ausziehen, bevor sie nicht irgendetwas als Ersatz herausgesucht hatte. Also loggte sie sich zunächst einmal in ihr E-Mail-Konto ein. Sie las aber nichts von dem, was dort ihrer Aufmerksamkeit harrte – Mails von anderen, weniger anspruchsvollen Kunden als dem, der sie hierher geschickt hatte –, sondern schrieb nur rasch eine Nachricht an ihre Mutter.

Liebste Mama, nun, ich bin inzwischen angekommen. Wie du es vorhergesagt hast, herrschen hier Minus-Temperaturen. Du hattest völlig Recht, was die warme Unterwäsche angeht, ich brauche sie hier wirklich. Und um mir die stundenlange Suche im Internet zu ersparen, wo ich mir welche bestellen könnte: Wärst du wohl ein Schatz und schicktest mir etwas? Unterhemden, Unterröcke, Nachthemden, ich glaube, es wäre am einfachsten, du ließest mir einmal das ganze Sortiment aus dem Otto-Katalog zusenden. Aber erzähl um Gottes willen Henry nichts davon, er würde sich totlachen. Ach, und ein Heizkissen brauche ich. Fürs Erste kann ich mir, wenn ich Glück habe, vielleicht eine Wärmflasche organisieren. Die Landschaft allerdings ist sehr schön. Doch die Familie scheint aus lauter Verrückten zu bestehen. Habe die Mutter bisher noch nicht kennen gelernt. Sie scheint, nach dem, was ich bisher gehört habe, die Schlimmste zu sein. Warum habe ich mich breitschlagen lassen, hierher zu kommen? Darauf erübrigt sich wohl eine Antwort! Mit lieben Grüßen, deine Tochter Jenny.

Während sie noch online war, fiel ihr ein, dass sie ihre Ankunft auch ihrem Kunden melden konnte. Sie tippte:

Fahrt ohne besondere Ereignisse, bin sicher angekommen. Habe die Familie bisher noch nicht kennen gelernt. Weiterer Kurzbericht folgt.

Mit freundlichen Grüßen G. Porter

Henry schickte sie keine E-Mail. Damit wollte sie warten, bis sie etwas Positives zu berichten hatte. Alles, was sie ihm jetzt schrieb, würde ihn nur – unter dem Mantel des Mitleids – zu einer ätzenden Bemerkung veranlassen: »Ein bisschen ins Schwimmen geraten, Schätzchen? Ich habe dich ja gewarnt ...« Sie würde Henry ein oder zwei Sachen klar machen müssen.

Um sieben Uhr begab sie sich nach unten. Im Winter ist es völlig normal, wenn man aussieht, als hätte man sich warm eingepackt. Im Oktober dagegen wirkt es irgendwie rüde, wenn man jedes einzelne Kleidungsstück am Leib trägt, das man mit zu seinen Gastgebern gebracht hat. Andererseits wirkte es auch nicht besonders kultiviert, wenn einem die Zähne klapperten, während man mit seiner Gastgeberin zu plaudern versuchte. Außerdem hatte Jenny gar keine richtigen Wintersachen mitgenommen und musste daher ohnehin improvisieren.

Sie trug zwei Strumpfhosen, einen Slip, den Rock, der zu dem Jackett ihres Hosenanzugs gehörte, und eine saubere Baumwollbluse über der seidenen, auf der ein Fettfleck prangte. Darüber hatte sie ihren einzigen Pullover gezogen – den aus Lambswool – und darüber die Jacke. Sie kam sich ein bisschen vor wie die Wurst in der Pelle, aber das war immer noch besser, als offensichtlich vor Kälte zu schlottern. Sie hatte schon beschlossen, bei der erstbesten Gelegenheit den nächsten Laden für Wollsachen aufzusuchen, in dem es einen Schlussverkauf gab, und dort den gesamten Lagerbestand aufzukaufen. Im Grunde ließ sich jeder schottische Plaid mit einer Sicherheitsnadel in einen Rock verwandeln, vor allen Dingen, wenn Henry nicht da war, um seinen Senf dazuzugeben.

Jenny war etwas nervös, als sie sich dem Raum näherte, aus dem gedämpfte Stimmen drangen – Stimmen, denen man anmerkte, dass sie augenblicklich verstummen würden, sobald die Fremde eintrat. So wusste sie wenigstens, dass sie jetzt der Gegenstand der Unterhaltung war. Aber sie holte einfach tief Luft und ging hinein.

»Ach, hallo«, rief Felicity und sprang auf. »Da kann ich Sie gleich meiner Mutter vorstellen. Mama, dies ist Genevieve Porter. Jenny, das ist meine Mutter, Lady Dalmain.«

Mit einem unguten Gefühl in der Magengegend wandte Jenny sich zu der Matriarchin um.

Kapitel 3

Die Frau, die sich jetzt erhob, trug ein Tweedkostüm mit Seidenbluse. Sie musste früher ganz gut ausgesehen haben, aber inzwischen waren ihre Lippen und Augen vor Bitterkeit und Unzufriedenheit zusammengekniffen. Ihr ergrauendes Haar trug sie in einem Knoten im Nacken. Eine dicke Goldkette passte nicht recht zu der Crêpe de Chine, umso besser dagegen zu den schweren Goldohrringen – die Familie stand offenbar auf Juwelen, dachte Jenny. Lady Dalmain, die sich kerzengerade hielt, streckte ihr majestätisch die Hand entgegen. Sie war bedeckt von Ringen und wie geschaffen dafür, um jeden, der sie zu ergreifen wagte, auf sichere Distanz zu halten.

Vielleicht lag es an dem Whisky, den sie bereits getrunken hatte, vielleicht aber auch daran, dass die Situation so theatralisch wirkte, jedenfalls fand Jenny langsam Gefallen daran, wie abartig das Ganze auch sein mochte.

Ein gewaltiger Hirsch, dessen Kopf aus der Wand hinter Lady Dalmain hervorbrach, schien leicht zu blinzeln, und andere schlecht ausgestopfte Tiere starrten gläsern ins Nichts. Verblasste Gobelins mit Kriegern in Schottenröcken und Jungfrauen, die der Ohnmacht nahe waren, hingen traurig an den eichengetäfelten Wänden. Auf den kleinen Tischen, die hier und dort standen, machten sich Holzlampen mit Kristallglasanhängern den Platz mit Porzellanfiguren Flora MacDonalds und diverser Highlander mit Löwen zu ihren Füßen streitig. Verewigt in Sepia, starrten zahlreiche Generationen der Familie grimmig aus reich verzierten Rahmen auf sie herab. Es gab genug in die Enge getriebene Hirsche, Jagdhunde und Hochlandrinder in Silber, um damit einen kleinen Zoo zu bestücken. Jenny konnte sogar einen aus einem Elefantenfuß gearbeiteten Papierkorb entdecken. Felicity war neurotisch und ihre Mutter offensichtlich ein Monstrum, aber trotzdem hatte die ganze Situation auch eine komische Seite. Ihre Mutter, Henry und dessen Freunde würden auf eine detaillierte Beschreibung brennen. Und Henrys Mutter wäre gewaltig beeindruckt gewesen.

Dann sah Jenny plötzlich, welche Mühe Felicity hatte, nicht an den Nägeln zu kauen, und fühlte sich plötzlich schuldig, weil sie sich über all das lustig machte. Sie, Jenny, konnte ja leicht darüber lachen, wie furchtbar alles in diesem Haus war, sie konnte einfach heimfahren zu Henry, in dessen hübsche Wohnung, wenn sie ihre Arbeit erledigt hatte. Für sie war bis Weihnachten in Schottland definitiv alles beendet. Felicity aber musste hier leben.

Jenny ergriff vorsichtig die ausgestreckte Hand ihrer Gastgeberin, denn sie hatte nicht vor, sich an den antiken Diamanten zu verletzen.

»Guten Abend, Miss Porter«, sagte Lady Dalmain mit tiefer, überraschend melodiöser Stimme. »Sind Sie möglicherweise mit den Porters von Wilmsbury verwandt? Eine sehr alte Familie.«

»Nein, ich denke, wir gehören zu den Porters von Billingsgate.« Dann biss sie sich auf die Lippen; dies war nicht die richtige Gelegenheit für einen Scherz. Sie stellte sich vor, wie Henry ihr einen tadelnden Blick zuwarf; seine Mutter nahm sie seiner Meinung nach auch nicht immer ernst genug.

Aber Lady Dalmain nickte nur weise, und einen Augenblick lang fragte sich Jenny, ob es vielleicht wirklich so etwas wie eine Familie der Porters von Billingsgate gab.

»Meine Tochter haben Sie ja schon kennen gelernt«, fuhr Lady Dalmain fort. »Aber mein ältester Sohn, Philip, ist leider aufgehalten worden. Er wird uns später Gesellschaft leisten.«

Felicity gab einen Laut von sich, der darauf hindeutete, dass Philips »Aufenthalt« vielleicht taktische Gründe hatte, äußerte sich aber nicht dazu.

»Möchten Sie etwas trinken?«, fragte Lady Dalmain; den Zwischenruf ihrer Tochter hatte sie entweder nicht gehört, oder sie nahm keine Notiz davon. »Felicity, reich Miss Porter ein Glas Sherry!«

»Oh, bitte, nennen Sie mich Jenny.«

»Vielleicht zieht sie auch einen Whisky vor?«, meinte Felicity.

»Bei uns heißt es nicht: ›ein Whisky‹, Felicity. Falls Miss Porter Whisky bevorzugt, kann sie das sagen.«

»Miss Porter« hätte gern den Mut gehabt zuzugeben, dass sie eigentlich am liebsten einen heißen Grog gehabt hätte, aber sie traute sich nicht. Sie zitterte immer noch; den beiden anderen Frauen dagegen schien es nicht kalt zu sein. »Was immer am einfachsten ist«, meinte sie. Der Whisky wärmte vielleicht etwas besser, aber mit einem Sherry war sie dafür wahrscheinlich auf der sichereren Seite.

»Es macht Felicity nichts aus, Ihnen Whisky zu geben, wenn Ihnen das lieber wäre.«

Schnell antwortete sie: »Ja, bitte«, und war froh, dass Henry nicht dabei war, um mit ihr unzufrieden zu sein. Es gefiel ihm nicht, wenn sie Hochprozentiges trank. Sie versuchte, sich vorzustellen, ihre Mutter wäre wie Lady Dalmain, hätte eine eigene Heißwasserversorgung und würde ihre Tochter herumkommandieren wie eine Dienstbotin oder wie einen Teenager, den man maßregeln musste, und sie so zum Trinken veranlassen. Aber letzten Endes fehlte ihr dazu die notwendige Fantasie – die Vorstellung war von der Wirklichkeit allzu weit entfernt. Ihre eigene Mutter war ein Schatz, und Jenny dachte plötzlich schuldbewusst darüber nach, ob sie sie wohl ausnutzte.

Während Jenny an ihrem Whisky nippte, ertönte irgendwo im Haus eine tiefe Klingel. Weder Lady Dalmain noch die Hunde schienen sie gehört zu haben, aber Felicity sprang auf.

»Das wird Lachlan sein«, bemerkte Felicity relativ ruhig, jedoch mit einem leichten Anflug von Hysterie in der Stimme. »Er kommt zum Abendessen. Ich hoffe, du hast nichts dagegen, Mama. Wir haben genug. Es gibt ja nur Eintopf.«

Lady Dalmains Züge erstarrten. Man hatte das Gefühl, als könnte sie nicht entscheiden, auf welchen der Fehltritte ihrer Tochter sie sich zuerst stürzen sollte: den unerwarteten Gast, die Erwähnung von Speisen auf solch vulgäre Art oder die Tatsache, dass sie ein Wort wie »Eintopf« in den Mund nahm. Jenny biss sich auf die Lippen; der Alkohol hatte ihren Sinn für das Lächerliche dieser Situation noch gesteigert.

»Und wer, wenn ich denn fragen darf, ist dieser *Lachlan*?«

»Lachlan McGregor. Du weißt doch noch, ich habe ihn vor Jahren mal gekannt. Ich habe ihn bei Elaine wiedergetroffen, und heute kommt er zum Abendessen. Ich werde ihn jetzt hereinlassen.«

Jenny hätte ihr sehr gern angeboten, das für sie zu übernehmen, aber das wäre für sie als gerade erst aufgenommener Gast anmaßend gewesen. Sie würde die Stellung halten müssen, allein mit Lady Dalmain, die inzwischen sehr viel effektiver glühte als das Holz im Kamin, das zwar Rauch, aber keine Hitze produzierte.

Es trat ein unbehagliches Schweigen ein. Jenny versuchte sich die Hände zu wärmen, indem sie sie sich in die Ärmel steckte, aber dadurch wurden sie, wie sie feststellte, nur noch kälter. Der größte der Hunde stand auf und schüttelte sich, offensichtlich versessen darauf, Jennys Rock ebenso wie ihr Jackett und ihre Hosen mit Hundehaaren zu überziehen.

»Übrigens«, bemerkte Jenny, »habe ich Ihnen ein kleines Geschenk mitgebracht. Soll ich es rasch holen?«

Lady Dalmain neigte den Kopf, was Jenny als ein Ja interpretierte. Sofort verschwand sie, und während sie durch den Flur lief, fiel ihr auf, dass auch Felicity und Lachlan verschwunden waren. Vielleicht hatte Felicity ihn zu einem kleinen Drink vor dem Drink vor dem Essen mit in die Küche genommen oder zu einer Unwetterwarnung betreffs Lady Dalmain. Wie schön, dass Lachlan wenigstens Schotte war und damit weniger gegen die Kälte empfindlich und empfänglich für einen starken Drink. Jenny wühlte ihre Kleider durch, um zu sehen, ob sie nicht noch etwas anziehen konnte. Sie fand schließlich ein Seidentuch, das mehr oder weniger zu dem passte, was sie sonst noch trug. Sie band es sich um den Hals. Mit ein bisschen Glück würde es niemandem auffallen, dass sie es nicht schon die ganze Zeit getragen hatte. Sie fand die Tragetasche mit den Geschenken und kam sich ein wenig gemein vor, sie Lady Dalmain und nicht Felicity zu überreichen. Sie würde Felicity irgendetwas anderes besorgen müssen, sobald sie dazu Gelegenheit hatte. Das Schlimmste war, sie wusste ganz genau, dass sie Lady Dalmain nur deswegen die Geschenke gab, weil sie Felicitys Haltung der ängstlich auf Anerkennung bedachten Tochter bereits übernommen hatte. Sie machte sich sogar schon Gedanken darüber, ob man den belgischen Pralinen und dem Usambaraveilchen nicht schon von weitem ansah, dass sie sie schnell an einer Tankstelle gekauft hatte.

Nur keine Panik, ermahnte sie sich. Lady Dalmain hatte wahrscheinlich noch nie in ihrem ganzen Leben einen Fuß über die Schwelle einer Tankstelle gesetzt.

Sie lief wieder die Treppe hinunter zum Salon. Dort überreichte sie die Tragetasche.

Lady Dalmain nahm sie gütig entgegen. »Vielen Dank, wie freundlich von Ihnen, daran zu denken. Ich sehe, dass Ihre Position nicht die eines Gastes im üblichen Sinne ist, und in diesem Sinne erkenne ich die Geste an.« Sie neigte den Kopf. »Ich höre, dass Sie mit Computern zu tun haben und irgendetwas unternehmen werden, um Philip zu helfen?«

»Ganz richtig.« Es entsprach beinahe der Wahrheit. »Es ist sehr freundlich von Ihnen, mich hier wohnen zu lassen, während ich meiner Arbeit nachgehe.«

»Es wird für Felicity schön sein, etwas jüngere Gesellschaft zu haben. Außerdem gibt es keine Hotels in der Nachbarschaft. Wir schätzen diese Abgeschiedenheit.«

Jenny lächelte. Ihr fiel nichts ein, was sie dazu hätte sagen können.

Ein paar Augenblicke saßen sie schweigend da, hörten dem

Prasseln und Zischen des Feuers und dem Grunzen der Hunde zu und versuchten, das ferne Murmeln von Stimmen zu überhören, das nicht näher kam. Offenbar war es in der Küche gemütlicher als im Salon.

Um die so offensichtliche Abwesenheit ihrer Tochter und deren Gastes zu bemänteln, holte Lady Dalmain schließlich tief Luft. »Felicity ist eine ziemlich anfällige Frau, müssen Sie wissen. Sie lässt sich von den Leuten ausnutzen. Ich vermute, dass dieser Lachlan es auf ihr Geld abgesehen hat. Ich werde ihm klar machen müssen, dass sie keins hat.« Lady Dalmain kniff in der Imitation eines Lächelns ihre Augen zusammen. »Erzählen Sie mir etwas von Ihrer Familie.«

Jenny quälte sich durch eine Beschreibung ihrer Eltern, berichtete, dass ihr Vater tot war und wie ihre Mutter ihre Tage verbrachte. Lady Dalmain nickte zufrieden, da Jennys Familie einfach, aber ehrbar zu sein schien. Dann sagte sie etwas, das Jenny nervös machte.

»Erklären Sie mir, was es mit dieser Computergeschichte auf sich hat. Philip sagt, Sie arbeiten für einen Mann, den Sie nie gesehen haben. Vergeben Sie mir, wenn ich den Eindruck erwecke, schwer von Begriff zu sein, aber wie ist das möglich?«

Jenny holte Luft und wünschte sich sehnlichst, sie hätte bereits mit Philip selbst gesprochen und wüsste jetzt, was er seiner Mutter erzählt hatte. »Es erscheint etwas merkwürdig, wenn man es zum ersten Mal hört, doch es ist recht einfach. Ich verständige mich mit ihm per Computer oder durch Telefon oder Fax. Es ist nicht nötig, dass wir uns persönlich treffen. Ich arbeite noch für einige weitere Kunden, obwohl ich die zufälligerweise auch persönlich kenne. Mr. Grant-Dempsey war außer Landes, als ich ihm empfohlen wurde. Und das ist er immer noch, soweit ich unterrichtet bin.«

Lady Dalmain sah Jenny an, als hätte diese gerade zugegeben, von einem anderen Planeten zu kommen, als Felicity und Lachlan hereinkamen.

Lachlan war ein großer, dünner Mann mit blasser Haut und Sommersprossen. Er sah nicht aus wie ein Mann, der das Herz einer Frau in Brand steckt, aber auch nicht wie ein Mitgiftjäger. Felicity wirkte in seiner Gesellschaft glutrot und extrem hübsch. Die Besprechung in der Küche musste wohl einen angenehmen Verlauf genommen haben.

»Mama«, begann Felicity und zog ihren Freund ins Zimmer, »ich möchte dir Lachlan McGregor vorstellen. Lachlan, meine Mutter, Lady Dalmain. Und das ist Jenny Porter. Sie ist zur Zeit unser Gast.«

»Ich glaube, wir haben uns bereits kennen gelernt, vor vielen Jahren«, entgegnete Lady Dalmain mit dem Anflug eines Lächelns und beinahe wohlwollend. »Sie müssen meiner Tochter nachsehen, dass sie daran nicht mehr gedacht hat. Ihr Gedächtnis ist auch nicht mehr das, was es einmal war.«

»Ihr Gedächtnis arbeitet einwandfrei, Lady Dalmain. Sie konnte sich noch an meinen Namen erinnern, nachdem wir uns jahrelang nicht gesehen hatten, und ihr half niemand, indem er mich vorstellte.«

Lady Dalmain nahm diese Zurechtweisung mit einem Minimum an Achtung auf. Offensichtlich genoss sie männliche Gesellschaft sehr viel mehr als weibliche. »Ich glaube, dass Sie damit mehr über sich als über meine Tochter verraten.«

»Trink ein Glas, Lachlan.« Felicity goss den restlichen Whisky einer Flasche in ein Glas. »Möchtest du Wasser dazu?« Fragend bewegte sie eine Kristallkaraffe über dem Glas hin und her. »Nein?«

»Felicity, ich hoffe, du hast noch genug Whisky für Philip übrig gelassen.«

»Oh ja. Ich habe hier noch eine Flasche. Jenny, möchten Sie noch einen?«

Jenny schüttelte den Kopf. Sie musste das Dinner überstehen, ohne das Bewusstsein zu verlieren, ohne zu vergessen, welchen Grund Lady Dalmain für ihre Anwesenheit annahm, und ohne furchtbar in irgendwelche Fettnäpfchen zu treten.

»Ich hätte gern noch etwas«, erklärte Lady Dalmain und hielt Felicity ihr Glas hin.

»Oh, tut mir Leid, Mama.«

»Mama« nahm, wie Jenny feststellte, das gleiche Quantum, das Felicity allen anderen zugedacht hatte: ein halbes Whiskyglas voll.

Die Hunde, die Lachlans Ankunft keinerlei Aufmerksamkeit geschenkt hatten, sprangen plötzlich auf und jagten zur Tür hinaus. Der Schottenmusterteppich blieb als ein kleines Häufchen zurück, nachdem sie darüber hinweggestürmt waren.

»Das wird Philip sein«, meinte Lady Dalmain, und ein Leuchten echter Freude erhellte ihre Züge. »Sie erkennen ihren Herrn jederzeit.«

»Ja«, murmelte Felicity, sodass ihre Mutter es nicht hören konnte, und zog den Teppich mit dem Fuß wieder zurecht. »Aber ihre Herrin, die sie füttert und mit ihnen ausgeht, ist ihnen scheißegal.«

»Wie unerquicklich«, gab Jenny leise zurück.

Aus dem Flur hörte man Bellen und Jaulen, dann eine Stimme: »Platz, ihr verrückten Köter!« Ein paar Augenblicke später wurde die Tür geöffnet, und Philip kam herein.

Er war groß und sah extrem gut aus. Die strengen Züge seiner Mutter wirkten bei ihm sehr männlich. Er schenkte Lady Dalmain ein breites Lächeln, ging quer durch den Raum direkt auf sie zu und schloss sie herzlich in die Arme. Dann wandte er sich den anderen zu.

»Fliss – wie gehts? Habe dich ja seit gestern nicht mehr gesehen. Du warst noch nicht auf, als ich aus dem Haus ging. Und Sie müssen Miss Porter sein, die schreckliche Dame, die uns hier alle auf Vordermann bringen soll. Mit Ihren Computern«, fügte er nach Jennys Geschmack etwas spät hinzu. Er nahm ihre Hand und schüttelte sie fest. »Ich freue mich sehr, Sie kennen zu lernen. Ich dachte, uns stünde etwas ins Haus mit hohen Absätzen, einem todschicken Kostüm, einem französischen Zopf und Brille, und stattdessen kommen Sie, die Sie so freundlich wirken. Und wer ist das?«

»Lachlan McGregor«, sagte Lachlan.

»Er ist ein Bekannter«, sagte Felicity.

»Dann herzlich willkommen!«, meinte Philip.

Jenny sah jetzt, warum er der Liebling seiner Mutter war und warum seine ältere Schwester es so schwer hatte, mit ihm mitzuhalten. Er erinnerte sie an Henry, und diese Vertrautheit hatte etwas Erwärmendes.

Philip holte sich einen Drink und setzte sich dann neben seine Mutter. »Und wie lief es heute mit dem Schreiben, Mama? Hast du es geschafft, diesen lateinischen Passus zu übersetzen?«

»Ich denke, ich habe kleine Fortschritte gemacht. Es ist schön, dass wenigstens einer aus der Familie an meiner Arbeit Anteil nimmt.«

Felicity wand sich sichtbar unter dieser impliziten Kritik. »Ich gehe eben und kümmere mich um das Abendessen.«

Jenny stand auf und wollte sich ihr anschließen. »Brauchen Sie Hilfe?« Aber ihr wurde der Rückzug nicht gestattet.

»Ich bin sicher, Felicity kommt allein zurecht«, erklärte Lady Dalmain bestimmt. »Sonst hätte sie sicher keine Gäste eingeladen.«

»Ich dachte nur, beim Tischdecken und dergleichen.«

»Ich bin sicher, Felicity hat das alles bereits vorbereitet. Wir erwarten von unseren Gästen nicht, dass sie uns helfen.«

Jenny beschloss, dass es an der Zeit war, ihren eigenen Standpunkt zu vertreten. »Aber ich bin eigentlich nicht eingeladen worden. Wenn Sie sich alle schon mit meiner Anwesenheit hier abfinden müssen, dann sollte ich doch wenigstens im Haus meinen Teil übernehmen.«

»Warum sind Sie hier?«, fragte Lachlan zum Glück rechtzeitig, bevor Lady Dalmain sich Jenny wieder vornehmen konnte.

Sie blickte Philip an und hoffte, er würde für sie mit der Geschichte einspringen, die er seiner Mutter aufgetischt hatte – welche das auch immer sein mochte. »Es ist ein wenig kompliziert«, begann Jenny.

»Jenny ist hier, um ein neues Computersystem zu installieren«, behauptete Philip. »Das ihr Kunde entworfen hat.«

Obwohl er lächelte – er konnte nicht anders, so sehr war die Freundlichkeit ein Teil seines Wesens –, sah Jenny tief in seinen Augen auch Angst und Groll. Es wurde ihr plötzlich klar, wie viel schwerer es sein würde, die in Schwierigkeit geratene Firma zu überprüfen und ihrem Kunden die einzelnen Missstände darzulegen, nachdem sie jetzt die Familie kennen gelernt hatte. Bilanzen und Zahlen waren schön und gut, aber wenn Menschen ins Spiel kamen, sah die Sache anders aus. Nachdem sie selbst erst kürzlich wie eine Art Ersatzteil behandelt worden war, wusste sie, dass es ihr schwer fallen würde, so viel Distanz zu wahren. Andererseits würde sie nicht einfach Henry Recht geben und vor dieser Herausforderung die Flucht ergreifen.

Nun, hier befand sie sich in sicherer Entfernung von Henry und seinen Ansichten zu ihrem Charakter. Also atmete sie tief durch und lächelte. »Ich denke, dass sich das neue System als sehr nützlich erweisen wird.« Sie versuchte, sich einen optimistischen, positiven Anstrich zu geben, obwohl sie sehr wohl wusste, dass ihr Kunde so oder so drauf und dran war, den Hahn zuzudrehen. Sie spürte, dass er Dalmain Mills untergehen sehen wollte, damit er entweder mit dem Betrieb oder dem Geld oder beidem irgendetwas anderes anfangen konnte. Eine Ahnung sagte ihr, dass es bei diesem besonderen Fall um mehr ging als nur um Gewinn.

Lady Dalmain, die für ein paar Augenblicke nicht im Zentrum der Aufmerksamkeit gestanden hatte, eroberte sich diesen Platz zurück. »Philip, mein Junge, könntest du wohl mal nachschauen, was Felicity so lange in der Küche treibt? Und bitte sie doch, darauf Acht zu geben, dass das Gemüse richtig gegart ist. Neulich waren die Karotten fast noch roh.« Sie wandte ihren kritischen Blick Lachlan zu. »Nun, Mr. McGregor, und welchen Beruf üben Sie aus?«

Lachlan holte tief Luft. Jenny spürte eine Art Seelenverwandtschaft mit ihm. Sie waren allein mit der Gorgo, und jeder von ihnen konnte im nächsten Augenblick von ihrem schrecklichen Blick versteinert werden.

»Ich bin ein fahrender Kamelidenscherer.«

Jenny verschluckte sich an ihrem Whisky und wandte ihre Aufmerksamkeit dann einem Arrangement toter Vögel zu, die sie aus ihrem Glaskäfig heraus knopfäugig anstarrten.

»Wie bitte?«, fragte Lady Dalmain keine Spur bittend nach.

»Ich fahre im Land umher, hauptsächlich allerdings im Norden und in Schottland, und schere Lamas, Alpakas und ähnliche Tiere.«

Lady Dalmain dachte darüber nach, versteifte sich und nahm eine unerhört majestätische Haltung an. »Sie wollen sagen, Sie sind ein Schafscherer?« Es klang noch weniger erstrebenswert, als hätte sie »Hurenbock« gesagt.

»Nein«, erwiderte Lachlan bedächtig. »Ich schere andere Tiere, keine Schafe.« Er hielt Lady Dalmains Blick stand, und Jenny stellte erleichtert fest, dass sie ihn dafür zu respektieren schien; er mochte jemand sein, der sich mit seiner Hände Arbeit sein Geld verdiente und der deswegen völlig indiskutabel war, aber er war wenigstens kein Feigling.

Jenny merkte, dass sie ihr Glas schon wieder leer getrunken hatte; seit sie angekommen war, hatte sie mehr reinen Whisky zu sich genommen als im ganzen Jahr zuvor. Henry würde entsetzt sein. Wenn sie schon zum Trinken verleitet wurde, bevor sie auch nur eine Nacht hier verbracht hatte, in welchem Zustand würde sie sich dann befinden, wenn ihre Arbeit getan war? Sie beschloss, total abstinent zu werden, bevor ihre Leber sie dazu zwang.

»Lady Dalmain, würden Sie mir erklären, über welches Thema Sie schreiben?« Jenny hatte das Gefühl, dass es nun an ihr war, das tödliche Schweigen zu beenden.

»Das ist wirklich ziemlich komplex, Miss Porter. Ich möchte bezweifeln, ob es Sie wirklich interessieren würde.«

»Ich habe an der Universität Geschichte gehört; also bin ich vielleicht in der Lage, es zu verstehen«, erwiderte sie gleichmütig.

»So? An einer richtigen Universität? Oder an einer dieser aufgeblasenen Fachhochschulen?«

»An einer richtigen Universität.« Sie hätte am liebsten Oxford oder Cambridge hinzugefügt, aber sie fürchtete, bei diesem Schwindel ertappt zu werden. »Wollen Sie mir also etwas über Ihr Buch erzählen? Es würde mich *brennend* interessieren.« Oh Gott, der Whisky tat bereits seine Wirkung.

Aber bevor sie sich weiter mit dem Gegenstand ihres besonderen Interesses beschäftigen konnte, kamen Felicity und Philip herein.

»Es ist angerichtet«, meinte Felicity. Sie wirkte erhitzt, das Haar hing ihr in Strähnen ins Gesicht, und ihre Nase glänzte. Sie warf Lachlan einen ängstlichen Blick zu, um sich zu vergewissern, dass er nicht in ein Schwein verwandelt worden war oder andere körperliche Anzeichen des Grolls ihrer Mutter zurückbehalten hatte. Jenny freute sich für Felicity, dass er deren Lächeln ermutigend erwiderte.

Philip wandte sich seiner Mutter zu, um ihr aufzuhelfen. Jenny erschien sie allerdings sehr rüstig. Felicity ging zu Lachlan hinüber und warf ihm einen mädchenhaft verstohlenen Blick zu.

Als alle aufgestanden waren, bat Lady Dalmain: »Philip,

mein Lieber, geh du mit Miss Porter voran.« Irgendwie schaffte sie es, die Parade so zu manipulieren, dass Felicity als Letzte den Raum verließ. »Schaust du noch eben nach dem Feuer, meine Liebe, bitte?« Befriedigt, dass ihre Tochter wieder an der richtigen Stelle in der Hackordnung stand, marschierte sie weiter.

Im Esszimmer war es noch kälter als im restlichen Haus. Ein schöner, langer Mahagonitisch war, wie es aussah, mit dem besten Service der Dalmains gedeckt worden. Jenny registrierte altes Silberbesteck, zierlich und schon Jahrhunderte lang im Gebrauch, ein Essservice, das von Sèvres sein konnte, und schwere Bleikristallgläser. Unter jedem Teller und jedem Glas lag ein Spitzendeckchen. Es war alles reizend – verblasst, elegant, der Traum jedes Antiquitätensammlers (das würde sie unbedingt Henry erzählen müssen), und doch war es für Jenny wie ein einziger Schrei: so viel Schönheit und doch offensichtlich keine Zufriedenheit.

Lady Dalmain begab sich an den Kopf der Tafel. »Mr. McGregor, wenn Sie hier rechts neben mich kommen würden – und Philip links.« Sie zögerte. Jenny war inzwischen klar, warum: Lady Dalmain versuchte die Tischordnung so einzurichten, dass Felicity nicht neben Lachlan saß. Angestrengt presste sie die Lippen noch fester aufeinander. Aber schließlich gab sie auf. »Miss Porter, Sie sitzen am besten neben meinem Sohn. Felicity kann dann neben Mr. McGregor sitzen.«

Uns steht ja ein heiterer Abend bevor, dachte Jenny, lächelte verzweifelt und blickte in die Runde. Lachlan erwiderte ihren Blick; sein Gesichtsausdruck war undeutbar.

Dann kam Felicity mit einem Tablett herein und stellte es auf den Tisch.

»Gib bitte auf mein Porzellan Acht, Felicity; du weißt ja, wie unbeholfen du sein kannst, und es ist so gut wie unersetzbar.«

Jenny sah, wie Felicity zusammenzuckte. Sie konnte nicht fassen, wie schlecht Lady Dalmain ihre Tochter vor all den Leuten behandelte. »Ich bin damit aufgewachsen«, erwiderte Felicity. »Ich weiß genau, wie wertvoll es ist.«

»Das sieht ja erstklassig aus!«, warf Philip ein, bevor seine Mutter etwas entgegnen konnte. »Gut gemacht, Fliss.«

Dem mochte Jenny nicht unbedingt zustimmen, als sie die fahlen, mausgrauen Würfel sah, die in der schönen Terrine lagen. Aber sie beschloss dennoch, alles bis zum letzten Bissen aufzuessen, selbst wenn es sich als ungenießbar erweisen sollte.

Schließlich hatte jeder etwas Essbares vor sich stehen. Die Teller waren eiskalt, und bis alles herumgereicht war, waren die Speisen es ebenfalls. In heißem Zustand mochten sie etwas appetitlicher gewesen sein, kalt vermittelten sie einem das Gefühl, als kaute man auf Lumpen. Das Gemüse war zu einem garantiert vitaminfreien Zustand verkocht und kauerte schlaff um das Fleisch herum, als suchte es Wärme. Und die Soße bedeckte alles mit dem Grau eines Novembernebels.

Philip erhob sich und schenkte den Wein ein. Jenny beschloss, die totale Abstinenz zurückzustellen, bis sie ihre persönliche Temperaturregelung wieder besser unter Kontrolle hatte. Eine kluge Entscheidung, denn wenigstens der Wein war köstlich.

»Du hast den *guten* Wein genommen?«, bemerkte Lady Dalmain, nachdem sie einen Schluck getrunken hatte.

»Ja, Mama«, antwortete Philip. »Ich dachte, da wir Gäste haben, sollte ich ein paar Flaschen davon aus dem Keller holen.«

»Wir werden ihn nicht nachbekommen können, wenn er getrunken ist. Dein Vater wollte, dass ich damit auf Lebzeiten versorgt bin.« Lady Dalmain stellte ihr Glas hin.

»Ich bin sicher, das wirst du sein, Mama«, erklärte Philip, der sich, anders als seine Schwester, von seiner Mutter nicht unterkriegen ließ. »Es sind noch dutzende von Flaschen da. Also, auf Jennys sichere Ankunft und auf Lachlans Rückkehr in unser Leben nach so vielen Jahren.«

Lady Dalmain erhob nicht mit den anderen ihr Glas.

»Nun, Felicity, was hast du heute getan?«, erkundigte sich Lady Dalmain.

»So dies und das. Ich habe Jennys Zimmer gerichtet, das Essen gekocht.«

»Das kann doch unmöglich den ganzen Tag in Anspruch genommen haben. Mrs. Sandison war doch da, oder?«

»Ja«, gab Felicity zu. »Aber du weißt doch, dass sie nur die Empfangsräume und deine Räume sauber macht. Um den Rest der oberen Stockwerke kümmert sie sich nicht.«

»Ich brauche stets Ewigkeiten, bis ich für einen Besuch alles vorbereitet habe«, warf Jenny schnell ein. »Immer all diese Bettlaken. Und mit dem Kochen ist es genau das Gleiche.«

Lady Dalmain bedachte Jenny mit einem Furcht einflößenden Blick. Dann wandte sie ihr Medusenhaupt Lachlan zu. »Sagen Sie mir, Mr. McGregor, stammen Sie hier aus der Gegend?«

»Nein. Ich komme aus der Gegend von Glasgow, Lady Dalmain.«

»Glasgow.« Lady Dalmain dachte ein Weilchen über die Stadt nach. »Und auf welche Schule sind Sie gegangen?«

»Einfach auf die höhere Schule am Ort«, antwortete Lachlan.

Lady Dalmain kräuselte die Lippen. »Das Dumme ist, dass die Eltern heute nicht mehr bereit sind, sich einzuschränken, damit ihre Kinder eine anständige Ausbildung bekommen. Sodass ihnen der Weg in einen akademischen Beruf offen steht.«

»Ach, komm schon, Mama. Nicht jeder kann sich eine Privatschule leisten, wie gern er es vielleicht auch möchte«, bemerkte Philip, der die Gesellschaft bei Laune zu halten versuchte, so gut er konnte.

»Ja, und meine Eltern waren Sozialisten«, erklärte Lachlan. »Sie hätten mich nicht auf eine Privatschule geschickt, selbst wenn sie es sich hätten leisten können.«

Felicity gab ein gepeinigtes Quieken von sich; sie wünschte sich offensichtlich, sie hätte Lachlan eingeschärft, dergleichen nicht verlauten zu lassen.

»Und wo sind Sie zur Schule gegangen, Miss Porter?«

»Ich war auf der örtlichen Gesamtschule«, erwiderte Jenny. »Sie hatte einen guten Ruf und war immer stolz auf die hohe Zahl von Abgängern, die in Cambridge und Oxford angenommen wurden.«

»Aber Sie selbst sind nicht in Oxford oder Cambridge gewesen?«

»Nein.«

Jenny wünschte, sie wäre nicht in die Falle getappt, den Versuch zu unternehmen, Lady Dalmain zu gefallen. Die Dame war ein Snob vom Scheitel bis zur Sohle und verdiente keinerlei Entgegenkommen. Wenn ihr nicht so kalt und sie nicht so weit von zu Hause fort gewesen wäre, dachte sie, würde sie dem eher widerstanden haben. Sie sehnte sich nach Henry: Er stammte aus einer guten Familie, war auf den richtigen Schulen gewesen und verstand sich bestens darauf, in jeder Situation genau das Passende von sich zu geben. Er wäre genau der Richtige für Lady Dalmain gewesen.

Endlich hatten alle das Essen beendet. Es hatte zwar keine großen Portionen gegeben, aber es schien dennoch viel Zeit gekostet zu haben, sie zu verspeisen. Niemand kam in die Versuchung, seinen Teller sauber zu kratzen, und niemand hätte gewagt, es zu tun, wenn ihm denn der Sinn danach gestanden hätte. Jenny kam auf die Idee, dass Felicity vielleicht darauf dressiert war, die Speisen so zuzubereiten, dass die Leute nur darin herumstocherten, damit auf keinen Fall das Porzellan zerkratzt wurde. Vielleicht war ihr aus diesem Grund auch nicht gestattet, die Teller vorzuwärmen. Und wahrscheinlich waren weniger kostbare Teller, die man hätte erwärmen können, nicht zugelassen. Lady Dalmain sah eine übermäßige Begeisterung für das Essen vermutlich als vulgär an.

»Ich gehe den Pudding holen«, erklärte Felicity, nachdem sie die Teller, die Jenny ihr reichte, angenommen und aufeinander gestapelt hatte.

»Felicity, wie oft soll ich es dir noch sagen? Bring die Teller einzeln hinaus. Benimm dich bitte nicht so, als speisten wir in einer dieser entsetzlichen Kantinen.«

»Einzeln ist sie eine Ewigkeit damit beschäftigt, Mama«, wandte Philip ein und stapelte unbekümmert weiter. »Ich werde Fliss helfen.«

Bruder und Schwester trugen das antike Porzellan unter den wachsamen, ängstlichen Blicken ihrer Mutter ab. Jenny überlegte, ob es wohl samt und sonders in kaltem Quellwasser abgewaschen und Stück für Stück mit Seidentüchern oder vielleicht mit dem Haar einer Jungfrau getrocknet werden musste.

Aber alles wäre besser gewesen, als mit Lady Dalmain allein zurückgelassen zu werden. Jenny und Lachlan versuchten beide gleichzeitig, etwas zu sagen.

»Entschuldigung«, bat Lachlan, »fangen Sie an.«

»Ist schon gut. Ich wollte nur betonen, wie gut mir die Landschaft auf der Fahrt hierher gefallen hat«, meinte Jenny. Sie buhlte schon wieder um Anerkennung.

»Ja, wir haben das Glück, an einem wunderschönen Ort zu wohnen.« Lady Dalmain deutete gnädig eine Verbeugung an und fügte dann mit kalter Stimme hinzu: »Es steht nur zu hoffen, dass es uns möglich sein wird, hier auch wohnen zu bleiben.«

Kapitel 4

Jenny schluckte. Lady Dalmain sollte eigentlich nicht wissen, dass mit der Firma irgendetwas nicht stimmte. Was sollte sie nun tun? Und wo steckte Philip, den sie jetzt dringend brauchte?

»Warum sollten Sie dazu nicht mehr in der Lage sein?« Unschuldig tappte Lachlan in die Falle, die für Jenny aufgestellt worden war.

»Weil, soweit ich es verstehe, unser Geschäft in gewissen Schwierigkeiten steckt. Der gute Philip hat zwar versucht, mich vor diesem Wissen zu bewahren, aber ich bin nicht ganz dumm. Es war schon einmal so, in der Zeit von Philips Vater. Er hat damals eine Hypothek auf das Haus aufgenommen, weil er Mittel für die Firma brauchte.« Sie starrte Jenny finster an und wartete auf eine Erklärung.

»Ich weiß wirklich nicht ...«, erwiderte Jenny und merkte selbst, dass sie sich ganz furchtbar nach einem Schulmädchen anhörte, das vor ihrer Direktorin stand.

»Oh, ich verstehe, dass Sie nicht dafür verantwortlich sind, Miss Porter. Sie arbeiten offensichtlich für jemanden, der es auf mein Haus abgesehen hat.«

»Ich bin mir sicher ... ich bin mir sicher, dass er nichts dergleichen im Sinn hat«, gab Jenny, einigermaßen zuversichtlich, dass dies der Wahrheit entsprach, zurück. Ihr Kunde hatte, seit sie für ihn arbeitete, keinerlei Anzeichen für kompletten Irrsinn gezeigt. Er konnte unmöglich den Wunsch hegen, in so einem altkaledonischen Schrein zu leben. »Ich bin nur wegen der Computer hier.« Sie wich aus, eingedenk des alten Sprichworts, dass nur der, der rechtzeitig seine Haut rettete, am nächsten Tag weiterkämpfen konnte. »Mir ist nichts darüber bekannt, dass das Haus irgendetwas damit zu tun hätte.«

»Ich weiß das eine«, fuhr Lady Dalmain fort, unwillig, sich so leicht besänftigen zu lassen, »nämlich, dass das Haus, über dessen Schwelle mein lieber Mann mich als Braut getragen hat, auf dem Spiel steht. Ich bin sicher, Sie werden Verständnis dafür haben, wenn ich etwas zurückhaltend bin.«

»Natürlich.« Jenny beschloss, nichts mehr hinzuzufügen. Sie hatte wirklich nichts davon gehört, dass es auch um das Haus ging, aber vielleicht war der Hinweis, dass dem so sein könnte, irgendwann einmal nützlich.

Felicity kam wieder mit einem beladenen Tablett herein. »Apfelschnee«, verkündete sie.

Jenny zitterte schon beim bloßen Namen und wartete darauf, dass Lady Dalmain erklärte, ihr Herz sei bereits mit dickem Schnee bedeckt, oder etwas ähnlich Poetisches und Melodramatisches zum Besten gab. Es war etwas enttäuschend, dass sie es unterließ.

»Hatten Sie eine weite Reise, Jenny?« fragte Lachlan, als der Apfelschnee, der beunruhigenderweise wie Kuckucksspeichel aussah, auf winzigen, mit Vögeln bemalten Tellern serviert worden war.

»Nur ein paar hundert Meilen. Ich hatte die erste Etappe bereits gestern hinter mich gebracht.«

»Sie müssen ja ziemlich mitgenommen sein«, bemerkte Felicity. »Diese ganze Fahrerei.«

»Ich bin sicher, dass Miss Porter eine ganz fitte junge Frau ist«, entgegnete Lady Dalmain. »Nicht jeder ist ständig müde.«

»Tatsächlich bin ich ziemlich müde«, bekannte Jenny, die plötzlich ihre Erschöpfung spürte und eine Gelegenheit witterte zu entkommen. »Würden Sie mich vielleicht entschuldigen? Ich muss noch eine E-Mail verschicken, bevor ich schlafen gehe.« Sie kam sich Felicity gegenüber wie eine Verräterin vor, aber der Gedanke, dieser vergifteten Atmosphäre zu entkommen, selbst wenn es sich nur um einen Rückzug in den Eisschrank handelte, der als ihr Zimmer firmierte, war himmlisch.

»Möchten Sie nicht eine Tasse Kaffee?«, fragte Felicity.

Jenny schüttelte den Kopf. »Danach kann ich nicht einschlafen.«

»Kamillentee?«, schlug Philip vor.

Sie brachte es nicht fertig, ihre Befürchtung zu äußern, dass der sicherlich nach Katzenpipi schmeckte. Also schüttelte Jenny einfach nur wieder den Kopf. »Nein, wirklich nicht. Ich muss nur eben noch meiner Mutter eine E-Mail schicken. Sie wird sich Sorgen machen, weil ich so weit von zu Hause fort bin.«

»Und wo ist Ihr Zuhause?«, fragte Lady Dalmain nach.

»Guildford«, antwortete Jenny und ersparte sich die Mühe zu erklären, dass sie selbst nicht dort wohnte. Sie erhob sich müde. Die Spannung und eine gewisse Niedergeschlagenheit bedrückten sie. »Es tut mir Leid, dass ich jetzt nicht beim Abwasch oder sonstwie helfe – morgen werde ich es bestimmt tun, das verspreche ich.«

»Bevor ich Sie besser kenne, Miss Porter, wäre es mir lieber, wenn Sie nicht helfen würden«, meinte Lady Dalmain. »Mein gesamtes Porzellan ist antik und muss sehr vorsichtig behandelt werden.«

Nicht halb so vorsichtig wie seine Besitzerin, dachte Jenny. Ein wehleidiges Stachelschwein war nichts dagegen. Sie hätte gern etwas sehr Grobes erwidert. Doch sie beschränkte sich auf ein »Gute Nacht allerseits« und hoffte ehrlich, dass sie Lachlan wiedersehen würde. Dann ging sie hinauf.

Oben putzte sie sich die Zähne, cremte sich das Gesicht ein und ging mit all ihren Sachen ins Bett, um es etwas vorzuwärmen, bevor sie sich im Schlafanzug hineinwagte. Jenny nahm den Laptop auf die Knie und loggte sich ein. Sie war immer noch böse auf Henry und würde ihm bestimmt nicht auf die Nase binden, wie schrecklich es hier war. Ihre Mutter würde überrascht sein, dass sie schon so bald wieder von ihr hörte. Aber was machte das schon?

Es ist so kalt, dass ich fürchte, mich hier nachts zu verkühlen. Könntest du mir bitte außer dem Heizkissen auch eine Wärmflasche schicken? Ich glaube nicht, dass sie hier von so etwas schon einmal etwas gehört haben, und vielleicht gibt es keine Steckdose, an die ich das elektrische Ding anschließen kann. Viele liebe Grüße, J.

Nachdem die Mail versandt war, stand Jenny wieder auf und zog sich schnell aus, schlüpfte in den Schlafanzug und zog den Pullover wieder darüber. Außerdem fand sie noch ein paar Socken und sah sich dann im Zimmer um, ob noch etwas als zusätzliche Bettdecke geeignet wäre. Über der Rückenlehne eines Sessels hing eine mottenzerfressene Wolldecke (mit dem obligatorischen Schottenmuster), und obwohl sie muffig roch, legte Jenny sie über ihre Bettdecke. Sie war sich nicht ganz sicher, hatte aber den starken Verdacht, dass das Bett außerdem feucht war.

Sie legte sich hin und schloss die Augen. Obwohl sie todmüde war, konnte sie nicht einschlafen; dazu war sie zu angespannt und fror zu sehr. Wonach ihr jetzt der Sinn stand, war ein Becher mit heißer Schokolade, eine Wärmflasche und ein guter Roman. Stattdessen hatte sie ein feuchtes Bett und irgendeinen Bestseller, für den es sich nicht lohnte, das Licht noch einmal anzuknipsen. Sie hörte, dass Lachlan aufbrach und der Rest der Familie ins Obergeschoss kam, um zu Bett zu gehen. Jenny lauschte dem Fußgetrappel auf dem Korridor zwischen dem Bad und den Schlafzimmern und dachte erbittert an Lady Dalmains eigene Heißwasserversorgung.

Schließlich, als alles still war, schaltete sie ihre Nachttischlampe an und stand auf. Vielleicht würde sie etwas ruhiger werden, wenn sie noch einmal zur Toilette ging. Nach unten in die Küche zu laufen und sich dort etwas Heißes zu trinken zuzubereiten, wagte sie nicht, für den Fall, dass die Hunde aufwachen und sie fressen würden.

Aus dem Bad kam ihr Felicity entgegen.

»Hey«, sagte sie. »Haben Sie alles, was Sie brauchen? Mama meinte, ich solle Blumen in Ihr Zimmer stellen, aber die habe ich leider vergessen.«

»Das macht nichts. Doch ich könnte tatsächlich etwas zu Lesen gebrauchen. Haben Sie vielleicht irgendetwas?«

Felicity kicherte. »Kommen Sie mit.«

Felicitys Zimmer quoll über vor Möbeln und Büchern. An allen Wänden standen Bücherregale, und die einzelnen Fächer waren doppelt belegt. »Das brauche ich, um durchzuhalten«, bekannte sie. »Was hätten Sie denn gern? Liebesgeschichten, Thriller, Fantasy, Krimis? Ich habe alles.«

»Mein Gott, das ist ja wie in einer richtigen Bücherei.«

»Ich bekomme die Sachen von einem Buchladen geschickt. Bücher sind mein einziger Luxus – und zum Glück einer, den Mama halbwegs billigt. Natürlich weiß sie nicht, was ich lese. Sie glaubt, ich nehme mir immer wieder die Brontës, Jane Austen und George Eliot vor. Selbst Dickens erachtet sie als etwas zu leichte Lektüre.«

»Sie waren sehr geduldig mit ihr.«

Felicity seufzte. »Sie kann sehr schwierig sein, wenn sie verärgert ist.«

Jenny enthielt sich jedes weiteren Kommentars und trat an eins der Regale. »Georgette Heyer?«

»Habe ich vollständig. Welches möchten Sie?«

»Ich habe seit Ewigkeiten nichts mehr von ihr gelesen.«

»Nehmen Sie gleich einen ganzen Stapel. Hier.«

Jenny ging mit ihrer Beute zurück in ihr Zimmer. Vielleicht würde sie den Aufenthalt in diesem Haus ja doch überleben.

Nachdem Jenny so viele Schichten Kleidung angelegt hatte, wie sie konnte, machte sie sich am nächsten Morgen auf den Weg nach unten. Sie hatte vorher gehört, dass die Hunde herausgelassen worden waren, und hoffte, dass sie sie vom Vorabend noch kannten und nicht angreifen würden. Sie brauchte dringend etwas Heißes zu trinken. Felicity war noch im Bademantel in der Küche beschäftigt. Ihr Haar fiel ihr über den Rücken. Sie wirkte etwas verschlafen und nicht besonders fröhlich.

»Guten Morgen«, grüßte Jenny freundlich.

»Guten Morgen. Haben Sie gut geschlafen? Ich brühe gerade Tee für Mama auf. Könnten Sie auf den Toast achten, der unter dem Grill liegt, während ich die Milch hole?«

Jenny dachte an die vielen Male, die ihre Mutter ihr Tee ans Bett gebracht hatte, wenn sie sie vor der Schule geweckt hatte. Sie beschloss, ihrer Mutter in Zukunft jeden Morgen Tee aufzubrühen, wenn sie zusammen waren.

»Möchten Sie ein Ei zum Frühstück?«, fuhr Felicity fort und richtete dabei ein Tablett. »Ich werde Ihnen eins kochen, wenn ich das hier hinaufgebracht habe.«

Butter, Honig und Marmelade wurden in kleine Kristallschalen gefüllt. Felicity goss heißes Wasser in eine kleine silberne Teekanne und Milch in ein dazu passendes Kännchen.

»Es ist sehr freundlich von Ihnen, dass Sie das jeden Morgen für Ihre Mutter tun. Oder gibt es heute Morgen einen speziellen Anlass?«

»Nein, das halte ich jeden Tag so. Und es ist einfacher, sich Mamas Wünschen zu beugen, als mit ihr zu streiten. Außerdem ist es sehr schön, eine Mahlzeit am Tag in Frieden zu sich nehmen zu können.«

Während sie Felicity zusah, die das Tablett hinauftrug, fragte Jenny sich, warum um Himmels willen diese Frau immer noch zu Hause wohnte, obwohl sie doch so offensichtlich unglücklich war. Sie bemerkte, dass der Küchentisch für drei gedeckt war, und vermutete, dass Philip ebenfalls bald erscheinen würde.

Das war gut so. Sie musste unbedingt mit Philip reden und wollte mit ihm in die Firma fahren, so bald es möglich war. Sie konnte keine Einschätzung vornehmen, bis sie die Bücher gesehen hatte. Außerdem musste sie genau herausfinden, was seiner Mutter von der Situation bekannt war, damit sie nicht unnötigerweise in irgendwelche Fettnäpfchen trat.

Dann kam Philip. In elegantem Anzug und mit glänzender Haut. Er sah aus, als hätte er sich kalt geduscht und das auch noch genossen.

»Morgen, Jenny, Morgen, Fliss. Alle gut geschlafen? Hat Sie der Hausgeist nicht belästigt, Jenny?«

»Sei nicht albern, Phil, es gibt hier kein Hausgespenst. Und sei nicht so verdammt munter! Ich kann es nicht ausstehen, und Jenny vermutlich auch nicht. Ich bin einfach kein Morgenmensch.«

»Ich bin ein Morgenmensch, aber erst nach der ersten Tasse Tee«, erklärte Jenny.

»Hier, bitte, ich schenke Ihnen welchen ein«, erbot sich Felicity und reichte ihr eine große Frühstückstasse mit Untertasse.

»Wollen Sie denn heute mit mir kommen?«, fragte Philip, »oder brauchen Sie noch einen Tag, um hier Fuß zu fassen?«

Schaudernd nahm Jenny einen Schluck Tee und hoffte, dass man ihr Zittern nur auf die Kälte zurückführen würde. Ihr war tatsächlich kalt, aber der Gedanke, den ganzen Tag in diesem Haus zuzubringen und ständig Lady Dalmains Bosheiten Felicity gegenüber mit anhören zu müssen, reichte aus, um ihr einen heißen Anfall von Klaustrophobie zu bescheren.

»Ich finde, ich sollte sofort mit der Arbeit anfangen.«

»Brauchen Sie nicht noch etwas Zeit, um sich von der Fahrt zu erholen?«

Felicitys Frage weckte in Jenny Schuldgefühle. Sie konnte sich so einfach davonmachen; Felicity dagegen schien hier festzusitzen.

»Oh, nein, ich bin voll da«, versicherte Jenny. »Strengt Sie das Autofahren zu sehr an?«

»Ich bin leicht agoraphobisch und fahre deswegen nur nach Inverness, weil ich den Weg dorthin wirklich gut kenne. Aber das sind über drei Stunden; deshalb übernachte ich gewöhnlich bei einer Freundin, wenn ich dort bin. Dann brauche ich nicht am selben Tag hin- und zurückzufahren. Und ich raffe mich nur etwa dreimal im Jahr dazu auf. Es ist für mich immer schwer, hier wegzukommen, weil ich mich um so viel kümmern muss.«

Der Lärm an der Hintertür erinnerte Felicity an einige ihrer Verpflichtungen; sie stand auf, um die Hunde hereinzulassen.

Während sie sich noch mit ihrer ersten Tasse Tee aufhielt, überlegte Jenny, ob Felicity wirklich so ans Haus gefesselt war? Konnte sie dem Einfluss ihrer Mutter wirklich nicht entkommen und etwas selbstständiger werden?

»Setzen Sie sich bitte, Jenny«, meinte Felicity, nachdem sie zurückgekehrt war und die Hunde Jenny kurz beschnuppert und mit einer weiteren Schicht Haare bedeckt hatten, bevor sie sich in ihre verschiedenen Hundekörbe begaben. »Ich werde die Eier aufstellen. Wie viele möchten Sie, zwei?«

»Eins und etwas Toast bitte. Aber Sie brauchen mich nicht zu bedienen. Ich könnte das ohne weiteres selbst erledigen.«

»Ich koche für Philip und mich ohnehin Eier, also ist das kein Problem.«

Jenny setzte sich an den Tisch. Philip hatte bereits eine halbe Scheibe Toast verzehrt.

»Wie geht es Mama heute?«

»Sie hat mich gefragt, ob ich auch ordentlich für Jenny sorge und ob ich nicht meinte, ich hätte mich besser anziehen sollen, bevor ich hinunterging, da Bademäntel so schlampig wirkten.« Felicity zog sich einen Stuhl heran und seufzte. »Stört es jemanden, wenn ich rauche? Ich vermeide es, wenn Mama auf ist, aber vor elf kommt sie nicht herunter, und dann auch nicht in die Küche.«

»Warum wohnt Felicity noch hier?«, wollte Jenny wissen, als Philip und sie in seinem flachen Cabriolet davonfuhren. Angenehm war, dass es in dem Wagen zumindest eine sehr effiziente Heizung gab.

»Ich weiß, dass meine Mutter eine ziemliche Last für sie zu sein scheint«, gab Philip zu, »aber Fliss lebt wirklich gern dort. Sie könnte gehen, wenn sie tatsächlich wollte. Aber irgendeine kleine Wohnung in Glasgow würde ihr nicht gefallen. Sie hat nicht so viel Ausdauer. Ich glaube nicht, dass sie mit einer ganz gewöhnlichen Arbeit zurechtkäme. Und Mama braucht jemanden, der sich um sie kümmert.«

»Was genau haben Sie Ihrer Mutter erzählt, Philip? Hätte sie überhaupt etwas davon wissen sollen, dass Dalmain Mills in Schwierigkeiten steckt?«

»Sie weiß offensichtlich mehr, als ich habe durchblicken lassen. Ich habe versucht, alles von ihr fern zu halten, damit sie sich keine Sorgen macht. Doch früher hat Papa die Firma geführt, und er war in diesem Punkt nicht besonders gut.«

»Nun, ich werde versuchen, sie nichts Schlechtes wissen zu lassen – natürlich nur, falls es irgendetwas Schlechtes gibt.« Jenny lächelte. »Es ist sehr freundlich von ihr, mich unter diesen Umständen bei sich aufzunehmen. Ich hätte auch ohne weiteres in irgendeiner kleinen Pension in der Nähe der Firma wohnen können.«

Philip schüttelte den Kopf. »Meine Mutter hat gern Besuch im Haus, so unglaublich das klingen mag. Und es verschafft sowohl Felicity als auch ihr ein neues Gesprächsthema. Außerdem«, er warf ihr einen Blick zu, »falls sie irgendwelche Probleme vermutet, würde sie nicht wollen, dass die Leute sich das Maul darüber zerreißen. Solange Sie bei uns wohnen, ist die Chance wesentlich geringer, dass andere herausfinden, dass irgendetwas nicht stimmt.«

»Ich verstehe.« Jenny fragte sich, ob es ihr wohl gestattet werden würde, an irgendeinem wärmeren Platz zu wohnen, wenn sie einen Schweigeeid ablegte, aber wahrscheinlich war das nicht der Fall. Sie wechselte das Thema. »Und wie steht es mit Ihnen? Engt das Leben zu Hause Sie ein?«

»Eigentlich nicht. Ich habe natürlich etwas mehr Freiheit als Fliss. Nein. Ich mag das Haus ganz gern.«

Jenny lehnte sich zurück und besah sich die Landschaft – Berge, die sich einer nach dem anderen in den Himmel erhoben. Jetzt leuchteten die niedrigeren Hänge noch im Kleid der blühenden Heide, aber im Winter, wenn alles verblüht war, würden sie düster gen Himmel ragen. Jenny seufzte. Vielleicht war sie nur müde, doch dieser Job schien sie bereits jetzt zu bedrücken.

»Ach! Würde es Ihnen etwas ausmachen anzuhalten? Ich bräuchte etwas aus diesem Laden dort.« Sie fuhren an einer Tanksstelle vorbei, zu der ein Laden mit Wollwaren und Souvenirs gehörte. Und dort gab es einen Schlussverkauf. »Wenn Sie einfach irgendwo parken könnten? Ich bin in ein paar Augenblicken wieder zurück.«

Es waren mehr als ein paar Augenblicke, aber als sie aus dem Laden wieder auftauchte, war ihr wesentlich wohler ums Herz. Sie trug ein paar enge Hosen im Schottenmuster und einen Aran-Pullover über einem seidenen Rollkragenpulli. In einer Tasche hatte sie mehrere dünne und einen dickeren Pullover aus feiner Wolle und ein paar Schottenröcke.

»Meine Kreditkarte wird eine Weile brauchen, bis sie sich von diesem Großeinkauf erholt hat, aber ich glaube, jetzt habe ich die richtigen Kleider gefunden.«

Philip schaute in die Tragetaschen. »Hm. Alles von der Konkurrenz, fürchte ich. Wir können einfach beim Preis nicht mithalten.«

Jennys kurzes, mentales Hoch schwand dahin, aber immerhin hatte sie jetzt alles, was sie brauchte, um warm zu bleiben.

»Das ist aber schön!«, rief Jenny. Sie waren um eine Kurve gebogen, und vor ihnen lag Tombuie am Fuß der Burg und am Zusammenfluss zweier Gebirgsströme. »Ich hatte keine Ahnung, dass Tombuie so hübsch ist! Und ist das die Fabrik?«

Sie deutete auf einige lang gezogene, graue, ungefähr vier Stockwerke hohe Gebäude mit langen Reihen von Fenstern und schiefergedeckten Dächern. An der Seite des größten Gebäudes befand sich ein gewaltiges Mühlrad. Erst auf den zweiten Blick sah sie, dass das Rad nicht mehr in Betrieb war. Dennoch war das Ganze extrem malerisch.

»Die Gebäude haben etwas Faszinierendes. So etwas Hinreißendes habe ich gar nicht erwartet.

Wirklich wunderbar mit den Bergen gleich dahinter!«

»Es ist schon sehr hübsch, ja.« Der Anblick seines Erbes

schien Philip völlig unberührt zu lassen, aber dessen ungeachtet nahm Jenny entzückt den Anblick des Mühlrads, der breiten Blumenbeete und der mit Blumen bepflanzten Steintröge und Hängekörbe in sich auf. Für eine Fabrik war das wirklich ein schöner Anblick. Irgendjemandem lag es offensichtlich sehr am Herzen, dass der Betrieb sich nach außen hin von seiner besten Seite zeigte.

Philip ignorierte die Hinweisschilder zum Parkplatz und fuhr direkt vor dem Haupteingang von Dalmain Mills vor. »Würde es Ihnen etwas ausmachen, wenn ich Sie heute Vormittag mit den Büchern allein ließe?« Er stieg aus, kam herum und öffnete Jenny den Wagenschlag. »Ich muss einiges andere erledigen.«

Jenny mühte sich aus dem flachen Wagen. »Wollen Sie nicht dabei sein?« Es ging ihr nicht um ihre Würde, sondern darum, dass ihr Besuch für Dalmain Mills wichtig war. Philip sollte das alles eigentlich etwas ernster nehmen.

Er hielt ihr die Eingangstür auf und ließ ihr den Vortritt. »Um ehrlich zu sein, weiß ich, dass Sie entdecken werden, dass es nicht zum Besten steht, und mir ist klar, dass es teilweise meine Schuld ist. Aber schauen Sie sich die Bücher genau an, dann werden Sie unterscheiden können, was mein Beitrag ist und wofür die Kräfte des Marktes verantwortlich sind.«

»Kräfte des Marktes« klang wie eine schöne fette Generalabsolution, und Jenny war überrascht, dass er diesen Ausdruck gewählt hatte. Ihr persönlich wäre es ein Bedürfnis gewesen, sich zu vergewissern, dass jeder, der die Zahlen sorgfältig prüfte, ganz genau wusste, was auf wessen Kappe ging.

Philip trug sie als Besucher ein und gab ihr eine Sicherheitsmarke. »Es macht Ihnen doch nichts aus, oder?«, fragte er, während er ihr das Abzeichen anheftete. »Sie sind doch nicht beleidigt, oder?«

Sie zögerte und überlegte, ob sie ihm sagen sollte, dass sein Verhalten bei ihr einen sehr schlechten Eindruck hinterließ. Aber es hatte wohl keinen Sinn. Sie schüttelte den Kopf. »Nein. Zeigen Sie mir einfach das Büro und machen Sie mich mit Ihren Leuten bekannt; den Rest können Sie mir dann später zeigen.«

»Sie wollen doch nicht wirklich alles sehen, oder? Es sind nur ein paar Maschinen, nichts wirklich Wichtiges. Es sind doch die Bücher, die Sie sehen wollen.«

Sie wies ihn nicht darauf hin, dass sie die Zahlen auch hätte prüfen können, ohne dafür siebenhundert Meilen zu fahren. Sie war hierher geschickt worden, damit sie sich ein Bild von den Gegebenheiten machte, die Mitarbeiter kennen lernte und eine Entscheidung empfehlen konnte, die auf Tatsachen beruhte und nicht nur auf Bilanzen.

»Ja, aber ich möchte mir auch eine Vorstellung von dem gesamten Geschäftsablauf machen, damit ich mir unter allem etwas Konkretes vorstellen kann.«

Er zuckte die Schultern. »Jenny, meine ganze bescheidene Fabrik steht Ihnen zur Inspektion offen, wann immer Sie wollen. Ich kann heute nur, fürchte ich, nicht Ihr Führer sein.«

»Nun, wann immer es Ihnen passt. Ich werde mich zunächst einmal mit den Büchern befassen.«

Sein Mangel an Interesse irritierte sie. Es war nicht nur sein Lebensunterhalt, der auf dem Spiel stand, und der seiner Mutter und seiner Schwester, sondern auch der all seiner

Mitarbeiter. Wenn Dalmain Bankrott gehen sollte, würde das dutzende von Familien treffen. Aber vielleicht glaubte Philip, dass es ihm persönlich nicht viel ausmachen würde, und sorgte sich deswegen auch um niemanden sonst.

Während sie zusammen durch die Firma gingen, wurde Jenny klar, dass ihr Kunde ebenfalls nicht viel Interesse an den Arbeitern bekundet hatte. Grant-Dempsey hatte in seiner letzten E-Mail lediglich von ihr verlangt, sich ein Bild der Gewinne und Verluste zu machen. Wirklich kurze E-Mails waren seine Spezialität, doch dieses war noch knapper gewesen als üblich. *»Was bleibt unterm Strich?«* Jenny hatte sich damals darüber geärgert. Jetzt war sie hier und bekam einen ersten Eindruck von der menschlichen Seite dieses Geschäftes, und angesichts dessen erschien ihr diese Haltung noch herzloser. Vielleicht sollte sie für so einen unverfrorenen Kapitalisten überhaupt nicht arbeiten. Das Dumme war nur, dass er ein unverfrorener Kapitalist war, der immer viel für sie zu tun hatte und gut und prompt bezahlte, und das ließ sich nicht von all ihren Kunden sagen. Henry mochte ihr vorhalten, dass Mr. Grant-Dempsey sie ausnutzte, aber es wäre wahnsinnig von ihr, ihn aufzugeben – er war der Weg, der zu mehr Unabhängigkeit von Henry führte, etwas, an dem Jenny sehr gelegen war.

»Kommen Sie, ich mache Sie mit Miss McIntyre bekannt, meiner rechten Hand«, erklärte Philip und öffnete die Tür zu einem Büro, ohne anzuklopfen. »Kirsty hat ihr ganzes Arbeitsleben hier verbracht.«

Philips rechte Hand hatte das mittlere Alter schon leicht überschritten. Sie war schick gekleidet und strahlte vom eisengrauen Haar bis zu den lederbeschuhten Sohlen Feindseligkeit aus. Sie trug die Art von gut geschnittenem Tweed, die sowohl warm als auch schick war, wenn auch etwas steif. Jenny kam sich in ihrem Aran-Pullover, ihren karierten engen Hosen und Halbschuhen dagegen furchtbar vor. Wenn es dazu nicht bereits schon zu spät gewesen wäre, hätte sie sicherlich eher Frostbeulen in Kauf genommen, als so ungewöhnlich gekleidet, wie sie war, vor diese Frau zu treten.

Ohne die Spannung im Geringsten zu spüren, fuhr Philip munter fort: »Kirsty, das ist Jenny Porter, die hergekommen ist, um uns alle auf Vordermann zu bringen.«

»Guten Morgen, Miss Porter«, grüßte Kirsty und machte damit deutlich klar, was sie von dem Gebrauch von Vornamen nach nur kurzer Bekanntschaft hielt. Sie sprach mit der Art von schottischem Akzent, die jeden Oberlehrer wegen seiner eigenen Sprache in Verlegenheit gebracht hätte.

»Guten Morgen, Miss McIntyre«, entgegnete Jenny und wahrte die geforderte Distanz.

Philip drehte sich zu Jenny um: »Wenn Sie irgendetwas brauchen, wenden Sie sich an Kirsty. Sie wird dafür sorgen, dass Sie alles bekommen, was Sie benötigen. Ich werde jetzt verschwinden. Ich habe noch viel vor.«

Ohne Philip spürte Jenny die geballte Kälte von Miss McIntyres Unmut. Sie sah aus, als wollte sie nur dann dafür sorgen, dass Jenny alles bekam, was sie benötigte, wenn auch Strychnin dazugehörte.

Jenny schluckte. »Ich hoffe, Sie empfinden meinen Besuch nicht als Störung.« Diese Hoffnung war zum Sterben verurteilt, noch bevor sie ihr Ausdruck verliehen hatte. Nachdem die andere Frau beim Anblick ihrer Kleider missbilligend die Stirn gerunzelt hatte, fühlte Jenny sich zu einer Erklärung verpflichtet. »Ich hatte für Schottland völlig falsche Sachen eingepackt. Also musste ich mir andere kaufen. Und das bedeutete entweder Hosen oder einen Kilt, und da ich nicht wusste, welche Farben ich tragen sollte, habe ich mich für die Hose entschieden.« Jenny lächelte, obwohl sie wusste, dass sie von Kirsty McIntyre kein frauliches Verständnis für ihren Modeflop erwarten konnte.

Es gab nicht einmal die Spur davon. »Mr. Dalmain hat Anweisung gegeben, Ihnen alles zu zeigen, was Sie zu sehen wünschen.« Ihre Skepsis war mit Händen greifbar.

»Ja«, stimmte Jenny energisch zu. »Ich bin hier, um zu helfen, aber das kann ich nicht, wenn ich nicht alles weiß.«

»Sie sind hier, um zu helfen? Ich hatte den Eindruck, Sie seien hier, um zu beweisen, dass der Betrieb unrentabel ist, und um Dalmain Mills so bald als möglich zu schließen.«

Plötzlich wurde Jenny zu heiß in ihrem Aran-Pullover. Das konnte natürlich an der Zentralheizung des Hauses liegen, aber sie wusste, dass der eigentliche Grund ein jähes Schuldgefühl war, weil das, was Miss McIntyre gesagt hatte, wahrscheinlich der Wahrheit entsprach.

»Ich soll herausfinden, was hier falsch läuft. Wenn etwas getan werden kann, damit es besser geht, dann werde ich meinem Kunden das erklären, und er wird entsprechende Maßnahmen ergreifen.«

»Ihrem Kunden?«

»Ja, ich arbeite als virtuelle Assistentin für verschiedene Kunden. Mr. Grant-Dempsey und sein Syndikat sind nur einer davon. Wir treten hauptsächlich per E-Mail miteinander in Kontakt.«

Miss McIntyre nickte so leicht, dass es kaum noch wahrnehmbar war. Mit dieser winzigen Bewegung vermittelte sie ein ganzes Spektrum ihrer ablehnenden Gefühle von Ungläubigkeit über Abscheu und bis hart an die Grenze des Hasses.

Jenny kam ihr eigenes Lächeln künstlich vor. Flüchtig fragte sie sich, ob ihr Kunde vielleicht in Kalifornien blieb, um nicht den Menschen gegenübertreten zu müssen, die er um ihre Arbeit brachte, doch sie verwarf die Idee wieder. Das alles würde ihn wahrscheinlich gar nicht berühren. Jenny beschloss, ihn nach Erledigung dieses Auftrags fallen zu lassen, ganz gleich, ob sie auf seine Aufträge angewiesen war oder nicht. Ohne ihn würde es wesentlich schwieriger sein, ihren Kundenstamm aufzubauen, aber es ging im Leben ja nicht nur um Geld. (Im Geiste sagte sie ihren Gedanken an eine eigene Wohnung bereits widerstrebend Lebewohl).

»Was wünschen Sie nun zu sehen?«, fragte Miss McIntyre, die sich möglicherweise wunderte, warum Jenny so schweigsam geworden war.

»Alle Bücher und die Kalkulation. Und« – einen Augenblick lang zog sie in Erwägung, ihre Koffeinabhängigkeit einzugestehen, doch dann fehlte ihr der Mut – »würden Sie mir bitte zeigen, wo ich später eine Tasse Kaffee bekommen könnte?«

Kapitel 5

Es hätte nicht Jennys Aufbaustudiums in betriebswirtschaftlicher Rechnungsführung bedurft, um zu erkennen, dass die Gesellschaft keine Gewinne erzielte, und auch der Grund dafür war nicht schwer auszumachen. Die Ausgaben für Roh- und Zwischenprodukte waren viel zu hoch, und das Endprodukt wurde viel zu billig verkauft. Und die Verluste hatten sie durch ein großes Darlehen von M. R. Grant-Dempsey und seinem Syndikat gedeckt. Mithilfe dieses Geldes hatten sie einen Maschinenpark geleast, dessen Bezahlung mehr verschlang, als in den meisten Monaten hereinkam.

Jennys Gefühle für ihren kapitalistischen Kunden wurden etwas freundlicher. Er hätte sie nicht herzuschicken brauchen, um zu sehen, wo das Problem lag, und er hätte ohne weiteres Dalmains Konkurs herbeiführen können, ohne der Firma zuvor die Höflichkeit eines persönlichen Besuchs durch sie zu erweisen. Vielleicht wollte er, dass sie für Dalmain Mills einen Ausweg fand. Aber warum hatte er ihr das dann nicht klar gesagt?

Als der Tag etwas weiter fortgeschritten war, begann sie sich über ihren Kunden zu wundern. In den achtzehn Monaten, die sie jetzt für ihn arbeitete, hatte er nichts getan, was (für sie wenigstens) wie eine Firmenabwicklung ausgesehen hätte. Aber sie wusste, dass er irgendwo in Europa ein Büro unterhielt und sie für seine Geschäfte in Großbritannien einsetzte. Es war immerhin möglich, dass sich um die wirklich zwielichtigen Dinge sein europäisches Büro kümmerte.

Sie kaute an ihrem Stift, bis sie merkte, dass es gar nicht ihrer war, und sie ihn schnell hinlegte. Wenn M. R. Grant-Dempsey ein Büro hatte, warum beauftragte er dann zusätzlich sie? Der Witz eines virtuellen Assistenten bestand aus der Sicht des Kunden ja gerade darin, dass man sich der Dienste eines Büros und Sekretariats bedienen konnte, ohne mit den ständigen Gemeinkosten belastet zu sein. Natürlich wäre es vielleicht schwierig gewesen, jemanden aus Mitteleuropa für die Aufgabe, die sie jetzt durchführte, herzuschicken, und wenn er selbst im Ausland war, stand er persönlich natürlich auch nicht unbedingt dafür zur Verfügung. Sie wurde jedoch den Verdacht nicht los, dass sie vielleicht nur der Form halber hergeschickt worden und der Firmenausverkauf schon lange beschlossene Sache war. Warum hätte er sonst in eine Firma investieren sollen, die sich derart auf dem Irrweg befand?

Jenny hatte den ganzen Vormittag lang auf dem Bildschirm des Computers immer wieder sorgfältig alle Zahlen geprüft, um irgendetwas Positives zu finden, und nun hatte sie Kopfschmerzen. Sie rieb sich gerade die Stirn, als Miss McIntyre hereinkam. Jenny blickte auf und sah, dass sie zwar eine Tasse Kaffee brachte, dass dies aber keineswegs ein Friedensangebot war.

Miss McIntyre stellte ihr den Kaffee hin. »Und, Miss Porter, haben Sie es geschafft, irgendjemandem die Schuld zuzuweisen?«

Miss McIntyres Feindseligkeit war außerordentlich ärgerlich und kontraproduktiv, dachte Jenny. Eingedenk der Lage, in der sich die ältere Frau befand, zwang Jenny sich zu einem Lächeln. »Bitte nennen Sie mich Jenny oder Genevieve, wenn

Ihnen das lieber ist. Da wir zusammenarbeiten, wäre es vielleicht hilfreich, wenn ...«

Sie hatte hinzufügen wollen: »... wenn Sie nicht so offensichtlich unfreundlich wären«, begriff aber rechtzeitig, dass sie das natürlich nicht sagen konnte.

Miss McIntyre war allerdings weniger zimperlich. »Mir ist es lieber, einen angemessenen Abstand zwischen uns einzuhalten. Es tut mir Leid, aber ich bin nicht dazu in der Lage, mich bei jemandem einzuschmeicheln, der nicht nur meinen Arbeitsplatz, sondern den Arbeitsplatz vieler anderer gefährdet, den Arbeitsplatz von Menschen, die Familien ernähren müssen.«

Jenny holte tief Luft. Sie war zu wütend, um bis zehn zu zählen, unternahm aber wenigstens den Versuch, die Kontrolle über sich nicht zu verlieren. »Miss McIntyre, ich verlange nicht von Ihnen, dass Sie mich als Ihre Freundin betrachten, ich bitte lediglich um ein wenig Kooperation. Ich bin nicht total begriffsstutzig. Ich weiß sehr gut, was es für eine Gemeinde bedeutet, wenn der wichtigste Arbeitgeber ausfällt. Aber es würde mir sehr viel leichter fallen, irgendetwas Konstruktives zu finden, was ich über diese Firma sagen könnte, wenn mir jemand ein paar Fragen beantworten könnte! Beispielsweise – warum halten Sie offenbar ein ganzes Lagerhaus voller Wolle vor, wenn doch hier aus diesen Zahlen ganz deutlich hervorgeht, dass nur ein paar Ballen pro Woche gebraucht werden?«

Miss McIntyre biss die Zähne zusammen. »Das war eine Entscheidung des Managements, die zu einer Zeit getroffen wurde, für die ich nicht die geringste Verantwortung trage.«

»Ich habe Sie nicht dafür verantwortlich gemacht! Ich will

nur wissen, warum es sich so verhält.« Sie hatte schon wieder das Gefühl, zu direkt gewesen zu sein, seufzte und versuchte es noch einmal. »Ich kann doch nur das weitergeben, was ich hier vorfinde. Aber ich würde gern irgendetwas Gutes über diese Firma berichten können, selbst wenn es keinen Unterschied machen sollte. Und wenn es nur deshalb wäre, damit ich nicht sagen muss, es handele sich hier um eine mickrige kleine Klitsche, die billige Pullover für den Touristenmarkt herstellt und nicht in der Lage ist, sie mit Gewinn zu verkaufen! Und das ist mir bisher nicht möglich. Es tut mir Leid.«

Die beiden Frauen sahen einander an; beide fühlten sich zu Unrecht angegriffen. Jenny ärgerte sich, dass sie sich nicht nur einfach für den Kaffee bedankt hatte. Es gab auch so schon Feindseligkeit genug. Sie hätte Philips »rechter Hand« nicht so deutlich entgegenzutreten brauchen.

Miss McIntyre schürzte die Lippen, als erwöge sie, Zugeständnisse zu machen, war aber dann doch noch nicht bereit nachzugeben. »Es tut mir Leid, wenn ich unkooperativ erscheine«, meinte sie. »Es ist eben so, dass es hier keine andere Arbeit gibt. Von dieser Fabrik sind sehr viele Menschen abhängig, und das ist schon lange so. Hier arbeitet wenigstens ein Elternteil fast aller Kinder, die im Ort zur Schule gehen. Wenn die Fabrik schließt, werden die Leute wegziehen, und die Schule muss geschlossen werden. Selbst diejenigen, die im Fremdenverkehr oder in der Landwirtschaft tätig sind, werden weggehen, wenn sie können. Die ganze Gemeinde wird sterben.«

»Ich weiß«, murmelte Jenny. Es ging ihr nahe, dass selbst diese zugeknöpfte Frau plötzlich so etwas wie Leidenschaft erkennen ließ, wenn sie von ihrer geliebten Fabrik sprach. Sie war nicht die Einzige, der etwas an ihrem Arbeitsplatz lag. Das zeigten die Kübel und Hängekörbe mit Blumen. »Und ich verspreche Ihnen«, fuhr sie fort, »wenn ich irgendetwas tun kann, um zu verhindern, dass die Fabrik schließt, dann werde ich es tun.«

In dem Augenblick, als die Worte ausgesprochen waren, fragte sie sich, wie sie ein solches Versprechen hatte geben können, ohne die geringste Möglichkeit zu haben, ihren Worten Taten folgen zu lassen. Sie musste verrückt sein! Henry würde sagen, ihre Impulsivität, ihre Sentimentalität und ihr einfältiger Optimismus seien eben schuld daran. Schade, dass man Worte nicht zurückrufen konnte, so wie es mit einer E-Mail möglich war, die den Empfänger noch nicht erreicht hatte. In Miss McIntyres Wangen war ein wenig Farbe zurückgekehrt. Es war noch nicht ganz ein Lächeln, aber immerhin presste sie die Lippen nicht mehr ganz so fest zusammen.

»Die Wolle lagert hier, weil es unter einem Manager, den wir vor vielen Jahren hatten, einmal zu Ausfällen wegen eines Hafenstreiks gekommen ist. Wir konnten wochenlang keine Wolle bekommen. Seither verfolgt Dalmain Mills die Politik, große Lagerbestände zu halten.«

»Ich verstehe.« Jenny ersparte sich jeden Kommentar zu der Narretei, tausende Pfund in Lagerbeständen festzulegen, die wahrscheinlich im Endprodukt nicht einmal den eigenen Wert realisieren konnten.

»Also«, fuhr Miss McIntyre fort, »was könnten Sie denn möglicherweise unternehmen?«

Jenny biss sich auf die Lippen und schüttelte den Kopf. »Ich weiß es nicht. Vielleicht gar nichts. Aber ich muss meinen Bericht nicht sofort abgeben. Ich kann mir Zeit lassen, mir einen Überblick über alle Möglichkeiten verschaffen und dann versuchen, für den Erhalt von Dalmain Mills einzutreten. Allerdings werde ich Hilfe benötigen. Ich verstehe nichts von der Textilwirtschaft. Ich weiß nur, was die Zahlen bedeuten, und es ist einfach eine Binsenweisheit, dass man bald am Ende sein wird, wenn man zu viel für seine Rohmaterialien ausgibt und daraus dann mit einem teuren Maschinenpark ein Billigprodukt herstellt.«

Miss McIntyre musterte Jenny. »Ich habe mein ganzes Leben lang für diese Firma gearbeitet, wie mein Vater vor mir. Hier sind nicht immer ›Billigprodukte‹ hergestellt worden.« Ihre Verachtung war spürbar. »Es hat einmal Zeiten gegeben, da Dalmain für seine Qualität berühmt war!«

Jenny schwieg einen Moment. Ihre Gedanken verschwammen wie in einem Wirbel – Überlegungen über Wolle, Maschinen, die Schönheit der Umgebung, die wie zufällig aufeinander stießen, ohne Sinn zu ergeben. Das war nicht weiter dramatisch, es passierte ihr manchmal. Schließlich ordneten sich die Gedanken meist zu etwas, das recht logisch war. Sie hatte einmal versucht, Henry zu erklären, was in solchen Momenten in ihr vorging, doch er hatte nur gelacht.

»Soll ich Sie einmal herumführen«, schlug Miss McIntyre vor, »wenn Sie Ihren Kaffee getrunken haben? Es wäre vielleicht ganz nützlich, wenn Sie einige der Arbeiter kennen lernten.«

Jenny zwang sich zu einem Lächeln. »Das würde ich gern«, flunkerte sie, in dem sicheren Wissen, dass sie das Angebot besser ausgeschlagen hätte. Hatte sie erst einmal mit den Arbeitern gesprochen, würde ihr der Gedanke, sie um ihre

Arbeit zu bringen, noch entsetzlicher vorkommen. Sie kannte die Situation aus eigener Erfahrung – behandelt zu werden wie eine überflüssige Maschine. Nur wer das selbst einmal erlebt hatte, verstand, warum entlassene Arbeiter das Gefühl hatten, man habe sie »auf den Müll« geworfen.

Und obwohl sie das verrückte Versprechen gegeben hatte, alles in ihrer Kraft Stehende zu tun, um die Arbeitsplätze dieser Leute zu erhalten, konnte sie wahrscheinlich einfach nichts ausrichten. Das Geld würde hier die entscheidende Stimme haben – ein paar Arbeitsplätze mehr oder weniger würden M. R. Grant-Dempsey und seinem Syndikat wenig bedeuten.

Aber sie konnte Miss McIntyre nicht gestehen, dass sie einen Fehler gemacht hatte, dass es keinen Sinn hatte, die Menschen hier kennen zu lernen, dass die ganze Fabrik verloren war – nicht mehr nach diesem Versprechen, das sie gegeben hatte.

Sie seufzte tief. Ihre Loyalität galt in erster Linie ihrem Kunden, aber der war nicht mehr als eine E-Mail-Adresse. Er bezahlte sie gut und regelmäßig für die Arbeit, die sie leistete, doch sie kannte ihn nicht. Sie hatten noch nicht einmal miteinander telefoniert. Wie konnte sie sich ihm stärker verpflichtet fühlen als den Menschen, die Hängekörbe mit Blumen bepflanzten und in diesem Ort ihre Kinder großzogen? Vor allem jetzt, da sie angefangen hatte, über seine Beweggründe nachzudenken?

Miss McIntyre nahm sie mit in ein gewaltiges Gebäude, das ungefähr halb so groß war wie ein Flugzeughangar. Es war dort unglaublich laut, und der Holzboden schien sehr klebrig zu sein. Miss McIntyre griff in eine Kiste und reichte ihr daraus zwei hellgelbe Schaumstoffpropfen. »Stecken Sie sie sich in die Ohren. Das ist eine Vorschrift der Arbeitssicherheit.«

Es wäre schon wegen des Lärms der Maschinen schwierig gewesen, jemanden zu verstehen, aber mit den Stopfen in den Ohren verstand Jenny fast nichts mehr von dem, was Miss McIntyre ihr erklärte.

»Der Boden ist wegen des Lanolins so klebrig«, meinte Miss McIntyre, zumindest reimte Jenny sich dies schließlich zusammen, nachdem sie mehrfach nachgefragt hatte. »Das sitzt in der Wolle. Hier beginnt die Verarbeitung. Wir kaufen die Wolle vor allem ...«

Jenny gab den Versuch auf, etwas zu verstehen. Sie nahm einfach den Anblick der großen Maschinen in sich auf, war fasziniert von deren Komplexität, lächelte den Arbeitern zu, die sie neugierig und manchmal feindselig musterten. Sie sah gewaltige Wollballen, so groß wie Personenwagen, viele Meter lange Webstühle, die nur von einer einzigen Person bedient wurden, eine gewaltige Maschine, die die Wolle aufschüttelte und in etwas Zuckerwatteähnliches verwandelte – die Bilder waren verwirrend, und sie wusste, dass es einige Zeit brauchen würde, bis sie die einzelnen Arbeitsschritte begriff. Aber es faszinierte sie, und sie wusste, dass sie all diesen Fleiß und diese Energie und Kraft nicht ersterben lassen konnte, wenn es irgendeine Möglichkeit gab, das zu verhindern.

Als der Tag sich dem Abend zuneigte und Philip wieder auftauchte, um sie nach Hause zu fahren, war Jenny müde, sehr niedergeschlagen und schlecht auf ihn zu sprechen. Wenn er sie nicht allein gelassen hätte, um Gott weiß was zu tun, hätte

Miss McIntyre sie nicht so aus der Fassung bringen können. Die Arbeiter wären für sie weiterhin nur Zahlen einer Tabellenkalkulation geblieben. Bei dem Gedanken an die Firmenschließung hatte sie keine Maisie Nisbet vor sich gesehen, deren Familie seit drei Jahren in der Fabrik arbeitete und die eine Maschine in zehn Sekunden mit neuem Garn bestücken konnte, keinen Donald Mackeen, der gerade geheiratet hatte, dessen Frau bereits in anderen Umständen war und der eine kranke Mutter zu Hause hatte, und keinen der anderen Menschen aus Fleisch und Blut, die sie kennen gelernt hatte. Sie war eine virtuelle Assistentin und sollte sich nicht mit realen Menschen abgeben müssen. Und wenn sie diese Menschen nicht kennen gelernt hätte, wäre ihre Aufgabe einfach geblieben. Sie hätte rasch ihrem Kunden mailen können, was sie hier vorgefunden hatte, und wäre dann wieder heimgefahren.

Ganz so problemlos wäre es natürlich auch nicht gewesen; es hätte noch zahlreiche Einzelheiten gegeben, die sie hätte verfolgen müssen, aber in vierzehn Tagen wäre das alles erledigt gewesen. Dann hätte sie sich davonmachen können, dieses kaledonische Haus des Schreckens hinter sich lassen und sich zurück zu Henry flüchten können, in den Süden, wo der Winter nicht vor Ende November Einzug hielt.

Sobald sich die Türen des Hauses Dalmain hinter Jenny geschlossen hatten, legte sich dessen Atmosphäre wie ein kaltes Leichentuch über sie. Sie hatte das Gefühl, in der Falle zu sitzen, erstickt zu werden von dem eingeengten Leben derer, die hier wohnten. Nach der Betriebsamkeit in der Fabrik erschien ihr in diesem Haus alles unbeweglich und unveränderlich.

Felicity wartete schon mit einem Tablett mit Drinks. Ohne auch nur einen der Anwesenden zu fragen, was und ob er überhaupt etwas trinken wollte, teilte sie ihnen allen einen sehr großen Whisky zu. Obwohl Jenny eigentlich eine Tasse Tee lieber gewesen wäre, nahm sie das ihr angebotene Glas und dachte erst wieder an ihre Entscheidung, was Alkohol betraf, als sie einen ordentlichen Schluck genommen hatte.

»Es hat jemand für Sie angerufen«, berichtete Felicity.

»Für mich?« Sie versuchte sich zu besinnen, wer wusste, dass sie hier war. Abgesehen von Henry, ihrem Kunden und ihrer Mutter fiel ihr niemand ein. Wenn Henry angerufen hatte, um von ihr zu verlangen heimzukehren, damit sie für seine Verwandtschaft kochen konnte – nun, das konnte er sich abschminken. Falls ihr Kunde angerufen haben sollte, war das gut, aber eigentlich nicht typisch für ihn. Und ihre Mutter würde sie nur anrufen, wenn es sich um einen Notfall handelte.

»Es war Meggie. Sie meinte, es sei dringend, und wollte wissen, ob Sie sie zurückrufen oder noch besser kurz zu ihr herüberkommen könnten.« Felicity musterte Jenny argwöhnisch. »Ich hatte ganz vergessen, dass Sie sich kennen gelernt hatten.«

»Ich kenne Meggie nicht wirklich. Wir sind nur ins Gespräch gekommen, als ich im ›Homely Haggis‹ war.« Der bloße Name ließ Felicity zusammenzucken – grundlos, wie Jenny fand. »Wenn Sie sie besuchen wollen – es ist noch reichlich Zeit bis zum Abendessen.« Ein Anflug von Ärger in Felicitys Stimme war unüberhörbar, als wollte sie Jenny der Treulosigkeit bezichtigen.

»Das geht nicht. Ich habe gerade einen Schluck Whisky

genommen, der groß genug war, um mich über die Promillegrenze zu bringen. Ich kann nicht mehr fahren.«

»Zu Meggie und Iain können Sie zu Fuß gehen«, erklärte Philip. »Ein kleiner Spaziergang bergab macht Ihnen doch nichts aus, oder?«

Genau genommen erschien ihr der Gedanke an frische Luft, positive Gesellschaft und eine Möglichkeit, Haus Dalmain für eine Weile hinter sich zu lassen, extrem attraktiv.

»Ein Spaziergang würde mir ganz gut gefallen, es sei denn, Felicity hätte gern Hilfe in der Küche.«

Felicity schüttelte den Kopf. »Nein, das geht schon in Ordnung. Es ist alles fertig. Ich habe ja schließlich den ganzen Tag lang nichts anderes zu tun, und Sie haben gearbeitet. Besuchen Sie Meggie nur.«

Jenny beschloss, möglichst bald mehr über Felicity in Erfahrung zu bringen, aber nicht ausgerechnet jetzt. »Ist es leicht zu finden, oder werde ich mich verlaufen?«

»Das bezweifle ich. Sie können das Haus von uns aus sehen«, sagte Philip.

»Schade, dass Sie die Hunde nicht mitnehmen können, aber die würden keinen Schritt mit Ihnen gehen«, meinte Felicity immer noch etwas kritisch.

»Und Meggie würde sich in ihrem Zustand auch bedanken, sie im Haus zu haben«, wandte Philip ein. »Es kann doch jetzt nicht mehr lange bei ihr dauern.«

»Gott, Frauen wie sie bekommen ihre Kinder, wie andere Erbsen lesen«, entgegnete Felicity. Sie klang niederschmetternd nach ihrer Mutter.

Jenny sah in ihren Augen die Schatten der Verlorenheit und fragte sich, ob Lady Dalmain Felicity ihr Leben ganz gestohlen oder ob Felicity es ihr teilweise selbst ausgeliefert hatte.

»Ich gebe Ihnen einen Mantel«, bot Felicity an. »Draußen weht ein scharfer Wind, vor dem Sie sich schützen müssen.«

Ein hoch gewachsener junger Mann, zweifellos ein Dalmain, öffnete ihr die Tür zu dem kleinen weißen Cottage. »Hallo!« Mit festem Griff umfasste er Jennys Hand. »Sie müssen Jenny sein. Meggie liegt auf dem Sofa. Sie wird sich freuen, Sie zu sehen.«

Die Eingangstür führte direkt ins Wohnzimmer. Im Kamin brannte ein munteres Feuer, und ebenso hell wie das Feuer waren die Vorhänge und der Teppich. Vor dem Kamin lag Meggie auf einem Sofa; sie wirkte müde und niedergedrückt.

»Der Arzt hat gesagt, ich könne mit dem ›Homely Haggis‹ nicht weitermachen. Es sei zu viel für mich, und ich müsse für diese Saison schließen«, verkündete sie ohne lange Vorrede. »Niemand nimmt mein Geschäft ernst.«

»Kommen Sie herein und setzen Sie sich, Jenny«, bat Iain. »Darf ich Ihnen etwas zu trinken anbieten? Wein? Eine Tasse Tee? Whisky können wir leider nicht bieten.«

»Ein Tasse Tee wäre wunderbar.«

»Dann brüh schnell einen auf, Iain«, drängte Meggie und scheuchte ihn fort. »Und lass mich mit Jenny reden.«

»Was kann ich denn für dich tun?« Jenny wusste genau, was Meggie sagen würde, wollte aber Zeit schinden, um über ihre Antwort nachzudenken.

»Das weißt du doch, oder? Es geht um den ›Homely Haggis‹. Wenn du ihn nicht für mich übernehmen kannst, wenigstens gelegentlich, dann kann ich vielleicht im nächsten Sommer nicht weitermachen. Du hast es mir gewissermaßen angeboten …«

Jenny seufzte. »Ich würde dir wirklich gern helfen, aber …«

»Dann hilf mir! Niemand versteht, wie wichtig das Geschäft mir ist! Sie verstehen alle nicht, dass es um meine Unabhängigkeit geht und ich den Gedanken nicht ertragen kann, sie zu verlieren. Sie glauben alle, es sei bloß ein ›kleines Hobby‹.«

»Und das ist unglaublich ärgerlich! Ich verstehe vollkommen. Weil ich meine Arbeit zu Hause am Computer erledige, findet mein Freund, dass ich eigentlich gar nicht richtig arbeite. Das ist einer der Gründe, warum ich nach Schottland gekommen bin. Ich wollte ihm beweisen, dass ich wirklich arbeite.«

Iain kam mit einem Geschirrtuch wieder herein. »Ich halte den ›Homely Haggis‹ nicht für ein kleines Hobby«, erklärte er bestimmt. »Ich finde nur, dass du jetzt an das Baby denken musst.«

»Ich denke ja an das Baby! Ich will aber für die Zukunft irgendetwas behalten, das nichts mit dem Baby zu tun hat! Und einmal angenommen, irgendetwas passiert«, Meggie hielt kurz inne, »und es gibt gar kein Baby?«, fügte sie sehr leise hinzu.

Iain holte tief Luft; er wollte die Auseinandersetzung offenbar nicht unnütz fortsetzen.

Jenny brach eine Lanze für Meggie. »Ich verstehe ganz gut, wie Meggie sich fühlt. Sie weiß vom Kopf her, dass ihr Leben ganz anders sein wird, wenn erst das Baby da ist, aber ein Teil von ihr möchte sich noch an einen Rest des alten Lebens klammern.«

Meggie schenkte Jenny einen dankbaren Blick. »Genau! Genauso kommt es mir vor! Du bist klug!« Und beinahe ohne innezuhalten, fuhr sie fort: »Und bedeutet diese Einsicht, dass du den ›Homely Haggis‹ für mich übernehmen wirst?«

Iain stieß einen tiefen Seufzer aus. »Ich gehe und kümmer mich um den Tee.«

»Er ist ja wirklich lieb«, bemerkte Jenny.

»Ja, und ich liege hier und sehe nicht nur so aus wie eine Kuh, sondern benehme mich auch so. Ich bin einfach so etwas von fertig.« Meggie runzelte plötzlich die Stirn. »Warum trägst du eine Hose im Schottenmuster?«

Jenny blickte an sich herab. »Ich habe nichts ausreichend Warmes anzuziehen mitgebracht. Diese Hose habe ich mir auf dem Weg in die Firma gekauft. Ein bisschen grell, aber mollig warm. Ganz gut, dass mich mein Freund nicht sehen kann. Er würde sich totlachen.«

»Ein Mann, dem es nicht gleichgültig ist, wie du aussiehst? Das ist aber lieb.«

»Nicht, wenn es bedeutet, dass er geringschätzige Kommentare abgibt, sobald ich etwas trage, das er nicht mit ausgesucht hat. Er ist im Grunde eine Art Modefaschist.«

»Oh. Da bin ich ja vielleicht doch mit Iain besser dran, der gar nicht merkt, was ich trage.«

Iain kam mit dem Tee herein. »Ich merke es immer; ich sage nur nicht immer etwas dazu. Also Jenny, lassen Sie sich nicht zu irgendetwas drängen, das Sie gar nicht wollen. Meggie kann sehr überzeugend sein.«

»Jetzt geh weg und lass mich überzeugend sein«, konterte seine Frau. »Willst du also den ›Homely Haggis‹ für mich übernehmen?«

»Das Problem ist, dass ich keine Ahnung habe, wie lange ich wahrscheinlich noch hier sein werde.«

»Wieso? Wird Dalmain Mills sofort dichtgemacht?«

»Nein! Wenigstens hoffe ich das nicht. Ich habe bisher noch keine Möglichkeit gehabt herauszufinden, was eigentlich Sache ist. Aber zum Thema: Ich weiß nicht, wie lange ich für all das brauchen werde. Ich meine, vielleicht sage ich dir jetzt zu, und dann bin ich in vierzehn Tagen einfach verschwunden.«

»Du könntest den Auftrag doch etwas in die Länge ziehen, oder? Alles ein wenig verzögern?«

»Da er mein Kunde und nicht mein Chef ist, wäre das, genau genommen, Betrug, denn er bezahlt mir einiges zusätzlich dafür, dass ich hier bin ...«

»Ach, bitte! Sag wenigstens, dass du mir ein Weilchen hilfst, bis ich jemand anderen gefunden habe.«

Jenny war müde. Sie hatte eine weite Fahrt auf sich genommen, ihre Gastgeber waren alle auf gewisse Weise beschädigt, und die Firma, über die sie berichten sollte, ging auf direktem Weg den Bach hinunter. Aus Gewohnheit fragte sie sich, was Henry wohl dazu sagen würde. *»Um Himmels willen! Das würdest du doch gar nicht schaffen! Weißt du noch, als du für uns und unsere Freunde nach einer durchgemachten Nacht Frühstück zubereitet hast? Du warst nicht mehr in der Lage, mehr als ein Ei auf einmal zu braten!«*

Jenny war froh, dass ihr das wieder eingefallen war – es erleichterte ihr die Entscheidung enorm.

»Ich helfe dir gern. Allerdings werde ich jemanden brauchen, der mir alles zeigen kann, und vielleicht bin ich ein hoffnungsloser Fall. Ich habe mich gestern ja auch nicht besonders klug angestellt.«

Meggie machte eine wegwerfende Geste. »Mein Gott! Du hattest keine Ahnung, was du tun solltest, und er war ein schwieriger Kunde. Ich werde dir alles zeigen. Es wird ein Kinderspiel.«

»Eher wohl eine Rauferei unter Halbstarken«, murmelte Jenny, »und ich möchte nicht gern verantwortlich dafür sein, wenn dir oder dem Baby irgendetwas zustößt. Deswegen überleg dir besser, ob mich nicht jemand anderes einweisen könnte.«

»In Ordnung. Es gibt da ein Mädchen, das mir immer geholfen hat, bevor es eine richtige Arbeit fand. Die kann dir alles genau erklären. Es ist völlig simpel. Du brauchst nur abends gelegentlich mal zu öffnen – und an den Wochenenden. Die Wochenenden sind am wichtigsten. Ich werde alles arrangieren.« Zufrieden mit ihrem Werk, ließ Meggie sich wieder in die Kissen sinken. »Fährst du mit Philip in die Firma?«

»Heute hat er mich mitgenommen, ja, aber ich werde ab jetzt selbst fahren, damit ich etwas unabhängiger bin.« Sie trank ihren Tee aus. »Ich kehre nun am besten wieder zurück. Ich will nicht zu spät zum Abendessen kommen. Felicity hat ja den ganzen Tag gekocht.«

»Sie wird nicht viel Zeit aufs Kochen verwendet haben. Du hast vielleicht schon gemerkt, dass sie keine besonders gute Köchin ist.«

»Ja, das stimmt, doch sie kocht eben, und es ist bestimmt nicht so einfach. Du hast völlig Recht, was ihre Mutter anbetrifft: Sie ist ein Monster.«

»Das ist sie. Sitzt wie eine dicke Spinne mitten in der Familie und hat sie alle unter Kontrolle. Wenn sich jemand zu weit fortwagt, wird er an dem Spinnenfaden sofort zurückgezogen.«

»Sie ist dann wohl als Schwiegermutter nicht einfach?«, lachte Jenny.

Meggie gab einen abschätzigen Laut von sich. »Ich kümmere mich nicht die Bohne um sie! Ich finde es nur schwer erträglich, was sie mit den anderen macht. Iain ist mehr oder weniger davongekommen, aber Felicity und Philip sind beide völlig vermurkst.«

»Mir kam es so vor, als wäre Philip vielleicht etwas ineffektiv, aber nicht unbedingt vermurkst.«

»Warum ist er dann noch nicht verheiratet? Er ist beinahe vierzig und auch nicht schwul. Er hat es einfach nicht gewagt, irgendeine Frau mit nach Hause zu bringen und sie seiner Mama vorzustellen. Er hat Angst, sie würde von ihr bei lebendigem Leibe verspeist werden. Und seine Furcht ist nicht grundlos. Und was Felicity ...«

»Die arme Felicity!«

»Ich empfinde kein Mitleid für sie«, gab Meggie zu, entschlossen, fair zu sein. »Aber warum geht sie nicht weg? Weil sie den Abstieg nicht ertragen könnte. Wenn sie von zu Hause fortginge, würde sie in irgendeiner Bruchbude hausen müssen. Irgendwo, wo es so aussieht wie hier ...«

»Das hier ist doch wohl kaum eine Bruchbude.«

»Ja, das weiß ich, aber für Felicity und Lady D. ist es eine. Wir heißen für unsere Familie nur ›der verliebte Kotten‹.«

Jenny lachte. »Das ist doch ganz nett.«

»Finde ich auch. Im Moment habe ich allerdings einen Kabinenkoller, weil ich nicht rausdarf.«

»Das ist das Baby doch wert.«

Meggie zog ein Gesicht. »Woher willst du das wissen? Du hast ja selbst keine Kinder.«

»Alle sagen es; es muss also etwas Wahres daran sein!« Sie stand auf. »Jetzt muss ich gehen. Ich möchte nicht gerade an meinem ersten Tag jemanden beleidigen.«

»Kann ich mir denken.«

Jenny sah sich etwas aufmerksamer im Zimmer um, als sie es bei ihrer Ankunft getan hatte. Die Vorhänge, Kissenbezüge und Überwürfe für die Polstermöbel waren allesamt aus Wolle und interessant strukturiert. In die Wolle war Lurex eingewebt, Filzstücke und sogar Bast.

»Was hast du gemacht, bevor du Iain geheiratet hast?«, fragte sie.

»Textilkunde. Ich habe Iain auf dem College kennen gelernt. Seine Familie hat ihn praktisch enterbt, weil er doch tatsächlich das studieren wollte, womit seine Familie ihr Geld macht. Warum fragst du?«

»Nur so. Jetzt muss ich aber schnell wieder den Berg hinauf, damit ich das Abendessen nicht verpasse. Ich melde mich wieder wegen des ›Homely Haggis‹.«

»Ach, Jenny ...«

»Ja?«

»Schottenkaros stehen dir wirklich gut ...«

Jenny streckte ihr die Zunge raus.

»Ich bringe Sie eben den Berg hinauf«, schlug Iain vor. »Sie müssen doch müde sein.«

Jenny erhob nicht einmal der Höflichkeit halber Einwände. Sie war tatsächlich müde, ja, im Grunde war sie völlig erschöpft. Und die Aussicht auf das Abendessen machte das Ganze nur schlimmer.

»Das wäre wunderbar. Ich weiß zwar, dass es nicht weit ist …«

»Aber es geht bergauf«, beendete Meggie den Satz für sie. »Ich werde die Kartoffeln aufstellen«, fügte sie an Iain gewandt hinzu.

»Du sollst doch nicht …«

»Fort mit dir, Bursche!«, rief sie und übertrieb dabei ihren schottischen Akzent ins Komische. »Ich bin ja nicht behindert, weißt du? Von Zeit zu Zeit darf ich wohl noch in die Küche wanken.«

»Ich kenne sie nicht gut«, meinte Jenny, während Iain und sie in dessen Wagen den Hügel hinaufbrausten, »aber ich kann mir nicht vorstellen, dass es ihr sehr leicht fällt, es langsamer angehen zu lassen.«

»Da haben Sie allerdings Recht! Sie kennt genau zwei Geschwindigkeiten, schnell und ›Halt‹, und den Knopf für ›Halt‹ hat sie noch nicht gefunden.«

»Sie machen sich bestimmt Sorgen.«

»Ein bisschen. Sie ist jung und gesund, und es gibt keinen Grund, warum es ihr nicht gut gehen sollte, es ist bloß …«

»Dass man ihr nicht nahe gelegt hätte, sie solle es langsamer angehen lassen, wenn es dafür nicht irgendeinen Grund gäbe?«

»Genau.«

»Nun, sagen Sie ihr, dass ich mich auf den ›Homely Haggis‹ freue. Die Aussicht, jeden Abend mit höflicher Konversation bei Lady Dalmain zuzubringen – oh, tut mir Leid, ich vergaß, dass sie Ihre Mutter ist.«

»Oh, machen Sie aus Ihrem Herzen keine Mördergrube! Diese alte Schnepfe! Aber wie dem auch sei – da wären wir – am Schnepfennest.«

Iain zog die Handbremse an, und Jenny warf einen Blick auf das Haus Dalmain. »Weniger ein Nest als ein erstklassiger Platz für eine Halloween Party.«

Iain lachte, während sie aus dem Wagen kletterte, und brauste dann davon, um so schnell wie möglich wieder in sein gemütliches kleines Haus zurückzukehren.

Kapitel 6

Jenny schloss sich selbst auf und sah auf die Uhr. Es war erst zehn vor sieben, aber als sie hinaufgehen wollte, um sich umzuziehen, kam ihr Felicity schon aus dem Salon entgegen.

»Ah, da sind Sie ja! Kommen Sie, trinken Sie ein Glas!«

Jenny hatte tatsächlich einen Augenblick lang gehofft, sie hätte ihre Schottenmusterhose ausziehen und eben ihre E-Mails durchsehen können, aber diese Möglichkeit bestand offenbar nicht. Allerdings war die Aussicht auf noch mehr Whisky nicht besonders anziehend, obwohl es grob wirken musste, wenn sie ablehnte. »Liebend gern, doch ich muss zunächst mal ins Bad«, sagte sie.

»Bleiben Sie nicht zu lange. Mama wartet schon.«

Lady Dalmain schien in ungewöhnlich guter Stimmung zu sein. Sie raffte sich zu einem Dankeschön an Felicitys Adresse auf, als diese ihr einen Whisky gab, und schenkte Jenny ein Lächeln, eine Erfahrung, die nicht so erfreulich war, wie sie hätte sein können, weil Lady Dalmain sehr schlechte Zähne hatte. Aber Jenny war dennoch dankbar.

»Und wie sind Sie heute in der Firma vorangekommen?«, erkundigte sich Lady Dalmain. Zu Jennys Erleichterung wartete sie gar nicht erst die Antwort ab, bevor sie hinzufügte: »Philip, du musst dir etwas Zeit nehmen, um Jenny die Gegend zu zeigen. Es ist hier wirklich wunderschön.« Sie bedachte Jenny und Philip mit einem weiteren Lächeln, das ihre bräunlichen Zähne entblößte. »Vielleicht nimmst du dir sogar einen Tag frei und fährst mit ihr zu diesem schönen Hotel. Du weißt doch noch?«

»Mama, das sind viele Meilen!«, wandte Felicity ein.

»Ich bin sicher, Sie können die Firma auch mal ein Weilchen Firma sein lassen. Stimmts nicht, Philip?«

Jenny beschlich das ungute Gefühl, dass Lady Dalmain sich als Kupplerin betätigte. Sie war zu dem Schluss gekommen, dass Jenny ausreichend vornehm und benimmsicher war, und hatte sie jetzt für Philip fest eingeplant.

Philip und Felicity stritten sich inzwischen freundlich darüber, wie weit dieses besagte Hotel nun entfernt war und wie lange die Fahrt dorthin dauern würde. Lady Dalmain widersprach Felicity, obwohl klar war, dass sie selbst seit vielen Jahren nicht mehr dort gewesen sein konnte. Jenny nutzte die Zeit, um sich über Philip ihre Gedanken zu machen.

Er war auf eine Weise charmant und gut aussehend, die an Henry erinnerte. Aber mit Henry verglich Jenny ihn jetzt gar nicht, sondern mit diesem furchtbaren Kunden von der Imbissbude, der so anspruchsvoll und so unfreundlich gewesen war. Warum er sich in ihrer Erinnerung festgesetzt hatte, war unklar. Sie konnte sich nicht entsinnen, dass er besonders gut ausgesehen hätte, obwohl er groß und ein dunkler Typ war. Lag es an seiner Stimme? Seiner Energie? Woran sonst? Henry und Philip hätte man beide als gut aussehend beschreiben können, was auf diesen Fremden eigentlich nicht zutraf. Dafür hatte er irgendetwas Gefährliches an sich.

Sie nippte an ihrem Whisky, in dem klaren Bewusstsein, dass sie daran Gefallen fand. Sollte sie ernsthaft darüber nachdenken, Henry und seine ziemlich anspruchsvolle Familie gegen Philip und dessen Mutter einzutauschen? Sie kicherte. Nicht sehr wahrscheinlich, dachte sie und versuchte, ein Lächeln zu unterdrücken.

»Also, Jenny?«, fragte Philip. »Was meinen Sie denn?«

»Das Hotel scheint ja ziemlich weit weg zu sein«, antwortete sie. »Und ich werde in der Firma sehr beschäftigt sein. Andererseits wäre es sehr schön, etwas mehr von der Landschaft kennen zu lernen. Obwohl ich auch allein auf Entdeckungsfahrt gehen könnte, falls Sie zu tun haben.«

»Das ist in dieser Jahreszeit keine gute Idee«, erklärte Lady Dalmain fest. »Das Wetter kann sehr schnell umschlagen. Es wäre besser, Sie hielten sich an Philip.«

»Vielleicht könnte auch Felicity mich begleiten?«

»Felicity leidet unter Agoraphobie«, erwiderte Lady Dalmain. »Das heißt, dass sie überhaupt nicht ausgehen kann. Das ist sehr lästig.«

Es war nicht ganz klar, ob Lady Dalmain meinte, es sei lästig, unter Agoraphobie zu leiden, oder Felicity sei lästig, weil sie darunter litt. Vermutlich Letzteres, dachte Jenny.

»Ich werde mal sehen, wie es in der Küche steht«, entschied Felicity.

Jenny bot nicht an, sie zu begleiten. Sie war zu erschöpft, um eine große Hilfe zu sein, und Lady Dalmain würde wahrscheinlich ohnehin nicht zulassen, dass sie half.

»Ich musste heute nach Inverness«, erzählte Philip mit einem Blick auf Jenny, »und ich habe dir das hier mitgebracht, Mama.«

Es steckte in einer Papiertasche und erwies sich als ein kleinformatiges, in Leder gebundenes Buch.

»Mein Lieber!« Lady Dalmain war begeistert. »Danach suche ich schon seit Ewigkeiten, aber keiner meiner Buchhändler war in der Lage, es aufzutreiben! Du bist wirklich gewitzt!«

Er lachte. »Ich habe meine geheimen Quellen. Toshak and Fiske. Die haben mich noch nie im Stich gelassen.«

Lady Dalmain und Philip schienen sich gern Gesellschaft zu leisten. Jenny war natürlich froh für sie, aber sie musste sich doch auch fragen, ob Philip seine geheime Quelle nicht hätte dazu bewegen können, Lady Dalmain dieses Buch per Post zu schicken. Es sei denn natürlich, Philip hatte in Inverness noch anderes zu tun gehabt.

Er merkte, dass sie ihn ansah, und errötete leicht. »Lassen Sie uns nicht streiten, Jenny.«

Jenny lächelte. »Ich streite mich fast nie mit jemandem«, erwiderte sie. »Ich glaube, dass ich deswegen etwas lasch wirke.« Dann fiel ihr dieser Mann wieder ein. Sie hatte nicht die geringsten Schwierigkeiten gehabt, sich mit ihm zu streiten.

»Nicht im Mindesten«, versicherte er galant. »Und ich hätte einfach nicht gern, wenn Sie schlecht von mir denken.«

Bevor sie ihn fragen konnte, warum um alles in der Welt sie schlecht von ihm denken sollte, kam Felicity herein, um zu verkünden, dass das Essen fertig sei.

Philip holte wieder ein paar Flaschen Wein aus dem Keller und schenkte großzügig aus, wobei er dem Glas seiner Mutter besondere Aufmerksamkeit widmete. Sie strahlte vor Freude und zeigte sich von einer charmanten Seite, die Jenny gar nicht bei ihr vermutet hätte. Selbst Felicity schloss sie in ihre Freundlichkeit ein und lobte deren Apfelstreusel, der nach Jennys Geschmack leider nicht ausreichend durchgegart war.

Wie am Vorabend wurde es Jenny nicht gestattet, beim

Abwasch zu helfen. Sie protestierte nicht allzu heftig dagegen, da sie sich nach ihren E-Mails und ihrem Bett sehnte. Vielleicht war es die Entfernung von zu Hause, überlegte sie auf dem Weg nach oben, die einen so abhängig von etwas Kommunikation machte.

Es war keine Mail von Henry da, aber sie schickte ihm eine. Ihre Mutter hatte geschrieben:

Fühl dich nicht verpflichtet, aller Leute Probleme zu lösen, Liebes. Du weißt ja, wie du bist.

Sie antwortete:

Mach dir keine Sorgen. Ich habe mich nur bereit erklärt, den Betrieb einer Imbissbude zu übernehmen, und versprochen, eine ganze Fabrik vor dem Untergang zu retten. Nichts Großes also.

Sie wusste, dass ihre Mutter lachen und den Kopf schütteln würde.

Als Jenny am nächsten Morgen aufwachte, herrschte unten im Erdgeschoss ein unüberhörbares Durcheinander. Ein Blick auf die Uhr sagte ihr, dass es erst sieben war. Sie war gerade zu dem Schluss gekommen, dass, was immer dort los sein mochte, nichts mit ihr zu hatte, als Felicity ihren Kopf durch die Tür steckte, das Haar lose und mit einem Ausdruck, als wäre ihr in der Nacht die gesamte Besetzung des *Herrn der Ringe* erschienen und hätte sie völlig am Boden zerstört zurückgelassen.

»Es ist etwas Schreckliches passiert! Philip ist ausgezogen!«

Jenny stand auf.

Sie zog sich so viele Schichten Kleider an, wie sie auf die Schnelle finden konnte, und ging dann hinunter.

Der Lärm war furchtbar. Lady Dalmain stand, das Haar zu einem ordentlichen Zopf geflochten, in einem alten Morgenmantel im Schottenkaro – wahrscheinlich hatte er einmal ihrem verstorbenen Mann gehört – im Flur. In der Hand hielt sie ein Blatt Papier. Und offenbar stand sie unter Schock. Die Hunde, die der Situation nicht die gebührende Achtung erwiesen, hatten beschlossen, miteinander zu raufen, und versuchten verzweifelt, mit Gebell einander zu übertönen. Felicity hatte inzwischen eine Flasche Cognac und ein Glas geholt und überlegte, ob sie ihrer Mutter etwas anbieten oder selbst etwas trinken sollte.

Als sie Jenny sah, rief sie: »Philip ist verschwunden!«

»Das erwähnten Sie schon. Aber gestern Abend war er doch noch hier«, gab Jenny zurück. »Man muss wenigstens einen Tag fort sein, um als vermisst zu gelten. Sonst ist man bloß ›außer Haus‹.«

»Sie verstehen nicht«, schrie Felicity gegen den Lärm an. »Er hat eine Nachricht hinterlassen.«

»Diese verdammten Köter!«, schimpfte Jenny, die das Gebell nicht mehr länger ertragen konnte. Sie riss die Tür zum Hunderaum auf und schrie aus Leibeskräften: »Hunde!« Sie hatte ganz vergessen, dass sie vor zwei Tagen noch Angst vor den Tieren gehabt hatte. »Hier hinein! Sofort!«

Völlig überrascht über diesen Angriff von unerwarteter Seite stellten die Hunde ihr Gerangel ein und starrten sie an. Dann trotteten sie in Anerkennung einer ihnen übergeordneten Autorität gehorsam in den Hunderaum, und Jenny schloss hinter ihnen die Tür. Augenblicklich hatten sie allerdings begriffen, dass sie nun den ganzen Spaß verpassten, und versuchten, die Tür zu durchbrechen. Jenny fand diesen Lärm ebenso unerträglich wie das Gebell, ging in eine der Speisekammern und kam mit einer Tüte Hundekuchen zurück. Sie riss die Tür zum Hunderaum noch einmal auf, warf die Hundekuchen hinein und wartete darauf, dass Ruhe einkehrte.

»Sie sind eigentlich alle auf Diät«, murmelte Felicity. »Das hätten Sie nicht tun sollen.«

»Es ist mir egal. Ich kann bei diesem Lärm keinen klaren Gedanken fassen. Lady Dalmain, geht es Ihnen gut?«

»Mir geht es natürlich nicht gut, dummes Mädchen! Wie könnte es mir gut gehen, wenn mein liebster Sohn mit ... mit ...« Sie suchte nach einem Wort, das gleichzeitig abwertend und vornehm war. »... einem Flittchen durchgebrannt ist!«

»Ich verstehe, dass das schwierig sein dürfte«, sagte Jenny bestimmt und versuchte, den komischen Aspekt zu übersehen, »aber hier zu stehen und die Hände zu ringen wird bestimmt nicht helfen. Darf ich vielleicht vorschlagen, dass Sie in den Salon gehen und sich setzen? Sie brauchen Rescue Remedy. Könnten Sie vielleicht einen Kessel mit Wasser aufstellen, Felicity?«

Für Lady Dalmain war es ebenso ungewohnt wie für die Hunde, sich von einer Fremden erklären zu lassen, was sie tun sollten. Und wie die Hunde gehorchte sie vor lauter Überraschung und ließ sich von Jenny zu einem Sessel am Kamin führen. Jenny zog eins der fadenscheinigen Plaids vom Sofa und legte es Lady Dalmain über die Knie. Dann entdeckte sie hinter einem anderen Sessel einen kleinen Elektroofen. Sie zog ihn hervor und riskierte ihr Leben, indem sie ihn einstöpselte. Vorsichtig schaltete sie das altertümliche Gerät ein und war erleichtert, nicht von einem Stromschlag durchs Zimmer geschleudert zu werden.

Lady Dalmain begann zu stöhnen, aber es war unklar, ob sie damit dem Kummer um ihren Sohn oder der Missbilligung von Jennys verschwenderischem Umgang mit elektrischem Strom Ausdruck verlieh.

»Warten Sie hier«, sagte Jenny bestimmt, »ich habe etwas, das Ihnen helfen wird. Ich hole es rasch.«

Sie ging wieder in den Flur, wo Felicity immer noch stand, inzwischen mit zwei Gläsern Cognac in der Hand. »Nein, vielen Dank. Ich behalte besser einen klaren Kopf«, meinte Jenny und lief die Treppe hinauf, um ihre Handtasche zu holen.

In wenigen Minuten war sie wieder zurück bei Lady Dalmain. Sie holte eine kleine braune Flasche hervor und erklärte: »Unter die Zunge, bitte.« Schnell spritzte sie der überraschten Lady Dalmain eine halbe Pipette Rescue Remedy in den Mund.

»Was ist das?«, fragte die Hausherrin, nachdem sie die Flüssigkeit geschluckt hatte.

»Das ist Rescue Remedy. Man nimmt es, wenn man sich wirklich schnell beruhigen muss. So«, fuhr Jenny fort, während Lady Dalmain noch über diese Worte nachdachte, »was ist denn nun passiert?«

»Ich schlafe nicht besonders gut, müssen Sie wissen«, antwortete Lady Dalmain. Sie warf Felicity einen Blick zu. »Ich bin nicht wie andere von Schlaftabletten abhängig. Und zufällig sah ich gerade aus dem Fenster, als Philip das Haus verließ. Natürlich klopfte ich ans Fenster. Aber obwohl er mich sah – er hat mich definitiv gesehen –, winkte er nur ziemlich traurig, wie mir schien, und stieg in sein Auto. Selbstverständlich habe ich Felicity geweckt.«

»Ich bin nach unten gegangen und habe seine Nachricht gefunden.«

»Darf ich sie lesen?« Jenny wollte nur sichergehen, dass die Botschaft nicht vielleicht einfach lautete: »Komme später zum Essen« oder etwas in der Art.

Lady Dalmain gab sie ihr.

Liebste Mama,

ich weiß, dass du mich für einen furchtbaren Feigling halten wirst, aber ich tue das, was ich für die Familie und die Firma für das Beste halte. Ich habe alles gründlich ruiniert, Dalmain Mills in Schulden gestürzt, zu Zinsen, die wir nicht aufbringen können. Es ist besser, wenn ich jetzt nicht mehr im Weg stehe. Ich hoffe, dass du Haus Dalmain, das dir so wichtig ist, nicht verlieren wirst. Ich denke, es sollte letzten Endes genügend Geld da sein, um das zu verhindern.

Ich werde Gloria heiraten, die du nie kennen gelernt hast, und, wie ich fürchte, nicht schätzen wirst. Aber wir lieben einander und werden gemeinsam ein neues Leben anfangen.

Ich habe Papas Gewehre zum Verkauf angeboten, um etwas Bargeld zu bekommen. Er hat sie mir in seinem Testament hinterlassen, sodass ich darüber verfügen kann, obwohl ich weiß, dass sie eigentlich der Familie gehören. Das tut mir Leid. Ich habe aber keine andere Möglichkeit gesehen, die Dinge zu regeln.

Das Buch war eine Art Abschiedsgeschenk.

In Liebe, dein Sohn Philip

Jenny setzte sich gegenüber Lady Dalmain auf einen Sessel und verordnete sich selbst einen Schuss Rescue Remedy. Ob Philip wohl begriff, dass er das Ende der Firma Dalmain durch seine Flucht um den Faktor zehn beschleunigt hatte?

»Oh Gott«, murmelte sie.

»Trink einen Cognac«, schlug Felicity vor und reichte ihrer Mutter ein Glas. »Ich kann gar nicht glauben, dass Philip wirklich auf und davon ist!«

Möglicherweise hatte Rescue Remedy bereits gewirkt, denn Lady Dalmains Verzweiflung verwandelte sich in kürzester Zeit in Zorn. »Wie hat er mir das antun können? Die Gewehre waren zehntausende Pfund wert!«

»Waren sie das?«, wollte Felicity wissen.

»Einen Augenblick«, bat Jenny. »Ich dachte, Sie wären verzweifelt, weil Philip mit einer unpassenden Frau durchgebrannt ist. Jetzt scheinen Sie sich aber aufzuregen, weil er irgendwelchen wertvollen Familienbesitz gestohlen hat. Könnten Sie mir kurz erklären, was nun schlimmer ist?« Lady Dalmain runzelte die Stirn. Ihr wurde klar, dass sie vielleicht geldgierig erschienen war. »Nein, nein, es geht mir um Philip. Aber die Gewehre gehörten seinem Vater. Es geht mir um die Erinnerung. Ich habe sie nie weggegeben, wie schlimm die Dinge auch stehen mochten, weil es seine waren.« Lady Dalmain schloss die Augen und bedeckte sie mit der Hand; so hätte sie Modell sitzen können für das Bild einer *Mutter bei der Nachricht vom Tod ihres Sohnes*.

Jenny war entschieden skeptisch. Gewehre waren kaum etwas, das man zum Kuscheln mit ins Bett nahm.

»Nun, Sie haben doch immer noch Iain und Felicity.« Und

vermutlich noch eine Menge andere wertvolle Dinge irgendwo sicher versteckt, fügte sie im Stillen hinzu.

»Ja«, sagte Felicity, offensichtlich verletzt. »Und ich würde nicht mit dem Familiensilber durchbrennen, falls du gerade darüber nachdenkst.«

»Ich gehe mal und schaue, ob das Wasser kocht«, entschied Jenny, die keine Lust mehr hatte auf die Gesellschaft der beiden Frauen, die sich mehr Sorgen um die Antiquitäten zu machen schienen als um ihre Familienangehörigen.

»Ich werde Iain und Meggie anrufen«, überlegte Felicity laut.

»Es ist erst halb acht«, murmelte Jenny.

»Ich werde diese Frau nicht in meinem Hause dulden!«, erklärte Lady Dalmain.

»Ach, Mama, mach dich doch nicht lächerlich!«, erwiderte Felicity zu Jennys Erstaunen und Bewunderung. »Iain war immer schon ein Frühaufsteher. Und Meggie ist Iains Frau, und sie wird bald dein erstes Enkelkind zur Welt bringen. Wer weiß, vielleicht haben wir Glück, und es wird ein Junge.« Sie hielt inne und fügte leise hinzu: »Um Meggies willen hoffe ich, dass es ein Junge wird, denn sonst wird es zur Taufe nicht mal eine Rassel bekommen, geschweige denn das alte jakobinische Taufkleid, das für Philips erstes Kind vorgesehen ist.«

»Felicity!«, rief Lady Dalmain. »Wie kannst du es wagen, so mit mir zu sprechen? Und dann auch noch vor Gästen!«

»Tut mir Leid.« Felicity nahm einen großen Schluck von dem Cognac, den sie immer noch in der Hand hielt. »Ich habe einfach genug davon, dass Philip stets der Liebling ist.«

»Ich habe nie Unterschiede zwischen meinen Kindern gemacht! Ich liebe euch alle in gleicher Weise!«

»Aber manche etwas gleicher als die anderen«, murmelte Felicity und tätschelte ihrer Mutter verlegen die Schulter. Lady Dalmain zog ein spitzengesäumtes Taschentuch aus der Tasche ihres Morgenmantels und zog es in Betracht zu weinen.

»Ich geh und brühe Tee auf. Oder möchte jemand lieber Kaffee? Dann könnte ich Iain für Sie anrufen. Während Sie sich um Ihre Mutter kümmern«, meinte Jenny, die bereits in der Tür stand.

Felicity hörte auf, ihre Mutter zu streicheln. »Nein! Ich werde es tun. Ich will die Genugtuung haben, ihnen zu erzählen, was Philip getan hat! Bleiben Sie hier. Mama wird es in Ihrer Gesellschaft ohnehin besser gehen.«

»Ich möchte einen Tee, bitte«, entgegnete Jenny, ohne davon überzeugt zu sein, dass sie auch einen bekommen würde. Lady Dalmain starrte ins Leere und klammerte sich an ihr Taschentuch. Ihr Cognac-Glas war leer.

»Ich denke, das wird sich alles wieder einrenken.« Jenny nahm ihr das Glas ab, bevor es zu Boden fiel. »Vermutlich wird Philip eine Weile fortbleiben und dann mit seiner Frau und vielleicht einem Baby zurückkehren. Wäre das nicht schön? Wenn Meggie keinen Jungen bekommt, dann vielleicht Philips Frau.«

Lady Dalmain überlief ein Schaudern. »Diese Frau ist schon zu alt, um noch Kinder zu bekommen.«

»Wer weiß, vielleicht nicht«, gab Jenny zurück, die keine Ahnung hatte, wie alt diese Frau wirklich war. »Er ist einfach davongelaufen, um Ihnen Zeit zu geben, sich an den Gedanken zu gewöhnen, dass er verheiratet sein wird. Er will bestimmt nicht für immer den Kontakt zu Ihnen verlieren.

Philip liebt Sie. Er will einfach nur ein eigenes Zuhause. Das dürfen Sie nicht persönlich nehmen.«

Jenny ging sofort auf, dass sie mit der letzten Bemerkung vielleicht etwas zu weit gegangen war, denn es war absolut unmöglich, dass es bei Philips Benehmen nicht um Lady Dalmain persönlich ging. Aber da Lady Dalmain ihr ohnehin nicht zuzuhören schien, sparte sie sich die Mühe, nach weiteren Erklärungen zu suchen.

»Ich kann nicht verstehen, dass er so undankbar ist, nach allem, was ich für ihn getan habe! Gerade er, der seinem Vater so ähnelt!«

»Ich bin mir sicher, dass er zurückkehren wird«, murmelte Jenny.

»Sagen Sie mir, meine Liebe«, bat Lady Dalmain, »was genau sollen Sie in der Firma tun? Steckt der Betrieb in solchen Schwierigkeiten, dass Philip deshalb fortlaufen muss?«

Jenny holte tief Luft und versuchte, sich nicht persönlich für die Schwierigkeiten der Firma verantwortlich zu fühlen. »Es steht ziemlich schlecht, fürchte ich. Ich hatte allerdings noch nicht ausreichend Gelegenheit, mir ein eigenes Bild zu machen. Aber es steht zu befürchten, dass Philips Verschwinden nicht hilfreich sein wird.«

»Dann müssen Sie ihn finden!«

»Aber das kann ich nicht! Ich habe keine Ahnung, wo er sein könnte! Nein, was ich tun sollte – und tun werde – ist zu versuchen, Dalmain Mills auf Vordermann zu bringen.«

»Dalmain Mills ist nicht das Wichtige!«, entgegnete Lady Dalmain plötzlich ärgerlich. »Haus Dalmain ist die Hauptsache! Es ist mein Zuhause! Ich kann mich nicht von einer

Bande von ... Bande von ... von Geschäftsleuten hier herauswerfen lassen!«

Felicity kam zurück. »Iain und Meggie sind auf dem Weg hierher.«

»Ich ziehe mich besser richtig an«, bemerkte Jenny. »Ich muss so schnell wie möglich in die Firma und mich mit Kirsty besprechen.«

Lady Dalmain schauderte. »Diese Frau! Glaubt, ihr gehöre die Firma, nur weil ihre Eltern dort gearbeitet haben. Sie war immer schon hinter Philip her.«

Jenny schaffte es knapp, aus dem Haus zu kommen, bevor Meggie und Iain eintrafen. Sie hätte zwar nichts dagegen gehabt, sie zu treffen, aber allein die Begrüßung hätte schon wertvolle Zeit gekostet, und Jenny wollte wirklich so schnell wie möglich in die Firma.

Sie war nicht vor Kirsty dort, und in dem Augenblick, als Jenny die andere Frau sah, war ihr schon klar, dass sie über Philip Bescheid wissen musste.

»Er hat mich angerufen«, erklärte Kirsty relativ ruhig, aber extrem besorgt. »Er hätte es nicht tun dürfen. Er hätte nicht einfach so davonlaufen und hier alles in diesem Zustand zurücklassen dürfen. Es ist eine Pflichtvergessenheit. Wie sollen wir ohne ihn die Firma wieder auf Vordermann bringen?«

Jenny holte tief Luft, atmete dann langsam aus und hoffte, Kirsty würde ihren Seufzer nicht hören. »Das weiß ich wirklich nicht. Wir werden sehen müssen. Aber jetzt brauche ich erst einmal etwas Heißes zu trinken. In Haus Dalmain gab es heute Morgen nur Cognac.«

Jenny trank ihre zweite Tasse Kaffee und sah einen Ordner durch, der weder etwas Brauchbares noch etwas Erbauliches zu enthalten schien, als Kirsty hereinkam. »Die Post ist da gewesen.«

»Schlechte Nachrichten?«

»Wahrscheinlich. Der Häuptling kommt.«

»Wer?«

»Der Mann, dem die Firma das viele Geld schuldet. M. R. Grant-Dempsey.«

Es trat ein längeres Schweigen ein. Der Name hing im Raum, und keine der beiden Frauen mochte sich eingestehen, was das zu bedeuten hatte.

»Teufel auch«, flüsterte Jenny.

Kirsty nickte. »Und das bedeutet, uns bleiben drei Wochen, um diese Firma irgendwie fit zu machen und eine Art Zukunftskonzept zu entwickeln, oder er wird hier einfach alle nach Hause schicken.«

Jenny versuchte, sich zusammenzureißen. Als virtuelle Assistentin war sie für gewöhnlich nicht für die Arbeitsplätze anderer verantwortlich – das gehörte nicht zu ihren Aufgaben. Aber sie war nicht dumm, sie hatte Ideen und Fantasie, und ihr stand Kirsty zur Seite, die – das ließ sich wohl schon nach ihrer kurzen Bekanntschaft sagen – über einige andere nützliche Eigenschaften verfügte.

»Es wird hart werden, und vielleicht schaffen wir es nicht, doch ich bin sicher, irgendetwas werden wir in dieser Zeit zu Stande bringen. Und wenn M. R. Grant-Dempsey hier erscheint, werden wir ihn davon überzeugen müssen, dass er der Firma noch eine Galgenfrist gewähren muss.«

Aber ihre Worte hatten nicht den ermutigenden Effekt auf Kirsty, den sie hätten haben sollen. »Es gibt ein Problem.«

»Ein Problem! Ha! Es gibt unzählige Probleme, wir müssen sie eben lösen.«

»Aber es wird nicht einfach werden, denn in meinem Büro fehlt die Hälfte der Akten. Philip hat sie mitgenommen. Ich bin mir noch nicht ganz sicher, was genau fehlt, doch wenn er sie mitgenommen hat, bedeutet das sicherlich, dass sie wichtig waren.«

Ein langes Schweigen trat ein.

»Verdammte Scheiße.«

»Ich habe nicht viel für eine ungepflegte Ausdrucksweise übrig«, erklärte Kirsty und klang dabei sehr oberlehrerhaft. »Aber ›verdammte Scheiße‹ scheint mir im Augenblick genau der angemessene Ausdruck zu sein.«

Kapitel 7

Hinter dem Tresen des ›Homely Haggis‹ überkam Jenny ein wunderbares Gefühl des Friedens. Welch ein Segen, allein zu sein. Seit Kirsty ihr eröffnet hatte, dass Philip die Hälfte der Akten aus dem Büro mitgenommen hatte, war sie ununterbrochen auf Trab gewesen. Kirsty und sie waren alles durchgegangen, um herauszufinden, was genau fehlte. Alle Kopien der Überschreibungsurkunden für die Firma und Haus Dalmain waren verschwunden; ebenso die Unterlagen, in denen die Sicherheiten benannt wurden. Von den Überschreibungsurkunden konnte man sich Ersatzkopien besorgen, auch wenn Kirsty es widerstrebte, irgendetwas zu tun, um unnötige Aufmerksamkeit auf ihre missliche Situation zu lenken. Aber es würde sehr schwer werden herauszufinden, was Philip genau verpfändet hatte.

Kirsty verfügte glücklicherweise über ein gutes Gedächtnis, doch als Jenny sich endlich auf den Heimweg gemacht hatte, waren sie sich immer noch nicht ganz im Klaren darüber gewesen, wo die Firma finanziell eigentlich stand. Und auf der schönen Fahrt zurück zum Haus Dalmain hatte sich Jenny unwillkürlich gefragt, ob es nicht das Beste sei aufzugeben. Vielleicht sollte sie Mr. Grant-Dempsey, wenn er hier auftauchte, einfach sagen, dass Philip davongelaufen war und dass es für die Fabrik praktisch keine Zukunft mehr gab.

Aber bevor Kirsty und sie sich absolute Sicherheit verschafft hatten, dass dies wirklich der Fall war, widerstrebte es ihr einfach, die Flinte ins Korn zu werfen. Sie hatte persönlich die Situation erlebt, dass ihre Bosse beschlossen hatten, es sei das Einfachste, aufzugeben und die Firma, in der sie gearbeitet hatte, aufzulösen, ohne allzu lange über die Konsequenzen oder die Auswirkungen auf die Mitarbeiter nachzudenken. Und sie wollte nicht anderen Leuten das Gleiche zumuten, ohne wenigstens den Versuch unternommen zu haben, die Arbeitsplätze zu retten.

Die landschaftliche Umgebung des »Homely Haggis«, die ihr bei ihrer Ankunft in Schottland öde und melancholisch vorgekommen war – das lag jetzt erst drei Tage zurück –, schien ihr nun der ideale Platz zu sein, um scharf nachzudenken.

Meggie hatte es doch selbst übernommen, sie einzuweisen. Jenny war mit ihrem eigenen Wagen zu der Imbissbude hinausgefahren und hatte auf Meggies Vertreterin gewartet. Mit der Besitzerin persönlich hatte sie gar nicht gerechnet.

»Ich bin ausgebüxt. Iain ist unterwegs, und wenn ich noch länger allein zu Hause geblieben wäre, hätte ich angefangen, den Teppichboden anzuknabbern. Bist du dir denn absolut sicher, dass du meine Vertretung übernehmen willst? Die Dinge haben sich ja etwas geändert, seit du mir das Angebot unterbreitet hast.«

Jenny hatte einen Augenblick lang vergessen, dass es in der Tat ihre Idee gewesen war, Meggie im »Homely Haggis« zu vertreten. »Ich weiß. Aber ich glaube, jetzt brauche ich erst recht einen Platz, an den ich flüchten kann.« Ihr war klar, dass Meggie gern mehr über Philips Verschwinden gehört hätte, und sie bemerkte: »Es gibt nichts Neues zu berichten. Philip ist nach wie vor verschwunden.«

Sie hatte Meggie nichts über den geplanten Besuch ihres Kunden gesagt, ebenso wenig wie Lady Dalmain und Felicity. Sie würden vermutlich nicht verstehen, was das bedeutete, und wenn sie es doch verstanden, würde es ihre Angst nur unnötig schüren.

»Das habe ich bereits vermutet«, hatte Meggie erwidert.

»Und ich habe vermutet, dass du eigentlich zu Hause sein und dich ausruhen solltest.«

Meggie hatte in die Hände geklatscht. »Ich verspreche, dass ich keine Dummheiten machen werde. Nun lass uns einen Tee trinken, und dann zeig ich dir hier alles. Aber vorher verrate mir noch eins. Wie haben Felicity und die Matriarchin reagiert, als du ihnen eröffnet hast, dass du hier für mich einspringst?«

»Ehrlich gestanden, habe ich Lady Dalmain gar nichts davon erzählt – und wenn ich es versucht hätte, hätte sie ohnehin nicht zugehört. Sie gehört zu den Menschen, die eigentlich nur selbst reden wollen. Aber Felicity habe ich es gesagt. Sie will nachher vorbeikommen. Ich habe ihr erklärt, ich bräuchte ein Plätzchen, an dem ich in Ruhe nachdenken kann, und dafür hat sie Verständnis. Haus Dalmain ist im Augenblick ja nicht gerade ein Hort des Friedens. Lady Dalmain gibt einfach keine Ruhe.«

»Darauf kannst du Gift nehmen. Die alte Fledermaus kann einem fast Leid tun.« Meggie hatte kurz innegehalten. »Nicht *richtig* Leid, du verstehst schon, aber fast.«

Jenny hatte gelacht. »Zeig mir jetzt lieber, wie das mit dem Kessel hier funktioniert, sonst ist dies das nächste Unternehmen, das in Schwierigkeiten gerät.«

Nachdem Meggie jetzt wieder fort war, hatte Jenny einen DIN-A-3-Block und einen Stift vor sich liegen und überlegte krampfhaft. Aber Ideen für die Fabrik waren ebenso rar wie Kunden der Imbissbude. Im Geiste schickte Jenny eine Botschaft über den Äther: Komm schon, Felicity! Ich brauche jemanden, mit dem ich reden kann. Ich bekomme langsam Depressionen, und mir wird sehr, sehr kalt.

Um sich etwas anzuwärmen, schob sie ein Teelicht unter den Kessel. Sie fragte sich gerade, ob sie sich nicht selbst etwas Heißes zu trinken gönnen sollte, als sie ein Fahrzeug sah.

Vermutlich war es ganz gut, dass Felicity noch nicht gekommen war, denn so konnte sie ihren ersten Kunden ohne Zuschauer abfertigen. Jenny nahm Haltung an, drückte die Schultern zurück und lächelte. Erst als es bereits zu spät war, um das Lächeln ersterben zu lassen, erkannte sie den Mann, der quer über den Schotter auf sie zumarschiert kam. Aber bevor sie weiterlächelte wie eine übereifrige Stewardess, ließ sie das Lächeln langsam gefrieren, sodass es nur noch ein kaum wahrnehmbares Grinsen war, als er sie erreichte.

»Oh Gott, Sie sind es!«, murmelte er, als er noch ein kleines Stück von der Theke entfernt war. Er hielt inne, runzelte die Stirn und wirkte grundlos verwirrt. »Und ich hatte gehofft, hier etwas zu bekommen«, fügte er hinzu.

Jenny versuchte, sich weder ihre Reaktion anmerken zu lassen noch die Tatsache, dass sie überlegte, ob sie wohl die metallenen Rollläden schnell genug herunterlassen konnte, um klare Verhältnisse zu schaffen, oder ob sie das nur in zusätzliche Verlegenheit bringen würde, weil die Dinger vielleicht klemmten.

»Was kann ich für Sie tun?«, fragte sie schroffer, als sie es beabsichtigt hatte. An die Rollläden wagte sie sich nicht. Dieser Mann hatte irgendetwas, das ihr Herz zum Rasen brachte. Es war natürlich Wut. Sie war ihm immer noch wegen ihrer ersten Begegnung böse. Jenny hielt sich normalerweise eher für zu gelassen. Warum hegte sie gegen ihn immer noch einen Groll, vor allem, da seit ihrer Begegnung so viel anderes geschehen war?

Er hatte seine Verwirrung offensichtlich überwunden. »Kaum etwas, das mit Kochen zu tun hat, würde ich sagen.«

»Kochen und heiße Getränke sind der einzige Service, den ich anbiete«, erwiderte sie beherrscht, damit er das Zittern ihrer Stimme nicht hörte.

»Arbeiten Sie denn jetzt hier? Ich dachte, Sie hätten hier in der Gegend einen anderen Job. In Haus Dalmain, war es nicht so?«

»Und ich nahm an, Sie machten Urlaub und wären inzwischen wieder abgereist, sonst hätte ich mich niemals bereit erklärt, diesen Imbiss zu übernehmen.« Sie fuhr sich mit der Zunge über die Lippen; ihr Mund war trocken geworden. »Hätten Sie gern eine Tasse Tee?« Jenny merkte, dass sie sich wahrscheinlich anhörte, als bewirtete sie einen Vikar, und ihr südlicher Akzent wurde durch die Anspannung wahrscheinlich noch verstärkt. »Oder etwas anderes?«, fügte sie hinzu. »Eine Fleischbrühe vielleicht?«

»Kaffee bitte. Und einen Haferkeks. Haben Sie ihn gemacht.«

Sie schien all ihre guten Manieren vergessen zu haben. Warum hätte sie ihn sonst in für sie ganz untypischer Weise angefahren? »Selbst für Nescafé braucht man etwas länger.«

Seine Augen glitzerten. »Ich meinte den Haferkeks. Ob Sie die Haferkekse gebacken haben.«

»Nein. Aber ich werde sie in Zukunft backen, also seien Sie vorsichtig.« Es schien eine Art ungekehrten Magnetismus zwischen ihnen zu geben. Sie hätte ihn am liebsten gebeten, ihr niemals wieder nahe zu kommen.

Offensichtlich ohne ihre Schwierigkeiten zu bemerken, fuhr er fort: »Wo ist denn die Besitzerin? Hat sie ihr Baby bekommen?«

»Nein, sie hat Schonzeit vor der Geburt. Haben Sie noch weitere Fragen? Falls ja, könnten Sie sie vielleicht auf einem Fragebogen zusammenfassen, damit ich sie beantworten kann, wenn ich Zeit habe.« Sie konnte kaum glauben, dass sie das gesagt hatte. Sie war normalerweise gar nicht fähig, grob zu werden. Und dieser Mann mochte zwar schwierig sein, aber er verdiente nicht wirklich die Feindseligkeit, mit der sie ihn behandelte.

»Sie sollten nicht so sarkastisch zu Ihren Kunden sein, wissen Sie.«

»Und Sie sollten nicht so grob zu Leuten sein, die für Sie etwas zu essen zubereiten. Sie können ja nicht wissen, wie sie es Ihnen heimzahlen werden.« Sie warf ihm einen Blick zu, dem er entnehmen konnte, dass sie ihm auch durchaus einmal in die Suppe spucken konnte. Halten Sie sich fern von mir, wollte sie damit ausdrücken, Sie sind gefährlich.

»War ich grob? Das wollte ich nicht.«

»Sie waren sehr grob, aber keine Sorge, es ist vermutlich eine Angewohnheit, und ich werde es nicht persönlich nehmen.«

Er runzelte die Stirn. »Nein, ich glaube nicht, dass ich für gewöhnlich grob bin. Jedenfalls hat sich bisher noch niemand darüber beklagt.«

»Das hat nicht viel zu bedeuten. Es ist vermutlich einfach so, dass die anderen Menschen, zu denen Sie grob sind, auf irgendeine Weise auf Sie angewiesen sind. Mir dagegen ist es völlig egal, ob Sie jemals in Ihrem Leben wieder eine Tasse Kaffee trinken. Und was den Haferkeks angeht, so sollten Sie ohnehin besser Mehlkekse essen. Wir sind hier ja schließlich in Schottland.«

Er starrte sie verwirrt an, und sie konnte es ihm nicht einmal übel nehmen. Sie benahm sich abscheulich. »Sie sind die unpassendste Person, um eine Imbissbude zu betreiben, die mir je über den Weg gelaufen ist«, bemerkte er.

Sie fand den Absprung nicht. »Ich beuge mich Ihrer reicheren Erfahrung mit Fast-Food-Verkaufsstellen. Und meiner Meinung nach sind Sie die unpassendste Person als Gast eines jeden Restaurationsbetriebes, sei es nun der ›Homely Haggis‹ oder das ›Ritz‹. Sie sollten sich in Zukunft ihren Kaffee und ihren Keks selbst zubereiten und in einem kleinen Rucksack mitnehmen. Das macht ein Pfund dreißig, bitte.«

Er suchte in der Tasche nach etwas Kleingeld. »Ihr Mann tut mir Leid.«

»Und Ihre Frau tut mir Leid.« Sie glaubte allerdings nicht, dass er verheiratet war. Mit den drei Worten: »Ja, ich will«, würde er sich sicherlich zu viel vergeben haben.

»Ich habe keine Frau.«

Sie zuckte die Schultern. »Warum überrascht mich das nicht?«

»Haben Sie denn einen Mann?«

Ihr Blick verdüsterte sich. Die Frage war zu persönlich, und doch versetzte sie sie merkwürdigerweise in Hochstimmung. Nachdem sie zwei Tage lang auf Zehenspitzen um andere herumgetanzt war, um deren Empfindlichkeit zu schonen, war es ein unglaublich befreiendes Gefühl, auch nur den geringsten Anschein guter Manieren fallen zu lassen. In ihrem Arbeitsleben war sie immer höflich und freundlich gewesen, ängstlich darauf bedacht, dass man sie sympathisch fand und mit ihr zufrieden war. Jetzt dagegen war es ihr auf einmal völlig egal, was dieser Mann von ihr dachte; sie konnte ihm jede beliebige Beleidigung an den Kopf werfen. Es hätte ihr nicht gleichgültiger sein können, was er von ihr hielt. »Warum sollte ich Ihnen auch nur sagen, wie spät es ist, geschweige denn, ob ich verheiratet bin oder nicht?«

»Das heißt mit anderen Worten, Sie sind es nicht.«

Das hieß es nicht ganz, aber da sie nicht glaubte, dass Henry in dieser Unterhaltung auch nur die geringste Rolle spielte, fuhr sie, immer noch unbezähmbar wütend, fort: »Und das heißt dann wohl, dass es zwei Menschen erspart worden ist, ins Elend zu geraten, oder nicht? Ich weiß gar nicht, warum ich Ihnen nicht diesen Kaffee ins Gesicht schütte.«

»Und ich weiß nicht, warum ich jemals, da Sie die unmöglichste Frau sind, der ich jemals begegnet bin ...« Er schwieg. »... warum ich Sie extrem attraktiv finde«, fuhr er fort, als wäre ihm das erst nachträglich eingefallen.

Jenny schüttete den Kaffee in seine Richtung. Sie schien in diesem Moment gar keine andere Wahl zu haben, aber wie erfreulich diese Erfahrung auch sein mochte, war sie, noch bevor der Kaffee sein Ziel erreichte, unglaublich froh, dass ihr Gegenüber wasserdichte Kleidung trug. Sie war entsetzt, wie wenig sie sich selbst noch wiedererkannte, aber irgendwie fühlte sie sich auch befreit.

Ihre innere Spannung entlud sich. Er war eher überrascht als böse, und sie merkte plötzlich, dass sie lachte. Sie hatte niedrig gezielt, sodass er den Kaffee nur auf seine Rohans bekommen hatte, und plötzlich erschien ihr alles außergewöhnlich komisch.

»Sie unterstehen sich zu lachen? Wenn keine Theke zwischen uns wäre, würden Sie nicht lachen.«

»Vielleicht nicht«, brachte sie mühsam hervor. »Aber sie ist ja da.« Sie schlug vorsichtshalber die Tür zu, die sie würde verschließen können, wenn er Anstalten machen sollte, herumzukommen und ihr irgendein Leid zuzufügen.

»Ich wette, Sie trauen sich jetzt nicht mehr heraus! Ich könnte Sie den ganzen Abend hier festhalten, wenn ich mich einfach weigerte zu gehen!«

»Das könnten Sie.« Sie konnte ihre Heiterkeit immer noch nicht bezähmen. »Aber ich bin hier drin mit der heißen Suppe und dem Kakao, und Sie stehen da draußen auf der öden Heide.« Sie versuchte, sich unter Kontrolle zu bekommen, indem sie sich auf die Lippen biss und an etwas Trauriges zu denken versuchte. Es half nicht.

»Es ist keine öde Heide, es ist ein Parkplatz im Oktober.«

»Das ist mir auch immer wieder gesagt worden. Aber ich bin nicht überzeugt. Ich glaube, sie haben hier oben einen eigenen Kalender, und in Wirklichkeit haben wir jetzt Januar. Wenn nicht Februar.« Sie schluckte, schüttelte heftig den Kopf und schaffte es schließlich, ihr Lachen zu einem Lächeln zu reduzieren. Zwar zuckten ihre Mundwinkel immer noch verräterisch, doch es schien dennoch ein Fortschritt zu sein.

»Das liegt daran, dass Sie eine verweichlichte Südländerin sind, eine Sassenach.«

Jetzt, da sie sich durch ihr Gelächter von ihrer Anspannung befreit hatte, war sie in der Lage, ihm etwas normaler zu antworten. »Ich nehme an, Sie haben Recht. Möchten Sie noch eine Tasse Kaffee? Aufs Haus, statt auf die Hose?«

Noch einige Sekunden lang blickte er sie finster an, bevor er anfing zu grinsen und etwas sehr Merkwürdiges mit Jennys Magen geschah. Er verfiel in eine Art Krampf, der sich vom BH an abwärts bis zu den Knien auswirkte. Und zwar so stark, dass sie sich fragte, ob sich irgendwelche ihr vorher noch nicht bekannten Muskeln an der Innenseite ihrer Schenkel zusammenzogen. Sie starrte ihn an, um herauszufinden, was diese heftige Reaktion ausgelöst haben könnte. Er grinste immer noch, und prompt blieb Jenny die Luft weg. Wie konnte jemand, der so unfreundlich, so streitlustig und so durch und durch stur war, wie konnte so jemand – sie schreckte vor dem Gedanken zurück – plötzlich so *attraktiv* sein? Und dabei sah er nicht einmal gut aus!

Die gehobene Stimmung, in die Jenny durch die Lösung der Spannung und ihr Gelächter geraten war, verflüchtigte sich wieder. Die Erkenntnis, dass sie gerade in extremer Weise körperlich auf jemanden reagiert hatte, gegen den Sie eigentlich eine Abneigung hegen sollte, war verwirrend. Henry hatte sie niemals derart elektrisiert. »Ich werde Ihnen noch einen Kaffee einschenken.«

»Vielleicht wäre es besser, ich würde das selbst erledigen?« Er schien sich – Wunder über Wunder – ihres Stimmungswandels vollkommen bewusst zu sein.

Der Gedanke, dass er auf ihre Seite der Theke kommen könne, versetzte sie in Panik. Sie brachte ein halbwegs normales Lächeln zu Stande. »Es ist schon in Ordnung; ich werde Sie nicht wieder damit überschütten, es sei denn, Sie wären außergewöhnlich ungehörig.«

»So, wie ich es vorher war, meinen Sie?«

»Ja.« Jetzt kam sie schon besser zurecht. Die ihr eigene Munterkeit stellte sich wieder ein. »Möchten Sie einen neuen Haferkeks? Der andere muss ja inzwischen ziemlich aufgeweicht sein.«

Er runzelte die Stirn. Besser gesagt, zogen sich seine Augenbrauen zu einer Art Stirnrunzeln zusammen, aber das Funkeln unter seinen Brauen ließ es nicht recht überzeugend wirken. »Das gefällt mir nicht. Irgendetwas ist hier nicht in Ordnung. Sie sind ja höflich.«

Sie lachte ein nettes, natürlich klingendes Lachen und fühlte sich besser dabei, wieder mehr als Herrin der Situation. »Ich bin normalerweise immer nett. Sie sind es, der grob und angriffslustig ist.«

»Und es ist offensichtlich ansteckend, denn Sie nehmen es ebenfalls an. Sie haben mich mit einer Tasse Kaffee überschüttet«, fügte er hinzu, als hätte sie das möglicherweise inzwischen vergessen.

»Es war nur ein Plastikbecher, das zählt doch nicht, und ich habe ihn Ihnen nicht an den Kopf geworfen, wie Sie es verdient hätten, sondern nur auf Ihre wasserdichten Kleider.« Ein kurzer Blick dorthin, wo der Kaffee ihn getroffen hatte, erwies sich als Fehler. In der letzten Woche wäre sie nie auf die Idee gekommen, wetterfeste Kleidung als attraktiv zu bezeichnen. Jetzt aber schien ihr Sinn für Mode – so wie sie ihn gekannt hatte – bei Henry zurückgeblieben zu sein.

»Kaffee bleibt aber Kaffee, ganz gleich, worin er sich vorher befunden hat, und ja, ich hätte gern einen neuen Haferkeks.«

Sie gab ihm einen Keks und wühlte dann in der Schale herum, die als Kasse diente. »Hier, nehmen Sie Ihr Geld zurück. Ich werde Meggie sagen, dass ich den Kaffee verschüttet hätte.«

»Nein. Ich werde beide Tassen Kaffee und die Kekse bezahlen. Sie haben Recht. Ich habe es verdient, dass Sie mich mit einem davon überschüttet haben.«

»Also dann, Halleluja!« Jenny erwiderte sein Lächeln so strahlend, wie sie konnte. Wie hatte er es nur geschafft, sich von einer Sekunde zur anderen von einer unfreundlichen in eine derart attraktive Erscheinung zu verwandeln, dass sie ihn nicht ansehen konnte, ohne dahinzuschmelzen? Lag es an ihm? Oder war mit ihr irgendetwas Merkwürdiges geschehen? Vielleicht würde sie in ein paar Minuten auch feststellen, dass Philip gar nicht mit all den wichtigen Unterlagen das Weite gesucht hatte. Und aus Haus Dalmain war plötzlich ein Haus des Frohsinns geworden. Sie würde Felicity als Mary Poppins wiederfinden und Lady Dalmain als eine liebenswerte, kleine alte Dame. Das wäre schön.

»Also, wenn Sie wirklich dafür bezahlen wollen, dann macht es zwei Pfund sechzig.«

Er reichte ihr das Geld, und als sie alles nachgezählt hatte, erklärte er: »Ich würde Sie gern zu einem Drink einladen.«

Das beklommene Gefühl stellte sich sofort wieder ein. Jenny schüttelte den Kopf. Sie war mit Henry so gut wie verlobt. Mit einem Mann auszugehen, der auf ihre Libido wirkte, wie sie es gerade erlebt hatte, wäre eine höchst lächerliche Torheit gewesen. Nur gut, dass er nicht länger in ihrer Nähe war. »Nein, tut mir Leid. Ich verbringe die meisten Abende hier. Und sollten Sie nicht ohnehin heimfahren? Wieder dahin, wo es flacher und wärmer ist?«

Er schüttelte den Kopf. »Ich bin hier nicht in Urlaub.«

»Aber Sie sagten, das seien Sie! Ich erinnere mich genau!« Ärger und Panik schlugen wie eine Woge über ihr zusammen. Er hatte sie belogen! Und wenn sie nun mit ihm ausgegangen wäre, weil sie angenommen hätte, er würde in ein paar Tagen verschwinden? Was wäre dann geschehen?

»Als ich Sie zum ersten Mal gesehen habe, war ich auch in Urlaub, aber seither haben sich die Dinge geändert. Ich bin zur Ausbildung als Mitglied der hiesigen Bergrettungswacht angenommen worden.« Er beugte sich vor und nahm ihre Hand, mit der sie sich auf die Theke stützte, und schüttelte sie. »Ross Grant.«

Jenny zwang sich zu einem Lächeln. »Jenny Porter.«

»Jenny, wie schön«, meinte er. »Und wie steht es nun mit einem Drink? Wir haben doch klargestellt, dass wir beide solo sind.«

»Haben wir das?« Sie hatte nicht diesen Eindruck erwecken wollen, aber andererseits wollte sie sich eigentlich auch nicht zu Henry bekennen. Sie fühlte sich so weit von ihm entfernt, dass er gerade jetzt irgendwie nicht mehr von Bedeutung war.

Ross sah sie interessiert an – als käme es ihm nicht darauf an, ob sie nun mit ihm ausging oder nicht, sondern als interessierte er sich für ihre Antwort aus Gründen, die ihr unbekannt waren.

Sie begriff, dass sie eine Entscheidung treffen musste. Sie konnte entweder so tun, als existierte Henry wirklich nicht, und mit diesem Mann ausgehen, der eine so merkwürdige Wirkung auf ihre Muskeln hatte, oder sie konnte sich auf die Seite der Vernunft schlagen und einfach Nein sagen.

Sie schüttelte den Kopf. »Tut mir Leid. Wie ich schon erwähnte: Ich bin abends meist hier. Bin ich es nicht, dann nur, weil ich noch andere Arbeiten zu erledigen habe.«

»Was Ihre andere Arbeit anbelangt ...«

»Darüber werde ich kein Wort verraten. Das ist vertraulich.«

»Ich wollte sie auch nicht foltern, um Informationen darüber zu bekommen. Aber Sie könnten dennoch einfach auf ein Glas mit mir ausgehen.«

»Nein.«

»Nun, ich werde Sie wieder einmal fragen.«

»Ganz wie Sie wollen.«

Als er schließlich davongefahren war, ließ sie sich auf den Hocker hinter der Theke sinken. Gott sei Dank hatte er sie nur zu einem Drink eingeladen. Wenn er gesagt hätte: »Würden Sie gern mit mir ins Bett steigen?«, wäre sie vielleicht nicht in der Lage gewesen zu widerstehen.

Dieses Begehren überkam Jenny nicht oft. Sie hatte sich, was das anbelangte, immer für eher unterbelichtet gehalten, und es war ein Bereich in ihrem Zusammenleben mit Henry, auf den es nicht besonders ankam. Er war nicht allzu anspruchsvoll, wollte nie, dass sie etwas zu Exotisches tat, und sorgte stets dafür, dass es ihr gut ging, bevor er einschlief. Weder störte es sie, dass er nicht merkte, dass sie ihm nur etwas vormachte, noch fand sie etwas dabei, dass es Sex nur samstagabends oder sonntagmorgens gab. Sie hatte einfach akzeptiert, dass das, was in Illustrierten darüber erzählt wurde, aufgeblasener Schwindel war und das, was sie und Henry erlebten, vollkommen normal.

Früher hatte sie gewöhnlich lange gebraucht, bevor sie

mehr wollte als ein paar zarte Küsse, und das war einer der Gründe, warum es ihr bei Henry ganz gut gefiel; er bedrängte sie nicht. So kam es, dass dieses Begehren, die Sinneslust, die von der anderen Seite der Theke einer Imbissbude von einem Mann ausgegangen war, der sich in jeder Weise als tyrannisch, flegelhaft und rüde erwiesen hatte, eine durch und durch beunruhigende Überraschung war. Es bedeutete, dass ihr Hirn und ihre Libido völlig unabhängig voneinander agierten. Jenny hatte gern das Gefühl, ihr Leben unter Kontrolle zu haben, aber diese völlige Loslösung von Herz und Kopf bedeutete, dass jedes und alles passieren konnte. Sie konnte sich für ihre Sicherheit nicht länger auf ihren gesunden Menschenverstand verlassen. Alles war möglich. Vielleicht fing sie eines Tages eine Brieffreundschaft mit einem Strafgefangenen in der Todeszelle an, um ihn dann schließlich unmittelbar vor der tödlichen Giftspritze zu heiraten oder dergleichen.

O Gott, dachte sie, während sie den Kaffee aufwischte, warum muss ausgerechnet mir das passieren? So etwas darf es bei mir einfach nicht geben! Ich weiß, dass Henry mich für eine verrückte Nuss hält, und vielleicht bin ich das auf gewisse Weise auch, aber sobald es um mein Liebesleben geht, war ich immer jemand, der grundsolide war und alles unter Kontrolle hatte – und kein hormonell unausgeglichener Knallkörper, der in alle möglichen Richtungen auf einmal losgeht. Das Leben ist im Augenblick auch ohne dergleichen schon schwer genug!

Glücklicherweise erschien Felicitys Volvo, bevor Jenny allzu sehr mit sich hadern konnte. Bis Felicity ausgestiegen war und die Imbissbude erreicht hatte, sah Jenny wenigstens wieder so aus, als hätte sie noch alle Tassen im Schrank, auch wenn sie selbst wusste, dass ein paar davon arge Sprünge bekommen hatten.

»Hi, Felicity! Wie schön, ein freundliches Gesicht zu sehen! Was darf ich dir anbieten? Einen doppelten Mokka mit aufgeschäumter Magermilch?« Seit dem Morgen waren sie per Du.

Felicity schien befremdet zu sein und zog eine Schachtel Zigaretten hervor.

Klar, dachte Jenny, Felicity war wahrscheinlich noch nie in einem Coffeeshop nach amerikanischer Art gewesen. »Wie wärs mit einer heißen Schokolade?«

Felicity nahm einen tiefen Zug. »Wunderbar, und ich habe auch eine Kleinigkeit mitgebracht, die wir hineingeben können.« Mit der Zigarette zwischen den Lippen öffnete Felicity eine große Handtasche und zog eine halbe Flasche Whisky daraus hervor.

»Hm, dabei leiste ich dir besser keine Gesellschaft. Eine von uns sollte fahrtüchtig bleiben. Was möchtest du denn essen? Ich übernehme das. Du kannst ein Schinkenbrötchen mit Zwiebeln oder mit Spiegelei bekommen. Oder eine Tomatensuppe? Hier, sieh dir mal die Speisekarte an. Ich öffne dir die Tür, damit du hereinkommen kannst.«

»Ist ja richtig gemütlich«, meinte Felicity etwas später, während sie ein vor Butter triefendes Schinkenbrötchen betrachtete. »Ich wünschte, ich könnte Mama so was vorsetzen. Dann wäre alles viel einfacher. Die Ärmste. Sie ist wegen Philip am Boden zerstört.«

»Hast du irgendeine Vorstellung, wo er geblieben sein könnte? Es ist wirklich wichtig, dass wir ihn finden.«

»Mama ist jedenfalls dazu verzweifelt entschlossen.« Felicity zögerte, als wäre ihr Bruder eigentlich nicht ihre erste Sorge. »Sie mag nicht glauben, dass Philip sich entschieden hat, mit jemandem zusammenzuleben, der nicht zur feinen Gesellschaft gehört. Ich selbst kann ihn gut verstehen.«

»War das denn der einzige Grund für ihn zu gehen? Damit er mit ihr zusammen sein konnte?« Jenny versuchte herauszufinden, ob Felicity von irgendwelchen Unregelmäßigkeiten im Zusammenhang mit der Firma wusste.

Felicity zuckte die Schultern. »Mama würde bestimmt die Heirat mit einer Frau wie ihr, die nicht einmal mehr jung genug ist, um Kinder zu bekommen, nicht gutheißen. Es war schon schlimm genug, dass Iain Meggie geheiratet hat, aber Iain war nur der jüngere Sohn, und Meggie passte wenigstens vom Alter her, wenn sie auch nicht aus der richtigen Schicht stammte.«

»Und was ist mit dir und Lachlan? Wirst du ihn heiraten dürfen, wenn es sich in diese Richtung entwickelt?«

Felicity zuckte mit den Schultern, als bestünde kein Zweifel über die Richtung, in die sich die Dinge entwickelten. Dann zündete sie sich die nächste Zigarette an. »Schon möglich. Ich glaube gar nicht, dass sie es überhaupt wahrnehmen würde; sie ist zu sehr aus dem Häuschen wegen ihres kostbaren Philip. Aber vielleicht kommen wir auch gar nicht so weit. Er ist so oft unterwegs, und ich habe seit neulich nichts mehr von ihm gehört. Er ist vielleicht für alle Zeiten verschreckt.«

Irgendetwas von der verblassten Schönheit und der Traurigkeit dieser Frau war herzzerreißend. »Liebst du ihn denn?«

Felicity antwortete, ohne zu zögern: »Oh ja. Seit ungefähr zwanzig Jahren.«

»Großer Gott, das nenne ich treu! Hegt er die gleichen Gefühle für dich?«

»Davon würde ich nicht ausgehen.« Felicity seufzte. »Er kannte meine Gefühle für ihn nicht. Wir sind ein paarmal zusammen ausgegangen, und dann bereitete Mama dem ein Ende.«

»Und du hast es zugelassen?«

Felicity seufzte wieder, noch tiefer diesmal. »Es mag dir lächerlich erscheinen, aber ich war damals krank, und sie hat es fertig gebracht, jeglichen Kontakt zwischen uns zu verhindern. Als es mir wieder besser ging und ich etwas dagegen hätte unternehmen können, war Lachlan schon ins Ausland gegangen.«

»Wie tragisch. Und hatte er keine Adresse hinterlassen?«

»Ich glaube nicht, dass Lachlan sich allzu viel Gedanken über mich gemacht hat.«

»Aber er hat sich noch an dich erinnert, oder?«

»Oh, ja. Ich würde sagen, sein Gedächtnis funktioniert noch.«

»Aber er hätte sich nicht an dich erinnert, wenn du ihm nichts bedeutet hättest. Wirklich, das tun Männer nicht.«

»Bist du dir dessen sicher?«

»Vollkommen sicher. Wenn du nur einfach irgendeine Freundin gewesen wärst, hätte er sich vielleicht gar nicht mehr an dich erinnern können und wäre auf keinen Fall zu eurem Abendessen gekommen. Himmel, er muss auch noch gewusst haben, wie deine Mutter ist! Nur ein tapferer und zielstrebiger Mann wird so etwas ein zweites Mal auf sich nehmen.«

»Glaubst du das wirklich?«

»Auf jeden Fall.« Und während sie an Lachlan dachte, kam Jenny eine Idee. »Wenn du das nächste Mal mit ihm sprichst …«

»Wenn es ein nächstes Mal gibt …«

»… musst du ihn fragen, was mit der Schur passiert. Mit der Wolle der Tiere, die er schert.«

»Gern, wenn du das möchtest, aber warum?«

»Nur so eine Idee, die mir durch den Kopf geht. Es wird wahrscheinlich nichts daraus werden, doch ich sollte noch einmal darüber nachdenken.« Im Stillen fügte sie hinzu: Da ich keine vernünftigen Ideen habe, kann ich es auch gleich mit den verrückten versuchen. Laut sagte sie: »Also, einen Kaffee? Oder noch eine heiße Schokolade?«

Kapitel 8

Kirsty McIntyre wirkte niedergeschlagen und resigniert, als Jenny am nächsten Morgen ins Büro kam. Es war erst neun Uhr, doch Kirsty war offensichtlich schon lange an der Arbeit.

Sie brachte Jenny in Philips Büro. »Ich habe versucht herauszubekommen, was alles fehlt.«

»Und?«

»Das einzig wirklich Wichtige scheinen die Kopien der Überschreibungsurkunden zu sein. Außerdem bin ich bei der Suche auf Bauzeichnungen gestoßen, Entwürfe eines Architekten. Sie steckten zwischen zwei Aktenordnern. Ich habe sie vorher noch nie gesehen – deshalb waren sie auch nicht vernünftig abgeheftet. Ganz interessant. Kaffee?«

»Ja, bitte«, antwortete Jenny. »Aber Sie brauchen ihn nicht für mich zu kochen. Ich bin sehr gut in der Lage …«

»Nein, Sie bleiben sitzen. Hier haben Sie etwas zu lesen, das ich heute Morgen gefunden habe und das Sie vielleicht interessant finden werden. Es stammt aus der Zeit, als diese Fabrik noch keine schäbigen Pullover für Touristen hergestellt hat.«

»Das habe ich doch nicht behauptet, oder?« Verlegen nahm Jenny die Broschüre, die Kirsty ihr überreichte.

»Das brauchten Sie auch nicht. Wir alle wissen, was wir produzieren. Möchten Sie ein Plätzchen dazu? Habe ich selbst gebacken. Ich konnte letzte Nacht nicht schlafen«, erklärte sie. »Ich musste mich irgendwie beschäftigen.«

Jenny nickte, gleichzeitig dankbar und voller Mitgefühl. »Ich habe noch nicht gefrühstückt. Was ist das denn?«

»Ein Katalog. Keiner von uns, aber er vermittelt einen Eindruck von dem, was wir damals produziert haben.«

Auf dem Umschlag der Broschüre war in Goldprägung *Ritchie and Ritchie* zu lesen, und darunter stand eine amerikanische Adresse mit der Jahreszahl neunzehnhundertzweiunddreißig. Jenny schlug die erste Seite auf. Darauf befand sich eine kleine, etwa fünf Zentimeter mal fünf Zentimeter große Stoffprobe mit Beschreibung. Sie ließ die Finger über den Stoff gleiten und merkte sofort, dass er weicher war als alles, was sie bisher in Händen gehalten hatte.

»Was ist ein Vikunja?«, fragte sie, als Kirsty mit dem Kaffee zurückkam.

»Eine Art Lama, das es heute aber nur noch in Zoos gibt. Sie sind so ängstlich, dass sie eingehen, wenn man versucht, ihnen zu nahe zu kommen. Ihre Wolle wurde früher für die Herstellung von Shatooshes verwendet, aber das ist schon seit Jahren verboten. Außer mit einer speziellen Erlaubnis, die nur für Schals und Ähnliches erteilt werden kann.«

»Oh.« Jenny blätterte weiter. »Hier ist wieder von einem Tier die Rede, von dem ich noch nie gehört habe. Ein Guanako?«

»Ich glaube, das ist etwas Ähnliches wie ein Alpaka, aber um ehrlich zu sein, habe ich davon auch noch nie etwas gehört.«

»Alpaka ...« Jenny blätterte weiter und fand noch mehr Stoffproben von weiteren ungewöhnlichen Tieren. »Wissen Sie, dass ich vor ein paar Tagen einen Alpaka-Scherer kennen gelernt habe?«

»Tatsächlich?« Kirsty nahm sich einen Stapel Papiere vor

und sah sie durch. Die meisten davon landeten in einem schon ziemlich vollen Papierkorb.

»Haben die Alpakas feine Wolle?«

»Ja, doch sie wird nicht als Wolle bezeichnet. Sie heißt Faser.«

»Ja, richtig.« Jenny schlug noch ein paar Seiten um. »Wissen Sie, dieser Katalog – dass Sie ihn jetzt gefunden haben –, kommt mir wie ein Omen vor.«

Kirsty sah Jenny über den Rand ihrer Brille hinweg an. »Ich dachte, Sie sollten eine knallharte Geschäftsfrau sein und nicht jemand, der an Omen glaubt.«

Jenny lächelte. »Sehen Sie, wir haben weniger als drei Wochen Zeit, um irgendwelche Zukunftspläne für diese Firma zu schmieden, die wir meinem Kunden vorlegen können. Ich helfe wirklich gern – und wenn es die Eingeweide toter Tiere sein sollten, die mir zu einer Lösung verhelfen, dann werde ich sie jedenfalls nicht deswegen gering schätzen.«

»Was?«

»Nicht so wichtig. Der Katalog hat mich auf eine Idee gebracht. Dieser Betrieb kann vielleicht keine billigen Pullover mit Gewinn herstellen und vertreiben, aber möglicherweise wäre das mit wirklich feinen Sachen möglich, mit Sachen aus den Fasern ungewöhnlicher Tiere.«

»Wie meinen Sie das?«

»Nun, Sie importieren Wolle zu Preisen, die sich nicht realisieren lassen. Die Wolle wird weiterverarbeitet auf Maschinen, die für viel Geld geleast werden müssen, und am Ende sind Ihre Produkte nicht begehrt genug, um damit einen Gewinn zu erzielen. Wir mussen uns daran orientieren, was, sagen wir, in den Geschäften an der Bond Street verkauft wird, und dafür produzieren, statt uns mit den Billigwaren abzugeben.«

»Sie meinen also, weg mit dem, was wir jetzt herstellen, und auf ein höheres Marktsegment zielen?«

Jenny nickte. »Aber es kann sein, dass sich das gar nicht ohne weiteres realisieren lässt. Ich muss feststellen, ob diese Fasern überhaupt zu haben sind. Doch wenn Felicitys Freund im ganzen Land Alpakas schert, muss er ja wohl wissen, wo wir die potenziellen Lieferanten finden können. Und vielleicht weiß er auch etwas über diese anderen Tiere – die Lamas zum Beispiel. Was halten Sie davon?«

Kirsty zog eine ihrer fein geschwungenen Augenbrauen hoch. »Ich finde, man sollte in Ihrem Schrank mal die Tassen zählen.«

»Sie meinen, ich sei verrückt? Nun, dagegen kann ich nichts einwenden. Aber wenn uns nichts anderes einfällt, dann bleiben uns entweder meine verrückten Ideen oder gar nichts. Lassen Sie uns doch einmal die Zahlen durchgehen und feststellen, wie viel wir sparen würden, wenn wir die geleasten Maschinen zurückgäben. Dann müssen wir herausfinden, wie wir ohne Maschinen zurechtkämen ...« Jennys Begeisterung verpuffte. »Wie dumm. Wie geschickt und erfahren die Arbeiter auch sein mögen, sie werden nicht wieder anfangen, mit dem Spinnrad zu arbeiten, und es ist unwahrscheinlich, dass ich meinen Kunden überzeugen kann, noch mehr Geld in spezielle Maschinen zu investieren.«

»Wir benötigen vielleicht keine neuen Maschinen. Wir haben einen ganzen Schuppen voller alter Maschinen. In einer Fabrik wie dieser wird nichts jemals weggeworfen.«

»Aber warum sind diese Maschinen dann überhaupt ausgemustert worden?«

Kirsty machte eine wegwerfende Geste, mit der sie sich

von dieser Entscheidung distanzierte. »Es schien damals vermutlich eine gute Idee zu sein. Aber wir wissen ja auch nicht, was davon noch brauchbar ist, obwohl es hier genug Leute gibt, die mit diesen Maschinen umgehen können. Der kleine Iain zum Beispiel. Er ist als junger Bursche immer um die Maschinen herumgestrichen. Und inzwischen ist er ein guter Ingenieur und kennt sich mit Textilien aus. Es ist eine Schande, dass Philip ihn nicht als gleichberechtigten Partner mit in die Firma genommen hat. Mit weniger hätte Iain sich nicht zufrieden gegeben.«

Jenny seufzte. »Das Problem ist, selbst wenn wir die Maschinen benutzen können und die Fasern bekommen, müssen wir noch herausfinden, ob es überhaupt einen Markt für solche Produkte gibt. Es wird nichts nützen, meinem Kunden diese Ideen vorzulegen, solange es bloß Ideen sind. Sie müssen ihm als eine sauber recherchierte Geschäftsstrategie präsentiert werden.«

Kirsty sagte eine Minute lang nichts mehr. »Jenny, Sie haben Mr. Grant-Dempsey als Ihren Kunden bezeichnet. Sie sind seinetwegen hier. Warum sind Sie so erpicht darauf, die Firma rentabel zu machen? Sollten Sie nicht eigentlich tun, was für Ihren Kunden das Beste ist?«

Jenny holte Luft. »Ja, das sollte ich. Aber bevor ich mich als virtuelle Assistentin selbstständig gemacht habe – bevor ich eigene Kunden hatte –, habe ich für eine Internetgesellschaft gearbeitet. Und wie so viele damals sind auch wir Pleite gegangen. Bloß dass die Gründer der Gesellschaft zum Schluss mit einer Menge Geld dastanden – einer ziemlichen Menge Geld. Ich weiß nicht genau, wie sie das hinbekommen haben, aber wir – die Mitarbeiter – wurden ohne jede Abfindung oder

Ähnliches auf die Straße gesetzt. Ich hatte schon den Verdacht, dass etwas faul war, bevor es zum Knall kam, doch damals gingen ja so viele Internetfirmen den Bach runter, dass niemand viele Fragen gestellt hat. Das ist der Grund, warum ich mich selbstständig machen wollte, und es ist gleichzeitig der Grund, warum ich auf der Seite der Arbeiter stehe.« Sie hielt inne, um ihre Gedanken zu ordnen. »Ich bin nicht illoyal. Ich fühle mich meinem Kunden gegenüber verpflichtet. Aber ich sehe überhaupt nicht ein, warum er sein Geld nicht verdienen kann, ohne die gesamte Belegschaft zu entlassen und stattdessen aus der Liegenschaft etwas zu machen.«

»Aus der Liegenschaft etwas zu machen?«, wiederholte Kirsty, ohne sich weiter um den Rest von Jennys jammervoller Geschichte zu kümmern. »Hm. Meinen Sie, dass er das vorhat?«

»Möglicherweise. Ich weiß es nicht genau, er hat es mir nicht auseinander gelegt. Aber soweit ich es verstanden habe, hat er es in früheren Fällen so gehandhabt. Warum?«

»Ich frage mich nur, ob Philip die Kopien der Übertragungsurkunden nicht mitgenommen hat, weil er das Gleiche beabsichtigt.«

»O Gott! Sie meinen, *Philip* hat vor, aus den Grundstücken und den Gebäuden etwas zu machen?«

»Mag sein, ich überlege nur – wenn wir die Übertragungsurkunden von Philip zurückbekämen ...«

»Das wird schwierig, solange wir nicht wissen, wo er steckt ...«

»Wenn wir selbst Pläne entwickeln und eine vorläufige Planungsgenehmigung über so etwas erwirken könnten, wenigstens für einen Teil der Liegenschaften – sagen wir einmal, für die Büros –, um sie in Eigentumswohnungen oder Wohnungen für junge Familien umzuwandeln, dann können wir vielleicht Mr. Fancy-Pants überzeugen, den Laden nicht dichtzumachen, sondern das mit den Immobilien verdiente Geld für weitere Investitionen zu nutzen. Wenigstens würde es bedeuten, dass er nicht mehr in die eigene Tasche greifen müsste, um uns am Leben zu erhalten.«

»Aber wenn Philip die gleiche Idee hat, können wir ihn kaum dazu zwingen. Und ich wage die Vermutung zu äußern, dass er ganz andere Pläne mit dem Geld hat. Außerdem – wir haben die Übertragungsurkunden nicht. Ohne Philip könnten wir ohnehin nichts verkaufen.«

»Wir könnten uns Kopien der Übertragungsurkunden besorgen. Wir könnten uns Pläne zeichnen lassen und dann nach Philip suchen.«

Jenny nickte. »Das ist eine gute Idee, doch ich finde, in der Zwischenzeit sollte ich einen alternativen Plan ausarbeiten, um die Fabrik rentabel zu machen – mit all unseren verrückten Ideen.«

Kirsty blickte ihr fest in die Augen. »Sie werden sich damit beeilen müssen.« Sie blickte auf ihre Uhr, als erwartete sie, dass Jenny spätestens bis zum Mittagessen damit fertig wäre. »Ich werde weiter Klarschiff machen.«

»Sie sind eine echte Überraschung, Kirsty«, bemerkte Jenny, während sie nach einem Block und einem Stift griff.

»Ach?«

»Als wir uns das erste Mal sahen, hätte ich Sie nie für jemanden gehalten, der auf so eine verrückte Idee wie diese eingehen würde.«

»Wir haben ja keine besonders große Auswahl«, erwiderte sie trocken.

Etwas später kehrte Jenny Dalmain Mills den Rücken und fuhr zu Meggie hinüber. Meggie schien es besser zu gehen; die »Gefangenschaft« nahm sie offenbar nicht mehr so sehr mit.

»Hallo hallo, müsstest du im Augenblick nicht eigentlich die Schulbank drücken?« Sie richtete sich mühsam auf ihrem Sofa auf. »Hast du es aufgegeben, oder bist du zu dem Schluss gekommen, dass keine andere Wahl bleibt, als den Konkursverwalter zu bestellen?«

»Nein, ich verfolge eine vollkommen verrückte Idee. Es ist so etwas wie der letzte Rettungsanker, und ich möchte feststellen, ob die Sache überhaupt realisierbar ist.«

»Worum geht es denn?«

»Es ist ein derartiger Schuss ins Blaue und so unwahrscheinlich, dass daraus etwas wird, dass ich es am liebsten gar nicht erzählen würde.«

»Ob du nun willst oder nicht, du erzählst es mir!«

»Gut, aber du darfst nicht lachen oder so was.«

»Spucks einfach aus, Frau!«

»Ich möchte feststellen, ob es möglich wäre, die Fabrik so umzustellen, dass sie Qualitätsware herstellt wie zu Zeiten von Miss McIntyres Eltern.«

»Und?«

»Du verstehst doch etwas von Textilien – welche Chancen bestehen auf dem Markt für wirklich hochwertige Designerkleidung?«

»Woran denkst du denn genau?«

»An Handgestricktes vielleicht, aber auch an Anzugstoffe, die so leicht sein sollen, dass man kaum merkt, dass man einen Anzug trägt. Hergestellt aus ungewöhnlichen Fasern.«

»Aus welcher Art von Fasern?«

»Lama, Alpaka und so weiter.«

Meggie dachte nach. »Ich hab eine Freundin vom College, die in diesem Bereich tätig ist. Sie hat einen Laden in London. Ich könnte sie anrufen und fragen, wie es so läuft.«

»Und falls es denn einen Markt dafür gibt, könnten wir dich als Designer gewinnen?«

Meggie schüttelte den Kopf. »Ich spiele gern mit Stoffen herum, das siehst du ja.« Sie zeigte auf die Vorhänge und Überwürfe, die Jenny schon bei ihrem ersten Besuch aufgefallen waren. »Aber ich bin nicht wirklich kreativ. Nein, so merkwürdig es klingen mag, Felicity ist diejenige, die du dafür brauchst.«

»Felicity? Ich dachte, du hättest nicht viel für sie übrig.«

»Das habe ich auch nicht. Ich glaube nicht, dass sie und ich jemals miteinander werden auskommen können. Aber sie hat zweifellos ein gutes Auge. Hast du mal ihre Stickereien gesehen? Alles selbst entworfen. Lady D. hat natürlich nichts als Verachtung dafür übrig, doch ich muss zugeben, die Sachen sind sehr schön. Das meiste davon ist altmodisch, traditionell. Aber sie hat auch einige moderne Sachen gemacht. Warte mal« – Meggie hievte sich in eine aufrechte Position – »wenn du da drüben auf dem Sessel nachsiehst, unter dem Stapel Zeitschriften, findest du vielleicht ein Kissen, das sie Iain und mir letztes Jahr zu Weihnachten geschenkt hat.«

Jenny arbeitete sich bis auf den Grund des Sessels vor und brachte ein Kissen zum Vorschein. Es war umwerfend: klare, helle Farben in einem modernen geometrischen Muster, wie sie es noch nie gesehen hatte. »Das ist Felicitys Werk?«

»Yep. Du müsstest mal ihre Mutter gehört haben. ›Liebes‹«,

sagte Meggie gedehnt in einer sehr echten Nachahmung von Lady Dalmains Sprechweise, »›ist das nicht ein wenig bunt? Ich bin mir sicher, Margaret und Iain hätten etwas weniger Aufdringliches vorgezogen.‹ Das hat die Weihnachtsstimmung wirklich gehoben, das kannst du glauben!«

Jenny schüttelte sich. »Müsst ihr Weihnachten denn in Haus Dalmain feiern? Ich kann mir gar nichts Schrecklicheres vorstellen.«

»Wir gehen nur zum Mittagessen hin, dann verziehen wir uns zu meinen Leuten und schütten uns ordentlich was hinter die Krippe. Das braucht man, nachdem man in Haus Dalmain war. Lady D. ist die Einzige, die mich Margaret nennt, und das tut sie nur, weil sie weiß, dass ich es hasse.«

»Ich finde das Kissen großartig. Ich muss Felicity bitten, mir auch ihre anderen Arbeiten zu zeigen. Also wirklich!« Jenny regte sich wieder einmal um Felicitys willen auf, während sie die Stickerei näher in Augenschein nahm. »Hat Lady D. denn niemals etwas von Kaffe Fassett gehört?«

Meggie lachte. »Du machst Witze! Für sie ist wahrscheinlich William Morris schon zu modern, um noch dem guten Geschmack zu entsprechen. Alles, was nach der Zeit Jakobs I. kam, ist ja so vulgär, meine Liebe.«

Widerstrebend stand Jenny auf. »Wenn weder Lady D. noch Felicity ihrer Schwermut erlegen sind und – alle viere von sich gestreckt – im Flur liegen, werde ich später im ›Haggis‹ sein.«

»Hast du denn dafür immer noch Zeit, bei all dem, was jetzt los ist?«

»Im Augenblick ja. Ich gebe dir Bescheid, falls es sich ändert. Augenblicklich ist es jedenfalls ein guter Platz zum Nachdenken.«

Lady Dalmain litt unter nichts Dramatischerem als einer extremen Verstimmung, und so begab sich Jenny zum ›Homely Haggis‹, so bald sie konnte.

Die Imbissbude wirkte allerdings nicht besonders einladend, als sie dort eintraf. Es wehte ein frischer Wind, der ein wenig Regen vor sich hertrieb, das Gras niederdrückte und auf dem Parkplatz die Kiesel durcheinander wirbelte. Aber kaum hatte Jenny den Wagen aufgeschlossen und darin Schutz gefunden, war der Gedanke, das Ganze sei einfach eine völlige Zeitverschwendung, wie weggeblasen. Es musste ihren Gedanken einfach auf die Sprünge helfen, wenn sie Haus Dalmain hinter sich lassen konnte, selbst wenn sie hier ohnehin keine Kunden hatte. Im Grunde hätten Kunden sie jetzt nur gestört. Es wäre das Beste, wenn sie sich einfach selbst etwas Heißes zu trinken und ein Sandwich zubereitete und dann einige ihrer Ideen zu Papier brachte. Aber wie um ihre Absicht zu durchkreuzen, erschien ein Wanderer nach dem anderen, um sich etwas Heißes zu trinken zu bestellen, und einige Einheimische ließen es sich nicht nehmen, kurz vorbeizuschauen und sich nach Meggie zu erkundigen. Aber endlich waren alle wieder fort. Jenny machte sich über ihr Sandwich her und stellte eine Liste von Dingen auf, die sie bewerkstelligen mussten und die doch eigentlich unmöglich waren. Sie war noch nicht halb damit fertig, als sie merkte, dass wieder jemand kam. Diesmal war er es.

Ihr Mund wurde schlagartig trocken, und ihre Muskeln und Sehnen schienen sich in Gummi zu verwandeln. Aber am schwierigsten war das Gefühl zu ertragen, dass sie ein Boxhieb traf, der ihren Körper in der Mitte zusammenklappen ließ.

Ich muss ihn irgendwie durch meinen Willen hierher gelockt haben, dachte sie schuldbewusst, während sie versuchte, sich so weit in den Griff zu bekommen, dass sie ihn normal begrüßen konnte. Sie wünschte nur, es bliebe ihr noch Zeit, einen Schluck Wasser zu trinken. Denn warum um alles in der Welt hätte er sonst kommen sollen? Es konnte kein Zufall sein. Was hatte sie getan?

»Hallo«, begann er.

Jenny räusperte sich und stellte überrascht fest, dass ihre Stimme sich beruhigend normal anhörte. »Hallo. Was darf ich Ihnen servieren?« Damit würde sie sich wieder einen sarkastischen Kommentar einhandeln, aber ihr fiel auf die Schnelle nichts Besseres ein.

»Nichts. Ich sah Sie hier ankommen und habe mich dann an den Abstieg gemacht, um Ihnen Guten Tag zu sagen.«

Sie pumpte einmal kurz Sauerstoff in ihre Lungen und war dann in der Lage, den nächsten Satz hervorzustoßen. »Sie haben gesehen, wie ich angekommen bin? Wie haben Sie das denn angestellt? Mit einem Fernglas?«

»Ja, genau. Ich war auf Vogelbeobachtung – ich hatte gehört, dass es hier Kornweihen geben soll –, und dann habe ich Ihr Auto gesehen. Ich dachte, ich könnte hier einmal Guten Tag sagen und ein wenig Wiedergutmachung leisten, dafür, dass ich so …«

»So was?« Jetzt, da er hier war und sie tatsächlich miteinander sprachen, fühlte Jenny sich nicht mehr ganz so beunruhigt. Tatsächlich schienen ihr Gehirn und ihr Mund recht ordentlich zusammenzuarbeiten. »Ich könnte Ihnen das passende Wort zuflüstern, aber es gefällt Ihnen vielleicht nicht.«

Sein Blick verfinsterte sich. Merkwürdigerweise ließ ihn

das kein bisschen weniger attraktiv erscheinen. »Ich bin hergekommen, um Frieden zu schließen ...«

»Aber das wird bestimmt schwierig, sich selbst so zu verleugnen. Vielleicht sollten wir einfach bei unseren schnippischen Bemerkungen über den anderen bleiben. Oder kann ich Ihnen vielleicht eine Tasse Kaffee oder irgendetwas anderes anbieten?«

»Könnten Sie denn Kaffee kochen? Das war ja immer die Frage.« In seinen Augen stand ein gewisses Funkeln – noch kein Lächeln, doch der Ansatz dazu.

»Nicht für mich. Ich habe stets gewusst, dass ich es kann. Aber ich fühle mich nicht verpflichtet, es Ihnen zu beweisen.«

»Ich hätte gern eine Tasse heiße Schokolade.« Er fügte kein »Bitte« hinzu, und ein Zucken um seine Mundwinkel schien sagen zu wollen, dass er das auch nicht nötig habe.

»Ah, sehr gut. Ich habe schließlich auch sonst nicht viel zu tun.« Wenn sie den Anschein erweckte, dass sie nur widerwillig auf seinen Wunsch einging, konnte sie vielleicht die Tatsache verbergen, dass sie immer noch keine vollständige Kontrolle über ihre Atmung hatte.

Wäre er doch nur ein einfacher Urlauber gewesen! Dann würde er bald wieder verschwinden, und sie würde ihn vergessen können. Aber wenn er sich für den Dienst in einer Bergrettungsmannschaft vorbereitete und es sich aus irgendwelchen Gründen zur Angewohnheit machte, danach Ausschau zu halten, wann sie zum »Homely Haggis« kam, dann würde sie sich in Acht nehmen müssen.

Natürlich würde sie als eine willensstarke Frau – einzig Henry hielt sie für unbestimmt und inkompetent – in der

Lage sein, ihn aus ihren Gedanken zu verbannen, ganz gleich, ob sie ihn noch zu Gesicht bekam oder nicht. Sie seufzte. Vielleicht hatte Henry doch Recht. Möglicherweise war sie einfach eine dumme Gans, die ihre Gedanken ebenso wenig unter Kontrolle bekommen konnte, wie sie in der Lage war, mit dem Atmen aufzuhören.

Jenny hatte eine große Dose Fertigkakao in ihrer Imbissbude stehen, aber sie beschloss, Milch zu kochen, Kakaopulver hinzuzufügen und das Ganze dann schaumig zu schlagen. Und während sie damit beschäftigt war, wusste sie selbst nicht, ob sie es machte, weil sie ihm ein besonders köstliches Getränk zubereiten oder ihn einfach nur etwas länger bei sich behalten wollte. Und wie die Milch im Topf aufwallte, so stieg in ihr ein Schuldgefühl auf.

»Möchten Sie Sprühsahne dazu?«

»Was?«

»Sie wissen schon.« Sie holte eine Dose aus dem Kühlschrank. »Sahne aus der Dose. Alle nennen sie Sprühsahne.«

»Alle außer mir offensichtlich.«

»Sie zählen nicht. Sie sind viel zu erhaben, um die gleiche Sprache zu sprechen wie gewöhnliche Sterbliche.«

Er wirkte betroffen. »Was sagen Sie da?«

»Sie haben es doch gehört. Sie wissen nur nicht, was ich meine.«

»Was auch immer ...«

»Ich meine, dass Sie ganz offensichtlich nicht ständig mit gewöhnlichen Leuten verkehren. Und das heißt, dass Sie die üblichen Slogans nicht kennen. Es heißt vielleicht auch, dass Sie nicht *Wer wird Millionär?* sehen.«

Er war zu wettergegerbt, um zu erröten – entweder das

oder diese Spitze machte ihm wirklich nichts aus. »Sollte ich das denn?«

»Nein. Es ist nur so, dass alle anderen es tun. Also, hier ist Ihre heiße Schokolade. Möchten Sie auch etwas essen?«

Er nahm den Becher entgegen und kommentierte weder den schönen karamellbraunen Schaum, das Sahnehäubchen, das sie der Optik halber hinzugefügt hatte, oder die fein verteilten Schokoladenkrümel, die sie vom Boden der Schokoladendose zusammengekratzt hatte.

»Ich würde Sie wirklich gern auf ein Glas einladen, irgendwann abends, wenn Sie einmal etwas Zeit haben.«

Wenn der Sturm, den diese Bemerkung in ihr entfachte, draußen getobt hätte, hätten die Bäume schlagartig ihre noch vorhandenen Blätter verloren, wäre die Imbissbude umgeworfen worden und hätte man im Rundfunk eine Orkanwarnung durchgegeben. Bisher hatte sie ein Leben in der Geborgenheit geführt, in dem sich nichts ereignet hatte, um sie auf diesen Augenblick vorzubereiten. Wie sollte sie reagieren? Sollte sie sich daran festklammern, an Henry zu denken? Oder sollte sie den Sprung in die Niagarafälle des Begehrens wagen? Sie hatte keine Wahl; sie musste nicht wirklich eine Entscheidung treffen. Sie musste um jeden Preis auf der sicheren Seite bleiben.

»Warum sollten Sie diesen Wunsch hegen«, hakte eine andere Frau, die Jenny nicht kannte, nach, »da wir doch offensichtlich nicht miteinander auskommen?«

»Mir ist abends manchmal langweilig, und die einheimischen Mädchen sind alle schon vergeben, habe ich gehört.«

»Hm. Das habe ich über die Jungs auch gehört.« Ein Blick auf ihn verriet ihr allerdings, das das Wort »Junge« für ihn definitiv eine unzutreffende Bezeichnung war. Sie merkte außerdem, dass sie sehr wohl mit ihm ausgehen wollte. Was war eigentlich mit ihr los?

»Nun, wie wäre es dann? Wollen Sie das Risiko eingehen, den ganzen Abend in einem kalten Pub zu sitzen, Lager zu schlürfen und sich von Ihrem Gesprächspartner langweilen zu lassen?«

»Wie Sie es beschreiben, klingt es wirklich verlockend. Kann ich da widerstehen?« Sie zögerte. »Ja. Ich glaube, das kann ich.« Puh! Sie hatte ihm einen Korb gegeben! Einen Augenblick lang hatte sie geglaubt, sie würde wirklich annehmen.

»Na, kommen Sie schon! Ihnen muss doch auch manchmal langweilig sein.«

»Ein klein bisschen Langeweile würde mir ganz gut passen – also ja, ich werde auf einen Drink mit Ihnen ausgehen.« Oh Gott, ihr Mundwerk! Warum ließ es sie dermaßen im Stich? War die Verbindung zu ihrem Gehirn getrennt worden oder dahin geschmolzen wie nach einem Stromschlag?

Sie bedauerte etwas, so grob gewesen zu sein, als er sie jetzt anstarrte, ungläubig und unzufrieden. Aber er würde nun nicht mehr mit ihr ausgehen wollen, sodass sie in Sicherheit war. Und wenn er schmollte, gab ihr das das Gefühl, sich richtig entschieden zu haben. Sie würde sich ohne die Theke des »Homely Haggis« zwischen ihr und ihm keine Sekunde sicher fühlen. Es war ein wenig so, als ärgerte man im Zoo die Tiger – das war schön und gut, solange sich Gitterstäbe zwischen ihnen und einem selbst befanden –, ohne Gitter dagegen war es eine Spur zu spannend.

»Normalerweise finden die Frauen mich nicht langweilig«,

bemerkte er schließlich, nachdem er offensichtlich seinen Zorn unter Kontrolle gebracht hatte.

»Woher wissen Sie das? Ich meine, es ist doch kaum wahrscheinlich, dass sie Ihnen sagen, sie seien gelangweilt, oder?«

Er holte tief Luft, um sich zu beruhigen. »Man merkt ja normalerweise, wenn man jemanden langweilt. Ich jedenfalls merke es. Ich kann natürlich nicht für Sie sprechen.«

»Danke für den Hinweis.«

Er gab einen Laut von sich, der zwischen einem Brüllen und einem Knurren lag. »Ich glaube nicht, dass Sie mit Ihren Widerworten so schnell bei der Hand wären, wenn es zwischen uns nicht diese Theke gäbe.«

In diesem Punkt musste Jenny ihm Recht geben. »Aber es gibt diese Theke zwischen Ihnen und mir.«

Wieder gab er diesen knurrenden, brüllenden Laut von sich. »Trauen Sie sich doch aus Ihrem Wagen heraus. Trauen Sie sich, herauszukommen und mir zu sagen, dass Sie mit mir ausgehen werden.«

Die Knie hatten Jenny Schwierigkeiten gemacht, seit sie ihn kommen gesehen hatte. Jetzt spürte sie aber nicht länger nur Begierde, sondern zusätzlich eine nackte Angst. Doch eine Herausforderung war eine Herausforderung, und sie hatte nicht fair gespielt – es war nicht fair, die Tiger zu ärgern, und sie sollte sich jetzt den Folgen stellen.

Jenny trat leicht zitternd auf die geschotterte Fläche hinaus. Sie blickte entschuldigend, bittend und lachend zugleich zu ihm auf. Er brauchte drei Schritte, um bei ihr zu sein. Dann legte er ihr die Hände auf die Schultern, zog sie an sich und küsste sie so heftig, dass seine Zähne sich schmerzhaft gegen ihre Lippen drückten. Er ließ die Hände von ihren

Schultern gleiten und presste sie so fest an sich, dass sie keine Luft mehr bekam. Als er sie schließlich losließ, keuchten sie beide, und Jenny taumelte.

»Ich werde Sie anrufen«, sagte er, bevor er sich abrupt umwandte und zurück zu seinem Wagen stiefelte.

Jenny lehnte sich gegen den Imbisswagen und versuchte, wieder zu Atem zu kommen. Sie hatte nicht das Gefühl, missbraucht, geschändet oder auch nur beleidigt worden zu sein; sie hatte nur einen traurigen Gedanken: Wie willst du mich wohl anrufen, wenn du meine Nummer nicht hast?

Nach diesem Zwischenfall gehorchten ihr weder das Gehirn noch die Knie, und es hatte keinen Sinn, länger zu bleiben. Da es auf dem Parkplatz auch nicht gerade vor Leuten wimmelte, konnte sie guten Gewissens die Rückfahrt nach Haus Dalmain antreten.

Es war einfach lächerlich, sich gerade jetzt auf solche Dummheiten einzulassen, da sie so viel am Hals hatte und jede einzelne Gehirnzelle und ihre gesamte Energie benötigte, um Dalmain Mills wieder auf den richtigen Weg zu bringen. Und sie kam sich vor, als hätte sie nicht nur Henry, sondern auch das Projekt verraten und alle Menschen, die von ihr abhingen.

Sie machte sich auf die Suche nach Felicity. Da sie sie sonst nirgends finden konnte, klopfte Jenny schließlich an deren Schlafzimmertür. Sie wurde einen Spalt geöffnet.

»Felicity – ich habe mich gefragt, ob es dir gefallen würde, bei Dalmain Mills als Designerin anzufangen ...«, begann sie. Dann hielt sie inne. »Oh! Was ist los?«

Felicity warf sich Jenny in die Arme und brach in Tränen aus.

Kapitel 9

Felicity weinte herzzerreißend. Jenny hielt sie in den Armen, strich ihr über den Rücken und führte sie zurück in ihr Zimmer. Der Treppenabsatz war für derlei nicht der richtige Ort. Sachte drückte sie Felicity aufs Bett und setzte sich neben sie.

»Also, was ist los? Soll ich Rescue Remedy holen?«

Warum war sie nicht überrascht, dass Felicity den Kopf schüttelte und einen Schluckauf bekam? »Unter dem Tisch steht eine Flasche Whisky. Nimm dir auch einen.«

Jenny goss Felicity einen Whisky ein, beschloss aber, selbst die Finger davon zu lassen, weil sie vielleicht noch all ihre Sinne brauchte oder irgendwohin fahren musste.

»Also, was ist los? Ist irgendjemand gestorben?«

Felicity schüttelte den Kopf. »Nur, wenn du meine Chance auf ein Leben mitzählst.«

»Gut, erzähl mir, was passiert ist, und dann lass uns feststellen, ob deine Chance auf ein Leben restlos dem Untergang geweiht ist.«

Felicity hörte gar nicht zu. Sie trank die großzügigen zwei Fingerbreit, die Jenny ihr eingeschenkt hatte, und hustete. »Ich trinke ihn gewöhnlich mit Wasser verdünnt.«

»Also, raus mit der Sprache!« Jenny ließ nicht locker. Sie wollte Felicity helfen, wenn sie eben konnte, hatte aber zugleich das Gefühl, dass Felicity einfach weiterweinen würde, wenn sie jetzt zu viel Mitgefühl zeigte.

»Ich habe einen Brief von Lachlan bekommen.«

»Oh – macht er Schluss?«

Felicity schüttelte den Kopf. »Nein! Er hat mich zum Mittagessen zu sich eingeladen.«

»Aber das ist doch bestimmt eine erfreuliche Nachricht?«

»Es wäre eine, wenn ich hinfahren könnte. Ich habe Lachlan nichts von meiner Agoraphobie erzählt. Wenn ich nicht komme, wird er denken, dass ich ihn nicht liebe. Ich könnte mich vermutlich wohl eine Weile rausreden, aber schließlich würde er doch denken, dass zwischen uns einfach nichts ist. Oh Gott!« Ihr Gesicht verzog sich, und Jenny wusste, dass die Niagarafälle wieder niederstürzen würden.

Doch bevor es so weit kam, schlug sie vor: »Wie wäre es denn, wenn ich dich hinbringe? Wo wohnt Lachlan?«

»Meilenweit weg. Zu weit, um dich darum zu bitten. Du bist viel zu beschäftigt.« Es war eher eine Frage als eine Feststellung.

»Ich bin beschäftigt, aber ich sollte doch in der Lage sein, mir einen Nachmittag freizunehmen. Im Moment setze ich alles daran, eine Möglichkeit zu finden, Dalmain Mills wieder rentabel zu machen; dazu brauche ich aber eigentlich nicht dort zu sein. Im Gegenteil, ein Besuch bei Lachlan könnte mir zu wertvollen Erkenntnissen verhelfen. Für wann hat er dich denn eingeladen?«

»Für übermorgen.«

»Sehr kurzfristig.«

Felicity begann wieder zu weinen. »Eigentlich nicht. Der Brief kam schon an dem Tag, nachdem er abends hier war. Er hat ihn persönlich gebracht. Aber Mama hat ihn nicht an mich weitergegeben. Sie hat behauptet, sie hätte es wegen Philip vergessen.«

»Oh.«

»Wenn Philip hier wäre, würde er mich wahrscheinlich bringen. Aber seit er verschwunden ist, muss ich mich allein um Mama kümmern. Ich werde für immer hier festsitzen!« Sie schniefte lautstark.

Jenny riss ein Blatt Toilettenpapier von einer Rolle ab, die an Felicitys Bett stand, und gab es ihr. »Ich habe doch schon gesagt, dass ich dich hinbringe. Willst du ihm sofort Bescheid geben?«

Felicity nickte. »Ich nehme das Handy. Es gibt eine Stelle im Garten, an der der Empfang ausreichend ist – vorausgesetzt, man hat das richtige Netz eingestellt.«

»Erledige es sofort. Solange du dich ... gestärkt fühlst.«

Felicity schüttelte den Kopf. »Ich kümmere mich besser darum, dass das Abendessen auf den Tisch kommt.«

Die Aussicht auf eine von Felicitys Abendmahlzeiten war nicht sehr verlockend. »Ich sag dir was: Wie wärs, wenn ich dir dabei helfe? Es geht bestimmt schneller, wenn wir zusammen kochen, und ich brauche ohnehin den Ofen, um für den Homely Haggis Plätzchen zu backen. Ich muss nämlich unbedingt mit dir über das Designen sprechen. Meggie hat gemeint, darin seist du wirklich gut.«

»Das hat Meggie gesagt? Aber sie hasst mich doch!«

»Ich bin mir sicher, dass sie dich nicht hasst! Sie hat mir ein Kissen gezeigt, das du für sie genäht und bestickt hast; es war wundervoll. Sie ist der Überzeugung, dass du ein gutes Auge für Farben hast.«

Felicity schniefte. »Ja, das habe ich. Aber ich bin sehr überrascht, dass Meggie das erkannt hat.«

»Was denkst du? Könnten wir uns denn vielleicht mal deine Arbeiten ansehen, wenn du mit Lachlan telefoniert hast und wir das Abendessen zubereitet haben? Der Betrieb braucht dringend einen Designer. Wäre es nicht herrlich, wenn gerade du die Firma retten oder zu ihrer Rettung beitragen würdest? Dann würde deine Mutter dich endlich respektieren.«

»Nein, das würde sie nicht.« Felicity lachte unter Tränen. »Sie würde es hassen, dass ich arbeiten gehe, hassen, dass ich nicht für sie parat stehe.« Sie putzte sich die Nase. »Aber ich zeige dir liebend gern meine bisherigen Kreationen.«

Als sie ein Blech Haferkekse und einen Reisauflauf in den Ofen geschoben hatten, führte Felicity Jenny eine enge Treppe zu einem der Türme hinauf. Was sie dort erwartete, war eine Offenbarung.

Zunächst einmal war es überraschend hell.

»Tageslichtlampen«, erklärte Felicity. »Sie kosten ein Vermögen, aber ohne sie wäre der Raum im Winter nutzlos. Wenn man sich mit Farben abgibt, braucht man gutes Licht.«

»Davon hast du hier auf jeden Fall reichlich.«

Längs der gerundeten Wände standen Körbe voller Wolle – in jedem eine andere Farbe in jeweils einer anscheinend unendlichen Anzahl von Tönungen.

»Ich wüsste gar nicht, wie ich zwischen denen hier unterscheiden sollte.« Jenny holte etwas aus dem grünen Korb.

»Es ist so ähnlich wie mit dem musikalischen Gehör, vermute ich«, erwiderte Felicity. »Du hörst ja auch, wenn etwas schräg klingt. Ich sehe eben, wenn etwas nicht zusammenpasst.«

Die Wände hingen voll mit teils unvollendeten, teils fertigen Wandbildern, Wollmustern und Skizzen. Auf einem kleinen Tisch lagen fein säuberlich Kissenbezüge aufgestapelt, genug, um ein kleines Einrichtungshaus damit zu bestücken. Ein schon reichlich mitgenommener, aber gemütlich wirkender Sessel mit einer drehbaren Bürolampe darüber stand an dem kleinen, leeren Kamin. Daneben lagen in den halb offenen Schubladen eines betagten Arbeitstisches Scheren, paketeweise Nadeln und noch mehr Wolle bereit. Und unter dem Tisch stand neben einem Päckchen Zigaretten die unvermeidliche Flasche Whisky. Felicity griff danach.

»Herzlich willkommen in meinem Heiligtum.« Sie brachte ein Glas zum Vorschein und hielt es Felicity hin. »Möchtest du einen?«

Jenny schüttelte den Kopf. »Ich möchte nicht aus den Augen verlieren, was im Ofen vorgeht. Aber das hier oben ist erstaunlich!«

»Es ist etwas kalt, fürchte ich. Ich zünde nur im Winter das Feuer an.«

Fasziniert blickte Jenny sich um. Dass Felicity, die scheinbar der Grausamkeit ihrer Mutter hilflos ausgeliefert war, über solch eine geheime, von Licht und Farben durchflutete Zuflucht verfügte, stellte für Jenny eine Art Schock dar. Und Meggie hatte völlig Recht gehabt, was Felicitys Fähigkeiten als Designerin betraf. Jenny war zwar kein Experte auf diesem Gebiet, aber sie wusste doch genug, um etwas Gutes zu erkennen, wenn sie es vor der Nase hatte. Alles war fein säuberlich und exakt gearbeitet, und die Designs waren originell, Blickfänger der besonderen Art und ganz einfach schön. Fantastische Vögel schwangen sich hinter und zwischen exotischen Blumen und Pflanzen in die Lüfte. Bestien aus grauer Vorzeit standen sich auf goldenem Grund kampfbereit gegenüber. Bäume mit gegabelten und gedrehten Ästen hingen voller Musikinstrumente und juwelengleicher Früchte. Dass die geknechtete und verzweifelte Felicity zu diesem Reichtum an Fantasie fähig war, erstaunte Jenny. »Und hast du all diese Wandbehänge selbst entworfen und bestickt?«

»Ja. Mama hält sie für komplette Zeitverschwendung. Sie findet, ich solle mich lieber daranmachen, die Esszimmerstühle komplett zu überarbeiten – es sind insgesamt zwölf – und dann die Gobelins im Flur.«

»Aber deine Sachen sind wunderbar! Wo hast du die Wolle her? Die muss doch ein Vermögen gekostet haben.«

»Das hat sie. Ich gebe den größten Teil meines Geldes für Wolle aus. Daddy hat mir etwas hinterlassen, das für eine kleine monatliche Rente reicht – sehr zu Mamas Ärger –, und ich habe inzwischen eine ganze Reihe von Leuten, die mir die Wolle schicken, die sie selbst übrig behalten. Manchmal stelle ich auch für sie ihre Arbeiten fertig. Damit kann ich mir etwas dazuverdienen. Ich habe schon mal überlegt, mich an eine der großen Firmen zu wenden, die Handarbeitssets herstellen, ob sie mir vielleicht Aufträge vermitteln können, Arbeiten fertig zu stellen, an denen die Käufer das Interesse verloren haben. Aber das würde bedeuten, dass ich die Entwürfe anderer ausarbeite, und eigentlich entwerfe ich lieber selbst.«

Felicity ließ sich in den Sessel sinken und zündete sich eine Zigarette an. »Bist du dir sicher, dass du keinen Whisky möchtest?«

»Ganz sicher.« Jenny hatte sich auf die Lehne eines Sessels gesetzt, auf dem sich überfüllte Plastiktüten stapelten, und schüttelte den Kopf. »Was ist hier drin?«

»Das sind Wollreste, die ich noch sortieren muss. Ich könnte all meine freie Zeit damit zubringen, Wolle zu sortieren, dann komme ich gar nicht mehr dazu, zu entwerfen und zu sticken.«

»Das sieht man. Felicity, ist es dir je in den Sinn gekommen, dass du mit diesen Dingen Geld verdienen könntest?«

»Ich verdiene ja etwas damit. Ich beliefere einige kleine Läden mit Kissenbezügen. Aber leider wollen sie hauptsächlich konventionelle Designs – Blumen, Katzen, so etwas eben. In den kleinen Orten hier ist es schwierig, etwas wirklich Ungewöhnliches loszuwerden.«

»Hast du es denn nicht mal mit den Geschäften in den größeren Städten versucht? In Edinburgh? Oder vielleicht sogar in London?«

Felicity schüttelte den Kopf. »Das hat keinen Sinn. Ich könnte nicht genug liefern. Ich habe neben Mama und dem Haus nicht genug Zeit. Und jetzt, da Philip fort ist, wird es noch schlimmer werden.« Sie schniefte wieder, aber zu Jennys großer Erleichterung brach sie diesmal nicht gleich in Tränen aus.

»Das ist sicher. Hat sein Verschwinden deine Mutter sehr verstört?«

»Ja und nein. Sie ist davon überzeugt, dass er zurückkommen wird, weil sie sich nicht vorstellen kann, dass er es ohne sie aushält. Und ich glaube, dass ihn die Schuldgefühle schließlich zurücktreiben werden, aber nur zu einem Besuch, dass er jedoch auf keinen Fall wieder richtig hier einziehen wird.«

»Du hast keine Ahnung, wo Philip stecken könnte, oder?«

»Eigentlich nicht.« Sie zündete sich eine weitere Zigarette

an und seufzte erleichtert, als das Nikotin in ihre Lungen strömte. »Brauchst du ihn? Ich dachte immer, Kirsty würde Dalmain Mills mit links leiten.«

»Nur bis zu einem gewissen Punkt.« Jenny erwähnte die verschwundenen Unterlagen nicht und deutete stattdessen auf Felicitys Stickereien. »Felicity, du bist wirklich begabt. Hast du eine Kunstschule besucht oder so etwas?«

Felicity schüttelte den Kopf. »Ein Semester lang einen Vorbereitungskurs, und dann bin ich krank geworden.«

»Es ist einfach erstaunlich. Ich bin sicher, dass wir dein Talent gut gebrauchen können, dass du uns helfen wirst, Dalmain wieder in die schwarzen Zahlen zu bringen. Was würde deine Mutter denn dazu sagen?«

Felicity lachte ehrlich erheitert. »Sie würde wütend werden und lamentieren: ›Ich habe meine Tochter nicht großgezogen, damit sie in einer Fabrik arbeitet!‹«

Jenny fiel in ihr Lachen ein. Felicity ahmte ihre Mutter wirklich naturgetreu nach. »Du hast vollkommen Recht! Genau das würde sie sagen, aber vielleicht würde sie rasch ihre Meinung ändern, wenn es gleichzeitig bedeutete, dass sie ihr Haus behalten und ihren Lebensstandard aufrechterhalten könnte.«

Ängstlich rutschte Felicity auf ihrem Sessel nach vorn. »Ist es denn wahrscheinlich, dass wir das Haus verlieren?«

Jenny schüttelte den Kopf und ärgerte sich, dass ihr diese Bemerkung herausgerutscht war. »Nein, es ist nicht *wahrscheinlich*, doch es ist auch nicht auszuschließen, wenn es uns nicht gelingt, die Dinge zum Besseren zu wenden.«

»Und wie willst du das bewerkstelligen?« Jetzt geriet Felicity langsam in Panik.

Jenny nahm sich einen Augenblick Zeit, um ihre Gedanken zu ordnen. Sie hatte geglaubt, dass es richtig sei, Felicity einzubeziehen und deren Begabung zu nutzen. Aber wenn sie jetzt bei dem bloßen Gedanken, dass ihr armseliges Leben nicht so weiterging wie gewohnt, hysterisch wurde, dann war es vielleicht besser, sie nicht fest mit einzuplanen, zumindest nicht, bis sie eine konkrete Idee hatte, die einige Hoffnung auf Erfolg bot.

Unwillkürlich ließ sie den Kopf hängen. Und wenn sie ihre Idee nicht einmal Felicity verkaufen konnte, die selbst ein persönliches Interesse daran haben müsste, würde sie es niemals schaffen, ihren Kunden und dessen Partner davon zu überzeugen, noch mehr Geld zu investieren oder – wie sie es unzweifelhaft sehen würden – schlechtem Geld gutes hinterherzuwerfen.

Sie holte tief Luft und unternahm eine gewaltige Anstrengung, um all ihre negativen Gedanken zu unterdrücken. »Ich möchte, dass du Strickwaren entwirfst – handgestrickte, aufregende, interessante Kleider – etwas für den Laufsteg, nichts Gewöhnliches –, und zwar aus nicht alltäglichen Fasern, mit Seide darin, Federn, Bändern: also Kleider, für die wir ein kleines Vermögen verlangen können. Ich denke daran, auch Stoffe herzustellen, aber vermutlich hinge deren Verkaufserfolg von deinen Entwürfen ab.«

»Das wäre für mich absolutes Neuland. All meine Arbeiten sind zweidimensional.«

»Im Augenblick«, erwiderte Jenny. »Aber was sollte dich davon abhalten, es auch mit Kleidern zu versuchen?«

Felicity zögerte, während Jenny sich selbst zu einer kurzen Entspannungsübung zwang. »Vermutlich nichts«, meinte

Felicity schließlich. »Eigentlich hört es sich ganz gut an. Aber warum fragst du mich? Es muss doch hier vor Leuten wimmeln, die das auch könnten.«

Jenny vergaß ihre Entspannung und biss die Zähne aufeinander. »Nein, das stimmt nicht! Eine Begabung wie deine wächst nicht auf Bäumen. Und du bist hier an Ort und Stelle, es ist deine Firma oder die deiner Familie, und es liegt in deinem Interesse, dass sie läuft. Und außerdem würdest du ohne Bezahlung arbeiten, wenigstens für den Anfang, oder?«

Dieser Gedanke schien Felicity sehr zu erheitern. »Ich bin noch nie in meinem Leben für etwas bezahlt worden.«

»Dann wirst du es also versuchen?«

»Du willst, dass ich Pullover designe?«

»Ja.« Jetzt erschien es ihr selbst plötzlich lächerlich. Als hätte sie Felicity gebeten, eine Mondrakete zu entwerfen.

»Gut. Ich werde es versuchen. Du musst mir etwas zum Zeichnen besorgen, Papier, Stifte, Farben, alles, was man braucht. Ich komme nicht viel heraus. Ja, ich würde es gern versuchen.«

Jenny sprang auf und umarmte Felicity. Die machte die Umarmung verlegen, als wäre sie eine solche Geste nicht gewohnt, aber dann entspannte sie sich und drückte Jenny ihrerseits. »Danke«, flüsterte sie heiser.

»Wofür? Ich habe ja noch nichts getan. Und jetzt lass uns gehen und den Reis retten.«

»Ach! Den hätte ich beinahe vergessen! Für dich ist ein Paket gekommen! Das hat Mama erst veranlasst, mir meinen Brief zu geben. Ich glaube, das Paket ist von deiner Mutter.«

Als sie wieder unten waren, drückte Felicity Jenny ein platt gedrücktes, schlecht eingepacktes Bündel in die Hand. Es kam tatsächlich von Jennys Mutter. Als Jenny die Handschrift auf dem Papier mit der Aufschrift *Ökopapier rettet Bäume* sah, hätte Jenny beinahe losgeheult.

Felicity gab ihr einen Brieföffner, mit dem Jenny dem Klebeband zu Leibe rückte. Als sie das Päckchen geöffnet hatte, lag eine Karte obenauf.

Liebling, da es bei dir so kalt ist, schicke ich dir noch dies hier. Es ist ein Kaschmirpullover, den ich einmal falsch gewaschen habe und der jetzt so groß ist wie ein Kleid. Er sieht furchtbar aus, ist aber wunderbar weich und warm. Um die Angora-Unterwäsche zu besorgen, brauche ich noch ein Weilchen.

Ich hoffe, du versuchst nicht, jedermanns Probleme zu lösen und jedermanns Kämpfe auszufechten. Ich weiß, dass du sehr fähig bist, aber das heißt ja nicht, dass du Wunder vollbringen könntest. Also, gräme dich nicht, wenn dir das nicht gelingt.

In Liebe, deine Mum

Der Pullover sah tatsächlich aus, als benutzte man ihn am besten als Schlafdecke für eine Katze oder einen Hund, aber als sie ihn über den Kopf zog, spürte Jenny sofort seine Wärme.

»Hm«, murmelte Felicity. »Wenn ich etwas von der Art designen soll, dann wird es etwas schwierig für mich.«

»Alberne Kuh«, schalt Jenny sie liebevoll. »Das Ding ist herrlich warm. Jetzt lass uns sehen, was in der Küche los ist.«

Zwei Tage später machten sich Felicity und Jenny auf den Weg zu Lachlan.

Der Gedanke, einen Tag nicht in der Firma, in Haus Dalmain

und auch nicht – mit leichten Gewissensbissen – im »Homely Haggis« zu verbringen, war eine Wohltat. In der Firma arbeitete sie mit Tabellenkalkulationen und Zahlen und rechnete immer wieder alles nach, verzweifelt bemüht, zu günstigeren Ergebnissen zu kommen. In Haus Dalmain musste sie der Kälte trotzen und Lady Dalmains peinliche Fragen abwehren, wo ihr Sohn stecke und was Jenny bereits unternommen habe, um ihn zu finden – als wäre es ihre Aufgabe, Philip aufzuspüren.

Und all das wurde gekrönt durch die Ungewissheit, ob sie Ross jemals wiedersehen würde. Sie fühlte sich so zerrissen. Ein Teil von ihr hegte den verzweifelten Wunsch, ihn wiederzusehen, und ein anderer Teil war ebenso verzweifelt entschlossen, das nicht zuzulassen. Schuldgefühle, so schien es, vernebelten ihr den Verstand.

Beide Frauen hatten ein Gefühl, als schwänzten sie die Schule. Jenny hatte Lady Dalmain gesagt, dass sie Felicity für irgendetwas brauche. Ohne wirklich zu lügen, hatte sie es geschafft, die Matriarchin davon zu überzeugen, dass ihre Mission mit der Suche nach Philip zu tun habe, sodass sie sie mit einer Platte Sandwiches und in relativ gutem Einvernehmen hatten zurücklassen können.

»Ich hätte ihr irgendetwas Heißes dalassen sollen«, murmelte Felicity, als sie davonfuhren.

»Unfug. Sie ist ja nicht behindert. Sie kann sich selbst etwas zu Mittag zubereiten, wenn ihr ein Sandwich nicht ausreicht.« Jenny fand, es wurde langsam Zeit, dass Felicity ihrer Mutter die Stirn bot und begriff, dass dadurch der Himmel nicht einstürzen würde. »Brauchen wir eine Landkarte, oder kennst du den Weg?«

»Wir brauchen eine Karte, aber jetzt noch nicht.«

Schottland zeigte sich von seiner großartigsten Seite. Die purpurfarbene Heide, das Granit der Berge und das dramatische Licht des Sturmhimmels wirkten nicht freundlich, boten aber dennoch ein unbestreitbar großartiges Spektakel. Die niedriger gelegenen Hänge der Berge waren mit Schafen getupft, die sehr weiß wirkten. Während Jenny den erfreulicherweise leeren Straßen bergauf und bergab folgte, dachte sie noch einmal über das ganze Lagerhaus voller Wolle nach, auf das sie in der Firma gestoßen war. Vielleicht gab es dafür eine bessere Verwendung als die Wolle nur zu spinnen und zu verstricken. Möglicherweise die Herstellung von Filz. Sie erinnerte sich schwach, in irgendeiner Modezeitschrift sehr feine Kleider aus Filz gesehen zu haben. Vielleicht wusste Lachlan etwas darüber oder kannte zumindest jemanden, der etwas wusste.

»Macht es dir etwas aus, außerhalb des Hauses und in einer Landschaft wie dieser zu sein?«, fragte Jenny Felicity wegen deren Agoraphobie.

Felicity schüttelte den Kopf. »Es ist wunderbar, einmal aus dem Haus zu kommen, und die offene Landschaft macht mir nichts aus. Ich kann hauptsächlich Menschen in größerer Zahl nicht ertragen. Agoraphobie bedeutet ›Angst vor dem Marktplatz‹, nicht ›Angst vor der Weite‹.«

»Sag mir einfach, wenn du anfängst, dich unbehaglich zu fühlen, dann …«

»Dann was? Was wirst du dagegen tun können?«

Jenny lachte. »Gut, ich weiß es nicht. Was soll ich denn tun?«

»Es wäre hilfreich, wenn du mir erlaubtest, in deinem Auto zu rauchen.«

Jenny kurbelte ein Fenster herunter und unterdrückte ihre Einwände mit einiger Anstrengung. »Kann das Rauchen denn eine Angstattacke verhindern?«

Felicity nickte. Sie hielt bereits eine Zigarette zwischen den Lippen. »Um ehrlich zu sein«, meinte sie, als sie wieder sprechen konnte, »macht mich der Gedanke, Lachlan wiederzutreffen, so glücklich, dass ich es nicht einmal schaffen würde, krank zu werden, wenn ich wollte.«

»Das heißt also, mein Auto wird jetzt für alle Zeiten von Zigarettenrauch verseucht, obwohl es eigentlich gar nicht nötig wäre?«

»Nein, nicht ganz. Den Glimmstängel brauche ich auch.«

Jenny musste lachen, und Felicity stimmte so unbekümmert ein, dass man kaum vermutet hätte, wie ungewohnt dies für sie war.

Irgendwann mussten sie die Karte hervorholen, und einige Zeit später brachte Felicity eine Wegbeschreibung zum Vorschein. Zuerst war es leicht, ihr zu folgen, aber dann schienen die Entfernungen plötzlich nicht mehr zu stimmen.

»Jetzt heißt es: ›weiter geradeaus bis zur nächsten Querstraße, die erste links und dann den Hügel hinunter‹, bis wir an eine Einmündung kommen. ›Wieder links, zwei Meilen geradeaus‹, und da sollte dann ein Schild stehen«, erklärte Felicity.

»Hört sich ziemlich einfach an«, gab Jenny zurück, obwohl sie wusste, dass Wegbeschreibungen nie einfach waren und dass sie sich früher oder später wenigstens einmal verfahren würden.

»Steht da, den Hügel hinauf oder hinunter?«, fragte Jenny

ein paar Minuten später. »Denn hier geht es definitiv bergauf.«

»Hm. Hier steht, abwärts. Vielleicht geht es nach ein paar Minuten wieder bergab.«

Aber der Berg tat ihnen den Gefallen nicht. »Lass uns zurückfahren und es noch einmal versuchen«, schlug Jenny vor.

Als sie schließlich mehrere Versuche hinter sich hatten und in Jenny bereits das Gefühl aufkeimte, dass sie keine Chance hatten, ihr Ziel jemals zu finden, bemerkte Felicity: »Schau mal – da auf der anderen Seite des Flusses – dort drüben. Lamas!«

»Tatsächlich? Ich wusste gar nicht, dass er Lamas hält! Ich dachte, er würde sie nur scheren.«

»Alpakas. Er schert Alpakas. Davon hat er auch ein paar.«

Nachdem sie nun ihr Ziel vor Augen hatten, war es relativ leicht, dorthin zu gelangen. »Gott sei Dank«, seufzte Felicity, als sie ankamen. »Ich habe mir schon Sorgen gemacht. Ruthven's Farm, das ist es. Sie sollte am Ende dieses Fahrweges liegen.«

Links und rechts von ihnen weideten noch mehr Lamas. »Glaubst du, wir können sie streicheln?« wollte Jenny wissen. »Oder sind sie furchtbar übellaunig?«

»Bestimmt nicht. Dann würden sie Lachlan nicht so gefallen. Soll ich das Tor öffnen?« Mit mädchenhafter Eile sprang Felicity aus dem Auto.

Nach einer Kurve kam ein Bauernhaus in Sicht. Es war lang, niedrig und grau, und dahinter standen einige Nadelbäume. An einer Seite des Anwesens floss der Fluss entlang, und davor erhoben sich jenseits einer Ebene majestätisch die Berge.

»Was für ein himmlisches Plätzchen!«, flüsterte Jenny.

»Hm. Das Haus scheint recht klein zu sein.« Felicity errötete leicht; es war schwer zu sagen, ob ihre Bemerkung kritisch gemeint war.

»Aber die Lage ist perfekt«, entgegnete Jenny. »Und es wird bestimmt irgendein Schuppen oder eine Scheune da sein, die du für deine Arbeit benutzen könntest. Oh, sorry. Mein Mundwerk hat sich selbstständig gemacht. Beachte mich gar nicht.«

»Nein, das ist schon in Ordnung. Ich habe mich wirklich gefragt, ob ich vielleicht eines Tages hier leben werde. Es ist schwer, solche Träume zu unterdrücken, nicht wahr?«

Jenny nickte und wünschte sich, sie würde das nicht so gut verstehen, wie sie es verstand. Was tat sie denn, wenn sie so viel an einen Mann dachte, während sie gleichzeitig mit einem anderen praktisch verlobt war?

»Aber ich werde mir darüber klar werden müssen, ob ich hier zurechtkommen kann«, fuhr Felicity fort, die von Jennys inneren Kämpfen nichts bemerkt hatte. »Ich würde es nicht ertragen, für Lachlan eine Last zu sein.«

»Das wirst du bestimmt nicht sein. Und dann wäre es immer noch seine Entscheidung. Vielleicht hat er dich lieber als Last als überhaupt nicht. Oh – da ist er.«

»Warum haben Sie eigentlich neulich beim Abendessen nicht erwähnt, dass Sie selbst Lamas halten?«, erkundigte Jenny sich, als sie ausgestiegen waren. »Das hätte Lady Dalmain doch sicherlich beeindruckt.«

»Es ist nicht mein Wunsch, Lady Dalmain zu beeindrucken«, gab Lachlan bestimmt zurück.

Jenny warf Felicity einen Blick zu. Sie konnte deren sehnsüchtigen Ausdruck gut verstehen. Er war nicht gerade Jennys Typ, obwohl sie gar nicht mehr wusste, ob sie überhaupt einen Typ hatte – vielleicht lag es doch nur an den Pheromonen –, aber er war stark und männlich. Und wenn es einen Mann gab, der Felicity dazu bringen konnte, ihrer Mutter die Stirn zu bieten und ihr Leben in die eigenen Hände zu nehmen, dann war es Lachlan.

»Wie sieht es denn aus?«, fuhr Lachlan fort. »Sollen wir jetzt zu Mittag essen? Oder soll ich euch erst alles zeigen?«

»Lässt sich das Essen denn warm halten?«, fragte Jenny, da Felicity in ihrem Schweigen verharrte, wahrscheinlich überwältigt von Lachlans Nähe.

»Oh ja. Es gibt nur Suppe und etwas Salat mit Brot und Käse.«

»Dann würde mir eine Führung gut gefallen. Ich habe hunderte von Fragen an Sie. Falls es Ihnen nichts ausmacht ...«

»Oh, nein«, versicherte er, und Felicity musste wieder seufzen.

Lamas gab es anscheinend in allen Farben von einem hellen Weiß durch alle Silbergrau- und Cappuccinotöne bis hin zu gebrannter Sienna.

»Mir gefallen ihre Farben. Sie erinnern mich an Schokolade«, bemerkte Jenny. »Weiße Schokolade, Milchschokolade, Bitterschokolade und alles, was es an Zwischentönen gibt.«

»Und Sie würden alle wunderbar zueinander passen. So gut wie jede Zusammenstellung wäre herrlich«, stimmte Felicity ihr zu. Ihre Schüchternheitsstarre schien sich zu lösen.

Lachlan nickte leicht verwirrt. »Nun ja …«

»Wir haben einen Plan«, bekannte Jenny, »um Dalmain Mills wieder in die schwarzen Zahlen zu bringen. Und dazu muss ich Ihnen einige Fragen stellen. Aber vorab: Darf ich ein Lama streicheln? Ich habe gehört, sie seien furchtbar bösartig und spuckten.«

Lachlan war auf eine zurückhaltend schottische Weise empört. »Keineswegs. Sie sind nur böse, wenn sie unter schlechten Bedingungen gehalten werden, zum Beispiel in einem Zirkus oder dergleichen. Kommen Sie mit und lernen Sie ein paar Lamas kennen, die nicht unter Stress stehen.«

Die Tiere waren groß und stattlich. Sie blickten auf Jenny und Felicity herab. Ihre Wimpern waren die dichtesten, die Jenny je gesehen hatte. Die dunklen, freundlichen Augen schienen so etwas wie ein schiefes Lächeln zu vermitteln.

»Sie sind ausgezeichnete Schafwächter«, erklärte Lachlan. »Da sie so groß sind, haben sie einen sehr weiten Gesichtskreis. Und sehen Sie, wie ihre Ohren zucken? Ihnen entgeht kein Laut. Wenn ein Lama mit in einer Schafherde steht, wagt sich kein Fuchs mehr in die Nähe. Kommen Sie mit auf diese Weide. Ich habe einige Muttertiere mit Kälbchen.«

Falls das überhaupt möglich war, waren die Kälbchen noch süßer als ihre Eltern. Sie sprangen herum wie eine Kreuzung zwischen Lämmern und Hirschkälbern mit geraden, langen Beinen und schwenkten die Köpfe neugierig hin und her.

»Sie sind erst ein paar Wochen alt«, berichtete Lachlan. »Sie stehen schon kurz nach der Geburt auf eigenen Beinen. Dies hier ist der Nachwuchs meines besten Hengstes. Die Fasern seiner Wolle sind keine zwanzig Mikrometer dick.« Er warf Jenny und Felicity einen geduldigen Blick zu. »Das bedeutet, sie sind sehr fein. Daraus lässt sich ein wunderbarer Stoff herstellen.«

»Tatsächlich? Wissen Sie alles über diese Stoffe?«

»Das auf keinen Fall. Aber ich verstehe ein bisschen von der Wolle der ›Kamelartigen‹.«

»Haben Sie mal von Filz gehört? Ich glaube mich zu erinnern, irgendwo in einer Zeitschrift etwas über einen speziellen, sehr feinen Filz gelesen zu haben.«

»Vielleicht Nuno? Ich weiß auch nicht viel darüber, nur, dass er auf einer Netzbasis hergestellt wird und sich kräuselt, wenn er einläuft. Ein bisschen so wie Smokarbeit, vermute ich.« Da Filz ihn nicht weiter interessierte, wechselte er gleich wieder das Thema: »Möchtet ihr jetzt die Alpakas sehen oder zu Mittag essen?«

Die Alpakas waren ebenso bezaubernd wie die Lamas, nur nicht so groß.

»Wenn Sie sich um all diese Tiere kümmern müssen«, fragte Jenny, »wie bleibt Ihnen da genug Zeit, um im ganzen Land umherzufahren und als Scherer zu arbeiten?«

»Die Lamas brauchen sehr wenig Fürsorge. Und wenn ich unterwegs bin, halten hier einige Ortsansässige für mich ein Auge auf die Tiere. Jetzt kommt herein, damit wir zu Mittag essen können. Ich weiß nicht, wie es euch geht, aber ich bin seit sechs Uhr auf und sterbe vor Hunger.«

Kapitel 10

Lachlan servierte ihnen eine mit weiteren Gemüsen angereicherte Linsensuppe, die er auf seinem Agaherd gekocht hatte. Dann nahm er aus einem Tontopf einen Laib Brot, legte ihn auf den Tisch und stellte Käse und Butter aus dem Kühlschrank dazu. Die Küche war einfach eingerichtet mit einem Tisch und Stühlen, einer alten Uhr und einer kleinen Sitzbank. Auf dem Fensterbrett standen einige Geranien, außerdem eine Dose mit Kochlöffeln und dergleichen. Im Vergleich zu dem Durcheinander in der Küche von Haus Dalmain war der Raum luftig hell, aufgeräumt und dank des Agaherdes vergleichsweise warm.

»Das Brot ist sehr gut«, murmelte Jenny, nachdem sie den ersten Bissen genommen hatte.

»Das sollte es auch, ich habe es selbst gebacken«, meinte Lachlan.

Jenny musterte ihn neugierig. Er war tatsächlich ein ganzer Kerl. Sie blickte sich unauffällig um, ob irgendwo eine Brotbackmaschine stand. Nein, aber er war auch kein Mann, der für alles eine Maschine brauchte. Er mochte zwar nicht viel hermachen, wenn man auf einen Macho mit finsterem, geheimnisvollem Blick stand, doch er strahlte eine Entschlossenheit aus, die wirklich beeindruckend war. Das schien auch Felicity so zu empfinden. Jenny hoffte nur, dass sie keinen Anstoß daran nahm, dass die Küche bereits die Hälfte des gesamten Wohnraums einnahm und es im Obergeschoss wahrscheinlich nur zwei kleine Schlafzimmer und ein Bad gab.

Ob sie sich von der trügerischen Größe des Hauses Dalmain freimachen und hier mit diesem Mann würde leben können, der ihr ein einfaches, aber wirkliches, bodenständiges Leben bieten konnte?

»Also, was meinen Sie nun«, begann Jenny – die Frage, ob ihre Pläne für Felicity zu deren eigenen Träumen passten, konnte sie ja ohnehin nicht lösen –, »wenn wir es also schaffen würden, ein Produkt zu finden, das sich verkaufen ließe und das aus diesen eher ungebräuchlichen Fasern hergestellt würde und aus dem Filz, den Sie erwähnt haben, glauben Sie dann, dass wir genug von diesen Fasern dafür bekommen könnten? Sie müssen doch praktisch alle Leute kennen, die solch exotische Spezies wie Lamas halten.«

»Für mich sind Lamas nicht exotisch«, verbesserte er sie sanft. »In Südamerika gehören sie ganz selbstverständlich zur Landschaft. Sie sind sehr vielseitig. Und sie werden hier nur als exotisch betrachtet, weil sie keine Schafe sind.«

»Gut – aber kennen Sie alle Leute, die auf diesem Gebiet tätig sind? Im ganzen Land möglicherweise? Einschließlich England und Wales«, fügte sie hastig hinzu, für den Fall, dass er sich wieder entschließen sollte, pedantisch zu sein.

Er nickte. »Ich könnte mir vorstellen, dass ich sie alle kenne.«

»Und glauben Sie nun, dass wir genug von diesen – weniger gebräuchlichen – Fasern bekommen könnten, um daraus Kleider für den Verkauf herzustellen, die wir im Topsegment des Markts anbieten wollen?«

»Ich habe keine Ahnung. Wie viel Fasern würden Sie denn benötigen?«

Jenny warf Felicity einen Blick zu, die diesen ebenso ausdruckslos erwiderte. »Das sollte Kirsty eigentlich wissen. Aber es wäre eine Schande, wenn diese gute Idee daran scheitern sollte, dass wir nicht genug Rohmaterial bekommen könnten.«

»Sie könnten ja immer noch etwas importieren«, bemerkte Lachlan. »Sie werden ja ohnehin Merinowolle importieren müssen, wenn Sie Filz herstellen wollen.«

»Davon haben wir einen gewaltigen Vorrat«, berichtete Jenny. »Können wir denn keine schottische Wolle verwenden?«

Lachlan schüttelte den Kopf. »Die eignet sich für nichts Feineres als Tweed. Aber Tweed ist ein hervorragender Stoff.«

»Ja«, sagte Jenny bestimmt, »aber es gibt schon genug andere, die Tweed herstellen. Wir müssen eine Marktlücke finden, in der wir der einzige Anbieter sind.«

»Arbeiten Sie mit dem Internet?«, fragte Lachlan. »Ich habe die E-Mail-Adresse einer Frau, die für Sie nützlich sein könnte. Ich werde sie Ihnen nachher geben.«

Als alle das Essen beendet hatten und Lachlan ihre Hilfe beim Abwasch abgelehnt hatte, sagte Jenny in der so gut wie sicheren Annahme, dass Felicity darauf brannte, mit Lachlan allein zu sein, und es ihm wahrscheinlich nicht anders erging: »Ich weiß, dass es furchtbar dreist von mir ist, aber könnte ich vielleicht kurz Ihren Computer benutzen? Ich würde dieser Frau, die Sie erwähnt haben, gern eine E-Mail schicken und mir bei der Gelegenheit vielleicht gleich einige einschlägige Websites ansehen. Ich weiß, dass das furchtbar unhöflich wirken muss, doch ich bin versessen darauf, diese Sache in Gang zu bringen.«

»Gar kein Problem«, antwortete Lachlan in seiner ruhigen Art.

»Ich zeige Ihnen, wo mein Computer steht, und wenn Sie irgendwelche Fragen haben, sind Felicity und ich hier irgendwo im Haus oder in der Nähe des Hauses.«

Felicity war auf dem Rückweg unerträglich still. Sie versicherte Jenny zwar, dass es ihr gut gehe, dass sie keine Angst habe und dass sie ihretwegen auch nicht anzuhalten brauche, doch sie rauchte Kette und verriet Jenny mit keinem Wort, was zwischen ihr und Lachlan vorgefallen war.

Ich mache mir nur solche Sorgen, weil mein eigenes Liebesleben im Moment so aus dem Lot geraten ist, dachte Jenny und zitterte in der eisigen Luft, die durchs Fenster hereinströmte. Wenn ich zum Beispiel Henry wirklich liebte oder eine andere Beziehung hätte, selbst wenn es eine mit diesem furchtbaren Kerl wäre, wäre ich nicht so auf Felicity und Lachlan fixiert.

Jenny musste blinzeln und wäre fast aus der Spur geraten. Sie hatte sich zum ersten Mal selbst eingestanden, dass sie Henry nicht liebte. Diese Erkenntnis schockierte sie. Sie hatte immer gedacht, dass sie eines Tages in großem Rahmen heiraten und dann Kinder haben würde, und Henry war für beides der wahrscheinlichste Kandidat. Nun aber erschien ihr der Gedanke, mit jemandem wie Henry samt seiner vornehm-englischen, Bridge spielenden Mutter verheiratet zu sein, geradezu erstickend. Aber diese Änderung ihrer Gefühle war eine solche Kehrtwendung, dass sie sie gar nicht in einem Stück verdauen konnte. Sie würde sich selbst ganz langsam an diese Vorstellung gewöhnen müssen. Den Anfang würde sie damit machen, den Traum von einer großen Hochzeit in einem großartigen, weißen Brautkleid fahren zu lassen. Mit

Henrys Überarbeitung würde sie sich dann später beschäftigen.

Kurz bevor die Fahrt zu Ende war, meinte Felicity: »Danke, dass du mich gefahren hast. Es war wirklich schön. Ich werde daran arbeiten, genug Mut aufzubringen, um die Strecke allein zu bewältigen. Schließlich willst du ja nicht, dass dein Wagen völlig verräuchert wird, oder?«

Lady Dalmain hatte auf sie gewartet. Sie schien auf widerstrebende Weise erregt zu sein, als wäre sie über irgendetwas erfreut, wollte das aber nicht zugeben.

»Iain hat angerufen«, verkündete sie. »Er bringt seine Frau ins Krankenhaus. Das Baby kommt.«

»Ach, das ist ja wunderbar!«, sagte Jenny. »Sie sind bestimmt furchtbar aufgeregt.«

»Ja, schon«, gab Lady Dalmain zu und folgte Felicity ins Wohnzimmer, um sich den dem Anlass angemessenen Whisky einschenken zu lassen. »Es ist zwar nicht das Gleiche, als wäre es das Kind meines Erstgeborenen, aber es ist trotzdem aufregend.«

»Das heißt, wenn ich es wäre, die das Baby bekommt, und nicht Meggie, wärst du ganz aus dem Häuschen?« Felicity sah ihre Mutter zur Abwechslung einmal direkt an und nicht an ihr vorbei.

Lady Dalmain schien leicht verlegen zu sein. »Natürlich, meine Liebe, fände ich das furchtbar aufregend. Aber Tatsache ist doch, dass du viel zu alt bist, um noch Kinder zu bekommen. Philip dagegen könnte noch einige Jahre Vater werden.«

Felicity nippte an ihrem Whisky, und einen Augenblick

lang fragte Jenny sich, ob es wohl zu einem offenen Schlagabtausch kam – und hoffte, dass dem nicht so war. Sie brauchte Felicity als Designerin. Und falls die lange Unterdrückte jetzt all ihre Energie darauf verwandte, mit Lachlan durchzubrennen, dann fand sie dazu vielleicht nicht mehr die Zeit.

»Nun«, bemerkte Jenny strahlend und übernahm die Rolle, die Felicity sonst spielte, »wie wär es, wenn ich uns allen ein Omelett zubereite oder etwas anderes? Und danach sollte ich dann sehen, dass ich zum ›Homely Haggis‹ komme. Es gibt dort ja immer noch ein paar späte Kunden, und die Einheimischen haben sich in den letzten Tagen dauernd nach Meggies Baby erkundigt. Ich sollte dort irgendetwas anschlagen.«

»Zum ›Homely Haggis‹?«, echote Lady Dalmain entsetzt.

»Ja. Ich helfe Meggie dort aus, weil sie doch hochschwanger ist.« Jenny spürte, dass sie errötete. Es kam ihr vor, als wäre sie eins von Lady Dalmains Kindern, das auf frischer Tat bei irgendeinem gewöhnlichen Benehmen ertappt worden war. Sie musste all ihre Willenskraft zusammennehmen, um sich daran zu erinnern, dass sie eine selbstständige Frau war, ihr eigener Chef, eine Akademikerin. Und als sie es geschafft hatte, blieb immer noch eine Spur von Unsicherheit.

»Ich lebte in der Vorstellung, Sie seien hier, um der Firma Dalmain zu helfen und Philip zu finden und nicht, um Touristen mit Hot Dogs zu versorgen!«

»Es lässt sich beides vereinbaren, Lady Dalmain«, erwiderte Jenny würdevoll. »Und wir führen keine Hot Dogs. Wie sieht es aus, wer möchte nun ein Omelett?«

Sie war gerade dabei, Kartoffeln zu schälen, als hinge ihr Leben davon ab, als Felicity zu ihr in die Küche kam.

»Sie hasst jede Erwähnung des ›Homely Haggis‹. Sie hat versucht zu verhindern, dass Meggie dieses Geschäft betreibt, mit dem Argument, dass es eine Schande für die Familie sei.«

»Oh. Ich hätte es nicht erwähnen sollen.«

»Sie hat bisher immer gedacht, dass du, wenn du nicht hier bei uns warst, dich mit deinen Computern abrackern und zur Rettung des Familienvermögens beitragen würdest.«

»Das habe ich auch, und nicht zu knapp! Der ›Homely Haggis‹ bietet mir eine Entspannung, die ich dringend brauche! Ich finde, dass mir etwas Freizeit zusteht.«

»Steht dir natürlich auch zu. Ich habe nur erklärt, wie Mama das Ganze vorkommt«, meinte Felicity beschwichtigend. »Kann ich dir irgendwie helfen?«

»Du kannst die Kartoffeln in sehr dünne Scheiben schneiden und sie dann aufsetzen. Ich will sie danach sautieren. Habt ihr irgendein vernünftiges Öl?«

Felicity brachte eine staubbedeckte Flasche zum Vorschein. »Wird das reichen?«

»Ich denke schon.« Jenny hielt inne. Ihre Stimmung war schlagartig gesunken. »Mir ist gerade ein furchtbarer Gedanke gekommen. Wenn ich jetzt für deine Mutter koche, werde ich in ihren Augen zu einer kleinen Dienstmagd!«

Felicity lachte. »Mag sein, aber sie wird auch dankbar für ein vernünftiges Essen sein. Sie lebt einfach nicht in dieser Welt.«

Jenny seufzte. Und ich reiße mir ein Bein aus, um neue Ideen auszubrüten, damit sie es weiter so halten kann. »Wenn ich wieder zu Hause bin«, sagte sie zu der ziemlich überraschten Felicity, »werde ich mir vielleicht einen Job in irgendeinem Bistro suchen und alles andere aufgeben.«

Nachdem sie Felicity später mit dem Abwasch allein gelassen hatte, ging Jenny hinauf, um sich einige Notizen zu machen. Sie hatte bei ihrem kurzen Ausflug ins Internet bei Lachlan einige interessante Dinge über Nuno-Filz herausgefunden. Aber Ideen für die Zukunft der Firma mochten noch so wichtig sein – was jetzt wirklich Not tat, war eine gewaltige Geldspritze. Dass Philip sich mit den Bauplänen und Kopien der Besitzurkunden aus dem Staub gemacht hatte, hatte ihre und Kirstys Aufmerksamkeit darauf gelenkt, dass die Gebäude selbst einen wertvollen Teil des Besitzes darstellten. Aber ohne zumindest Kopien der Besitzurkunden konnten sie diese Schiene nicht weiterverfolgen. Daher war es eigentlich das Allerwichtigste, Philip aufzuspüren und dazu zu bringen, einem Verkauf der Firmenimmobilien zuzustimmen und das Geld zu reinvestieren.

Aber selbst wenn sie ihn finden konnten, würde er dann nicht als Erstes die Gelegenheit nutzen, um die Hypothek abzulösen, die auf Haus Dalmain lastete?

Sie dachte immer wieder über diese Unwägbarkeiten nach, als sie später im »Homely Haggis« ein unerschrockenes Paar von Wanderern bediente und gleichzeitig versuchte, nicht allzu offensichtlich nach Ross Grants Wagen Ausschau zu halten.

Es gab ein bestimmtes Verhaltensmuster, dem ihre Kunden folgten. Wenn sie zum ersten Mal an die Theke kamen, waren sie höflich, aber zugeknöpft und gaben ihre Bestellung auf, ohne die Zähne auseinander zu bekommen, als wären ihre Lippen eingefroren. Wenn dann ein heißes Getränk in ihre verfrorenen Bäuche geströmt war, löste sich ihr strenger

Gesichtsausdruck, das erste Lächeln erschien, und schließlich wurden sie mitunter ziemlich gesprächig.

Als das Paar wieder fort war, entschloss sich der Regen, der schon den ganzen Tag über in den Wolken gelauert hatte, in feinen, eisigen Schauern niederzugehen. Sie dachte an Meggie und Iain, die ihr erstes Kind bekamen, sie dachte an Felicity und deren heimliche Liebe, an Kirsty, die einen so großen Teil ihres Lebens der Firma Dalmain gewidmet hatte, und an Philip, der offensichtlich seine Pflichten völlig vergessen hatte. Sie machte ihm keinen Vorwurf daraus, dass er mit der Frau, die er liebte, davongelaufen war –, jeder Mann in seiner Situation hätte das schließlich getan –, aber sie konnte ihm nicht verzeihen, dass er dabei das, was vielleicht die Zukunft der Firma war, hatte mitgehen lassen.

Sie war in diese Gedanken tief versunken, als plötzlich Felicity vorfuhr. Jenny kam aus ihrer Imbissbude, um sie zu begrüßen. »Ist das Baby gekommen? Was ist es? Ist alles in Ordnung?«

»Nein«, antwortete Felicity ganz außer Atem. »Iain hat die Tasche mit Meggies Bändern, Aromatherapie-Ölen und Massagesachen vergessen. Und sie sagt, ohne diese Dinge werde sie das Kind nicht zur Welt bringen. Würdest du sie ihr wohl ins Krankenhaus fahren?«

»Großer Gott, das Baby ist bestimmt schon lange da, bis ich endlich dort bin!«

Felicity schüttelte den Kopf. »Offensichtlich dauert es noch ein Weilchen. Eigentlich wollte sie selbst nach Hause, aber man hat sie nicht gelassen. Mama ist sehr in Rage. Sie meint, sie sollten die Wehen einfach einleiten und Meggie solle die Schmerzen aushalten, wie es jede andere Frau auch tut. Als sie uns bekam, hätte sie schließlich auch keine Bänder und Lavendelöle oder sonstigen Unfug gehabt.« Sie kicherte. »Damals gab es nur Beinhalter und Chloroform und vielleicht noch Gin, wenn man Glück hatte. Du hättest sie mal hören sollen. Als sie erfuhr, dass Iain bei der Geburt dabei sein würde, hätte sie beinahe einen Anfall bekommen. ›Es ist wirklich völlig unverständlich zu erwarten, dass Iain sich all diese unerfreulichen Dinge ansieht. So etwas Selbstsüchtiges!‹«

»Wirklich! Die arme Meggie! Ich würde auch kein Kind zur Welt bringen wollen ohne meinen besten Freund an der Seite.« Sie runzelte die Stirn. »Vorausgesetzt, dass mein Partner mein bester Freund wäre, natürlich.«

»Nun, ich weiß nicht, was ich wollte, und werde es auch niemals erfahren. Mama hat ganz Recht. Ich bin für ein Baby zu alt und habe noch nicht einmal einen Ehemann.«

»Ach, Felicity! Du und Lachlan, ihr werdet es schon schaffen. Er ist so nett.«

»Ja, er ist nett, doch er braucht eigentlich etwas Besseres als mich als Partnerin. Ich bin für ihn ein hoffnungsloser Fall. Ich würde niemals die Arbeit einer Bäuerin tun können, und er braucht eine Bäuerin.«

Jenny beeilte sich, den Imbisswagen zu verschließen. »Unsinn! Du führst doch auch in Haus Dalmain den Haushalt, oder? Wenn du das kannst, dann wird Lachlans nette kleine Farm für dich ein Kinderspiel werden. Und du würdest schnell damit zurechtkommen, dass die Lamas Junge bekommen und so etwas. Das wäre doch so schön.« Sie ließ die Rollläden hinunter und erschien dann wieder in der Seitentür. »Und wenn er dich wirklich liebt, dann wird er allerhand in Kauf nehmen.«

»Glaubst du das wirklich?« Felicity klang so traurig, dass Jenny sie in den Arm nahm.

»Ja! Und wenn du die Top-Designerin bei Dalmain bist, der es mit ihrer Arbeit gelingt, die Firma zu retten, dann wird er dich umso mehr respektieren.«

Der Gedanke, dass man sie respektieren könne, ließ Felicity verstummen.

»Und du weißt bestimmt, dass ich es mit Meggies Sachen bis zum Krankenhaus schaffe, bevor das Baby da ist?«

Felicity wandte sich wieder dem unmittelbaren Problem zu. »Oh, ja, bestimmt. Sie ist jedenfalls entschlossen, ihr Kind erst dann zu bekommen, wenn sie die Sachen hat.«

»Ich glaube kaum, dass ihr im Zweifelsfall eine Wahl bleibt. Ich nehme nicht an, dass man einfach ›Oh, nein, noch nicht‹ sagen und die ganze Sache hinauszögern kann.«

»Iain schien sich ziemlich sicher zu sein, dass noch genug Zeit ist. Sie wollten ihr eine Spritze geben, um die Sache etwas zu beschleunigen, aber das hat Meggie strikt abgelehnt. Soweit ich es mitbekommen habe, macht sie Schwierigkeiten.«

»Himmel, Herrgott! Die Frau entbindet! Sie hat das Recht, schwierig zu sein.« Dann überlegte Jenny. »Wie komme ich in ihr Haus?«

Während der Fahrt hatte Jenny reichlich Zeit zum Nachdenken. Würde sie Henry dabeihaben wollen, wenn sie ein Kind zur Welt brachte? Der Gedanke war so bizarr, dass sie lachen musste. Er war so zimperlich, dass er es nicht einmal geschafft hatte, ihr ein Pflaster aufzukleben, als sie sich einmal in den Daumen geschnitten hatte. Er würde niemals mit den

Schreien, dem offensichtlichen Schmerz und dem vielen Blut zurechtkommen. Obwohl sie sich selbst dafür hasste, stellte sie sich die Frage, ob sie denn wohl Ross Grant bei einer Geburt würde dabeihaben wollen. Sie setzte alles daran, diese Vorstellung wieder zu verscheuchen, doch es gelang ihr nicht. Jenny fand nämlich, dass sie ihn tatsächlich an ihrer Seite würde haben wollen. Denn wie unzählbar Ross Grants andere Fehler auch sein mochten, sie ging jede Wette ein, dass Zimperlichkeit nicht dazugehörte.

Mit Mühe richtete sie ihre Gedanken wieder auf Henry. Vielleicht konnte sie ihm ein Kind schenken, ohne ihn bei der Geburt dabeizuhaben. Einmal abgesehen von dem Streit unmittelbar vor ihrer Abreise hatten sie nicht oft Meinungsverschiedenheiten. Und das war alles durchaus in Ordnung. Sie würden also eine große weiße Hochzeit haben, die Flitterwochen irgendwo in der Sonne verbringen und dann in einem kleinen, renovierten Pfarrhaus wohnen, bis sie sich ein größeres leisten konnten. Henry würde erwarten, dass sie für ihn kochte, die Wäsche wusch und seine Hemden bügelte. Sie hatte zwar keine moralischen Einwände gegen diese Tätigkeit, aber wenn sie nach einem langen Tag als Frau und Mutter als Belohnung nichts anderes als ein geruhsamer gemeinsamer Abend mit Henry erwartete, erschien ihr das doch ein wenig mager. Vor allem, da er im Bett so ein Langweiler war.

Sie war sich dieses Gedankens kaum bewusst geworden, als sie sich im Geiste für ihre Unfreundlichkeit auch schon einen Tritt vors Schienbein gab. Es war ja nicht seine Schuld, dass sie ihren Orgasmus immer nur vortäuschte. Wenn sie jemals ihren Mut zusammengenommen und mit ihm über diese

Dinge geredet hätte, wäre das vielleicht gar nicht nötig gewesen. Es war nur so viel einfacher, ein Weilchen schwer zu atmen und ein paar eindrucksvolle Geräusche vorzubringen, als ihm zu erklären, was sie wollte. Es war ihre Schuld. Sie war überzeugt, er würde Stunden darauf verwenden, nach ihrem G-Punkt zu suchen, wenn sie ihn nur darum bäte – nun, wenn auch nicht Stunden, so doch Minuten. Aber ihr war es lieber, ihm alles nur vorzuspielen. Dann hatte sie wenigstens etwas zu tun.

Und dennoch hatte Ross Grant, der aus dem Nebel aufgetaucht war wie aus dem Nichts, sie wie Butter zerfließen lassen, indem er sie nur angesehen hatte, und ein Kuss von ihm war erregender gewesen als Henrys gesamtes Repertoire an Streichel- und Kneif-Techniken und zarten Bissen.

Sie würde die Sache mit Henry beenden müssen, erkannte sie. Wenn ihre Arbeit hier getan war, würde sie ihm erklären müssen, dass sie einfach nicht zusammenpassten. Ihre Mutter würde das sicher ein wenig aus der Fassung bringen, und Henrys Mutter würde am Boden zerstört sein. Marjorie hatte Jenny praktisch für ihren Sohn ausgesucht. Sie war in Majories Augen die perfekte Frau für einen Mann in leitender Stellung, ausreichend hübsch, eine gute Köchin – und sie hatte sogar eine nette kleine Arbeit, die sie von zu Hause aus erledigen konnte, bis die »Kleinen« in eine private Vorschule kamen. Für Henrys Vater, den alten Lustmolch, würde es auch ein Rückschlag sein. Er würde nach einem anderen jungen Ding Ausschau halten müssen, das er zu oft umarmen und dem gegenüber er Bemerkungen machen konnte, die nicht direkt anstößig, doch zumindest zweideutig waren.

Jenny verspürte eine gewisse Erleichterung, als sie auf der

Suche nach dem Krankenhaus durch den Ort fuhr. Sie hätte sich schon vor langer Zeit zu dieser Entscheidung durchringen sollen, aber jetzt, nachdem sie einmal gefällt war, wurde ihr richtig leicht ums Herz. Es war natürlich keine ganz angenehme Aussicht, sie Henry zu unterbreiten; der Gedanke, ihn zu verletzen, war ihr zuwider. Aber was, außer seinem Stolz, würde schon verletzt werden? Sie war sich ohnehin nicht ganz sicher, ob sie es war, die er liebte. Eher betrachtete er sie als eine Ansammlung fraulicher Eigenschaften, die in einer fürs Bett geeigneten Verpackung daherkamen.

Es war erstaunlich teuer, den Wagen auf dem Grundstück des Krankenhauses zu parken. Glücklicherweise hatte Jenny die Einnahmen aus dem »Homely Haggis« dabei, sodass an Kleingeld kein Mangel herrschte.

»Ich möchte zu Mrs. Dalmain«, sagte Jenny in die Sprechanlage. »Ich bringe ihr ihre Sachen.«

»Wirklich? Gott sei Dank!«, rief die Stimme am anderen Ende. »Drücken Sie die Tür auf, wenn Sie das Klicken hören.«

Auf der Entbindungsstation wurde sie von einer Schwester erwartet. »Sie hat uns alle völlig verrückt gemacht. Und sie ist es jetzt leid wie sonst was. Wenn Sie mir die Sachen einfach geben, können Sie gleich wieder gehen.«

Jenny fühlte sich verletzt. Sie war die lange Strecke gefahren, und die Vorstellung, Meggie jetzt gar nicht zu Gesicht zu bekommen, war enttäuschend.

»Oh nein, geh nicht«, bat Iain, der aus einem Raum voller grünem Gestrüpp auftauchte. Er hatte eine Atemmaske um den Hals hängen. »Kann sie nicht zu Meggie hereinkommen? Meggie wäre bestimmt sauer, wenn Jenny nach dieser langen Fahrt einfach wieder verschwände.«

Die Hebamme überlegte und wog offensichtlich das Pro und Kontra ab. Was würde es bedeuten, jemanden, der nicht zur Familie gehörte, im Kreißsaal zu haben, wenn die werdende Mutter schon so schwierig war? »Sind Sie sehr eng befreundet?«, fragte sie schließlich.

»Eigentlich nicht«, antwortete Jenny.

»Ja, natürlich«, versicherte Iain wesentlich lauter.

»Dann besorge ich Ihnen einen Kittel und eine Maske. Sie können helfen, Hochwohlgeboren bei Laune zu halten.«

Kapitel 11

Das Baby erhielt den Namen Anna. Sie lagen alle vier, Meggie und Iain, Jenny und Anna, aneinander gekuschelt auf Meggies Bett.

»Habt ihr so etwas Süßes schon mal gesehen?«, fragte Iain. »Sie sieht genau aus wie du, Liebling.«

»Hellrot im Gesicht, die Augen halb geschlossen und die Fäuste geballt: Eigentlich hoffe ich, dass ich nicht so aussehe.« Aber Meggies Entrüstung konnte niemanden täuschen, und auch Jenny fand, dass das kleine, in grünen Stoff eingewickelte Bündel Meggie überraschend ähnlich sah.

»Wenn sie auch nur halb so schön wird wie ihre Mutter, kann sie zufrieden sein«, meinte Iain.

»Sie wird auf jeden Fall zufrieden sein. Sie hat uns als Eltern – was könnte sich ein Kind sonst noch wünschen?«

Als Jenny die kleine Familie schließlich allein ließ, machte sie sich klar, dass Henry und sie niemals das hätten erleben können, was sie gerade mit angesehen hatte, und dass ihre Entscheidung, ihn zu verlassen, richtig war. Nachdem sie erlebt hatte, wie Iain Meggie bei ihren Wehen unermüdlich Beistand geleistet hatte, immer zur Stelle, wie blutig es auch zugegangen war, schon lange, nachdem sie, Jenny, sich zurückgezogen hatte, wusste sie, dass nichts weniger gut genug war, wenn eine Beziehung eine Zukunft haben sollte. Ihre Mutter hatte keine Kompromisse geschlossen, als sie Jennys Vater geheiratet hatte, und sie sollte das auch nicht tun. Es wäre ein Fehler, bei Henry zu bleiben, und sobald sie die Familie Dalmain verlassen konnte, würde sie nach Süden fahren und es ihm erklären. Und dann würde sie wieder zu ihrer Mutter ziehen, bis sie sich eine eigene Wohnung leisten konnte.

»Ein Mädchen«, sagte Lady Dalmain.

Jenny hatte die Nachricht nicht überbringen müssen. Iain hatte schon angerufen, und da es bereits vier Uhr morgens war, hatte Jenny gehofft, dass niemand mehr wach sein würde und sie gleich zu Bett gehen konnte. Aber sobald sie sich durch die Hundemeute ins Haus gekämpft hatte, begriff Jenny, dass ein Empfangskomitee für sie bereitstand.

Felicity erschien mit einer halb vollen Flasche Malz-Whisky hinter ihrer Mutter. »Also hat Meggie auch keinen Jungen bekommen.«

Alkohol bekam Felicity nicht, fand Jenny. Er machte sie kleinlich und verstärkte ihr Selbstmitleid. Wenn sie Lachlan heiratete, würde sie sicher nicht mehr das Bedürfnis haben, so viel zu trinken.

»Ja! Ein wunderbares kleines Mädchen!«, erzählte Jenny. Wenn es schon eine Party um vier Uhr morgens gab, dann würde es wenigstens eine fröhliche Feier werden. »Anna. Ist das nicht ein schöner Name? Und sie ist so ein süßes Ding. Du entwirfst doch sicher ein Kissen für sie, Fliss, mit ihrem Namen und Geburtsdatum drauf.«

»Meine Tochter heißt Felicity«, erklärte Lady Dalmain und sprach das Wort mit einigen Zischlauten mehr aus, als unbedingt nötig waren. Jenny konstatierte, dass sie ebenfalls zu viel getrunken hatte. Bisher hatte sie ihre Gastgeberin zwar gewaltige Mengen Whiskys trinken sehen, aber ohne jemals zu beobachten, dass sie auch nur die geringsten Anzeichen einer Wirkung gezeigt hätten.

»Sollen wir ins Wohnzimmer gehen?« schlug Jenny vor und scheuchte die beiden anderen wie eine unentschlossene Schafherde vor sich her. »Damit wir uns setzen können.« Sie wollte verhindern, dass Felicity oder deren Mutter auf den Steinfliesen zusammenbrachen; sie würde sie niemals wieder auf die Beine bekommen. Wenn sie in einem Sessel bewusstlos wurden, konnte sie sie einfach sich selbst überlassen.

»Wenn sie ein Junge geworden wäre, hätte sie den Namen Arthur bekommen, nach ihrem Vater«, spann Lady Dalmain unbeirrt ihren Gedanken fort, obwohl sie inzwischen die Arena gewechselt hatte und in einem Sessel saß.

Nachdem Jenny begriffen hatte, dass Lady Dalmain nicht von Anna, sondern von Felicity sprach, fragte sie: »Warum haben Sie denn dann Philip nicht Arthur getauft, Lady Dalmain?« Jenny nahm den Whisky an, den Felicity ihr reichte – sie würde den Rausch der anderen erträglicher finden, wenn sie selbst einen Schluck trank.

»Weil er nicht der Erstgeborene war. Für meinen Mann war das eine furchtbare Enttäuschung.«

»Und warum hat er mich dann Felicity genannt?«, wollte ihre Tochter wissen. Sie hatte sich einigen Mut angetrunken. »Das bedeutet doch ›Glück‹.«

»Ich weiß, was es bedeutet! Und er hat auch so getan, als wäre er glücklich, aber ich weiß, dass es für ihn eine furchtbare Enttäuschung war!«

War die Vorstellung von einer betrunkenen Lady Dalmain schon schlimm genug, dann war es geradezu entsetzlich, wenn sie auch noch rührselig wurde und vielleicht in Tränen ausbrach. Jenny kam zu dem Schluss, dass hier etwas liebevolle Strenge am Platz war.

»Ich nehme nicht an, dass Sie ihn auch nur einen Augenblick lang enttäuscht haben. Schließlich ist es der Erbanteil des Mannes, der das Geschlecht des Kindes bestimmt, und ich wage zu behaupten, dass Ihr Gemahl sich dieser Tatsache durchaus bewusst war.«

Lady Dalmain sah sie bestürzt an. Jenny mochte nicht entscheiden, ob es daran lag, dass sie das Wort »Geschlecht« gebraucht hatte oder dass sie Lady Dalmain etwas hatte sagen können, das dieser zuvor unbekannt gewesen war.

»Ist das tatsächlich so?«, verlangte Lady Dalmain zu wissen. »Sind Sie sich sicher?«

»Völlig sicher.«

»Woher wissen Sie das?« Lady Dalmain ließ nicht locker.

»Wir haben es in der Schule durchgenommen«, antwortete Jenny selbstsicher. Sie wollte sich nicht auf Details einlassen, an die sie sich nicht mehr genau erinnerte. »Das Geschlecht des Kindes wird durch das Erbgut des Vaters festgelegt.«

»Dann war es also gar nicht meine Schuld?« Ihre Stimme begann zu zittern und klang immer jämmerlicher. »Es war nicht meine Schuld, dass Felicity kein Junge geworden ist?«

»Nein«, erklärte Felicity, für die diese Erkenntnis offenbar ebenfalls neu war. »Jenny meint, es war Daddys Schuld. Und er hat mir den Namen Felicity gegeben, und das bedeutet, dass es ihm nichts ausgemacht hat. Du könntest jetzt vielleicht auch aufhören, eine so undankbare, armselige, neurotische, alte Kuh zu sein!«

Es war eine Schande, fand Jenny, dass Lady Dalmain bereits schlief, als Felicity sich endlich entschloss, für sich selbst einzutreten. Allerdings wirkte Felicity, die in diesem Augenblick begriff, dass sie ihre Mutter eine Kuh genannt hatte, erleichtert.

»Großer Gott! Was habe ich gesagt?«

»Nichts, das meiner bescheidenen Meinung nach nicht längst einmal hätte gesagt werden müssen«, erwiderte Jenny fröhlich.

»Die arme Mama! Wir bringen sie besser nach oben zu Bett. Könntest du mir helfen? Ich weiß nicht, ob ich es allein schaffe. Ich habe selbst getrunken.«

»Wer hätte das gedacht«, murmelte Jenny. Etwas lauter fragte sie: »Seit wann?«

»Seit wir erfahren hatten, dass Meggies Baby da ist, kurz nach Mitternacht.«

Kein Wunder, dass sie beide stockbetrunken waren. »Könnten wir sie nicht einfach zudecken und hier lassen?«

»Um Gottes willen! Nein! Sie wird bis morgen ganz kalt und steif sein. Vielleicht holt sie sich auch eine Erkältung oder so etwas. Wir müssen sie ins Bett bringen. Übernimm du eine Seite, ich übernehme die andere.«

»Du musst deine Mutter wirklich sehr lieben«, bemerkte Jenny, während sie sich Lady Dalmains Arm über die Schulter legte.

»Ich weiß, dass sie eine alte Vettel ist und mich hasst, doch sie ist meine Mutter, ich habe keine andere. Und sie braucht mich.«

»Weißt du«, entgegnete Jenny keuchend, während sie Lady Dalmain die Stufen hinaufschleppten, »ich glaube, sie würde dir mehr Achtung entgegenbringen, wenn du dich gegen sie zur Wehr setztest. Du kriegst so viel geboten, wie du dir gefallen lässt. Versuch, mehr Mut aufzubringen. Und du darfst dich von der Tatsache, dass sie dich braucht, nicht davon abhalten lassen, dir ein eigenes Leben aufzubauen.« Jenny war immer noch auf »liebevolle Strenge« eingestellt.

»Alles gut und schön«, Felicity stieß die Tür zum Schlafzimmer ihrer Mutter mit der Hüfte auf, »Mut zu haben, wenn man den größeren Teil einer Flasche Whisky intus hat. Aber versuch das mal, wenn du einen Kater hast, der ein Pferd töten würde.«

»Du musst viel Wasser trinken, bevor du schlafen gehst. Oder irgendetwas Süßes mit Kohlensäure, zum Beispiel Limonade.«

»Gehst du jetzt schlafen, Jenny?«

»Auf jeden Fall«, erwiderte Jenny bestimmt – in dem sicheren Wissen, dass Felicity am liebsten bis zum Morgen reden würde. »Wir bekommen ohnehin nicht mehr viel Schlaf, und ich habe morgen einiges zu tun.«

»Möchtest du denn vielleicht noch einen Kleinen auf die Nachtmütze?«

»Felicity, du hast einen auf das Nachthemd, den Hausrock, den Morgenmantel, die Hausschuhe und alles andere gehabt. Du brauchst jetzt keinen mehr auf die Nachtmütze. Ich finde wirklich, du gehörst nun auf schnellstem Wege ins Bett.«

»Oh, gut. Dann also gute Nacht. Ach, und du vergisst nicht, mir das Papier zu besorgen, damit ich mit meinen Designs anfangen kann? Lachlan meint, es sei wirklich eine gute Idee.«

»Eine erstklassige Idee. Aber jetzt gute Nacht. Und vergiss das Wasser nicht.«

Mehr vor Müdigkeit als wegen des Alkohols schwankend,

erreichte Jenny ihr Zimmer und schließlich ihr Bett. Sie hatte gerade noch Zeit, eine Garnitur warme Kleider gegen die andere auszutauschen, bevor sie einschlief.

In den Tagen nach Annas Geburt war sich Jenny mehr und mehr darüber klar geworden, dass es am besten wäre, so bald wie möglich in Richtung Süden zu fahren und Henry zu erklären, was sie fühlte und wie sie zu ihm stand. Das Problem war nur, dass sie sich knapp eine Woche vor Mr. Grant-Dempseys angekündigtem Besuch in der Firma einfach nicht die Zeit dafür nehmen konnte.

»Es gibt vermutlich wohl keine Möglichkeit, Mr. Grant-Dempsey von seinem Besuch abzubringen«, fragte Kirsty. »Oder ihn zumindest dazu zu bewegen, nicht jetzt sofort zu kommen? Wenn wir Philip fänden …«

»Glauben Sie denn, dass Philip mitziehen würde? Bei unseren Plänen für die Liegenschaften der Firma, für die Merinowolle, für die Arbeiter? Und wäre er willens, in Zukunft Lama- und Alpakawolle zu verarbeiten? Wenn Sie glauben, dass dazu auch nur die geringste Chance besteht, könnten wir vielleicht einen Privatdetektiv engagieren, um ihn zu suchen.«

Kirsty zögerte. »Er ist sehr konservativ und hat sich immer etwas schwer getan mit Dingen, die ›hier nicht üblich‹ sind. Und was einen Privatdetektiv anbelangt – dazu müssten wir vermutlich nach Glasgow. Es wäre einfacher, wenn wir Philip selbst fänden. Und billiger.«

»Ja, das stimmt. Wissen Sie, was? Ich werde meinem Kunden eine E-Mail schicken und ihm nahe legen, dass sein Besuch hier nicht nötig ist, nur auf die vage Hoffnung hin, dass er eigentlich gar nicht kommen will. Meinen Sie, ich könnte ihm weismachen, dass das Wetter furchtbar ist?«

»Woher soll ich wissen, wie der Tenor Ihrer E-Mails an ihn lautet?«, gab Kirsty trocken zurück. »Enthalten sie für gewöhnlich einen Wetterbericht?«

»Sie brauchen gar nicht so oberlehrerhaft zu sein. Ich werde das Wetter nicht erwähnen. Wie kommen Sie mit den Geschäftsplänen voran?«

»Sie sehen sehr ermutigend aus, wenn man die Tatsache ignoriert, dass wir aus Bürogebäuden keinen Wohnraum machen können. Jedenfalls nicht ohne Philip und die Besitzurkunden.«

»An der Tatsache, dass der Plan sich zurzeit nicht umsetzen lässt, können wir nichts ändern. Es reicht, wenn er vermutlich durchführbar sein wird.«

Kirsty machte eine fragende Geste. »Woher sollen wir wissen, was durchführbar sein wird und was funktionieren wird? Die Mode lässt sich nicht voraussagen. Unsere ganze Branche hängt von den Launen von Designern ab, die keine Ahnung haben und denen die Menschen, die nach ihren Entwürfen arbeiten, völlig gleichgültig sind.«

Jenny unterdrückte ein Seufzen. Sie war müde und musste jetzt aufpassen, dass sie nicht in trübe Stimmung verfiel. Was Kirsty sagte, war vermutlich richtig. »Gut, dann müssen wir eben unsere Vorhersagen auf das beschränken, was kalkulierbar ist, zum Beispiel, wie viel das alles kosten würde. Und ich sehe, ob ich diesen niederträchtigen Geldgeber abwimmeln kann.«

»Kommen Sie, meine Liebe wir wissen nicht, ob er niederträchtig ist.«

»Wissen wir das nicht? Wir haben solche Angst vor seinem Besuch, dass er gar nicht gut sein kann. Jedenfalls setze ich mich jetzt an meine E-Mail.«

Nach drei Tassen Kaffee zeigte sie Kirsty schließlich ihren endgültigen Entwurf.

Komme mit dem Konzept für Dalmain Mills gut voran. Das Management verfügt über lang-, mittel- und kurzfristige Planungen. Die Aussichten für den langfristigen zukünftigen Erfolg sind viel versprechend. Wenn nicht besondere Gründe dafür vorliegen, ist Ihr Besuch hier meiner Meinung nach nicht notwendig. Obwohl wir uns natürlich freuen würden, Sie hier zu begrüßen.

»Was halten Sie davon?«

»Es klingt wie ein Brief an einen Lehrer, der ihn überzeugen soll, dass es keinen Sinn macht, eine Arbeit zu schreiben, weil man alles weiß.«

»Sie glauben nicht, dass ihn das davon abhalten wird herzukommen?«

»Ja, das glaube ich nicht. Andererseits ist mir auch unerfindlich, was Sie vorbringen könnten, um das zu erreichen. Schicken Sie die Mail einfach ab, und sehen wir, was passiert.«

Jenny knabberte an einem von Kirstys selbst gebackenen Keksen, als sie die Antwort ihres Kunden öffnete.

Ich bin froh, dass die Prognosen so optimistisch sind. Ich freue mich schon darauf, sie bei meinem Besuch näher in Augenschein zu nehmen. Ich hoffe, Sie haben nicht vergessen, dass wir keine Wohltätigkeitsorganisation sind.

»Es hätte schlimmer kommen können«, meinte Jenny später zu Kirsty.

»Wie denn?«

»Ich weiß nicht! Ich habe das nur gesagt, damit ich mich etwas besser fühle. Wir müssen ihn dazu bringen, dass er uns die Aufträge, die wir bis Weihnachten haben, ausführen lässt, bevor die Maschinen weggeschafft werden. Bis dahin können wir mit der Umschulung gute Fortschritte gemacht haben.«

»Es hängt alles davon ab, was diese Frau mit dem Filz bringt. Am Telefon klang sie sehr begeistert.« Kirsty gehörte nicht zu den Schotten, die für »Begeisterung« viel übrig hatten.

»Ich bin sicher, sie ist ganz in Ordnung! Jedenfalls hat sie das Herz auf dem rechten Fleck.« Jenny machte sich selbst etwas Sorgen darüber, aber da ihr der optimistische Part bei ihrer Zusammenarbeit zufiel, fühlte sie sich verpflichtet, positiv zu klingen.

»Wie lange werden Sie eigentlich hier bleiben wollen? Sicherlich nicht bis nach Weihnachten.«

»Nun, ich denke, dass ich zu Weihnachten nach Hause fahren werde, aber danach könnte ich wieder herkommen. Ich habe schließlich noch keinen echten schottischen Silvester, noch kein Hogmanay, erlebt.«

In diesem Augenblick steckte Iain den Kopf durch die Tür. Er hatte Alistair, den bei weitem dienstältesten Mitarbeiter der Firma, im Schlepptau. »Wollen Sie sich nicht ansehen, wie die Umstellung der neuen Maschinen vorangeht?«

Jenny war überrascht, Iain hier zu sehen. »Hallo! Ich dachte, du wärst zu Hause und kümmertest dich um Meggie und Anna.«

Er schüttelte den Kopf. »Nein, denen geht es gut. Meggie kommt ganz gut allein zurecht, und da dachte ich, ich komme einmal her und schaue mir an, was diese alten Knacker da vorhaben.«

»Ach, Jungchen. Ich kannte dich schon, als du noch so ein kleiner süßer Pimpf warst und noch nicht so ein hässlicher Rohling, wie du jetzt einer bist, und noch dazu ein Vater. Wir können dir immer noch das eine oder andere beibringen.«

Iain nahm das Kompliment freundlich auf. »Ich verstehe nicht, wieso Sie nicht schon lange in Rente sind«, meinte er, und sein sonst leichter Akzent wurde sehr deutlich. »Sie waren doch schon hier, bevor Methusalem in Rente ging.«

»Es ist eine richtige Wohltat zu sehen, dass die alten Maschinen wieder benutzt werden. Ich weiß gar nicht, warum unser Philip sie überhaupt loswerden wollte.«

Alistair war ganz aus dem Häuschen angesichts der Vorstellung, Dalmain Mills könne durch eine Rückkehr zur alten Technik gerettet werden. *Sotto voce* (und das bedeutete, da er taub war, sehr laut) sagte er: »Iain wusste eigentlich immer besser Bescheid als Philip. Aber der alte Herr wollte, dass Philip seine Nachfolge antritt. Es gab ein wenig Streit zwischen den Jungen, und dann hat Iain sich darauf verlegt, Autos zu reparieren.«

Jenny nickte, froh über diese Information, und wollte gerade etwas nachfragen, als Iain die Hand hob. »Genug geklatscht. Jetzt habe ich Frau und Kind, für die ich sorgen muss. Lasst uns also feststellen, ob diese Maschinen wirklich noch funktionieren.«

Als sie ins Büro zurückkam, wirkte Kirsty zu ihrer Überraschung wenig begeistert.

»Das Problem«, bemerkte Kirsty, »ist, dass Alistair und seine Kameraden schon vor Jahren hätten in Rente gehen sollen. Bei so vielen jungen Männern, die ihre Arbeit verlieren werden, sollten wir Oldtimer wie sie nicht behalten.«

Jenny seufzte. »Andererseits haben die jungen Männer eine viel größere Chance, andere Arbeit zu finden. Alistair und seinesgleichen, mit denen wäre es einfach vorbei.«

»Wir sind kein Wohltätigkeitsinstitut, wie Ihr ›Kunde‹ uns ins Gedächtnis gerufen hat.«

»Doch, das sind wir bis Ende nächster Woche«, erklärte Jenny. »Und falls aus den Plänen für die Umwandlung der Liegenschaften jemals etwas wird, könnten einige der jungen Männer bei den Umbauarbeiten beschäftigt werden.«

»Nicht, wenn sie nicht zufällig erfahrene Maurer, Zimmerleute oder Elektriker sind«, erwiderte Kirsty.

Für kurze Zeit verfiel Jenny in Verzweiflung. Es war recht ermüdend, die Rolle der unverbesserlichen Optimistin spielen zu müssen. »Ich weiß!«, sagte sie und blickte wieder auf, nachdem sie vielleicht eine Minute ihr Gesicht in den Händen vergraben hatte. »Ich werde ihm selbst beibringen, dass er die Umschulung der jungen Männer finanzieren muss! Ich bin sicher, dass es dafür irgendwelche Zuschüsse gibt.«

»Völlig aussichtslos, das zu versuchen«, entgegnete Kirsty. »Warum sollte wohl ein Verein wie der um Grant-Dempsey sich damit belasten, Arbeiter umzuschulen, die dann für jemand anders arbeiten?«

»Damit sie selbst einen besseren Eindruck machen?«

»Fort mit Ihnen, Mädel!«

Geschlagen machte Jenny sich aus dem Staub.

Inzwischen waren vier Tage vergangen. Jenny war auf dem Weg zu Meggie und Anna. Sie brauchte dringend eine Aufmunterung. Der Besuch ihres Kunden war für Montagmorgen angekündigt, und ihr stand ein weiteres Wochenende in Haus Dalmain bevor. Sie würde sich weitgehend in den »Homely Haggis« zurückziehen; sie konnte ohnehin nichts tun, um sich auf den Besuch vorzubereiten. Und wenn sie im »Homely Haggis« arbeitete, bestand immerhin die (wenn auch äußerst geringe) Chance, Ross Grant wiederzusehen. Er war nicht wieder aufgetaucht, seit sie seine Einladung ausgeschlagen hatte.

»Hallo, Jenny! Wie schön, dich zu sehen!« Meggie hielt Anna im Arm, als wäre sie das seit Jahren und nicht erst seit Tagen gewohnt.

»Solltest du denn schon auf sein und herumlaufen? Solltest du nicht eigentlich das Bett hüten?«

Meggie machte eine wegwerfende Geste. »So eng sieht man das heute nicht mehr. Könntest du einen Tee vertragen?«

»Nur, wenn ich ihn selbst kochen darf. Das Bett zu hüten mag vielleicht aus der Mode sein, aber auf dem Sofa liegen und die Füße hochlegen, das wäre doch sicher das Richtige. Das kann dir bestimmt jeder Medizinstudent bestätigen.«

Meggie lachte. »Also gut. Koch du den Tee. Ich wollte dich außerdem um eine winzige Kleinigkeit bitten.«

»Dann muss ich dich warnen. Ich werde Nein sagen. Der letzte Gefallen, den ich dir getan hab, hat mir nichts als Kummer eingebracht.«

Zu spät fiel Jenny ein, dass Meggie nichts von Ross Grant und dessen Wirkung auf ihre Knie wissen konnte.

Meggie runzelte die Stirn. »Ich dachte, die Arbeit im ›Homely Haggis‹ machte dir Spaß!«

»Das tut sie auch, aber dadurch habe ich angefangen, in Haus Dalmain zu kochen, wegen der Haferkekse und Pfefferkuchen. Und inzwischen habe ich auch einen Teil der übrigen Kocharbeiten übernommen.«

Meggie lachte. »Das liegt nur in deinem eigenen Interesse. Kümmer dich um den Tee. Gibst du mir ein Glas Wasser? Dann erzähle ich dir, was ich vorhabe.«

Als Jenny mit dem Tee und dem Wasser wieder da war und dazu aus ihrer Tasche eine Tüte mit Haferkeksen hervorgezaubert hatte, wurde sie direkt. »Also, was hast du nun vor? Und was habe ich damit zu tun? Ich bin wirklich sehr knapp mit meiner Zeit. Am Montag kommt mein Kunde in die Firma.«

»Du hast dich für Dalmain Mills wirklich abgemüht. Iain erzählte mir, die Leute betrachten dich dort als eine Art Engel.«

Jenny spürte, wie sie rot wurde. »Davon weiß ich nichts.«

»Also, ich halte dich auch für einen Engel, wenn du mir helfen willst.«

»Wobei denn? Was heckst du jetzt wieder aus? Ich hätte gedacht, Anna würde dich aus allen Schwierigkeiten heraushalten, und sei es, indem sie all deine Kräfte in Anspruch nimmt.«

»Komm morgen mit Anna und mir zu einer Highland-Show. Es ist ein wahres Wunder, dass sie jetzt überhaupt noch stattfindet, weil die Saison eigentlich vorbei ist. Es ist ein Extratermin, eine Veranstaltung zu Ehren eines Mannes, der solche Spiele organisiert hat. Er hat vor seinem Tod allen erzählt, dass er keinen Trauergottesdienst möchte, sondern sich wünscht, dass die diesjährigen Spiele seinem Andenken gewidmet werden. Und dann ist er gar nicht gestorben.«

»Aber du hast doch gesagt ...«

»Entschuldigung, ich habe mich nicht klar ausgedrückt: Er ist gestorben, aber er hat es nicht in der Saison geschafft. Als er merkte, dass er im August nicht mehr sterben würde, sagte er, sie müssten versuchen, das Spiel noch in diesem Jahr unterzubringen, selbst wenn es etwas spät würde, denn bis zum nächsten Jahr würden ihn bestimmt alle vergessen haben. Das würden sie natürlich nicht.«

»Du redest wirr, Frau.«

»Ich weiß. Weil ich mich so freue, dass ich hingehen kann. Ich habe all die anderen verpasst – die anderen Spiele, meine ich. Bei den Dalmain-Spielen konnte ich ohnehin nicht verkaufen, weil Lady D. ja etwas dagegen hat, dass sich dort Familienmitglieder einen anständigen Lebensunterhalt verdienen. Aber die anderen Spiele sind immer ganz gut.« Sie wiegte Anna in ihren Armen hin und her.

»Nun aber mal langsam! Du bist doch gerade erst aus dem Krankenhaus gekommen! Hast eben erst ein Kind zur Welt gebracht! Du kannst doch unmöglich den ganzen Tag im ›Homely Haggis‹ hinter der Theke stehen!«

»Ich weiß, darum wollte ich dich ja auch um Hilfe bitten. Komm mit, Jenny! Das wird Schottland pur, weil es die Spiele zum Andenken an Hamish sind, mit Dudelsackpfeifern und Baumstammwerfen, halt allem, was dazugehört. Und alle Welt wird hinkommen, sodass wir echt was zu tun bekommen werden, und das ist immer schön. Das Oberhaupt eines der anderen Clans wird die Spiele eröffnen, und dann werden ellenlange Reden gehalten, aber da es nicht unser Clan ist, können wir das ganz locker sehen.«

Meggies Vorschlag war so grotesk, und es war so schwierig, all ihren Erklärungen zu folgen, dass Jenny nachfragen musste. »Wie meinst du das? Willst du mir sagen, dass Lady Dalmain schottische Hochlandspiele eröffnet?«

»Natürlich. Die Dalmain-Spiele haben früher im Jahr stattgefunden. Philip ist der Clanchef hier am Ort, sodass er eigentlich maßgebend ist, aber Lady D. hat die Honneurs gemacht, die Preise übergeben und ihre Stellung wirklich ausgekostet. Aber diese Spiele jetzt werden viel schöner sein. Du wirst Kirsty dazu bringen müssen, die doppelte Menge Kekse zu backen.«

»Meggie, das ist der reine Wahnsinn! Was hält Iain denn von dieser verrückten Idee?«

»Ich habe es ihm noch nicht erzählt. Aber ich denke, wenn du dabei bist, können Anna und ich uns im Wagen ausruhen, wann immer wir das Bedürfnis danach haben. Ich muss wieder unter Leute! Ich bin jetzt schon zu lange von allem abgeschnitten. Freunde von mir werden den Imbisswagen heute Abend hinbringen. Also, gib dir einen Ruck, Jen! Damit ich nicht mehr ständig heulen muss! Es heißt ja, man könne nach einer Entbindung in furchtbare Depressionen verfallen.«

»Nur unter einer Bedingung«, antwortete Jenny, der die Vorstellung, einen Tag in Haus Dalmain gegen ein wenig Schnellküche im »Homely Haggis« einzutauschen, sehr attraktiv fand. »Du musst es vorher mit Iain besprechen. Am besten frage ich ihn selbst. Wo willst du Anna füttern?«

»Einfach hinter der Theke. Das Stillen funktioniert einwandfrei, seit ich den Dreh raus habe.«

»Das ist nicht ganz das, was ich mir vorgestellt habe«, gab Jenny zu und sah zu, wie Anna eine Zwischenmahlzeit nahm. Sie hörte sich an wie ein Schweinchen, das an einem schmelzenden Eis am Stiel lutschte. Selbst Meggie fiel es auf.

»Sie weiß noch nicht, dass sie etwas zurückhaltender sein sollte, das ist ihr Problem.«

»Kein Wunder, wenn man bedenkt, wen sie als Vorbild hat.«

Kapitel 12

Der Anblick des Austragungsortes wäre selbst dem verstocktesten Sassenach ans Herz gegangen. An einem torffarbenen Fluss gelegen, der munter über große Steine sprudelte, umgeben von heidebedeckten Hügeln und überströmt von Sonnenlicht, hätte es ein mittelalterlicher Turnierplatz sein können. Der Himmel war von einem tiefen Blau, als wollte er jedermann ins Gewissen reden, diese letzte, kurze Frist, die dem schönen Wetter noch blieb, bevor der Winter einsetzte und die Wärme endgültig vertrieb, nach Herzenslust zu genießen.

Jenny war ganz hingerissen. »Das ist alles so schön!«, rief sie Meggie zu, während sie die diversen Taschen und Körbe annahm, ohne die Anna nicht reisen konnte.

»Ach ja. Hamish muss es so arrangiert haben, dass es heute schön wird. Und es ist immer ganz wunderbar hier, auch wenn es relativ kleine Spiele sind. All die starken Werfer werden hier sein, und wir werden auch gute Dudelsackmusik zu hören bekommen.« Meggie schnallte Anna los und nahm sie auf. »Obwohl sie dir vielleicht nicht so gut gefällt, da du ja Engländerin bist.«

»Eigentlich höre ich Dudelsackmusik ganz gern«, gab Jenny zu. »Vielleicht habe ich schottisches Blut in den Adern, von dem ich gar nichts weiß.«

»Kannst du diese Tasche auch noch nehmen? Ich glaube, da drüben steht unser Wagen. Wir werden heute ein Vermögen verdienen.«

»Das wirst du nur tun, wenn du es im Sitzen schaffst«, meinte Jenny und versuchte mit Meggie und Anna Schritt zu halten. »Übrigens, glaubst du, dass ein Handleser da sein wird?«

»Wozu brauchst du den denn? Hoffst du auf einen gut aussehenden, dunklen Fremden? Ich dachte, du hättest einen Freund zu Hause.«

»Das habe ich; ich bin mir nur nicht sicher, ob er der Richtige ist.«

»Also, wenn du darauf schon selbst gekommen bist, brauchst du niemanden mehr, der dir aus der Hand liest. Aber könnte gut sein, dass jemand hier ist, der aus der Hand lesen kann.«

Der Imbisswagen stand in einem Kreis ähnlicher Anhänger und Buden. Manche verkauften traditionelle Süßigkeiten, Karamelltafeln, Sahnebonbons, Pfefferminzbonbons und Edinburgher Kiesel. Ein Hornschnitzer bot Messer mit Horngriffen, Löffel speziell für gekochte Eier, Wanderstöcke, Spazierstöcke und Hirtenstäbe feil.

Es gab alles zu kaufen, was irgendwie mit Schottland zu tun hatte, alles, das man mit Schottenstoff überziehen und dem man eine Distel aufprägen konnte – von Geschirrtüchern bis zu Bettjäckchen im Schottenmuster. An einem anderen Stand verkaufte ein Mann Angelgeräte und unglaublich hohe Watstiefel, die so aussahen, als könnte man darin den Atlantik überqueren, Sherlock-Holmes-Mützen, schottische Tellermützen mit Pompons, Barette und Bonnets.

»Eigentlich könnte ich hier gleich meine Weihnachtseinkäufe erledigen. All diese Dinge bekommt man im Süden gar nicht«, bemerkte Jenny, als sie Meggie endlich dazu bewegt hatte, sich mit Anna hinzusetzen, und sie auf Kunden warteten.

»Ich hoffe, das meinst du nicht sarkastisch«, erwiderte Meggie und sprang dann plötzlich auf. »Hallo, was kann ich für Sie tun?«, sprach sie eine Frau mit einem Baby an, das einige Monate älter als Anna war und laut weinte.

»Eine Tasse Tee, bitte. Und haben Sie irgendeine Möglichkeit, ein Fläschchen warm zu machen? Man hat uns im Krankenhaus gesagt, es sei in Ordnung, ihnen die Flasche kalt zu geben, aber ich kann das nicht glauben.«

»Es wäre ein bisschen brutal«, fand auch Meggie. »Ich stecke das Fläschchen in einen Topf mit kochendem Wasser. Das wird einen Moment dauern, aber nicht zu lange, hoffe ich.«

»Genau genommen«, erklärte Jenny und drückte Meggie wieder auf ihren Stuhl, »werde ich mich darum kümmern. Meine beste Freundin«, fügte sie hinzu, während sie Milch einschenkte, »sollte eigentlich gar nicht hier sein. Sie ist erst gerade aus dem Krankenhaus entlassen worden.«

Sie erwartete Unterstützung, wurde aber bitter enttäuscht, als die Frau wegwerfend meinte: »Hach! Ich war sechs Stunden lang im Krankenhaus, dann haben sie mich nach Hause geschickt, damit ich mich um den Rest der Brut kümmern konnte.«

»Siehst du«, rief Meggie.

»Sei still und bleib sitzen«, entgegnete Jenny.

Es gab einen kleinen Ansturm auf ihren Stand, und Meggie teilte mit einer Hand Haferkekse aus, während Jenny sich um das kochende Wasser und das Kassieren kümmerte. Als Anna endlich eingeschlafen war und der Betrieb abflaute, bestand Meggie darauf, dass Jenny sich einmal auf dem Festplatz umsah.

Sie brach also zu ihrem Rundgang auf, ein Auge ständig auf den »Homely Haggis« gerichtet, sodass sie jederzeit, sollte ein Kunde auftauchen, zurückeilen konnte. Leicht entrüstet entdeckte sie einen Verkaufsstand, der unter anderem Alpakapullover feilbot. Sie fühlten sich wunderbar an, musste sie zugeben, aber die Muster waren langweilig, und sie waren allesamt importiert. Hier herrschte eine solche Begeisterung für einheimische Erzeugnisse, dass auch Alpakawolle aus dem eigenen Land sicherlich gut ankommen würde. Vorausgesetzt natürlich, die Sachen wurden nicht zu teuer. Jenny kaufte sich ein paar Wanderstiefel, ohne genau zu wissen, warum. Es war nicht so, dass sie in Surrey dafür Verwendung gehabt hätte.

Jenny hatte sich um die schlafende Anna gekümmert, während Meggie selbst umhergeschlendert war, und sie waren bereits alle ein wenig müde, als Meggie, die Anna zum Stillen vor sich auf die Theke gesetzt hatte, plötzlich aufkreischte und damit Anna veranlasste, es ihr gleichzutun.

»Das glaube ich einfach nicht! Ist das wirklich die, für die ich sie halte? Die Matriarchin mit irgendeinem Mann, den ich noch nie gesehen habe! Sie kommen in unsere Richtung! Was zum Teufel will sie hier? Oh, Scheiße!«

Jenny folgte Meggies Blick. »Oje! Das ist ja entsetzlich! Was sollen wir tun? Wo kann ich mich verstecken?«

»Warum willst du dich verstecken? Du stillst ja nicht vor den Augen deiner Schwiegermutter deinen Säugling. Komm, Anna, wir müssen uns verziehen.«

Anna, die immer noch feste nuckelte, nahm das Ganze gar

nicht zur Kenntnis. »Ich weiß nicht, ob ich sie besser abnehme oder einfach mit ihr verschwinde. Was stört dich denn? Du hast doch keine Angst vor der alten Hexe, oder?«

Jenny schüttelte den Kopf, innerlich immer noch mit der Frage beschäftigt, ob sie sich wohl unter der Theke verstecken und abwarten konnte, bis Lady Dalmain und ihr Begleiter wieder fort waren. »Es geht nicht um sie, es geht um den Mann, der bei ihr ist. Es ist der verdammte Henry!«

»Wer ist Henry?«

Jenny hatte keine Zeit mehr für Erklärungen, die beiden waren schon am Imbisswagen angelangt.

»Hallo, Lady Dalmain«, grüßte Jenny schnell, während Meggie noch damit beschäftigt war, ihr lautstark saugendes Baby mit Tüchern zu verdecken. »Und ... hallo, Henry!«

Sie musste ihre Stimme erheben, um überhaupt verstanden zu werden, denn einige Teilnehmer am Wettbewerb der Dudelsackpfeifer hatten hinter der Reihe von Zelten, Wagen und Ständen zu üben begonnen. »Was um Himmels willen führt dich hierher? Es ist zu Hause nichts passiert, oder?« Sie geriet in Panik – ihrer Mutter musste irgendetwas zugestoßen sein. »Es ist doch nicht bloß ein Höflichkeitsbesuch, oder?«

»Ich bin hergekommen, um dich zu sehen, Schatz.« Henry beugte sich über die Theke und gab ihr einen Kuss auf die Nase. »Freust du dich nicht, mich zu sehen?«

Statt Erleichterung verspürte sie ein starkes Aufwallen von Ärger. »Natürlich, aber es ist solch eine Überraschung.«

»Für mich ebenfalls. Ich habe nicht erwartet, dich an einem Ort wie diesem als Bedienung hinter einer Theke vorzufinden.« Sein fast unmerkliches Zögern ließ genauestens erkennen, was er vom »Homely Haggis« hielt. Er war mit Lady Dalmain einer Meinung.

»Vermutlich sind Sie überrascht, uns hier zu sehen«, bemerkte Lady Dalmain und starrte Meggie entsetzt an. »Aber als Henry eintraf und nach Ihnen fragte, habe ich ihm natürlich gesagt, wo Sie sich aufhalten. Dann hat er freundlicherweise angeboten, mich herzufahren. So eine Freude! Ich bin seit Jahren nicht mehr bei Hochlandspielen gewesen, auf denen ich selbst keine offiziellen Verpflichtungen hatte. Und natürlich war der gute Hamish eine feste Stütze unserer Gemeinschaft. Es ist nur recht und billig, seiner zu gedenken. Margaret«, sprach sie Meggie an, »ich weiß, dass es mich nichts angeht, aber musst du das wirklich hier erledigen? Das kann doch nicht hygienisch sein.«

»Ach, das ist schon in Ordnung. Sie bekommt ja nichts außer von mir, dafür sorge ich schon.«

»Ich dachte eher an die Kunden.«

Meggies Stirn umwölkte sich.

»Wie wär es mit einem Tee?«, fragte Jenny die Neuankömmlinge und drückte Meggie zurück auf ihren Stuhl. »Also, womit kann ich dienen? Henry?«, fügte sie in etwas schärferem Ton hinzu.

Nachdem Henry begriffen hatte, womit Meggie beschäftigt war, konnte er, halb fasziniert, halb entsetzt, den Blick nicht mehr von Mutter und Kind abwenden.

»Du magst doch meine Haferkekse ganz gern«, drang Jenny weiter in ihn. »Oder hast du gerade gegessen?«

»Henry hat mich zum Mittagessen eingeladen. Es war richtig gut, nicht wahr?« Lady Dalmain ließ ihren Blick über die Platten mit Haferkeksen und Keksen schweifen, »Aber wir hatten noch keinen Nachtisch.«

»Ich bin sicher, Sie werden den Tee und die Kekse köstlich finden.«

Henry zog fragend eine Augenbraue hoch. »Liebling, wie soll das zugehen? Dies ist ein Imbissstand.«

In der Befürchtung, dass Meggie Anna jeden Moment absetzen und auf ihre Schwiegermutter und Henry losgehen würde, redete Jenny weiter: »Weil wir nur Zutaten von höchster Qualität verwenden und alles selbst herstellen. Ich backe die Haferkekse selbst.«

Lady Dalmain runzelte die Stirn. »Tatsächlich? Und wo backen Sie sie? Sie können doch hier nicht backen, oder?« Sie spähte hinter die Theke, sodass Meggie sich genötigt sah, Annas Kopf mit einem weiteren Tuch zu bedecken.

»Ich backe sie in Haus Dalmain«, antwortete Jenny. »Aber nur, wenn der Ofen ohnehin in Betrieb ist. Und ich habe einen Teil der Einnahmen beiseite gelegt, um den Gasverbrauch damit zu bezahlen. Nicht wirklich«, fügte sie leise an Meggie gewandt hinzu, die immer noch innerlich kochte und nur durch die nuckelnde Anna davon abgehalten wurde, einen Mord zu begehen.

»Gut«, murmelte Lady Dalmain. »Ich würde nicht gern denken müssen, dass Sie meine Gastfreundschaft ausnutzen.«

»Oh, das würde Jenny niemals tun, Lady Dalmain«, versicherte Henry. »Sie ist absolut gewissenhaft.«

»Nun, vielen Dank«, sagte Jenny. »Also, Henry, wenn du keinen Hunger hast und vielleicht zusehen möchtest, wie ein Baumstamm geschleudert wird, dann solltest du nach dort drüben gehen. Ich glaube, sie fangen gerade an.«

»Was? Ach, das Ding, das wie ein Telegrafenmast aussieht? Großer Gott! Ich glaube, das brauche ich nicht unbedingt. Ich bin wegen dir hergekommen, Jenny. Besteht irgendeine Chance, dass du mal aus dem Wagen herauskommst?«

»Nein!«, erklärte sie eilig, bevor Meggie zustimmen konnte. »Wo bist du abgestiegen?«

»Im ›Achnabrech Arms‹.«

»Mein lieber junger Mann, das ist ja furchtbar! Sie können unmöglich dort bleiben.«

Lady Dalmain hatte an Henry offenbar Gefallen gefunden, und da sie ahnte, was als Nächstes kommen würde, mischte Jenny sich ein. »Ich nehme an, er muss wegen seiner Arbeit dort sein.«

»Welcher Tätigkeit gehen Sie denn nach?«, fragte Lady Dalmain.

»Ich bin Liegenschaftsberater.« Er bedachte sie mit dem geduldigen Lächeln, das er für jeden übrig hatte, der dazu näherer Erläuterungen bedurfte, und warf sich die widerspenstige braune Locke aus der Stirn. »Das ist nicht ganz das Gleiche wie ein Immobilienmakler – wir verkaufen keine Häuser als solche. Wir arbeiten mit unseren Kunden zusammen, versuchen, passende Besitzungen zu finden, die vielleicht nicht einmal zum Verkauf stehen, bis wir mit den Eigentümern in Verhandlung treten, und vermitteln dann eine Übereinkunft.«

»Obwohl ihr dann auch den Verkauf aushandelt«, warf Jenny ein, während sie mit Inbrunst die Theke abwischte. Sie fand, dass man Henry nicht durchgehen lassen durfte, die schäbigen finanziellen Aspekte seiner Arbeit ganz zu verleugnen.

»Nun, natürlich«, stimmte er tadelnd zu, »zu dem Zeitpunkt wünschen unsere Kunden gewöhnlich nicht, dass das irgendein Dritter übernimmt. Wir haben bis dahin eine vertrauensvolle Zusammenarbeit aufgebaut.«

»Dann liegt das Hotel für dich wahrscheinlich genau am richtigen Platz?«, fragte Jenny und kreuzte die Finger.

»Eigentlich«, lächelte Henry – Jenny fiel auf, dass sie früher nie gemerkt hatte, wie ölig er sein konnte –, »liegen die meisten Objekte in derselben Gegend wie Haus Dalmain, aber meine Sekretärin konnte dort nichts finden, wo ich anständig hätte wohnen können.«

»Es gibt da nichts Anständiges«, erklärte Lady Dalmain befriedigt. »Warum wohnen Sie nicht bei uns? Wir könnten männliche Gesellschaft gut gebrauchen. Ich bin das weibliche Geschnatter furchtbar leid.«

Jetzt war es Jenny, die hätte morden können.

»Ich kann mich Ihnen wirklich nicht so aufdrängen«, erwiderte Henry, meinte aber genau das Gegenteil.

»Einen Augenblick, Henry«, bat Jenny, »könnte ich dich kurz auf ein Wort allein sprechen?« Sie deutete mit dem Kopf an, dass sie herauskommen wollte. Sowohl um ihrer selbst als auch um Henrys willen fühlte sie sich verpflichtet, Henry vor den Eigenheiten von Haus Dalmain und dessen Installationen zu warnen. Er war ein Mann, der ein Bidet und eine leistungsfähige Dusche brauchte, um sich wohl zu fühlen. Wenn er mit einem armseligen Rinnsal lauwarmen Wassers würde vorlieb nehmen müssen, konnte ihn das nur unglücklich machen.

»Ja, ich könnte einen Begrüßungskuss wirklich gebrauchen, Schatz. Hinter dieser Theke habe ich gar nicht das Gefühl, dass du mein kleines Jenny-Hennilein bist.«

Jenny und Meggie quetschten sich aneinander vorbei, damit Jenny ins Freie treten konnte. Meggie schien sich glänzend zu amüsieren.

Jenny spürte Henrys Arme um sich und seine Lippen auf ihren, bevor sie auch nur Luft holen konnte. Sie hatte das Gefühl, zu ersticken und zerquetscht zu werden; außerdem schmeckte er nach Wildpastete. Sie versuchte, sich auf den Kuss einzulassen. Immerhin war er Henry, der Mann, mit dem sie lebte, das Bett teilte, mit dem sie schlief. War er schon immer ein so schrecklicher Küsser gewesen? Und falls ja, wieso waren sie miteinander weiter gekommen als bis zur dritten Verabredung?

»Himmel, das habe ich dringend gebraucht!«, murmelte er. »Gut, dass die alte Dame mich zu sich ins Haus eingeladen hat. Ich habe so einen Appetit auf dich – du weißt schon ...«

»Falls du an Sex denkst«, zischte Jenny, »dann vergiss es! Wir werden uns unter Lady Dalmains Dach befinden! Es wäre furchtbar, ihre Gastfreundschaft auf diese Weise zu missbrauchen!«

»Komm schon, Jen! Du bist doch normalerweise nicht so prüde!«

»Ich weiß«, entgegnete sie und tätschelte ihm den Arm, »und es tut mir Leid. Aber ich stehe in letzter Zeit so unter Druck, und wie das dann so ist: Die Vorstellung, dass wir im Haus Dalmain herumschleichen, das übrigens absolut eiskalt ist, gefällt mir im Moment einfach nicht.« Sie erwähnte nicht, dass der Besuch ihres Kunden für Montag bevorstand – sie hatte es nicht ertragen, jetzt alles erklären zu müssen.

»Du meinst, ich bin den ganzen Weg hierher gefahren, und du willst noch nicht einmal ...«

»Ich habe dich nicht gebeten, nach Schottland zu kommen, um mich zu treffen! Und hast du außerdem nicht gesagt, du hättest hier geschäftlich zu tun?«

»Das habe ich, und es handelt sich um ein gutes Geschäft.« Er legte sich den Finger auf die Nase – eine Geste, auf die Jenny am liebsten mit einem Fausthieb reagiert hätte. »Das ist einer der Gründe, warum ich so erpicht darauf bin, Haus Dalmain zu sehen.«

Jenny brauchte einen Augenblick, um zu verstehen, was das bedeutete. »Du meinst, du hast einen Kunden, der an Haus Dalmain interessiert ist?«

»Kein Kommentar.«

Jenny hätte am liebsten losgekreischt. »Sag mir einfach, ob dich irgendjemand beauftragt hat, Haus Dalmain zu verkaufen.«

Henry rang sich zu einem Zugeständnis durch. »Nein, ich bin nur gebeten worden, es mir anzusehen, um festzustellen, ob es für einen bestimmten Kunden das Richtige wäre, das ist alles.«

»Denn soweit ich weiß, steht es nicht zum Verkauf.« Wenn Philip es nicht irgendwie geschafft hatte, sich auch in den Besitz der Eigentumsurkunden des Hauses zu bringen, und hinter aller Rücken irgendwas sehr Schmutziges plante.

»Alles hat seinen Preis, Jenny«, meinte Henry gespreizt.

»Nein, nicht alles«, erwiderte sie. Ich zum Beispiel nicht, fügte sie im Stillen hinzu. »Nun, willst du dich nicht etwas umschauen? Ich vermute, dass Lady Dalmain nicht allzu lange bleiben möchte, und dann wird sie sich von dir heimfahren lassen wollen.«

»Oh, mach dir keine Gedanken um Lady D. Ich habe sie

fest im Griff. Ich habe zufällig bemerkt, dass sie einen Whittard besitzt, als ich dort ankam. Das hat sie so gefreut, dass ich jetzt gar nichts mehr falsch machen kann. Du siehst doch, sie hat mich sogar eingeladen!«

Jenny beschloss, ihn nicht zu fragen, was zum Teufel ein Whittard war, und wollte ihn schon dafür tadeln, eine arme, alte Dame auszunutzen, aber ihr fiel gerade noch rechtzeitig ein, wer diese arme, alte Dame war. »Nun, ich hoffe, du wirst deine Zusage nicht bedauern. Das Haus ist entsetzlich unwohnlich.«

»Aber bedenke doch, wie nützlich es für mich ist, in einem Haus, das ich verkaufen will, vorher selbst gewohnt zu haben! So kann ich an die wirklich wichtigen Informationen kommen!«

»Ich dachte, du würdest es nicht verkaufen!«

»Vielleicht tue ich es, vielleicht tue ich es nicht. Du weißt doch, wie vertraulich meine Arbeit ist, Jen. Du solltest eigentlich wissen, dass Fragen nicht angebracht sind.«

»Ach, zum Teufel, Henry! Ich wohne auch dort! Diese Leute werden langsam meine Freunde! Nun, natürlich nicht Lady Dalmain, aber ihre Tochter. Ich meine, du solltest mir sagen, ob du den Auftrag hast, das Haus zu verkaufen.«

»Gut, gut, plustere dich nicht so auf, Jenny, mein Täubchen. Ich habe einen Kunden, der vielleicht daran interessiert ist, es zu kaufen. Aber niemand hat mich beauftragt, es zu verkaufen. Bist du jetzt zufrieden?«

»Einigermaßen.« Sie strich kurz über seinen Arm. Es war als Geste der Zuneigung gemeint, doch sie merkte, dass sie ihn eigentlich von sich wegstieß. »Jetzt geh und genieß deine ersten schottischen Hochlandspiele. Es sind vielleicht auch deine letzten.«

»Nicht, bevor ich nicht einen weiteren Kuss bekommen habe. Ich habe auch noch nicht die Hoffnung aufgegeben, deine Meinung ändern zu können, was den Rest anbelangt.«

Jenny gab nach und fragte sich, warum sie sich plötzlich von Henry so abgestoßen fühlte. Sie öffnete die Augen, um sie schnell wieder zu schließen. Sie musste ihn heraufbeschworen haben: Ross Grant! Er starrte sie an! Wie lange stand er schon da? War er gekommen, bevor oder erst nachdem sie Henry geküsst hatte?

Sie machte sich von Henry frei. »Auf gehts, Henry. Lady Dalmain wird schon unzufrieden. Begleite sie zum Baumstammwerfen oder zum Dudelsackwettbewerb oder wohin auch immer.«

Lady Dalmain wirkte in der Tat etwas unzufrieden, aber mit Meggie, nicht mit Henry oder Jenny. Ross Grant schien wieder verschwunden zu sein, und Jenny überlegte, ob sie sich seine Anwesenheit vielleicht nur eingebildet hatte. Während Henry und Lady Dalmain noch besprachen, was sie sich ansehen wollten, versuchte Jenny zu entscheiden, ob es ihr lieber wäre, sie hätte sich seine Anwesenheit nur eingebildet, sodass er auch nicht gesehen haben könnte, wie sie Henry küsste, oder ob ihr lieber war, dass er wirklich hier war, sodass sie ihn wiedersehen konnte. Sie hatte sich für die erste Möglichkeit entschieden, als sie ihn wieder entdeckte. Er prüfte am Stand direkt gegenüber mit voller Aufmerksamkeit einen Wanderstock.

Sie wollte Meggie gerade davon überzeugen, dass sie nun lange genug hier gewesen seien und am besten zusammenpackten und heimfuhren, als eine junge Frau mit einer zweiten, die offensichtlich ihre Mutter war, an der Verkaufstheke erschien. Als die junge Frau Meggie sah, kreischte sie entzückt auf.

Es stellte sich heraus, dass es sich um Meggies beste Freundin handelte und dass ihre Mutter ihren VW-Campingwagen ganz in der Nähe geparkt hatte.

»Komm doch mit rüber zu uns und ruh dich ein Weilchen aus«, drängte die Mutter. Sie lächelte Jenny zu. »Ich bin sicher, deine Freundin wird sich hier um alles kümmern. Du könntest dich im Campingwagen mal ein Weilchen ausstrecken.«

»Ja, natürlich komme ich zurecht! Eigentlich komme ich sogar viel besser zurecht, wenn du mit Anna hier nicht im Weg bist! Ich habe so ein schlechtes Gewissen, dass ich mich überhaupt bereit erklärt habe, dich hierher zu begleiten.«

»Oh, sie wäre auf jeden Fall gekommen«, meinte die Mutter. »Immer dickköpfig – so war sie schon als Mädchen. Es ist gut, dass Sie ihr haben helfen können.«

Jenny sah Lady Dalmain und Henry nach. Sie hatten sich jetzt ein kleines Stück entfernt, waren aber noch gut zu sehen. Lady Dalmain hatte offenbar alte Freunde getroffen, die einen betagten Rolls Royce Kombi umstanden, dessen hinterer Teil noch aus Holzfachwerk bestand. Sie alle trugen in irgendeiner Form Schottenkaros. Bei der älteren Frau, die nur ein wenig jünger war als Lady Dalmain, war es ein Kostüm. Ihre Töchter, die das gleiche hellrote Haar und die gleichen Sommersprossen hatten wie ihre Mutter, aber offenbar nicht deren Wunsch nach einem ganzheitlichen Look teilten, trugen Jeans, Halbschuhe von Gucci und Jacken im Schottenkaro. Sie sahen so aus, als wären sie eher auf dem Sloane Square als auf einem ländlichen Fest wie diesem zu Hause.

Jenny ging zwar davon aus, dass es waschechte Schottinnen waren, doch sie passten nicht so recht in die Welt der Kilts, der handgestrickten Socken und der Frauen der örtlichen Honoratioren, die ohne jedes Zugeständnis an die Mode knielange Schottenröcke trugen. Sie alle umringten Henry und wirkten dabei etwas zu enthusiastisch.

Jenny versuchte, in sich ein Gefühl der Eifersucht zu entdecken. Aber obwohl sie in Ruhe beobachten konnte, wie Henry von den drei sehr jungen Frauen bezaubert und umschmeichelt wurde, konnte sie nicht die geringste Spur von Eifersucht in sich entdecken.

Sie überlegte gerade, wie es ihr wohl vorkommen würde, wenn sie Ross Grant in der gleichen Lage beobachten könnte, als er erschien. Jenny fuhr zusammen. Alle Feuchtigkeit verschwand aus ihrem Mund, und die Knie drohten unter ihr nachzugeben.

»Oh Gott!« murmelte sie, und ihr stockte der Atem. »Sie haben mich vielleicht erschreckt! Was denken Sie sich denn dabei, sich so an mich heranzuschleichen!«

»Ich habe mich nicht an Sie herangeschlichen! Ich bin für alle Welt sichtbar hierher gekommen, wie Sie selbst bemerkt hätten, wenn Sie nicht damit beschäftigt gewesen wären, Ihrem Freund sehnsüchtige Blicke zuzuwerfen!« Er kam ihr größer vor, als sie ihn in Erinnerung hatte, und sie hatte ihn ziemlich groß in Erinnerung gehabt. Er trug eine verwaschene Jeans und einen blauen Pullover, dazu Wanderstiefel. Die Jeans ließen erkennen, wie flach sein Bauch, wie lang und muskulös seine Beine waren. Henry, den sie früher für einen ganz ordentlichen Mann gehalten hatte, erschien ihr dagegen plötzlich verweichlicht und schwächlich.

»Was? Ach, Sie meinen Henry! Ich habe ihm keine sehnsüchtigen Blicke zugeworfen!«

»Ach?« Er wirkte skeptisch. »Sind Sie nicht vielleicht ein kleines bisschen eifersüchtig? Schließlich flirtet er, während Ihre Lippen noch von ihm feucht sind, mit diesen jungen Frauen, dass kein Höschen trocken bleibt.«

Sie schüttelte sich. »Das ist das Widerwärtigste, was ich je gehört habe.«

»Sie sollten mehr unter die Leute kommen. Und da wir gerade dabei sind, wie sieht es denn mit diesem Drink aus? Ich weiß, es ist schon eine Weile her, seit wir darüber sprachen, aber ich bin in der Zwischenzeit unterwegs gewesen.«

Jenny starrte ihn vollkommen verwirrt an. »Sie erwarten doch nicht im Ernst, dass ich jetzt noch mit Ihnen ausgehe, nachdem Sie so unglaublich grob waren, oder?«

In seinen Augen schien eine gewisse Erheiterung aufzublitzen. Er zuckte die Schultern. »Also, wenn ich Sie nicht danach frage, tun Sie es bestimmt nicht.«

Erschreckenderweise musste sie feststellen, dass sie auf seine Herablassung einging. »Aber warum um alles in der Welt sollte ich mit Ihnen ausgehen? Sie haben ja selbst gesehen, ich habe einen Freund.«

Ross Grant antwortete nicht sofort. Er sah ihr in die Augen und versuchte offensichtlich, sie einzuschätzen. »Das schien mir nicht so offensichtlich zu sein, als ich sie neulich geküsst habe. Damals wirkten Sie vollkommen ... unbeschwert.«

Jenny gab kurze, unverständliche Laute von sich, während sie versuchte, sich in den Griff zu bekommen. Sie sollte ihm eine Ohrfeige geben, und sie hätte es vielleicht auch getan, wenn nicht ein halber Meter Theke mit mehreren Tellern

Backwaren sie getrennt hätte. »Sie sind einfach ... ich kann es nicht fassen!«

»Wenn Sie natürlich lieber den Abend in Haus Dalmain mit ... ihm ...«

»Er heißt Henry.«

»Das passt. Wenn Sie lieber den Abend mit Henry verbringen möchten, verstehe ich das. Doch die Entscheidung liegt bei Ihnen.«

»Ich weiß!«

Er warf einen Blick dorthin, wo Henry und Lady Dalmains Freunde standen. »Ich werde Sie jetzt nicht zu einer Antwort drängen, denn es scheint, dass *Henry* sich auf den Weg hierher gemacht hat und Sie einiges überdenken müssen, aber ich rufe Sie später an.«

Entschlossen, ihn nicht mehr anzusehen, ordnete sie die Haferkekse mit der Servierzange auf der Platte und brach dabei von einem ein großes Stück ab, wodurch er unverkäuflich wurde.

»Wie wollen Sie das anstellen? Sie haben ja die Nummer gar nicht.«

»Nun, die könnten Sie mir geben. Oder ich könnte einfach persönlich vorbeikommen. Wie immer es Ihnen lieber ist.«

Mit zitternden Fingern tastete sie in ihrer Tasche nach einem Stift. »Ich schreibe Ihnen die Nummer auf.« Der Gedanke, dass Ross Grant in Haus Dalmain auftauchen könnte und sie dort alles würde erklären müssen, war zu entsetzlich. Sie schrieb die Nummer auf eine Serviette. »Hier!«

»Danke schön.« Er sah sie noch einmal durchdringend an, bevor er ging, gerade bevor Henry und Lady Dalmain wieder am ›Homely Haggis‹ eintrafen.

»Worüber hast du mit dem Mann gesprochen?«, wollte Henry wissen.

»Ich habe ihm einen Weg erklärt«, antwortete sie ruhig und wunderte sich, dass sie wegen dieser Lüge keine Schuldgefühle entwickelte.

»Oh. Es sah so aus, als hättest du ihm etwas gegeben.«

»Eine Serviette mit der Wegbeschreibung darauf. Wie sieht es aus, willst du etwas essen oder mich nur verhören? Wir werden gleich schließen.«

Später traf Henry sie in der Küche von Haus Dalmain wieder, wo sie damit beschäftigt war, Kartoffeln zu stampfen. Es sollten eigentlich gar keine Stampfkartoffeln werden, sie hatten aber diese Laufbahn eingeschlagen, nachdem sie zu lange gekocht worden waren. Es war so gut wie unmöglich, dachte Jenny, dass sie nicht wässrig schmeckten. Sie fügte ein großes Stück Butter hinzu, das sie als Selbsterhaltungsmaßnahme selbst gekauft hatte.

»Liebling!« Henry schien zu erwarten, dass sie auf der Stelle den Stampfer fallen ließ. »Du könntest dich etwas erfreuter zeigen, mich zu sehen. Ich bin deinetwegen über siebenhundert Meilen gefahren!«

Jenny ließ ihre Waffe sinken und einen Kuss über sich ergehen. »Ich dachte, du wärst geschäftlich hier.«

»Das bin ich«, räumte Henry ein, »aber ich wollte auch dich sehen. Ich habe mich gefragt, wann du wohl wieder nach Hause kommst.«

»Ich bin mir nicht sicher. Es ist noch sehr viel zu tun.«

Er bedachte sie mit einem spöttischen Lächeln, das sie früher einmal für sehr attraktiv gehalten hatte und das sie nun mehr wurmte, als sie sagen konnte. »Aber Schatz, du sagst mir doch immer, wie effektiv du seist! Du hast bestimmt keine Schwierigkeiten, die Stilllegung so einer kleinen Klitsche von Wollfabrik zu organisieren!«

Jenny wandte sich wieder den Kartoffeln zu, damit die Versuchung, ihn mit dem Stampfer zu traktieren, nicht zu groß wurde. »Ich versuche, sie nicht stillzulegen; das ist es ja gerade!« Sie öffnete die Ofenklappe. Im Ofen lagen mehrere Scheiben geräucherter Schellfisch in einer Auflaufform mit Milch. »Glaubst du, es ist noch Zeit genug, um daraus Fischpastete herzustellen?«

Henry zuckte die Schultern. »Du bereitest eine wirklich gute Fischpastete zu, Schatz, aber ich persönlich bin halb verhungert.«

Sie blickte auf ihre Uhr. Es war schon fast kurz vor acht. Der verdammte Ross Grant! Warum hatte er sie nicht angerufen? Sie würde nicht mit ihm ausgehen, doch sie wünschte sich die Gelegenheit, ihn abzuweisen. »Henry, warum gehst du nicht schon mal und ziehst dich zum Essen um? Ich komme hier besser allein zurecht.«

Felicity stürmte herein, und als Henry gegangen war, bemerkte sie: »Gott, er ist wirklich nett, nicht wahr? Das mit Mama hat er erstklassig hinbekommen.«

»Willst du mir helfen, Felicity? Falls nein, ich bin jetzt sehr beschäftigt.«

»Oh! Nein, ich wollte dir nur ausrichten, dass da ein Mann für dich am Telefon ist. Gott weiß, wer. Nimm das Gespräch in Mamas Zimmer an. Sie ist im Salon und genehmigt sich einen Drink.«

»Gut!« Jenny flog die Stufen hinauf. Junge, würde sie ihm einen Korb geben! Sie nahm den Hörer auf. »Hallo?«

»Es tut mir Leid, dass ich nicht früher anrufen konnte. Ich musste ein Schaf aus einer Notlage befreien. Und ich bin gerade erst zurückgekommen. Wie stehts, haben Sie sich denn nun entschlossen?«

Sie biss die Zähne zusammen und atmete tief ein. »Ich erwarte Sie um neun am Ende der Ausfahrt«, antwortete sie knapp und knallte dann den Hörer auf die Gabel.

Kapitel 13

Als Jenny in der Dunkelheit die Einfahrt hinunterstolperte, bekleidet mit einem alten Mantel, den sie sich vom Treppenpfosten geangelt hatte, fragte sie sich, wie um alles in der Welt sie es geschafft hatte, so weit zu kommen.

Mit Lichtgeschwindigkeit hatte sie den Schellfisch in eine Fischpastete verwandelt, wobei sie auch ein Päckchen Käsesauce hineingeschmuggelt hatte (Felicitys bevorzugtes kulinarisches Hilfsmittel) und ein Stück überreifen, orangefarbenen Cheddar-Käse. Die Pastete wurde trotz ihrer Mängel verzehrt, und alle warteten mit ungebremstem Appetit auf den Nachtisch. In einem Anflug von Panik warf Jenny ein paar angedünstete Äpfel (es blieb keine Zeit, sie richtig zu kochen) in eine ofenfeste Schüssel und betreute sie mit Haferkekskrümeln. Das Ganze stellte sie dann auf den Tisch und hoffte, dass Henry keine Bemerkung über die auffällige Ähnlichkeit des Nachtisches mit dem ersten Gang machen würde. Gleichzeitig eröffnete sie der versammelten Gesellschaft, dass sie noch ausgehen werde. Über Erklärungen würde sie sich später den Kopf zerbrechen. Wahrscheinlich saßen sie jetzt immer noch alle am Tisch und starrten auf die Stelle, an der sie selbst kurz zuvor noch gestanden hatte.

Der Landrover war ein kleines Stück weit die Auffahrt hinaufgekommen.

Als Ross Grant sie kommen sah, stieg er aus. Wortlos öffnete er die Beifahrertür und half ihr in den Wagen. Jenny stieg ein und schwieg.

Eine Sekunde lang blitzte in ihrem Kopf der Gedanke auf, dass sie zu einem Mann, den sie kaum kannte, in ein Auto gestiegen war. Niemand wusste, wo sie war oder wo sie hinfahren würde. Sie wusste nicht, wo sie hinfahren würde. Sie gab sich alle Mühe, sich deswegen Sorgen zu machen, aber nichts schien ihr so schlimm zu sein, wie einen ganzen Abend lang zusehen zu müssen, wie Henry sich bei Lady Dalmain einschmeichelte und umgekehrt.

»Ich kenne einen kleinen Pub oben in den Bergen. Da fahren wir jetzt hin.«

»Soll mir recht sein.« Irgendwie fand sie ihre Stimme wieder, was sie für ein ermutigendes Zeichen hielt. Schließlich ging es nur um einen Drink in einem Pub, obwohl ihr in diesem Augenblick kein einziges unverfängliches Gesprächsthema oder auch nur eine beiläufige Bemerkung einfallen wollte. Vielleicht würde es ihm ja nichts ausmachen, wenn sie einfach schweigend dasaß.

»Wachen Sie auf. Wir sind da«, verkündete Ross.

Zu ihrem Entsetzen wurde Jenny klar, dass sie nicht nur eingeschlafen war, sondern dass Ross es auch noch bemerkt hatte. Was musste er nur von ihr halten? Dann hätte sie um ein Haar laut aufgelacht. Weshalb machte sie sich deswegen Gedanken? Zumindest konnte sie ihm nichts an den Kopf werfen, solange sie schlief.

»Tut mir Leid«, murmelte sie gähnend. »War ein langer Tag.«

»Kommen Sie, ich helfe Ihnen.«

Im nächsten Moment wurde sie auch schon unversehens von dem hohen Beifahrersitz heruntergehoben und festgehalten, als ihre Knie beim Aufprall auf dem Boden unter ihr nachzugeben drohten. Er nahm ihren Arm und führte sie in den Pub.

Es war seltsam, dachte sie, als sie seinen Arm unter ihrem spürte. Sie hatte oft Henrys Arm genommen, aber so hatte er sich nie angefühlt. Kurz darauf ließ sie sich in die Bar führen und nahm neben einem Feuer Platz, das loderte und prasselte und echte Wärme verströmte.

»Was hätten Sie gern?«

Sie schwankte nur eine Sekunde lang, aber er übernahm sofort das Kommando. »Ich kann Ihnen einen besonders guten Single Malt Whisky empfehlen. Wollen Sie ihn mal probieren?«

Wider besseres Wissen nickte sie. Sie hatte bereits einen von Felicitys Monsterdrinks intus, worauf Henry prompt gebrummt hatte: »Du weißt doch, dass ich es nicht gern sehe, wenn du Alkohol trinkst.«

Als Ross mit den Gläsern in der Hand wieder an den Tisch kam, bemerkte sie, dass er Ginger Ale trank. Der Gedanke, er könne versuchen, sie betrunken zu machen, um auf diese Weise seine schändlichen Pläne durchzuführen, flammte in ihren Gedanken auf und erlosch wieder. Eigentlich fühlte sie sich umso sicherer, weil er nichts trank. Henry trank manchmal, wenn er noch fahren musste, ein wenig mehr, als ihr lieb war. Und er hätte ihr nie erlaubt, seinen Wagen zu fahren, weil das Auto für sie angeblich zu stark motorisiert war.

Ross hob sein Glas. »Ich hoffe, Sie mögen den Whisky. Er ist ziemlich rauchig.«

Sie nippte und spürte, wie mehrere hundert Jahre Torf ihre Kehle hinunterglitten. »Er ist himmlisch. Aber ich sollte mich etwas zurückhalten. Ich habe heute schon einen Whisky getrunken.« Ein bebender Seufzer kam über ihre Lippen, und sie versuchte, ihn in ein Lächeln zu verwandeln.

»Sie sind müde. Fühlen Sie sich meinetwegen nicht verpflichtet, höfliche Konversation zu machen, obwohl das mal etwas Neues und sicher sehr reizvoll wäre. Falls Sie richtig fix und fertig sind, trinken Sie einfach nur Ihren Whisky und genießen Sie das Feuer.«

Jenny war ein wohl erzogenes Mädchen aus Südengland. Sie pflegte nicht einfach nur »das Feuer zu genießen«. Nach ihren antiquierten Benimmregeln stellte man seinem Begleiter bei einer Verabredung, vor allem bei einer ersten Verabredung, Fragen nach seinem Leben und seiner Meinung zu der jüngsten Weltkrise.

»Nein, wirklich, mir geht es gut. Und wenn ich müde bin, brauche ich nur daran zu denken, wie sich meine Freundin Meggie fühlen muss. Sie hat gerade erst mit ihrem Baby das Krankenhaus verlassen und kann nicht einmal sicher sein, dass sie heute Nacht viel Schlaf bekommen wird.«

»Stimmt, aber ich schätze, es war trotzdem ihre Idee, zu den Hochlandspielen zu fahren?«

»Hm, ja, doch wenn ich Nein gesagt hätte ...« Sie seufzte tief. »Also, besuchen Sie sämtliche Hochlandspiele in der Gegend, oder war es reiner Zufall, dass Sie bei diesem hier zugegen waren?«

Er schüttelte den Kopf. »Eigentlich nicht. Ich hatte natürlich von Hamish gehört und von den Spielen zu seinem Gedächtnis, aber eigentlich wollte ich Sie sehen.«

»Oh?« Mit einem Mal fühlte Sie sich überhaupt nicht mehr sicher und schläfrig.

»Keine Sorge; ich spioniere Ihnen nicht nach. Ich wollte Sie nur etwas fragen.«

»Und deshalb haben Sie mich auf einen Drink eingeladen?«

Er nickte. »Das war ein Grund. Der andere Grund ist, dass Sie eine sehr attraktive Frau sind, trotz Ihres anmaßenden Wesens.«

Jenny kicherte. »Das hat noch nie jemand von mir gesagt.«

Er zuckte die Schultern. »Aber ich bin davon überzeugt, dass Sie für die Dinge, die Ihnen am Herzen liegen, zu kämpfen pflegen.«

»Oh ja! Absolut – auf Leben und Tod! Doch ich tue es auf eine besonnene, beherrschte und rücksichtsvolle Art und Weise.«

Er lachte. »Also, das würde ich gern mal erleben.«

»Was?«

»Sie, wenn Sie selbstbeherrscht und rücksichtsvoll sind.«

Jenny gab sich größte Mühe, sein Lachen nicht zu erwidern. »Ich finde, ich habe Ihnen diese Tasse Kaffee auf eine sehr selbstbeherrschte Weise über die Jacke geschüttet. Sie hat Sie genau da getroffen, wo ich Sie treffen wollte.«

»Ach ja?«

Jenny schloss die Augen und wandte sich ab. Was war das nur mit seiner Stimme, dass sie jede einzelne ihrer erogenen Zonen zu streicheln schien? Sie öffnete die Augen wieder und wandte sich ihm zu. »Ja«, erklärte sie schroff. »Und jetzt zur Sache. Worüber wollten Sie mit mir sprechen?«

Zum ersten Mal schien er sich ein wenig unwohl zu fühlen. »Zuerst möchte ich, dass Sie mir etwas über Ihre Arbeit erzählen. Sie gehen doch im Homely Haggis keiner Vollzeitbeschäftigung nach.«

Dieser Themenwechsel kam ihr ein wenig abrupt vor. Sie würde ihm die übliche nichts sagende Auskunft geben, er würde sie mit leerem Blick ansehen, sie würde es noch einmal erklären, und er würde antworten: »Ah, ja, ich glaube, ich verstehe«, obwohl er überhaupt nichts verstand, sondern das Ganze nur langweilig fand.

»Ich bin das, was man eine virtuelle Assistentin nennt. Das bedeutet …«

Er unterbrach sie. »Ich weiß, was das bedeutet. Ich arbeite selbst mit Computern.«

»Oh. Na ja, davon abgesehen gibt es nicht viel zu erzählen.«

»Doch, gibt es wohl. Virtuelle Assistenten arbeiten für gewöhnlich bequem von zu Hause aus, nicht wahr?«

»Ja, eigentlich schon, doch im Augenblick ist meine Arbeit etwas praxisbezogener als normalerweise.«

»Und Sie arbeiten bei Dalmain Mills.«

Es schien ihr nutzlos, das abzustreiten. Seine Informationsquellen waren offensichtlich exzellent. »Woher wissen Sie das? Verbringen Sie Ihre Tage damit, sich den neuesten Klatsch anzuhören?«

»Nicht ganz.«

Da fiel es ihr wieder ein. »Ach nein, Sie retten ja auch Schafe, nicht wahr? Was fehlte dem Tier?«

»Es kam nicht mehr auf seine Weide zurück. Aber ich habe Sie nicht hierher gebracht, um über Schafe zu sprechen.«

»Schade, ich interessiere mich im Augenblick nämlich für Wolle. Obwohl man schottische Wolle anscheinend nicht für sehr feine Stoffe verwenden kann. Während sie für Tweed natürlich hervorragend geeignet ist.«

Diese Bemerkung schien ihn zu überraschen. »Dann kennen Sie sich also mit Wolle aus?«

Sie schüttelte den Kopf. »Eigentlich nicht; genau genommen weiß ich so gut wie nichts darüber. Aber ich habe einiges zu diesem Thema dazugelernt, seit ich in der Fabrik arbeite. Es ist faszinierend, wenn man sich näher damit beschäftigt. Anscheinend hat die Ernährung der Schafe Auswirkungen auf die Wolle.«

Er runzelte die Stirn. »Aber Sie brauchen doch sicherlich nichts über Wolle zu lernen, um …«

»Um was?«

»Um eine virtuelle Assistentin zu sein.«

»Hm, nein, doch da ich im Augenblick in einer Wollfabrik arbeite, denke ich, dass es wichtig ist, so viele Hintergrundinformationen zu bekommen wie nur möglich, vor allem …«

»Vor allem, wenn die Fabrik in Schwierigkeiten steckt?«

Sie zuckte die Schultern. »Ich nehme an, das ist inzwischen allgemein bekannt.«

»Weshalb also das Interesse? Warum sehen Sie sich nicht einfach nur die Zahlen an und lassen die Sache ihren Lauf nehmen, wenn die Bilanzen nicht stimmen?«

»Hören Sie mal zu! Sie müssen doch irgendwelche guten Anlagen haben! Immerhin haben Sie ein Schaf gerettet. Finden Sie wirklich, dass es moralisch annehmbar ist, eine Fabrik zu schließen, nur weil die Bilanzen nicht stimmen? Also, ich bin nicht dieser Meinung! Natürlich ist es möglich, dass sie dennoch wird schließen müssen, aber nicht, bevor ich alles in meiner Macht Stehende getan habe, um das zu verhindern.«

»Hab ich doch gesagt, dass Sie eine Kämpferin sind.«

»Na ja, vielleicht bin ich das ...«

»Außerdem habe ich gesagt, dass Sie eine sehr attraktive Frau sind.«

Jenny schluckte. Dann holte sie, um sich zu beruhigen und wieder zur Vernunft zu kommen, tief Luft. »Und Sie erklärten mir, Sie wollten über irgendetwas mit mir reden.«

»Dafür scheint mir jetzt kein guter Augenblick zu sein. Darf ich Ihnen noch einen Drink holen?«

Bevor sie ablehnen konnte, war er aufgestanden und hatte ihr leeres Glas mitgenommen. Sie schloss die Augen, und die Hitze des Feuers wärmte ihre Knochen.

Nur wenige Sekunden später weckte er sie wieder auf. »Also, haben Sie bei Ihrer Arbeit als virtuelle Assistentin schon irgendwelche anderen schwindsüchtigen Betriebe gerettet?«

»Oh, nein. Aber meistens arbeite ich auch aus großer Entfernung.«

»Warum gehen Sie dann keinem normalen Job nach, bei dem Sie häufiger mit Menschen zu tun hätten?«

»Meine Mutter behauptet, mein größtes Laster sei es, dass ich ständig versuchen müsse, die Probleme anderer Leute zu lösen, was ich wahrscheinlich gerade jetzt auch wieder versuche.«

»Sie haben meine Frage nicht beantwortet.«

»Warum ich virtuelle Assistentin bin?« Jenny nahm noch einen Schluck von ihrem Whisky und dachte flüchtig, dass der Whisky, dem sie in Haus Dalmain so reichlich zusprach, im Vergleich zu diesem weichen, strohfarbenen Getränk ein ziemlich jämmerliches Zeug war. »Die Firma, für die ich gearbeitet habe, ist Pleite gegangen. Die Arbeiter, ich eingeschlossen, wurden allesamt auf die Straße gesetzt, mit nichts in der Hand, nicht einmal mit unserem Lohnscheck für den letzten Monat. Die Bosse sind mit einem kleinen Vermögen davon spaziert und haben eine neue Firma gegründet. Daraufhin habe ich beschlossen, in Zukunft mein eigener Herr sein zu wollen.«

»Und wird es Ihnen nichts ausmachen, wieder allein zu arbeiten, nachdem Sie hier mit anderen Menschen zusammengearbeitet haben?«

Es war eine beunruhigend sachliche Frage. Das Leben war seit ihrer Ankunft in Schottland extrem schwierig und anstrengend gewesen, und auch wenn sie eigentlich nicht behaupten konnte, dass sie jeden Augenblick genossen hätte, hatte sie sich doch vollkommen lebendig gefühlt. Der Gedanke an die Heimat im Süden, an Henry und alles, was mit ihm zusammenhing, erschien ihr tatsächlich sehr fade und sinnlos.

»Ich weiß nicht. Ich habe in dieser Angelegenheit kaum eine Wahl.«

»Sie könnten doch etwas deswegen unternehmen. Sie könnten verlangen, dass man Sie zur Leiterin der Fabriken macht.«

Sie runzelte die Stirn. »Ich glaube nicht. Der Job würde Kirsty zustehen – sie ist brillant, durfte aber nie Verantwortung übernehmen –, falls es einen solchen Job überhaupt gibt und der ganze Laden nicht einfach baden geht.«

»Warum ist die Fabrik überhaupt in so einen Zustand geraten, was meinen Sie?«

»Hm, das weiß ich nicht genau, aber ich glaube nicht, dass Philip, der Besitzer, sich jemals besonders für den Betrieb interessiert hat. Seine Lösung bestand darin, sich einfach Geld zu leihen und irgendwie die nächsten paar Monate zu überstehen. Er hat sich nicht gefragt, wo das grundlegende Problem lag.«

»Und wo lag es?«

»Na ja, es ist nur meine Meinung, und ich bin gerade erst hergekommen, doch ich denke, er hätte aufhören sollen, Dinge zu produzieren, die alle anderen auch produzieren, nur dass er dabei weniger Gewinn gemacht hat. Stattdessen hätte er sich nach anderen, ungewöhnlicheren Märkten umsehen sollen. Mit anderen Worten, er hätte diversifizieren sollen.«

»Hmm. Ein interessantes Konzept.«

»Nur wenn Sie sich für Wollfabriken interessieren, und ich nehme nicht an, dass das der Fall ist.« Eine ihrer anderen heimatlichen Benimmregeln besagte, dass man das Reden nicht allein besorgen durfte, zumindest nicht, wenn man eine Frau war. Jennys Erfahrung nach bedeutete das, dass die Frau in regelmäßigen Abständen »Ja, Henry« einzuwerfen hatte. »Also, was hat Sie nach Schottland geführt?«

»Das ist eine lange Geschichte. Wenn ich sie erzähle, würden Sie wahrscheinlich nur wieder einschlafen.«

»Stellen Sie mich auf die Probe – aber seien Sie nicht beleidigt, wenn ich tatsächlich einschlafe. Ich habe viel zu viel getrunken.«

Er lachte. »Es gibt im Grunde nicht viel zu erzählen. Ich arbeite auch von zu Hause aus. Deshalb steht es mir frei, dort zu leben, wo es mir gefällt, und ich liebe diese Gegend. Die Familie meiner Mutter kommt hierher. Und ich hatte immer den Wunsch, mich der Bergrettungswacht anzuschließen.«

»Aber haben Sie mir nicht erzählt, Sie seien im Urlaub? Bei unserer ersten Begegnung?«

»Ich hatte mir den Tag freigenommen.«

Jenny runzelte die Stirn. »Dann sind Sie also hierher gekommen, nur um sich einer Bergwacht anzuschließen. Warum sind Sie so versessen darauf?«

»Diese Geschichte wird Sie ganz eindeutig einschläfern.«

»Sprechen Sie weiter«, drängte sie sanft. »Ich bin nicht mehr annähernd so müde wie vorhin. Es sei denn natürlich, Sie würden mir lieber nicht davon erzählen.«

Er runzelte die Stirn. »Seltsamerweise glaube ich, dass es mir nichts ausmachen würde, mit Ihnen darüber zu sprechen, obwohl ich normalerweise nie davon rede.«

»Nur weiter.«

»Ich war etwa vierzehn Jahre alt. Ein Freund und ich hatten beschlossen, auf den Snowdon zu steigen. Wir hatten alle notwendigen Vorkehrungen getroffen. Er war schon früher oben gewesen und meinte, es sei ganz einfach. Es fährt sogar ein Zug rauf, um Himmels willen, aber im letzten Augenblick konnte mein Freund dann nicht mitkommen. Ich weiß nicht mehr, warum, doch ich beschloss, allein raufzugehen. Pure Prahlerei, nehme ich an. Ich hatte den Leuten, bei denen ich wohnte – sie waren selbst leidenschaftliche Bergwanderer –, erzählt, dass ich auf den Snowdon steigen würde, und ich wollte nicht, dass irgendjemand dachte, ich hätte Angst bekommen oder so etwas.«

Er hielt inne. Jenny schwieg. Das Geheimnis, ein guter Zuhörer zu sein, bestand darin, dass man zuhörte, statt zu reden.

»Am Anfang lief alles bestens. Man konnte genau sehen,

wo der Pfad verlief. Ich war auch nicht schlecht ausgerüstet. Ich hatte richtige Wanderstiefel, einen guten Anorak, ein paar Sandwiches. Aber dann kam ich irgendwie vom Weg ab, und das Wetter wurde immer schlechter. Schließlich gelangte ich an eine Stelle, von der aus ich nicht mehr nach unten steigen konnte, nur noch weiter nach oben, und am Ende fehlte mir dazu einfach die Kraft. Irgendwann fand ich einen Felsvorsprung und habe mich in Todesangst daran festgeklammert. Ich schrie um Hilfe; das schien mir das Einzige zu sein, was ich tun konnte. Aber man kann nicht allzu lange schreien, das kostet zu viel Energie.«

Er hielt inne. »Noch einen Whisky?«

Jenny schüttelte den Kopf. »Was ist als Nächstes passiert?«

»Ich rief weiter um Hilfe, wann immer ich die Kraft dazu fand. Ich wusste, dass ich nicht einschlafen durfte, doch mir schwanden langsam die Sinne. Ich dachte, ich würde sterben.« Er runzelte die Stirn. »Seltsamerweise hatte ich nicht direkt Angst vor dem Tod, sondern mehr vor dem, was passieren würde, wenn ich nicht starb.«

»Haben Sie an Ihre Familie gedacht, an Ihre Mutter? Wusste sie, dass Sie da oben waren? Und in Gefahr?«

Er schüttelte den Kopf. »Meine Mutter starb, als ich sieben war. Ich hatte nur noch meinen Dad. Er hielt sich im Ausland auf, bei Freunden, und er wusste nicht, wo ich mich befand.«

»Und was war mit den Leuten, bei denen Sie wohnten? Hätten die nicht Alarm geschlagen?«

»Dazu hatten sie keinen Grund. Ich war mit dem Zug dorthin gefahren, und ich sollte mit dem Zug zurückkehren, jedoch erst sehr viel später.«

»Mein Gott!«

Ross lächelte. »Hm, ja, der Gedanke kam mir damals auch.«

»Dass es einen Gott gibt oder dass es keinen gibt?«

Er zuckte die Schultern. »Dass es ihn gibt, aber dass es für die Welt keine Rolle spielte, ob ich weiterlebte oder starb.«

Ross wirkte jetzt etwas entspannter. »Nachdem ich eine ganze Weile gerufen hatte, glaubte ich, gehört zu haben, dass jemand mir antwortete. Ich will jetzt nicht weiter in die Einzelheiten gehen, doch vier Stunden später, nach einer ziemlich haarigen Aktion, war ich wieder am Fuß des Berges. Aber hätten nicht eine Menge Leute ihr Leben für mich aufs Spiel gesetzt, wäre ich dort nie angekommen. Ihr Geschick und ihre Ausbildung haben mir das Leben gerettet, doch sie haben es unter Einsatz ihres eigenen Lebens getan. Später erzählten sie mir dann, dass ich mich in einer außerordentlich heiklen Lage befunden hätte – es war schwierig, von unten an mich heranzukommen, aber noch schwieriger, mich von oben zu erreichen.«

»Wie haben sie es dann geschafft?«

»Das Ganze ist mir nur ziemlich verschwommen in Erinnerung geblieben. Zu dem Zeitpunkt litt ich bereits an Unterkühlung. Ich verbrachte die Nacht unter Beobachtung im Krankenhaus, und am nächsten Morgen fuhr ich zu den Freunden, bei denen ich wohnte. Man hatte ihnen mitgeteilt, was geschehen war, und sie waren sehr erschrocken. Sie riefen dann meinen Vater an, weil sie dachten, er würde nach Hause fliegen und mich holen kommen wollen, aber er hat es nicht getan.«

»Warum nicht?«

Ross schüttelte leicht den Kopf und drehte sein Glas in den Fingern. »Ich weiß es nicht. Ich war zu dem Zeitpunkt außer Gefahr. Vielleicht hatte er das Gefühl, es hätte keinen Sinn, seinen Urlaub zu unterbrechen, da doch mit mir alles in Ordnung war.«

Jenny erwiderte nichts. Ihr eigener Vater war jetzt seit vier Jahren tot, aber sie wusste, dass es zu seinen Lebzeiten keine Reise gegeben hätte, die er nicht um ihretwillen auf sich genommen hätte, keine Ferienpläne, die er nicht über den Haufen geworfen hätte.

Ross seufzte. »Ich habe viel zu viel geredet. Ich hole Ihnen noch einen Whisky.« Er griff nach ihrem Glas und ging damit zur Theke.

Ross' Geschichte ließ Jenny nicht los, ganz so, als hätte sie selbst auf diesem Berg festgesessen. Der Gedanke an den Jungen, der ganz allein auf einem Berg festsaß, wo er sich mit den Händen an einem Felsvorsprung festklammerte, während Kälte und Schwäche ihm immer mehr zu schaffen machten, ging ihr nicht mehr aus dem Sinn.

Ross kam mit ihrem Whisky und einer Tasse Kaffee für sich selbst zurück. Jenny blinzelte und versuchte, wach und aufmerksam zu wirken. Er lächelte, als fände er ihre Anstrengung rührend, jedoch nicht überzeugend.

»Wie ist es dann weitergegangen?« Sie war fest entschlossen, wach zu bleiben. »Sie haben offensichtlich nicht für immer den Bergen entsagt. Ich an Ihrer Stelle hätte es getan.«

»Eine Weile bin ich auch tatsächlich nicht mehr in die Berge gegangen, dann habe ich richtig klettern gelernt, und es war jahrelang ein Hobby für mich. Obwohl ich das Bergwandern dem Klettern bei weitem vorziehe.«

»Und dann?«

»Als ich in der Lage dazu war, wollte ich etwas zurückgeben. Ich denke, es war mir peinlich, dass mein Vater sich bei den Leuten, die mich damals gerettet haben, nicht erkenntlich gezeigt hat. Er schien zu glauben, dass das eben ihr Job gewesen sei, dass sie das Ganze um des Ruhmes willen oder aus irgendwelchen anderen Gründen unternommen hatten. Deshalb habe ich versucht, das hiesige Team dazu zu überreden, mich aufzunehmen.«

»Und haben sie es getan?«

»Sie werden mich aufnehmen. Doch ich muss ein Jahr hier leben, bevor ich der Bergwacht beitreten darf.«

»Brauchen Sie eine besondere Ausbildung? Müssen Sie beweisen, dass Sie fit sind?«

Er schüttelte den Kopf. »Sie gehen wohl davon aus, dass man fit ist, wenn man das Bergwandern als Hobby betreibt, aber es gibt natürlich schon ein Training. Ich hatte ein sehr eingehendes Vorstellungsgespräch bei dem Mannschaftsführer, der zu guter Letzt meinte, ich würde ins Team aufgenommen, wenn ich hier lebe.«

»Ich hätte gedacht, die Bergwacht wäre dankbar für jeden Freiwilligen.«

»Für einige Mannschaften gilt das sicher. Doch hier in der Gegend sind die Plätze ziemlich begehrt.«

»Warum also gerade hier? Warum nicht am Snowdon?«

»Wie gesagt, die Familie meiner Mutter stammte aus dieser Gegend.« Er brach ab, als gäbe es da noch mehr zu erzählen.

Jenny bedrängte ihn nicht, sie sah ihn nur an. Sie hätte nichts lieber getan, als ihn in die Arme zu nehmen. Die Ironie der Situation entging ihr keineswegs. Sie hatte so viel Energie darauf verschwendet, diesen Mann nicht zu mögen.

Ross erwiderte ihren Blick. Er wirkte ruhig und gelassen. Sie dachte an den vierzehnjährigen Jungen, dessen Vater seine Ferien bei Freunden genoss, nachdem sein Sohn um ein Haar auf einem Berg gestorben wäre; sie wusste nicht, ob es der Junge war, den sie umarmen wollte, oder der Mann.

»Sehen Sie Ihren Vater noch oft?«, fragte sie.

Er griff nach dem Löffel, der auf seiner Untertasse lag, und zeichnete ein Muster auf den Tisch. »Nein. Er lebt im Ausland, und obwohl ich früher mal viel gereist bin, besuche ich ihn nur ungefähr einmal im Jahr.« Er sah sie an und ahnte ihre Reaktion voraus. »Es hat keinen Sinn, allzu sentimental zu sein, Jenny. Das Leben ist hart, voller schwieriger Entscheidungen. Da ist es wenig hilfreich, wenn Ihr Geist von Gefühlen umnebelt ist.«

Sie nickte, als wollte sie ihm zustimmen, fragte sich aber gleichzeitig, wie man seine Gefühle denn einfach abstreifte? Die Gefühle, die in einem aufstiegen und die die eigenen Entscheidungen beeinflussten? Die den Betreffenden auf Wege führten, von denen er wusste, dass er ihnen nicht folgen sollte?

Er antwortete nicht auf ihre unausgesprochene Frage. »Ich denke, ich bringe Sie jetzt am besten zurück. Sie sehen so aus, als wären Sie schon beinahe eingeschlafen. Ich hätte Sie nicht so lange mit meinen Geschichten hier festhalten dürfen.«

Sie warf einen Blick auf ihre Armbanduhr. Es dauerte eine Weile, bis sie verstand, was die Zeiger ihr sagten, doch dann wurde ihr klar, dass es erst elf Uhr war, obwohl sie sich so fühlte, als müsste es schon ein oder zwei Uhr sein. »Ich weiß nicht, warum ich so müde bin.«

Er lachte. »Ich schätze, Sie haben den ganzen Tag lang Kunden beleidigt, sie mit Kaffee übergossen und Tomaten gegrillt. So was zehrt an den Kräften.«

Sie hätte ihm gern eine witzige Erwiderung an den Kopf geworfen, konnte stattdessen aber nur schwachsinnig lächeln. Jenny versuchte, das Lächeln mit einem Stirnrunzeln zu dämpfen. »Wissen Sie, was? Ich denke, ich sollte jetzt wirklich nach Hause fahren. Solange ich mich noch an den Weg nach oben in mein Zimmer erinnere.« Dann stützte sie die Ellbogen auf den Tisch, legte den Kopf in die Hände und stöhnte. »O Gott!«

»Was ist denn?« Er klang besorgt und legte ihr eine Hand auf die Schulter.

»Mir ist gerade klar geworden, dass ich die anderen mitten beim Abendessen habe sitzen lassen. Sie sind wahrscheinlich alle aufgeblieben, nur damit sie mich anschreien können. Ich wünschte, es gäbe eine Möglichkeit, mich ungesehen ins Haus zu schleichen.«

Er ließ die Hand auf ihrer Schulter liegen. »Soll ich mit Ihnen kommen und Ihnen Deckung geben, damit Sie unbemerkt hineinschlüpfen können?«

Diese Idee entlockte ihr ein Lächeln. »Würden Sie das tun?«

»Natürlich.«

Sie schüttelte den Kopf. »Es ist schon gut. Ich schaffe das irgendwie. Schließlich ist es mein Problem.« Sie zuckte zusammen. »Obwohl ich wirklich ein schlechtes Gewissen habe. Ich weiß eigentlich gar nicht, warum ich Ihre Einladung überhaupt angenommen habe. Ich habe Henry an seinem ersten Abend hier allein gelassen, und er wird mir nie verzeihen. Oh, verdammt!«

Ross hinderte sie daran, den Kopf wieder sinken zu lassen. »Kommen Sie. Ich bringe Sie zurück. Wenn irgendjemand so aussieht, als wollte er Sie ansprechen, lenke ich ihn ab. Ich könnte ein kleines Feuer legen oder etwas in der Art.«

Er fasste sie am Ellbogen, brachte sie nach draußen und half ihr auf den Beifahrersitz des Landrovers. Sie wusste, dass sie betrunken war, aber sie fühlte sich bei diesem Mann, den sie kaum kannte, auf eine seltsame Weise sicher.

Die Fahrt zurück nach Dalmain war kurz und wunderbar friedlich. Ross hielt am unteren Ende der Einfahrt an.

»Ich schleiche mich rein und stelle fest, ob sie noch auf sind. Wenn ja, können wir zum Haus gehen, und Sie stehlen sich lautlos hinein.«

»Aber die Hunde ...«

»Damit komme ich klar. Sie gehen einfach rein – haben Sie einen Schlüssel?«

Sie nickte. »Und wenn die Hunde kommen, schließe ich die Tür zu und klopfe an. Ich kann ja so tun, als hätte ich mich verirrt oder etwas in der Art.«

Sie seufzte. »Ich bin Ihnen so dankbar.«

»Warten Sie hier, und ich sehe nach, ob dieser ganze Unfug überhaupt nötig ist.«

Es schien nur ein paar Sekunden zu dauern, bis er zurückkam.

»Sie sind alle vorne im Wohnzimmer.«

»Also schön, dann Plan A.«

»Genau – nur noch eins.«

Er half ihr aus dem Wagen und drückte die schwere Tür zu. Dann legte er die Arme um sie und zog sie so fest an sich, dass sie meinte, ihre Rippen brechen zu hören. Seine Lippen verschmolzen mit ihren, und im Vergleich zu diesem Kuss verblasste ihr erster Kuss vollkommen. Sie schien beinahe das Bewusstsein zu verlieren, während Whisky, Verlangen und Leidenschaft zusammentrafen und ihr die Sinne raubten. Der Kuss dauerte eine Ewigkeit und war doch binnen eines Augenblicks vorbei.

Ross stützte sie, nachdem er sie wieder runtergelassen hatte, und da erst wurde ihr klar, dass er sie tatsächlich vom Boden hochgehoben hatte. Sie wusste nicht, was sie sagen sollte; ihr Gehirn weigerte sich, irgendwelche Worte an ihren Mund weiterzugeben.

»Ich sehe Sie dann am Montag«, flüsterte er in ihr Haar.

»In Ordnung.« Sie konnte sich im Augenblick nicht darauf besinnen, dass sie eine Verabredung hatten, aber Montag schien ihr akzeptabel zu sein, wenn es denn schon nicht Sonntag sein konnte oder, besser noch, der Rest dieses Samstagabends. Es war ein niederschmetternder Gedanke, doch sie wusste, wenn er jetzt seine Wachsjacke auf der kalten, steinigen Einfahrt ausgebreitet und vorgeschlagen hätte, dass sie sich zu ihm legte, hätte sie nicht gezögert. Sie tastete in ihrer Handtasche nach ihrem Schlüssel. Als sie ihn fand, nahm er ihr ihn ab.

Jenny war gerade durch die Tür getreten, als die Hunde anschlugen. Sie flüchtete die Treppe hinauf und hörte noch, wie Ross die Tür zuzog und anschließend laut anklopfte. Gott, er war wirklich ein netter Mann. Sie warf ihre Handtasche auf das Tischchen im Flur und schleppte sich die Treppe hinauf.

Kurz bevor sie einschlief, kam ihr zu Bewusstsein, dass er ihr immer noch nicht erzählt hatte, weswegen er sie hatte sehen wollen. Ohne sich einen Deut um die Lösung dieses Rätsels zu scheren und mit einem geistesgestörten Lächeln auf den Lippen schlief sie ein.

Kapitel 14

Jenny hatte die Absicht, früh aufzustehen und aus dem Haus zu gehen, bevor irgendjemand sie sah. Da ihr Klient am Montagmorgen kam, wollte sie einen Tag in der Fabrik verbringen und sich davon überzeugen, dass alles genauso war, wie es sein sollte. Sie hatte keine derartige Abmachung getroffen, war sich aber ziemlich sicher, dass auch Kirsty in der Firma sein würde. Es war nur eine winzige Chance, doch insgeheim hofften sie beide, Mr. M. R. Grant-Dempsey würde die Art Mann sein, der sich von einer schönen Präsentation blenden ließ, von Hochglanzprospekten und kunstvollen Grafiken. Was solche Dinge betraf, war Jenny ein absolutes Genie.

Es war ein Fehler gewesen, vorher noch frühstücken zu wollen. Das erkannte sie in dem Augenblick, als Henry unmittelbar nach ihr in der Küche erschien.

»Jenny! Wann bist du gestern Abend nach Hause gekommen? Und wo bist du gewesen?«

»Das weiß ich nicht so genau. Ich war noch nie dort.« Und da sie allein wohl auch niemals wieder dort hinkommen würde, war diese schwammige Aussage zumindest teilweise gerechtfertigt.

»Jenny! Du verschwindest einfach – vor dem Nachtisch –, um Himmels willen, und jetzt willst du mir nicht erzählen, mit wem du unterwegs warst! Wir sind ein Paar, falls du das vergessen hast. Oder jedenfalls sollten wir eins sein!«

»Du hast nicht gefragt, mit wem ich unterwegs war, Henry.

Das kann ich dir sagen! Es war ein Mann, den ich im ›Homely Haggis‹ kennen gelernt habe und der in einer bestimmten Angelegenheit einen Rat brauchte. Wenn du natürlich die Höflichkeit besessen hättest, mir von deiner Ankunft zu erzählen, hätte ich mich für einen anderen Tag mit ihm verabredet.«

»Du solltest dich überhaupt nicht mit ihm verabreden. Du bist meine Freundin.«

Sie stöpselte den Wasserkocher ein, den sie sich aus der Fabrik geliehen hatte. Jenny hätte darauf zu sprechen kommen können, dass Henry bei den Hochlandspielen auf Teufel komm raus geflirtet hatte, aber da sie selbst alles andere als ein gutes Gewissen hatte, verkniff sie sich die Bemerkung. »So war es nicht«, flunkerte sie. »Und warum bist du schon so früh auf?«

»Dieses verdammte, lumpige Bett!«

Jenny nickte mitfühlend. »Ich hab dich ja gewarnt, dass du Lady D.'s Einladung besser nicht annimmst. Dieses Haus ist elend kalt und ungemütlich. Du wärst in einem Hotel besser aufgehoben gewesen.«

»Ich dachte, ich könnte vielleicht dein Bett teilen.«

»Meins ist nicht nur genauso lumpig, es ist auch genau wie deins ein Einzelbett. Und ich habe dir bereits gestern erklärt, dass wir unmöglich in Lady Dalmains Haus zusammen schlafen können. Es ist, wie du mittlerweile sicher selbst herausgefunden hast, viel zu kalt, um darin herumzuschleichen.«

»Und wo willst du jetzt hin?«

»In die Fabrik. Mein Kunde kommt morgen. Ich muss dafür sorgen, dass alles tipptopp ist.«

»Aber es ist Sonntag!«

»Ich weiß. Ich muss trotzdem arbeiten.«

»Und was soll ich den ganzen Tag mit mir anfangen? Ich bin hergekommen, um dich zu sehen!«

»Ich schlage vor, du suchst dir ein Quartier, wo es rund um die Uhr heißes Wasser und eine anständige Matratze gibt. Hier wirst du dich abscheulich fühlen.«

Henry gähnte. »Oh, die Unbequemlichkeiten nehme ich in Kauf. Lady D. kennt jeden in der Gegend, der etwas darstellt, und sie hat wirklich Persönlichkeit. Eine faszinierende Frau. Sie kann mich mit allen möglichen nützlichen Leuten bekannt machen.«

»Das stimmt. Aber wirst du die Zeit haben, diese Kontakte zu nutzen?« In ihren Worten schwang ein Anflug von Ironie mit, weil sie an seine zügige Arbeit am vergangenen Tag denken musste, doch die Ironie war an Henry verschwendet.

»Oh ja. Ich rechne damit, dass ich noch mindestens zwei Wochen hier verbringen werde. Habe ich das nicht erwähnt?«

Jenny bekam plötzlich schwache Knie. »Warum so lange?«

»Freust du dich nicht? Ich dachte, du wärst glücklich darüber, dass ich es geschafft habe, mir diesen Job hier oben unter den Nagel zu reißen, damit ich in deiner Nähe sein kann!«

»Glücklich?«, erwiderte sie lahm. »Hm, natürlich freut es mich, dich zu sehen, aber ich habe furchtbar viel zu tun.« Sie sah auf ihre Armbanduhr. Es war zehn vor acht. »Ich muss jetzt los. Warum nimmst du nicht meinen Wasserkocher, brühst dir eine Tasse Tee auf und gehst noch mal ins Bett?«

»Jenny, so habe ich dich noch nie erlebt! Das muss an dem vielen Whisky liegen, den du gestern Abend mit Felicity getrunken hast. Ich habe dich doch gewarnt: Du sollst keinen Alkohol trinken, schon gar nicht pur.«

Da er von der Hälfte des Whiskys, den sie gestern Abend getrunken hatte, nichts wusste und sie sich tatsächlich ein wenig benommen fühlte, nickte sie nur und schürzte die Lippen. »Da könntest du Recht haben, Henry, doch ich muss jetzt an die Arbeit. Felicity wird bald auf sein, denke ich, um Lady Dalmains Tablett zu richten. Sie wird dafür sorgen, dass du ein Frühstück bekommst. Und jetzt: auf Wiedersehen.«

Sie trat ein paar Schritte auf den Flur hinaus und drehte sich dann noch einmal um. »Oh, übrigens, mach dir keine Gedanken wegen der Hunde. Sie tun dir nichts, wenn sie dich erst mal ordentlich beschnuppert haben.«

»Ich habe die Hunde gestern Abend kennen gelernt …«

»Oh, sie brauchen *Tage*, um sich an dich zu gewöhnen. Bleib einfach hier drin, bis Felicity auftaucht.«

Jenny sah das Licht im Büro, sobald sie auf den Parkplatz einbog. Es war Kirsty. Sie hatte Kaffee gekocht und eine große Dose Plätzchen bereitgestellt.

»Woher wussten Sie, dass ich kommen würde?«, fragte Jenny.

»Ich wusste es eben. Frühstücken Sie erst mal, dann fangen wir an.«

»Es ist dieser verdammte Philip«, murmelte Jenny eine halbe Stunde später. »Wenn er nicht ein separates Bürogebäude gebaut hätte, hätten wir genug Geld, um diese ganze Sache zu finanzieren, ohne Seine Hoheit um einen einzigen Penny bitten zu müssen.«

»Es wäre besser, wenn er keine Hypothek auf das Haus seiner Mutter aufgenommen und obendrein noch die Büros beliehen hätte«, fügte Kirsty hinzu.

»Allerdings.«

Um halb drei fuhr Jenny nach Hause. Sie stahl sich hinein und hoffte, allen anderen aus dem Weg gehen zu können, obwohl sie wusste, dass ihr das nicht lange gelingen würde. Sie schaffte es, in die Küche zu kommen und Scones mit Dickmilch zuzubereiten, bevor irgendjemand dahinter kam, dass sie wieder im Haus war. Sie ging erst ins Wohnzimmer, um Lady Dalmain zu begrüßen, als sie die noch ofenwarmen Scones auf ein Tablett gestellt und eine Kanne Tee aufgebrüht hatte.

Kirsty und Jenny setzten sich am nächsten Morgen kurz vor acht noch einmal zusammen. Das gute Wetter vom Wochenende war tief hängenden Wolken, bitterkaltem Wind und einem Regen gewichen, der noch mehr Regen versprach. Die Berge wirkten trostlos und bedrohlich und ragten wie finstere Riesen über dem Ort auf. Die Wellen auf dem Fluss kräuselten sich und straften jeden Lügen, der ihn als friedlich bezeichnet hätte. Jenny war beklommen zu Mute, und das Wetter war nicht dazu angetan, ihre Stimmung zu heben. Verdammtes Schottland!, dachte sie. Warum muss das heute so sein? Wir brauchen gute Omen, Regenbögen, Sonnenschein, nicht kübelweise Regen und eiskalten Wind.

»Also, wie war es denn gestern Abend, mit Henry – so heißt er doch?«, erkundigte sich Kirsty, als sie im Büro saßen.

»Fragen Sie nicht. Er war damals schon langweilig, und er ist nicht interessanter geworden.« Nach den Scones war es immer weiter bergab gegangen. Jenny tat den Abend mit einem Schulterzucken ab, obwohl er nur eine Spur weniger vergnüglich gewesen war, als hätte sie Farbe beim Trocknen zugesehen. »Um wie viel Uhr erwarten wir ihn denn?«

Kirsty fragte nicht, wen sie meinte. »Um halb neun. Effie steht bereit, um ihn nach oben zu begleiten.«

»Das ist ja unmenschlich früh! Außerdem ist es in ungefähr zehn Minuten!«

Kirsty zuckte die Schultern. »Wir können es genauso gut schnell hinter uns bringen. Hinrichtungen werden immer im Morgengrauen durchgeführt.«

Jenny seufzte und ging zum Fenster, um in den Fabrikhof hinauszublicken. Er wirkte dunkel und satanisch – wie passend für den heutigen Tag, dachte sie. Ein Landrover bog in die Einfahrt ein. Automatisch machte ihr Herz einen Satz. Sie wies es streng in seine Schranken. »Reiß dich zusammen, Frau«, murmelte sie.

Ein hoch gewachsener Mann im Anzug stieg aus. Er kam ihr ein wenig bekannt vor, aber von ihrem Blickpunkt aus konnte sie ihn nicht besonders deutlich erkennen. Sie sah genauer hin. »Mein Gott! Ich glaube, ich kenne ihn! Das kann doch nicht sein ...«

Der Mann verschwand in dem Gebäude.

»Was kann nicht sein? Oder wer?«

Plötzlich wurde ihr klar, dass es durchaus sein konnte, ja dass es so war. »Oh, Scheiße!«, flüsterte sie. »Scheiße, Scheiße, Scheiße.«

»Jenny!«

Die Tür wurde geöffnet, und Effie führte Ross Grant ins Büro. Jenny wurde schwach. Sie stützte sich mit den Händen auf dem Schreibtisch ab, damit ihre Knie nicht vollends unter ihr nachgaben. Sie schwitzte. Die verschiedensten Gefühle wirbelten ihr wie Discolichter durch den Kopf: Verwirrung, Schwindel und Übelkeit kamen zusammen. Als Ross Grant sie ansah, war die vorherrschende Regung jedoch das Gefühl, verraten worden zu sein.

Er warf einen Blick auf sie und richtete seine Aufmerksamkeit dann auf Kirsty. »Hallo. Ross Grant-Dempsey. Sie müssen Kirsty McIntyre sein.«

Kirsty ergriff die ausgestreckte Hand und zuckte zusammen, als er ihre Finger beinahe zerquetschte.

Jenny holte ein paar Mal tief Luft, um sich zu beruhigen. Als er sich ihr zuwandte, konnte sie zumindest sprechen. »Und ich bin Ihre virtuelle Assistentin, Genevieve Porter. Aber das wussten Sie ja schon, nicht wahr?« Sie hätte ihn am liebsten umgebracht, ganz langsam, mit bloßen Händen. Aber Professionalität, wenn nicht schlicht und einfach Stolz, zwang sie, ihre Würde zu wahren, und sei es auch nur den Anschein von Würde.

»Ja, ich wusste es. Ich habe wirklich versucht, es Ihnen zu erklären.«

»Ach ja? Aber allzu sehr angestrengt haben Sie sich nicht.«

Er schloss kurz die Augen. »Ich weiß. Es tut mir Leid. Also, wollen wir jetzt zur Sache kommen?«

»Ich hole uns eine Tasse Kaffee«, meinte Jenny und verließ den Raum, bevor irgendjemand sie daran hindern konnte.

Ohne recht zu begreifen, was sie da vor sich hatte, starrte Jenny die Kaffeemaschine an. Es dürfte nicht weiter schwierig sein, sie hatte wahrscheinlich schon eine Million Mal Kaffee gekocht. Sie musste sich doch einfach daran erinnern! Jenny verwandte ein paar Augenblicke auf die Frage, wann sie das letzte Mal Kaffee gekocht hatte. Das schien einfacher zu sein.

Wie viel hatte sie Ross von der Fabrik erzählt? Hatte er womöglich alle Informationen bekommen, die er brauchte, um sie zu schließen? Ein paar Gläser Malt-Whiskys, und er hatte alles beisammen, um ein Vermögen zu machen. Und die Küsse – alle beide. Waren sie ein notwendiger Bestandteil seines Plans gewesen? Vermutlich. Wahrscheinlich hatte er dafür gesorgt, dass sie sich genügend für ihn interessierte, um mit ihm auszugehen, genug, um sich betrunken machen zu lassen und ihm alles zu erzählen, was er wissen musste. Oh, was für eine Idiotin sie gewesen war! Wie naiv! Wie leichtgläubig!

Instant-Kaffee würde genügen, befand sie. Sie gab einen großen Teelöffel davon in einen Becher – keinen von Kirstys guten Bechern, sondern einen von den alten, mit unflätigen Sprüchen und Kitschen am Rand. Sie wollte gerade das Wasser darauf gießen, als sie an Kirsty dachte. Arme Kirsty. Sie würde den Job verlieren, den sie liebte, die Fabrik, für die sie ihr Leben lang gearbeitet hatte. Sie sollte sich nicht auch noch schämen müssen.

Fünf Minuten später, nachdem sie eine Warmhaltekanne mit Kirstys Lieblingskaffee gefüllt hatte, nahm Jenny das Tablett, auf dem jetzt Tassen und Unterteller sowie ein Krug Milch standen, und kam zu dem Schluss, dass sie allein es war, die sich schämen musste.

War sie wirklich so lüstern gewesen, wie sie sich vorkam? Konnte er gespürt haben, wie sehr sie ihn nach diesem letzten Kuss begehrt hatte? Hatte er aus ihrem Benehmen geschlossen, dass sie mit ihm schlafen würde, während sie gleichzeitig für ihn die Fabrik demontierte? Ging er davon aus, dass sie ihm erlauben würde, die Dalmains mit derselben Mühelosigkeit um ihren Besitz zu bringen, mit der er ihr die Hemmungen genommen hatte? Sie trat mit der Schuhspitze gegen die Tür – nur leicht, damit jemand ihr öffnete.

Ohne Ross anzusehen, stellte sie das Tablett auf den Schreibtisch, und sie schenkte ihm auch keinen Kaffee ein. Ihre Hände waren feucht und zitterten, und sie wollte Ross keinen Kaffee über den wunderschönen Anzug gießen. Sie setzte sich ein klein wenig abseits von den anderen hin, in der festen Absicht, den Mund zu halten und dem Fortgang des Gesprächs zwischen Kirsty und Ross zu entnehmen, worüber die beiden bisher gesprochen hatten.

Ihre guten Vorsätze hielten jedoch nicht lange. »Also, Sie werden die Fabrik schließen, nicht wahr?«, fragte sie scharf und in dem vollen Bewusstsein, dass sie den Tränen nahe war. »Oder werden Sie zumindest pro forma einen Blick auf unsere Pläne für die Fabrik werfen, Pläne, die dem Unternehmen Erfolg bescheren könnten, falls es das ist, was Sie wollen. Aber das ist es ja nicht, nicht wahr? Sie wollen sie lediglich ausschlachten. Wahrscheinlich können Sie es kaum erwarten, selbst in Haus Dalmain einzuziehen.«

»Jenny!« Mit einem unterdrückten Laut der Panik stand Kirsty auf, um den Kaffee einzuschenken.

Ihre Erwähnung von Haus Dalmain machte das Ganze für Jenny noch schlimmer. Henrys Erscheinen war möglicherweise nicht nur ein Ärgernis für sie, sondern auch ein Hinweis auf Philips Pläne. Wenn man einen Besitz verkaufen wollte, ohne dass irgendjemand davon erfuhr, dann war es das Gescheiteste, Henry oder seinesgleichen dafür anzuheuern.

»Wollen wir uns nicht einfach an das halten, was wir im Augenblick vor uns haben?«, schlug Ross vor. »Ich hatte noch keine Gelegenheit, mir Ihre Vorschläge anzusehen. Obwohl sie mir nach einem flüchtigen Blick tatsächlich sehr spekulativ erscheinen. Sie scheinen, was die Möglichkeiten dieser neuen Produkte betrifft, nicht allzu gründlich recherchiert zu haben.«

»Wir hatten kaum Zeit, den verdammten Bericht zu schreiben, geschweige denn, uns über obskure Fasern und Verwendungsmöglichkeiten für Merinowolle zu informieren.«

»Jenny?« Kirstys Panik wuchs, und Jenny bekam Gewissensbisse.

»Ich denke, ich sollte Ihnen vielleicht erklären, Miss McIntyre«, bemerkte Ross, »dass Jenny und ich uns unter anderen – um nicht zu sagen schwierigen – Umständen kennen gelernt haben. Sie wusste nicht, wer ich war.«

»Aber Sie sind doch ihr Bo ... ihr Kunde.« Kirsty korrigierte sich schnell.

»Ich weiß, aber wir waren uns vorher nie persönlich begegnet.«

Ross sah zu Jenny hinüber, und diesmal hielt sie seinem Blick stand. Er wirkte unnachgiebig und streng, ganz der Mann, dem sie im »Homely Haggis« zum ersten Mal begegnet war. Es war eine Erleichterung.

Er ging mit ihnen den Bericht durch, Seite für Seite, und stellte schwierige, pedantische Fragen, die sie oft nicht beantworten konnten.

»Können Sie Nuno-Filz in großem Maßstab herstellen?«

»Das weiß ich nicht. Ich habe jemanden ausfindig gemacht, der hier im Land Nuno-Filz herstellt, aber ich hatte keine Zeit, um weiterreichende Nachforschungen anzustellen.« Du Bastard, fügte Jenny in Gedanken hinzu.

»Sie würden selbstverständlich neue Maschinen benötigen, wenn Sie Stoffe aus Lama- und Alpakafasern produzieren wollen. Die Kosten dafür sind hier nicht aufgeführt.«

»Also eigentlich«, warf Kirsty ein, wahrscheinlich weil Jennys Schroffheit ihr selbst Mut gemacht hatte, »eigentlich haben wir einen ganzen Schuppen voller Maschinen. Wir verfügen über eine sehr qualifizierte und erfahrene Belegschaft. Der Plan besteht darin, die alten Maschinen umzubauen, wodurch keine zusätzlichen Kosten entstehen würden.«

»Was ist mit einem Designer? Gibt es in Ihrer Belegschaft auch jemanden, der in dieser Richtung sehr qualifiziert und erfahren und obendrein bereit ist, das Ganze umsonst zu erledigen?«

»Das wird Felicity Dalmain übernehmen«, erklärte Jenny. »Sie ist außerordentlich begabt, und da es sich bei der Fabrik um Familienbesitz handelt, den sie gern retten würde, wäre sie bereit, anfangs unentgeltlich zu arbeiten.« Falls das nicht ohnehin der Wahrheit entsprach, würde Jenny nicht zögern, ziemlich brutale Methoden anzuwenden, um dafür zu sorgen, dass es wahr wurde.

Jenny und Kirsty waren beide erschöpft; Jenny hatte Kopfschmerzen, dass sie glaubte, ihr Schädel würde jeden Moment platzen. Kirstys Lippenstift war vollkommen abgegessen, und ihre Seidenbluse sah von Minute zu Minute schlaffer aus. Das war der Augenblick, den Ross sich aussuchte, um das Messer in der Wunde umzudrehen.

»Und wo ist Philip Dalmain? Warum ist er nicht hier?«

Jennys Versuch, höflich zu sein, war bisher nicht allzu erfolgreich gewesen, doch jetzt blieb selbst von dem Versuch nichts mehr übrig. »Warum zum Teufel haben Sie diese Frage nicht vorher schon gestellt? Seine Abwesenheit muss Ihnen bereits aufgefallen sein?«

Ross hatte weitaus bessere Manieren an den Tag gelegt als Jenny, jedenfalls bis zu diesem Augenblick. »Und warum *zum Teufel* haben Sie mir nicht mitgeteilt, dass er nicht hier sein würde? Sie arbeiten für mich! Es war Ihre Pflicht, mir mitzuteilen, was hier los ist! Mich auf dem Laufenden zu halten! Warum zum Teufel glauben Sie, habe ich Sie hergeschickt, wenn nicht, um mich über alle Vorgänge in dieser Fabrik ins Bild zu setzen?«

»Ich denke, Sie haben mich hierher geschickt, damit ich Ihnen Bericht erstatte. Und dann hätten Sie mich hier bleiben lassen, damit ich die Drecksarbeit für Sie erledige. Sie wussten, in welch miserablem Zustand ich Dalmain Mills vorfinden würde. Und Sie wussten, dass ich sagen würde, man müsse sie schließen, und dann hätten Sie mich gebeten, alles Notwendige zu veranlassen. Auf diese Weise würden Sie nicht auf glühenden Kohlen sitzen, niemand würde mit dem Finger auf Sie zeigen, weil Sie Arbeiter um ihren Job bringen und die Maschinen billig verkaufen – nein, Sie hatten vor zu warten, bis ich all das erledigt hätte, und dann wären Sie herbeigerauscht, hätten getan, was Sie wollten, und würden bei den Einheimischen nach wie vor Sympathie ernten mit Ihrer Bergrettungswacht und den Schafen, die Sie aus irgendwelchen Gräben zerren! Nun, Sie sind an die Falsche geraten, als Sie sich für mich entschieden haben, denn ich stehe auf der Seite der Menschen, die den Wohlstand produzieren, nicht auf der Seite jener, die ihn ausgeben! Und wenn Sie mich jetzt beide bitte entschuldigen möchten, ich muss zur Toilette.«

Sie hatte sich kaltes Wasser ins Gesicht gespritzt und trocknete sich gerade mit dem Handtuch ab, als sie hörte, wie die Toilettentür hinter ihr geöffnet wurde. »Es tut mir so Leid, Kirsty. Ich habe es vermasselt! Ich hätte keinen besseren Weg finden können, um das Schicksal der Fabrik zu besiegeln, es sei denn, ich hätte sie in Brand gesteckt. Es tut mir ja so furchtbar Leid.«

Kirstys Hände auf ihren Schultern fühlten sich überraschend stark an. Erst als sie sich umdrehte und ihre Nase in einem feinen Batisthemd wiederfand, wurde ihr klar, dass die Arme, die sie umfasst hielten, nicht Kirsty gehörten. Es war zu spät, um sich loszureißen – Jenny versuchte es, aber ihre Bemühungen hatten keinerlei Wirkung auf die eisernen Klammern, die sie festhielten. Sie hörte auf, sich zu wehren, sie widerstand der Versuchung, Ross gegen das Schienbein zu treten; es hatte keinen Sinn. Die Schlacht war verloren.

Jenny gestattete sich, ein paar Sekunden lang zu bleiben, wo sie war, seine Kraft zu spüren und sich einzureden, er sei der Mann, für den sie ihn gehalten hatte. Sobald sie jedoch den Kopf von seiner Schulter nahm und zu ihm aufblickte, würde der Bann gebrochen sein, sie würde in die Wirklichkeit und zu ihrem niederschmetternden Misserfolg zurückkehren.

Sie hatte der Fabrik gegenüber versagt. Hätte sie nur von Anfang an klar gesagt, was mit Philip los war. M. R. Grant-Dempsey würde ihr das niemals verzeihen, was bedeutete, dass er ihren sorgfältig ausgearbeiteten Plänen keinen zweiten Blick gönnen würde. Er würde die Fabrik einfach dicht machen, in Haus Dalmain einziehen und Lady Dalmain und Felicity auf die Straße setzen. Vielleicht würde Henry ihr bei der Suche nach einer anderen Bleibe helfen.

Ich habe mich früher schon idiotisch benommen, dachte sie bei der Erinnerung an ihren letzten Job, der ebenfalls unter keinem guten Stern gestanden hatte. Aber noch nie hatte sie sich so idiotisch benommen wie diesmal. Sie wischte ihre Nase an seinem Hemd ab und machte einen Schritt nach hinten. Er ließ die Arme sinken und gab sie frei.

»Sie wollen wahrscheinlich, dass ich sofort verschwinde«, stellte sie krächzend fest. »Und ich werde natürlich abreisen – heute noch. Aber ich würde Ihnen doch gern sagen ...«

Er legte entschlossen einen Finger auf ihre Lippen. »Ich möchte nicht, dass Sie mir sagen, was Sie von mir halten. Das weiß ich schon. Und ich möchte nicht, dass Sie abreisen. Ich möchte einfach, dass Sie bleiben und Ordnung in dieses verdammte Chaos bringen. Und wenn Ihre halb garen Ideen auch nur die leiseste Chance haben zu funktionieren, dann bewegen Sie besser Ihren Hintern und unternehmen etwas.«

Sie schob seine Hand weg, strich sich das Haar aus den Augen und starrte ihn an. »Ich hoffe, Sie erwarten nicht von mir, dass ich mich bedanke.«

»Ich würde vor Schreck sterben, wenn Sie es täten ...«

»Und ich nehme an, Sie erwarten von uns, dass wir die ganze Fabrik innerhalb von zwei Wochen umkrempeln.«

Seine Augen blitzten. Ihr war bisher nicht bewusst gewesen, wie wütend er war. »Ich hatte eigentlich an einen Monat gedacht. Kommen wir uns auf der Hälfte entgegen und sagen drei Wochen.«

»Bastard!«

»Bis dahin werde ich außer Landes sein. Und wenn ich zurückkomme, wären Sie gut beraten, wenn Sie etwas Konkretes für mich in der Hand hätten. Und ich werde mir einen neuen virtuellen Assistenten suchen.«

»Und ich werde Ihnen jede Sekunde der Überstunden in Rechnung stellen, und wenn Sie mich nicht bezahlen, werde ich dafür sorgen, dass es in ganz Europa keinen virtuellen Assistenten mehr gibt, der für Sie arbeitet. Sie wissen ja gar nicht ...«

»Oh, halten Sie verdammt noch mal den Mund.« Um genau dafür zu sorgen, küsste er sie, lange, hart und nachdrücklich, wobei er sich auf jeden Quadratmillimeter ihres Mundes konzentrierte und dabei Lippen, Zunge und Zähne zu Hilfe nahm.

Als ihr Gehirn wieder funktionierte, konnte sie nur die Tür anstarren, die er hinter sich zugeschlagen hatte.

Jenny ging nicht zurück ins Büro. Sie brauchte Zeit, um ihre Fassung wiederzugewinnen, um Kirsty gegenüberzutreten, um sich einen Plan zurechtzulegen. Sie ging zum Parkplatz hinunter, um einen Spaziergang am Fluss zu unternehmen. Wenn er nicht so kalt und seicht gewesen wäre, hätte sie es vielleicht erwogen, sich hineinzustürzen. Die Vorstellung, wie ihr Körper auf die Felsen klatschte, stellte ihren Sinn für Humor so weit wieder her, dass sie den Mut fand, erfahren zu wollen, wie viel Schaden genau sie angerichtet hatte. Das Gefühl, verraten worden zu sein, würde nie mehr von ihr weichen, aber sie würde sich nichts anmerken lassen. Ihre Wut würde dafür sorgen, dass ihr Stolz die Oberhand gewann und sie den Kopf behielt, und wenn sie ihn schon nicht hoch trug, so würde sie ihn doch zumindest nicht sinken lassen. Sie sah zu, wie Ross' Landrover davonfuhr, und hatte das Gefühl, als fahre ihr Herz mit ihm.

»Dieser Mann ist ein solcher Mistkerl!«, schimpfte sie, als sie in Kirstys Büro stürmte und eine gute, gesunde Wut die Tränen in Schach hielt.

Kirsty zog die Augenbrauen hoch. »Ich fand ihn eigentlich unter den gegebenen Umständen ganz vernünftig. Er hat mir genau erklärt, was wir tun müssen, obwohl ich zugebe, dass es schwierig werden wird. Aber es ist trotzdem hilfreich zu wissen, was als Nächstes passieren muss.«

»Also, was müssen wir tun?«

»Wir müssen Absatzmärkte für all unsere neuen Ideen finden, den Filz, die Stoffe, eigentlich alles. Wenn wir nicht Kunden namentlich nennen und geschätzte Absatzzahlen vorlegen können, wird er uns den Stecker rausziehen.«

»Er kann doch nicht erwarten, dass wir das alles in drei Wochen schaffen!«

»Wir müssen eben unser Bestes tun. Oh, allerdings müssen wir außerdem noch Philip finden«, fügte sie hinzu.

»Und wie zum Teufel sollen wir das seiner Meinung nach anstellen? Ich bin doch kein Privatdetektiv!«

Kirsty zuckte die Schultern. »Sie sollten nicht dem Boten, der die schlechte Nachricht überbringt, den Kopf abschlagen.«

Jenny seufzte tief, rieb sich die Stirn und biss sich auf die Lippen. »Hören Sie, hätten Sie etwas dagegen, wenn ich jetzt nach Haus Dalmain zurückfahren würde? Ich habe grauenhafte Kopfschmerzen, und vielleicht fällt mir unterwegs ja etwas ein. Außerdem sollte ich besser mit Felicity sprechen. Da ich diesem abscheulichen Mann mehr oder weniger gesagt habe, dass sie die beste Designerin seit Stella McCartney ist, halte ich es für dringend angebracht, mir einen Überblick über ihre Fähigkeiten zu verschaffen. Wenn Sie niemals wieder etwas von mir hören oder mich nie wieder sehen sollten, dann wissen Sie, dass sie nur für Sesselschoner taugt.«

Haus Dalmain wirkte wunderbar verlassen. Henrys Wagen stand nicht vor der Tür, und die Hunde waren alle still und zufrieden.

Jenny fand Felicity in der Küche. Sie brühte sich gerade einen Tee auf.

»Hallo!«, sagte sie fröhlich. »Willst du auch eine Tasse?«

Dieses Angebot war ebenso willkommen wie überraschend. Felicity bot ihren Gästen normalerweise Whisky an, ganz gleich, zu welcher Tageszeit. »Ja, bitte. Wo sind denn die anderen?«

»Henry ist mit Mama für den Tag ausgefahren. Er kann wunderbar mit ihr umgehen. Er kann sich mit ihr über ihre Miniaturen und die antiquarischen Bücher unterhalten. Genau wie Philip es früher getan hat.«

Leise vor sich hin summend inspizierte Felicity die Becher, ob sie auch sauber waren, und stellte ein oder zwei wieder beiseite.

»Warum hast du so gute Laune? Lachlan?«

Felicity stieß die Art von ekstatischem Seufzer aus, die Jenny früher ausgestoßen hätte, hätte sie von Ross gehört. »Ich habe ihn angerufen, und er war so wunderbar ...«

»Er *ist* wunderbar«, korrigierte Jenny sie energisch und war dabei so eifersüchtig auf Lachlans liebenswerte Direktheit, dass es ihr geradezu körperlich wehtat. »Ich denke, der Tee müsste jetzt fertig sein.«

»Ach ja? Ich habe ihn gern stark.«

»Aber du willst ihn nicht durchgekocht. Jedenfalls mag ich ihn nicht so. Du hast nicht zufällig irgendwo ein Aspirin versteckt? Oder soll ich schnell nach oben springen?«

»Ich hätte etwas Ibuprofen da. Kopfschmerzen?«

»Hmhm.«

»Dann nimm zwei davon, und bis Henry nach Hause kommt, bist du wieder auf dem Damm. Er ist nett, nicht wahr?«

Jenny brauchte ein paar Sekunden, um sich daran zu erinnern, wie Henry war. Ihre gesamte Erinnerung war von jemandem zum Teufel gejagt worden, der umso vieles kraftvoller war. Es kam ihr so vor, als wollte sie sich auf einen kleinen Hügel besinnen, nachdem sie gerade erst den Mount Everest bestiegen hatte. »Ja, er ist nett.«

Felicity gab Jenny einen Becher. »Du klingst nicht – ich meine, bist du mit ihm nicht…?«

»Unter uns gesagt, Felicity, ich liebe ihn nicht mehr, aber ich hatte bisher noch keine Zeit, ihm das zu eröffnen. Ich wollte nach Hause fahren und es dort hinter mich bringen, als er unvermutet hier aufgetaucht ist.« Jenny nippte an ihrem Tee und nahm sich die Zeit, über den Unterschied zwischen den Küchenbechern – dick, angeschlagen und schmuddelig – und dem Porzellan im Wohnzimmer nachzudenken, das geradezu lachhaft zerbrechlich und antik war.

»Irgendwie schade. Er kommt mir so nett vor. Gut aussehend, aus bester Familie …«

Und wie ließ Ross sich beschreiben, abgesehen davon, dass er die größte Ratte des Jahrhunderts war? Gut aussehend? Wahrscheinlich nicht – dafür war er viel zu zerfurcht trotz des wunderschönen Anzugs, den er getragen hatte. Aus guter Familie? Praktisch gar keine Familie. Reich? Wahrscheinlich, aber das sprach eher gegen ihn. Wie war er reich geworden? Auf dem Rücken unschuldiger Arbeiter. Es hatte keinen Sinn. Sie musste ihn sich aus dem Kopf schlagen. »Es gibt nichts an ihm auszusetzen, Fliss; die Chemie stimmt einfach nicht mehr. Und du weißt ja, wie wichtig das ist. Denk an Lachlan.«

»Hm.«

Felicitys Gesichtsausdruck grenzte abermals an Ekstase. Obwohl Jenny sich für sie freute, konnte sie es im Augenblick einfach nicht ertragen, in so viel Glück zu schwelgen. »Fliss, einer der Gründe, warum ich früher nach Hause gekommen bin, ist eine Besprechung in der Firma, die wir gerade hatten. Ich brauche dich dringend als Designerin. Kannst du dich wohl dazu überwinden, mir deine Arbeiten zu zeigen?« Dann fügte sie, weil sie sich so schäbig vorkam, hinzu: »Und ich bringe dich bald mal wieder zu Lachlan, versprochen.«

»Ehrlich? Das wäre wunderbar.« Sie seufzte tief, dann riss sie sich zu Jennys Erleichterung zusammen. »Also, wenn du das für mich tun würdest, dann zeige ich dir auch einige von meinen Entwürfen. Komm, wir nehmen den Tee mit nach oben in mein Arbeitszimmer.«

Die Entwürfe waren beeindruckend. Felicity hatte eine gewaltige Bandbreite zauberhafter Farben benutzt – um genau zu sein, alle Farben in der Schachtel mit Pastelltönen, die Jenny ihr nach ihrem ersten Besuch in dem Arbeitszimmer im Turm hatte schicken lassen. Auch die Schnitte waren schmeichelhaft und sehr interessant.

»Die Sachen sind fabelhaft, Fliss. Ich weiß nur nicht, wie man sie am besten in die Art von Produktion überführt, die uns vorschwebt.«

»Da wird Meggie dir helfen können. Und obwohl die Sachen kompliziert aussehen, sind es doch sämtlich einfache Schnitte.«

»Sie sehen jedenfalls zauberhaft aus. Ich habe die Filzfrau noch nicht kennen gelernt, aber ich hoffe, das Nuno ist genauso vielseitig, wie es auf der Website ausgesehen hat.« Jenny nahm einen Schluck Tee. »Gut gemacht, Felicity. Das ist erstklassige Arbeit. Jetzt muss ich allerdings erst mal auf mein Zimmer und nach E-Mails schauen. Wir reden später.«

»Und du hilfst mir, das Abendessen zuzubereiten? Das Kochen macht zu zweit so viel mehr Spaß.«

»Natürlich.« Selbstverständlich kann ich dir helfen, dachte Jenny und kämpfte gegen Verbitterung, Eifersucht und Groll an, Gefühle, an die sie nicht gewöhnt war. Ich muss lediglich Privatdetektivin spielen, Absatzmärkte für bisher unbekannte Produkte finden und aus einem Sammelsurium von Wolle und Lamafasern eine Laufstegkollektion entstehen lassen. Eine Mahlzeit für vier Personen zusammenzuhauen mutet daneben wie ein Kinderspiel an.

Kapitel 15

»Also, hattet ihr einen schönen Tag?« Jenny, die in der Halle erwischt worden war, als Henry und Lady Dalmain nach Hause kamen, suchte ihr Heil in der Flucht nach vorn.

»Es war zauberhaft!«, berichtete Lady Dalmain. »Henry war ja so freundlich! Er hat mich zu den Malcolms nach Lochnavan gefahren. Sie erinnern sich? Die Malcolms waren bei den Hochlandspielen. Wir sind auf einen Drink reingegangen, und es war wirklich nett. Sie haben sich sehr gefreut, Henry wiederzusehen, aber bei all diesen Töchtern müssen sie ganz versessen darauf sein, sie unter die Haube zu bekommen. Ihr modernen jungen Frauen habt ja keine Ahnung, wie ihr einen Mann halten könnt. Wenn Sie ihm nicht ein bisschen mehr Aufmerksamkeit schenken, meine Liebe, wird man Ihnen Henry noch vor der Nase wegschnappen.«

»Ich hatte zu tun …«

»Oh ja. In der Firma.« Lady Dalmain tat ihre Einkommensquelle mit einer wegwerfenden Handbewegung als ein allzu langweiliges Gesprächsthema ab. »Jock hat mir ein entzückendes kleines Büchlein über schottische Menhire geliehen. Es ist natürlich nur eine dritte Auflage, aber vielleicht schaue ich mal, ob ich eine bessere für meine Sammlung bekommen kann. Ich hatte noch keine Gelegenheit, Ihnen meine Bücher zu zeigen, Henry, oder?«

»Nein, Lady Dalmain, doch ich hoffe, dass wir das nachholen werden.«

»Warum nicht jetzt? Kommen Sie mit in mein Arbeitszimmer. Felicity wird uns sicher etwas Tee bringen. Oder vielleicht Jenny.«

Jenny empfing die Art von Lächeln, mit der Lady Dalmain vielleicht eine Dienstbotin bedacht hätte, für die sie eine gelinde Zuneigung empfand. Jenny erwiderte ihr Lächeln und antwortete mit zusammengebissenen Zähnen: »Warum läuten Sie nicht und rufen die kleine Sklavin herbei?«

Henry, der ihre Bemerkung gehört hatte, warf ihr einen entsetzten Blick zu, und Jenny zog sich in die Küche zurück, nicht weil sie darauf brannte, nach Lady Dalmains Pfeife zu tanzen, sondern weil ihr plötzlich eine Idee gekommen war. Philip hatte seiner Mutter an ihrem ersten Abend in Haus Dalmain ein Buch geschenkt. Sie erinnerte sich an ein Etikett mit dem Namen des Ladens, das auf dem Buchdeckel geklebt hatte. Wenn sie das Etikett finden konnte, konnte sie die Buchhandlung anrufen. Es war ein Schuss ins Blaue, doch wenn Philip ebenfalls Bücher sammelte, hatte er dort vielleicht etwas bestellt. Und wenn ja, dann würden die Leute in der Buchhandlung seine Adresse kennen.

Während sie Tassen und Unterteller herauskramte und Tee kochte, überlegte Jenny, ob sie Lady Dalmain von ihrer Idee erzählen sollte. Als sie das Tablett schließlich gerichtet hatte, war sie zu dem Schluss gekommen, dass sie die Sache allein in Angriff nehmen wollte. Nicht, weil ihr Lady Dalmains Gefühle am Herzen lagen, sondern weil es, wenn es schief ging, großes Geheule und Zähneknirschen geben würde, und danach stand Jenny nun wirklich nicht der Sinn.

Sie stellte das Tablett an den Platz, den Lady Dalmain ihr anwies, wohl wissend, dass besagte Dame sie von Herzen gern aufgefordert hätte, den Tee einzuschenken oder den

Raum zu verlassen, wie sie es in Felicitys Fall getan hätte. Aber Jenny hatte das Buch, das Philip seiner Mutter geschenkt hatte, in einem Stapel auf einem Tisch entdeckt und durchquerte entschlossen den Raum.

»Ich möchte mir nur schnell etwas ansehen«, meinte sie und warf einen Blick auf den Einband, bevor Lady Dalmain protestieren konnte. »Danke, alles in Ordnung.«

Dann überließ sie die beiden wieder sich selbst und ging direkt in Lady Dalmains Schlafzimmer, um das Telefon zu benutzen. Als sie den Raum betrat, kam ihr der Gedanke, dass sie vor ein oder zwei Tagen nicht im Traum auf die Idee gekommen wäre, einfach in die Privatsphäre eines anderen Menschen einzudringen. Aber seit diesem Morgen hatte sie sich verändert.

Ihr erster Anruf galt der Telefonauskunft. Sie hätte natürlich das Etikett auf dem Buch abziehen können, doch dazu wären Unmengen von Erklärungen nötig gewesen, und der Name der Buchhandlung, Toshak and Fiske, war einprägsam genug.

Bevor sie die Nummer wählte, die die Auskunft ihr genannt hatte, überzeugte sie sich davon, dass die Tür fest verschlossen war. Dann holte sie tief Luft und versuchte Miss McIntyres Aussprache nachzuahmen. Sie war allerdings davon überzeugt, dass sie damit niemanden täuschen konnte.

»Hallo? Spreche ich mit Toshak and Fiske? Guten Tag. Ich hab mich gefragt, ob Sie mir vielleicht helfen können. Ich rufe wegen meines Chefs an, Mr. Philip Dalmain?«

»Ah ja, Mr. Dalmain.«

»Also, er hat mich gebeten, bei Ihnen anzurufen und zu überprüfen, ob Sie seine Adresse richtig notiert haben. Er wohnt gegenwärtig nämlich nicht in Haus Dalmain.«

»Ähm, nein …«

»Ich glaube, Sie hatten ein Buch für ihn bestellt, und ich soll jetzt sicherstellen, dass es an die richtige Adresse geschickt wird. Könnten Sie mir sagen, welche Adresse er Ihnen angegeben hat?«

»Ich sehe nur schnell im Auftragsbuch nach.« Es folgte eine Pause, in der Jenny den Impuls niederkämpfen musste, an ihren Fingernägeln zu kauen, während am anderen Ende der Leitung Seiten umgeblättert wurden. »Ah, ja. Glenreekie.«

Das war immerhin ein Anfang. »Könnten Sie mir der Einfachheit halber die Adresse noch einmal vorlesen? Mr. Philip Dalmain war sich nicht sicher, ob er die richtige Postleitzahl angegeben hat.«

»Wir haben hier stehen: High Town siebzehn, und die Postleitzahl lautet …«

»Haben Sie ganz lieben Dank«, sagte Jenny, nachdem sie sich alles notiert hatte. »Er wird ja so erleichtert sein, dass ihm kein Fehler unterlaufen ist.«

Als sie den Raum verließ, schwitzte sie leicht. Es war denn doch gewöhnungsbedürftig, unverschämt zu sein und alle Regeln guten Benehmens über den Haufen zu werfen, ganz zu schweigen vom Belügen unschuldiger Verkäufer.

»Hast du eine Ahnung, wo Glenreekie liegt?«, fragte Jenny Felicity, während sie zusammen den Makkaroniauflauf zubereiteten.

»Das ist meilenweit entfernt. Da fährt man noch weiter als zu Lachlan. Warum fragst du?«

»Ich habe in Glenreekie eine Adresse von Philip.«

»Oh, mein Gott! Das ist ja unfassbar! Weiß Mama es schon?«

»Nein, und ich möchte es ihr auch nicht erzählen, nicht bevor wir sicher sein können, dass er sich wirklich dort aufhält.«

»Wie willst du das denn herausfinden?«

Jenny, die gerade mit einem uralten Klumpen Käse und einer noch älteren Reibe ihre Fingerknöchel aufs Spiel setzte, zuckte die Schultern. »Hinfahren und nachsehen, schätze ich. Morgen habe ich keine Zeit. Aber wenn ich hinfahre, würde Lachlans Farm dann auf dem Weg liegen?«

Felicity nickte. »Ja – direkt am Weg. Warum kannst du denn morgen nicht?«

Bevor er sich als eine solche Ratte erwiesen hatte, hatte Jenny für Ross ähnliche Gefühle gehegt. Jetzt war der Kummer über seinen Verrat ein körperlicher Schmerz. »Morgen kommt die Filzfrau in die Firma. Das konnte ich gerade noch arrangieren, bevor ich schreiend das Gebäude verlassen habe.«

»Jenny! Was ist denn passiert?« Felicity war schockiert.

Jenny begriff in diesem Augenblick, dass sie ein Mensch war, der stets und ständig glücklich und positiv zu sein hatte. Es war nicht ihre Rolle, verzweifelt oder unglücklich zu sein oder überhaupt etwas anderes als heiter. Was Felicity am meisten beunruhigte, war die Umkehrung der Rollen.

»Oh, Probleme in der Firma«, antwortete sie. »Der Mann, für den ich arbeite, war heute da. Wir haben ungefähr drei Wochen Zeit, um alles zu organisieren und in Gang zu bringen. Nun ja, wir müssen es nicht direkt in Gang bringen – das würde nicht einmal er von uns erwarten –, aber wir müssen Absatzmärkte vorweisen können und die Maschinen auf Vordermann gebracht haben.«

»Verstehe. Wenn ich irgendwie helfen kann …«

Als sie die echte Sorge in Felicitys Gesicht sah, klopfte Jenny ihr auf die Schulter. »Du hast schon geholfen mit – deinen fabelhaften Entwürfen. Und wir werden übermorgen fahren. Okay? Also, sollen wir Brotkrümel über den Auflauf streuen? Das streckt ihn ein bisschen.«

»Nur, wenn du nichts gegen ein wenig Blut in den Krümeln hast. Diese Reibe ist tödlich.«

»Keine Bange. Ich werde das Brot mit den Händen zerreißen.« Und mir dabei vorstellen, es sei Ross Grant-Dempsey, fügte sie in Gedanken hinzu.

Jennys »Filzfrau« trug, als sie auftauchte, ihr eigenes Produkt. Sowohl sie als auch ihre Kleidung waren außerordentlich schön, aber, wie Jenny schnell bemerkte, nicht ganz von dieser Welt. Der Stoff war weich, beinahe durchsichtig und hatte einen wunderschönen Fall. Rowan, seine Schöpferin, hatte die gleiche durchscheinende Aura: sehr blasse Haut, rotgoldenes Haar und graue Augen. Sie trug ein Halsband aus Halbedelsteinen, die auf Golddrähte aufgezogen waren, und es sah so aus, als hätte sie es möglicherweise ebenfalls selbst entworfen und angefertigt. Eine Harfe wäre das i-Tüpfelchen für ihre Aufmachung gewesen.

»Ich würde mir Folgendes wünschen«, erklärte Jenny, nachdem sie einige Zeit damit verschwendet hatten, ein heißes Getränk zu finden, das kein Koffein enthielt, über den Zustand des Planeten diskutiert und die Frage erörtert hatten, ob es Ausbeutung sei, Schafe zu scheren. »Ich möchte, dass Sie hierher kommen«, fuhr Jenny fort, »und den Frauen beibringen, wie man Nuno-Filz herstellt, damit sie Textilien für einen größeren Markt produzieren.« Sie wusste, dass sie das Falsche gesagt hatte, sobald die Worte über ihre Lippen gekommen waren.

»Für einen größeren Markt?«, wiederholte Rowan. »Aber was ich tue, ist nicht kommerziell. Jedes Stück wird individuell hergestellt, mit dem Träger vor Augen.«

»Ja, ich weiß«, erwiderte Jenny vorsichtig, wohl wissend, dass Rowan möglicherweise nicht bereit sein würde, ihr Wissen mit anderen zu teilen, damit Dalmain Mills billigere Versionen dessen herstellen konnte, wofür Rowan wahrscheinlich ein kleines Vermögen in Rechnung stellte. »Aber einen so hohen Standard könnten wir uns nicht leisten. Unsere Produkte wären bei weitem nicht so etwas Besonderes wie die Dinge, die Sie herstellen. Wir würden nicht auf Ihrem Territorium wildern oder etwas in der Art.«

»Auf meinem Territorium wildern? Ich verstehe nicht.«

»Ich meine, Sie stellen wunderschöne Einzelstücke her. Ich hätte volles Verständnis dafür, wenn Sie nicht wollen, dass jemand wie wir, der kommerziell arbeitet, Sie imitiert. Aber wir würden ihre Produkte nicht imitieren.« Jenny war sich nicht ganz sicher, ob dies wirklich der Wahrheit entsprach, aber sie war verzweifelt. »Wenn Sie unseren Arbeiterinnen nur die Techniken beibringen könnten ...«

»Das könnte ich unmöglich tun. Ich gebe immer nur Einzelunterricht. Jedes Stück hat seine eigene Seele. Das lässt sich nicht auf den Massenmarkt übertragen.«

Jenny bohrte noch ein bisschen weiter, dann entschuldigte sie sich. »Ich bitte um Verzeihung, aber könnte ich Sie einen Augenblick allein lassen? Sie trinken Ihren Kamillen-Ginseng-Tee, während ich schnell mal telefoniere, in Ordnung?«

»Meggie?«, rief sie theatralisch, als ihre Freundin sich am Telefon meldete. »Ich brauche dich!«

Meggie zögerte keine Sekunde lang. »Was ist los?«

»Ich bin in der Fabrik, und ich habe diese Wahnsinnige hier sitzen! Die Filzfrau weigert sich, den Arbeiterinnen ihre spezielle Technik zu zeigen, sie gibt nur Einzelunterricht. Das ist etwas für dich! Du kannst es dann nachher den Frauen beibringen.«

Meggie schluckte.

»Ich weiß, du hast Anna – und ich verspreche auch, dass ich mich um sie kümmern werde, damit du das schaffst.«

»Aber ich habe niemals irgendjemandem etwas beigebracht, und woher willst du wissen, dass ich überhaupt in der Lage wäre, es selbst zu lernen?«

»Weil du im College Textilwissenschaft studiert hast! Jetzt stell dich nicht so an!«

Meggie lachte. »Ich tue mein Bestes, doch du kannst der armen Frau keine Vorwürfe machen, weil sie nicht möchte, dass ihre Techniken wohlfeil werden.«

»Sie werden nicht wohlfeil werden! Im Augenblick können wir von Glück sagen, wenn die Sachen bis zur Vordertür der Fabrik kommen!«

»Du hast heute Morgen ja schreckliche Laune, Jenny.«

Jenny holte tief Luft. »Weiß ich. Tut mir Leid. Es ist nur ... ach, vergiss es, dafür haben wir jetzt keine Zeit. Ich habe hier eine Frau, deren ganze Seele in ihrer Arbeit liegt. Das ist sehr ermüdend!«

Es stellte sich heraus, dass Rowan absolut nichts dagegen hatte, Meggie zu unterrichten, als Jenny ihr den Vorschlag unterbreitete. Und sie machte sich auch keine Sorgen darum, dass ihre grundlegende Technik kommerziell genutzt werden könnte. Sie wollte bei ihren Ausführungen nur keinem Raum voller Frauen gegenüberstehen. Erst recht nicht solchen Frauen, gestand sie Jenny, die ihrer Spiritualität schaden könnten.

»Ich tauge nicht für große Menschenmengen«, erklärte sie. »Sie ersticken meine Aura.«

»Wir werden natürlich nichts annähernd so Schönes oder Individuelles produzieren wie Sie«, wiederholte Jenny, als sie Rowan hinausbegleitete.

»Das weiß ich«, entgegnete Rowan. »In allem, was ich herstelle, ist ein kleines Stück meiner Seele.«

In diesem Augenblick hatte Jenny das Gefühl, dass in allem, was die Fabrik jemals produzieren würde, eine große Menge – genau genommen mehrere Liter – ihres Blutes stecken würde.

»Gut gemacht«, lobte Kirsty, als Jenny sich eine Tasse starken Kaffees einschenkte. »Eine Hürde genommen.«

Jenny nickte. »Und ich glaube, ich habe eine Spur, die zu Philip führt. Hätten Sie etwas dagegen, wenn ich morgen nicht herkäme und stattdessen nach ihm suchen würde? Er ist in Glenreekie. Felicity meint, es sei eine lange Fahrt bis dahin.«

Glenreekie erwies sich als eine kleine Fischerstadt an der Küste, etwa fünfzig Meilen entfernt. Felicity war bester Laune, als sie am nächsten Morgen aufbrachen, und obwohl ein eiskalter Regen fiel, war Jenny dankbar für einen Vorwand, um nicht in die Firma gehen zu müssen. Nicht, wie sie grimmig dachte, dass sie weniger an die Fabrik und an Ross

Grant denken würde, nur weil sie unterwegs war, sondern weil niemand mit ihr reden würde, sobald sie Felicity abgesetzt hatte, selbst wenn sich das ganze Unterfangen am Ende als fruchtlos erweisen sollte.

Jenny lehnte Lachlans Einladung zum Kaffee ab, küsste Felicity auf die Wange und wünschte ihr viel Glück. »Ich hoffe, du wirst einen wunderschönen Tag verleben. Ich rufe dich an und gebe Bescheid, wann ich dich abholen werde.«

Sie winkte Lachlan fröhlich zu, dann wendete sie den Wagen und fuhr nach Glenreekie.

Statt stundenlang in dem immer heftiger fallenden Regen durch enge Straßen zu fahren, beschloss Jenny, den Wagen zu parken, ihren Regenschirm aufzuspannen und zu Fuß nach Philips Adresse zu suchen. An einem Kiosk fragte sie nach der Richtung und bedauerte bereits, dass sie den Regenschirm mitgenommen hatte, der ihr jetzt tropfnass um die Beine klatschte.

»Oh«, antwortete der Verkäufer hilfsbereit. »Das ist nicht allzu weit. Nur diese Straße rauf, dann die erste links …«

Jenny war froh zu hören, dass es nicht »allzu weit« war, weil der Weg ihr in dem vom Wind gepeitschten Regen sehr weit vorkam. Sie hoffte nicht länger, Philip dazu bringen zu können, Vernunft anzunehmen, Menschenfreundlichkeit zu entwickeln oder ihnen sonst wie entgegenzukommen. Sie hoffte nur, dass Philip (a) noch an der Adresse, die sie ermittelt hatte, wohnte, dass er (b) zu Hause war und dass er ihr (c) eine Tasse Tee oder Kaffee anbieten würde. Alles andere wäre eine Dreingabe.

Endlich fand sie den schmalen Hauseingang, der eingekeilt zwischen einem Maklerbüro und einem Laden für Computerspiele lag. Sie senkte den Regenschirm und hämmerte damit an die Tür, nachdem sie vergeblich nach einer Klingel gesucht hatte.

Sei nicht überrascht, wenn dir niemand öffnet, tröstete sie sich und kam zu dem Schluss, dass der Regenschirm immer noch unverzichtbar war. Wahrscheinlich wohnt Philip gar nicht hier.

Aber was um alles in der Welt willst du ihm sagen, wenn er doch hier wohnt und er dir öffnet?

Nach einer ganzen Weile wurde die Tür dann endlich einen Spalt aufgezogen. Ein hoch gewachsener, magerer Junge in einem zerrissenen, schwarzen T-Shirt und einer Armeehose, um die er sich etliche Ketten gewickelt hatte, tauchte auf. Er hatte ein Kopftuch um die Stirn und böse Pickel. An den Füßen trug er Turnschuhe von der Größe eines kleinen Sofas.

»Hey«, grüßte Jenny. »Das ist wohl nicht die Adresse, unter der ich Philip Dalmain finden kann?«

»Philip?« Der Akzent war ziemlich gewaltig. »Aye, der ist hier.« Der Junge rief über die Schulter: »Hey, Philip. Da ist eine Frau für dich.«

Jenny setzte die harmloseste Miene auf, deren sie fähig war. Sie wollte nicht, dass Philip in die Defensive ging; sie wollte, dass er ihr vertraute. Sie brauchte nur den richtigen, sanften ersten Satz, um das Gespräch zu beginnen. Ihr kam gerade der Gedanke, dass ihr Vorhaben Ähnlichkeit mit dem Versuch hatte, ein verschrecktes Tier zu beruhigen, als er erschien. Sie hatte immer noch keinen ersten Satz parat.

Sie holte Luft. »Scheußlicher Tag heute, Philip. Darf ich reinkommen?«

Er schenkte ihr ein Lächeln, das nur ein trauriger Abklatsch seines sonst so charmanten Lächelns war. »Na ja, meinetwegen. Gloria ist nicht da. Wie haben Sie meine Adresse herausgefunden?«

»Es war ein bisschen hinterhältig, fürchte ich. Soll ich meinen Regenschirm hier lassen?« Sie stellte ihn neben der Tür in die Ecke, obwohl sie fürchtete, dass sie ihn nie wiedersehen würde.

Philip führte sie durch den engen Korridor und die Treppe hinauf. »Wir wohnen über dem Makler«, erklärte er mit einem trockenen Lächeln. »Eine Spur besser als der Laden.«

Jenny spürte jetzt überdeutlich seine Nervosität, seine Anspannung, seine Verlegenheit. Er öffnete eine Tür. »Kommen Sie herein. Das ist das Wohnzimmer.«

Den größten Teil des Raums nahm ein mächtiger, mit Plastik bezogener Diwan ein. Er stand einem Fernseher gegenüber, auf dem ein Computerspiel lief. Ein anderer Junge, sehr ähnlich dem, der die Tür geöffnet hatte, lümmelte sich mit dem ersten auf dem Sofa. Keiner von beiden reagierte auf ihr Eintreten.

»Wollen Sie Platz nehmen?«, fragte Philip.

Da sie sich zu diesem Zweck entweder zwischen die Jungen und ihre Spielapparate quetschen oder auf einen unbequem aussehenden Stuhl in der Ecke hätte hocken müssen, lehnte Jenny ab. »Aber einen Kaffee hätte ich gern.«

»Ich brühe Ihnen einen auf.«

Jenny folgte ihm in eine winzige Küche.

»Ein ziemliches Kontrastprogramm zu Haus Dalmain«, bemerkte er. »Hat meine Mutter Sie geschickt?«

Jenny schüttelte den Kopf. »Ross Grant-Dempsey – der

Mann, dem Dalmain Mills das viele Geld schuldet. Er wird in drei Wochen alles dichtmachen, wenn wir bis dahin keine neuen Pläne parat haben und Sie an Ort und Stelle sind. Aber Ihre Mutter vermisst Sie sehr. Vermissen Sie sie auch?«

Er schüttelte unsicher den Kopf. »In gewisser Weise. Ich vermisse die Mutter, die ich liebe, jedoch nicht die Xanthippe.«

»Das verstehe ich.«

Er sah sie an, als wäre er überrascht. »Tun Sie das?«

»Oh ja. Es wurde so viel von Ihnen erwartet. Sie durften niemals etwas Geringeres sein als der perfekte Sohn.«

»Wirklich? Das haben Sie bemerkt?«

»So schwierig war das nicht, Philip. Ich denke, die meisten Menschen hätten es bemerkt, wenn sie es erlebt hätten.«

»Ich glaube nicht, dass Fliss es versteht.«

»Sie hat ihre eigenen Probleme. Obwohl es langsam besser wird mit ihr. Ich habe sie auf dem Hinweg bei Lachlan abgesetzt. Und sie hat ein paar wirklich wunderschöne Entwürfe angefertigt ... Aber Sie wollen wahrscheinlich nichts über Dalmain Mills hören.«

»Ist denn noch irgendetwas davon übrig, was der Rede wert wäre?«

»Wie meinen Sie das?«

»Ich hätte gedacht, dass der Laden mittlerweile geschlossen ist, die Arbeiter auf der Straße sitzen und die Gebäude in der Hand des neuen Besitzers sind.«

»Einschließlich Haus Dalmain? Ich glaube nicht, dass ich vom Wetter gesprochen hätte oder davon, wie sehr Ihre Mutter sie vermisst, wenn man sie inzwischen aus dem Haus geworfen hätte, das sie liebt!« Jenny gab sich größte Mühe, vorurteilsfrei zu sein, aber diese Bemerkung war unzensiert herausgekommen.

Philip blickte auf die Kaffeebecher hinab. »Nein. Wahrscheinlich nicht. Ich habe damals die einzige Lösung darin gesehen, mir noch mehr Geld zu leihen und das Haus als Sicherheit zu verpfänden. Dann ist es also noch nicht unter den Hammer gekommen?« Er griff nach einem elektrischen Wasserkocher und füllte ihn. »Ich habe nicht gedacht, dass Sie lange brauchen würden, um zu erkennen, wie schlimm es um uns steht.«

»Nein, habe ich auch nicht. Aber ich fand, dass es nur eine Möglichkeit war, die Fabrik dichtzumachen. Ich hatte gerade ein paar Pläne geschmiedet, als Ross Grant-Dempsey persönlich bei uns auftauchte.« Sie hielt inne. »Er war furchtbar wütend auf mich, weil ich ihm nicht mitgeteilt hatte, dass Sie verschwunden waren.«

»Warum haben Sie es nicht getan?«

»Weil ich dachte, dann würde er einfach herbeigestürzt kommen und alles schließen. Was mehr oder weniger auch passiert ist. Philip, ich glaube nicht, dass ich Ihre Mutter besonders mag, doch ich möchte auch nicht zusehen, wie man sie aus Haus Dalmain vertreibt.«

Er zuckte die Schultern und wandte sich ab.

»Ist das der Grund, warum Sie weggegangen sind? Weil Sie es auch nicht mit ansehen wollten, obwohl Sie derjenige sind, der die Verantwortung für den Schlamassel trägt?«

Er seufzte, und Jenny kam zu dem Schluss, dass es keinen Sinn hatte, so fortzufahren. Sie sah sich um und versuchte, sich ihre Frustration nicht anmerken zu lassen. Die winzige Küche wurde von einem Vorratsschrank aus den Fünfzigerjahren beherrscht; er war gelb angestrichen, hatte eine

Arbeitsfläche, die man herunterklappen konnte, und Scheiben aus strukturiertem Glas. Sie zeigte mit dem Kopf auf den Schrank. »Hübsch.«

Philip sah sie an, als hätte sie den Verstand verloren. »Halten Sie mich denn nicht für ein komplettes Arschloch?«

Damit beschrieb er ziemlich genau, was Jenny von ihm dachte, aber sie wollte seine Schuldgefühle nicht noch vergrößern. »Ich denke, Sie sind ein bisschen feige, Philip. Doch jetzt ist die Zeit gekommen, um zu beweisen, dass Sie es nicht sind. Kehren Sie in die Fabrik zurück und überzeugen Sie sich davon, dass es andere Möglichkeiten gibt, Geld zu verdienen, als billige Pullover zu produzieren, die sich nicht besonders gut waschen lassen.«

»Sie klingen wie Kirsty McIntyre.«

»Kirsty und ich haben eine Menge Zeit zusammen verbracht. Sie ist eine Perle, die sich mit Geld nicht bezahlen lässt, Philip. Ohne sie wäre die Fabrik wahrscheinlich schon vor Jahren den Bach runtergegangen. Was natürlich immer noch passieren kann. Aber Kirsty und ich und die gesamte Belegschaft sind fest entschlossen, nicht kampflos aufzugeben. Iain baut die alten Maschinen um, und er macht seine Sache ausgesprochen gut.«

»Also, was ist passiert?« Philip goss kochendes Wasser in die Becher. Dann öffnete er den Kühlschrank und nahm einen Karton mit Milch heraus, schnupperte daran und stellte ihn zurück. »Trinken Sie den Kaffee auch schwarz?«

»Wenn Sie etwas Zucker haben. Warum kommen Sie nicht zurück und sehen es sich selbst an?«

»Ich bin jetzt mit Gloria zusammen. Ich möchte sie nicht verlassen.«

»Müssten Sie sie denn verlassen? Könnten Sie sie nicht mitnehmen?«

»Sie hat zwei Söhne. Sie haben sie gesehen.«

»Na und? Sie sind an das Sofa angeschweißt, stimmts?«

Philip lachte. »Ich glaube, da haben Sie Recht. Aber wie könnte ich denn zurückkommen?«

Das war keine rhetorische Frage, daher beantwortete sie sie. »Sie könnten eine Wohnung in der Nähe der Fabrik mieten. Sind die Jungen noch in der Ausbildung? Würde ein Umzug in dieser Hinsicht ein Problem bedeuten?«

Er schüttelte den Kopf. »Gloria hat einen Job, aber sie mag ihn nicht.«

»Wo haben Sie beide sich eigentlich kennen gelernt?« Jenny lehnte sich an den Vorratsschrank und nippte an ihrem Kaffee. Er tat ihr überraschend gut.

»In einem Pub. Sie ist Kellnerin.« Noch ein schiefes Lächeln. »Ein Klischee, nicht wahr? Der Sohn des Clanchefs brennt mit einer Bardame durch.«

»Nur dass Sie selbst der Clanchef sind, Philip. Ihr Vater ist tot.«

Er seufzte. »Ich weiß. Aber was ich auch tue, ich werde ihm nie das Wasser reichen können.«

»Ich möchte Sie nicht kränken, doch ich glaube nicht, dass er die Fabrik allzu gut geführt hat. Ich bin davon überzeugt, Sie könnten es besser, wenn Sie es versuchten. Oder Sie könnten Iain mit in die Leitung der Fabrik einbeziehen.«

Wieder zuckte er die Schultern.

»Und wenn Gloria Kellnerin ist, dann würde sie doch sicher einen anderen Job finden?«

»Wahrscheinlich.«

»Sie brauchen ja nicht für immer zurückzukommen. Aber Sie sollten Ihre Mutter besuchen, Philip. Ich weiß, sie ist eine sehr dominante Frau, doch sie liebt Sie, und Sie lieben sie. Wenn sie sterben sollte und Sie hätten sie nicht mehr gesehen, würden Sie sich das nie verzeihen.« Sie zögerte. »Es tut mir furchtbar Leid, wenn das nach emotionaler Erpressung klingt. Das sollte es nicht, aber ich denke, was ich gesagt habe, ist wahr.«

»Hm.«

»Die Pläne, die wir für die Fabrik haben, sind wirklich aufregend. Wir werden die Merinowolle im Lagerhaus benutzen und eine besondere Art von Filz daraus herstellen, aus dem man wunderschöne Kleider nähen kann. Außerdem werden wir ungewöhnliche Fasern wie Lama und Alpaka verwenden – wir werden sie wahrscheinlich spinnen und daraus Designerpullover stricken.«

Sie brach ab, weil ihr durchaus klar war, dass einer der wichtigsten Pläne, um die Fabrik wieder profitabel zu machen, von Philip abhing.

»Kommen Sie zurück und nehmen Sie Anteil an alledem, Philip. Wie wärs?«

»Ich kann nicht fassen, dass du Philip gefunden hast!«, rief eine ohnehin aufgeregte Felicity, als sie auf die Hauptstraße einbogen. »Kommt er wieder nach Hause?«

Jenny betätigte die Scheibenwischer und war dankbar, dass der Regen endlich nachließ. »Er kommt zu Besuch, zu seinen eigenen Bedingungen. Er macht keine Versprechungen; er ist sich auch nicht sicher, was die Fabrik betrifft.« Sie fügte nicht hinzu, dass sie diese Unsicherheit teilte. Wo wollte Ross

Grant-Dempsey Philip einsetzen? Psychologisch gesehen, mochte es auf die Arbeiter eine positive Wirkung haben, wenn Philip zurückkam, aus Jennys und Kirstys Warte konnte er genauso gut ein weiteres Hindernis darstellen. Und davon gab es bereits so viele, dass Jenny große Bedenken hatte, ihn wieder durch die Tür treten zu lassen. Sie würde morgen mit Kirsty darüber sprechen müssen.

»Aber das ist ja wunderbar! Mama wird überglücklich sein!«

»Ich entnehme deinen Worten, dass du einen schönen Tag hattest, Fliss.«

»Wundervoll. Er ist so ein netter Mann.«

Jenny hätte sich ein bisschen mehr gewünscht als ein langes Schweigen. »Dann hat er dich also geküsst?«

Felicity nickte.

»Sonst noch etwas?«

»Das verrate ich nicht.«

»Dann nehme ich das als ein Ja.«

Felicity schloss die Augen. »Wie du willst. Aber ich denke, es ist wirklich gut, dass Philip kommt. Dann wird Mama es viel besser aufnehmen, dass ich Lachlan heiraten werde.«

»Oh? So weit sind die Dinge also schon gediehen?«

Felicity schüttelte den Kopf. »Noch nicht. Doch ich bin mir ziemlich sicher, dass es sich in diese Richtung entwickeln wird.« Sie richtete sich auf und sah Jenny an. »Und du wirst mich bestimmt für schrecklich oberflächlich halten und denken, ich sollte einfach von zu Hause weggehen und mit ihm zusammenleben, aber ich möchte schrecklich gerne eine richtige Hochzeit. Mit weißem Kleid und allem Drum und Dran. Ich möchte in Haus Dalmain heiraten.«

»Ich finde, das ist eine wunderbare Idee«, erwiderte Jenny mit so viel Begeisterung, wie sie aufbringen konnte. »Hauptsache, du möchtest nicht, dass ich das Fest organisiere.«

»Oh, nein. Es wird nicht vor dem Frühling stattfinden, vielleicht sogar noch später. Schließlich hat Lachlan mich noch gar nicht gefragt.«

Nachdem sie beschlossen hatte, die Ereignisse des vergangenen Tages doch nicht länger für sich zu behalten, verbrachte Felicity den Rest der Fahrt damit, von Lachlan zu erzählen, von seinem Besitz und seinen Plänen. Außerdem hatte sie auch eine Menge über Lamas aufgeschnappt. Als sie auf ihr Hochzeitskleid zu sprechen kam, unterbrach Jenny sie.

»Also, ich finde, um die Familie zu unterstützen, sollte dein Kleid aus Nuno-Filz genäht werden. Das wäre etwas ganz und gar Ungewöhnliches und könnte absolut sensationell aussehen. Du solltest dir mal die Bilder ansehen, die die Filzfrau mitgebracht hat. Einige der Kleider sind ein Traum.«

»Das wäre eine Idee, denke ich. Oh! Habe ich dir das schon erzählt? Ich habe mich im Internet umgesehen, während Lachlan irgendetwas zu tun hatte, und bin auf den Namen einer Frau gestoßen, mit der ich zusammen in die Schule gegangen bin. Sie hat einen kleinen Laden in Covent Garden.«

»Oh.« Jenny war müde und wünschte sich langsam, Felicity würde aufhören zu reden.

»Ja. Sie verkauft Designerstrickereien und ganz besondere, handgemachte Kleider. Ich dachte, wenn ich ihr einen Entwurf vorlege, könnte sie mein Hochzeitskleid nähen.«

»Oder«, entgegnete Jenny und fuhr einen kleinen Schlenker, weil ihre Aufmerksamkeit abgelenkt worden war, »sie könnte ein Abnehmer für Dalmain Mills werden! Vielleicht müssen wir mal hinfahren und ihr einen Besuch abstatten. War sie eine gute Freundin?«

»Eine sehr gute. Die Einzige, die kein absolutes Miststück war.«

»Schaffst du es trotz dieser Agoraphobie, bis nach London zu fahren, zusammen mit mir? Mit dem Zug?«

Felicity nickte. »Vielleicht. Jetzt, da ich Lachlan habe, ist alles anders geworden, auch wenn ich ihn nicht oft sehe.« Sie zündete sich noch eine Zigarette an. »Entschuldigung, Lachlan mag es nicht, wenn ich rauche, deswegen ist mein Nikotinspiegel etwas arg weit unten.«

»Ich werde versuchen, die Fahrt nach London sofort zu organisieren.« Wenn sie dem verdammten Ross Grant sagen konnte, dass sie eine Designer-Boutique in Covent Garden gefunden hatte, die bereit war, ihre Sachen abzunehmen, würde ihm das eine verdammte Lehre sein!

»Keine Eile«, meinte Felicity. »Schließlich hat er mir noch keinen Antrag gemacht.«

Kapitel 16

Als Jenny Ross' Landrover draußen vor dem Haus stehen sah, machte ihr Herz einen Satz, sank herab und trudelte am Ende wie eine Münze durch ihre Brust, als könnte es sich nicht entscheiden, in welche Richtung es fallen sollte. Ihr Gehirn reagierte genauso. Was tat er hier? Er sollte doch gar nicht da sein.

Nachdem sie den Wagen geparkt hatte, hatte sie den Gedanken wieder fallen lassen, Felicity einfach abzusetzen und weiterzufahren, um Meggie zu besuchen. Sie sollte wissen, warum Ross hier war. Möglich, dass er Lady Dalmain bedrohte und bereits die Fenster für neue Gardinen ausmaß (die sie weiß Gott gebrauchen konnten). Information war Macht, und wenn sie davonlief, würde sie sie nur aus zweiter Hand bekommen.

»Ist alles klar mit dir?«, fragte Felicity, während Jenny die Wagentür zuschlug. »Gehört der Landrover jemandem, den du nicht sehen willst?«

»Treffer«, antwortete sie. »Aber keine Bange, ich werde schon nicht unhöflich sein.«

Felicity kicherte. »Ich kann mir nicht vorstellen, dass du jemals unhöflich bist, Jenny.«

»Ach, nein?« Dann wollen wir hoffen, dass ich deine Vorstellungskraft nicht auf eine allzu harte Probe stelle, dachte sie und ließ Felicity klugerweise vorgehen, damit sie den ersten Schwall Hundehaare abbekam.

Als Jenny durch die offene Tür des Wohnzimmers blickte,

sah sie Lady Dalmain auf dem Sofa sitzen, ein Glas in der Hand und je einen Mann zu beiden Seiten. Sie wirkte glücklicher und anziehender, als Jenny sie je erlebt hatte. Und sie wird noch glücklicher sein, wenn sie meine Neuigkeiten hört, überlegte Jenny. Erst dann gestattete sie sich einen Blick auf Ross. Er trug einen Kilt.

»Da sind Sie ja endlich!«, rief Lady Dalmain. »Kommen Sie her und trinken Sie etwas mit uns.«

»Ich muss mich noch schnell frisch machen«, sagte Jenny zu Felicity, da sie nicht bereit war, Ross gegenüberzutreten, ohne ein wenig Zeit gehabt zu haben, um sich darauf vorzubereiten. »Ich bin gleich bei euch.«

Was macht er hier, und warum trägt er einen Kilt? Ist das ein gutes oder ein schlechtes Zeichen? Ihr Bild in dem fleckigen Spiegel gab ihr keine Antworten, es enthüllte lediglich Lidtusche unter ihren Augen und einen deutlichen Mangel an Lippenstift. Sie wollte sich nicht den Anschein geben, als hätte sie sich besondere Mühe gegeben, aber andererseits gab Lippenstift einem Mut. Man hatte ihn im Krieg nicht umsonst »das rote Band der Tapferkeit« genannt. Sie fischte einen Lippenstift aus ihrer Handtasche und fuhr sich damit über die Lippen.

Als Jenny ins Wohnzimmer kam, hatte Felicity es sich bereits mit einem Drink bequem gemacht.

»Da sind Sie ja endlich«, wiederholte Lady Dalmain. »Ross, das ist Jenny, Jenny Porter. Ross Grant-Dempsey.«

Ohne Ross' ausgestreckte Hand zu beachten, bemerkte Jenny: »Wir kennen uns schon. Ross Grant ist der Mann, dem Dalmain Mills das viele Geld schuldet. Aber das hat er Ihnen sicher schon mitgeteilt?«

»Jenny …« Henry war über ihre Direktheit entsetzt. »Es besteht kein Grund, unhöflich zu sein!«

»Ja, wirklich, Kind«, fuhr Lady Dalmain sie an. »Mr. Grant-Dempsey hat uns geradeheraus erklärt, wer er ist. Er hat sich sehr anständig benommen, und in meinen Augen ist es nur ein Zeichen von guten Manieren, dass er hergekommen ist, um sich vorzustellen.«

»Oh, na schön.« Jenny musterte Ross ohne Reue aus den Augenwinkeln; das war besser, als ihn direkt anzusehen. Sie würde entweder weinen, ihm etwas an den Kopf werfen oder, was noch schlimmer wäre, ihm einen Tritt gegen das Schienbein verpassen, und das würde Henry ihr niemals verzeihen. Und der Firma würde es auch nicht weiterhelfen.

»Felicity, hol Jenny etwas zu trinken, ja?«, fuhr Lady Dalmain fort, »und vergiss nicht, dass Jenny ihren Whisky am liebsten pur mag.«

»Oh, ich hole ihn«, schlug Henry vor, dessen Entsetzen ins Unermessliche wuchs. »Ich halte es für keine sehr gute Idee, wenn Jenny Whisky ohne Wasser trinkt.« Er trug, wie ihr auffiel, einen sehr schönen Anzug. Er war ein attraktiver Mann, doch neben Ross in seinem Kilt wirkte seine Attraktivität jetzt irgendwie weich, beinahe unmännlich. »Zu Hause trinkst du schließlich überhaupt keinen.«

Jenny, die einen von Felicitys Mammutdrinks im Augenblick gut hätte gebrauchen können, unterdrückte ein Seufzen. »Vielen Dank, Henry«, erwiderte sie und nahm das Glas entgegen.

Ohne ihn anzusehen, konnte sie deutlich spüren, dass Ross Henry verachtete. Woher nahm der Mann nur diese Dreistigkeit? Bisher hatte Henry sie schließlich noch nicht hintergangen, obwohl er das durchaus noch tun konnte, wenn er heimlich über den Verkauf von Haus Dalmain verhandelte, doch andererseits hatte er sich lange nicht so schlecht benommen wie Ross Grant. Sie gestattete sich noch einen schnellen Blick in seine Richtung. Es erwies sich als Fehler; was immer ihr Gehirn von ihm halten mochte, ihr Körper hielt ihn noch immer für den attraktivsten Mann unter Gottes Sonne.

Sie ging zu einem leeren Sessel hinüber, ließ sich darauf nieder und wünschte, sie hätte einen richtigen Drink – entweder Whisky oder Wasser oder eine Tasse Tee, alles, nur nicht diese bleiche, lauwarme Flüssigkeit.

»Also, was habt ihr beiden Mädchen denn heute so getrieben?«, fragte Lady Dalmain.

»Ach, so dies und das«, antwortete Jenny hastig und wünschte sich, sie wäre auf den Gedanken gekommen, Felicity einzuschärfen, dass sie Philip nicht erwähnen solle. Niemand sollte erfahren, dass sie ihn gefunden hatte, bis sie Gelegenheit gehabt hatte, sich zu überlegen, auf welche Weise sie ihre Neuigkeiten am besten präsentierte. »Sie hatten sicher alle Hände voll mit Ihren Gästen zu tun.« Sie schenkte Lady Dalmain ein Lächeln, das ihre Gesichtsmuskeln über Gebühr strapazierte. »Was für eine nette Überraschung an einem derart abscheulichen Tag. Und ich dachte, Mr. Grant-Dempsey wolle wieder wegfahren.«

»Jenny hat gute Neuigkeiten«, schaltete Felicity sich ein, da sie sah, dass ihre Mutter drauf und dran war, sich abermals auf Jenny zu stürzen.

»So?« Lady Dalmain musterte sie mit schräg gelegtem Kopf.

»Ich erzähle es Ihnen später. Es wäre für die Allgemeinheit

ein wenig langweilig. Ich denke, es wäre viel interessanter, etwas über Mr. Grant-Dempseys Pläne zu erfahren.«

»Ich bin hergekommen, um mich vorzustellen. Ich hielt es für eine gute Idee, die interessanteste Person im Distrikt kennen zu lernen und dann zu versuchen, sie zur Freundin zu gewinnen.«

Ross erzielte genau die Wirkung, die er beabsichtigt hatte: Lady D. war entzückt. Jenny schäumte vor Wut.

»Aber in der Firma sagten Sie uns doch, Sie würden abreisen.«

»Ich reise auch ab. Morgen.«

Es war keine Überraschung für sie, aber irgendwie traf diese Ankündigung sie dennoch wie ein Schlag. Wie sehr sie ihn auch hassen mochte, sie wollte ihn in der Nähe haben, wahrscheinlich, um ihn umso mehr hassen zu können.

Henry stand hinter Lady Dalmains Stuhl. Jenny beobachtete ihn und entdeckte eine erstaunliche Tatsache: Niemals, nicht einmal bei ihrer ersten Begegnung mit ihm, als sein Charme und sein gutes Aussehen sie fasziniert hatten, hatte sie ihn auf die Art und Weise begehrt, wie sie Ross Grant begehrte. Aber war es wirklich vernünftig, Henry aufzugeben, den sie kannte und verstand und den sie einmal geliebt hatte, nur weil er nicht dieselbe Wirkung auf sie hatte wie ein Mann, von dem sie wusste, dass er durch und durch verdorben war? Nur weil dieser Mann ihren ganzen Körper in eine einzige flatternde, pulsierende erogene Zone verwandelte? Nein, das war auf gar keinen Fall vernünftig. Aber sie würde es trotzdem tun. Ross mochte nicht der Richtige für sie sein, doch Henry war es auch nicht. Besser, sie blieb allein.

Sie sah zu Ross hinüber, und er fing ihren Blick auf. Er lächelte nicht.

»Nun«, erklärte er und leerte sein Glas. »Ich muss los. Es hat mich sehr gefreut, Sie alle kennen zu lernen.«

»Sie müssen unbedingt wiederkommen«, rief Lady Dalmain. »Zum Abendessen. Jenny ist eine ausgezeichnete Köchin.«

»Das kann ich nur bestätigen«, warf Henry ein.

»Aber er reist ab«, erinnerte Jenny.

»Und ich komme wieder. Wir haben eine Besprechung, falls Sie sich erinnern.«

»Dann arrangieren wir ein Essen, sobald Sie wieder da sind«, entschied Lady Dalmain. »Wir werden eine Dinnerparty geben. Notieren Sie irgendwo Ihre Telefonnummer, und ich melde mich bei Ihnen.«

»Das würde mich sehr freuen, Lady Dalmain«, entgegnete Ross, »aber ich möchte niemandem Umstände machen.«

»Oh, eine Dinnerparty ist keine Mühe für Jenny«, bemerkte Henry. »Wir geben zu Hause ständig welche, nicht wahr, mein Honigkuchen?«

Jenny zwang sich zu einem Lächeln und versuchte, nichts sagend dreinzublicken.

»In dem Fall würde es mich natürlich freuen, Ihre Einladung anzunehmen.«

»Ich habe in der Firma alle Hände voll zu tun«, behauptete Jenny, »wie Sie wissen, Mr. Grant-Dempsey«, fügte sie noch hinzu.

»Mach kein Theater, Schweinebäckchen. Ich helfe dir. Und Felicity würde sicher ebenfalls mit anpacken.«

»Ja, selbstverständlich«, stimmte Felicity zu. »Darf ich Lachlan auch einladen? Oh, und Philip natürlich.«

Aller Augen im Raum hefteten sich auf Felicity. Nur Jenny schüttelte den Kopf und formte mit den Lippen: Nein, Nein!

»Was hast du gesagt?«, verlangte Lady Dalmain zu wissen.

»Wolltest du nicht, dass ich es erzähle, Jenny? Jenny hat Philip gefunden!«

Jetzt hefteten sich aller Augen auf Jenny, und sie spürte, wie ihr daraufhin die Farbe in die Wangen schoss.

Lady Dalmain ließ sich in ihren Sessel sinken. »Was! Oh, das ist ja wunderbar! Wann kommt er denn nach Hause?«

»Ich glaube nicht, dass er nach Hause kommen wird, jedenfalls nicht jetzt«, gab Jenny zurück. »Aber er würde gern seine Mutter besuchen.« Sie sah Ross nicht an.

»Das will ich meinen!«, erklärte besagte Mutter. »Doch warum will er nicht nach Hause kommen?«

»Er hat – Verpflichtungen«, antwortete Jenny und dachte an die schwarz gekleideten, langbeinigen, vielfach gepiercten Jungen und ihr Computerspiel. Es war eine rein hypothetische Frage, welche von beiden Parteien die andere merkwürdiger finden würde; Lady Dalmain hatte wahrscheinlich keinen Teenager mehr zu Gesicht bekommen, seit Iain diesem Alter entwachsen war, und es war unwahrscheinlich, dass die Jungen jemals außerhalb eines ihrer abscheulichen Videos einem Menschen wie Lady Dalmain begegnet waren. »Ich habe seine – seine Freundin noch nicht kennen gelernt.«

»Sie waren bei ihm? Oh, der liebe Junge! Geht es ihm gut?«

»Er machte den Eindruck.« Jenny war sich nicht ganz sicher, ob das der Wahrheit entsprach – tatsächlich hatte sie das Gefühl gehabt, dass es Philip möglicherweise schwerer fiel als erwartet, mit zwei riesenhaften Teenagern in einer winzigen Wohnung über einem Laden zu leben – doch andererseits war es vorstellbar, dass die große Liebe ihm das Ganze durchaus erträglich machte.

»Was für eine herrliche Neuigkeit! Wie haben Sie ihn gefunden? Kann ich ihn anrufen?«

»Ich habe seine Telefonnummer nicht«, sagte Jenny vorsichtig, da sie das Gefühl hatte, ein Anruf von Lady Dalmain sei möglicherweise nicht willkommen. »Ich habe ihn allerdings gebeten, Sie anzurufen, und er hat mir versprochen, es zu tun.«

»Nun, wenn Philip hier sein wird«, meinte Ross, »würden mich keine zehn Pferde von Ihrer Dinnerparty fern halten können, Lady Dalmain. Es wäre ungemein wichtig für unsere Geschäftsbeziehungen, denken Sie nicht auch, Miss Porter?«

Miss Porter warf ihm einen Blick zu, bei dem er eigentlich hätte tot umfallen müssen. Zumindest aber hätte er dieselbe Wirkung haben sollen wie ein halbwegs anständiger Blitzschlag. Umso größer war die Enttäuschung, dass er immer noch stand und obendrein wie das blühende Leben aussah. Doch eines würde er sehr bald herausfinden: dass sie zwar so ziemlich alles für so ziemlich jeden zu tun bereit war, sich jedoch von niemandem schikanieren ließ.

Während Lady Dalmain sich immer noch in einem Zustand der Ekstase befand, blieb es Felicity und Henry überlassen, Ross aus dem Haus zu geleiten. Jenny hatte nicht vor, sich in eine Situation zu bringen, in der sie mit ihm allein sein würde, nicht einmal für ein paar Minuten.

»Schenken Sie mir doch noch einen Drink ein, meine Liebe«, bat Lady Dalmain. »Das ist wirklich mal eine gute Neuigkeit! Wie haben Sie ihn aufgespürt?«

»Mit ein klein wenig Detektivarbeit und einem Anruf bei der Telefonauskunft.«

»Dann haben Sie also doch seine Nummer!«

»Oh, nein. Ich habe in der Buchhandlung angerufen. Und wenn Sie mich jetzt bitte entschuldigen würden, irgendjemand muss sich um das Abendessen kümmern.«

»Soll ich vielleicht die Kartoffeln schälen oder irgendetwas in der Art?«, erbot sich Henry, als er in den Raum zurückkam.

»Nein, danke, Henry«, antwortete Jenny, nicht weil dieses Angebot sie nicht beeindruckt hätte oder keine Kartoffeln geschält werden mussten, sondern weil sie Henry nicht in der Küche haben wollte – in seiner Anwesenheit hätte sie auf den großen Whisky verzichten müssen, den sie ebenso brauchte wie verdiente.

Bei Koteletts und Kartoffelpüree erzählte Lady Dalmain Henry von Philip. »Ihr zwei würdet euch bestimmt gut verstehen. Er ist ein sehr kultivierter Mann, müssen Sie wissen. Er hat das Interesse seines Vaters an Büchern geerbt und meine Begeisterung für Geschichte. Sie wissen doch sicher, dass ich ein Buch schreibe, nicht wahr, Henry?«

»Und ob ich das weiß, Lady Dalmain. Ich hoffe, dass ich irgendwann das Vergnügen haben werde, es lesen zu dürfen. Jenny, hättest du vielleicht Lust, nach dem Abendessen einen Spaziergang zu machen? Es gibt da ein oder zwei Dinge, über die ich gern mit dir sprechen würde.«

Jenny warf einen Blick auf ihre Armbanduhr, wohl wissend, dass sie keinen Vorwand hatte, um eine Bitte auszuschlagen, auch wenn sie sich in diesem Augenblick nichts weniger wünschte, als mit Henry allein zu sein. Er hatte inzwischen den Bogen raus, wie man das kostbare, antike Porzellan Stück für Stück und mit größter Sorgfalt abspülte. Zusammen mit Felicity würden sie den Abwasch im Nu erledigt haben.

»Das wäre schön. Es ist schließlich noch ziemlich hell.«

»Das fällt mir immer auf, wenn ich nach England fahre«, bemerkte Lady Dalmain. »Wie dunkel es abends ist. Natürlich nicht im Hochsommer, aber im Allgemeinen sind die Sommertage hier oben deutlich länger.«

»Und die Wintertage sind kürzer«, warf Felicity ein. »Ich denke, wir alle leiden an jahreszeitlich bedingter Indisponiertheit. Hat irgendjemand etwas dagegen, wenn ich jetzt abräume?«

Der »Homely Haggis« wirkte abweisend und einsam am Fuß des großen Hügels, der nach und nach zu einem Berg wurde. Jenny wurde klar, dass der Winter, seit sie nach Haus Dalmain gekommen war, den Herbst entschlossen beiseite gedrängt und seinen Platz eingenommen hatte. Die Männer in der Fabrik hatten immer wieder gesagt, dass der Winter früh kommen würde. Jenny hoffte, dass sie damit nur das Wetter meinten und nicht den Verlust ihrer Jobs.

»Weißt du was? Ich kann nicht umhin zu bemerken, Jenny-Täubchen, dass du zwar offensichtlich geradezu erschreckend klug, aber nicht mehr dieselbe Jenny bist, in die ich mich verliebt habe«, begann Henry, als sie nebeneinander den Weg zu dem leuchtend bunt lackierten kleinen Imbisswagen hinaufgingen, dessen Farben vor dem Hintergrund seiner schroffen Umgebung umso tapferer wirkten. »Seit du hier bist, bist du irgendwie härter geworden. Du denkst nur ans Geschäft.«

»Das ist nicht wahr!« Jenny dachte an Ross Grant, und das so ziemlich immer. »Aber ich stehe unter enormem Druck.

Wenn du wüsstest, in welchen Schwierigkeiten Dalmain Mills steckt – es ist ein Wunder, dass ich überhaupt jemals nach Hause komme. Ich sollte am besten einfach gleich dort einziehen.«

»Ross Grant-Dempsey schien mir allerdings ein recht anständiger Kerl zu sein.«

»Ach ja? Nun, er ist es nicht. Er ist ein Schwein, schlicht und ergreifend. Er hat an mich, Kirsty und so ziemlich alle in der Firma unmögliche Forderungen gestellt.«

»Er ist Geschäftsmann. Genau wie ich.«

»Ich bin froh, dass du das Thema angeschnitten hast, Henry. Wer ist dein Klient? Du hast mir erzählt, dass er sich für Haus Dalmain interessiert.«

»Schätzchen! Du bist doch nicht dumm genug, um mich nach dem Namen meines Klienten zu fragen. Das Ganze ist höchst vertraulich. Aber eins kann ich dir verraten, ich hoffe, den Verkauf von Haus Dalmain zügig unter Dach und Fach bringen zu können.«

Jenny spürte, wie ihr am Haaransatz der Schweiß ausbrach. Ihr erster Gedanke war, dass Philip es irgendwie gedeichselt hatte, Haus Dalmain getrennt vom übrigen Besitz zu veräußern, doch dann wurde ihr klar, dass er das nicht tun konnte. Haus Dalmain gehörte eindeutig zu den Sicherheiten, die Philip für das Darlehen gegeben hatte. »Das schaffst du nicht, es sei denn, irgendjemand wäre in der Position, das Haus zu verkaufen. Also, wenn du mir nur sagen würdest …«, versuchte sie es noch einmal.

»Ich *kann* nicht.«

»Aber …« Sie zögerte. Sollte sie Henry eröffnen, dass die Dinge nicht in Lady Dalmains Händen lagen? Sie musste ebenfalls Rücksichten nehmen und Vertraulichkeit walten lassen. »Ich bin mir nicht sicher – ich meine, es ist immerhin möglich, dass das Haus gar nicht Lady Dalmain gehört. Es wäre mir schrecklich, wenn du dir umsonst die Mühe machen würdest, sie davon zu überzeugen, dass der Verkauf von Haus Dalmain das Beste für sie wäre.«

»Es könnte sein, dass das überhaupt nicht das Problem ist. Schließlich wird dein Boss Haus Dalmain kaum für sich haben wollen, nicht wahr? Wenn er es getrennt von dem übrigen Besitz verkaufen könnte, könnte er einen höheren Erlös dafür erzielen und bekäme sein Geld schneller zurück.«

Das Gespräch hatte eine niederschmetternde Wirkung auf Jenny. »Mir gefällt einfach der Gedanke nicht, dass du versuchst, Haus Dalmain hinter Lady Dalmains Rücken zu verkaufen! Noch dazu, obwohl du ihr Gast bist.«

»Dasselbe gilt für dich, und ich wette, sie weiß auch nicht alles, was du im Schilde führst.«

Jenny schluckte. »Nein, aber ich tue es nur zu ihrem Besten, direkt oder indirekt.«

Das zumindest entsprach der Wahrheit, auch wenn sie bezweifelte, dass Lady Dalmain ihr für all ihre Unternehmungen dankbar sein würde, zum Beispiel für die Ermutigung Felicitys, sich ein wenig Unabhängigkeit zu erkämpfen und vielleicht mit Lachlan davonzulaufen.

»Das ist doch nur deine Meinung. Meiner Meinung nach wäre es vielleicht viel besser für Lady D., wenn sie ein kleineres Haus hätte, das leichter zu heizen und sauber zu halten wäre und über all diese praktischen Dinge verfügte, über die du nie nachzudenken scheinst.«

Jenny war plötzlich furchtbar müde. »Oh, lass uns nicht

länger streiten. Es ist zu anstrengend. Hör mal, ich habe eine Idee! Lass uns den ›Homely Haggis‹ aufschließen und etwas essen. Das wär doch was!«

»Was hast du denn zu verkaufen? Salmonellenwürstchen? BSE-Burger? Creutzfeld-Jakob auf Toast?«, fragte Henry, als Jenny den Imbisswagen aufgeschlossen und sich hinter die Theke gestellt hatte. Der Wagen war ihr mittlerweile so vertraut, dass sie sich dort vollkommen sicher fühlte. Wenn es ihre Hauptbeschäftigung wäre, im »Homely Haggis« zu arbeiten, wäre sie überglücklich gewesen.

Sie reagierte nicht auf Henrys Seitenhieb. »Größtenteils selbst gemachte Sachen, wenn du es genau wissen willst, aber ich bin mir nicht sicher, was wir im Moment vorrätig haben. Ich war schon eine ganze Weile nicht mehr hier, und ich schätze, Meggie auch nicht. Mal sehen, was in dieser Dose ist. Oh, Haferkekse.« Sie beschnupperte die Dose. »Riecht nicht schlecht. Möchtest du einen?«

Er nickte. Bekam er langsam ein Bäuchlein? Oder lag es nur daran, dass sein Bauch nicht so hart und flach war, wie er durch regelmäßiges intensives Training werden konnte? Sie wollte Henry gerade den Vorschlag unterbreiten, in Zukunft ins Fitnessstudio zu gehen, als ihr gerade noch rechtzeitig klar wurde, wie verletzend eine solche Bemerkung gewesen wäre. Genau solche Dinge pflegte er im Allgemeinen ihr zu sagen. Sie seufzte.

»Was ist los, Schweinebäckchen? Hast du einen Depri, weil dir deine Kuschelration fehlt? Warum kommst du nicht rüber, und wir schmusen ein bisschen?«

Sie folgte seinem Vorschlag und fand Trost in seinen Armen, aber nicht genug, um ihr schlechtes Gewissen zu beschwichtigen. Es waren die Arme eines anderen Mannes, nach denen sie sich sehnte, die Hand eines anderen Mannes, die sie auf ihrem Haar spüren wollte. Sie sollte Henry klar machen, dass sie nicht länger mit ihm zusammen sein wollte, dass er nach Hause fahren und sich eine andere Frau suchen sollte. Er küsste sie, und sie erwiderte seinen Kuss, während sich in ihren Augenwinkeln Tränen bildeten. Vielleicht sollte sie doch bei Henry bleiben, der wenigstens da und verfügbar für sie war, statt sich nach einer Ratte zu verzehren, der sie offensichtlich gleichgültig war.

»Schon besser? Braves Mädchen. Das ist mein kleines Schweinebäckchen.«

»Ich wünschte, du würdest mich nicht so nennen.«

»Das hat dir doch früher auch nichts ausgemacht. Also, du hast dich eindeutig verändert.«

»Ich glaube nicht, dass ich mich verändert habe, Henry. Ich denke, ich bin immer schon so gewesen, stets bereit – vielleicht allzu bereit –, mich für die Verlierer einzusetzen. Aber ich verrate dir was: Abgesehen von dem gewaltigen Stress und dem Druck, den dein Freund Ross Grant-Dempsey auf uns alle ausgeübt hat, habe ich die Herausforderung beinahe genossen. Es hat schon etwas, mit dem Rücken zur Wand zu stehen und sich seinen Weg ins Freie erkämpfen zu müssen.«

Henry nickte. »Ich trage mich in letzter Zeit mit dem Gedanken, mich selbstständig zu machen. Ich habe inzwischen einen Haufen ausgezeichneter Kontakte hier oben. Du könntest meine Sekretärin sein. Hör auf, für all diese fremden Leute zu arbeiten. Das wäre mal eine echte Herausforderung.«

Henrys Berichte zu tippen war nicht ganz die Art von Herausforderung, die sie im Sinn hatte. Sollte sie die Gelegenheit beim Schopf ergreifen und Henry gestehen, dass zwischen ihnen alles aus und vorbei war? Sie holte tief Luft und war drauf und dran, genau das zu tun.

»Ach, übrigens, ich wollte es dir eigentlich schon früher erzählen. Meine Eltern mieten sich über Weihnachten hier in der Nähe ein Haus. Das wird bestimmt lustig, wir alle zusammen.«

Jenny setzte sich in Bewegung; ihre ganze Entschlossenheit hatte sich in Luft aufgelöst. Wenn sie und Felicity eine gute Absatzmöglichkeit fanden, wenn alle Muster fertig waren, wenn die Mühle nicht geschlossen wurde, dann würde sie es ihm sagen.

»Nimm meine Hand, Henry«, bat sie und verbarg ihre Trostlosigkeit hinter einem Lächeln. »Lass uns zu diesem Felsen hinauflaufen und dann nach Hause zurückgehen.«

Während sie, immer noch Hand in Hand, den Hügel hinunterspazierten, entdeckte Jenny in weiter Ferne auf dem gegenüberliegenden Hang einen Landrover. Ihre Gedanken flogen zurück zu Ross Grant, als wäre er der Einzige auf der Welt, der einen Landrover fuhr.

Einige Tage später verbrachte Jenny einen glücklichen Nachmittag damit, Anna in ihrer Wiege beim Schlafen zuzuschauen, während Meggie sich von Rowan beibringen ließ, wie man Nuno-Filz herstellte. Bevor Rowan nach Hause ging, verabredete Jenny einen Besuch bei ihr, damit sie ein Muster ihrer Arbeit kaufen konnte.

Die Mutter eines Arbeiters, die selbst ihr Leben lang in der

Fabrik gearbeitet hatte, hatte eine große Menge Alpaka- und Lamafasern gesponnen. Einer ihrer männlichen Altersgenossen (es war eine wahre Wonne, die beiden kabbeln und scherzen zu hören, wie sie es in den alten Tagen getan haben mussten) hatte einen Webstuhl eingerichtet. Eine Freundin von Effie, Nettie, wob aus den gesponnenen Fasern ein Tuch. Alle waren sehr zufrieden mit dem Ergebnis, das allerdings nicht groß genug war, um ein Kleidungsstück daraus herzustellen. Meggie, Kirsty und Jenny fanden, dass einer von Felicitys Entwürfen hergestellt werden sollte – ein potenziell wunderschönes Teil, das weder ein Pashmina-Schal noch ein Cape war. Dazu brauchten sie jedoch mehr Stoff, was wiederum bedeutete, dass noch mehr Garn von Hand gesponnen werden musste.

»Die längste Reise beginnt mit einem einzigen Schritt«, bemerkte Kirsty, während sie den Stoff beäugte. Es widerstrebte ihr sichtlich zuzugeben, wie schön und weich er war und wie wunderbar er fiel.

»Oh, Kirsty! Das ist einfach fabelhaft! Und du weißt es auch!«, rief Jenny. »Jetzt muss ich zurück nach Haus Dalmain, und wenn Philip seine Mutter immer noch nicht angerufen hat, fahre ich rüber und schleife ihn höchstpersönlich her.« Sie runzelte die Stirn. »Aber wollen wir ihn in der Firma denn überhaupt wieder haben?«

Kirsty schürzte die Lippen. »Es wäre hilfreich, wenn wir ihn überreden könnten, uns die Gebäude zurückzugeben, damit wir etwas Bargeld in die Hände bekämen. Doch ich bin mir nicht sicher, wie er das Ganze sehen wird.« Sie zeigte auf den Stoff. »Philip war immer sehr konservativ.«

»Das heißt also, dass wir nicht nur gegen Ross Grant-Dempsey kämpfen müssen, sondern auch gegen Philip.«

»Ich glaube, ganz so schlimm ist Grant-Dempsey gar nicht.«

»Oh, doch. Es war absolut unfair von ihm, von uns zu verlangen, alles in so kurzer Zeit zu schaffen. Ich jedenfalls würde lieber für Philip arbeiten.«

»Zumindest scheint Mr. Grant-Dempsey die Firma nicht gleichgültig zu sein.«

Jenny vergaß ihre eigene schlechte Laune. »Aber Kirsty, Sie haben all die Jahre treu zu Philip gehalten.«

»Und schön dumm war das! Er hat Dalmain Mills im Stich gelassen und sich einen hübschen kleinen Brocken von dem Besitz unter den Nagel gerissen.«

»Vielleicht war er verliebt, und das schien ihm die einzige Lösung zu sein.«

»Papperlapapp! Der Mann hat kein Rückgrat, und ich wollte das früher einfach nicht wahrhaben. Ich denke, wir sollten so viel wie möglich unter Dach und Fach bringen, bevor er hier wieder auftaucht. Er ist immer noch der geschäftsführende Direktor. Er könnte der Firma höchstpersönlich den Hahn zudrehen, dazu würde er Ihren Kunden gar nicht brauchen.«

»Ich hätte ihn niemals suchen sollen, nicht wahr? Oder ich hätte zumindest warten sollen, bis das Ganze weiter gediehen wäre.« Der Stoff, der auf dem Tisch lag, ein Schultertuch in den Farben von Sahne, Kaffee und Schokolade, allesamt Naturtöne, weckte in Jenny den Wunsch, sich selbst in seine sanfte, köstliche Wärme zu hüllen.

»Unsinn, Kind! Man hat Sie gebeten, nach ihm zu suchen. Und wenn er hier aufkreuzt, müssen wir ihn überreden, auf sein Recht an den Liegenschaften zu verzichten. Und der liebe Gott allein weiß, wie wir das anfangen sollen.«

Als sie das Lächeln auf Lady Dalmains Gesicht sah, sobald sie es an den Hunden vorbei und durch die Tür geschafft hatte, wusste Jenny sofort, dass Philip angerufen hatte.

»Der liebe Junge! Wir haben fast eine Stunde lang geredet. Er kommt nächste Woche zum Abendessen her. Wir müssen unbedingt etwas Besonderes auf den Tisch bringen. Ich habs, wir bereiten einen Braten zu. Felicity kann von dem Bauernhof oben am Bach einen besorgen. Das Rindfleisch von diesem Hof ist exzellent.«

Felicity drehte ein Glas Whisky in den Händen und saß mit düsterem Blick am Feuer. »Ja. Die verstehen sich dort bestens auf Kälbermast.«

»Darling, besorg doch Jenny etwas zu trinken«, fuhr Lady Dalmain fort, ohne auf diesen Seitenhieb einzugehen. »Wo mag Henry bloß stecken?«

»Da wir gerade beim Thema sind: Es ist schrecklich nett von Ihnen, dass Sie Henry Ihre Gastfreundschaft gewähren«, begann Jenny, die eine mögliche Gelegenheit witterte, Lady Dalmain dazu zu ermutigen, ihn nach Hause zu schicken.

»Oh, das geht schon in Ordnung, Kind. Seine Firma kommt für seinen Unterhalt auf. Er führt Verhandlungen wegen eines Besitzes auf der anderen Seite des Flusses. Wahrscheinlich wieder so ein amerikanischer Geschäftsmann, der sich einen schottischen Landsitz kauft.« Sie seufzte. »Es ist eine Schande, dass die alten Familien sich die Instandhaltung ihrer Sitze nicht länger leisten können. Wenn ich nur daran denke, wie der Besitz der Familie Dalmain aussah, als ich als junge Braut herkam! Tausende Hektar – alles verkauft, nach und nach.«

»Also, geht es Philip gut?«, fragte Felicity, während sie

Jenny ein Glas Whisky gab, um ihre Mutter daran zu hindern, sentimental zu werden.

»Ich denke schon. Ich habe das Gefühl, dass er, was diese Frau betrifft, langsam wieder zur Vernunft kommt. Schließlich kann jeder Mann mal den Wunsch verspüren, mit einer Barfrau zu schlafen, doch mit einer von denen unter einem Dach zu leben ist eine ganz andere Geschichte. Die beiden können einfach keine Gemeinsamkeiten haben.«

»Aber wenn er nur mit ihr schlafen wollte«, fiel Felicity ihrer Mutter ins Wort, »dann wäre er doch nicht von zu Hause weggegangen. Er hätte sie einfach haben können, wann immer er sie wollte.«

Lady Dalmain runzelte die Stirn. »Sei nicht vulgär, Felicity.« Es war offensichtlich eine Sache, wenn sie selbst in puncto Sex kein Blatt vor den Mund nahm, aber eine andere, wenn ihre Tochter das tat. »Nein, ich glaube, in seinem Fall war das eine Art Protest. Er hat in der Firma in letzter Zeit furchtbar unter Druck gestanden. Es ist nur natürlich, dass er alldem für eine Weile den Rücken kehren wollte. Jetzt, da Ross Grant-Dempsey das Kommando übernommen hat, werden die Dinge sicher bald erheblich leichter werden.«

Jenny seufzte. Wäre es doch nur wirklich so!

Kapitel 17

Als Henry Felicity und Jenny in Fort William endlich in einem Schlafwagen in Richtung London untergebracht hatte, blieben ihnen noch genau fünf Tage, bevor Ross Grant-Dempsey in die Firma zurückkehren wollte. Außerdem herrschte eisige Kälte.

Sie hatten einen Koffer voller Muster feiner Stoffe bei sich, eine Kleidertüte mit Rowans schönstem Beispiel für ein aus Nuno-Filz geschneidertes Kleid, dazu noch ihre eigenen Sachen und ein Schultertuch, das Felicity entworfen hatte. Es nicht selbst zu tragen kostete Jenny einiges an Willenskraft. Und zu guter Letzt hatten sie noch eine Liste nützlicher Adressen beisammen. Einige dieser Adressen hatte Jenny aus dem Internet gezogen; eine war die von Felicitys ehemaliger Schulfreundin und eine, die eines erstklassigen Schneiders in der Savile Row, hatte Meggie ihnen bei einem ihrer seltenen Besuche bei ihrer Schwiegermutter gegeben.

Sie hatten sich in Jennys Schlafzimmer zurückgezogen, damit Meggie das Baby stillen konnte. Jenny war ihr gefolgt, um sich davon zu überzeugen, dass Meggie alles hatte, was sie brauchte, und Felicity war mit ihnen gegangen, weil sie nicht bleiben und zuhören wollte, wie ihre Mutter und Henry den Stammbaum irgendeiner uralten Familie erörterten, deren Besitz Henry angeblich gerade verkaufte. Felicity hatte sie begleitet, obwohl Meggie ihr klar gemacht hatte, dass sie in der Nähe des Babys auf keinen Fall rauchen dürfe.

»Wir haben uns auf dem College kennen gelernt, als wir

beide Textilwissenschaft studierten«, hatte Meggie erklärt und dabei einen für sie gänzlich untypischen Wirbel um die kleine Anna gemacht. »Wenn er sagt, dass er sich nicht an mich erinnert«, bemerkte sie, hob den Blick und senkte ihn dann wieder, »könnt ihr ihm erzählen, dass wir auf der Feier zu Heggie Johnstones einundzwanzigstem Geburtstag hinter dem Sofa miteinander geschlafen haben. Aber falls er sich doch an mich erinnert«, fuhr sie hastig fort, »dann verliert bitte kein Wort darüber. Er ist quasi eine alte Flamme von mir«, sprach sie weiter, nur für den Fall, dass Jenny und Felicity sie vielleicht nicht richtig verstanden hatten.

Als Meggie nach Hause gegangen war und Felicity und Jenny die Teetassen spülten, bemerkte Felicity: »Hm, ich schätze, wenn man auf dem College so mit diesem und jenem schläft, warum dann nicht mal mit jemandem, der einem später nützlich sein kann.«

»Und selbst wenn man nur mit einer einzigen Person schläft«, erwiderte Jenny, »ist nichts dagegen einzuwenden, wenn der Betreffende sich eines Tages als nützlich erweist.«

Die beiden Frauen sahen sich an. Felicity und Meggie mochten einander zwar schätzen und sogar mögen, aber sie würden immer ihre Differenzen haben.

Felicity hatte zu ihrer alten Schulfreundin ein sehr enges Verhältnis gehabt, und zumindest würden sie von ihr ein Mittagessen bekommen, wenn auch vielleicht sonst nichts.

»Sie klingt noch genauso wie früher«, meinte Felicity. »Ich kann es gar nicht erwarten, sie wiederzusehen. Sie ist vor kurzem bei einem Ehemaligentreffen unserer Schule gewesen, und sie will mir davon erzählen.«

»Hauptsache, du überzeugst sie davon, was für eine gute

Idee es wäre, wenn sie unsere exklusiven Produkte verkaufen würde«, erwiderte Jenny und fragte sich, ob ein moralischer Unterschied zwischen Sex mit den richtigen Leuten auf dem College und Beziehungen zu den richtigen Freunden in der Schule bestand. Von ihren eigenen alten Flammen oder Freunden hatte sich bisher noch keiner auch nur im Entferntesten als nützlich erwiesen.

Sie wollten außerdem zwei Nächte bei Jennys Mutter verbringen. Jenny freute sich auf das Wiedersehen wie ein Kind auf Weihnachten.

»Also, wissen Sie jetzt, welche Tasse und welchen Unterteller sie für ihren Frühstückstee bevorzugt und welches Porzellan für den Nachmittagstee?«, fragte Felicity Henry, während er das Gepäck in den Zug lud.

»Große Tasse am Morgen, kleine am Nachmittag, obwohl sie weiß, dass ich zum Tee nicht immer da sein werde. Habt ihr Mädels jetzt alles?«

»Selbst wenn wir nicht alles hätten, wäre es jetzt wohl zu spät«, entgegnete Jenny, ohne auf seinen herablassenden Tonfall einzugehen.

»Dann zische ich jetzt wieder ab«, meinte Henry. »Ich habe noch eine lange Rückfahrt vor mir.«

»Wir wissen es wirklich zu schätzen, dass Sie uns hergebracht haben«, versicherte Felicity. »Keine Ahnung, wie wir ohne Sie hergekommen wären.«

»Nur der Fairness halber, Iain hat uns auch angeboten, uns zum Zug zu bringen«, erinnerte sie.

»Also, wenn du die ganze weite Fahrt hinten in einem Lieferwagen hättest verbringen wollen – mir hätte es jedenfalls nicht gefallen«, erklärte Felicity entschieden. »Vielen Dank, Henry.«

Als Henry beide Frauen zum Abschied küsste, kam es Jenny so vor, als küsste er Felicity mit genauso viel Inbrunst wie sie selbst, obwohl sie sich eingestand, dass das möglicherweise reines Wunschdenken war. Vielleicht hatte sein fortgesetzter Aufenthalt in den Highlands ja doch noch andere Gründe.

Sobald sie sich in ihrem Schlafwagenabteil eingerichtet hatten, legten die beiden Frauen sich auf ihre Betten, und Felicity gab Jenny, die sich für das obere entschieden hatte, einen kleinen Zinnbecher mit Brandy aus dem Flachmann, den Lady Dalmain ihr aufgedrängt hatte.

»Ich selbst ziehe ja Whisky vor«, erklärte sie, »aber Mama reist immer mit einem Flachmann. Nicht dass sie oft reisen würde.«

Eingedenk der Tatsache, dass auch Felicity nicht oft verreiste, bemerkte Jenny: »Ich bin ja so stolz auf dich, Fliss! Es kann nicht leicht für dich gewesen sein, eine solch lange Reise in Betracht zu ziehen, noch dazu in einem so engen Raum. Außerdem wird es dir sicher schwer fallen, nicht zu rauchen«, fügte sie hinzu, um klar zu machen, dass sie jedenfalls mit Sicherheit nicht in ihrem Schlafabteil rauchen würde.

Felicity antwortete nicht sofort, und obwohl Jenny sie nicht sehen konnte, wusste sie, dass sie jetzt den kleinen viktorianischen Ring betrachtete, der seit neuestem den vierten Finger ihrer linken Hand zierte; dasselbe hatte sie nämlich etwa alle zehn Sekunden getan, seit Lachlan ihr den Ring aufgesteckt hatte, trotz Lady Dalmains hochmütigen Bemerkungen über Granate, die schließlich nur Halbedelsteine seien. »Das Wissen, dass Lachlan mich liebt, macht alles möglich.« Dann fügte sie hinzu: »Außerdem muss ich mich um mein Hochzeitskleid kümmern. Und ich habe mir Nikotinpflaster aufgeklebt. Und Kaugummi eingepackt.«

Jenny ließ sich auf ihr Bett zurücksinken; der Brandy zeigte langsam seine Wirkung. Ja, es musste wirklich wunderbar sein, einen Mann zu lieben, von dem man wiedergeliebt wurde, statt einen absoluten ... Sie schob ihren Gedanken einen Riegel vor. Dergleichen Überlegungen würden ihr nur Kummer und Frustration bescheren.

Um sich abzulenken, konzentrierte sie sich auf Philip. Ob die Liebe ihn dazu bewegen konnte, auf die Liegenschaften zu verzichten, falls sich Dalmain Mills damit retten ließ? Oder war ihm das alles inzwischen herzlich gleichgültig? Würde das Gefühl, dass er die Last nicht allein trug, dass andere ihm halfen, ihn verantwortungsbewusster machen? In moralischer Hinsicht?

»Glaubst du, Philip wird Gloria zu dieser Dinnerparty mitbringen?«

»Ich denke doch. Ich an seiner Stelle würde sie der Familie vorstellen, wenn so viele Leute wie nur möglich zugegen sind, damit Mama sie nicht ins Kreuzverhör nehmen kann.«

»Aber ihre Söhne? Ich meine, ich habe sie kennen gelernt. Sie sind sicher nette Jungs und so weiter ...« Jenny war sich in diesem Punkt nicht ganz sicher, sagte es aber trotzdem. »Trotzdem frage ich mich, wie sie wohl mit einer formellen Dinnerparty zurechtkommen werden? Es ist gut möglich, dass sie in ihrem ganzen Leben noch nie an einem Tisch gegessen haben.«

»Dann müssen wir ihnen eben ein wenig helfen, was die Sache mit Messer und Gabel betrifft«, meinte Felicity, nicht besonders interessiert. »Es war nett von Mama, vorzuschlagen, es könne eine Verlobungsfeier für Lachlan und mich werden, findest du nicht auch?«

»Es war bestimmt nett von ihr. Und ganz und gar unerwartet.«

Es folgte eine kleine Pause. »Das Problem ist, ich weiß jetzt schon, dass sie, wenn es so weit ist, eine Verlobungsfeier für Philip und Gloria daraus machen wird.«

»Es sei denn natürlich, sie hasst Gloria.«

Felicity seufzte. »Sie wird es nicht wagen, Gloria zu hassen, denn wenn sie es tut, wird sie Philip endgültig verlieren, und das weiß sie ganz genau. Ich wette, wir werden am Ende von ihr zu hören bekommen, dass Gloria ›Charakter hat‹ oder etwas in der Art.«

»Um fair zu sein: Sie hat sich sehr gut benommen, als du ihr von deiner Verlobung mit Lachlan erzählt hast.«

»Wahrscheinlich hat sie sich mittlerweile einfach damit abgefunden, dass ich niemals in den Adel einheiraten werde und mich deshalb genauso gut mit einem Künstler zufrieden geben kann. Allerdings wird sie vielleicht noch ein ziemliches Theater machen, wenn ihr klar wird, dass ich tatsächlich von zu Hause weggehen werde, was bedeutet, dass dann niemand mehr da ist, der sie von vorne bis hinten bedient.« Felicity kicherte plötzlich. »Mir ist gerade ein Gedanke gekommen. Meinst du, sie wird von Philip und Gloria erwarten, dass sie in Haus Dalmain einziehen, damit sie sich für den Rest ihres Lebens um sie kümmern können?«

Jenny schauderte. »Arme Gloria! Ich habe sie zwar noch

nicht kennen gelernt, doch ich bin mir sicher, dass sie das nicht verdient hätte.«

»Nein. Aber ich habe es Jahre und Jahre getan, und ich habe es auch nicht verdient.«

»Stimmt.«

»Wenn ich nur damals nicht krank geworden wäre und meine Sache hätte behaupten können. Dann wären Lachlan und ich jetzt schon eine Ewigkeit zusammen und hätten wahrscheinlich sogar Kinder.«

Jenny fand, dass es nie gut tat, zurückzublicken auf das, was hätte sein können. »Vielleicht würdet ihr euch mittlerweile miteinander langweilen und hättet euch längst scheiden lassen.«

Felicity war schockiert. »Das sieht dir gar nicht ähnlich, so zynisch zu sein, Jenny.«

»Ach nein?«

Als der Zug in Euston einfuhr, beschlossen sie, geradewegs zu Jennys Mutter zu gehen, statt ihre ganze Habe in London mit sich herumzuschleppen. »Wir haben immer noch alle Muster dabei«, sagte Jenny, während sie ihr Gepäck in den Zug nach Guildford luden, nachdem sie London mit dem Taxi durchquert hatten. »Das sind für meinen Geschmack mehr als genug Taschen. Wie kommst du zurecht?«

»Überraschend gut«, antwortete Felicity, die nach ihrer Nacht im Zug zerknittert, aber glücklich wirkte. »Das Gespräch mit Lachlan hat mir geholfen.« Sie rieb sich das Ohr, das anscheinend taub geworden war, weil sie sich so lange ein Handy dagegen gedrückt hatte.

Jenny gelangte langsam zu der Auffassung, dass ihr Vorurteil, nach dem Highlander in sich gekehrt und wortkarg waren, rein gar nichts mit der Wirklichkeit zu tun hatte. Felicitys Telefon hatte geklingelt, sobald sie aus dem Zug gestiegen waren, und Lachlan und sie hatten seither mehr oder weniger die ganze Zeit telefoniert. Es war geradezu eine Erleichterung gewesen, als die Verbindung abgebrochen war.

»Wir werden vom Bahnhof aus mit dem Taxi zu meiner Mutter fahren. Dann nehmen wir beide ein Bad, und anschließend frühstücken wir. Wunderbare Aussichten! Ich habe meine Mutter ja so sehr vermisst.«

Jetzt war es an Felicity, sehnsüchtig dreinzublicken. »Ich nehme an, wenn ich je von ihr getrennt gewesen wäre, hätte ich vielleicht auch die Chance gehabt, meine Mutter zu vermissen.«

»Schätzchen!« Jenny und ihre Mutter umarmten einander mit solcher Inbrunst, dass ihrer beider Rippen in Gefahr gerieten. »Wie schön, dich zu sehen! Du siehst ... du siehst ... ein bisschen müde aus.«

»Findest du? Das liegt wahrscheinlich an der langen Zugfahrt. Aber es geht mir gut. Mum, das ist Felicity.«

Woraufhin Felicity ihrerseits umarmt wurde. »Ich freue mich, Sie kennen zu lernen«, erklärte Jennys Mutter. »Ich habe so viel von Ihnen gehört, von Ihren wunderschönen Entwürfen. Haben Sie einen dabei? Das ist gut! Und Sie wollen sich hier ein Hochzeitskleid aussuchen? Sie müssen mir zeigen, was Sie mitgebracht haben, sobald Sie gebadet und gegessen haben. Du gehst am besten in mein Badezimmer, Jenny, mit der Ordnung steht es da nicht zum Besten. Aber das Familienbad habe ich eigens für Sie sauber gemacht, Felicity.«

»Das ist schrecklich nett von Ihnen, Mrs. ... Porter.«

»Meine Güte, nennen Sie mich Fay! Kommen Sie, ich zeige Ihnen das Badeöl, das ich Ihnen rausgestellt habe. Ich gebe immer gern etwas Schönes in mein Badewasser, Sie nicht auch? Vor allem, nachdem Sie die ganze Nacht im Zug verbracht haben ...«

Das Geschäft von Felicitys Freundin in Covent Garden war winzig klein, doch Jenny hätte am liebsten gleich alles anprobiert, und zwar sofort. Gelda, Besitzerin und Schöpferin all dieser Pracht, umarmte Felicity begeistert. Jenny dachte, dass Felicity in den letzten Stunden wahrscheinlich häufiger umarmt worden war als in all den Jahren nach dem Tod ihres Vaters. Lady Dalmain sparte sich ihre körperlichen Demonstrationen von Zuneigung für Männer auf.

»Ich muss dir unbedingt Jenny vorstellen.« Felicity zog sie neben sich. »Ihr ist es zu verdanken, dass ich hier bin. Ich leide an einer Art Platzangst und hätte es nie geschafft, allein herzukommen.«

Während Jenny die ausgestreckte Hand schüttelte, betrachtete sie die kleine, exzentrisch gekleidete Frau, die nun vor ihr stand. Sie war nicht hübsch und war es wahrscheinlich auch nie gewesen, aber sie hatte so viel Stil und Energie, dass sie ungeheuer attraktiv wirkte.

»Ich habe mich auf den ersten Blick in alles verliebt, was ich hier sehe«, erklärte Jenny. »Ich hoffe, das ist ein gutes Omen.«

»Ein Omen wofür?«, fragte Gelda.

Jenny sah Felicity an, die kaum merklich die Schultern zuckte. Jenny hatte den Eindruck gehabt, dass Felicity Gelda bereits von Dalmain Mills und ihrer Hoffnung erzählt hatte, dass Gelda zum Überleben des Betriebs beitragen würde. Offensichtlich hatte sie sich da jedoch geirrt. Wahrscheinlich hatte Felicity sich gescheut, ihrer alten Schulfreundin ihre eigenen Entwürfe zu zeigen.

Jenny holte Luft und hoffte, dass ihr die richtigen Worte einfallen würden. Die Hoffnung wurde aber enttäuscht.

»Hört mal«, meinte Gelda. »Wir wärs, wenn ihr zwei mit nach hinten kommen würdet und ich schon mal den Kessel aufsetze? Du kannst mich über die letzten dreißig Jahre ins Bild setzen, Fliss. Und du kannst mir zeigen, was du in dieser Kleidertasche da hast.«

»Es ist auch etwas in dem Koffer, das Sie sehen sollten«, warf Jenny ein, aber Gelda war bereits außer Hörweite.

Felicity und Jenny tranken »Damentee«, ein schwarzes, scharfes Gebräu, das ihnen besser mundete, als sie erwartet hatten. Gelda war im Laden, wo sie sich lachend und angeregt mit jemandem unterhielt. Felicity konnte ihre Neugier schließlich nicht länger bezähmen, schlich auf Zehenspitzen zur Tür hinüber und spähte hinaus.

»Oh, mein Gott!«, flüsterte sie. »Das ist – du weißt schon – dieses Model. Die, die immer ...«

Jenny trat neben sie an die nur leicht geöffnete Tür. »Allmächtiger! Ja! Sie ist es wirklich! Wow!«

Als Gelda zurückkam, saßen sie beide wieder gehorsam auf ihren Plätzen.

»War das wirklich – du weißt schon?« Felicity versuchte, sich auf den Namen der Frau zu besinnen.

»Daffy? Ja. Sie kommt oft her. Sie ist eine Freundin von mir.

Falls ich jemals meine eigene Modenschau organisieren sollte, hat sie versprochen, für mich als Model aufzutreten.«

»Meinen Sie denn, dass Sie irgendwann einmal eine Modenschau organisieren werden?«, fragte Jenny.

Gelda zuckte die Schultern. »Um ehrlich zu sein, ich habe auch so schon genug Arbeit. Ich bin im Augenblick dafür einfach nicht groß genug. Also, was ist in der Tasche? Und warum bist du zu mir gekommen?«

»Um über mein Hochzeitskleid zu sprechen«, sagte Felicity schnell.

»Und um festzustellen, ob Sie vielleicht Interesse hätten, Dalmains Designerstoffe in Ihrem Geschäft anzubieten«, warf Jenny ein, die den Namen für das Produkt nicht eher gekannt hatte, bis sie ihn jetzt aussprach. »Das ist einer der Stoffe, die Dalmain anbietet oder anbieten wird. Was halten Sie davon?« Sie zog den Kleiderschutz weg und schüttelte das Kleid aus, wobei sie hoffte, dass es die Nacht im Zug überstanden hatte.

Es hatte, glücklicherweise. Gelda gab ihren Kommentar nicht sofort ab. Sie sah sich das Kleid von der Seite an, betastete den Stoff und zog die Unterlippe zwischen die Zähne. »Hm. Ich bin mir nicht sicher, was den Entwurf betrifft. Solche Sachen sieht man im Augenblick ziemlich oft. Aber den Stoff finde ich herrlich. Was ist das für ein Material?«

»Nuno-Filz«, erklärte Jenny und setzte zu ihrer genau einstudierten Rede an, wie der Filz hergestellt wurde, woraus er hergestellt wurde und welche weiteren Verwendungen er hatte.

Gelda nickte. »Olivenölseife? Das erklärt den angenehmen Geruch. Ich bin immer auf der Suche nach etwas Neuem, und eure Firma kann den Stoff in großen Mengen herstellen?«

»Noch nicht. Aber sie wird es können«, antwortete Jenny und hoffte, dass die Götter ihr diese übertriebene Zuversicht nicht übel vermerken würden. »Hätten Sie Interesse?« Ich meine, wir könnten die Kleider nach Felicitys Entwürfen selbst fertigen, und Sie würden sie verkaufen …

Gelda schüttelte den Kopf. »Tut mir Leid, ich verkaufe nichts, das ich nicht selbst entworfen habe.«

»Bevor Sie sich festlegen«, hakte Jenny nach, »darf ich Ihnen vielleicht etwas zeigen, das Felicity entworfen hat? Ich weiß, Sie wird mich dafür umbringen, doch ich denke, Sie sollten es wirklich sehen. Es zeigt nämlich, was man mit anderen Fasern wie Alpaka und Lama alles herstellen kann.«

Felicity stand auf und ging in den Laden hinüber. Jenny konnte gut nachvollziehen, wie nervös es sie machen musste, einem Profi ihre Arbeit vorzuführen. Aber Jenny vertraute fest darauf, dass sie gut genug war. Selbst Henry, der Modefaschist, hatte nichts als ehrliche Bewunderung dafür gehabt.

Gelda musterte, betastete und rieb den Stoff zwischen den Fingern, und die Sekunden dehnten sich zu Minuten. »Das ist wunderschön. Meine alte Fliss. Sie hatte in der Schule schon eine große künstlerische Begabung, aber ihre Eltern wollten nicht, dass sie das Kunstcollege besucht. Ich erinnere mich gut, dass unsere Kunstlehrerin deswegen ganz außer sich war.«

»Meinen Sie, Sie könnten das Kleid verkaufen? Oder ähnliche Kleider? Oder hätten Sie lieber nur den Stoff, um ihre eigenen Entwürfe umzusetzen?«

»Ich arbeite für gewöhnlich nicht mit Geweben wie diesem. Ich habe das Gefühl, dass es wahrscheinlich deshalb so gut funktioniert, weil das Kleid für den Stoff entworfen wurde, statt umgekehrt. Wenn Fliss mehr Stücke wie dieses hier entwerfen könnte, würde ich sie in den Laden nehmen. Ich hatte immer schon das Gefühl, dass Fliss ein Naturtalent ist.«

»Sie hat ...« Aber bevor Jenny weitere Erklärungen geben konnte, kam Felicity zurück.

»Es ist schon gut, Gelda. Es macht mir nichts aus, wenn du es nicht verkaufen willst. Sag mir nur, dass es kein absoluter Müll ist, dann bin ich schon glücklich.«

»Es ist kein absoluter Müll, und ich werde es mit Freuden in meinem Laden verkaufen, gesetzt den Fall, du kannst so viele Kleider herstellen, wie ich brauche. Es ist anders als alles, was ich entwerfe, doch ich denke, es könnte durchaus einen Markt dafür geben.«

Felicity setzte sich schnell hin. »Was hast du gesagt?«

Gelda lachte. »Du hast mich schon beim ersten Mal richtig verstanden. Ich verkaufe die Kleider, wenn du mir genug davon liefern kannst. Fürs Erste hätte ich gern sechs Stück, um festzustellen, wie sie laufen. Wohlgemerkt, wenn sie sich nicht verkaufen, schicke ich sie dir zurück.«

»Du ahnst gar nicht, wie dankbar ich dir bin!«, rief Felicity.

Gelda schüttelte den Kopf. »Ich mag ja ein netter Mensch sein, aber als Geschäftsfrau bin ich eine wandelnde Bilanz. Ich habe keinen Platz, meinen Laden mit Sachen voll zu stopfen, die hier nur rumhängen.«

Nachdem Felicity so weit wieder von ihrer Wolke herunter gekommen war, dass Jenny es für gefahrlos hielt, das Thema zu wechseln, schüttelte sie das Kleid noch einmal aus.

»Wie finden Sie denn die Idee, Nuno-Filz für Ihre eigenen Entwürfe zu benutzen?« Sie brauchten Gelda für mehr als nur den Verkauf von Felicitys Sachen, wenn sie ihnen wirklich von Nutzen sein sollte.

Gelda nickte. »Könnte sein, dass ich Interesse hätte. Ich müsste mich allerdings vorher ein bisschen näher damit beschäftigen. Aber der Stoff fällt wirklich einzigartig. Und Sie meinen, man kann verschiedene Farben hineinweben?«

Jenny nickte. »Möchten Sie sich noch unsere anderen Muster ansehen? Stoffe aus Alpaka- und Lamafasern? Ich habe beides dabei.«

Als Gelda schließlich den Laden abschloss und mit ihnen zum Mittagessen in ein Restaurant ging, in dem Gelda wie eine Familienangehörige behandelt wurde, war Jenny bester Laune. Gelda hatte zwar nichts versprochen, abgesehen davon, dass sie Felicitys Schultertücher nehmen wollte, aber sie interessierte sich definitiv für den Nuno-Filz, wenn auch nicht für die anderen Stoffe. Ihr Interesse war beinahe groß genug, um Jenny mit einiger Zuversicht zu erfüllen, dass sie in Zukunft einen Markt für den Filz haben würden. Doch ob sie Gelda auch dazu bewegen konnte, etwas Schriftliches aufzusetzen? Jenny kam zu dem Schluss, dass ein Mittagessen in einem wirklich schönen Restaurant als legitime Geschäftsausgabe durchgehen konnte. Sie hoffte nur, das Geschäft würde lange genug existieren, um ihr das Geld zurückzuzahlen.

Dankbar, dass sie für den vor ihnen liegenden Tag keine weiteren Termine mehr hatten, freute Jenny sich darauf, in den nächsten Zug zu stolpern und nach Hause zu fahren. Aber Felicity, deren Selbstbewusstsein einen enormen Aufschwung erfahren hatte, wollte einkaufen gehen. Da sie mehrere Jahre lang keine Gelegenheit mehr dazu gehabt hatte, wäre es Jenny unfair erschienen, sie zu entmutigen. Niemand, entdeckte sie schon bald, ging mit größerem Genuss einkaufen als ein Mensch, der unter Platzangst litt und sich auf dem Weg der Genesung befand.

»Ich kann einfach nicht fassen, dass ich bei Selfridges bin und von keiner Panikattacke heimgesucht werde!«, rief Felicity immer wieder. »Wollen wir gleich noch mit dem Taxi zu Harvey Nicks fahren? Ich bin schon eine Ewigkeit nicht mehr dort gewesen.«

Jenny wollte protestieren, aber Felicity hatte sie nicht gehört und winkte bereits ein schwarzes Taxi heran, als hätte sie ihr Lebtag nichts anderes getan.

Am nächsten Tag musste sich Jenny erst eine ganze Hierarchie von Mitarbeitern hinaufarbeiten, bevor sie zu dem Herrn vordrang, dessen Name Meggie ihr auf ein Blatt Papier gekritzelt hatte. Dabei hatten sie zuvor einen Termin vereinbart. Der fragliche Mann wirkte höchst beschäftigt und autoritär und war einige Jahre älter als Meggie. Jenny hoffte, dass sie am Ende nicht doch noch Heggie Johnstones einundzwanzigsten Geburtstag würde erwähnen müssen.

»Hi.« Sie streckte die Hand aus. »Jenny Porter. Sie kennen mich nicht, aber ich habe Ihren Namen von Meggie – Meggie – o Gott, ich habe keine Ahnung, wie ihr Mädchenname war.« Wie konnte ihr nach all ihren wohl durchdachten Vorbereitungen nur ein derart dummer Fehler unterlaufen sein? Sie schenkte Alan Frazier ihr betörendstes Lächeln. »Sie waren zusammen auf dem College. Dürfte ich wohl eben kurz telefonieren?« Warum nur hatte sie Felicity nicht mitgenommen, statt sie im Haus ihrer Mutter den Schlaf einer Toten schlafen zu lassen? Sie tastete nach ihrem Handy, der Inbegriff der Inkompetenz.

Alan Frazier hockte auf der Schreibtischkante. »Warten Sie mal, wie sieht sie denn aus?«

»Relativ klein, rötliches Haar, Locken. Sehr lebhaft.«

Er nickte. »Ich kenne Meggie. Ein sehr hübsches Mädchen.« Der schottische Tonfall in seinem Akzent war gerade deutlich genug, um seine Stimme sehr attraktiv klingen zu lassen.

So weit, so gut. »Also, sie hat mir geraten, mit Ihnen Kontakt aufzunehmen. Sie meinte, Sie seien der beste Schneider in London.«

»Und sie muss das natürlich wissen, nachdem sie sich mit Iain Dalmain in den Highlands begraben hat?«

Oh Gott, gib, dass er nicht eifersüchtig auf Iain war und sich weigern würde, bei einem Projekt zu helfen, das mit dem Namen Dalmain verknüpft war. Jenny zuckte die Schultern. »Sie ist da natürlich völlig auf dem Holzweg.«

Alan Frazier lachte. »Sie lebt zwar hinter dem Mond, aber ganz so schlimm ist es wohl doch nicht. Ist ihre Ehe glücklich?«

Jenny nickte. »Sie hat gerade ihr erstes Kind bekommen. Ein Mädchen. Es heißt Anna.«

»Möchten Sie eine Tasse Kaffee? Tee? Meggie hat nicht zufällig Heggie Johnstones einundzwanzigsten Geburtstag erwähnt, oder?«

Jenny errötete. »Hätten Sie etwas dagegen, wenn ich meine Jacke ausziehe? Es ist schrecklich heiß hier unten, wenn man aus Schottland kommt.«

»Nur zu. Also, was wollen Sie mir zeigen?«

Jenny nahm ihren Musterkoffer zur Hand. »Sie könnten entweder den Stoff von uns kaufen und damit ihre eigenen Sachen herstellen. Oder Sie könnten ihn unter Ihrem eigenen Namen vermarkten.«

»Sehr freundlich von Ihnen – Jenny –, so heißen Sie doch, nicht wahr?«

Sie nickte und errötete abermals. »Es tut mir ja so Leid. Ich bin gestern mit dem Schlafwagen hergekommen, und wie es aussieht, habe ich mein ganzes Taktgefühl unter dem Kissen liegen lassen. Es war ziemlich hart.«

Er lachte. »Mal sehen, was Sie da haben …«

Sie traf sich mit Felicity zum Mittagessen, und als sie endlich wieder im Haus ihrer Mutter ankamen, war Jenny zu müde, um zu reden. Sie saß lediglich in einem Sessel am Feuer und hörte zu, wie Fay und Felicity miteinander schwatzten. Sie waren umringt von Zeitschriften und sprachen von Hochzeitskleidern, über die Vorzüge der Meringue-Version gegenüber dem hautengen Seidenkleid.

»Wenn Sie natürlich Ihre Hochzeit am Abend feiern«, meinte Fay gerade, »was im Augenblick, wie ich höre, sehr in ist, können Sie ein etwas eleganteres Kleid tragen. Was hältst du davon, Jen? Ich persönlich finde ja, dass weißer Tüll seine besten Zeiten längst hinter sich hat.«

Zu spät wurde Jenny klar, dass ihre Mutter versuchte, Felicity ein Meringue-Kleid auszureden, und Unterstützung brauchte, aber sie hatte einfach keine Energie mehr, um sich eine Meinung zu bilden, geschweige denn, sich ein Argument für das eine oder das andere zu überlegen. Sie wusste nicht, ob sie etwas erreicht hatte oder nicht. Sowohl Gelda als auch Alan Frazier waren interessiert, doch sie hatten ihr Interesse nicht so weit bekräftigt, dass Jenny echten Grund zum Jubeln gesehen hätte.

»Felicity soll nehmen, worin sie sich am wohlsten fühlt«, beschied sie.

Ihre Mutter runzelte die Stirn. »Ich glaube, für dich wird es langsam Zeit, ins Bett zu gehen. Möchtest du vorher noch eine heiße Schokolade?«

»Oh, Mum! Das wäre wunderbar!«

Kapitel 18

Als Jenny und Felicity wieder nach Haus Dalmain kamen, schien sich niemand besonders dafür zu interessieren, wie sie in London zurechtgekommen waren. Die Dinnerparty war Lady Dalmains und Henrys einziges Gesprächsthema.

Jenny wusste nicht, ob sie das Ganze wirklich vergessen oder es lediglich verdrängt hatte, aber Felicity und sie wurden nur höchst flüchtig begrüßt und dann ins Gespräch einbezogen, als wären sie nie fort gewesen. Obwohl es Mittag war, bekam niemand etwas zu essen, und Jenny war froh, dass sie, Felicity und Henry, der sie vom Zug abgeholt hatte, auf dem Heimweg auf einen Snack in einem Pub gewesen waren.

»Wir konnten nicht warten, bis ihr zwei von eurer Spritztour zurück wart«, sagte Lady Dalmain, die sich bester Laune erfreute. »Deshalb haben wir schon mal ein Datum festgesetzt. Die Party steigt morgen! Alle Gäste sind bereits eingeladen, und ich habe das Rindfleisch bestellt, die Sache dürfte für Sie also nicht weiter schwierig werden, Jenny.«

Jenny klammerte sich beinahe verzweifelt an das Glas Whisky, das Felicity ihr in die Hand gedrückt hatte. »Habe ich irgendetwas nicht mitbekommen? Was hat das Ganze mit mir zu tun?«

»Nun – Sie haben sich bereit gefunden, für mich zu kochen«, erinnerte Lady Dalmain sie.

»Habe ich das? Sind Sie sicher? Es kommt furchtbar kurzfristig. Ich bin gerade erst wieder da, und ich muss einen Bericht schreiben und …«

»Also wirklich, Schätzchen! Du denkst doch wohl nicht daran, Lady Dalmain einfach im Stich zu lassen?« Henry war der Inbegriff der Missbilligung.

»So etwas würde mir nicht im Traum in den Sinn kommen«, erklärte Jenny. »Aber als ich mich damit einverstanden erklärt habe, wenn ich es wirklich getan habe, wusste ich nicht, dass die Party gleich am Tag nach meiner Rückkehr aus London stattfinden würde. Um eine Dinnerparty zu organisieren, braucht man Zeit.«

»Du weißt doch, wie blendend du dich darauf verstehst, irgendetwas aus dem Hut zu zaubern! Sie sollten sie mal zu Hause erleben, Ismene. In der Küche herrscht das reinste Chaos, und ich kann mir beim besten Willen nicht vorstellen, dass irgendjemand jemals etwas zu essen bekommt, und dann zaubert sie ein fabelhaftes Essen auf den Tisch. Es ist so, als lebte man mit Delia Smith zusammen.«

»Nicht ganz«, zischte Jenny mit zusammengebissenen Zähnen, und gleichzeitig fragte sie sich, seit wann Henry Lady Dalmain beim Vornamen nannte.

»Dann eben Nigella Lawson, aber machen Sie sich keine Sorgen.« Er lächelte Lady Dalmain beruhigend zu. »Ich weiß, dass Jenny Ihnen zur Ehre gereichen wird.«

Jenny missfiel es, mit zwei so berühmten Köchinnen verglichen zu werden, und sie wusste auch nicht so recht, warum sie verpflichtet sein sollte, es ihnen gleichtun zu wollen. Sie wollte gerade eine entsprechende Bemerkung machen, als sie einen Blick von Felicity auffing. Felicity sah auf Mitleid erregende Weise aus wie ein Kind, dem man gerade beschieden hatte, dass es doch nicht in den Zoo gehen dürfe. Jenny seufzte und sah ein, dass sie würde nachhelfen müssen, schon um Felicitys willen. Die anderen konnten zumindest nach Jennys Meinung dorthin gehen, wo der Pfeffer wuchs, aber Felicity hatte eine Belohnung verdient. Lachlan in einem Kilt zu sehen bedeutete nur eine kleine Entschädigung für all das, was Felicity geleistet hatte, aber Jenny würde es möglich machen.

»Ich habe Philips neue … die Söhne seiner … Freundin … ebenfalls eingeladen. Philip hat versucht, es mir auszureden, weil die Jungen angeblich absolut unzivilisiert seien, aber wenn sie schon zur Familie gehören sollen, dann sollten sie sich besser an unsere Gepflogenheiten gewöhnen.«

Jenny kaschierte ihr Kichern mit einem Hustenanfall. Vielleicht gab es ja doch noch einen Gott, und Lady Dalmain würde ihre wohlverdiente Strafe erhalten. »Sie haben ihren Schliff eher auf der Straße bekommen.«

»Und was genau soll das bedeuten?«, hakte Lady Dalmain nach.

»Es ist schwer, das genau zu definieren«, warf Henry ein. »Ich nehme an, Jenny meint, dass die Jungen sich in einem Pub oder in einem Club oder an einer Straßenecke wohler fühlen als in einem zivilisierten Salon.«

Lady Dalmain runzelte die Stirn. »Nun, jetzt habe ich Philip schon gesagt, dass sie mitkommen sollen. Wenn sie zu schlimm sind, können sie ja in der Küche essen.«

Diesmal hätte Jenny sich dann doch um ein Haar an ihrem Whisky verschluckt. »Das können Sie nicht tun!«

Glücklicherweise sprangen Felicity und Henry ihr bei. »Also wirklich, Mama!« – »Ich glaube nicht, Lady Ismene …«

»Hm, na schön, aber wir müssen dafür sorgen, dass sie nicht das allerbeste Porzellan bekommen.«

»Also, wie viele Leute haben Sie eingeladen?«, erkundigte sich Jenny, die es für geraten hielt, sich ein wenig mehr für die Party zu interessieren, da sie nun schon einmal kochen sollte. »Werden nur Philips neue Familie und Meggie und Iain kommen?«

Lady Dalmain warf Felicity einen strengen Blick zu. »Es handelt sich vor allem um eine Dinnerparty für Ross Grant-Dempsey, damit er einige der hiesigen Familien kennen lernt ...«

»Aber Mama!«, unterbrach Felicity sie, nicht mehr gar so verschüchtert, wie sie es vor ihrer Abreise aus Schottland gewesen war. »Du hast unmissverständlich erklärt, dass es eine Verlobungsfeier für mich und Lachlan sein würde!«

»Habe ich das, Kind? Nun, es könnte ja auch gleichzeitig eine Verlobungsfeier für Philip und ...«, es folgte eine denkbar winzige Pause, »und Gloria sein.«

»Warum? Wollen die beiden denn heiraten?«, verlangte Felicity zu wissen.

»Hm, nein. Wenn ich recht informiert bin, gibt es da ein kleines Problem mit Glorias Scheidung«, antwortete Lady Dalmain. »Sie wollte klugerweise nicht, dass Philip in die Sache mit hineingezogen wird, daher warten sie, bis ihr erster Mann – oder ist es ihr dritter? – so lange von ihr getrennt ist, wie das Gesetz es vorschreibt.«

»Dann verloben sie sich also gar nicht?«, hakte Felicity nach.

»Darling, ich verstehe überhaupt nicht, warum du so versessen auf eine Verlobungsfeier bist. Ich meine, du bist schließlich kein grünes Ding mehr, oder?«

»Mama«, erwiderte Felicity ruhig, aber entschlossen. »Jeder hier in der Gegend, der jemand ist, weiß, dass ich die alte Jungfer des hohen Nordens bin, und das mehr oder weniger, seit ich von der Schule abgegangen bin. Jetzt hätte ich gern bekannt gegeben, dass ich, auch wenn ich kein ›grünes Ding‹ mehr bin, wie du es nennst, dennoch nicht zu alt bin, um einen Ehemann abzubekommen.«

»Oh. Na schön. Obwohl ich gedacht hätte, du würdest etwas diskreter ... Nun ja, wie auch immer, ich habe jedenfalls die Malcolms eingeladen. Fiona Malcolm dürfte als Tischdame für Ross Grant-Dempsey genügen.«

Jenny entfuhr ein Quieken, das sie hastig in ein Wort verwandelte. »Oh?«

»Henry hat die Familie kennen gelernt, nicht wahr? Und Fiona ist sehr charmant, recht attraktiv sogar, finde ich. All die kieferorthopädischen Eingriffe haben sich zu guter Letzt doch ausgezahlt. Sie stehen jetzt kaum noch vor, ihre Zähne.«

»Die jüngeren Mädchen sind absolute Biester, wenn ich es recht in Erinnerung habe«, bemerkte Felicity.

»Unsinn! Das sind sie natürlich nicht. Du bist lediglich neurotisch, wie gewöhnlich.«

Plötzlich konnte Jenny es nicht länger ertragen. Sie war sehr müde und extrem nervös, und alle anderen im Raum schienen in einer Art Paralleluniversum zu leben.

»Wenn ich auch einmal etwas sagen darf«, erklärte sie, »ich habe das Gefühl, ich sollte vielleicht darauf hinweisen, dass Ross Grant-Dempsey nicht nur ein neuer heiratsfähiger Mann ist, der vor kurzem in der Gegend eingetroffen ist und nach dem sich jedes weibliche Wesen unter fünfzig anscheinend verzehren muss, er ist auch der Mann, in dessen Händen das Schicksal von Dalmain Mills liegt. Ich muss einen überzeugenden Plan für die Weiterführung der Firma vorlegen, nachdem ich Märkte und Absatzwege für ihre Produkte aufgetan habe, und er will das Ganze am Montag vorliegen haben. Ich habe wirklich wichtigere Dinge zu tun, als Dinnerpartys für ihn auszurichten!«

»Genau darum geht es mir ja!«, erklärte Lady Dalmain triumphierend. »Wenn Ross Grant-Dempsey für die Fabrik so wichtig ist, dann müssen wir ihn unbedingt anständig bewirten. Anlässe wie diese sind es, die die Räder der Industrie schmieren. Ihr jungen Dinger wollt einfach nicht einsehen, wie wichtig die gute alte Gastfreundschaft ist.«

»Ganz recht!«, pflichtete Henry ihr bei. »Wie dem auch sei, ich verstehe gar nicht, warum du dich so anstellst. Du hast doch oft genug für meine Geschäftspartner gekocht.«

»Ich gebe auf! Ich kann mich offensichtlich nicht verständlich machen. Vielleicht bin ich übermüdet, vielleicht werde ich später erklären können, wie schwer es für mich sein wird, gesellschaftlichen Umgang mit einem Mann zu pflegen, der wahrscheinlich Dutzende von Menschen um ihre Arbeit bringen wird, und das praktisch gleich am nächsten Morgen nach besagter Party. Aber zuerst muss ich auspacken. Wenn ihr mich jetzt bitte entschuldigen würdet!«

Ihr Versuch, den Raum zu verlassen, scheiterte an Felicity, die mit schwankender Stimme »Jenny!« rief.

Da Jenny genau wusste, dass sie vor Mitleid zerfließen würde, wenn Felicity jetzt zu weinen begann, hob sie beruhigend die Hand. »Schon gut, Fliss; ich weigere mich ja nicht, euch zu helfen. Ich brauche lediglich etwas Zeit, um mich mit dem Gedanken anzufreunden.«

»Ich nehme an, ihr beiden Mädels habt euch eine kleine Einkaufstherapie gegönnt«, bemerkte Henry nachsichtig, und Jenny knirschte abermals mit den Zähnen.

»Oh nein, Felicity wird niemals einkaufen«, erwiderte ihre Mutter. »Sie hat nämlich Platzangst.«

»Du irrst dich«, widersprach Felicity, der es sichtlichen Spaß machte, ihrer Mutter Kontra zu geben. »Ich bin einkaufen gegangen, und ich hatte keine Probleme, solange die Geschäfte nicht allzu voll waren.«

»Oh.« Lady Dalmain war keineswegs so erfreut, wie man es hätte erwarten dürfen. »Erzähl mir bloß nicht, du hast haufenweise Geld ausgegeben!«

»Nein, ich habe mich sehr zurückgehalten. Außerdem habe ich bei der Gelegenheit gleich eine Reihe Weihnachtsgeschenke eingekauft.«

»Weihnachten! Ein abscheulich kommerzielles Fest«, murmelte Lady Dalmain. »Das hat man nur erfunden, damit die Geschäftsleute Geld verdienen. Ganz davon abgesehen dauert es noch eine Ewigkeit bis dahin.«

»Wenn man den Leuten in der Oxford Street Glauben schenkt, ist übermorgen Weihnachten«, beharrte Felicity. »Und ich denke, die meisten aus der Familie können meine handgestickten Kissen schon nicht mehr sehen.«

»Oh, da irrst du dich bestimmt«, flüsterte Jenny, die nur noch den einen Wunsch hatte, nämlich den, den Raum verlassen zu können.

»Also, ich weigere mich, an Weihnachten zu denken, bevor es nicht unbedingt sein muss«, sagte Lady Dalmain und lag damit unerwarteterweise einmal ganz auf Jennys Linie. »Zuerst müssen wir diese Dinnerparty hinter uns bringen.«

»Also, ich gehe jetzt und packe meine Sachen aus«, erklärte Jenny entschieden.

»Na schön, aber ich würde gern das Essen mit Ihnen besprechen. Wir könnten ja auch ein kaltes Büfett richten.«

»Von mir aus«, seufzte Jenny, »Hauptsache, es gibt einen guten Partyservice in der Gegend und Sie haben dort etwas vorbestellt.«

»Jenny!« Ein dreifaches Aufheulen quittierte diese Bemerkung.

»Oh, ist ja schon gut. Ich koche für Ihre ... Dinnerparty.« An dieser Stelle hätte sie gern einen deftigen Fluch ausgestoßen, doch sie wusste, dass Henry ihr in diesem Fall eine Moralpredigt gehalten hätte, und da kochte sie schon lieber für die ganze Gesellschaft, wie groß diese auch sein mochte.

Nachdem sie sich wieder etwas menschlicher fühlte, stahl Jenny sich aus dem Haus, um Meggie einen Besuch abzustatten. Das Gespräch über die Party war immer noch in vollem Gang. Sie hoffte nur, dass Henry sie auf ihrem Weg durch den Flur nicht entdeckte.

Meggie zeigte eine höchst zufrieden stellende Neugier auf alles, was sie in London erlebt hatte. »Also?«, fragte sie, als sie mit Anna auf dem Arm die Tür öffnete, »ich will alles wissen. Hat er sich an mich erinnert? Schon gut, Iain ist nicht da.«

»Du könntest mir eine Tasse Tee anbieten oder irgendetwas. Wir sind gerade erst zurückgekommen, und das Einzige, worüber sie in Haus Dalmain reden, ist Lady D.s verflixte Dinnerparty.«

»Oh ja. Wir sind auch eingeladen. Ich habe ihr erklärt, wir müssten Anna mitbringen. Sie schien nicht recht zu verstehen, dass man ein Baby nicht einfach stundenlang mit irgendjemandem allein lassen kann, solange man es noch stillt. Komm, lass uns in die Küche gehen. Du kannst deine Patentochter auf dem Schoß halten, während ich Tee koche.«

»Meine Patentochter?« Jenny nahm das schlafende Bündel in Empfang.

»Ja. Habe ich das nicht erwähnt? Ich meine, habe ich dich nicht gefragt? Du warst so sehr ein Teil ihrer Geburt. Wir würden uns schrecklich freuen, wenn du Ja sagst.«

Jenny zog sich mit dem Fuß einen Stuhl vom Tisch heran. »Das Problem ist nur, dass es schwierig sein wird, in Kontakt zu bleiben, wenn ich wieder nach Süden fahre.«

Meggie tat den Einwand mit einem Schulterzucken ab. »Unsinn! Die Patenschaft wird ein guter Grund für dich sein, um das schöne Haus Dalmain immer wieder zu besuchen.«

Jenny lachte.

»Und jetzt erzähl mal«, bat Meggie, als sie Jenny einen Becher heißes Wasser mit einem Teebeutel darin, einen Löffel und eine Flasche Milch hingestellt hatte, »hat Alan Frazier sich an mich erinnert?«

Jenny widmete sich eine Weile mit Hingabe dem Teebeutel, den sie mit dem Löffel ausdrückte, bis Meggie schließlich frustriert aufheulte. »Oh, also schön: Ja, er hat sich erinnert.«

Meggie errötete. »Komm, ich nehme Anna, dann kannst du deinen Tee trinken. Und jetzt erzähl schon.«

»Also, zuerst einmal habe ich mich in Grund und Boden geschämt, weil ich Idiotin vergessen hatte, dich nach deinem Mädchennamen zu fragen.«

»Oh Gott! Ich kann nicht fassen, dass ich so dumm war, ihn dir nicht zu nennen! Was hast du gemacht?«

Jenny erklärte, was passiert war.

»Dann brauchtest du also Heggie Johnstones einundzwanzigsten Geburtstag gar nicht zu erwähnen?«

»Nein, aber er hat es getan.«

»Was?« Meggies Ausruf schreckte Anna um ein Haar aus dem Schlaf auf. »Oh, ich glaube, ich bringe sie besser schnell um die Ecke.«

»Finde ich irgendwie schade, so ein hübsches Baby: Es gibt doch gar nichts an ihr auszusetzen«, murmelte Jenny.

Meggie verschwand »um die Ecke« im Wohnzimmer und kam einen Moment später wieder zurück. »Ich kann einfach nicht glauben, dass Alan sich an mich erinnert hat! Er war älter als wir anderen, und alle Mädchen waren rasend in ihn verliebt.«

»Nun ja, er hat sich aber an dich erinnert, auch an Iain. Es schien ihm gar nicht zu gefallen, dass du so weit weggezogen bist.«

»Ooh!«, rief Meggie. »Es ist ja nicht so, als liebte ich Iain und Anna nicht mehr als mein eigenes Leben, aber es ist trotzdem nett zu wissen, dass der ... One-Night-Stand ... doch ein bisschen mehr war. Denn was immer Felicity und ihre Mutter über mich sagen mögen, ich bin keine Schlampe und bin auch nie eine gewesen.«

»Das würden sie niemals sagen, nicht wenn ich im selben Zimmer bin«, erklärte Jenny. »Aber wie dem auch sei, falls du je nach London kommst, würde er sich sicher sehr freuen, dich wiederzusehen.«

Meggie erschauerte bei der Erinnerung an vergangene Wonnen. »Es ist idiotisch, das weiß ich, doch seit Annas Geburt fühle ich mich wie ein gestrandeter Wal, genauso fett und genauso anziehend. Ich fühle mich schrecklich mütterlich, und ich bin ja jetzt auch Mutter, aber es ist trotzdem schön, sich an eine Zeit zu erinnern, als Männer noch einen zweiten Blick an mich verschwendeten.«

Jenny lachte, auch wenn ihr im Grunde gar nicht danach zu Mute war. »Jedenfalls haben ihm die Muster anscheinend recht gut gefallen. Allerdings wird er wohl kaum welche bestellen, solange sich kein Kunde findet, der welche haben will.«

»Dann müssen wir einen Kunden dazu bewegen, genau das zu tun!«, erklärte Meggie. »Wen kennen wir, der reich genug ist?«

»Also, ich kenne niemanden, und obwohl Lady Dalmain offensichtlich jeden kennt, der etwas darstellt, dürfte es selbst ihr schwer fallen, die Leute nach London zu beordern, damit sie einen Anzug bei einem Schneider bestellen, von dem sie höchstwahrscheinlich noch nie im Leben etwas gehört haben.«

»Ich denke mal darüber nach.«

»Erzähl mir nicht, dass es noch einen anderen Mann gibt, mit dem du geschlafen hast und der uns von Nutzen sein könnte?«

Meggie warf einen matschigen Teebeutel nach ihrer Freundin. »Also, erzähl mir, was du anziehen wirst!«

»Das weiß der Himmel! Ich hatte noch keine Zeit, darüber nachzudenken. Wahrscheinlich mein marineblaues Kostüm, nehme ich an. Was ist mit dir?«

»Ich werde in Lang kommen, weil ich so gut wie nie eine Gelegenheit habe, mich schick anzuziehen – und weil ich einen Rock habe, den ich am Bund offen lassen kann.«

Jenny biss sich auf die Unterlippe. »Ach du liebe Güte, ich habe nichts Langes dabei, und es gibt wohl keine praktischen kleinen Boutiquen hier in der Gegend, wo ich etwas Derartiges bekommen könnte, oder?«

Meggie schüttelte den Kopf. »Nicht, wenn du es nicht auf etwas Kariertes abgesehen hast, nein.«

»Und alle anderen Frauen werden sich ebenfalls in Schale werfen? Was wird ihre Ladyschaft denn anziehen?«

»Wenn ich an frühere Ereignisse denke, schätze ich, es wird etwas Schwarzes sein, mit Diamanten. Dir ist sicher schon aufgefallen, dass sie in puncto Mode einen schrecklichen Geschmack hat, aber sie hat wunderschönen Schmuck.«

»Diamanten, hm? Dann kann ich also nicht in meinem marineblauen Kostüm von Marks and Spencer gehen?«

»Du könntest schon, nehme ich an. Aber ich dachte, dein Freund sei der reinste Modepolizist. Es wird ihm nicht gefallen.«

Jenny wollte gerade erklären, dass es sie keinen roten Heller interessierte, was Henry dachte, als ihr etwas anderes einfiel: Auch wenn sie sich wahrhaftig wünschte, es wäre nicht der Fall, konnte sie nicht umhin, daran zu denken, dass auch Ross Grant-Dempsey anwesend sein würde. »Und die anderen Frauen werden ebenfalls elegant gekleidet sein?«

»Ganz bestimmt. Wir freuen uns alle über jede Gelegenheit, mal etwas anzuziehen, bei dem viel Haut frei bleibt.«

»Dann hoffe ich nur, dass das Feuer gut geschürt sein wird. Wir wollen doch nicht, dass jemand sich erkältet.«

Meggie warf ihr einen mitleidigen Blick zu. »Wir tragen alle Thermo-Unterwäsche, Schätzchen. Aber ich nehme an, der Kamin wird trotzdem gut geschürt sein, weil das Kleid ihrer Ladyschaft einen tiefen Rückenausschnitt hat. Wobei sie natürlich keine nackte Haut zeigt; der Rückenausschnitt ist mit schwarzer Gaze verhüllt. Es ist eigentlich mehr ein historisches Kostüm. Die Männer werden alle Kilts tragen. Iain sieht einfach himmlisch aus in einem Kilt.«

Wie Jenny sich erinnerte, galt dasselbe für Ross. »Oh Gott! Ich habe genug zu tun, auch ohne mir darüber den Kopf zu zerbrechen, was ich anziehen soll. Kann ich nicht einfach einen schwarzen Rock tragen und eine weiße Bluse und so tun, als wäre ich die Küchenhilfe?«

»Nein! Natürlich nicht! Die Matriarchin würde dich herumkommandieren, als wärst du wirklich ein Dienstbote! Und wen sollte Henry dann als Tischdame bekommen?«

»Es ist eine Dinnerparty – da sind Tischpartner doch eigentlich gar nicht nötig, oder?«

»Jenny, du wirst dich nicht als Hausmädchen verkleiden, auch wenn das Henrys heimliche Fantasievorstellung ist. Warum kommst du nicht schnell mit rauf und siehst dir mal die Sachen auf dem Besenstiel an, den ich zwischen zwei Holzstäbe geklemmt habe und lächerlicherweise meinen Kleiderschrank nenne? Vor dem Baby hatte ich ungefähr deine Größe.«

Nachdem sie sich von Meggie und Anna verabschiedet hatte, ging Jenny, eine große Plastiktasche und ein Paar Schuhe an die Brust gedrückt, zurück nach Haus Dalmain. Sie wollte Kirsty von der Reise nach London erzählen, aber da sie für eine Fahrt in die Fabrik zu müde war, rief sie sie stattdessen an.

Kirsty reagierte, ebenso wie Jenny selbst es getan hatte, mit äußert verhaltenem Optimismus, doch sie fanden beide, dass die Reise in gewisser Weise dennoch ein Erfolg gewesen war.

»Das Problem ist, dass ich wegen dieser verdammten Dinnerparty ...«

»Sie sollen doch nicht fluchen, Jenny!«

»›Verdammt‹ war schon die zensierte Version«, murmelte Jenny. »Ich werde einfach keine Zeit haben, auch nur einen halbwegs anständigen Bericht zu schreiben.«

»Nun, Sie haben mir das meiste davon erzählt. Ich schreibe den Bericht, und Sie kommen einfach etwas früher, sodass wir gegebenenfalls noch Fehler berichtigen können.«

»Sie sind ein Schatz, Kirsty. Also, jetzt brauchen wir nur noch jemanden, der einen Anzug aus einem unserer Stoffe bestellt, dann haben wir es geschafft. Die Sachen sind einfach zauberhaft. Sie haben Alan Frazier wirklich beeindruckt, das war unübersehbar.«

»Ich habe darüber nachgedacht. Würde uns ein Zeitschriftenartikel über unsere Stoffe, über die ungewöhnlichen Fasern, die wir benutzen, und so weiter, irgendwie weiterhelfen, was meinen Sie?«

»Aber ja! Soll das heißen, das wäre möglich?«

»Ich habe eine Nichte. Ich könnte sie bitten, etwas zu schreiben. Sie ist ein sehr nettes Mädchen. Ein Jammer, dass sie nach London gezogen ist.«

»Eigentlich ist es überhaupt kein Jammer, wenn sie einen Artikel über Dalmains Designerstoffe veröffentlichen könnte. Ist sie ... ich meine ... ich möchte nicht unhöflich erscheinen, aber ist sie ... hat sie schon früher Artikel veröffentlicht?«

»Oh ja. Ihre Mutter hat mir letzten Monat erst erzählt, dass etwas von ihr in der *Vogue* erschienen ist.«

Jenny schloss die Augen und war dankbar, dass Kirsty sie nicht sehen konnte. »Wenn Sie das in Gang setzen könnten, wäre das wunderbar. Warum haben Sie diese Nichte nicht schon früher erwähnt?«

»Es ist mir nicht in den Sinn gekommen, dass sie uns von Nutzen sein könnte«, erwiderte Kirsty verschnupft.

»Entschuldigung. Mir wäre das an Ihrer Stelle wohl auch nicht eingefallen.« Jenny seufzte. »Ich mache dann mal besser Schluss, sonst wird Lady Dalmain noch erwarten, dass Dalmain Mills ihre gesamte Telefonrechnung bezahlt, und da sie halb Schottland zu einer Dinnerparty einlädt, dürfte die Rechnung ziemlich hoch ausfallen.«

Danach fiel Jenny ins Bett, mitsamt allen Kleidern, die sie am Leibe hatte, und schlief ein.

Als sie wieder nach unten kam, unterhielten sich Henry und Lady Dalmain immer noch über die Dinnerparty.

»Wir haben uns Folgendes überlegt: Wenn wir beide Platten in den Tisch schieben, können wir alle zusammensitzen. Ich hasse es, mit einem Teller und einem Glas in der Hand herumzuschlendern, und ich möchte auf jeden Fall Essensflecken auf meinem Teppich vermeiden.«

»Wie viele Personen werden wir denn sein?«, erkundigte sich Jenny.

»Etwa sechzehn. Für so viele Leute müssten wir eigentlich Platz haben, meinen Sie nicht auch, Henry?«

»Wie sieht es mit Stühlen aus?«, fragte Jenny. »Ich meine, Messer und Gabeln kann man immer noch irgendwo dazwischen quetschen, aber haben Sie auch Stühle, die schmal genug sind?«

»Oh, jede Menge!«

»Und Sie glauben nicht, dass der Versuch, sechzehn Personen ohne das entsprechende Personal Roastbeef zu servieren, am Ende dazu führen wird, dass wir alle kaltes Fleisch auf unseren Tellern haben? Vor allem, da Sie ja nicht wollen, dass die Teller vorher angewärmt werden.«

»Dann essen wir den Braten eben kalt!« Lady Dalmain war durch nichts zu bremsen. »Kaltes Roastbeef und Salat. Es gibt nichts Besseres.«

»Im Sommer«, gab Jenny ihr Recht. »Aber nicht im Winter.« Sie hätte hinzufügen können: In einem ungeheizten Esszimmer, das Tage brauchen würde, um aufzutauen, selbst wenn man eine Heizung darin zulassen würde. Doch sie verkniff sich die Bemerkung.

»Jenny«, entgegnete Henry steif, »ich glaube nicht, dass du es dir anmaßen solltest, an Lady Dalmains Speisenfolge Kritik zu üben.«

»Wenn man von mir erwartet, dass ich das Kochen besorge«, widersprach sie entschieden, »dann erwarte ich, dass ich einen gewissen Einfluss darauf habe, was wir essen werden. Gibt es hier am Ort jemanden, den wir bitten könnten, beim Servieren zu helfen?«

»Natürlich«, antwortete Lady Dalmain pikiert. »Mrs. Sandison hat sich schon bereit erklärt, an dem Abend herzukommen und bei Tisch zu bedienen.«

»Wer?«, fragte Henry. »Oh, Ihre ›Perle‹.«

Kurz bevor Jenny ihr Zimmer erreichte, brachen die Hunde in Gebell aus und bedeckten die ersten Partygäste mit Haaren. Jenny lehnte sich einen Augenblick an die Tür und war zum ersten Mal dankbar für die Kälte. Davon abgesehen trug sie immer noch ihre Jeans.

»Das ist genau der richtige Zeitpunkt, um aus dem Fenster zu klettern«, murmelte sie, »und in die Berge zu flüchten. Dann brauche ich mich nicht umzuziehen, mich in einen halbwegs salonfähigen Zustand zu versetzen und all den Leuten gegenüberzutreten, die reichlich Zeit hatten, sich zurechtzumachen.«

Sie trat vor den Spiegel, um sich einen Überblick über das Ausmaß der vor ihr liegenden Aufgabe zu verschaffen, und schloss die Augen. Mit einem einzigen schnellen Blick hatte sie ihr tiefrotes Gesicht erfasst, ihr Haar, das ihr in der Stirn klebte und dringend gewaschen werden musste, sowie die Tatsache, dass entweder der Lidschatten vom Morgen verschmiert war oder unheilbare Müdigkeit (im Endstadium) tiefe Schatten unter ihre Augen geworfen hatte. Es musste wohl Müdigkeit sein – sie hatte doch sicher keine Zeit gehabt, Make-up aufzulegen, oder? Jenny seufzte. Der Morgen lag eine halbe Ewigkeit zurück; wie konnte sie sich da erinnern, wozu sie Zeit gehabt hatte und wozu nicht?

Den ganzen Tag lang hatte sie Gemüse geputzt, das Dessert zubereitet, sauber gemacht, Blumen und Platzdeckchen arrangiert, Schüsseln und Schalen gesucht, Sprünge kaschiert, Porzellan zusammengestellt und den Tisch immer wieder aufs Neue gedeckt, und mittlerweile scherte es sie nicht mehr, ob das Rindfleisch die Beschaffenheit von Stiefelleder hatte, ob die Kartoffeln eher matschig oder kross waren oder Klumpen von der Größe von Torfkohlen in der Soße schwammen. Sie war nicht klumpig gewesen, als sie sie in der Küche hatte stehen lassen, aber wie sie ihr Glück kannte, hatten die Klumpen bestimmt nur darauf gewartet, dass sie zu rühren aufhörte und wegging, bevor sie sich entwickelten.

Zumindest der geräucherte Lachs, der zum Aperitif gereicht werden sollte, konnte nicht verderben, was immerhin ein Trost war.

»Und jetzt musst du dich umziehen und nach unten gehen, Jenny«, befahl sie sich entschlossen.

Henry, der an ihre Tür klopfte, bestätigte das. »Nun mach schon, Jenny! Die Leute sind bereits da! Du kannst nicht den ganzen Abend damit zubringen, dich herauszuputzen.«

»Warum nicht? Du hattest eine gute halbe Stunde Zeit dafür.«

»Sei nicht so kindisch. Lady Dalmain braucht dich.«

»Geh du schon mal runter. Ich beeile mich.«

Sie stieß ein lautes, frustriertes Heulen aus und blieb mit voller Absicht im Raum stehen, ohne irgendetwas zu tun. Henry war den Tag über unterwegs gewesen und hatte keinen Beitrag zu den Vorbereitungen für die Party geleistet, abgesehen von einigen unpraktischen Vorschlägen und einer flüchtigen Beschäftigung mit den Blumenarrangements. Felicity war zwar hilfsbereiter gewesen, hatte aber auch nicht viel getan, sondern war den ganzen Tag über mit Schlamm im Gesicht und Lockenwicklern in den Haaren durchs Haus geirrt oder hatte sich die Nägel immer wieder neu lackiert. Es war ein wichtiger Tag für sie, das begriff Jenny, aber trotzdem konnte sie nicht ganz den Wunsch unterdrücken, Felicity hätte nicht gar so lange gebraucht, um sich zurechtzumachen.

Lady Dalmain hatte so oft ihre Meinung darüber geändert, welcher Gast welchen Teller, welches Glas oder welches Besteck bekommen sollte, dass Jenny zu guter Letzt erklärt hatte: »Da wünscht man sich doch, Sie hätten statt all dieser wunderschönen Antiquitäten einfach ein ganz gewöhnliches Nullachtfünfzehn-Porzellan, Gläser aus Pressglas und Besteck aus rostfreiem Stahl, nicht wahr? Soll ich im Hotel anrufen und mich erkundigen, was wir uns dort ausleihen können?«

Manchmal muss man eben grausam sein, um nett zu sein, dachte sie, während Lady Dalmain, die das blanke Entsetzen ob dieses Vorschlags beinahe in eine Ohnmacht stürzte, in Richtung Badezimmer entschwand.

Jetzt zwang Jenny sich, sich der ewigen Frage zu stellen: Sollte sie sich das Haar waschen oder nicht? Nötig hatte es das; daran bestand kein Zweifel. Dafür hatten Schweiß, Dampf und Nervosität gesorgt, doch konnte sie das Haar in weniger als einer Stunde trocken und zu irgendeiner Art von Frisur geföhnt bekommen?

Sie bürstete es. Es war ziemlich lang geworden, seit sie von zu Hause weggegangen war, und sie hielt es sich im Nacken zusammen. Wenn ich es aufstecke, dachte sie, sieht man nicht so sehr, dass es schmutzig ist. Ich kann in Felicitys Zimmer nach Haarnadeln und Clips suchen und in maximal fünfzehn Minuten fertig sein. Das wäre das Vernünftigste, versuchte sie, sich zu überzeugen, denn wen will ich schon beeindrucken? Ich habe die verdammte Kocherei erledigt, was will man mehr?

Bevor ihr überhaupt bewusst wurde, was sie tat, hatte Jenny den Elektrokessel gefüllt und angeknipst. Es konnte sich immer noch herausstellen, dass sie bei der Fabrik auf ganzer Linie versagt hatte, Ross Grant-Dempsey vertraute ihr nicht mehr, und sie hatte den ganzen Tag lang wie ein Sklave geschuftet. Aber sie würde dem attraktivsten Mann auf dem Planeten nicht mit schmutzigem Haar gegenübertreten, weder für Henry noch für Lady Dalmain oder sonst irgendjemanden, auch nicht, wenn sie ihn wirklich hasste. Sollten sie doch mit dem Abendessen auf sie warten. Tatsächlich würde ihnen nichts anderes übrig bleiben, denn falls Felicity sich der Sache nicht erbarmte, musste das Gemüse immer noch gekocht werden. Mrs. Sandison, Lady Dalmains »Perle«, war einzig dafür eingestellt worden, bei Tisch zu bedienen, nicht dafür zu kochen.

Fünfunddreißig Minuten später stand Jenny zögernd auf der obersten Treppenstufe. Sie hatte sich das noch feuchte Haar aufgesteckt, außerdem war sie geschminkt und trug Meggies Version des kleinen Schwarzen. Klein war es wirklich, aber es war nicht schwarz.

Als sie es sich anzog, fragte sie sich, ob das vielleicht das Kleid gewesen war, in dem Meggie Alan Frazier bei Heggie Soundsos einundzwanzigstem Geburtstag hinter dem Sofa verführt hatte. Es war jedenfalls kein Kleid, das man zu einer offiziellen schottischen Dinnerparty trug. Es war ausgesprochen sexy, und die Tatsache, dass es für Jenny eher eine Spur zu klein war, ließ es nicht weniger sexy erscheinen. Henry würde sagen, dass es unanständig war, und Jenny war sich keineswegs sicher, ob er damit nicht Recht haben würde. Mit einem sehr tiefen Ausschnitt hinten und vorne war es zumindest theoretisch lang und entsprach damit den Anforderungen. Doch der Schlitz an der Vorderseite verurteilte den Rock zu einer bloßen Formsache; sobald sie einen Schritt machte, öffnete sich das Kleid, um viel Bein preiszugeben. Ihre einzige vernünftige Entscheidung, dachte Jenny bei sich, waren die Strumpfhosen, von denen sie einen ganzen Vorrat mitgenommen hatte. Sie zog zwei Paar übereinander, fühlte sich aber trotzdem noch wie ein Revuemädchen. Flüchtig überlegte sie, ob Felicity nicht vielleicht ein paar Federn besaß, die sie sich ins Haar stecken konnte, sozusagen um dem Ganzen das i-Tüpfelchen aufzusetzen.

Immer noch auf der Suche nach Wärme und einem etwas schicklicheren Äußeren, hatte Jenny eine schwarze Strickjacke über das Kleid gezogen. Diese bedeckte zumindest ihren Rücken und bedeutete, dass sie einen BH tragen konnte; trotzdem konnte man von vorne immer noch eine Menge von ihr sehen. Sie versuchte, die Strickjacke zuzuknöpfen, um ein bisschen von ihrem Busen zu verstecken, aber die Jacke reichte nicht hoch genug hinauf, um viel zu verhüllen, und der Korsetteffekt, den sie schuf, lenkte mehr denn je die Aufmerksamkeit auf ihren Ausschnitt. Na und, warum sollte sie all ihre Reize verstecken?

Sie hatte ein paar lange Gagat-Ohrringe, aber da sie nicht mit Lady Dalmains atemberaubendem Schmuck konkurrieren wollte und es außerdem auch nicht konnte, legte sie nur ein schwarzes Band um ihren Hals. Jetzt sah sie eindeutig nach etwas aus *Moulin Rouge* aus, aber wen kümmerte das? Niemand würde sie bemerken, nicht wenn die schönen Malcolm-Schwestern und Gloria alle männliche Aufmerksamkeit auf sich zogen.

Irgendwie schaffte sie es, auf Meggies hochhackigen Schuhen die Treppe hinunterzukommen, ohne sich die Knöchel zu verrenken.

Kapitel 19

Ihr Plan, sich unbemerkt ins Wohnzimmer zu schleichen, wurde durch eine zufällige Gesprächspause vereitelt. Sie stand in der Tür, und alle Augen waren auf sie gerichtet.

»Gütiger Himmel«, hörte sie einen aufrechten, aber ältlichen Mann murmeln.

Lady Dalmain zischte hörbar, und Henry machte rasch einen Schritt auf sie zu. »Ich hole dir einen Drink, Darling«, erklärte er laut, dann flüsterte er: »Um Gottes willen! Wie siehst du denn aus? Das ist eine Dinnerparty, kein Ball der einsamen Herzen! Woher hast du dieses Kleid?«

»Es ist eine sehr gute Marke ...«

»Und du hättest auch deinen Wonderbra nicht anzuziehen brauchen! Kannst du die Strickjacke nicht zuknöpfen?«

»Dann sieht es noch schlimmer aus, außerdem trage ich keinen Wonderbra. Das bin alles ich und Meggies Kleid.«

»Du siehst ... absolut unpassend aus.«

»Sehe ich nicht sexy aus, Henry?«

Er schüttelte den Kopf. »Das kann ich unmöglich sagen; du siehst so deplatziert aus.«

»Vielen Dank, dass du dir solche Mühe gibst, mein Selbstbewusstsein zu heben«, murmelte sie und sah sich im Raum um, in der Hoffnung, jemanden zu entdecken, der noch aufreizender gekleidet war als sie.

Meggie trug, wie sie bemerkte, ein langes, wallendes Etwas in Smaragdgrün. Außerdem hatte sie ein vielfarbiges Schultertuch und Anna, beides liebreizende Accessoires. Jetzt sah sie mit einem anerkennenden Lächeln zu Jenny hinüber, und Jenny hatte das unbehagliche Gefühl, dass sie ihr irgendeinen Streich gespielt hatte – nur wusste sie nicht, welcher das sein sollte. Sie nahm sich ein Lachshäppchen, das Mrs. Sandison ihr anbot. Zumindest Mrs. Sandison, die Jenny den ganzen Tag über hatte schuften sehen, lächelte freundlich.

Eine Frau mit einem royalblauen, hoch geschlossenen Jerseykleid redete nervös auf Philip ein. Sie hatte blondes Haar, das sie in einem sehr stramm geflochtenen französischen Zopf trug, und ihr Gesicht war leicht gerötet. Das musste Gloria sein. Jenny stellte fest, dass der Raum ausnahmsweise einmal gut geheizt war, und hoffte, dass sie nicht in Versuchung geraten würde, ihre Strickjacke auszuziehen.

Philip, der sie seit ihrer Begegnung in seiner Wohnung nicht mehr gesehen hatte, fing ihren Blick auf und lächelte. Jenny erwiderte sein Lächeln, doch da sie sich immer noch sehr unsicher fühlte, fiel ihre Version ziemlich angespannt aus.

Hinter Gloria und Philip standen zwei Jungen in schwarzen Jeans und dunklen Hemden, die eindeutig versuchten, sich zu verstecken. Ihr Haar war gegelt, ihre Pickel geschrubbt und auf Hochglanz gebracht, ihr Blick wild. Gloria hatte gut daran getan, sie zum Mitkommen zu bewegen, dachte Jenny; es musste ein einfach grausames Martyrium für sie sein.

Felicity und Lachlan standen neben Philip und Gloria. Felicity unterhielt sich mit den beiden, allerdings mit leicht verkrampfter Miene. Dann sah Jenny, wie Lachlan einen Arm um sie legte und sie kurz an sich zog. Felicity blickte zu ihm auf und lächelte. Was für ein netter Mann, dachte Jenny. Felicity hat großes Glück – aber zumindest weiß sie es.

Drüben am Kamin standen die Malcolm-Mädchen mit ihren Eltern, genauso schön, wie man sie ihr beschrieben hatte. Sie hätte sie jederzeit an ihrer Porzellanhaut und der herablassenden Miene erkannt, selbst wenn sie sie nicht bei den Hochlandspielen gesehen hätte. Selbst aus dieser Entfernung konnte Jenny erkennen, dass es Schüchternheit und Verlegenheit waren, die die beiden jungen Mädchen so hochmütig erscheinen ließen. Sie ertappte eine von ihnen dabei, wie sie einen verstohlenen Blick auf Glorias Söhne warf, konnte aber ihre Reaktion nicht deuten. Es mochte Entsetzen gewesen sein oder Verlangen.

Als Iain und Philip, die irgendwie zusammengekommen waren, plötzlich in stürmisches Gelächter ausbrachen, nutzte Henry die Ablenkung der anderen Gäste, um zu fragen: »Bist du dir sicher, dass du wegen deines Busens nichts unternehmen kannst?« Er drückte ihr ein Glas Sherry in die Hand und blickte auf den Stein des Anstoßes hinab.

Jenny ignorierte den Blick und musterte das Glas kritisch. »Ist das trockener Sherry?«

Henry war immer noch fuchsteufelswild. »Keine Ahnung. Ich wünschte wirklich, du hättest es nicht darauf angelegt, so viel Aufmerksamkeit auf dich zu ziehen. Hattest du denn kein anderes Kleid?«

»Nein. Ich habe keine Partykleidung eingepackt und musste mir deshalb etwas von Meggie leihen. Aber das Kleid ist vollkommen in Ordnung. Wenn du keine Aufmerksamkeit auf mich lenkst, kommt niemand auf den Gedanken, ich trüge etwas Ungewöhnliches.«

Henry schürzte die Lippen und sah zu Meggie hinüber, mit dem festen Vorsatz, sie unmöglich zu finden, aber Meggie sah nicht nur wie der Inbegriff reiner, junger Mutterschaft aus, sie unterhielt sich auch noch mit dem älteren Mann, von dem Jenny annahm, er müsse Duncan Ritchie sein, Lady Dalmains Beau. Lady Dalmain stand neben ihm, und ihrem Gesichtsausdruck nach zu urteilen fand sie Meggie viel zu unterhaltsam.

Dann schließlich ließ Jenny den Blick noch einmal durch den Raum schweifen. Er war gleichzeitig voller Menschen und seltsam leer: Ross Grant-Dempsey war nicht da.

Der Abend würde erheblich einfacher für sie werden, wenn er nicht kam. Vielleicht hatte er doch so etwas wie ein Gewissen und es deshalb vorgezogen, der Gesellschaft fernzubleiben. Aber andererseits war der Gedanke, er könne nicht kommen, noch schlimmer. Sie hatte sich im Geiste auf seine Anwesenheit vorbereitet, und so unlogisch das auch war, sie wusste, sie wäre bitter enttäuscht, wenn er nicht erscheinen würde.

Jenny warf einen Blick auf ihre Armbanduhr und stellte fest, dass sie sie vergessen hatte. Sie musste sie auf dem Waschbecken liegen gelassen haben. »Ich habe meine Armbanduhr oben vergessen; ich hole sie nur schnell.«

»Nein!«, blaffte Henry sie an. »Du bist ohnehin schon spät genug dran!«

»Aber ich kann ohne Uhr nicht kochen«, blaffte sie zurück. Sie nahm einen Schluck Sherry. Er war sehr süß. Sie reichte Henry das Glas. »Ich springe nur schnell rauf und hole sie. Du weißt nicht zufällig, ob jemand angerufen hat, um für heute Abend abzusagen?«

»Frag Fliss«, meinte er und nahm das Glas sichtlich ungehalten entgegen. »Ich dachte, es wären inzwischen alle da.«

Jenny tat so, als zählte sie die Gäste. »Nein, einer fehlt noch. Wenn ich zurückkomme, werde ich Lady Dalmain fragen, ob ich die Tischordnung ändern soll.«

Gleichzeitig hatte sie das Gefühl, als breche ihr Herz. Den ganzen Tag lang hatte sie, während sie schälte und wusch und aus den hintersten Tiefen verschiedener Porzellanschränke antike Servierplatten gekramt hatte, an ihn gedacht. An seine Augen, die vor Ärger blitzen oder so freundlich und sexy sein konnten, dass sie einfach dahinschmolz. Sie dachte an seine starken Hände, die sie gespürt hatte, als er ihr in seinen Landrover geholfen hatte; sie dachte an seinen Mund auf ihrem. Sie erinnerte sich an das Gefühl der Sicherheit, das sie an diesem Abend im Pub in seiner Gesellschaft verspürt hatte, als sie neben dem Kamin gesessen hatten. Es war absolut wahnsinnig, da er gleichzeitig den Wohlstand und das Glück so vieler Menschen in Händen hielt, aber sie glaubte dennoch, dass es nichts gab, was sie nicht tun würde, um bei ihm zu sein.

Nachdem sie die Treppe ein zweites Mal in beide Richtungen erfolgreich überwunden hatte, war sie nun allein im Flur und legte sich gerade die Armbanduhr um, als sie ein Klopfen hörte. Sie wusste, dass er es war und sie die Tür öffnen musste. Die Hunde waren weggesperrt worden, und niemand sonst konnte ein so leises Geräusch gehört haben; die Lautstärke der Menschen im Wohnzimmer, die seit mehr als einer Stunde Alkohol getrunken hatten, nahm von Minute zu Minute zu.

Er stand dort in der Dunkelheit und zögerte einen Augenblick, bevor er hereinkam. Sie gab den Weg frei, und er trat ein.

Sie hörte, wie er hastig Luft holte, sah, wie er die Hände nach ihr ausstreckte und einen Schritt zurückmachte. Ihr Körper hatte nur den einen Wunsch: sich in seine Arme zu stürzen und von Ross gehalten zu werden, bis sie nicht mehr atmen konnte. Ihr Gehirn fürchtete seine Macht. Beide Teile von ihr wussten, dass es fatal gewesen wäre, irgendeinen körperlichen Kontakt zwischen ihnen zu gestatten.

»Hallo«, sagte sie, hörte das Zittern in ihrer Stimme und betete, dass er es nicht bemerkte. »Kommen Sie herein.«

»Es tut mir Leid, dass ich zu spät erscheine.« Er streifte seinen Mantel ab. Anders als die anderen Männer trug er wie Henry keinen Kilt, sondern einen dunklen Anzug. Als er Jenny seinen Mantel gab, streifte sie mit der Hand seinen Arm und erschauerte.

»Kein Problem. Sie kommen nicht wirklich zu spät. Ich bin gerade selbst erst heruntergekommen. Ich bringe Ihren Mantel für Sie weg. Warum gehen Sie nicht gleich weiter ins Wohnzimmer und lassen sich einen Drink geben? Aber rühren Sie bloß den Sherry nicht an; er ist widerlich süß. Allerdings wird man Ihnen wahrscheinlich sowieso Whisky anbieten, da Sie ein Mann sind.«

Ross rührte sich nicht von der Stelle, während sie seinen Mantel auf einen Bügel hängte. Er schien ihr geradezu unerträglich schwer; ihre Arme funktionierten nicht richtig. Warum ging er nicht einfach weg und gab ihr eine Chance, sich zu sammeln? Und wenn er schon hinter ihr herumstehen musste, warum sprach er dann kein Wort?

Als sie den Mantel endlich los war, wusste sie, dass sie irgendeine unbefangene Bemerkung hätte machen müssen, etwas, das die Spannung löste und ihm bewies, dass alles zum

Besten stand: Sie hatte keine Todesangst vor dem, was er mit der Fabrik machen würde. Und wenn er sie berührte, und sei es auch nur zufällig, würde sie auch nicht an dieser Stelle unverzüglich in Flammen aufgehen. Aber es fielen ihr keine unbefangenen Bemerkungen ein. Tatsächlich konnte sie sich nicht einmal auf eine höchst befangene, nichts sagende Höflichkeitsfloskel über den Regen besinnen.

»Wollen wir hineingehen?«, fragte er.

Jenny schwankte auf ihren Absätzen. Er legte eine Hand auf ihre Taille, um sie zu stützen, und sie hätte sich um ein Haar den Knöchel verrenkt. Sie traf eine Entscheidung. »Ich glaube, ich muss mir andere Schuhe anziehen«, flüsterte sie. »Wenn ich die hier anbehalte, breche ich mir noch etwas.«

Sie hatte nicht die Absicht gehabt zu flüstern, dachte sie, während sie, ihre Schuhe in der Hand, die Treppe hinaufrannte – es war einfach so, dass nur ein Flüstern über ihre Lippen gekommen war. In ihrem Zimmer schob sie ihre Füße in Slippers und räusperte sich ein paar Mal. »Du musst dazu in der Lage sein, ganz normal mit ihm zu reden«, ermahnte sie sich laut und versuchte gleich, ihren Vorsatz in die Tat umzusetzen, »sonst wird er dich für blöd halten, und dann wird er deine Pläne und Ideen von vornherein als Unsinn abtun.« Danach fügte sie lautlos hinzu, damit sie so tun konnte, als hätte sie es sich nicht eingestanden: Und er würde ohnehin nichts mit dir zu tun haben wollen, nicht einmal, wenn du dich für ihn eingewickelt hättest wie ein vorzeitiges Weihnachtsgeschenk.

Als sie wieder ins Wohnzimmer kam, war Ross bereits in den Bannkreis Malcolm'scher Schönheit gezogen worden. Lady Dalmain stand neben ihnen und übernahm die Vorstellung. Die Malcolm-Eltern betrachteten das Ganze mit sichtlicher Billigung. Fiona Malcolm, die eigens für Ross eingeladen worden war, lächelte betörend zu ihm auf.

Henry stand am Rand der Gruppe, lächelte ebenfalls und griff nach dem Arm der jüngeren Malcolm-Schwester. Ich bin als seine Tischpartnerin vorgesehen, dachte Jenny. Ich gehe einfach rüber und stelle mich neben Henry. Sie wollte gerade den ersten Schritt in seine Richtung machen, nachdem sie sich eine halbwegs amüsante und passende Bemerkung zurechtgelegt hatte, als Lady Dalmain ihren Blick auffing.

Also ging Jenny stattdessen auf sie zu, wobei sie feststellte, dass sie unerträglich müde war.

»Ich denke, wir werden essen, sobald Sie sagen, dass alles fertig ist«, bemerkte Lady Dalmain. »Könnten Sie schnell mal nachsehen, wie es in der Küche steht, und mir dann Bescheid geben?« Jenny nickte. »Ach, übrigens«, fuhr Lady Dalmain fort, »wenn Sie kein passendes Kleid mitgebracht haben, hätten Sie mich einfach nach etwas zum Anziehen fragen können. Ich hätte sicher etwas für Sie gefunden.«

»Das wäre sehr freundlich gewesen, aber ich denke nicht, dass wir dieselbe Größe haben.«

Lady Dalmain presste die Lippen zu etwas zusammen, das wohl ein Lächeln sein sollte. »Ich habe Kleider von vor vielen Jahren. Als ich ein junges Mädchen war, war ich viel schlanker als Sie.«

Jenny antwortete mit einem Lächeln, das ebenso unaufrichtig war: »Dann hätten mir die Sachen ebenfalls nicht gepasst.«

»Aber das Kleid, das Sie tragen, passt auch nicht, meine Liebe.«

Auf dem Weg in die Küche dachte Jenny mit widerwilliger Bewunderung, dass dieser Punkt wohl an Lady Dalmain ging.

»Alles klar, Mrs. Sandison«, sagte Jenny, nachdem sie eine Schürze umgelegt und etliche brodelnde Schalen aus dem Ofen geholt hatte, »geben Sie mir fünf Minuten Zeit, um wieder ins Wohnzimmer zu gehen, dann kommen Sie herein und erklären, dass das Essen fertig ist, ja? Sind Sie sicher, dass das silberne Tablett mit dem Braten darauf nicht zu schwer für Sie ist? Ich könnte Ihnen Philip schicken, damit er es holt.«

»Machen Sie sich deswegen keine Sorgen, Mädel. Es macht mir nichts aus, bei Tisch zu servieren, das habe ich schon immer getan. Ich mag nur das Kochen nicht.«

»Philip wird den Braten tranchieren. Ich habe die Messer geschärft, und sie liegen an seinem Platz.« Sie warf einen kritischen Blick auf die Kartoffeln, den Yorkshirepudding, das Gemüse. »Die Soße braucht nur noch in die Saucieren gefüllt zu werden, die ich vorgewärmt habe, aber bitte, füllen Sie sie nicht um, bevor Sie das Fleisch hereingebracht haben. Da die Teller kalt sind, möchte ich nicht, dass die Soße fest wird, bevor die Leute sich bedienen. Eigentlich möchte ich, dass sie überhaupt nicht fest wird.«

Mrs. Sandison ignorierte ihr Geschwafel und würde höchstwahrscheinlich auch ihre Anweisungen ignorieren. »Ihr Haar hat sich im Nacken gelöst, Kind. Es wird gleich runterfallen«, meinte sie.

»Ich wage gar nicht daran zu denken, was vorne runterfallen wird. Vielleicht sollte ich die Schürze anbehalten.«

»Ab mit Ihnen – Sie närrisches Mädchen.«

Nachdem sie die Schürze abgenommen, ihr Dekolletee zurechtgerückt und ihr Haar wieder aufgesteckt hatte, stand Jenny nun im Wohnzimmer neben Lady Dalmain. »Mrs. Sandison wird jetzt jeden Augenblick das Essen ankündigen.«

»Ich hoffe, das Rindfleisch ist nicht zu lange im Ofen gewesen«, flüsterte Lady Dalmain. »Wenn man so viel Geld für ein Stück Fleisch ausgegeben hat, wäre es eine Schande, wenn es nicht perfekt zubereitet wäre.«

»Vielleicht hätten Sie sich selbst um den Braten kümmern sollen, Lady Dalmain«, erwiderte Jenny. »Dann hätten Sie sicher sein können, dass er perfekt ist.«

»Aber Henry hat mir beteuert, Sie seien eine exzellente Köchin, und es ist schwierig, gleichzeitig Gastgeberin und Köchin zu sein. Vor allem, wenn man Witwe ist. Hm, wo steckt denn Duncan? Ich habe den ganzen Abend noch kein Wort mit ihm gesprochen.«

Da sie einen großen Teil des Tages damit zugebracht hatte, unter Lady Dalmains kritischem, zauderndem Blick die Sitzordnung immer wieder zu ändern, wusste Jenny genau, wo jeder Einzelne saß. Ihr einziges Problem hatte darin bestanden, dass sie nicht sicher war, welcher von Glorias Söhnen welcher war und welcher neben der jüngeren der beiden Malcolm-Schwestern hätte sitzen sollen.

Ross würde neben Fiona Malcolm sitzen und sie selbst neben Henry. Aber obwohl es furchtbar schwierig gewesen war, Lady Dalmains Wünschen gerecht zu werden, war es ihr gelungen, sich selbst den Platz gegenüber von Ross zuzuteilen. Es war unwahrscheinlich, dass Lady Dalmain oder Henry eine Konversation quer über den Tisch zulassen würden, aber so konnte sie ihn wenigstens ansehen, während er in Fiona Malcolms Liebreizen schwelgte, und auf seine weiche, keltische Stimme lauschen.

Mrs. Sandison kam ins Wohnzimmer und füllte mit ihrer weißen Bluse, dem schwarzen Rock und der weißen Schürze ihre Rolle geradezu perfekt aus. Als Jenny sie das letzte Mal gesehen hatte, hatte sie einen ziemlich geräumigen Overall getragen.

»Das Dinner ist aufgetragen«, erklärte sie, nicht laut, aber irgendwie dennoch hörbar. Wahrscheinlich hatte der Hunger die Antennen der Gäste entsprechend sensibilisiert.

Jenny spürte Ross hinter sich und kämpfte gegen den Drang an, sich entweder umzudrehen oder sich an ihn zu lehnen. »Darf ich Sie zum Essen führen?«, murmelte er.

»Sie gehen mit Fiona, Ross«, kommandierte Lady Dalmain. »Henry, Sie begleiten Jenny, und Sie gehen vielleicht als Erste hinüber, damit Jenny sich noch schnell davon überzeugen kann, dass alles in Ordnung ist.«

»Ich wusste, ich hätte einfach die Schürze anziehen und Mr. Sandison beim Bedienen helfen sollen«, raunte sie Henry zu, als sie in den Speiseraum traten. »Dann wäre alles einfacher gewesen.«

»Du bist sehr undankbar«, entgegnete Henry. »Lady Dalmain hat diese fantastische Dinnerparty arrangiert, und du nimmst es ihr übel, dass du ein wenig mit anfassen musstest.«

Jenny sparte sich eine Antwort.

Alle saßen bereits, als Philip sich noch einmal erhob. »Meine Damen und Herren. Ich weiß, meine Mutter rechnet nicht damit, aber ich dachte, da dies in gewisser Weise ein Fest ist, wäre Champagner angebracht.«

Zum ersten Mal fiel Jenny jetzt auf, dass am einen Ende des Sideboards Gläser und Champagnerflaschen bereitstanden. »Oje«, sagte sie leise zu Henry. »Jetzt werden sich alle betrinken.« Sie seufzte. Zumindest hatten die Gäste den Lachshäppchen ziemlich reichlich zugesprochen. Auf diese Weise hatten sie eine gewisse Unterlage für den Alkohol.

Jenny beschloss, sich auf ein einziges Glas Champagner zu beschränken und sonst nichts zu trinken als Wasser. Andere konnten sich bis zur Besinnungslosigkeit betrinken, doch sie musste dafür sorgen, dass das Essen wie am Schnürchen lief. Außerdem würde sie, wenn sie die Kontrolle über sich verlor, möglicherweise etwas wirklich Peinliches tun. Sie könnte sich zum Beispiel quer über den Tisch in Ross' Arme stürzen – oder mit dem Tranchiermesser auf ihn losgehen.

»Ich möchte mehrere Trinksprüche ausbringen«, fuhr Philip fort, nachdem der Champagner verteilt (und getrunken) worden war, und warf einen argwöhnischen Blick auf Glorias Söhne. »Zunächst einmal hat mich meine liebe Schwester Felicity gebeten, ihre Verlobung mit Lachlan bekannt zu geben. Die beiden verdienen alles Glück der Welt.«

Jenny nippte an ihrem Glas. Es war ein vorzüglicher Champagner. Es war eine Schande, dass sie beschlossen hatte, so wenig davon zu trinken.

»Zweitens, Gloria und ich haben unsererseits eine Ankündigung zu machen: Auch wir werden heiraten, irgendwann nächstes Jahr.«

Weitere Zurufe und Gratulationen folgten, und einer von Glorias Söhnen kam zu dem Schluss, dass der Moët am Ende doch nicht so schlecht war. Philip und Iain schenkten noch einmal nach.

»Der nächste Trinkspruch gilt meiner Mutter, die diesen wunderschönen Abend für uns alle möglich gemacht hat.«

Jenny schloss sich dem Trinkspruch nicht an, und das nicht nur, weil sie nervös war. Das Essen wurde kalt, und die jüngeren Mitglieder der Gesellschaft zeigten bereits erste Anzeichen, dass ihnen der Champagner zu Kopf stieg.

»Und jetzt auf Jenny, die die ganze Kocherei erledigt hat.«

Beifall, Zurufe und die Forderung, sie möge eine Rede halten, führten dazu, dass sich Jennys Gesicht scharlachrot färbte. »Und zu guter Letzt«, rief Philip, der sich offensichtlich bestens unterhielt, »auf Dalmain Mills. Wir haben harte Zeiten hinter uns, aber ich denke, jetzt sind wir wieder auf einem guten Weg.«

Jenny starrte ihn an, als könnte ihr das irgendwie helfen, die Bedeutung seiner Worte besser zu verstehen. Sollte das heißen, dass er beabsichtigte, die Liegenschaften zurückzugeben, damit sie etwas Kapital hatten? Oder versuchte er lediglich, Ross Grant-Dempsey zu beeindrucken, und zwar auf Befehl seiner Mutter? Sie sah zu Ross hinüber. Er blickte aufreizend unergründlich drein. Wie üppig man ihn auch bewirtete und wie sehr man sich bei ihm einzuschmeicheln versuchte, nichts würde seine Entscheidungen beeinflussen. Jenny schämte sich für die Dalmains und errötete noch heftiger. Sie griff nach ihrem Wasserglas und nahm einen Schluck davon, weil sie das Gefühl hatte, irgendetwas tun zu müssen, um sich zu beschäftigen. Es war ein Fehler. Sie verschluckte sich. Henry klopfte ihr so heftig auf den Rücken, dass es wehtat.

»Gut gemacht, Philip«, lobte Iain. »Also, Mama, können wir jetzt essen?«

»Ja, Philip.« Der Trinkspruch auf Lady Dalmain lag zu lange zurück, als dass sie noch im Mittelpunkt der Aufmerksamkeit gestanden hätte. »Schneide doch das Fleisch auf. Und Iain, vielleicht könntest du dich darum kümmern, dass alle etwas zu trinken haben?«

Jenny, der nach ihrem Hustenanfall die Tränen übers Gesicht liefen, versuchte es mit einem weiteren Schluck Wasser. Als sie ihr Glas wieder auf den Tisch stellte, sah sie, wie Ross danach griff. Ihre Finger berührten sich, und es fühlte sich für sie an wie ein elektrischer Schlag. Sie hob den Blick und begegnete dem seinen. Er lächelte, mitfühlend, ironisch und wissend. Sie sah hastig weg. Gott, der Mann war aber auch eine derart gefährliche Mischung, dachte sie. Sie lächelte nicht zurück.

»Reich deinen Teller rüber, Jenny«, bat Henry hörbar ungehalten. »Philip wartet darauf, dir auflegen zu können.«

Jenny reichte ihren Teller weiter und sah zu Henry hinüber, um festzustellen, ob er das kleine Zwischenspiel zwischen Ross und ihr bemerkt hatte. Er jedoch sah Fiona Malcolm an, die ihrerseits eine Menge Busen zur Schau stellte.

Ich wette, ihr würde er nicht sagen, dass sie sich unschicklich entblößt, überlegte sie.

»Dieser Yorkshirepudding sieht aber köstlich aus«, bemerkte Ross auf der anderen Seite des Tisches. »Haben Sie ihn gemacht?«

»Nein, er kommt aus einem Päckchen«, erwiderte sie in die gähnende Stille der Gäste hinein, die auf das Zeichen warteten, dass sie mit dem Essen beginnen konnten.

Als Jenny zusammen mit Philip die Möbel aus dem Wohnzimmer schaffte, damit Lady Dalmain und Duncan Ritchie der Gesellschaft vorführen konnten, wie man Walzer tanzte, war sie ein paar Minuten lang allein mit ihm. Es mochte am Alkohol liegen oder an der Gesellschaft, jedenfalls war der unterschwellige Ärger, den sie vorher bei ihm wahrgenommen hatte, verschwunden. Sie überlegte, ob sie an diesem Abend vielleicht Gelegenheit finden würde, ihn nach der Firma zu fragen, oder ob sie ihn damit wieder in die Defensive drängen würde.

»Ich hätte nie gedacht, dass Ihre Mutter die Leute zum Tanzen ermuntern würde«, gestand sie, als sie einen Sessel in die Fensternische schob.

»Oh, doch, wenn sie in der richtigen Stimmung ist, kann Mama sehr gesellig und fröhlich sein. Außerdem weiß sie, dass Duncan gern tanzt. Das Problem ist, dass er nach dem perfekten Walzer versuchen wird, uns alle in irgendwelche obskuren schottischen Tänze zu verwickeln, die niemand kennt; anschließend wird er uns dann kritisieren, weil wir uns dumm angestellt haben.« Um Platz für eine Ansammlung ausgestopfter Vögel zu schaffen, rückte er die Porzellanfigur von Flora Macdonald so dicht neben eine Figur von Bonnie Prince Charlie, dass sie wie der Inbegriff zimperlicher Sprödigkeit aussah, mit einem Löwentöter als Anstandswauwau. »Wie alles, was obskur und schottisch ist, findet Mama es herrlich.«

»Ach, du liebe Güte! Vielleicht muss ich mich ja doch an den Abwasch geben! Aber wenigstens wird dieses Martyrium den süßen jungen Leuten erspart bleiben. Wohin haben sie sich eigentlich verzogen?«

»Die lieben jungen Leute?« Er kicherte. »In mein altes Zimmer. Es ist ziemlich groß und hat eine Stereoanlage. Ich habe ihnen vorgeschlagen, zusammen dort hinaufzugehen. Ewan und Gavin haben ein paar CDs mitgebracht. Und mehrere Dutzend Flaschen Lagerbier.«

»Haben Sie mitbekommen, ob die Jungen mit den beiden – Sophie und Marissa heißen sie, nicht wahr? – zurechtkommen? Die Mädchen sehen so hochnäsig aus! Ich weiß, dass sie schrecklich schüchtern sind, aber ob Ewan und Gavin auch klar ist, dass sonst nichts dahinter steckt?«

»Eigentlich sind diese Mädchen gar nicht schüchtern; sie sind einfach nur hochnäsig. Glücklicherweise spielen sie gern mit dem Feuer, und Ewan und Gavin verströmen gerade die Aura von Gefahr und Zwielichtigkeit, die ihnen gefällt. Meine Schwester ist früher mit allen möglichen furchtbar unpassenden Typen ausgegangen, als sie in ihrem Alter war.«

»Sie können Lachlan doch nicht als unpassend beschreiben.«

»Er war der letzte in einer langen Reihe überaus erschreckender junger Männer, wie mein Vater sie zu bezeichnen pflegte. Er hatte allerdings so viel Vernunft, Felicity nicht zu kritisieren, doch meine Mutter konnte einfach nicht den Mund halten und schickte Lachlan weg. Fliss ist damals krank geworden. Fassen Sie doch bitte an diesem Ende an, ja? Wir können ihn in den Flur stellen.« Zusammen trugen sie den eleganten Beistelltisch hinaus und schoben ihn an eine kleine freie Stelle an der Wand.

Zusammen gingen sie wieder ins Wohnzimmer. »Ich habe eins der Mädchen maulen hören, sie habe keine Lust, sich den ganzen Abend von Idioten auf die Füße treten zu lassen, die keinen Eightsome von einem Gay Gordons unterscheiden können«, fuhr Philip fort. »Ein paar gut durchtrainierte junge Kerle und fetzige Musik müssen ihnen dagegen vergleichsweise verlockend erscheinen.« Philip sah sich in dem Raum um, der jetzt, da die Hälfte der Möbel hinausgeschafft worden war, viel größer und wohnlicher wirkte. »Mama sollte einige dieser Sachen wirklich dauerhaft aus dem Wohnzimmer verbannen. Meinen Sie, dass wir jetzt genug Platz haben?«

»Also, ich denke, wir haben das Bestmögliche getan, es sei denn, wir wollen noch ein paar Sachen in die Einfahrt hinausschleppen.«

Philip nickte. »Dann gehe ich jetzt und gebe Mama Bescheid.«

Das war möglicherweise der richtige Augenblick, dachte Jenny und legte ihm eine Hand auf den Ärmel. »Philip, da wir gerade allein sind, wegen der Firma...?«

Er zuckte nicht zusammen und ergriff auch nicht die Flucht, was immerhin ermutigend war. Er blickte auf sie hinab. »Ja?«

»Haben Sie irgendwelche Entscheidungen getroffen? Hat Kirsty mit Ihnen gesprochen?«

»Ja, Kirsty hat mit mir gesprochen, und ich werde zu dieser Besprechung mit Grant-Dempsey erscheinen.«

»Aber ...« Sie knirschte mit den Zähnen und stellte die Frage. »Und werden Sie die Liegenschaften der Firma wieder überschreiben?«

»Warum sollte ich das tun, Jenny? Ich habe eine Familie zu ernähren.«

»Aber Philip ...« Die Müdigkeit drängte Jenny an den Rand der Verzweiflung. Ohne die Liegenschaften, um Kapital zu gewinnen, wäre all ihre harte Arbeit umsonst, ebenso wie die Kirstys und Felicitys. Und Haus Dalmain würde wahrscheinlich verkauft werden. »Sie können nicht zulassen, dass das Haus Ihrer Mutter stattdessen verloren geht.«

»Eigentlich kann ich das sehr wohl. Es ist schließlich mein Erbe. Aber ich habe nicht gesagt, dass ich die Gebäude der Firma nicht zurückgeben werde. Ich möchte nur hören, wie Grant-Dempsey zu all dem steht, bevor ich mich entscheide. Ich verspreche nichts.«

Jenny fühlte sich den Tränen gefährlich nahe. Du bist nur müde, beruhigte sie sich. Du hast den ganzen Tag damit zugebracht, mit Lady Dalmain zu kämpfen, sie dazu zu bringen, zu ihrem eigenen Besten bestimmte Dinge zu tun, du kannst einfach nicht mehr.

Philip sah sie an und rief dann voller Erleichterung: »Oh, da kommen Meggie und Felicity.«

»Was macht ihr zwei denn allein hier drin?«, fragte Meggie.

»Wir schaffen einen Ballsaal für meine Mutter«, antwortete Philip. »Wollen die Damen tanzen?«

»Ich würde mich gern für dich um Anna kümmern, Meggie«, erbot sich Jenny schnell. »Abgesehen davon, dass ich stehend einschlafen könnte, bin ich eine von diesen Idiotinnen, die keinen Eightsome von einem Gay Gordons unterscheiden können.«

Felicity schien ein wenig schockiert zu sein. »Wirklich? Das sind nämlich zwei völlig verschiedene Tänze.«

Meggie war weniger kritisch. »Na ja, wenn du dir sicher bist. Obwohl ich vermute, dass Duncan schrecklich gern Gelegenheit hätte, dir einen Dashing White Sergeant zu zeigen. Das ist nämlich eine Art Nahkampf, ein Kontaktsport.«

»Aber Mama würde es grässlich finden«, bemerkte Felicity schaudernd. »Sie ist schrecklich eifersüchtig.«

»Und ich würde mir viel lieber mit Anna irgendwo ein stilles Eckchen suchen«, gestand Jenny, die sich nach einem Vorwand sehnte, um ein wenig Zeit für sich allein zu haben. Außerdem war sie bei dem Gedanken entsetzt, Lady Dalmain mit dem charmanten, aber uralten Duncan Ritchie eifersüchtig zu machen.

»Anna wäre da sicher ganz deiner Meinung«, erklärte Meggie begeistert. »Ich begreife nicht, warum sie noch nicht schläft, ich habe sie den ganzen Abend lang gestillt.«

Es folgte eine Pause, während der Felicity die Bedeutung dieser Worte erfasste. »Meggie! Du hast ihr doch nicht die Brust gegeben ...«

»Oh, reg dich nicht künstlich auf. Niemand hat mitgekriegt, was Anna und ich unter dem Schultertuch getrieben haben. Geh du mal rüber und hol Lachlan. Er ist ein netter Kerl.«

Solchermaßen beschwichtigt, zog Felicity ab, und Meggie reichte Jenny ihr Bündel mitsamt dem Schultertuch. »Sie müsste jetzt jeden Augenblick einnicken. Jedenfalls ist sie randvoll.«

Aber Anna kam zu dem Schluss, dass sie Partys mochte, insbesondere gefiel es ihr zuzusehen, wie zu viele Menschen in einem zu kleinen Raum tanzten. Sie mochte die Musik, über die Duncan Ritchie als Zeremonienmeister herrschte, und ihr gefielen die lauten Hurra-Rufe der Männer, wenn sie die Damen herumwirbelten, die Flüche, wenn jemand einen Tritt auf den Fuß bekam, und die frustrierten Seufzer, wenn wieder jemand alles falsch gemacht hatte.

Zu guter Letzt war Jenny selbst ziemlich erschöpft, auch wenn ihr Schützling es nicht war, und sie ging mit der Kleinen zurück ins Wohnzimmer. Der Tisch, den zu arrangieren sie einen Großteil des Tages gebraucht hatte, sah aus wie nach einer Sauforgie. Eine völlig unangemessene Anzahl von Flaschen lag herum. Mindestens drei Gläser waren umgefallen, und auf dem ganzen Tisch lagen Käserinde, Weintraubenstängel und Mandarinenschale verstreut. Zigaretten und Zigarrenstummel tummelten sich in gefährlicher Nähe zu den Butterschalen, und Kuchen- und Kekskrümel schienen in das Tischtuch eingewachsen zu sein. Von einem ganzen Stilton war der größte Teil verschwunden.

Jenny sah sich bestürzt um. Sie wusste, dass die Party ein wenig außer Kontrolle geraten war, und Flasche um Flasche war auf dem Tisch erschienen, aber so unvorsichtig war doch sicher niemand gewesen, und niemand würde einen Käse klauen, oder? Dann wurde ihr klar, was passiert war. Die Hunde waren hereingekommen, wahrscheinlich während Philip und sie die Möbel verrückt hatten, und sie hatten den Stilton gemopst. Es war ein Wunder, dass dabei nichts zu Bruch gegangen war.

Einen Sekundenbruchteil rang sie mit sich, ob sie einhändig den Tisch abräumen sollte, legte dann aber stattdessen ein paar große Kissen gemütlich auf den Fußboden. Sie knipste die Lichter aus und stellte Kerzen auf, damit der Raum kleiner und behaglicher wirkte. Dann ließ sie sich in die Kissen sinken und wiegte ihre Patentochter sanft in den Armen.

»Hier sind Sie also«, stellte Ross ein paar Minuten später leise fest.

Kapitel 20

Als sie ihn vor ein paar Minuten das letzte Mal gesehen hatte, hatte er Fiona Malcolm herumgewirbelt, und das mit so viel Kraft, als würde er sie in die nächste Woche katapultieren, wenn er sie losließ.

»Ja«, sagte Jenny, weil ihr nichts Besseres einfiel. Anna hatte es endgültig nicht länger geschafft, wach zu bleiben, und Jenny hatte die Oase der Ruhe genossen, die sie um sich herum geschaffen hatte, inmitten des Lärms von Menschen, die sich bestens amüsierten.

»Ich habe Sie gar nicht weggehen sehen.« Er zog sich einen Stuhl vom Tisch heran und setzte sich ihr gegenüber hin. »Sie müssen müde sein, nachdem Sie das Ganze hier organisiert haben.«

»Ein bisschen, ja.« Tatsächlich hatte sie das Gefühl, als könnte sie eine Ewigkeit schlafen, falls ihre Gedanken und Sorgen es zugelassen hätten, doch da Ross für beides verantwortlich war, wusste sie nicht recht, ob er, was das Thema anging, der richtige Ansprechpartner für sie war.

»Und Sie sind gerade erst aus London zurückgekommen.«

War das eine Feststellung oder eine Frage? »Ja.«

»Ich spüre, dass ich Sie nervös mache. Würde es helfen, wenn ich verspreche, nicht von der Fabrik zu sprechen?«

»Ich weiß nicht. Das kommt darauf an, was Sie nicht sagen werden.«

Er seufzte. »Ich versuche, eine schwierige Situation leichter zu machen.«

»Das tun Sie sicher, aber ich glaube nicht, dass das möglich ist.«

Er holte Luft und bezähmte mit sichtlicher Mühe seine Verärgerung. »Es ist durchaus möglich. Wir können einfach so weitermachen, als wäre ...«

»Als wären Sie nicht drauf und dran, all meine Bemühungen zunichte zu machen und die der Menschen in der Fabrik, die alles daransetzen, sie zu retten?«

»Bitte greifen Sie mir nicht vor. Es sei denn natürlich, Sie wüssten, dass Sie nichts Positives zu berichten haben.«

»Nein! Das habe ich nie behauptet!«

»Gehen Sie doch nicht gleich in die Defensive. Sehen Sie, jetzt haben Sie das Baby aufgeweckt.« Er nahm ihr Anna ab, wobei er geschickt eine Hand unter ihren Kopf legte und die andere unter ihr kleines Hinterteil.

»Sie heißt Anna«, erklärte sie ihm schroff.

»Anna«, murmelte er sanft.

Jenny verspürte einen leichten Stich, der eine beunruhigende Ähnlichkeit mit Eifersucht hatte. Die Ursache war die Erkenntnis, dass sie sich in Wackelpudding verwandeln würde, wenn er ihren Namen in demselben Tonfall geflüstert hätte.

»Sie scheinen ja genau zu wissen, wie man ein Baby halten muss«, stellte sie widerwillig fest.

»Ach ja? Meines Wissens nach ist das das erste Mal, dass ich ein Baby im Arm halte.«

»Wirklich? Sie machen das sehr gut!«

»Ich bin froh, dass ich irgendetwas kann, das Sie mir positiv anrechnen.«

Sie hievte sich hoch. »Möchten Sie ein Glas Portwein oder

irgendetwas anderes? Ich denke, es steht noch eine Flasche auf dem Tisch, mitten in den Zigarettenstummeln und den Orangenschalen.«

»Nein, danke. Ich muss später noch fahren. Aber ich würde Ihnen empfehlen, welchen zu trinken. Das wird Ihnen gut tun.«

Sie drehte sich um, um ihn anzusehen, und hätte um ein Haar gelächelt. »Sie meinen, der Portwein würde vielleicht meine schlechte Laune etwas bessern?«

Er zog die Augenbrauen hoch. »Das ist eine sehr unfaire Frage. Was immer ich antworte, es wird das Falsche sein.«

»Ich weiß. Es tut mir Leid, dass ich so schwierig bin. Ich brauche Ihnen sicher nicht zu erklären, warum.«

»Nein.«

Sie suchte sich ein sauberes Weinglas und füllte es mit Portwein. Plötzlich war ihr seltsam verwegen zu Mute, als wäre sie mit einem Mal zu müde, um sich zu verstellen. Es war ein wenig erschreckend. Was, wenn sie Ross gestand, dass sie ihn für einen absoluten Bastard hielt und ihn anschließend auf dem persischen Teppich vernaschte? Sie nahm einen kleinen Schluck von ihrem Drink und beschloss, ihn als eine Art Tranquilizer zu betrachten, sich von seinem schweren Aroma beruhigen zu lassen, damit er sowohl ihre Wut als auch ihr Verlangen auslöschte.

Sie setzte sich Ross gegenüber auf den Boden und sah zu, wie er Anna in den Armen wiegte. Sie ist ein ausgezeichnetes Verhütungsmittel, dachte Jenny. In ihrer Anwesenheit werde ich nichts Schändliches tun.

Sie war überwältigend müde. Ihr Kopf fiel ein paar Mal nach hinten, als sie einnickte. Das Nächste, was sie nach einer

Zeit, die ihr ziemlich lange erschien, bewusst mitbekam, waren Ross' Arme, die sie umfasst hielten, und ihr Kopf an seiner Brust, als sie wieder aufwachte.

Sie öffnete die Augen und begriff nach und nach, wie es dazu gekommen war, dass sie in Ross' Armen eingeschlafen war. Anna lag auf dem Rücken auf dem fadenscheinigen, antiken Kissen. Ross hatte beide Arme um sie geschlungen und stützte sie von hinten; die Hände hatte er auf ihrem Bauch verschränkt.

Wie peinlich, dachte sie, einfach einzuschlafen! Das ist noch schlimmer, als hätte ich ihn vernascht. Das wäre zumindest eine aktive Geste gewesen. Einzuschlafen ist wie ohnmächtig werden, absolut passiv. Sie spürte seinen Atem in ihrem Haar. Die meisten Nadeln waren herausgefallen, sodass ihre Frisur sich in ziemlicher Auflösung befand. Sie versuchte, sich aufrecht hinzusetzen, und seine Umklammerung wurde fester.

»Nein, bewegen Sie sich nicht. Es ist sehr bequem so.«

»Das kann es nicht sein. Ihnen müssen doch langsam Arme und Beine eingeschlafen sein.«

»Das ist meine Entscheidung.«

Es wäre würdelos gewesen, sich gegen ihn zu wehren, daher blieb sie, wo er war, und ließ zu, dass sein Körper mit ihrem verschmolz. Sie waren beide voll bekleidet – oder zumindest er war es, denn ihr Kleid war mehr oder weniger eine bloße Formalität –, aber sie fühlte sich Ross dennoch näher und auf eine intimere Weise verbunden als je zuvor Henry.

»Henry ist also Ihr Verlobter?«

»Oh nein! Wir sind nicht verlobt. Und er ist bloß vorübergehend hier in Schottland.«

»Das ist sicher nur eine Frage der Zeit.«

Es war eine Erleichterung, Ross wieder hassen zu können. »Warum nehmen Sie an, dass es das ist, was ich will? Nicht jede Frau träumt davon, in weißem Musselin einen Kirchengang hinunterzuschweben.«

»Hm, ich finde, das sollten Sie ihm sagen. Er konnte während des Abendessens kaum den Blick von Ihnen abwenden.«

Sie wollte ihm gerade erklären, dass Henrys beständige Blicke weder von Liebe noch von Bewunderung gezeugt hatten, sondern der Sorge entsprungen waren, sie könne aus ihrem Kleid herausplatzen oder sich auf andere Weise daneben benehmen. Aus irgendeinem Grund war Henry erregt gewesen. Jenny hatte es gespürt, wusste aber nicht, warum.

»Ich glaube nicht, dass er allzu verliebt in mich ist. Wir sind immerhin so lange hier drin gewesen, dass ich ein Nickerchen machen konnte.« Trotz allem, was geschehen war, stieg ein Kichern in ihr auf. »Technisch gesehen, habe ich mit einem anderen Mann geschlafen.«

»Ich glaube nicht, dass es als Treuebruch gelten kann, wenn man zu der betreffenden Zeit nicht bei Bewusstsein war.«

»Na, dann bin ich ja beruhigt.« Jenny zappelte ein wenig, und Ross löste seinen Griff. »Ich könnte mir vorstellen, dass es für Anna langsam zu kalt wird. Ich sehe lieber mal nach, ob ich etwas zum Zudecken für sie finde.«

»Ihre Strickjacke vielleicht?«

»Dann würde ich frieren – ganz zu schweigen davon, wie unanständig ich dann aussehen würde.«

»Also meine Jacke.« Er stand auf, zog sie aus und legte sie sachte über das schlafende Baby. »Bitte sehr, Kleine. Damit dürftest du es schön warm haben.«

»Was ist mit Ihnen?«

»Ich habe eine Idee, die möglicherweise funktionieren könnte.« Er setzte sich wieder hin, schob sich hinter Jenny und hielt sie von hinten fest an sich gedrückt. »Treffer. Jetzt friere ich überhaupt nicht.«

Seine Jacke war sehr weich und warm gewesen, als sie sich dagegen gelehnt hatte. Sein Körper fühlte sich durch das Hemd viel fester an, aber sogar noch wärmer. Sein Hemd war aus einem sehr feinen Batist. Er trägt wunderbare Stoffe, dachte sie, während sie jeden Instinkt niederkämpfte, sich umzudrehen und das Gesicht an seine Brust zu drücken oder einfach in seinen Armen zu bleiben. Irgendwie gelang es ihr, sich von ihm zu lösen.

»Und wenn jemand reinkommt? Das könnte jeden Augenblick passieren.«

»Dann sage ich einfach, Sie bewahren mich vor Unterkühlung. Außerdem, was wäre schon groß dabei, wenn Sie nicht an Henry gebunden sind? Geküsst haben wir uns ja schon. Und wir haben zusammen in einem Pub einen Drink genommen.«

»Ich leide nicht an Alzheimer; ich erinnere mich nur zu gut.«

»Könnten wir nicht noch einmal ausgehen? Oder müssen Sie erst Henry loswerden?«

Sie drehte sich zu ihm um und fand sich abermals an sein Hemd gedrückt. Die Wärme seines Körpers und der schwache Duft seines Rasierwassers waren berauschender, als es jede erdenkliche Menge Alkohol hätte sein können, aber ihr Kopf kämpfte gegen ihr Herz und ihren Körper und trug den Sieg davon.

»Ich denke, Sie vergessen, dass Sie der Mann sind, in dessen Händen ein Projekt liegt, das mir ungeheuer wichtig ist. Ich glaube nicht, dass es passend wäre, mit Ihnen ›auszugehen‹!«

»Es könnte sogar sehr passend sein. Es könnte mir helfen, eine Entscheidung zu treffen, in die eine oder die andere Richtung.«

Sie glaubte keinen Augenblick lang, dass seine Entscheidung auch nur im Geringsten von irgendetwas abhing, das sie tat oder nicht tat. »Ich glaube Ihnen nicht«, erklärte sie und wünschte, sie wäre nicht so ehrlich. »Ich bin sicher, selbst wenn ich mich ohne meine Strickjacke von einem Kronleuchter zum nächsten schwingen würde, es hätte keinerlei Auswirkungen auf Ihre Entscheidungen bezüglich der Firma.«

Er seufzte. »Sie haben Recht. Obwohl es ziemlich starke Auswirkungen auf meinen Blutdruck haben würde. Sie sind eine extrem attraktive Frau, Genevieve Porter. Ich wünschte nur ...«

Bevor Jenny herausfinden konnte, ob Ross sich wünschte, sie sei frei von jedweder Bindung oder dass sie mit ihren Plänen die Fabrik retten würde, kam Meggie herein.

»Hier sind Sie! Ross, ich glaube, Fiona sucht nach Ihnen, und hinter dir sind überhaupt alle her, Jenny. Wo ist Anna?«

Hinter Meggie trat Felicity in den Raum. Sie war atemlos und hatte ein leicht gerötetes Gesicht. Ihr Haar fiel ihr in wirren Locken auf die Schultern. Sie sah bemerkenswert hübsch aus.

»Oh, mein Gott! Mama wird die Wände hochgehen! Dieses Kissen ist eine echt jakobinische Stickerei! Und Anna hat draufgespuckt!«

Jenny nahm all die netten Dinge zurück, die sie über Felicity gedacht hatte.

Ross meinte: »Wenn das Kissen so alt ist, dürfte Babykotze wahrscheinlich das Geringste seiner Probleme sein. Es hat wahrscheinlich schon Blut, Urin und alle möglichen anderen unerfreulichen Substanzen abbekommen. Außerdem ...« Er zog ein Taschentuch aus seiner Tasche und bearbeitete damit die Stelle neben Annas offenem Mund. »Außerdem ist es jetzt weg.«

»Aber jetzt ist es auf Ihrem Taschentuch. Widerlich!«

»Also, du und Lachlan habt nicht vor, eine Familie zu gründen?«, fragte Meggie und drückte Anna beschützend an sich.

»Gütiger Gott, nein! Warum sollte ich das tun wollen?«

»Ich glaube, ich stehe jetzt besser auf«, entschied Jenny. »Ich werde langsam steif.«

Ross half ihr auf, und Felicity erfasste plötzlich, wie nahe Ross und Jenny sich gewesen waren. Sie runzelte die Stirn.

Bevor sie sprechen konnte, kam Henry herein. »Hier bist du also, Jenny! Ich habe überall nach dir gesucht. Lady Dalmain meint, du solltest neuen Kaffee kochen.«

Der Abwasch nahm den ganzen Morgen in Anspruch. Jenny, die nicht hatte schlafen können, war früh aufgestanden und hatte alles organisiert. Sie wollte allein Klarschiff machen, nicht weil sie in Märtyrerlaune war, sondern weil sie auf keinen Fall den vergangenen Abend verhackstücken wollte. Ihre Gefühle waren in einem derartigen Aufruhr, dass sie ihnen Zeit geben musste, sich wieder ein wenig zu ordnen, bevor sie wichtige Entscheidungen traf oder zu irgendwelchen Schlüssen kam.

Die gewaltige, praktische Aufgabe, die vor ihr lag, würde gleichermaßen beschwichtigend wie befriedigend auf sie wirken.

Der Abend war im Großen und Ganzen gut gelaufen. Lady Dalmain hatte sich Felicity und Lachlan gegenüber recht wohlwollend verhalten, wahrscheinlich weil Duncan Ritchie dasselbe getan hatte. Gloria und ihre Söhne hatten sich absolut annehmbar benommen – oberflächlich betrachtet zumindest. Als Jenny in Philips altes Zimmer kam, wohin die jungen Leute sich zurückgezogen hatten, um die Gläser zu holen, fand sie zwischen Dutzenden von Gläsern, überquellenden Aschenbechern und zerdrückten Bierdosen die Stummel von Haschischzigaretten. Obwohl Philips potenzielle Stiefsöhne die ersten Verdächtigen sein würden, falls jemand der Frage auf den Grund zu gehen versuchte, wer die Drogen nach Haus Dalmain gebracht hatte, wäre Jenny nicht allzu überrascht gewesen, wenn es in Wirklichkeit die Töchter der Malcolms gewesen wären.

Es schien jedoch nichts zu Bruch gegangen zu sein, und obwohl es lange dauerte, jeden Teller einzeln abzuwaschen, und sie immer wieder den Kessel mit Wasser aufstellen musste, um sich mit heißem Wasser zu versorgen, gab es keinen Grund zur Eile, und es machte ihr Spaß, jeden Teller strahlend und sauber aus dem Wasser auftauchen zu sehen.

Lady Dalmain war die Erste der anderen, die wieder auftauchte. In einem Morgenmantel, das Haar zu einem Zopf geflochten, wirkte sie weitaus weniger einschüchternd, ja beinahe gemütlich.

»Mein liebes Kind! Das machen Sie auf keinen Fall alles allein! Mrs. Sandison wird bald hier sein. Und Felicity hätte aufstehen sollen, um Ihnen zu helfen.«

»Eigentlich macht es mir Spaß. Ich liebe den Umgang mit schönem Porzellan.«

»Tun Sie das, meine Liebe? Das freut mich zu hören. Henry hat offensichtlich einen sehr guten Geschmack in diesen Dingen, und es ist schön, dass Sie dieses Interesse teilen.«

Um das Gespräch von Henry abzubringen, berichtete Jenny: »Ich habe die sauberen Sachen auf den Wohnzimmertisch gestellt, falls Sie die Schränke anders als vorher einräumen wollen. Es wäre vielleicht eine gute Gelegenheit, jetzt, da einmal alles in Gebrauch war.«

»Das ist eine fabelhafte Idee. Ich muss nämlich tatsächlich ein paar Dinge sortieren. Wenn Philip in Kürze heiraten wird, braucht er sicher Teller und anderes Porzellan, damit er seinen Haushalt bestücken kann. Ich werde Henry vielleicht bitten, mir dabei zu helfen, alles zu katalogisieren. Es sind ein paar ziemlich hässliche Stücke dabei, die Gloria vielleicht gefallen werden.« Ohne sich darüber im Klaren zu sein, was sie gerade von sich gegeben hatte, griff sie nach einigen Gabeln und inspizierte sie. »Ist das Besteck eigentlich gespült worden, bevor es gestern Abend benutzt wurde?«

»Oh ja«, versicherte ihr Jenny, und es war tatsächlich gespült worden, wenn auch ziemlich oberflächlich. Weder Jenny noch Mrs. Sandison hatten die Zeit gehabt, mit einem Spültuch zwischen die Zinken zu gehen.

»Ich sehe mal nach, ob ich irgendetwas finde, das ich nicht will«, meinte Lady Dalmain.

Hm, geben Sie bloß nichts weg, was Ihnen gefällt, dachte Jenny und wünschte, sie hätte den Mut besessen, es laut auszusprechen. Gleichzeitig sah sie vor ihrem inneren Auge Glorias Söhne, wie sie von Lady Dalmains abgelegtem Minton

Tiefkühlpizza oder Hammelpasteten mit Fritten von einem Coalport-Teller aßen.

Bevor Lady Dalmain den Raum verließ, sagte Jenny jedoch: »Felicity wird natürlich auch einiges brauchen. Und sie und Lachlan wissen antikes Porzellan vielleicht ein klein wenig mehr zu schätzen als … als Gloria und ihre beiden großen Söhne.«

Lady Dalmain verstand, worauf sie hinaus wollte. »Natürlich, da haben Sie Recht. Auf der anderen Seite könnte ich verkaufen, was ich nicht mehr haben will, und dann könnte Philip sich etwas Passenderes anschaffen.«

»Sie würden wahrscheinlich spülmaschinenfestes Geschirr bevorzugen. Aber Felicity würde sich wirklich freuen, einige von den Dingen zu bekommen, die einmal Ihnen gehört haben.« Jenny hoffte, dass Felicity ihre Bemühungen, ihr zu einer fairen Behandlung zu verhelfen, zu schätzen wissen würde und es nicht grässlich fand, abgelegte Sachen von ihrer Mutter benutzen zu müssen.

Lady Dalmain musterte Jenny, ein wenig erstaunt über den Gedanken, dass sie Philip mehr Zuneigung zeigen könne als Felicity. »Ich werde sie beide natürlich vollkommen gleich behandeln. Ich gehe mal schnell rüber und sehe nach, was überhaupt da ist.«

Da sie nicht wieder auftauchte, spülte Jenny allein weiter.

Henry kam, übel verkatert, in die Küche. »Soll ich dir helfen, Jen?«, fragte er, das eine Auge geschlossen, das andere nur halb geöffnet. Er hatte sich die Hemdknöpfe falsch zugeknöpft, und sein Pullover war vollkommen verdreht. Für jemanden, der so viel auf sein Äußeres gab, befand er sich in einem beklagenswerten Zustand.

»Nein, das geht schon. Ich hätte nur die ganze Zeit Angst, du würdest etwas fallen lassen. Du kannst die Möbel später wieder an ihren Platz stellen.«

»Du hast deine Sache gut gemacht, wirklich. Ich fand das Essen ganz hervorragend.«

»Danke. Ich fand, dass ich auch andere Dinge ganz gut hinbekommen habe: Ich habe den Tisch gedeckt, die Sitzordnung festgelegt und das Wohnzimmer ausgeräumt, damit getanzt werden konnte.«

»Du bist wahrscheinlich schlecht gelaunt, weil du einen Kater hast. Gott weiß, ich habe jedenfalls einen.«

Jenny seufzte. »Nein, das ist nicht der Grund.«

»Gibt es irgendetwas, das ich einnehmen könnte, was meinst du?«

»Viel Wasser, Vitamin C und Kohlenhydrate«, murmelte sie, wie sie es immer murmelte, wenn er diese Frage stellte. »Oh, und Sprudel könnte auch nicht schaden.«

»Ich meinte etwas in einem Päckchen«, brummte er. »Etwas, das im Fernsehen angepriesen wird und das sofort wirkt.«

Sie musste lächeln. »Nichts wirkt sofort bei einem Kater, Schätzchen«, gab sie zurück. »Das weißt du doch.« Dann räusperte sie sich und wappnete sich. Sie wollte ihm endlich sagen, was ihr schon so lange im Kopf herumging.

»Haben wir Orangensaft da?«

»Nein. Aber Äpfel. Du könntest zwei davon essen. Oh, und irgendjemand hat eine Schokoladenorange mitgebracht. Man kann nie wissen, vielleicht ist ja noch ein entfernter Verwandter von einem Vitamin drin. Trink ein Glas Wasser.«

»Ich will Kaffee.«

»Zuerst Wasser, bis der Kaffee fertig ist. Henry, ich möchte dir etwas sagen.«

»Oh, nicht jetzt, Jen! Nicht wenn ich mich so beschissen fühle.«

»Aber wenn du gehört hast, was ich sagen will, geht es dir vielleicht besser. Und ich weiß nicht, wann ich wieder eine Chance dazu bekommen werde.«

»Oh, na dann schieß mal los.« Er zog sich einen Stuhl heran, setzte sich an den Tisch und stützte die Ellbogen zwischen einige saubere Töpfe. Das Haar fiel ihm in die Stirn, und sein Blick war immer noch nicht richtig klar.

»Ich werde wahrscheinlich bald nach Hause fahren.«

Ein Auge öffnete sich eine Spur weiter. »Was! Weshalb um Himmels willen denn das?«

»Weil ich glaube, dass ich hier nach der großen Sitzung morgen nicht länger benötigt werde.«

Henry öffnete das andere Auge weit genug, um Jenny mit Entsetzen anzublinzeln. »Wie kommst du auf die Idee?«

»Weil ich keine großen Hoffnungen für die Firma habe. Oh, ich habe hart gearbeitet, Kirsty und ich haben Pläne gemacht, ich habe Absatzmärkte gefunden, alles, was Grant-Dempsey von uns verlangt hat, doch ich glaube, er wird den Laden trotzdem dichtmachen.«

»Hat er gestern diesbezüglich eine Bemerkung gemacht?«

»Nein.«

»Aber Schnuckelchen, was ist denn mit mir?«

»Was soll mit dir sein? Deine Arbeit hier muss doch sicher auch bald erledigt sein, oder?«

»Nein! Und außerdem möchte ich noch nicht abreisen. Ich

habe immer noch vor, Lady D. davon zu überzeugen, dass dieses Haus zu groß für sie ist.«

Jenny holte scharf Luft. »Ich glaube nicht, dass deine Chancen da allzu groß sind. Sie hat es genossen, dass ihre Gäste gestern Abend in ihrem Wohnzimmer tanzen konnten.«

»Das hätte sie auch woanders haben können.« Seine Kopfschmerzen machten ihn mürrisch und reizbar. »Wo um Himmels willen bleibt der Kaffee?«

Sie förderte eine Dose zu Tage, die sie am Vorabend versteckt hatte, damit am Morgen keine Kaffeekrise entstand. »Dasselbe könnte dein Klient, wer immer das sein mag, ebenfalls tun. Sag ihm, er soll sich woanders nach einer Prachtvilla umsehen.«

»Mein erster Klient hat einen Rückzieher gemacht. Aber ich habe einen neuen, und das Büro möchte, dass ich unbedingt noch ein Weilchen hier bleibe. Es ist im Gespräch, eine Niederlassung in Inverness zu eröffnen und mir die Leitung zu übertragen.«

»Oh.«

»Das heißt natürlich nicht, dass du dich verpflichtet fühlen müsstest, für immer hier zu bleiben«, fuhr er fort und löffelte dabei Instant-Kaffee in einen Becher, als wäre es eine ungeheuer komplizierte Aufgabe, die große Konzentration verlangte.

»Oh?« Jenny fühlte sich nicht übermäßig verpflichtet, aber hinter Henrys Worten musste noch etwas anderes stecken, und sie wollte herausfinden, was es war.

»Nein, ich meine ... ich wollte schon seit einiger Zeit mit dir darüber reden.«

Oh, mein Gott, dachte Jenny, lieb, dass er mir jetzt keinen Antrag macht, immer noch halb betrunken, unrasiert und mit einem Atem wie ein Drache nach einer ausgiebigen Mahlzeit.

»Ich weiß, ich bin in letzter Zeit nicht besonders aufmerksam gewesen ...«

Jenny war nichts dergleichen aufgefallen. Sie war selbst nicht sehr aufmerksam gewesen. »Wir hatten beide viel um die Ohren ...«

»Das war aber nicht der Grund. Die Sache ist die, Schätzchen ...«

Felicity wählte ausgerechnet diesen Augenblick für ihr Erscheinen. Das Haar fiel ihr über die Schultern, und sie trug noch immer das Make-up vom vergangenen Abend. Ihr leicht geistesgestörtes Lächeln verriet Jenny, dass sie Lachlan mit in ihr Schlafzimmer geschmuggelt hatte.

»Hey, Fliss«, meinte sie. »Henry und ich plaudern gerade ein bisschen. Wir gehen jetzt und reden woanders weiter. Damit du dir deinen Tee aufgießen kannst.«

»In Ordnung«, antwortete Felicity. »Wir können später erzählen.«

Jenny zog Henry aus der Küche, durch den Flur und zur Haustür hinaus. »Also, Henry, willst du mir einen Antrag machen, oder willst du mir den Laufpass geben? Ich würde Letzteres allerdings vorziehen, da ich dich ganz bestimmt nicht heiraten werde.«

»Oh«, murmelte Henry. »Hm, ich hätte nicht gesagt, dass ich dir den Laufpass geben will, aber es gibt da jemand anderen, ja.«

»Du hattest doch nicht die Absicht, mich dir warm zu halten, quasi in Warteposition, falls du doch irgendwann noch einmal auf mich zurückgreifen möchtest?« Jennys Stimme klang vollkommen ernst, aber innerlich begann sie, das Ganze von der komischen Seite zu sehen.

»Nein, natürlich nicht.« Er hielt inne. »Ich wollte dich bitten, so zu tun, als wären wir immer noch zusammen, damit ich hier bleiben kann. Ich weiß, das klingt ein bisschen jämmerlich.«

»Weil es so bequem wäre, wenn du Fiona Malcolm besuchen willst?«

Henry nickte. »Gott, ich bin ein Schuft!«

Jenny lachte. »Was für ein entzückendes altmodisches Wort! Und du bist kein Schuft, wirklich nicht. Aber ich kann nicht hier bleiben, es sei denn, ich werde in der Fabrik gebraucht, das verstehst du doch sicher?«

»Du möchtest nicht abreisen, oder?«

Sie seufzte. »In gewisser Weise wahrscheinlich nicht. Nicht nachdem ich mich an die Kälte gewöhnt und die Berge zu lieben gelernt habe. Sie verströmen eine Art strenger Schönheit, die mich auf eine Weise gepackt hat, die ich nicht erwartet hätte.« Wie viel das Ganze mit ihren Gefühlen für Ross Grant-Dempsey zu tun hatte, vermochte sie nicht zu entwirren. »Oh, sieh mal! Die Schneegrenze liegt heute viel tiefer.«

»Es wird anscheinend ein harter Winter werden. Die Einheimischen sind alle übereinstimmend der Meinung, dass es nur alle fünf Jahre wirklich hohen Schnee gibt.« Er zögerte. »Du liebst Schnee. Bleib hier und erfreue dich daran. Ich weiß, dass Lady D. dich gern um sich hat. Sie würde es nicht erfahren, ob du in der Fabrik gebraucht wirst oder nicht. Wir haben so viele glückliche Zeiten zusammen verlebt. Es wäre mir grässlich, mich mit dir zu zerstreiten, Jen.«

»Ich werde mich nicht mit dir zerstreiten, Henry.«

»Dann bleibst du also? Wenigstens bis Neujahr?«

»Ich glaube wirklich nicht, dass ich das kann, wenn ich nicht gebraucht werde. Doch ich werde nicht Hals über Kopf davonlaufen, bevor ich nicht alle losen Enden verknüpft habe. Reicht das?«

Er küsste sie auf den Kopf. »Du bist wirklich ein Schatz.«

Seltsam, dass Menschen, wenn man sich von ihnen trennte, oft viel liebenswerter wirkten, als sie es seit einer Ewigkeit gewesen waren, dachte Jenny, als sie ins Haus zurückging.

Sie hatte ihre eigenen Gründe zu bleiben – zumindest bis Neujahr: Inmitten des lärmenden Gewusels des allgemeinen Aufbruchs waren seine letzten Worte gewesen: »Wir sehen uns dann zu Hogmanay.«

Das klang geheimnisvoll. Sie würde ihn am nächsten Tag wiedersehen – wahrscheinlich unter sehr schwierigen Umständen. Das konnte er doch nicht vergessen haben. Oder hoffte er, die Beziehung zu ihr fortsetzen zu können, nachdem die Firma geschlossen war? Konnte sie mit einem Mann zusammen sein, der Dutzende von Menschen um ihre Arbeit gebracht hatte, der offensichtlich vorgehabt hatte, in Haus Dalmain einzuziehen (inzwischen war ihr klar geworden, dass er Henrys ursprünglicher Klient gewesen sein musste), und der wahrscheinlich Lady Dalmain nur deshalb nicht mehr aus ihrem Heim vertreiben wollte, weil er gesehen hatte, wie schauerlich es im Grunde war?

Die Frage war nicht schwer zu beantworten. Die Antwort lautete nein.

Eine schüchterne Stimme flüsterte Jenny zu, dass sie vielleicht besser warten sollte, bis er all diese schändlichen Dinge wirklich getan hatte, bevor sie eine Entscheidung traf. Eine andere Stimme fragte sich, wie seine potenzielle Niedertracht zu der wunderbaren Zärtlichkeit passte, die er Anna gegenüber gezeigt hatte.

Jenny, die beide Stimmen ignorierte, kehrte in die Küche zurück, wo sie Felicity und Lachlan vorfand. Die beiden debattierten gerade darüber, ob sie seine Anwesenheit Lady Dalmain gegenüber preisgeben oder besser den Mund halten sollten. Lachlan war absolut für Offenheit, aber Felicity schäumte. Jenny schlug sich auf Lachlans Seite und erklärte, Lady D. müsse ja nicht wissen, wo Lachlan geschlafen hatte – er hätte ohne weiteres Philips altes Zimmer benutzen können –, und außerdem sei Felicity über vierzig und habe das Recht auf ein Sexualleben. Dann zog Jenny sich zurück. Sie musste einen Bericht schreiben. Darüber hinaus warteten noch immer eine Menge Möbel darauf, wieder an ihren angestammten Platz gerückt zu werden.

Als sie von ihrem Laptop aufblickte, hatte sie das Gefühl, es seien mehrere Stunden vergangen. Durchgefroren und steif, sah sie, dass es inzwischen geschneit hatte. Die Welt hüllte sich in purpurne Schatten, durchsetzt von goldenen Flecken, wo das Licht aus dem Haus den fallenden Schnee beleuchtete. »Oh, wow!«, rief sie, rannte nach unten und überlegte, ob wohl irgendjemand einen Schlitten hatte.

Jenny hätte nicht überrascht sein dürfen, dass die Dalmains ihre typisch englische Begeisterung für Schnee nicht teilten, aber ein bisschen mehr hätten sie sich ihrer Meinung schon darüber freuen dürfen. Vom Korridor aus konnte Jenny Lachlan sehen, der unbequem mit einer Royal-Worcester-

Tasse mitsamt Unterteller auf dem Schoß auf einem Stuhl saß. Lady Dalmain hielt einen Vortrag über den Niedergang der Zivilisation, wie er sich im Widerstreben ihrer Gäste, an schottischen Tänzen teilzunehmen, offenbart hatte.

»Viele junge Leute tanzen gern schottische Tänze«, erwiderte Lachlan mit Blick auf Jenny, aber er verriet sie nicht. »Ich schätze nur, die Malcolm-Töchter haben in ihrem Leben schon ein bisschen viel davon gehabt, da ihre Eltern das Tanzen mit solcher Leidenschaft betreiben.«

»Ich finde trotzdem, dass es von schlechten Manieren zeugt, einfach die Party zu verlassen und nach oben zu verschwinden. Ich nehme an, in Philips Zimmer hat es wie in einer Kneipe gerochen, nachdem sie dort gewesen sind, nicht wahr?«

Jenny zögerte; sie wollte sich nicht zu ihnen ins Wohnzimmer setzen, brannte aber dennoch darauf, Lachlans Antwort zu hören. Und das Warten lohnte sich.

»Ich habe nicht in Philips Zimmer geschlafen«, sagte er. »Ich habe bei Felicity geschlafen.«

Kapitel 21

Als Jenny am nächsten Morgen aufwachte, spürte sie sofort, dass das Licht anders war als sonst. Sie stolperte zum Fenster hinüber und zog sich dabei irgendwelche Kleider über. Der Schnee hatte hohe Verwehungen gebildet.

Im Allgemeinen liebte sie Schnee – kein Kind mit einem neuen Schlitten wünschte sich dicken Schnee mehr als Jenny, normalerweise. Aber heute musste sie zur Firma fahren, Ross Grant-Dempsey gegenübertreten und herausfinden, was das Schicksal für die vielen Menschen, die dort arbeiteten, bereithielt. Und ein Leben in Surrey hatte sie nicht darauf vorbereitet, eine Fahrt bei diesem Wetter zu unternehmen.

Sie ging nach unten, um festzustellen, wie es aus der Nähe aussah. Die Hunde tollten draußen herum, gruben die Nasen in den Schnee, niesten, bissen hinein und bestürmten kleine Hügel mit einer Begeisterung, von der Jenny wünschte, sie hätte sie teilen können. Aber obwohl der Schnee ziemlich tief wirkte, war die Straße nicht vollkommen bedeckt. Vielleicht gab es doch keinen Grund, warum sie nicht wie gewöhnlich in die Fabrik fahren konnte.

Es würde allerdings eine Weile dauern, ihren Wagen, der halb vergraben unter einer Schneewehe lag, freizuschaufeln. Die Sitzung war für zehn Uhr anberaumt. Jetzt war es erst sieben. Kein Grund zur Sorge; sie hatte noch reichlich Zeit.

Felicity kam in die Küche, als Jenny gerade Wasser kochte, um ihren Wagen aufzutauen. Es hatte einen gewaltigen Streit zwischen Mutter und Tochter gegeben, den Felicity sehr zu ihrer eigenen Überraschung für sich entschieden hatte. Lachlan war immer noch in Haus Dalmain.

»Hey!«, sagte Felicity. »Wozu brauchst du denn all das heiße Wasser? Die Rohre sind doch nicht etwa eingefroren, oder?«

»Das könnte durchaus sein, aber ich brauche das Wasser für mein Auto. Ich muss heute in die Firma fahren, erinnerst du dich?«

»Unmöglich! Du wirst es nie den Hügel hinunter schaffen, jedenfalls nicht mit einem Auto. Lachlan hat gerade einen Nachbarn angerufen und ihn gebeten, sich noch einen Tag lang um die Lamas zu kümmern. Die Hauptstraße wird noch nicht gestreut sein, und niemand kann irgendwo hinfahren, bevor das geschehen ist.«

»Ich habe in dieser Sache keine Entscheidungsfreiheit, Felicity. Es ist eine sehr wichtige Sitzung, ich muss da sein!«

Sie zuckte die Schultern. »Wenn so viel Schnee liegt, müssen wir einfach zu Hause bleiben. Ich gebe allerdings zu, dass das für jemanden, der an Agoraphobie leidet, einfacher ist.« Felicity lächelte. Es war wahrscheinlich das erste Mal in ihrem ganzen Leben, dass sie einen Witz über ihre Phobie hatte machen können. »Nur gut, dass wir von der Dinnerparty noch jede Menge Reste haben. Vielleicht könntest du eine Suppe daraus zubereiten.«

»Ich würde nichts lieber tun, als eine Suppe zu kochen, natürlich erst nachdem ich einen Schneemann gebaut habe, aber ich muss zur Arbeit!«

»Dann rufst du besser Iain an. Er kann dir vielleicht helfen.«

Iain zog die Lippen zwischen die Zähne, schnalzte mit der

Zunge, und obwohl Jenny ihn nicht sehen konnte, wusste sie, dass er den Kopf schüttelte.

»Es ist lebenswichtig, dass ich in die Firma komme, Iain. Ich leide wirklich nicht an übertriebenem Pflichtbewusstsein. Die ganze Zukunft der Fabrik steht auf dem Spiel!«

»Das weiß ich, Kleines. Was meinst du, könntest du es bis zu uns runter schaffen?«

»Oh ja. Ich werde laufen oder rutschen, ganz egal. Und wie geht es dann weiter?«

»Ich kenne den Mann, der den Streuwagen fährt. Er kann dich vielleicht bis zur Hauptstraße mitnehmen. Und da wohnt ein Freund von mir, der die richtige Art von Wagen hat, um dich bis zur Fabrik zu bringen. Aber bevor du dich auf den Weg machst …«

»Was?« Sie gab sich alle Mühe, nicht schroff zu klingen, wusste aber, dass ihr das nicht gelungen war.

»Nur so ein Gedanke – werden es denn die anderen schaffen, dort zu sein? Du willst doch die Sitzung nicht allein abhalten.«

»Nun, Kirsty wohnt ganz in der Nähe der Firma. Was Ross Grant-Dempsey betrifft, bin ich mir nicht sicher, aber er hat einen Landrover.«

»Und auf der anderen Seite des Tals sieht es vielleicht nicht ganz so schlimm aus.«

Eine schneeflockengroße Hoffnung, dass die Welt vielleicht zum Stillstand gekommen war, schmolz dahin. »Dann ziehe ich mich jetzt mal an.«

»Aye, und vergiss nicht, deine Beine gut zu verschalen.«

Jenny lachte höflich und legte auf.

Sie hatte Kirsty schon vorgewarnt, dass sie zu spät kommen würde, und alle Ratschläge abgewehrt, dass sie ihr Leben nicht aufs Spiel setzen solle – es sei schließlich nur eine Sitzung. Außerdem wusste sie, dass Kirsty sie trotz ihrer Beteuerungen des Gegenteils in der Firma haben wollte, selbst wenn der Dämonenkönig nicht auftauchen sollte.

Sie brauchte drei Stunden, um ihr Ziel zu erreichen, und nachdem sie sich davon überzeugt hatte, dass kein Landrover auf dem Parkplatz von Ross Grant-Dempseys Anwesenheit zeugte, verwandte Jenny noch einmal eine halbe Stunde darauf, sich von einer Dreingabe in einem Film über den Nordpol in etwas zu verwandeln, das immerhin Ähnlichkeit mit einer Managementberaterin hatte. Keinen Augenblick lang würde Ross sie mit der halb bekleideten, unbeschwerten jungen Frau verwechseln, mit der er vorgestern Abend auf dem Boden gesessen hatte.

Kirsty war zur Fabrik gegangen oder hatte sich vielmehr den Weg dorthin freigeschaufelt, und sie hatte die Stunden des Alleinseins genutzt, um einige wirklich wunderschöne Berichte zu verfassen. Sie waren laminiert, gebunden und mit Hochglanzfotos (aufgenommen von Iain mit seiner Digitalkamera) illustriert, und obwohl nur sie drei zu der Sitzung erwartet wurden, lag auf dem Tisch ein kleiner Stapel mit Broschüren.

Jenny und Kirsty gingen im Büro auf und ab, rückten die Berichte zurecht, veränderten die Anordnung der Stühle um den Tisch herum und sahen zu, wie Menschen sich durch den Schnee kämpften und Kinder darin spielten. Kirsty, die gerade aus dem Fenster blickte, rief plötzlich: »Mein Gott! Das ist ja Philip! Er muss dem Streuwagen gefolgt sein. Ich wusste gar nicht, dass er auch kommen würde. Sie?«

»Oh ja! Jetzt fällt es mir wieder ein: Er hat tatsächlich bei der Party gesagt, dass er kommen würde. Das hatte ich ganz vergessen. Ist das jetzt ein gutes Zeichen oder ein schlechtes?«

Kirsty schüttelte den Kopf. »Keine Ahnung. Es könnte bedeuten, dass wir so aussehen, als wären wir ein Team.«

»Aber sind wir das? Er hat die Liegenschaften, und wir brauchen sie.«

»Vielleicht hat er ja seine Meinung geändert«, erwiderte Kirsty wenig überzeugend. »Möglicherweise ist er hergekommen, um uns das mitzuteilen, um unser Ritter in schimmernder Rüstung zu sein.«

»Das klingt aber nicht nach dem Philip, den ich kenne, und gestern Abend war noch keine Rede davon.«

Kirsty kochte noch etwas Kaffee. »Wollen Sie auch einen?«

Jenny schüttelte den Kopf. »Ich bin auch so schon nervös genug. Philip! Wie schön, Sie zu sehen«, fügte sie einen Augenblick später hinzu.

»Hallo, Philip«, grüßte Kirsty ein wenig angespannt. »Wollen Sie eine Tasse Kaffee und einen Keks?« Sie gab ihm eine Tasse und einen Unterteller und zeigte mit der Hand auf eine Plätzchenschale. »Gott weiß, wann Mr. Grant-Dempsey hier sein wird. Falls er es überhaupt schafft.«

»Oh, er wird kommen. Das tun die Leute immer, wenn es um Geld geht«, erwiderte Philip.

Jenny hatte augenblicklich das Bedürfnis, Ross zu verteidigen. »Ist das der Grund, warum Sie hier sind, Philip?«

Er zuckte die Schultern und biss in einen Keks, wobei er die Krümel über den ganzen Tisch verteilte. »Ich schätze, so muss es wohl aussehen.«

»Wie ist es denn wirklich?«, wollte Jenny wissen. »Ich

meine …« Sie versuchte, die Schärfe aus ihrer Stimme zu nehmen. »Ich meine …«

»Was Jenny meint«, unterbrach Kirsty sie, »ist: Werden Sie die Liegenschaften – diese Büros – wieder der Fabrik überschreiben?«

Jenny, die sich ganz sicher war, dass das nicht der Grund für Philips Kommen war, hakte nach. »Ja, genau das wollte ich fragen. Es würde einen riesigen Unterschied für uns machen. Mit den Gebäuden würde unser Plan auf einer soliden Grundlage stehen.«

Er wischte sich mit dem Handrücken ein paar Krümel von der Weste. »Das glaube ich gern. Aber warum sollte ich etwas zurückgeben, das meiner Meinung nach rechtmäßig mir gehört?«

»Die Gebäude sind doch ein Teil der Fabrik! Sie gehören Ihnen nicht mehr und nicht weniger als alles andere hier!«, rief Jenny.

»Genau. Ich habe mir nur einen kleinen Brocken genommen.«

»So habe ich das nicht gemeint!« Jenny war langsam wirklich verzweifelt. Den ganzen Morgen hatte sie sich an den Gedanken geklammert, dass alles gut werden würde, wenn sie es nur schaffte, in die Fabrik zu kommen. Jetzt, da sie hier war, wurde ihr klar, dass das wahrscheinlich ein Irrtum gewesen war. Sie hätte genauso gut in Haus Dalmain bleiben und in der Auffahrt einen Schneemann bauen können.

»Wozu brauchen Sie das Geld, Philip?«, fragte Kirsty.

»Das Übliche. Um meine Familie zu unterhalten, Rechnungen zu bezahlen, zu essen. Gloria ist übrigens schwanger.«

»Oh! Das ist ja wunderbar!« So viel zu Lady D.s Vermutung, Gloria sei zu alt, um noch ein Kind zu bekommen. Jenny hatte das Gefühl, dass es keine andere Möglichkeit gab, auf eine Nachricht wie diese zu reagieren, obwohl Gott allein wissen mochte, wie sie ihn jetzt noch überreden konnten, die Büros zurückzugeben.

»Also, was haben Sie vor?«, hakte Kirsty nach. »Das Geld zu investieren und von den Zinsen zu leben?«

»Nein!« Philip war sichtlich entrüstet. »Ich werde eine Buchhandlung kaufen.«

»Eine Buchhandlung! Was für eine brillante Idee! Ihre Mutter wird begeistert sein«, bemerkte Jenny.

»Weil das Verkaufen von Büchern für einen Gentleman eine Spur passender ist als die Leitung einer Wollfabrik, meinen Sie?«

»Nun, bei Ihrer Mutter fallen solche Erwägungen natürlich immer ins Gewicht. Aber ich wollte eigentlich zum Ausdruck bringen, dass Bücher ihre Leidenschaft sind.«

»Oh, ja. Ich habe mein Interesse daran wahrscheinlich von ihr geerbt.«

»Nur schade, dass sie in der Wohnung über dem Laden wird leben müssen. Es könnte ein bisschen eng werden zu fünft und mit dem Baby«, fügte Jenny hinzu. Sie hatte nicht die Absicht gehabt, zickig zu sein; sie hatte sich wirklich vorgenommen, positiv und freundlich zu sein, in der Hoffnung, dass Liebenswürdigkeit sie weiterbringen würde als Verbitterung, aber sie war müde, und die Worte waren ihr einfach so herausgerutscht.

»Hören Sie«, entgegnete Philip, nun ebenfalls ärgerlich, »es gibt absolut keinen Grund für meine Mutter, Haus Dalmain zu verlassen, wenn sie es nicht wünscht!«

»Aber Sie haben es als Sicherheit für das Darlehen verpfändet«, wandte Jenny ein.

»Ich weiß. Doch sie hat jede Menge eigenes Geld. Wenn sie das Haus haben will, kann sie es kaufen, wahrscheinlich zu einem sehr günstigen Preis, weil sich niemand sonst dafür interessiert.«

»Hm«, murmelte Jenny. »Dürfen wir Ihren Worten entnehmen, dass Lady Dalmain über ein privates Vermögen verfügt?«

»Absolut. Und es handelt sich dabei nicht nur um Aktien und Firmenanteile. Sie besitzt Antiquitäten und Schmuck, mit denen sie das Haus gleich mehrmals kaufen könnte.«

»Meine Güte, so viel Wohlstand und keine Zentralheizung! Sind Sie sich ganz sicher, was die Antiquitäten betrifft? Ich weiß, es stehen eine Menge Möbel im Haus, aber sind sie auch wertvoll?«

»Und ob. Wobei ich noch einmal betonen möchte, dass sie es niemals in Erwägung ziehen würde, etwas zu verkaufen. Dafür ist es ihr zu wichtig, Dinge zu besitzen.«

»Sie würde verkaufen, wenn die Alternative darin bestünde, kein Dach überm Kopf zu haben«, erwiderte Jenny. »Es macht wohl wenig Sinn, sich auf der Straße mit Chippendale-Möbeln zu umgeben.«

»Ich glaube nicht, dass echte Chippendales dabei sind«, räumte Philip ernsthaft ein, »aber natürlich jede Menge Sachen von seinen Schülern.«

Jenny wollte gerade vorschlagen, er solle doch einige der kleineren Stücke aus dem Haus schmuggeln und sie verkaufen – niemand würde sie jemals vermissen –, als Ross Grant-Dempsey eintrat.

Er hatte sie alle überrumpelt. Jenny sprang auf, als hätte ihr jemand gedroht, sie auszurauben, und Kirsty geriet vollkommen aus der Fassung, wedelte Krümel auf den Fußboden und griff hektisch nach der Kaffeekanne.

»Entschuldigen Sie die Verspätung«, bat er. »Ich hatte einige Probleme herzukommen.«

»Das ist keine große Überraschung«, erwiderte Kirsty. »Dieser Schnee!«

»Das war es nicht. Ich bin auf ein paar Leute gestoßen, die aus ihrem Wagen freigeschaufelt werden mussten.«

Jenny holte Luft, um nach Einzelheiten zu fragen, sah dann aber ein, dass er sicher nichts erzählen würde. Der Engel des Straßenrands im einen Augenblick, Vorstandszimmerteufel im nächsten. Das war ihr Kunde.

»Kaffee, Mr. Grant-Dempsey?« Kirsty reichte ihm eine Tasse, nachdem sie bereits einen Keks auf den Unterteller gelegt hatte.

»Vielen Dank. Also, ich denke, Sie wollen sicher alle gleich anfangen.«

»Hier haben Sie eine Kopie von unserem Bericht, Mr. Grant-Dempsey«, erklärte Kirsty. »Und eine für Sie, Philip.«

Jenny und Kirsty wussten bereits, was darin stand, die leicht geschönten Zahlen, optimistische Trendeinschätzungen (Lamastoffe werden in den Herbstkollektionen groß rauskommen) und schamlose Prahlerei mit bekannten Namen (Jenny war nur dankbar, dass es ihnen gelungen war, Heggie Johnstones Party zum einundzwanzigsten Geburtstag im Bericht unerwähnt zu lassen.). Während also die Männer lasen, litten Jenny und Kirsty Folterqualen. Wenn Jenny nicht darüber nachdachte, auf welche Weise Ross den Leuten mitteilen würde, dass sie zwei Tage vor Weihnachten ihre Arbeitsplätze verloren, überlegte sie, wie sie es nach Haus Dalmain zurück schaffen sollte. Wenn sie nicht im Geiste die Tatsache beklagte, dass Nuno-Filz möglicherweise niemals eine bedeutende Rolle in der Modeszene spielen würde, fragte sie sich, welche Möbelstücke Philip am besten verkaufen sollte; das Wohnzimmer würde recht hübsch sein ohne den ganzen Trödel darin.

Sie hatte das Gefühl, als wären Stunden verstrichen, obwohl es wahrscheinlich nur fünfzehn Minuten gewesen waren, als Ross sich endlich räusperte.

»Nun, Sie scheinen Ihre Sache gut gemacht zu haben. Es gibt da nur ein Problem ...«

»Schon gut«, seufzte Philip. »Ich gebe nach. Ich überschreibe die Liegenschaft wieder der Firma, damit Sie das Kapital haben, das Sie brauchen.«

»Aber was ist mit der Buchhandlung?«, wollte Jenny wissen, die plötzlich ein schlechtes Gewissen hatte, als hätte sie ungebührlichen Druck auf ihn ausgeübt.

»Ich werde meine Mutter fragen. Sie haben Recht, Jenny; es wird in ihren Augen eine halbwegs akzeptable Beschäftigung für einen Gentleman sein, vor allem, wenn ich ihr erzähle, dass es Toshak and Fiske ist, die ich zu kaufen gedenke. Das ist ein sehr angesehener Name.«

Selbst wenn sie in puncto Datenschutz einiges zu wünschen übrig lassen, dachte Jenny.

»Das war eigentlich nicht das Problem«, meinte Ross.

»Was zum Teufel ist es dann?« Anspannung und zu viel Kaffee verlangten von Jenny schließlich ihren Tribut. »Wir haben so verdammt hart gearbeitet, an alles gedacht, Absatzmärkte gefunden, Leute überredet, für uns Modenschauen zu organisieren – heiliger Himmel! Kirstys Nichte schreibt einen Artikel für die *Vogue* – und wahrscheinlich auch für die *Sunday Times*. Was zum Teufel können Sie an diesem Bericht auszusetzen haben? Diese Fabrik könnte wie am Schnürchen laufen, wenn man ihr auch nur die geringste Chance gäbe. Haben Sie denn überhaupt keine Visionen? Betrachten Sie doch einmal in Ihrem Leben etwas anderes als die Zahlen unterm Strich!«

In dem Bewusstsein, dass alle sie ansahen, als hätte sie endgültig den Verstand verloren, lief sie dunkelrot an. Plötzlich war ihr in ihrer dicken Vermummung viel zu heiß. »Entschuldigung«, murmelte sie. »Ich glaube, ich gehe zur Toilette.«

Sie wusch sich das Gesicht, was ein Fehler war, weil sich ihre Haut anschließend unerträglich gespannt anfühlte. Sie gab etwas Handcreme auf ihr Gesicht, was ebenfalls ein Fehler war, weil es höllisch brannte, dann stellte sie fest, dass sie ihr gesamtes Augen-Make-up weggewischt hatte, was ganz eindeutig ein Fehler war. Nachdem sie mit Papiertüchern ihr Bestes getan hatte und sich furchtbar schämte, weil sie Kirsty mit zwei feindseligen Männern allein gelassen hatte, eilte sie zurück ins Vorstandszimmer. Sie fühlte sich schrecklich unattraktiv.

Als sie hereinkam, sahen alle sie an. Da niemand sonst bereit war zu sprechen, hielt sie es für geraten, selbst das Wort zu ergreifen. »Also wird Kirsty die Entlassungsschreiben tippen, oder brauchen wir einen Rechtsanwalt?«

Kirsty runzelte die Stirn und schüttelte den Kopf. Philip warf ihr einen höchst seltsamen Blick zu. Ross sah sie einfach so an, als hätte sie gebellt.

»Sie verstehen nicht«, gab Kirsty zurück. »Es wird alles gut.«

»Wird es das?« Jenny hatte so viel Energie darauf verwandt, sich gegen eine Niederlage zu wappnen, dass sie unmöglich irgendetwas anderes glauben konnte.

»Wenn alles nach diesem überaus optimistischen Plan verläuft«, sagte Ross. »Soll ich Sie nach Hause bringen, Jenny? Ich habe auf dem Parkplatz Ihren Wagen nicht gesehen.«

Jenny blinzelte ihn an und versuchte immer noch, die Neuigkeit zu verarbeiten. Sie schüttelte den Kopf, um ihn wieder frei zu bekommen. »Nein, danke. Ich komme schon klar.«

»Wie werden Sie denn zurückkommen? Wahrscheinlich hat Sie doch jemand hierher gebracht.«

»Drei ›Jemands‹, um genau zu sein, Iain mitgerechnet.«

»Und wie kommen Sie nun wieder nach Haus Dalmain?«

Sie würde eher zu Fuß gehen, und wenn der Marsch Tage oder sogar Wochen dauerte, als sich von ihm mitnehmen zu lassen. Jenny fühlte sich unsäglich idiotisch, und sie hasste ihn fast dafür, dass er ihr gestattet hatte, ihn dermaßen falsch zu beurteilen.

»Philip – Philip wird mich hinbringen, nicht wahr? Er möchte mit seiner Mutter sprechen.«

Die Aussicht, mit einer Wahnsinnigen im Auto über verschneite Straßen zu fahren, schien Philip ein wenig aus der Fassung zu bringen, aber er meisterte die Situation wie der Gentleman, für den seine Mutter ihn hielt. »Ähm, ja, gern. Natürlich. Kein Problem.«

»Gut.« Ross schob die Papiere vor sich zusammen und verstaute sie in seiner Aktentasche. »Ich mache mich dann auf den Weg. Geben Sie mir noch diese anderen Zahlen durch, Kirsty. Bye.«

Einen Augenblick später saßen sie in einem Raum, der plötzlich sehr leer zu sein schien, wie ein Vakuum. Es war wie der Augenblick nach einer Explosion, bevor die Vögel wieder zu singen begannen und das Leben seinen Lauf nahm.

»Puh. Puh.« Jenny schauderte. »Gott sei Dank, das wäre vorbei. Keine Sorge, Philip; Sie brauchen mich nicht wirklich nach Hause zu fahren. Ich rufe mir ein Taxi oder sonst etwas.«

»So wie es aussieht, dürfte es wohl eher ›sonst etwas‹ sein. Es wird in Kürze noch mehr Schnee geben.« Kirsty schüttelte den Kopf und versuchte, nicht allzu selbstgefällig zu erscheinen, weil sie ganz in der Nähe der Fabrik wohnte. »Sie könnten ohne weiteres die Nacht bei mir verbringen.«

»Nein«, erklärte Philip. »Ich denke, es wäre eine gute Idee, wenn ich Sie jetzt nach Hause fahren würde. Ich rufe Gloria an und erzähle ihr, dass alles gut werden wird, dass ich aber vielleicht bei meiner Mutter übernachten werde.«

»Aber *wird* denn alles gut?«, hakte Jenny ein Weilchen später nach, als sie, beide dick vermummt und ausgerüstet mit einer Thermoskanne Kaffee und dem Rest der Kekse, falls sie in einer Schneeverwehung stecken bleiben sollten, in Philips alltagstauglichem Volvo nach Haus Dalmain fuhren. Er hatte seinen Sportwagen offensichtlich für dieses Auto in Zahlung gegeben.

»Für die Dalmain Mills, ja. Was die Buchhandlung betrifft, bin ich mir nicht sicher.«

»Ich werde alles in meiner Macht Stehende tun, um Ihnen zu helfen. Ich werde Ihrer Mutter einreden, es sei alles Ross'

Schuld und Sie hätten das Geld verdient, weil Sie die Firma gerettet haben.«

»Sie brauchen nicht für mich zu lügen, Jenny, obwohl etwas moralische Unterstützung durchaus hilfreich sein könnte.«

»Es wäre nur eine Notlüge. Schließlich ...«

»Genau genommen wäre es der Wahrheit diametral entgegengesetzt. Durch meine Unfähigkeit ist die Fabrik überhaupt erst in Schwierigkeiten geraten. Ich war derjenige, der sich nach einem rettenden Engel in Gestalt eines Investors umgesehen und Grant-Dempsey gefunden hat. Ich wusste nicht, dass er ... dass er ... ein gar so großes Stück vom Kuchen verlangen würde, obwohl mir jetzt klar ist, dass das normal ist.«

»Also, wie viel Geld werden Sie für die Buchhandlung brauchen?«

»Nicht mehr, als man für ein paar jakobinische Tische und einen Landseer bekommt«, kicherte er.

»Sie machen doch Witze, oder?«

Er schüttelte den Kopf. »Es steht einer auf dem Dachboden. Ich muss Mama lediglich überreden, ihn zu verkaufen. Ich dachte, Henry könnte mir vielleicht helfen.«

»Wobei? Beim Verkauf? Oder bei dem Versuch, Ihre Mutter zu überreden?«

»Na ja, bei beidem. Das Haus ist viel zu voll gestopft.«

»Das können Sie laut sagen.«

»Das Haus ist viel zu voll gestopft«, wiederholte sie so laut sie konnte.

Es war nicht wirklich komisch, aber sie beide lachten und lachten.

Jenny wischte sich die Tränen ab und fühlte sich schon viel besser. »Ich freue mich ja so darauf, Weihnachten nach Hause zu fahren. Ich kann gar nicht fassen, dass es schon übermorgen ist. Vorher muss ich mir aber noch eine Zugfahrkarte besorgen. Oder ich könnte auch von Inverness aus fliegen, nicht wahr?«

»Das könnten Sie – zu jeder anderen Jahreszeit«, antwortete Philip und fing den ins Rutschen geratenen Wagen mit der Mühelosigkeit eines Menschen wieder auf, der sein Lebtag gewohnt war, bei Schnee zu fahren. »Aber sowohl die Züge als auch die Flugzeuge werden bis auf den letzten Platz ausgebucht sein. Und Ihren Wagen können Sie erst mal vergessen.«

Jenny wäre am liebsten in Tränen ausgebrochen. Sie war so stark gewesen, so voller Elan und Kampfgeist, und jetzt verwandelte der Gedanke, Weihnachten nicht mit ihrer Mutter verbringen zu können, sie plötzlich wieder in ein kleines Mädchen. Es war jämmerlich. »Oh. Es gefällt mir gar nicht, dass meine Mutter über die Feiertage allein ist.«

»So weit wird es sicher nicht kommen. Die Leute stehen bestimmt Schlange, um sie einzuladen.«

So war es in der Tat. Fay Porter hatte über Weihnachten eine Einladung zu einer Luxus-Kreuzfahrt angenommen – sie sprang für jemanden ein, der sich unglücklicherweise das Bein gebrochen hatte. »Du wirst da oben doch zurechtkommen, oder?«, fragte sie, nachdem sie Jenny das Ganze in allen Einzelheiten erzählt hatte.

»Ich? Oh ja, mir geht es bestens. Es ist einfach toll, weiße Weihnachten zu haben. Ich kann mich nicht erinnern, wann das das letzte Mal der Fall war.«

»Und du hast Henry bei dir.«

»Ja. Also, Ma, tut mir Leid, dass ich dich abwürge, aber ich muss Schluss machen.«

»Ich auch. Ich muss noch packen. Du, ich freue mich schon darauf, mich jeden Abend zum Essen umzuziehen! Aber wie dem auch sei, ich will dich nicht aufhalten. Bye, Schätzchen. Ich rufe dich morgen noch mal an, bevor ich fahre. Wirst du in Haus Dalmain sein?«

»In absehbarer Zukunft, ja«, murmelte sie. »Nein, es war nur ein Witz! Ja, ich werde hier sein.«

Jenny nieste laut. Sie tat sich selbst furchtbar Leid und hätte am liebsten wie ein Kind geheult und ins Kissen gebissen. Aber Philip war noch bei seiner Mutter, und sie wollte zur Stelle sein, falls er ihre Unterstützung brauchte, daher ging sie nach unten, nachdem sie sich nur ein winziges Schluchzen gestattet hatte.

Henry und Felicity hielten sich im Wohnzimmer auf. Henry las, und Felicity stellte gerade ein Kissen fertig. Die Atmosphäre erinnerte an die, die im Wartezimmer eines Zahnarztes herrschte.

»Philip ist bei Mama in ihrem Arbeitszimmer«, sagte Felicity. »Ich weiß, sie wird ihm das Geld geben, das er braucht, und ich weiß, wenn ich an seiner Stelle wäre, bekäme ich keinen Penny von ihr.«

»Wo ist Lachlan?«

»Er hat seinen Landrover ausgebuddelt und ist nach Hause gefahren. Er wollte zurück zu seinen Lamas, aber ich glaube, er fand auch die Atmosphäre im Haus ein bisschen drückend.«

»Wahrscheinlich fühlen wir uns nach der Party alle ein wenig ausgelaugt«, erwiderte Jenny, die nur deshalb an die Party dachte, weil noch nicht alle Möbel wieder an ihrem Platz standen und der Raum größer wirkte. »Ich habe eine Idee! Wie wärs, wenn wir das Haus schmücken würden? Für Weihnachten?«

»Das tun wir nie«, murmelte Felicity.

»Jenny ist süchtig nach Lichterketten«, bemerkte Henry nachsichtig. »Sie muss jedes Jahr eine neue kaufen und sich dann auch irgendein Fleckchen suchen, wo sie sie anbringen kann.«

»Ich glaube nicht, dass wir Lichterketten oder sonst irgendwelche Weihnachtsdekorationen haben. Wenn doch, wüsste ich nicht, wo sie sein sollen.« Felicity machte deutlich, dass sie nicht die Absicht hatte, auf dem Dachboden herumzustöbern, um nach alten Schätzen zum Schmuck eines Baumes zu suchen.

»Dann könnten wir etwas Tannengrün und Stechpalmenzweige von draußen holen oder etwas Ähnliches. Meine Güte, rund um das Haus stehen Kiefern. Lassen Sie uns rausgehen, ein paar Zweige abschneiden und sie reinbringen!«

»Ich bin mir nicht sicher, ob Mama das gefallen würde«, wandte Felicity ein. »Sie hält nicht viel von Weihnachten. Hogmanay ist schon eher ihr Ding. Sie schickt nur ein paar Karten an sehr alte Freunde.«

Jetzt bemerkte Jenny erst, dass zwischen den toten Vögeln und anderen Tieren tatsächlich überraschend wenige Weihnachtskarten standen. »Und was ist mit dir?«

»Ich bekomme nicht viele Karten.«

»Verschickst du denn viele?«

»Nein, überhaupt keine.«

»Warum um alles in der Welt denn das nicht?«

»Nun ja – weil ich krank gewesen bin.« Die Andeutung, sie könne sich einer Betätigung widmen, die für den Rest der Welt eine Selbstverständlichkeit darstellte, schien Felicity zu kränken.

»Es macht viel Arbeit, aber es ist doch schön, mit den Leuten Kontakt zu halten. Ich verschicke normalerweise Unmengen von Karten.« Sie dachte an all ihre ungeöffneten Karten im Haus ihrer Mutter und in ihrem eigenen und hatte plötzlich ein furchtbar schlechtes Gewissen, weil sie in diesem Jahr selbst überhaupt keine Post verschickt hatte. Fern von Zuhause, hatte sie irgendwie das Näherrücken des Weihnachtsfestes aus dem Blick verloren. Sie war davon ausgegangen, dass sie lange vor der Zeit wieder zu Hause sein würde, und hatte deshalb den Termin verpasst. »Ich schätze, jetzt werden alle meine Bekannten mich von ihrer Liste streichen.«

»Ich finde, dass du zu Weihnachten immer ein bisschen übertreibst«, warf Henry ein.

»Mag sein. Aber ich werde jetzt trotzdem versuchen, ein paar Stechpalmenzweige oder irgendetwas in der Art zu finden.«

Als Philip und seine Mutter aus ihrem Arbeitszimmer auftauchten, wirkten beide müde und aufgewühlt. Philip hielt eine leere Whiskyflasche an seine Brust gedrückt, und Jenny hatte inzwischen genug Tannenzweige aufgetrieben, um mit ihrer Beute zufrieden zu sein. Felicity, die Mitleid mit ihr hatte, förderte ein paar Bänder zu Tage, und auch wenn der Weihnachtsschmuck nicht gerade üppig war, bekam das Ganze doch eine interessante, rustikale Note.

»Philip und ich werden in Zukunft eine Buchhandlung betreiben«, erklärte Lady Dalmain. »Das wird ein Spaß! Er wird im Laden arbeiten, während ich mich übers Internet um die antiquarischen Bücher kümmere.«

Wenn Jenny zu Ohnmachten geneigt hätte, wäre dies ein ausgezeichneter Zeitpunkt dafür gewesen.

Kapitel 22

Als Jenny am Weihnachtsmorgen aufwachte, wusste sie, dass sie jeden Augenblick des Tages abscheulich finden würde. Es war im Allgemeinen nicht ihre Gewohnheit, einen ganzen Tag zu hassen, sobald sie die Augen aufschlug, doch heute fand sie diese tiefe Mutlosigkeit ausnahmsweise einmal gerechtfertigt.

Um elf Uhr sollte die Bescherung stattfinden, dann wollten sie alle mit so vielen Autos, wie notwendig waren, auf ein paar Drinks zu den Malcolms fahren. Anschließend würden sie zu einem kleinen Imbiss (geräucherter Lachs und Whisky) hierher zurückkommen; dann stand ein ausgiebiger Mittagsschlaf oder ebenso ausgiebige Langeweile auf dem Programm, bevor sie zu dem Haus fahren würden, das Henrys Eltern gemietet hatten, um dort das Weihnachtsessen einzunehmen. Henrys Mutter schwelgte bereits in der Vorfreude, eine echte Adelige an ihrem Tisch zu haben.

»Wollen Sie denn am Weihnachtstag nicht Ihr erstes Enkelkind sehen?«, hatte Jenny gefragt, weil sie fand, dass ein kurzer Besuch bei Meggie und Iain eine dringend benötigte Erleichterung darstellen würde.

»Nein. Sie wollen den Tag bei Meggies Eltern verbringen.« Lady Dalmain betonte das »Meggies« gerade deutlich genug, um den sozialen Status dieser Leute klar zu machen. »Wir haben sie für den zweiten Weihnachtstag eingeladen, Sie erinnern sich? Und natürlich Philip und Gloria. Und deren Söhne.«

Jenny zog sich die Decke über den Kopf. Soll ich einfach so tun, als wäre ich krank? Den ganzen Tag hier liegen bleiben und mich in meinem Elend suhlen? Nein, das hieße, die Torheit zu weit zu treiben. Sie tastete nach dem Kaschmirpullover ihrer Mutter, der auf der Bettkante lag, zog ihn an und stand auf.

Es hatte in der Nacht weiter geschneit, aber jetzt hatten die Wolken sich verzogen, und die Sonne schien. Es war neun Uhr. Es gab keine Strümpfe zu öffnen, keine Geschenke, die in letzter Minute noch eingepackt werden mussten. Jenny hatte überhaupt keine Geschenke gekauft, abgesehen von den Dingen, die sie im Dorfladen erstanden hatte, nachdem Philip ihr eröffnet hatte, dass sie über Weihnachten nicht nach Hause fahren konnte. Pralinenschachteln, ein Tuch für Lady Dalmain, karierte Socken für Henry, ein Stück Seife und ein sehr hübscher Schal aus Lamafasern (ein Muster) für Felicity, das war alles, was sie hatte. Sie würde nicht allzu viel von dem karierten Geschenkpapier verbrauchen. Ihre Versuche, das Haus weihnachtlich zu schmücken, waren allgemein als eine schrullige Laune betrachtet worden.

Als sie noch zu Hause gewohnt hatte, hatte sie normalerweise am ersten Weihnachtstag Tee aufgebrüht und ihn ihrer Mutter aufs Zimmer gebracht. Dann war sie zu ihrer Mutter ins Bett gekrochen, als wäre sie noch ein Kind, und zusammen hatten sie ihre Strümpfe ausgepackt, da sie beide füreinander liebevoll einen Strumpf gefüllt hatten. Dann zogen sie alles an, was zum Anziehen gedacht war, aßen mehrere von den Geschenken, die zum Essen bestimmt waren, bis sich eine leichte Übelkeit einstellte. Wenn dieses Stadium erreicht war, standen sie auf und frühstückten mit Croissants und Kirschmarmelade, bevor sie einen Spaziergang unternahmen.

Da ihr diese beiden heimischen Rituale heute versagt blieben und sie von Henry nicht einmal sein mäßig begeistertes »Oh, fröhliche Weihnachten« zu hören bekam, fand Jenny, dass ihr zumindest das dritte Ritual zustand: Sie würde einen Spaziergang im Schnee unternehmen.

Bevor sie nach unten ging, um sich Tee zu kochen, rief sie ihre E-Mails ab, um festzustellen, ob ihre Mutter es geschafft hatte, ihr von ihrem Kreuzfahrtschiff einen Gruß zu senden. Sie hatte es geschafft. Um nicht allzu offenkundig in Selbstmitleid zu schwelgen, schrieb Jenny in ihrer Antwort von der Schönheit des Schnees und beendete ihre Mail mit:

Und später werde ich einen Schneemann bauen, ganz egal, wie sehr die anderen darüber lachen mögen.

Sie rechnete nicht wirklich damit, aber es hatte eine Zeit gegeben, da ihr Kunde, Ross Grant-Dempsey, ihr zu Weihnachten vielleicht ebenfalls eine E-Mail geschickt hätte. Einen grässlichen Augenblick lang dachte sie darüber nach, dass ihr Laptop lange ihre einzige Verbindung zu ihm dargestellt hatte, bevor sie ihn kennen gelernt hatte; sie fragte sich, ob das verflixte Ding sie jetzt für immer und ewig an ihn erinnern würde. Wenn Laptops nicht so teuer gewesen wären, würde sie es in Erwägung ziehen, sich einen neuen zu kaufen. Aus den Tiefen ihres Bewusstseins stieg der Gedanke an Lady Dalmain auf, die den Umgang mit dem Computer erlernte, eine Websurferin, die übers Internet Bücher verkaufte. Trotz ihrer Niedergeschlagenheit musste sie lächeln. Philip musste sehr genau wissen, wie man seine Mutter manipulierte, wenn es ihm gelungen war, ihr das einzureden!

Es war noch niemand unten. Lachlan war am vergangenen Abend zurückgekommen und hatte Lady Dalmain zu einer Nachbarin gefahren. Henry würde noch stundenlang schlafen. Jenny ließ die Hunde raus und sah zu, wie sie im Schnee herumtollten. Wie an den Rest von Schottland, der sie zu Anfang ebenfalls nicht mit offenen Armen empfangen hatte, hatte sie sich mittlerweile an ihr haariges Ungestüm gewöhnt. Allerdings hatte sie nicht die Absicht, die Hunde zu ihrem Spaziergang mitzunehmen.

Als sie die Tür ein Weilchen später öffnete, war sie für ihren Ausflug so passend gekleidet, wie es ihr nur möglich war. Sie hatte dicke Socken und ihre neu erworbenen Wanderstiefel angezogen.

Darunter trug sie eine dicke Strumpfhose, außerdem ihre karierte Wollhose und viele andere Kleidungsschichten, einschließlich der wadenlangen Kaschmirjacke. Sie warf sich eine kleine Tasche über die Schulter, in die sie eine Flasche Wasser und einen Schokoriegel legte, den sie irgendjemandem hatte in den Strumpf stecken wollen, bevor ihr klar geworden war, dass man in Haus Dalmain keine Strümpfe aufhängte. Ansonsten hatte sie noch ein paar Mandarinen bei sich und ein Päckchen Kekse, die sie vor Kirsty versteckt hatte.

Sie ließ den anderen einen Zettel da, in dem sie ihnen mitteilte, um wie viel Uhr sie aufgebrochen war und wann man sie wieder zurückerwarten konnte. Es kam ihr einigermaßen dramatisch vor, wenn man bedachte, dass sie nur ein paar Hundert Meter weit durch den Schnee stolpern würde, aber beim Gedanken an Ross' erschreckende Geschichte der Rettung vom Snowdon wollte sie unbedingt alles richtig machen.

Wahrscheinlich würde sie ohnehin zurück sein, bevor die anderen aufgestanden waren.

Sie fühlte sich versucht, einfach direkt hinter Haus Dalmain den Hügel hinaufzugehen, wusste aber, dass der dort sehr hoch liegende Schnee den Weg recht mühsam gemacht hätte und dass es besser war, wenn sie eine Route wählte, die ein klein wenig weiter links abzweigte. Dann wurde ihr jedoch auf dem kurzen Stück dorthin bereits ziemlich heiß, und sie wünschte, sie hätte auf ein paar Kleidungsstücke verzichtet.

Der Weg zum Gipfel des Hügels war von mit Farbe bespritzten Steinen markiert, die jetzt einen guten halben Meter unter dem Schnee lagen. Aber Jenny war ganz zuversichtlich, dass sie sich auch so zurechtfinden würde. Es gab ihres Wissens nach keine versteckten Senken unter dem Schnee, es war noch früh am Tag, und der Weg dauerte nur eine Stunde, das jedenfalls hatte Philip ihr erzählt, als sie am vergangenen Tag gemeinsam zurückgefahren waren. Sie hatte sich darüber beklagt, dass sie immer noch keine Gelegenheit gehabt hatte, den hiesigen Berg zu erklettern.

»Im ›Homely Haggis‹ schwärmen mir die Leute ständig davon vor, und ich, die ich ganz in der Nähe wohne, habe einfach keine Zeit, selbst hinaufzusteigen.«

»Ich bin mir nicht sicher, ob er als Berg durchgeht, aber an einem schönen Tag ist es ein netter Spaziergang zum Gipfel. Man kann von oben die gesamte Bergkette sehen. Jetzt sind die Berge wirklich spektakulär. Sie sind allerdings mehr etwas für richtige Kletterer, nicht nur für Leute, die ein bisschen in den Hügeln herumspazieren wollen.«

Sie sah großzügig darüber hinweg, dass Philip ihr außerdem erklärt hatte, sie solle mit diesem Unternehmen besser warten, bis der Schnee etwas weggetaut war, und brach voller Zuversicht auf. Bevor die anderen sich auch nur aus ihren Betten bewegt hatten, würde sie den Gipfel bezwungen haben und wieder zu Hause sein. Und wenn sie es nicht bis zum Gipfel schaffte, hatte sie zumindest einen schönen Spaziergang gemacht und würde sich besser fühlen.

Sie hatte das Gefühl, als käme sie nur sehr langsam vorwärts. Natürlich war das Gehen im Schnee anstrengender, aber wie weit sie auch ging, jedes Mal wenn sie nach oben oder zurückblickte, schien sie sich noch an derselben Stelle zu befinden wie beim letzten Mal.

Um halb zwölf überlegte sie, ob sie umkehren sollte. All diese geselligen Ereignisse, die sie versäumen würde ... Aber jetzt hatte sie den Besuch bei den Malcolms ohnehin schon verpasst. Und eigentlich waren es ja auch nicht ihre Freunde, sie war nur mit eingeladen worden, weil sie zur Zeit zum Haushalt gehörte und es sich deshalb nicht vermeiden ließ.

Zu guter Letzt erreichte sie eine Stelle, die wohl als Gipfel durchgehen mochte. Jenny setzte sich auf einen Stein, der nur leicht mit Schnee bestäubt war, und sah sich an, von wie weit her sie gekommen war. Ihr Weg war klar zurückzuverfolgen, wenn auch von ihrem Blickpunkt aus nicht vollständig einsehbar. Sie konnte gut erkennen, wie oft sie schon Halt gemacht hatte in dem Irrglauben, den höchsten Punkt des Berges erreicht zu haben, nur um jedes Mal etwas weiter oberhalb den nächsten vermeintlichen Gipfel zu entdecken.

Jenny war jetzt ziemlich müde und sah ein, dass sie sich besser ein geringeres Ziel gesetzt hätte, vor allem da sie absolut untrainiert war. Aber es war Weihnachten, und dieser Spaziergang, diese Zeit ganz für sich allein, sollte ihr Geschenk an sich selbst sein. Sie aß den Schokoladenriegel und hoffte, dass er ihr genug Energie für den mühsamen Heimweg geben würde.

»Bergab dürfte es viel schneller gehen«, sagte sie laut.

Jetzt erschien ihr die Aussicht auf das Weihnachtsfest mit Henrys Eltern, bei dem sie so hätte tun müssen, als wären Henry und sie immer noch ein Paar, erheblich verlockender. Henrys Mutter war eine gute Köchin, und obwohl sie von Jenny erwarten würde, dass sie ihr half, wäre das ein Kinderspiel im Vergleich zu der Dinnerparty, für die sie allein verantwortlich gewesen war.

Inzwischen war die Sonne verschwunden, und Jenny überlegte, dass es nur noch sehr wenige Stunden lang hell sein würde. Aber das war nicht weiter tragisch, überlegte sie, da sie nur gut eine Stunde brauchen würde, um wieder nach unten zu gelangen. Um vier Uhr würde sie in Haus Dalmain sein und das Feuer anzünden, falls das nicht vor ihr schon jemand besorgt hatte. Hungrig dachte sie an die Fleischpasteten, die sie zubereitet hatte. Jenny mochte eigentlich gar keine Fleischpasteten, doch jetzt klangen Fleischpastete und Tee einfach himmlisch. Ein paar Schlucke Wasser löschten ihren Durst, stellten sie aber nicht so zufrieden, wie eine Tasse Tee es vermocht hätte.

Alles ging gut, bis sie in eine Schneeverwehung trat, die unter ihr nachgab. Ihr sackte der Fuß weg, immer tiefer und tiefer, und da sie den Rest ihres Körpers nicht daran hindern konnte, dem Fuß zu folgen, fiel sie mit dem Kopf voraus in ungefähr einen Meter hohen Schnee und rutschte dabei mehrere Meter hinunter.

Benommen blieb sie ein paar Sekunden lang still liegen,

bevor sie sich wieder aufrappelte. Sie hatte es gerade geschafft, sich irgendwie hinzusetzen, als sie laut aufschrie.

Eine Gestalt, dunkel und bedrohlich, war plötzlich vor ihr aufgetaucht.

»Keine Panik. Ich bin es nur.«

Jenny schloss die Augen und kämpfte schweigend gegen die Panik an. Es war Ross. Er wirkte ziemlich echt, aber hatte sie ihn vielleicht im Geiste heraufbeschworen, einfach so, aus dem Schnee, weil er so sehr ein Teil ihrer Gedanken war? Litt sie an der Bergkrankheit, oder war das eine Art Delirium, in dem man Stimmen hörte und Gestalten sah, wo in Wirklichkeit niemand existierte? Das Problem war, dass der Ross in ihren Gedanken und Träumen ganz anders war als der aus Fleisch und Blut, mit dem sie noch immer in Fehde lag.

Als sie die Augen aufschlug, stand er immer noch da. Jenny kam sich unaussprechlich idiotisch vor; sie saß nicht nur in einer Schneeverwehung an einem Berg, was kaum als würdevolle Position durchgehen konnte, sondern hatte sich bei ihrer letzten Begegnung obendrein wie eine Wahnsinnige aufgeführt. Vielleicht sollte sie versuchen, so zu tun, als wäre nichts Unziemliches zwischen ihnen vorgefallen.

»Frohe Weihnachten«, rief sie. Es war das erste Mal, dass sie an diesem Tag sprach, und ihre Stimme klang mehr wie ein Krächzen.

»Selber frohe Weihnachten. Was machen Sie hier?«

Es hatte keinen Sinn. Sie konnte nicht so tun, als wäre er nur ein flüchtiger Bekannter. Sie hatte ihn geliebt und gehasst, und das mit solcher Inbrunst, dass sie sich einfach nicht normal benehmen konnte. Jenny hatte keine andere Wahl, als ihn anzublaffen: »Falls es nicht offensichtlich ist, was ich hier tue, werde ich es Ihnen nicht erklären! Ich wollte nur einen Weihnachtsspaziergang unternehmen. Welche Ausrede haben Sie?«

»Ich bin Ihnen gefolgt. Ich habe Sie von der Straße aus gesehen.«

»Sie können doch unmöglich erkannt haben, dass ich das bin?«

»Ich konnte mir nicht vorstellen, dass irgendjemand sonst so verrückt wäre, bei diesen Wetterbedingungen so weit hinaufzusteigen.«

»Ich bin nicht verrückt gewesen! Ich habe nur einen Spaziergang gemacht! Das ist doch wohl erlaubt, oder?«

»Nicht ohne eine Wollmütze, nein.«

»Ich hasse Wollmützen. Sie kratzen.«

»Sie sollten trotzdem nicht ohne Mütze in den Bergen herumklettern. Hier.« Er nahm seine eigene Kopfbedeckung ab, und sie setzte sie auf. Die Mütze war warm, und weil sie aus Fleece war, kratzte sie überhaupt nicht.

»Jetzt klettern Sie aber ohne Mütze in den Bergen rum.«

Er schüttelte den Kopf und schob eine Hand in die Tasche seines Mantels. »Ich habe eine Ersatzmütze.«

Der Schnee drang langsam durch Jennys Kleidung. Sie wollte sich aufrichten, vorzugsweise ohne Hilfe, war sich aber nicht sicher, ob sie es schaffen würde. Ross spürte ihre Zwangslage und hielt ihr herrisch eine Hand hin, die sie widerwillig ergriff.

»Vielen Dank«, sagte sie schroff und klopfte sich den Schnee ab. »Jetzt gehe ich nach Hause.«

»Nein, das werden Sie nicht.«

»Werde ich doch. Man erwartet mich. Ich habe versprochen, dass ich um diese Zeit zurück sein würde.« Er mochte zwar fast ein Mitglied der Bergwacht sein, aber sie würde sich von ihm nicht vorschreiben lassen, was sie zu tun hatte.

»Sehen Sie sich das Wetter an.«

Jenny gehorchte. Der einst strahlend schöne, klare Himmel war plötzlich grau geworden. Dicke Schneewolken hatten sich vor die Sonne geschoben, und der Wind war merklich stärker geworden. »Na schön, das Wetter ist nicht mehr so gut wie heute Morgen, doch ich werde bis nach Haus Dalmain nicht lange brauchen, wahrscheinlich werde ich die Hälfte des Weges rutschen.«

Er schüttelte den Kopf. »Ich fürchte, diese Möglichkeit kommt nicht mehr in Betracht.«

»Was soll das heißen? Es dürfte wohl auch kaum in Betracht kommen, hier zu bleiben!«

Er war so geduldig, dass es Jenny schier die Wände hochtrieb. »Wir werden es jetzt nicht mehr gefahrlos bis nach unten schaffen. Wir müssen weiter hinauf.«

»Aber warum sollte das sicherer sein, als zurückzugehen? Das ergibt keinen Sinn!«

»Tut es wohl. Ich kenne einen sicheren Weg nach oben, und dort gibt es eine Stelle, an der wir vor dem Wetter geschützt sind. Wenn wir hinuntergingen, würden wir Gefahr laufen, in eine vom Schnee versteckte Senke zu stürzen. Sie hatten ungeheueres Glück, dass Sie es überhaupt unbeschadet bis hierher geschafft haben.«

Jenny würde ihm keine Gelegenheit geben, ihr eine Predigt zu halten. »Das war kein Glück, das war gute Organisation. Ich wusste, wo ich hinwollte, und ich habe die richtigen

Kleider angezogen. Und ich habe eine Notiz hinterlassen, was ich vorhatte.«

»Ich weiß. Ich habe in Haus Dalmain angerufen.«

»Oh?«

»Ich habe mit Henry gesprochen. Ich muss sagen, er wirkte nicht übermäßig besorgt, wenn man bedenkt, dass Sie und er praktisch verlobt sind.«

»Nicht mehr.«

»Trotzdem. Es sterben jedes Jahr Menschen in den Bergen.«

»Ich kann auf die Reklamesprüche verzichten, vielen Dank. Außerdem haben Sie doch behauptet, Sie wären nicht sicher gewesen, ob ich es sei, als sie mich von der Straße aus gesehen haben!«

»Ich habe gesagt, kein Einheimischer wäre so dumm.«

»Wahrscheinlich erwarten Sie jetzt von mir, dass ich Ihnen dankbar dafür bin, dass Sie raufgekommen sind, um mich zu retten.« Da sie ein schlechtes Gewissen hatte, war es ihr im Augenblick einfach nicht möglich, Dankbarkeit zu empfinden.

»Aber gar nicht, im Gegenteil. Bedanken Sie sich bloß nicht. Eine so dramatische Veränderung Ihres Charakters wäre sehr beunruhigend.«

Zitternd holte sie Luft. »Sie sind ja ein solcher Bastard.«

»Weiß ich. Wenn Sie es mir auch nicht mit so vielen Worten zum Ausdruck gebracht haben, ist es Ihnen doch gelungen, absolut klar zu machen, was Sie empfinden.«

Jenny betrachtete ihn. Wenn sie diesen Mann in den letzten Wochen nicht gerade gehasst hatte, hatte sie sich nach ihm gesehnt. Jetzt stand er hier, direkt vor ihr. Jenny tat etwas ausgesprochen Idiotisches: Sie griff sich eine Hand voll Schnee, formte einen Ball daraus und warf. Aus solcher Nähe konnte sie ihn nicht verfehlen.

Als sie begriff, dass der Schneeball auf den wenigen Zentimetern seiner Haut gelandet war, die nicht von Kleidungsstücken geschützt wurden, lief sie weg, oder versuchte es jedenfalls. Nicht einmal in Albträumen kommt man so langsam vom Fleck wie sie in diesem Moment. Sie sah, wie Ross seinen Rucksack abnahm und ihn an einer geschützten Stelle postierte, bevor er ihr folgte. Trotzdem hatte er sie binnen Sekunden eingeholt; sie stürzte, und er fiel über sie. Zusammen rollten sie den Berg hinunter, bis sie irgendwann, im Schnee begraben, liegen blieben.

Jenny keuchte. Es tat ihr nicht weh, daher wusste sie, dass sie nicht verletzt war, doch sie war vollkommen außer Atem, außerdem wurde sie von dem Gewicht eines anscheinend sehr wütenden Ross zerquetscht.

»Jetzt hören Sie mal zu!«, schimpfte er, und sein Atem brannte auf ihrem Gesicht. »Wir befinden uns hier nicht in einem kleinen Park, wo man den ganzen Morgen Schneebälle werfen und dann mittags nach Hause gehen kann! Das hier ist verdammt ernst! Ich habe Ihnen bereits erklärt, dass immer wieder Menschen in den Bergen sterben, und der Grund für ihren Tod ist meistens ihre eigene Dummheit. Jetzt werden Sie sich entweder benehmen, oder ...« Er hielt inne.

Da sie unter ihm lag, konnte sie sehen, wo sich sein Atem auf dem Kragen seiner Jacke niedergeschlagen hatte. Sie konnte die Poren seiner Haut sehen, die von Kälte und Anstrengung gerötet war. Sie sah kleine goldene Tupfen in seinen Augen, die eine olivgrüne Farbe hatten, und dass seine

Wimpern an den Enden eine Spur heller wurden. Sie konnte sogar erkennen, wo sein Bartansatz verlief.

Er zerdrückte sie fast mit seinem Körper, und sie hätte das Gefühl haben müssen, zu ersticken. Ihre Instinkte hätten ihn abwehren und dafür sorgen müssen, dass sie das Gewicht los wurde, das sie in den Schnee drückte. Sie betrachtete seinen Mund und sah dann hastig wieder weg, aber sie bewegte sich nicht. »Oder was?« Ihre Stimme war nicht einmal ein Flüstern, mehr ein Atemhauch.

Er zog die Unterlippe zwischen die Zähne, während sein Blick einen kurzen Moment lang über ihr Gesicht flackerte. »Oh Gott, ich wollte wirklich nicht, dass das jetzt passiert.«

Zuerst fühlte er sich kalt an und dann heiß, als er sie mit intensiver Konzentration küsste und sich dabei mit Zunge, Zähnen und überhaupt allem jedem Winkel ihres Mundes widmete.

Sie lag mit geschlossenen Augen unter ihm, und ihr schwanden vor Verlangen beinahe die Sinne. Als er den Kopf hob, erschien ihr der Tod als Strafe für diesen Kuss im Schnee durchaus nicht allzu tragisch. Nichts, was Henry je mit ihr gemacht hatte, hatte eine solche Wirkung auf sie gehabt, nicht einmal ganz am Anfang ihrer Beziehung. Ross hatte sie, das wusste sie, nur teilweise geküsst, weil er es unbedingt wollte – er hatte sie einfach zum Schweigen bringen wollen. Es war buchstäblich ein strafender Kuss gewesen. Aber weshalb hatte er sich dann so sensationell angefühlt? Es war ja auch nicht einmal das erste Mal, dass sie sich geküsst hatten.

Ross stand auf. Und er war wütend – oder jedenfalls beinahe. »Das ist absolut idiotisch. Und jetzt lassen Sie uns weitergehen.« Er zog sie hoch, drehte sie um, ergriff ihr Handgelenk und zerrte sie mehr oder weniger hinter sich her.

Sie stolperte und fiel. Er blieb stehen und drehte sich um. »Was haben Sie an den Füßen?«

»Stilettos, was erwarten Sie denn?« Seine Haltung schmerzte sie: sie im einen Augenblick zu küssen, als gäbe es nichts auf Erden, was er sich mehr wünschte oder was ihm wichtiger war, und ihr im nächsten Moment den Kopf abzureißen.

Er griff nach einem ihrer Füße und musterte ihn kritisch. »Die Stiefel sind nicht gleichmäßig geschnürt. An manchen Stellen zu eng und an anderen zu lose. Und sind sie eingelaufen, oder tragen Sie sie heute das erste Mal?«

Sie lehnte es ab zu antworten, setzte sich aber dennoch mürrisch hin, während er beide Stiefel neu schnürte. Als er die Schnürsenkel anschließend jedoch strammzog, sie verknotete und ihr beim Aufstehen half, fiel sie gleich wieder hin.

»Sie schnüren mir ja das Blut ab! So kann ich keinen Schritt laufen.«

Er ignorierte sie, steckte die losen Enden der Schnürsenkel in die Stiefel und zog Jenny dann wieder hoch. Dann stellte er den Kragen ihrer Jacke auf, fand die darin versteckte Kapuze, setzte sie ihr auf und zog sie stramm zu. »So ist es besser. Falls Sie je wieder in Versuchung geraten sollten, die Sicherheit Südenglands zu verlassen, sorgen Sie dafür, dass Sie vernünftig ausgerüstet sind.«

»Oh, um Himmels willen! Ich hatte nicht die Absicht, das Matterhorn zu erklimmen! Ich wollte nur einen Spaziergang machen!«

»In Schottland, insbesondere im Winter und wenn man hoch oben in den Bergen ist und Schnee liegt, macht man niemals ›nur einen Spaziergang‹. Und jetzt kommen Sie!«

Er griff nach ihrer Hand und zog sie weiter, bis sie seinen Rucksack erreichten. Als er ihn wieder aufgesetzt hatte, ging er weiter und erwartete von ihr, dass sie ihm folgte.

Sie hasste ihn bei jedem Schritt, den sie tat. Zuerst fühlten sich ihre strammen Stiefel so seltsam an, dass sie sich fragte, wieso ihre Füße überhaupt noch funktionierten, aber sie wagte es nicht, sich ihm zu widersetzen. Das Tempo, das er vorgab, erschien ihr unmöglich schnell, doch schließlich gewöhnte sie sich daran und musste zugeben, dass ihre Knöchel sich tatsächlich jetzt sehr viel sicherer anfühlten. So verschnürt, dass sie nicht umknicken konnten, die armen Dinger, dachte sie, und wurde umso wütender, weil Ross Recht behalten hatte.

Sie wollte sich nicht anmerken lassen, wie schwer ihr dieser Marsch fiel, dass sie ihren ganzen Atem und ihre ganze Energie brauchte, um mit ihm Schritt zu halten. Aber sie tat es. Der Himmel wurde beständig dunkler. Der Wind nahm zu. Das Unwetter, von dem Ross gesprochen hatte und das ihr so unwahrscheinlich erschienen war, war auf dem Weg.

Nach etwa einer halben Stunde blieb er stehen. Sie keuchte, doch sie fühlte sich warm und seltsam berauscht. Und sie war immer noch wütend.

»Kommen Sie, essen Sie etwas.«

»Nein, danke.«

»Ich bitte Sie nicht darum, ich befehle es Ihnen.«

»Und ich habe Nein gesagt! Ich habe keinen Hunger! Ich habe vor nicht allzu langer Zeit einen Schokoladenriegel gegessen.«

»Dann essen Sie jetzt einen Müsliriegel. Zu viel Zucker kann einen später eine Menge Energie kosten, und es ist besser, zu essen, bevor man wirklich Hunger hat. Ansonsten wird es nämlich schwierig, seine Energie zurückzubekommen.« Als sie sich immer noch weigerte, den Riegel zu nehmen, den er ihr hinhielt, seufzte er. »Ich könnte Sie dazu zwingen.«

Er war nicht direkt bedrohlich, doch sie wurde sich plötzlich seiner körperlichen Überlegenheit bewusst, der Tatsache, dass er sie, falls es zu einem Kampf käme, mühelos besiegen könnte. Sie riss ihm den Riegel aus der Hand, streifte wütend das Papier ab und biss hinein, so grimmig, als wären es seine Finger, in die sie ihre Zähne bohrte.

»Wir haben noch ein ganzes Stück vor uns«, erklärte er sanfter. »Und es ist wichtig, dass wir dort ankommen, bevor das Unwetter losbricht.«

Nachdem sie das Papier in ihre Tasche gestopft hatte, sah sie sich um und begriff, dass sie nicht die leiseste Ahnung hatte, wo sie sich befanden. Die Berggipfel lagen mittlerweile unter dicken Wolken.

Um nur ja nicht den Eindruck zu erwecken, sie sei mit einem Mal fügsamer geworden, erwiderte sie: »Ich finde immer noch, wir hätten versuchen sollen, wieder nach Hause zu kommen.«

»Das wäre unmöglich gewesen, nicht einmal von der Stelle aus, an der ich Sie getroffen habe. Und in Haus Dalmain wird man sich keine Sorgen machen. Ich habe angekündigt, dass sie uns nicht vor morgen zurückerwarten sollen.«

»Morgen? Aber wo werden wir die Nacht verbringen?«

»Machen Sie nicht so ein entsetztes Gesicht. Es muss Ihnen doch inzwischen klar sein, dass uns nichts anderes übrig bleibt, als den Sturm abzuwarten.«

»Doch wo? Gibt es da oben eine Hütte oder irgendetwas?«

»Oder irgendetwas. Und jetzt kommen Sie. Wir dürfen unsere Energie nicht mit Geplauder verschwenden.«

»Geplauder! Huh!«

Sie stapfte hinter ihm her, doch trotz ihrer rebellischen Haltung bekam Jenny es zum ersten Mal mit der Angst zu tun. Es war eine kleine Befriedigung, dass Ross wahrscheinlich nicht weniger litt als sie, wenn auch auf eine andere Weise. Es musste sehr ärgerlich sein, eine Frau im Schlepptau zu haben, die nicht die Spur bergtauglich war. Plötzlich kam ihr ein Gedanke.

»Ich muss doch nicht richtig klettern, oder? So etwas habe ich noch nie gemacht?« Sie war in letzter Zeit auch nicht viel zu Fuß gegangen.

»Dort, wo es notwendig ist, werde ich Sie raufziehen können. Ich habe ein Seil dabei.«

»Oh. Wunderbar.« Sie hatte eine Vision von sich selbst, verschnürt wie ein Weihnachtstruthahn, wie sie auf einen Berg hinaufgezogen wurde, wobei sie selbstverständlich des Öfteren gegen eine Felswand prallte.

Er blieb stehen und drehte sich um. »Keine Sorge. Ich passe auf Sie auf.«

»Das ist es ja gerade, was mir Sorgen bereitet!«

Kapitel 23

Sobald sie die Worte ausgesprochen hatte, wünschte sie, sie hätte es unterlassen. Wie ihre Gefühle für Ross auch aussehen mochten, er hatte sie gerettet; auch wenn sie Zweifel an der Notwendigkeit der ganzen Aktion laut äußerte, in ihrem Herzen wusste sie, dass sie seinem Urteil vertraute, zumindest was die Berge betraf.

»Entschuldigung«, fügte sie hinzu. »Ich bin etwas gereizt. Es ist eine merkwürdige Art, Weihnachten zu verbringen.«

Er nickte und nahm ihre widerstrebende Entschuldigung damit an. »Zwei Uhr – überall im Land schieben die Leute gerade ihre Stühle zurück, nachdem sie Truthahn und Rosenkohl verzehrt haben.«

Jenny schüttelte den Kopf. »Nicht um zwei Uhr. Die meisten Leute haben noch gar nicht angefangen zu essen. Nur sehr wenige schaffen es, alles so weit fertig zu haben, dass sie um zwei oder drei Uhr mit dem Essen anfangen können. Es sei denn natürlich, sie stehen schon im Morgengrauen auf. Die Soße braucht immer viel länger, als man denkt.«

Ross zuckte die Schultern. »Haben Sie sich genügend erholt, um weiterzugehen?«

Jenny nickte. »Natürlich. Außerdem bin ich nicht stehen geblieben, sondern Sie.«

Eine weitere Unterhaltung wurde schnell unmöglich, selbst wenn Jenny irgendetwas eingefallen wäre, das nicht zänkisch geklungen hätte. Es war nicht ihre Absicht, aber wann immer sie etwas sagte, wurde sie scharfzüngig, beinahe verbittert.

Er blieb abermals stehen, und jedes Mal, wenn er sich umdrehte, versuchte sie, nicht zu keuchen. Sie wollte ihn nicht merken lassen, wie schlecht es um ihre körperliche Fitness bestellt war.

Jenny hatte jedoch das Gefühl, dass er sich auch nicht annähernd darüber hinwegtäuschen ließ, denn er fragte: »Also, welche Vergnügungen verpassen Sie denn nun wegen dieses kleinen Ausflugs?«

»Nichts Besonderes.« Sie nahm ihre Wasserflasche aus der Tasche und stellte fest, dass sie zerbrochen und leer war. Ohne ein Wort zu verlieren, gab er ihr eine andere Flasche. Er war nicht nur so vorausschauend gewesen, seinen Rucksack abzusetzen, bevor er sich den Berg hinunter gerollt hatte, sein Wasser befand sich außerdem in einer Aluminiumflasche. Sie nahm ein paar Schlucke. »Ich erinnere mich nicht. Ach ja, Drinks bei den Malcolms.« Eine Vision von Ross, wie er beim Tanzen Fiona Malcolm von den Füßen gerissen hatte, blitzte in ihr auf. Sie war so fest entschlossen, nicht eifersüchtig zu sein oder, schlimmer noch, so zu klingen, dass sie einfach weiterplapperte. »In Haus Dalmain gibt es nichts von dem, was an Weihnachten Spaß macht, wie Weihnachtsbäume und Lichterketten, nur die Dinge, die harte Arbeit bedeuten, wie die Mahlzeiten. Sie schenken sich nicht einmal gegenseitig Strümpfe.«

»Tun Henry und Sie es denn? Haben Henry und Sie es getan?«

»Ich habe immer einen für ihn gefüllt, aber er hat keinen für mich gefüllt. Für ihn ist es schwieriger, einkaufen zu gehen, und ich füllte gern Weihnachtsstrümpfe. Ich habe immer einen für meine Mutter, und sie hat natürlich einen für mich.« Oh Gott! Was rede ich da? Das kann ihn doch nicht im Geringsten interessieren.

Da er im Gegenlicht stand, konnte sie seine Miene nicht deuten. Plötzlich kam sie sich furchtbar idiotisch vor und wünschte, sie wäre eine Million Meilen von hier entfernt. Oder in Surrey. Selbst ohne ihre Mutter oder Henry hätte sie dort wenigstens keine Angst gehabt und wäre auch nicht in körperlicher Gefahr gewesen.

»Keine Sorge«, sagte Ross leise. »Ich werde nicht zulassen, dass Ihnen etwas passiert. Sie werden das hier unbeschadet überstehen.«

»Werde ich das?« Plötzlich hatte sie das Gefühl, dass »unbeschadet« nicht mehr lediglich bedeutete, dass sie diesen Tag lebendig, ohne Frostbeulen und ohne Unterkühlung überstand. Unbeschadet wäre sie geblieben, hätte sie nicht den Rest ihres Lebens damit verbringen müssen, ihre verlorene Liebe zu betrauern, eine Liebe, die so hoffnungslos irregeleitet war, dass sie niemals ihr Ziel finden würde. Was war schlimmer, überlegte sie, in tiefem Schnee weiß Gott wo auf einem Berg festzusitzen oder sich in einen Mann zu verlieben, mit dem sie kein halbes Dutzend wohl erzogener Worte wechseln konnte und der sie wahrscheinlich für die dümmste Frau auf Erden hielt?

»Sie haben mein Versprechen.«

Tränen brannten ihr in den Augen. Da sie jedoch bereits von der Kalte und dem Wind feucht waren, würde Ross nichts bemerken. Aber sie fühlte sich so verletzlich, so absolut abhängig von einem Mann, für den sie nicht mehr bedeutete als ein Schaf auf seinem Rücken oder ein paar Leute, die aus einem Wagen freigeschaufelt werden mussten.

Sie blieben ziemlich oft stehen. Jedes Mal brachte er sie dazu, etwas Wasser zu trinken, eine Süßigkeit zu essen oder ein paar Bissen von einem Müsliriegel zu nehmen. Jenny versuchte nicht länger, höfliche Bemerkungen zu machen, abgesehen von »vielen Dank« und »bitte sehr«. Ihr tat jede Stelle am Körper weh, die überhaupt nur wehtun konnte. Ihr Herz war eindeutig am schlimmsten dran; und das würde nicht besser werden, ganz gleich, wie viel Schlaf sie bekam und wie viele heiße Bäder.

»Da wären wir«, sagte er schließlich.

Jenny sah sich um. Über ihnen ragte schwarz der Berg gen Himmel, zu steil und sturmverweht, als dass der Schnee darauf hätte liegen bleiben können. Darunter lag ein sanft gewölbter Hügel. »Wo?«

Er zeigte auf einen kleinen Hügel, dann streifte er seinen Rucksack ab, öffnete ihn und holte eine zusammenklappbare Aluminiumschaufel heraus. Er stieß die Schaufel ein paar Mal vorsichtig in den Boden und machte sich dann daran, den Schnee von der einen Seite des Hügels wegzukratzen.

»Sie erwarten doch nicht von mir, dass ich hier schlafe?«, verlangte Jenny zu erfahren.

»Das ist Ihre Entscheidung, doch dies ist jedenfalls die Stelle, an der wir die Nacht verbringen werden. Schlafen ist freiwillig.«

»Aber hier ist überhaupt nichts! Wir befinden uns auf dem Gipfel eines Berges, ohne eine Zuflucht, und Sie reden davon, dass wir hier die Nacht verbringen sollen!«

»Ihre Probleme wären weitaus schlimmer, wenn ich Ihnen eröffnen würde, dass wir noch eine Stunde gehen müssen. Sie sind fix und fertig, ich bin verdammt müde, und das ist die Stelle, an der wir die Nacht mit einem gewissen Maß an Bequemlichkeit verbringen können. Und jetzt halten Sie den Mund!«

Jenny biss sich auf die Lippen, um nicht auf ihn loszugehen. Keine Frau jammert gern, und Jenny war sich vollauf darüber im Klaren, dass ihre Ängste zwar durchaus berechtigt waren, dass aber jedes weitere Wort darüber als Gejammer interpretiert werden würde. Ängstlich sah sie zu, wie Ross den weichen Schnee wegkratzte. Etwas kam darunter zum Vorschein. Für Jenny sah es wie ein Iglu aus, aber aus Angst, dafür verspottet zu werden, schwieg sie. Nach einer Weile richtete Ross sich auf.

»So. Warten Sie hier.« Er schlängelte sich in das verschneite Etwas hinein und kam ein paar Sekunden später wieder heraus. »Mehr ein Palast als ein Schneeloch«, bemerkte er leicht keuchend. »Kommen Sie herein.«

Zaghaft ließ sie sich auf die Knie nieder und kroch durch den engen Einlass. Gleichzeitig hatte sie das grässliche Gefühl, als würde sie sich damit dem Schnee, den sie den ganzen Tag lang bekämpft hatte, unterwerfen. Aber sobald sie in dem Schneeloch war, wusste sie, was Ross meinte.

Es war wie eine Höhle, nur dass das Dach geglättet worden war. Zu beiden Seiten des Eingangstunnels erhoben sich zwei Plattformen, wie Betten. An der hinteren Wand ragte ein dritter, breiterer Felsvorsprung hervor.

»Weiter«, drängte Ross, der seinen Rucksack hinter sich herschleifte und ihr folgte. Er setzte sich auf eine der Plattformen, öffnete den Rucksack, nahm einige Dinge heraus, kramte nach anderen. »Hier«, meinte er schließlich. »Nehmen Sie die da. Irgendwo finden Sie wahrscheinlich etwas, wo Sie sie reinstecken können.«

Sie nahm die drei Kerzen und steckte sie in die Nischen, die sie an den Wänden der Höhle entdeckt hatte. »Streichhölzer?«

Er gab ihr eine Schachtel. Die brennenden Kerzen verwandelten die Höhle in eine Märchengrotte. Jenny war von der Schönheit um sich herum verzaubert und sah sich voller Staunen und Entzücken um. »Wie in Doktor Schiwago«, murmelte sie und schraubte ihre Begeisterung damit um einiges herunter. »Aber was wird uns daran hindern zu erfrieren?«

»Schlafsäcke.« Er zog zuerst ein zusammengefaltetes Bündel aus dem Rucksack, dann ein weiteres.

»Dann wussten Sie also, dass wir die ganze Nacht draußen verbringen würden?«

»Es ist immer eine gute Idee, vorbereitet zu sein, aber ich hatte in der Tat so die Ahnung, dass wir auf dem Berg übernachten würden, ja.« Er seufzte, als läse er ihre Gedanken. »Ich weiß, Sie glauben nicht, dass wir es von der Stelle, an der ich Sie gefunden habe, nicht bis nach Hause geschafft hätten, doch Sie müssen mir in diesem Punkt einfach vertrauen.« Er zögerte. »So schlimm ist es außerdem gar nicht. Ich habe nämlich auch etwas zu essen dabei. Und Whisky.«

»Aber ich dachte, Alkohol würde die Gefahr, an Unterkühlung zu sterben, nur vergrößern. Das sagt man jedenfalls immer. All diese riesigen Hunde, die in den kleinen Fässchen um ihren Hals den Tod transportieren.«

Ross lachte. »Alkohol könnte tatsächlich tödlich sein, wenn wir nicht genug zu essen und kein Bettzeug hätten. So wie die Dinge liegen, werden wir schon zurechtkommen. Immerhin ist Weihnachten. Hier, legen Sie die da auf den Boden.«

Zwei Isomatten sprangen auseinander, sobald Jenny die Bänder löste. Sie legte die Schlafsäcke darauf, einen auf jede Seite des Eingangstunnels.

Ross hatte einen kleinen Brenner zu Tage gefördert und aufgestellt, sodass er jetzt nur noch angezündet werden musste. »Ich hole etwas Schnee rein, damit wir Wasser bekommen. Sie machen es sich inzwischen gemütlich.«

Jenny hockte sich auf einen der Schlafsäcke. Es wäre wärmer gewesen, wäre sie hineingekrochen, aber dazu hätte sie ihre Stiefel ausziehen müssen, und sie wusste, dass sie, wenn Ross zurückkam, selbst noch einmal würde hinausgehen müssen. Das Schneeloch mochte ja ein Palast sein und um Längen besser, als die Nacht draußen auf einem Berg zu verbringen, doch es war kein Hotelzimmer mit eigener Toilette.

Als sie zurückkam, brannte das Öfchen, und Ross erhitzte Schnee. »Warum kriechen Sie nicht in den Schlafsack und kuscheln sich ein?«, schlug er vor. »Sonst verlieren Sie am Ende noch all die Körperwärme, die Sie den ganzen Tag über aufgebaut haben.«

»In Ordnung. Ich muss zugeben, es wäre mir absolut grässlich, ausgerechnet jetzt zu erfrieren. Das wäre so ein jämmerliches Ende, da doch Weihnachten ist und überhaupt.«

Er lachte wieder, als wären ihre kleinen Scherze tatsächlich komisch. »Man sagt, Tod durch Erfrieren sei ein sehr angenehmer Tod, doch woher die Leute das wissen wollen, das verraten sie nicht. Nicht dass Sie in Gefahr sind zu erfrieren.« Sein Blick in dem flackernden, leicht unheimlichen Licht der Kerzen war ungemein intensiv. »Ich werde alles in meiner Kraft Stehende tun, um das zu verhindern.«

Seine Beteuerungen fachten ihre Ängste nur noch an. »Aber das ist doch wirklich unwahrscheinlich, oder? Ich habe das nur so dahingesagt.«

»Sie werden nicht erfrieren, nein, nicht mit mir an Ihrer Seite. Und jetzt ziehen Sie sich die Stiefel aus und kuscheln sich in den Schlafsack.«

Eine Weile fummelte sie fruchtlos an ihren Schnürsenkeln herum. »Es geht nicht«, bemerkte sie schließlich. »Meine Finger streiken.«

»Kommen Sie, ich helfe Ihnen.« Mit seinen starken Händen streifte er ihr die Stiefel von den Knöcheln, und als er anschließend ihre beiden Füße massierte, durchströmte sie ein wunderbares Gefühl der Entspannung. Ihr Fuß lag noch in seinen Händen. »Besser so?«

»Hm.« Es war herrlich, den Stiefel los zu sein, aber ihr Fuß, klein und leicht feucht in seiner scharlachroten Socke, schien sehr empfindlich gegen Ross' Berührung zu sein. Er strich ihr so flüchtig mit dem Daumen über die Fußsohle, dass sie nicht wusste, ob er es mit Absicht getan hatte. Dann nahm er sich den anderen Stiefel vor.

Als er beide Füße befreit hatte, riet er: »Lassen Sie sie nicht kalt werden. Ich wärme uns einen Eintopf auf. Hier«, er gab ihr seinen Rucksack. »Holen Sie schon mal den Whisky raus.«

In Jenny stieg eine Art wachsamer Zufriedenheit auf. Sie wusste, dass das Gefühl nur ein vorübergehendes war, doch für den Augenblick herrschte zwischen ihr und Ross Waffenstillstand.

Der Eintopf schmeckte etwas merkwürdig, aber er sättigte und wärmte. Ross hatte zwei übergroße Vollkornbrötchen dazu mitgebracht, und der Whisky vertrieb auch die letzten Spuren von Angst. Genieße einfach diesen Augenblick, dachte Jenny. Es könnte der glücklichste deines Lebens sein.

Ross, der sich ihr gegenüber in seinen Schlafsack eingemummelt hatte, gab ihr ein Gefühl großer Sicherheit. Er war ihr so nah. Sie brauchte nur den Arm auszustrecken, und sie hätte ihn fast berühren können. Jenny seufzte. Er war trotzdem viel zu weit weg. Sie schloss die Augen und stellte sich vor, wie es wäre, ihn nicht zu hassen, stellte sich vor, er wäre ihr näher, viel näher, und die vielen Kilo Daunen und Nylon zwischen ihnen würden nicht existieren. Es war eine himmlische Vorstellung. Selbst wenn er sie nicht für die anstrengendste Frau im ganzen Universum gehalten hätte, gab es wahrscheinlich irgendwelche ethischen Einwände dagegen, eine Frau zu lieben, die man gerade gerettet hatte, selbst wenn man es gewollt hätte. Und wahrscheinlich wollte er es auch nicht. Er hatte sie zweimal geküsst, aber beide Male hatte er es getan, um sie zum Schweigen zu bringen. Und es hatte funktioniert, verflixt und zugenäht! Diese verdammten Männer! Jenny seufzte tief, und ohne recht zu begreifen, wie ihr geschah, schlief sie ein.

Später erwachte sie wieder. Die Kerzen waren erloschen, aber das Schneeloch wurde von einem seltsamen, weißen Licht erfüllt. Sie fror furchtbar und war hellwach. Jenny konnte ihre Uhr nicht lesen, spürte aber, dass es immer noch mitten in der Nacht war. Sie war sehr früh eingeschlafen.

Wahrscheinlich hatte sie ihre Ration Schlaf gehabt, und trotzdem war es immer noch dunkel, immer noch Nacht.

Von Ross kam kein Laut. Er schlief sehr geräuschlos. Tatsächlich hätte sie sich, hätte sie seine dunkle Gestalt nicht erkannt, vielleicht Sorgen gemacht, er könne sie im Stich gelassen haben. Sie hätte ihm nicht wirklich einen Vorwurf daraus machen können; sie war extrem schwierig gewesen. Er war natürlich auch nicht vollkommen, aber sie hatte sich absolut untypisch benommen. Sie war reizbar gewesen, aufsässig und geradezu grob. Doch andererseits förderte er immer das Schlimmste in ihr zu Tage. Nun, das hatte aufgehört. Von jetzt an würde sie die Jenny Porter sein, die sie kannte und sein wollte, die höflich war, die sich an die Gepflogenheiten und Regeln hielt. Sie drehte sich auf den Rücken und dachte darüber nach, wie sie die langen, kalten Stunden überstehen sollte, die vor ihr lagen.

»Frieren Sie?«, fragte er.

»Ein bisschen. Habe ich Sie geweckt?«

»Eigentlich nicht. Ich habe gehört, dass Sie sich umgedreht haben, aber das hätte ich nicht, hätte ich wirklich fest geschlafen.«

»Wie spät ist es?«

Sie hörte, wie er den Arm aus seinem Schlafsack zog. »Gegen zwei.«

»Wir haben noch die ganze Nacht vor uns.«

»Sie klingen so, als wäre das schlecht.«

»Hm, ist es das nicht?«

»Nicht bei einem derart fabelhaften Mond.«

»Sie können den Mond gar nicht sehen.«

»Ich kann sein Licht sehen, und das können Sie auch. Kommen Sie. Lassen Sie uns ein wenig spazieren gehen.«

»Was? Mitten in der Nacht?«

»Sie haben sich doch gerade darüber beklagt, dass wir noch die ganze Nacht vor uns haben! Lassen Sie uns also rausgehen und im Schnee spielen.«

»Ich hätte nicht gedacht, dass ich jemals von einem rauen, zähen Bergwachtmann ein Wort wie ›spielen‹ im Zusammenhang mit Schnee hören würde«, erwiderte sie. All ihre guten Vorsätze in puncto Höflichkeit waren vergessen.

»Es gibt nicht nur die harte Wirklichkeit, es muss auch das Vergnügen geben.«

Es schien ziemlich lange zu dauern, bis sie sich aus ihrem Schlafsack befreit, ihre Stiefel ertastet und sie angezogen hatte, doch zu guter Letzt war sie fertig.

»Sie gehen vor«, sagte Ross. »Ich habe noch ein paar Dinge zu tun.«

Sie stolperte in den Schnee hinaus, und als sie sich aufrichtete, sah sie, wie das Schneeloch aufleuchtete. Ross hatte eine Kerze angezündet.

Der Sturm war lange genug vorüber, um dem frischen Schnee Zeit zu geben, etwas fester zu werden. Obwohl der Schnee tief war, machte es Spaß hindurchzulaufen. Ihre Glieder fühlten sich steif an, aber nachdem Jenny ihre Muskeln etwas gelockert hatte, wich die Steifheit einer beinahe kindlichen Freude.

»Ich liebe das Knarren und Quietschen, das man bei jedem Schritt hören kann«, bekannte sie und wäre um ein Haar ausgerutscht.

»Hm. Ich liebe den Schnee überhaupt.« Er nahm ihre Hand, und plötzlich schien ein Gespräch nicht länger notwendig oder auch nur erstrebenswert zu sein.

Der Mond warf lange, malvenfarbene Schatten auf den Schnee. Der Berg über ihnen wirkte nicht mehr bedrohlich, sondern wachsam und wohlwollend. Sie gingen über den Pfad, wo der Schnee dünner und fester war, und was zuvor Kraft raubende, schwierige Arbeit gewesen war, erschien Jenny jetzt ganz einfach.

Als sie ungefähr eine halbe Stunde gegangen waren, blieb Ross stehen. »Sehen Sie.«

Jenny drehte sich um und sah, wohin er zeigte. Sie entdeckte ihr Schneeloch, das im Mondlicht glitzerte wie etwas, das von Feen erbaut war. »Es kommt einem so vor, als stammte es aus dem Weltraum«, meinte sie, da sie es vorzog, ihren Vergleich mit dem Märchen für sich zu behalten.

»Ich finde, es sieht wie verzaubert aus«, erwiderte Ross. »Kommen Sie. Wir kehren besser um, wir wollen nicht so lange draußen bleiben, dass wir zu frieren anfangen, und jetzt werden Sie wahrscheinlich wieder einschlafen können.«

Sie gingen schweigend zurück. Jenny wünschte, der Spaziergang würde ewig dauern. Sie fühlte sich so fit und leichtfüßig, als könnte sie noch meilenweit gehen, ohne müde zu werden. Allzu bald hatten sie das Schneeloch erreicht.

»Gehen Sie voraus«, sagte er. »Ich will vorher noch dafür sorgen, dass der Eingang nicht allzu sehr zuschneien wird.«

»Aber jetzt wird es nicht wieder schneien! Es ist eine herrlich klare Nacht.«

»Haben Sie den leichten Wind nicht gespürt? Das könnte bedeuten, dass vor dem Morgen noch mehr Schnee fällt.«

Sobald sie wieder in der Höhle waren, bemerkte sie, dass Ross die Schlafsäcke anders hingelegt hatte. Sie lagen jetzt zusammengerollt auf dem Felsvorsprung an der hinteren Wand der Höhle.

Als er hereingekrochen kam, erklärte er ihr den Sinn seines Tuns. »Ich habe sie zusammengelegt, damit sie ihre Wärme nicht verlieren. Jetzt dürften sie schön warm sein, wenn wir wieder hineinsteigen. Kommen Sie, ich helfe Ihnen bei Ihren Stiefeln.«

»Nicht nötig. Ich komme schon zurecht.« Sie wollte plötzlich nicht mehr, dass er ihre Füße berührte, nicht wenn er nicht auch den Rest ihres Körpers berühren würde.

Jenny ließ sich Zeit beim Ausziehen der Stiefel, schämte sich für ihre Gereiztheit und hatte nicht die mindeste Lust, in die Einsamkeit ihres einzelnen Schlafsacks zurückzukehren. Sie hörte Ross rascheln, vernahm das leise Geräusch von Reißverschlüssen und fragte sich mit einer Spur Ärger, was er da trieb. Als sie sich endlich umdrehte, sah sie, dass er auf dem Felsvorsprung im hinteren Teil der Höhle lag.

»Ich habe die beiden Schlafsäcke zusammengeschlossen. Es ist in puncto Wärme sehr viel effizienter, wenn wir in einem Schlafsack schlafen. Ich hoffe, Sie haben nichts dagegen.«

Jenny hätte am liebsten laut gelacht. Was für eine Ironie! Der Mann ihrer Träume und Gegenstand all ihrer Fantasien fragte sie, ob sie etwas dagegen hatte, einen Doppelschlafsack mit ihm zu teilen! Wenn sie sich nicht wie ein verwöhntes Balg bei einem Picknick benommen hätte, hätte dies eine Einladung ins Paradies sein können. Abgesehen von der Tatsache, dass sie zusammen mehr Kleidungsstücke trugen, als man im gesamten Otto-Katalog finden konnte.

»Ich werde sicher zurechtkommen. Es ist schön warm.« Sie kroch neben ihn in den Schlafsack. Es war warm und ziemlich eng, vor allem da sie versuchte, Abstand zu ihm zu wahren.

»Ich denke, Sie werden es bequemer haben, wenn Sie etwas näher zu mir kommen.«

»Oh. In Ordnung.« Sie holte tief Luft, atmete langsam aus und entspannte sich. Es war der Himmel, so dicht neben ihm zu liegen, auch wenn es nicht direkt schlafördernd war. Und als sie plötzlich seinen Arm um ihre Taille spürte, war es noch viel himmlischer. Ihr Atem ging schneller, und sie hatte Mühe, ihn unter Kontrolle zu halten.

»Was ist los?«

Sie konnte es ihm unmöglich sagen, daher erfand sie etwas. »Ich ... ich liege einfach auf der falschen Seite, das ist alles. Aber ich werde mich gleich daran gewöhnen, ganz bestimmt.«

»Nicht nötig. Drehen Sie sich einfach um.«

»Leichter gesagt als getan.«

Sie rutschten ein wenig umher, beide in ihrem Bewegungsspielraum durch den Schlafsack stark behindert.

»Vielleicht sollten wir ihn öffnen«, schlug sie vor.

»Es ist schon okay. Ich ziehe nur meinen Arm raus.« Dann, sie wusste nicht, wie es passierte, lag sie plötzlich unter ihm. »Wie ist das?«, fragte er und küsste sie.

Diesmal hatte sein Kuss nichts Strafendes. Er war pure Sinnlichkeit. In ihrem Kopf wirbelte alles durcheinander, und Sterne explodierten darin, und sie fühlte sich einer Ohnmacht gefährlich nahe.

»Mein Gott! Wie lange habe ich darauf gewartet, das zu tun!«, sagte er rau, mehrere Minuten nachdem ihre Lippen sich das erste Mal berührt hatten.

»Sie haben es erst gestern getan. Oder war es heute?«

»Das war anders.«

»Hm«, stimmte sie ihm zu, schlang die Arme um seinen Hals und zog seinen Mund wieder auf ihren hinab.

»Oh! Jenny ...«, flüsterte er, und dann nestelte er an ihren Kleidern, während sie an seinen zog. Einer von ihnen öffnete den Reißverschluss des Schlafsacks, aber es war trotzdem ein ziemliches Gerangel, wie sie mit den verschiedenen Schichten ihrer Kleidung kämpften. Schließlich hörten sie auf, einander auszuziehen, und jeder legte den Rest seiner Kleider selbst ab.

Jenny hatte noch nie zuvor solches Verlangen, solche Leidenschaft verspürt, ein so tief gehendes Gefühl. Seine Hände, seine Lippen, seine Brust machten sie ganz schwach vor Sehnsucht und ließen sie gleichzeitig brennen vor Lust.

Irgendwann, als sie beide nackt waren, beide schwitzten und keuchten, meinte er: »Wir sollten besser aufhören. Ich habe nichts dabei.«

Nachdem ihr aufgegangen war, was er meinte und was es bedeutete, aber außer Stande, die Flut aufzuhalten, die sie entfesselt hatten, flüsterte sie: »Es wird schon nichts passieren.«

Er erwiderte: »Wenn doch, müssen wir einfach heiraten.«

Aber er rührte sich nicht, und sie musste die Dinge selbst in die Hand nehmen.

Anschließend waren ihre Gefühle in Aufruhr. Sie weinte lautlos und versuchte, still zu liegen, damit Ross nichts bemerkte. Sie war entsetzt über ihre Reaktion und davon überzeugt, dass er es ebenfalls sein würde. Sie war keine Jungfrau mehr; sie hatte mit Henry zusammengelebt. Sie hatte das, was geschehen war, genauso sehr gewollt wie er, und dennoch lag sie hier und weinte wie eine widerstrebende Braut in der Hochzeitsnacht.

Jenny war ganz sicher, dass sie nicht gezittert hatte und dass kein noch so leises Schluchzen über ihre fest zusammengepressten Lippen gedrungen war. Trotzdem wusste er es. Er legte ihren Kopf auf seine Schulter und schlang die Arme um sie.

»So ist es auch für mich noch nie gewesen«, flüsterte er. »Obwohl ich mir schon dachte, dass es ziemlich spektakulär mit dir sein würde, hätte ich nie geahnt, wie spektakulär es sein würde.«

Sie ließ die letzte Träne von ihrer Wange auf seine Brust fallen und zog die Nase hoch. Es war so wunderschön, von seinen Armen umfangen zu werden, das Hämmern seines Herzens unter ihrem Ohr zu hören.

»Meine süße Genevieve«, murmelte er in ihr Haar. »Ich liebe dich so sehr.«

Sie seufzte. »Ich liebe dich auch.« Sie war so glücklich, dass sie ehrlich fürchtete vor Glück zu sterben. Es war ein so vollkommener Augenblick. Sie wusste, dass es nur ein Augenblick war und dass der Rest des Lebens hart und lang und voller Schwierigkeiten und Enttäuschungen sein würde. Aber dieser Augenblick war vollkommen.

»Wir ziehen uns besser an, sonst werden wir später furchtbar frieren«, wisperte er. »Ich hole dir deine Sachen.«

Als Jenny irgendwann in seinen Armen einschlief, wusste sie nicht, auf welcher Seite sie lag, und es scherte sie auch nicht.

Er weckte sie mit einem Kuss, wie ein warmer Schmetterling, der auf ihren Lippen landete. »Wir stehen jetzt besser auf. Wir müssen nach Hause, und es hört sich so an, als wäre der Sturm mit Macht zurückgekehrt.«

Er hatte Recht. Als sie in die Außenwelt zurückkehrten, war der Wind beinahe sichtbar; er wirbelte den bereits gefallenen Schnee auf und brachte neuen Schnee mit. Es war, als hätte es diese mondhelle Nacht nie gegeben.

»Meine Güte! Die ganze Welt ist weiß!«

Ross lächelte, widersprach ihr aber nicht. »Lass uns gehen. Sind deine Stiefel stramm genug geschnürt? Dann komm her; ich will dir dieses Seil um die Taille legen. Du kannst mir ruhig helfen, es zu tragen.«

»Der Schnee macht mich ganz schwindlig«, bekannte Jenny ein wenig später und wünschte, sie hätten keinen so weiten Weg vor sich.

»Immer einen Schritt nach dem anderen, dann schaffst du es schon«, versicherte Ross. »So ist es immer. Lass uns weitergehen.«

Kapitel 24

Jenny brauchte eine Weile, um zu begreifen, dass sie wirklich fieberte und dass es nicht nur ihre Umgebung war, die die Schuld an den seltsamen Gefühlen in ihrem Kopf trug. Selbst in den besten Zeiten fand sie das Gehen im Schnee merkwürdig, jetzt konnte sie jedes Mal, wenn sie den Fuß hob, nur hoffen, dass er irgendwann wieder landen würde, aber es war ihr unmöglich, diesen Moment im Voraus zu berechnen.

Als sie das erste Mal Halt machten, fragte Ross sie, ob alles in Ordnung mit ihr sei. Sie nickte nur und bejahte. Sofern er nicht einen Schlitten herbeizaubern konnte, damit sie sich darauf legte, außerdem einen Becher mit heißer Zitrone und Honig und mehrere Tonnen Gänsedaunen, um sie zuzudecken, hatte es keinen Sinn, ihm zu sagen, dass ihre Glieder schmerzten, dass ihr abwechselnd heiß und kalt wurde und dass ihr Kopf sich anfühlte, als hätte sie eine starke, aber unangenehme psychedelische Droge genommen.

Bei ihrer zweiten Pause legte er eine Hand auf ihre Stirn. »Du fühlst dich an, als würdest du brennen. Bist du krank?«

Jennys Zähne klapperten so heftig, dass sie kaum sprechen konnte. »In der Firma macht eine Grippe die Runde. Ich habe mich vielleicht angesteckt.«

Er murmelte ein Schimpfwort. »Wie schlecht fühlst du dich?«

Da ihr nichts einfiel, um die Abscheulichkeit ihres Zustandes zu beschreiben, wedelte sie nur mit den Händen.

Sie standen im Schnee und sahen einander ratlos an, dann

nahm Ross seinen Rucksack ab und holte den Rest des Whiskys heraus. »Du wirst keine Unterkühlung bekommen, versprochen.«

Als sie die Flasche geleert hatte, fühlte sie sich so betrunken, dass ihr die Schmerzen in den Knochen nichts mehr ausmachten, und es erschien ihr vollkommen in Ordnung und angemessen zu sein, dass die Landschaft um sie herumwirbelte.

Es war bereits sehr dunkel, als sie endlich nach Haus Dalmain zurückkamen. Jenny glaubte, das Leben durch das falsche Ende eines sehr langen Teleskops zu betrachten, und bekam gerade noch mit, dass sie die Treppe hinaufgetragen und aufs Bett gelegt wurde, bevor ihr jemand die Stiefel öffnete. Als ihr klar wurde, dass dieser Jemand Ross war, war sie gleichzeitig furchtbar froh darüber und furchtbar traurig. Ross hatte etwas an sich, das sie traurig machte, aber sie konnte sich nicht darauf besinnen, was es war.

In der nächsten halben Stunde ihres Lebens spielten Wärmflaschen, ein Thermometer und eine überraschend tüchtige Felicity eine herausragende Rolle. Man gab ihr Pillen zu schlucken, flößte ihr ein heißes Getränk ein, das sie ins Schwitzen brachte, und brachte ihr zusätzliche Kissen.

Sie bekam Bruchstücke einer Unterhaltung mit:

»Rufen Sie den Arzt.«

»Sinnlos, er wird nur Paracetamol verordnen, reichlich Flüssigkeit und dass jemand ein Auge auf sie hat.«

»Ich werde ein Auge auf sie haben.« Ross' Stimme schien aus weiter Ferne zu kommen. »Nur bis sie einschläft.«

Jenny wollte nicht einschlafen. Es gefiel ihr, im Bett zu liegen, während Ross auf dem Stuhl neben ihr saß. Aber auch wenn es kein richtiger Schlaf war, versank sie doch in eine Traumwelt aus Schnee. Außerdem hatten die Firma und Ross Anteil an diesem Traum, in dem die Zeit sehr schnell verflog. Als sie zu sich kam, war sie allein. Jenny warf einen Blick auf ihren Wecker auf dem Nachttisch, konnte sich aber keinen Reim darauf machen. Sie nahm einen Schluck Wasser und verlor wieder das Bewusstsein.

Die Zeit verstrich in einer Art Nebel. Ab und zu erschien Felicity mit Tabletten und bestand darauf, dass Jenny sie einnahm. Henry kam mit Krügen voller Zitronengerstenwasser. Und einmal erschien zu Jennys großer Verlegenheit Lady Dalmain, um zu sehen, wie es ihr ging. Ihre Lider fühlten sich zentnerschwer an, und ihr Mund und ihre Kehle schienen jüngst mit grobem Schmirgelpapier abgerieben worden zu sein. Dennoch erklärte Jenny, dass es ihr blendend gehe, vielen Dank. Sie fragte nicht, ob Ross angerufen hatte, um sich nach ihr zu erkundigen. Falls er es nicht getan hatte, wollte sie es gar nicht wissen.

Als sie am vierten Tag nach ihrer Rückkehr aus den Bergen erwachte, ging es ihr besser – sie war sehr schwach, fühlte sich aber nicht länger wie betrunken. Außerdem hatte sie zum ersten Mal das Gefühl, als hätte sie wirklich geschlafen und nicht gerade eine lange, verdrehte Reise in ihrem Kopf unternommen. Ein vorsichtiger Ausflug ins Badezimmer verlief sehr ermutigend. Sie kam sich zwar ziemlich jämmerlich vor, weil sie sich alle zwei Schritte festhalten musste, aber zumindest kam ihr der Fußboden nicht länger entgegen.

Jenny war gerade zurückgekehrt und sah sich im Zimmer nach ihrem Kessel um, als Henry eintrat.

»Hallo du«, grüßte er, ein wenig leiser, als es sonst seine Art war. »Wie geht es dir heute?«

»Besser, glaube ich. Mir tut nicht mehr alles weh, ich sehe dich nicht doppelt, und du wackelst nicht. Allerdings hätte ich schrecklich gern eine Tasse Tee. Ich war gerade auf der Toilette und bin fix und fertig.«

»Kein Wunder. Du warst ziemlich krank. Ich hole dir den Tee. Wir haben uns alle große Sorgen um dich gemacht.«

»Warum? Es war nur eine Grippe, die gleiche, die in der Mühle kursierte.«

»Du bist normalerweise nicht so krank. Lady D. meint, das läge daran, dass du so lange draußen in der Kälte warst. Was ist übrigens passiert? Am ersten Weihnachtstag?«

Jenny brauchte ein paar Sekunden, um dahinter zu kommen, wovon Henry sprach. Es schien ihr nicht nur sehr lange her zu sein, sie hatte auch das Gefühl, als wäre das alles in einem Paralleluniversum geschehen.

»Oh«, murmelte sie, nachdem sie einige der wesentlichen Fakten sortiert und andere ausgesondert hatte. »Wir mussten die Nacht in einem Schneeloch verbringen. Ross wusste, wo eins zu finden war. Es war auf eine merkwürdige Art und Weise sogar ganz gemütlich. Allerdings auch kalt.«

Jetzt fragte sie sich, ob die Dinge, die sie in Erinnerung hatte, wirklich geschehen waren oder ob sie das alles in ihrem Delirium nur erfunden hatte.

»Nur gut, dass Ross dich entdeckt hat. Du hättest sterben können.«

»Hm. Ich habe wirklich ein schrecklich schlechtes Gewissen, wenn ich daran denke. Ich hätte nie für möglich gehalten, dass ein simpler Spaziergang im Schnee so gefährlich sein kann. Ich komme mir wie eine Idiotin vor.« Aber es war nicht ihre Rettung durch Ross, die ihr ein schlechtes Gewissen machte, die so gefährlich gewesen war oder die sie wie eine Närrin dastehen ließ, sondern eher das, was in dem Schneeloch vorgefallen war. »Es ist wohl nicht genug Wasser für ein heißes Bad da? Wenn ich ein paar Kessel aufsetzen würde?«

»Lady D. hat vorgeschlagen, du sollst ihr Badezimmer benutzen.« Henry grinste töricht, und Jenny fiel wieder ein, dass er wirklich lieb sein konnte. »Erst als du nicht mehr da warst, um zu kochen und alles zu organisieren, ist uns anderen klar geworden, wie viel du geleistet hast. Und wir hoffen alle, dass du am Silvesterabend wieder auf den Beinen bist und mit uns zu den Malcolms fahren kannst.«

»Wann ist denn Silvester? Ich habe jedes Zeitgefühl verloren.«

»Morgen. Wenn es dir nicht gut genug geht, wird natürlich einer von uns hier bei dir bleiben.«

Darum werden sich alle reißen, dachte sie ein wenig bissig. »Mal sehen, wie es mir nach dem Bad geht, ja?«

Als sie durch den Flur stolperte, ihr Handtuch und die Waschsachen an die Brust gedrückt, wusste sie, dass sie irgendwie schon dafür sorgen würde, zu Hogmanay wieder halbwegs auf den Beinen zu sein, und zwar nicht nur, damit niemand sich verpflichtet fühlte, ihr zuliebe die Party zu versäumen. Ross würde dort sein, und sie wollte ihm dafür danken, dass er sie gerettet hatte.

Erst als das himmlisch heiße Wasser sie narkotisierte, stellte sie sich der Wirklichkeit und zwang sich zuzugeben, dass Ross und sie ungeschützten Sex gehabt hatten und dass es ihre Schuld gewesen war. Sie seufzte so tief, dass sie sich beinahe über die Wasseroberfläche erhoben hätte. Aber was für ein Sex! Jenny schloss die Augen und gestand sich ein, dass sie es noch einmal tun würde, bekäme sie die Gelegenheit dazu. Es gab keine Hoffnung für sie. Sie hatte sich von einem wohl erzogenen, vernünftigen Mädchen in eine Idiotin verwandelt, die von ihren Hormonen geleitet wurde, und das in weniger als einer Nacht.

»Dieser Mann hat mich um meinen kritischen Verstand und meinen Selbsterhaltungstrieb gebracht. Er ist gefährlich. Ich sollte mich von ihm fern halten.« Sie sprach leise, aber entschlossen und versuchte, ein wenig Begeisterung für ihre Predigt aufzubringen. Dann seufzte sie noch einmal tief auf, tauchte mit dem Kopf unter Wasser, damit sie sich selbst nicht hören konnte, und wusch sich das Haar.

Die Bewohner von Haus Dalmain sowie Meggie und Iain wollten zusammen zu Abend essen, bevor sie gemeinsam zum Ball der Malcolms aufbrachen.

Jenny, die wusste, dass sie immer noch sehr wackelig auf den Beinen war und nur über sehr begrenzte Energiereserven verfügte, bat darum, das Dinner ausfallen lassen zu dürfen, um in ihrem Zimmer ein Sandwich zu essen, während sie sich zurechtmachte.

»Ich werde eine Menge Farbe brauchen, um nicht mehr gar so gespenstisch auszusehen«, sagte sie zu Felicity, die Protest erhob. »Außerdem muss ich mit meiner Energie haushalten. Ich nehme nicht an, dass es die Art von Party werden wird, bei der ich einfach in der Küche rumhängen kann.«

Felicity ächzte bei dem Gedanken, man könne Jenny auch nur in die Nähe der Malcolm'schen Küche lassen, entsetzt auf. »Jenny! Also ehrlich! So eine Art Haus ist das nicht!«

»Ist ja schon gut, Felicity. Selbst ich könnte die Küche finden, nur wäre ich wahrscheinlich nicht in der Lage, so weit zu gehen.«

Nach Felicity kam Meggie herein und legte sich auf Jennys Bett, um Anna zu stillen. »Also, wird Ross auch dort sein?«

»Ich habe keine Ahnung. Meinst du, ich hab das Rouge übertrieben?«

»Ein bisschen. Ich schminke dich, wenn du willst.«

»Nein, das geht schon. Du musst Anna stillen, und dann wird es bald Zeit für dich sein, nach unten zu gehen und zu essen.«

»Ich kann hier bleiben und mich um dich kümmern, wenn du willst. Du weißt, dass ein Essen mit Felicity und der Matriarchin nicht wirklich mein Ding ist.«

»Ich dachte, ihr wärt in letzter Zeit alle viel besser miteinander ausgekommen.«

»Nun, Felicity ist jedenfalls viel glücklicher, seit sie Lachlan hat, aber sie macht trotzdem immer wieder bissige kleine Bemerkungen, weil ich Anna hier im Haus die Brust gebe.«

»Wart's nur ab. In einem Jahr wird sie es vielleicht selbst tun.«

»Jenny! Sie ist uralt!«

»Unsinn, ihre biologische Uhr hat noch lange nicht ausgetickt. Also, wenn Anna jetzt ihr Dinner intus hat, gehst du besser und widmest dich deinem. Ich werde in der Zwischenzeit versuchen, das Beste aus mir zu machen ...« Sie spähte in den Spiegel. »Ein altes Weib, würde ich sagen.«

Meggie kicherte und nahm ihr Baby auf. »Wir sehen uns dann später, Morticia.«

»Huh! Schön wärs!«

Erleichtert darüber, nicht länger entweder ängstliche oder aufdringliche Fragen beantworten zu müssen, ließ Jenny sich Zeit, um sich zurechtzumachen. Sie hatte abgenommen. Meggies rotes Kleid sah beinahe respektabel aus, weitaus weniger sexy und offenherzig als zuvor. Aber ihr Gesicht wirkte ein wenig ausgezehrt, und da zu viel Makeup die Wirkung eher verschlimmerte, wusch sie das ganze Zeug ab und begann von neuem. Es würde Zurückhaltung und Geschick brauchen, um die Schatten zu kaschieren. Morticia Addams war eine Sache, Barbara Cartland eine andere.

Als sie endlich das Gefühl hatte, ihr Bestes gegeben zu haben, ging sie nach unten zu den anderen ins Wohnzimmer und redete sich ein, die Schwäche in ihren Knien sei lediglich auf die Anspannung vor einer großen Party zurückzuführen.

»Du siehst wunderbar aus!«, bemerkte Meggie ausgelassen. »Ich glaube, du behältst das Kleid besser. Ich werde ohnehin nie wieder hineinpassen.«

»Vielleicht doch, wenn du aufhören würdest zu stillen«, erklärte Felicity.

»Was ich nicht vorhabe, solange Anna mich braucht«, fuhr Meggie auf.

»Es sieht jedenfalls viel besser aus als vorher«, bemerkte Lady Dalmain. »Manche Mädchen legen es natürlich geradezu darauf an, bei einer Party wie ein Flittchen auszusehen, aber Sie doch nicht, Jenny.«

»So oder so, mir gefällt das Kleid«, murmelte Iain.

»Dann lasse ich es mir wohl besser zurückgeben«, überlegte Meggie.

»Ich finde, du siehst sehr nett aus«, versicherte Henry, obwohl das Stirnrunzeln, das zwischen seinen Augenbrauen aufflackerte, in Jenny den Verdacht weckte, er hätte eigentlich »verdammt schrecklich« sagen wollen.

Während sie nach außen hin ein ziemlich verzweifeltes Strahlen aufsetzte, machte sie sich innerlich Sorgen. Wenn Ross sie das erste Mal, nachdem sie sich so hemmungslos geliebt hatten, wiedersah, wollte sie nicht wie eine Rentnerin aussehen.

Sie zwängten sich alle in Henrys Wagen, da er und Lachlan Streichhölzer gezogen hatten und er das kürzere erwischt hatte. Meggie und Iain fuhren mit Anna in ihrem eigenen Wagen. Jenny hatte sich erboten zu fahren, da sie im Augenblick ohnehin auf Alkohol verzichten wollte, aber Henry und Lady Dalmain, die sie beide hatten taumeln sehen, als sie die Treppe hinuntergekommen war, lehnten ihr Angebot wie aus einem Mund ab – Lady Dalmain mit der Begründung, sie sei noch nicht fit genug, um zu fahren, und Henry, weil sie unmöglich alle in ihren Wagen gepasst hätten und er sie auf keinen Fall seinen fahren lassen würde, selbst wenn sie nicht gerade erst eine Grippe überwunden hätte.

Daher stiegen Jenny, Felicity und Lachlan auf die Rückbank von Henrys Rover und ließen sich zu den Malcolms hinüberbringen.

Jenny döste vor sich hin und versuchte, nicht an die bevorstehende Begegnung mit Ross zu denken. Er hatte gesagt, dass er dort sein werde, aber sie gab sich größte Mühe, es sich nicht allzu sehr zu wünschen, und ein Teil von ihr wusste auch nicht, wie sie sich ihm gegenüber verhalten sollte. Hatten sie gemeinsam eine wunderschöne Erfahrung gemacht? Oder war es nicht mehr als ein schmutziger kleiner One-Night-Stand gewesen? Bei diesem entsetzlichen Gedanken räusperte sie sich. Sie wollte Henry bitten, umzudrehen und sie nach Hause zu bringen, aber bevor sie sprechen konnte, bat Felicity sie, ihr das Haar im Rücken neu zu ordnen. Als sie damit fertig war, hatten sie den größten Teil der Strecke bereits zurückgelegt, und es wäre eine Zumutung gewesen, jetzt noch umkehren zu wollen.

Die Party war bereits in vollem Gang. Die Malcolms lebten in einer kleinen Burg, und einen Augenblick lang fragte Jenny sich, wie viel von Fionas Anziehungskraft auf Henry ihrem prachtvollen Zuhause zuzuschreiben war. Sollte sie ihn darauf hinweisen, dass das Haus wahrscheinlich keine Dreingabe sein würde, selbst wenn er die älteste Tochter der Malcolms heiratete?

Kaum hatten sie die Schwelle überschritten, wurden die Damen in eines der Schlafzimmer im oberen Stock getrieben, um ihre Mäntel abzulegen. Lady Dalmain, die Aufregung und Vorfreude sichtlich verschönt hatten, überprüfte genau wie Jenny und Felicity Frisur und Lippenstift.

»Wie wäre es mit einem Hauch Rouge?«, fragte Felicity Jenny. »Du siehst etwas spitz aus.«

Jenny, die sich das Rouge eben erst abgewaschen hatte, schüttelte den Kopf. »Ich werde ohnehin bald so rot wie eine Rübe sein.«

»Wirst du denn tanzen können?«

»Ich werde sicher nicht viel tanzen. Ich kenne ja ohnehin die meisten Tänze nicht.«

»Sie werden schon zurechtkommen. Solange nur die meisten Paare wissen, was sie tun, kann nichts schief gehen«, versicherte Lady Dalmain. »Du siehst entzückend aus, Kind«, fügte sie unerwartet an Felicity gewandt hinzu. »Eigentlich seht ihr beide hübsch aus. Und jetzt lasst uns nach unten gehen.«

Jenny blieb noch genug Zeit, um sich zu fragen, was in Lady Dalmain gefahren sein mochte, dass sie plötzlich so nett war. Vielleicht freute sie sich darauf, allen zu erzählen, dass sie in Zukunft ein Antiquariat betreiben würde, noch dazu auf Internet und E-Mail gestützt.

Der Ballsaal war so groß, dass mehrere Gruppen dort gleichzeitig einen Eightsome würden tanzen können. Als Jenny die umherwirbelnden Kilts und Kleider sah, drehte sich alles in ihrem ohnehin noch recht unzuverlässigen Kopf. Sie würde Ross erst sehen können, wenn alle Tänzer stehen blieben. Auch Meggie und Iain konnte sie nicht entdecken und nahm an, dass sie noch kurz nach Hause gefahren waren, um Anna zu versorgen.

»Haben Sie schon einen Drink bekommen?« Duncan Ritchie erschien und winkte einen jungen Mann mit einem Tablett voller Whiskygläser herbei.

»Das lasse ich lieber«, antwortete Jenny. »Ich hatte eine leichte Grippe.«

»Dann ist Whisky genau das, was Sie jetzt brauchen. Henry fährt doch, oder? Dachte ich mir. Was nicht heißen soll, dass er einen Drink abgelehnt hätte. Er ist da drüben. Mit Fiona. Ismene ...« Nachdem er alle drei Frauen mit Drinks versorgt hatte, nahm Duncan Lady Dalmains Arm. »Im Salon gibt es etwas, das Sie vielleicht interessieren wird.«

»Er hat ja wirklich keine Zeit verschwendet«, raunte Felicity Lachlan zu, der ebenfalls gerade erschienen war. »Glaubst du, er hat ein Auge auf sie geworfen?«

Lachlan zuckte galant die Schultern. »Das will ich wohl

meinen. Sie ist eine attraktive Frau. Wie siehts aus, willst du tanzen, Felicity? Was ist mit Ihnen, Jenny? Hat Henry Sie im Stich gelassen?«

»Ich tauge heute Abend nicht besonders viel, vielen Dank, Lachlan. Ich werde mich einfach hinsetzen und zusehen.«

Jenny suchte sich einen Stuhl und nippte an dem Drink, den sie nicht hatte anrühren wollen. Gleichzeitig stellte sie fest, dass es ihr nicht allzu gut ging. Der Gedanke, die anderen zu beobachten, wie sie umherwirbelten und immer betrunkener wurden, während es langsam auf Mitternacht zuging, verursachte ihr leichte Übelkeit. Sie hatte Angst davor gehabt, Ross wiederzusehen, sie wusste nicht, was um alles in der Welt man zu einem Mann sagte, mit dem man vor kurzem auf eine sehr hemmungslose Art und Weise geschlafen hatte, mit dem man seither aber nicht mehr gesprochen hatte. Jetzt jedoch weckte der Gedanke, ihn nicht zu sehen, in ihr den Wunsch, mehrere Schmerztabletten zu nehmen und bis Neujahr zu schlafen.

Henry tauchte auf, Fiona an seiner Seite. »Komm, Jen. Lass uns tanzen. Ein bisschen Bewegung wird dir gut tun. Fiona tanzt mit Fergus.«

Es schien weniger anstrengend zu sein, zuzustimmen, als Einwände zu erheben, daher folgte Jenny ihm gehorsam ans andere Ende des Ballsaals, wo sie sich einem von Fiona angeführten Tanz anschlossen. Deren Eltern tanzten in der gleichen Gruppe, und Jenny begriff, dass sie Henry und Fiona aufgefordert hatten, sie dazuzuholen.

»Es ist ganz einfach, Sie werden schnell den Bogen raus haben«, meinte Mrs. Malcolm, die in ihrem grünen Satinkleid mit den passenden Smaragden wirklich reizend aussah.

Jenny lächelte höflich, wohl wissend, dass diese Worte nur eins bedeuten konnten: Sie würde am Ende des Tanzes noch verwirrter sein als zu Anfang. Dennoch lächelte sie Henry tapfer an, der ihr nervös gegenüberstand, und war froh, dass sie in der Schule den Pas de Basque gelernt hatte, obwohl das viele, viele Jahre zurückzuliegen schien.

Henry machte seine Sache besser als sie und schaffte es, sie in die richtige Position zu schieben, zu schubsen oder zu zerren, und er trat ihr auch nur ein einziges Mal auf den Fuß. Jenny sah langsam ein, dass schottische Tänze möglicherweise großen Spaß machen konnten – wenn man nicht eine Spur zu früh aus dem Krankenbett aufgestanden war oder nicht an etwas litt, das man als postorgasmischen Stress bezeichnen konnte. Sie wollte gerade eine zensierte Version ihrer Gedanken an Mrs. Malcolm weitergeben, als jemand ihr auf die Schulter klopfte. Es war Ross.

»Komm mit, Genevieve. Ich möchte mit dir tanzen.«

»Ist das Ihr richtiger Name oder ein Kosename?«, fragte Mrs. Malcolm entzückt. »Wie hübsch!«

»Es ist mein richtiger Name«, antwortet Jenny, während Ross sie bereits hinter sich herzog.

Als sie einander gegenüber Aufstellung nahmen und darauf warteten, dass die anderen Paare ihre Plätze einnahmen, runzelte sie die Stirn. Hatte es etwas zu bedeuten, dass er sie Genevieve nannte?

Sie machte einen Knicks vor ihm, wie der Tanz es verlangte. Ross sah sehr groß und ernsthaft aus und ein klein wenig blass. Er schien sich unwohl zu fühlen.

»Hast du auch die Grippe bekommen?«, fragte sie, als er sie

an den anderen Tänzern vorbei ans andere Ende der Gruppe führte.

»Nein.«

Sie tanzte den Pas de Basque vor einem netten Jungen in einem roten Schottenkilt mit dazu passenden Wangen. Er schwitzte ausgiebig, und ihre Finger rutschten ab, als er sie drehte und Ross' wartenden Händen auslieferte.

Plötzlich kam ihr ein Gedanke, ein Gedanke, der so schrecklich war, dass sie sofort versuchte, ihn aus ihrem Kopf zu verbannen. Aber es gelang ihr nicht. Ross war es peinlich, sie zu sehen, und zwar wegen der Geschehnisse in dem Schneeloch. Für ihn war es lediglich ein One-Night-Stand gewesen, eine Art Ausrutscher im schottischen Hochland, doch er wusste, dass es für sie mehr gewesen war. Jetzt rüstete er sich, ihr auf sanfte Weise einen Korb zu geben.

Sie machte einen falschen Schritt. Feste Hände schoben sie an die richtige Stelle, und sie fand sich wieder Ross gegenüber. Ihre Lippen waren trocken.

»Gibt es etwas, das du mir sagen möchtest?«, erkundigte sie sich. Aber bevor er antworten konnte, nahm jemand ihre Hand, drehte sie um und stellte sie vor den jungen Mann in dem Kilt. Sie war jetzt ebenfalls erhitzt, und ihr war schwindlig, doch sie wollte eine Antwort auf ihre Frage.

»Also?«, hakte sie nach, als sie wieder sprechen konnten.

»Also was?«

Er stellte sich mit Absicht dumm, das stand für sie fest. Es mochte daran liegen, dass es schwierig war, ein ernsthaftes Gespräch zu führen, während man komplizierte Tanzschritte vollführte. Oder es mochte daran liegen, dass er nicht wusste, wie er es ihr erklären sollte.

Gerade noch rechtzeitig erinnerte sie sich daran, ihrem Gegenüber die Hand zu reichen und sich an den Mann im Kilt weiterreichen zu lassen, dem der Schweiß inzwischen in Strömen übers Gesicht lief.

»Ich muss wissen, wo ich stehe«, meinte sie bei der nächsten Gelegenheit. »Was du auch sagen wirst, es ist in Ordnung. Aber ich muss es wissen.«

»Wovon redest du?« Er schien ehrlich verwirrt zu sein. Vielleicht hatte sie alles falsch verstanden. Vielleicht war ihr Urteil falsch gewesen.

Eine große Kette, bei der Männer und Frauen in entgegengesetzte Richtungen tanzten, trennte sie für mehrere Sekunden.

»Hier können wir nicht reden«, erklärte Ross entschieden.

Er hatte natürlich Recht, aber Jenny war nicht zufrieden. Sie war nicht bereit, den Mund zu halten und weiter zu tanzen, als wäre nichts Gewaltiges zwischen ihnen vorgefallen. Sie wollte sich gerade zur Gänze aus dem Tanz zurückziehen, als der schwitzende junge Mann ihr einen Arm um die Taille legte. Er war so begeistert bei der Sache, dass er sie vom Fußboden hochhob. Als sie wieder landete, taumelte sie leicht, und Ross fing sie auf.

»Fass mich nicht an, du Ratte!«, zischte sie.

»Jenny, was ist los?«

»Ich hatte eine Grippe. Ich muss wissen, woran ich bei dir bin. Nach allem, was ich weiß, könnte ich durchaus schwanger sein!«

Mehrere Leute drehten sich um, um sie anzusehen, und ihr ging auf, dass sie lauter gesprochen hatte als beabsichtigt. Der Tanz näherte sich seinem Ende. In einer Sekunde konnte sie weglaufen, sich ein stilles Kämmerchen suchen, um zu weinen, und später würde sie dann jemanden finden, der sie nach Hause brachte. Wenn sie sich nur noch ein paar Minuten lang zusammenreißen konnte.

Es folgte ein Teil des Tanzes, den schon einmal getanzt zu haben sie sich nicht erinnern konnte. Jedenfalls wurde sie abermals herumgewirbelt, diesmal jedoch von Ross. Ihr war bereits schwindlig vom Whisky und von der Grippe; das Letzte, was sie brauchte, war eine zusätzliche Störung ihres Gleichgewichtssinns. Als er sie wieder hinstellte, schlug sie ihm ins Gesicht. Während alle anderen sich vor ihrem Partner verbeugten oder knicksten, stolzierte sie vom Tanzboden, bahnte sich einen Weg zur Tür und wandte sich einen Augenblick später den Toiletten im unteren Stockwerk zu.

Jemand kam hinter ihr her gestürzt. Es war Meggie. »Ist alles in Ordnung mit dir? Ich habe mitbekommen, was passiert ist. Warum hast du ihn geschlagen?«

»Ich habe ihn nicht geschlagen; ich habe ihm eine Ohrfeige gegeben!«

»Das läuft auf dasselbe raus. Gewalt ist nie eine Lösung.«

»Oh, halt den Mund! Oh, es tut mir Leid, Meggie. Ich weiß nicht, was in mich gefahren ist. Ich fühle mich grässlich.«

Sie hatte noch immer den Kopf in die Hände gestützt, als sie hörte, wie jemand anderes die Tür öffnete. »Mein Gott, warum musste ich mich ausgerechnet im Klo verstecken?«

»Oh, hallo«, hörte sie Meggie murmeln.

»Könnten Sie uns ein paar Sekunden allein lassen?«

Es war Ross.

»Geht das in Ordnung?«, fragte Meggie.

»Natürlich geht es in Ordnung!«, antwortete Ross gereizt und bugsierte Meggie kurzerhand zur Tür hinaus. »Sie braucht keine Anstandsdame, verdammt!«

Jenny stand auf. »Ach nein?«

»Hör mal«, erwiderte Ross, dem es sichtliche Mühe bereitete, seinen Zorn im Zaum zu halten. »Was ist in dich gefahren? Was passiert ist, tut mir Leid – das heißt, es tut mir nicht Leid, aber ich wollte nicht, dass es sich in diese Richtung entwickelt.«

»Du wolltest nicht, dass was sich in diese Richtung entwickelt?« Jenny zitterte – ob vor Zorn, Verwirrung oder wegen eines Virus konnte sie in ihrer gegenwärtigen Verfassung unmöglich klären.

»Um Himmels willen! Versuchst du mit Absicht, mich falsch zu verstehen? Als ich dich einen halben Berg hinaufgeschleppt und für die Nacht dortbehalten habe, hatte ich nicht die Absicht, mit dir zu schlafen!«

»Welche Absicht hattest du denn?« Jenny konnte die Abdrücke ihrer Finger auf seiner Wange sehen. Einen Augenblick lang quälten sie schreckliche Gewissensbisse.

»Um Gottes willen! Ich war dabei, dich zu retten! Zu verhindern, dass du dich verirrst oder erfrierst! Du schwebtest in echter Gefahr. Und dich zu verführen war das Letzte, was ich vorhatte. Wir kannten einander doch kaum.«

Jenny wollte sterben. Sie schämte sich zu Tode. Sie war so lüstern gewesen, so hemmungslos. Er war wahrscheinlich entsetzt darüber, dass sie so willig gewesen war. Willig genug, um ungeschützten Sex zu haben – mit einem Mann, den sie kaum kannte!

»Es tut mir Leid.« Sie wusste nicht, was sie sagen, was sie

tun sollte, wie sie die nächsten Augenblicke überstehen sollte. Ihre Knie zitterten, und ihr war klar, dass sie in Tränen ausbrechen würde, wenn sie nicht gut aufpasste.

Sein Ärger löste sich in einem tiefen Seufzer auf. »Es braucht dir nicht Leid zu tun! Hör mal, ich hoffe wirklich, dass du nicht schwanger bist, wenn du es nicht sein willst, doch falls du es bist ...«

»Was?«

»Wenn du willst, werden wir heiraten. Du kannst dein Kleid aus Nuno-Filz nähen lassen.«

»Nein, vielen Dank.«

Von draußen wurde gegen die Tür gehämmert. »Ist da jemand drin? Ich muss austreten!«

»Himmel! Können Sie nicht warten? Oder gehen Sie nach draußen! Wir versuchen hier drin, ein Gespräch zu führen!«

»Wir können die Toilette nicht mit Beschlag belegen!«, protestierte Jenny. »Und was ist, wenn eine Frau zur Toilette muss?«

»Dann komm.« Er griff nach ihrem Handgelenk und zog sie hoch. Danach öffnete er die Tür. »Bitte schön, die Toilette gehört ganz Ihnen.«

Ross zog sie hinter sich her durch den Flur, öffnete Türen und schloss sie wieder. Endlich fand er ein kleines Arbeitszimmer und knipste das Licht an. Das Zimmer war mit überflüssigen Tischen und Stühlen voll gestellt, die man wegen des Balls offensichtlich hier hereingeschafft hatte.

»Das wird genügen.« Er zog Jenny an den Möbeln vorbei zu einem kleinen Ledersofa im hinteren Teil des Raumes. »Was meintest du mit nein, vielen Dank?«

»Ich meinte, nein, vielen Dank. Wenn ich schwanger bin,

möchte ich dich nicht heiraten. Und ich bin mir auch nicht sicher, was das Kleid betrifft.«

»Jenny!« Er war fuchsteufelswild. »Was soll das heißen, du willst mich nicht heiraten? Verdammt noch eins! Wir haben miteinander geschlafen. Ich weiß, dass wir uns ständig streiten, und wir kennen einander nicht allzu gut, doch ich dachte, wir lieben uns! Ich erinnere mich deutlich, dass du mir in dem Schneeloch gesagt hast, dass du mich liebst. Oder bist du die Art Frau, die das nach dem Sex immer behauptet?«

Vor Jennys Augen drehte sich alles. »Sieh mal, ich will ja nicht schwierig sein, wirklich nicht. Ich möchte nur, dass du dich nicht verpflichtet fühlst, mich zu heiraten, falls sich herausstellen sollte, dass ich schwanger bin. Darüber solltest du dich freuen.«

»Aber ich will dich heiraten, du idiotische Frau! Der Himmel weiß warum, doch ich will es! Und ich bin nicht übermäßig begeistert davon, einen Korb zu bekommen, obwohl ich nicht einmal die Gelegenheit hatte, dich richtig zu fragen.«

»Es tut mir Leid, Ross. Ich hatte ziemlich hohes Fieber und bin gerade erst wieder auf den Beinen. Ich glaube, ich bin verwirrt. Könntest du mir das alles noch mal erklären, und zwar langsam?«

Ross blickte finster auf sie herab und setzte sich dann neben sie auf das Sofa. Er nahm ihre Hand. »Du fühlst dich schrecklich heiß an. Ich denke, ich bringe dich am besten wieder ins Bett.«

»Was meinst du damit?«

»Genau das, was du möchtest, das ich meine, mein Liebling.«

Er bewegte sich nicht. Er saß einfach nur da, hielt ihre Hand und sah sie an.

»Ross, willst du sagen hast du gesagt oder habe ich es vollkommen falsch verstanden, etwas von wegen, du wolltest nicht abgewiesen werden, bevor du mich richtig gefragt hast?«

»Etwas in der Art.«

»Aber was wolltest du mich denn fragen?«

Er biss sich auf die Unterlippe, er seufzte, er legte den Kopf in den Nacken und lachte. »Süße Genevieve, süße, süße Genevieve, du bist ja dermaßen schwer von Begriff! Ich will dich fragen, ob du mich heiraten willst. Ich möchte, dass du mich heiratest, ob du nun schwanger bist oder nicht. Meine einzige Bedingung ist, dass du mich liebst. Also, kannst du mir so weit folgen?«

Sie blickte zu ihm auf. Die eine nackte Glühbirne, die von der Decke hing, verströmte schummriges Licht; sie vermochte nichts, als sein Gesicht in Schatten zu hüllen und den Ausdruck seiner Augen zu verbergen. Jenny hatte angenommen, dass er ihr vorsichtig einen Korb geben, ihr erklären würde, dass sie ein wirklich netter Mensch sei, ein ganz reizendes Mädchen, dass das, was zwischen ihnen vorgefallen war, jedoch ein Ausrutscher gewesen sei. Jetzt schien er sie zu bitten, ihn zu heiraten. Sie rieb sich die Stirn, um einen klaren Kopf zu bekommen. Im Allgemeinen hielt sie sich eigentlich für recht intelligent. Die Grippe schien die meisten ihrer Gehirnzellen abgetötet zu haben.

»Lieber Gott, Jenny«, flüsterte er und nahm sie in die Arme. »Würdest du mich bitte von meinem Elend erlösen? Wirst du mich heiraten?«

»Hm. Ja, ich glaube schon. Wenn du mich wirklich fragst.«

»Das tue ich! Das tue ich wirklich!« Er tastete seine Tasche ab und brachte ein kleines Kästchen zu Tage. »Ich war deswegen schrecklich nervös. Ich weiß, es ist furchtbar altmodisch, aber ich habe dir einen Ring gekauft. Wenn du ihn grässlich findest, musst du es mir sagen.«

Sie begann zu lächeln, zu Anfang nur ein klein wenig, doch dann breitete sich das Lächeln über ihren ganzen Körper aus. »Soll das heißen, dass du auf dem Tanzboden deshalb so verschlagen ausgesehen hast, weil du mir einen Ring gekauft hattest und dachtest, er würde mir vielleicht nicht gefallen?«

»Er gefällt dir vielleicht wirklich nicht. Komm, sieh ihn dir an.«

Ein gekochtes Bonbon an einem Gardinenring wäre ihr unter diesen Umständen absolut akzeptabel erschienen. Daher war ein schmaler Goldring mit fünf perfekt geschliffenen Diamanten mehr als zufrieden stellend.

»Er ist fabelhaft«, flüsterte sie und drehte ihren Finger, um die Diamanten funkeln zu sehen. »*Du* bist fabelhaft. Bist du dir sicher, dass du mich heiraten willst? Ich bin so eine launische Ziege.«

»In dieser Hinsicht bin ich komisch. Ich mag gerade die launischen Frauen am liebsten.«

»Na, dann ist es ja gut.« Sie betrachtete ihren Ring und dachte nach. »Ross?«

»Was denn?« Er griff nach ihrer Hand und begann, sie zu liebkosen, aber sie hielt seine Finger fest.

»Ich weiß, ich bin total verwirrt und ...«

»Was?«

Ihr Gehirn mühte sich, ein anderes Wort zu finden, um ihre Gefühle zu beschreiben, doch ihr fiel nichts Besseres ein. »Du weißt schon – durch den Wind.«

»Ja.«

»Aber ich muss einige Dinge wissen, die Antworten auf ein paar Fragen. Die Antworten selbst sind nicht wichtig. Ich liebe dich, so wie du bist. Deine Fehler gehören genauso zu dir wie deine Vorzüge.«

»Hm, vielen Dank.«

»Warum hast du mich hierher geschickt? Ging es dir darum, Dalmain Mills zu schließen?«

Er ergriff ihre Hände und betrachtete sie ein paar Sekunden lang, bevor er antwortete. »In gewisser Weise, ja.« Er blickte zu ihr auf. »Verstehst du? Ich habe keinen Ausweg für die Firma gesehen. Mir fehlt die Fantasie, um an Lamawolle und Nuno-Filz und all diese blödsinnigen Dinge zu denken, die du mit Kirsty ausgeheckt hast …«

»Also?«

»Also habe ich dich hierher geschickt, damit du zu den gleichen Schlüssen kamst wie ich. Wenn du mir dann erklärt hättest, dass keine Hoffnung für den Betrieb besteht, wollte ich dich bitten, die Sache hier langsam zu einem Ende zu bringen.«

Sie runzelte die Stirn. »Aber warum? Ich bin nur eine bessere Sekretärin, um Himmels willen. Warum hast du ausgerechnet mich mit einer derartigen Aufgabe betraut?«

»Du hattest mir bereits bewiesen, dass du weit mehr warst als eine bessere Sekretärin, doch ich dachte auch, dass es für die Besitzer weniger schmerzhaft wäre, wenn ihre Fabrik von einer hübschen, mitfühlenden Frau geschlossen wird als von einem Trupp Männern in Anzügen.«

»Du konntest unmöglich wissen, wie ich aussehe. Das ist lächerlich!«

»Und ich hoffte, wenn ich herkäme, um hier zu leben, und ein kleines Geschäft eröffnen würde, würde man mich als jemanden sehen, der Arbeitsplätze schafft, statt als den Zerstörer einer alteingesessenen Industrie.« Er hielt inne. »Ich bin alles andere als stolz auf mein Verhalten, weshalb ich auch bereit bin, Geld für Dalmain Mills aus dem Fenster zu werfen, so lange es auch dauern mag ...« Abermals zögerte er.

Sie half ihm auf die Sprünge. »Bis unsere blödsinnigen Ideen Früchte tragen, meinst du?«

»Hm, hm. Also, gibt es sonst noch etwas, das du wissen musst? Ich mache mir nämlich langsam Sorgen um dich, und ich denke, es wird höchste Zeit, dass ich dich nach Haus Dalmain zurückbringe.«

»Was Haus Dalmain betrifft ... Hast du Henry hergeschickt, um Lady Dalmain dazu zu bewegen, es dir zu verkaufen?«

Er schüttelte den Kopf. »Ich habe Henry beauftragt oder eher seine Firma – ich hätte Henry nie im Leben in die Sache hineingezogen, wenn ich gewusst hätte, dass er etwas mit dir zu tun hat. Das war einfach ein grässlicher Zufall. Als ich sah, wie er dich küsste, hatte ich das Gefühl, als hätte mir jemand ein Messer in den Leib gerammt. So etwas habe ich noch nie zuvor empfunden.«

Zufrieden, doch keineswegs von ihrer ursprünglichen Frage abgelenkt, drückte sie seine Hand. »Vergiss Henry, was ist mit Haus Dalmain?«

»Ich wollte wissen, wie sehr Lady Dalmain an ihrem Heim hängt. Wenn sie offen für Angebote gewesen wäre, hätte ich mich anschließend als Käufer präsentieren können – und als ihr Retter.« Er räusperte sich. »Das war natürlich, bevor ich wusste, wie das Haus aussieht. Mir war nur bekannt, dass es ein Teil des Dalmain'schen Besitzes war.« Er wirkte ein wenig hilflos. »Es hätte ja wunderschön sein können – hör auf zu lachen, das ist nicht komisch.«

Sie konnte kaum atmen, so sehr musste sie lachen. »Doch, ist es wohl. Man stelle sich vor, der große, wichtige, segensreiche Investor – gezwungen, in diesem grässlichen Gebäude zu leben, in dem es überall zieht und blutfarbene Sprungfedern aus den Matratzen ragen.«

»Sprungfedern hin oder her, genau dorthin wirst du jetzt gehen, und ich werde dir da entweder einen heißen Grog und zwei Aspirin geben – oder ...«

»Oder was?« Sie kicherte immer noch leise und wusste, dass es zum Teil die freudige Erwartung dessen war, was vor ihr lag.

»Du weißt, was, du lüsternes Frauenzimmer. Und jetzt ab ins Auto.«

Da sie erwartete, dass er sie bei der Hand nehmen würde, war sie ziemlich überrascht, als er sie stattdessen hochhob und sie aus dem Zimmer und durch das Haus trug. Zutiefst verlegen, begrub sie den Kopf an seiner Schulter und behielt ihn dort, ohne auf die Zurufe und die Pfiffe zu achten, die ihnen folgten, bis sie seinen Wagen erreichten. »Es ist genau wie in diesem Film!«, hörte sie Meggie schwärmen.

»Und jetzt fass mich bloß nicht an, bevor ich dich nach Hause geschafft habe«, erklärte Ross streng. »Es ist im Auto zu kalt für solche Aktivitäten.«

»In Haus Dalmain ist es nicht wärmer.«

Ross grinste sie an. »Aber doch sicher wärmer als auf einem Berggipfel?«

Sie erwiderte sein Lachen. »Aber was ist mit Henry? Er wird irgendwann zurückkommen.«

»Zum Kuckuck mit Henry! Lass uns fahren.«

Danksagung

Ich möchte mich bei einer ganzen Reihe von Personen für die Hilfe bei diesem Buch bedanken. Alle technischen Fehler gehen auf meine Kappe.

Paul Baxter verdanke ich die Idee mit der Schneehöhle. Paul und Judy Rose von der Farm Roseland Lamas haben mich eingeladen, ihr Gast zu sein, mir alles über weniger gebräuchliche Fasern erklärt und mich ihre schönen Lamas streicheln lassen. Bridget Postlethwaite verdanke ich nicht nur alles, was ich über den Berufsstand der virtuellen Assistenten weiß, sie wurde darüber hinaus zu meiner eigenen, ganz ausgezeichneten virtuellen Assistentin und unterstützte meine Recherchen. Andrew Rough hat für mich eine Führung durch die Firma Cam Mill gemacht. Steve und Sally Marshfield haben mir Bücher über Strickwarenhersteller geliehen. Harriet Longman hat mir ihre Geschichte anvertraut; das war nicht einfach für sie. Dann gilt mein Dank der Bergrettungswacht Cairngorm. Auch Miranda Kirkby danke ich; sie weiß, wofür. Jane und Ian Peters und die Edge Reelers gaben mir Schnellunterricht in schottischen Tänzen und waren nicht böse, dass ich mich als zu begriffsstutzig dafür erwies. Polly Stirling hat den Nuno-Filz erfunden und mir gestattet, in meinem Buch darüber zu schreiben, und Jane Ford schließlich hat mir unschätzbar wertvolle Ratschläge zum Thema Textilgewerbe gegeben.

Wie immer bedanke ich mich bei meiner toleranten Familie, bei meiner wunderbaren Agentin Sarah Molloy und bei allen von Random House, die sich auf jede erdenkliche Weise so viel Mühe mit mir geben. Und bei allen anderen, die ich hier nicht namentlich aufführen kann, weil ich vermutlich ihre Namen vergessen habe.